Arsalan Darvish

Liebe heilt alle Wunden

Arsalan Darvish

Liebe heilt alle Wunden

Bibliografische Information der Deutschen Nationalbibliothek: Die Deutsche Nationalbibliothek verzeichnet diese Publikation in der Deutschen National-bibliografie; detaillierte bibliografische Daten sind im Internet über dnb.dnb.de abrufbar.

TWENTYSIX – Der Self-Publishing-Vertrag
Eine Kooperation zwischen der Verlagsgruppe Random House und
BoD – Books on Demand

Herstellung und Verlag:
BoD – Books of Demand: Norderstadt

ISBN: 978-3-7407-2543-3

Ich widme diese Dichtung meiner Frau Nasrin, die niemals aufhörte an mich zu glauben, was mein literarisches Können anbelangt.

Des Weiteren möchte ich ganz herzlich Katharina Möbus, Rita Kashefipour und Massud Behzadi danken für ihre wertvolle Unterstützung bezüglich der Ausfeilung des Werkes.

Arsalan Darvish

Kapitel 1

Nicht weit von der westlichen Küste Syriens schlummerte das kleine Dorf Eynaltamor[1] in der milden Frühlingssonne und ließ die Blüten seiner Plantagen von den Bienen befruchten.

Entlang der Hügel, am Rande des Dorfes plätscherte ein Bach und strömte in größter Eile aus Eynaltamor hinaus. Angeschwollen war er vom geschmolzenen winterlichen Schnee der fernen, hohen Berge im Nordosten. Und wie die vielen anderen Bäche, die aus denselben Höhen stammten, hatte auch er, wo er geflossen war, frühlingsgrüne Streifen an seinen beiden Ufern hinterlassen.

An diesem Bach bewohnte ein Landbesitzer, ein Herr namens Khan mit seinem Sohn und der Schwiegertochter ein Schloss. Dieses stand in der kahlen Gegend wie ein kleiner Fels mit dem Rücken zu den Hügeln und schaute aus seinen vielen kleinen Fenstern auf die Wüste hin, wo einzelne Dattelpalmen hie und da neue Blattknospen angesetzt hatten. Hinter dem Schloss, an den Hängen der Hügel hingen Weinreben in halbkreisförmigen Reihen in größter Fülle. Im hellgrünen Schatten ihrer breiten Weinblätter reiften jedes Jahr im Hochsommer Unmengen an saftigen Trauben, die süß und schön waren wie keine andere Frucht in dieser Gegend.

Im Hof des Schlosses stand ein Brunnen, aus dessen Tiefe man mit Hilfe eines hölzernen Rads Wasser heraufholte. An der östlichen Mauer des Hofes stand der Pferdestall und entlang der Hofmauern umrahmte ein

---

[1] Im Arabischen: Quelle der Datteln

breit angelegtes Beet voller Blumen den großen steinernen Hof. Die Blumen, in hundertfachen Farben und Formen aufgeblüht, standen bunt und lachend unter dem azurblauen Himmel. Sie blickten alle zum Himmel hinauf und sahen dankbar ihrem Gott, der Sonne, solange nach, bis diese sich langsam den Bergen im Westen näherte und bald die Blumen samt dem Dorf und alles was es umgab in ihr feurig rötliches Licht eintauchte. Sobald die Sonne hinter der golden glühenden Umrisslinie der Bergkämme unterging, wehte eine milde Brise von den hohen, steilen Hängen herab, zog durch die kleinen und großen Gassen Eynaltamors und überbrachte den Dorfbewohnern die kühle, duftende Botschaft des erfrischenden nächtlichen Hauches.

Es war kurz nach so einem Sonnenuntergang in der zweiten Hälfte des 19. Jahrhunderts, als die frisch vermählte Gattin im Schloss die breiten, hölzernen Treppen vom Obergeschoss ins Parterre hinunterstieg und auf ihren Ehemann zusteuerte. Dieser saß auf einem dicken, orientalischen Teppich in dem großen Raum und ging mit der Schreibfeder in der Hand seiner Arbeit nach: Er übersetzte gerade die alte Dichtung eines persischen Klassikers ins Arabische.

„Entschuldige die Störung, Liebling", sprach sie und streichelte sanft über das Haar ihres Mannes. „Mein Schwiegervater ist noch nicht da, ich wollte dir unter vier Augen etwas Wichtiges mitteilen."

Da sahen die müden, leicht abwesenden Augen ihres Ehegatten zu ihr auf, sie setzte sich vor ihm nieder und sagte: „Jetzt weiß ich warum mein Herz gestern beim Abendessen so zu pochen begann, als ich die Nachtigall plötzlich singen hörte."

Sie hielt inne und senkte den Blick. „Ich habe es heute Morgen im Bett, als der Sonnenschein meine Wange berührte, verspürt, jetzt bin ich mir ganz sicher, dass der liebe Gott uns beiden ein Kind bescheren will."

Kaum sagte die Frau das letzte Wort, da rief ihr Mann mit glühenden Lippen: „Oh, Liebste, danke dir tausendmal! Nichts hätte mich wahrlich so sehr beglücken können wie diese Nachricht! Du warst schon immer die Königin meines Herzens, von nun an bist du ganz allein die Herrin des Hauses und meines Reiches. Was kann ich tun für dich, damit du noch glücklicher bist und dein Zuhause für dich und unser Kind noch schöner ist?"

Die Gattin, entzückt über die Worte ihres Mannes, sagte dankbar zu ihm: „Du bist für mich das Sonnenlicht des Hauses, die Wärme in meinem Herzen und stets eine Augenweide für das trübe Gemüt. Nun, mit dem kleinen pochenden Herz unter meiner Brust ist das Leben hundertfach schöner. Mein Leben ist voller Blüte, süßer denn je, mein Lieber. Aber einen Wunsch habe ich noch; einen Wunsch, der dich, mich und unseren Sohn betrifft. Du wunderst dich bestimmt, warum ich unseren Sohn sage. Ich träumte gestern Nacht von einem Säugling. Er lag in meinem Schoß auf dem Rücken und lachte einer kleinen Sonne gleich. Ein Junge war er, so sah ich ihn in meinem Traum."

Der Gatte unterbrach sie und sagte übermütig zu ihr: „Ein Wort von dir, so wird erfüllt, welchen Wunsch du auch immer im Herzen hegst."

„Du sprichst in Eile und erwiderst zu früh!", ermahnte ihn seine Frau. „Warte bitte und höre genau zu!"

Der gute Mann sagte nichts und wartete.

„Der Säugling lachte zuerst, dann aber weinte und weinte er", fuhr sie fort. „Lange heulte der arme. Solange, bis seine feine helle Haut ganz trübe wurde; so trübe, dass ich ihn in meinem Schoß gar nicht mehr haben wollte. Ich legte ihn in seine Wiege zurück und legte mich mit einem Herzen voller Sorge und Bange wieder hin."

Der Herr, bestürzt und verängstigt, sagte leise zu seiner Frau, sie möge sich beruhigen, Angst sei nicht gut für sie, weder für sie noch für das Kind.

Da sagte die Gattin zu ihm, der letzte Wunsch von ihr sei, er solle den Jungen selber großziehen, wie schlecht er auch sein möge: „Diesen Wunsch hege ich im Herzen, solange ich noch am Leben bin. Seitdem ich mit dir lebe, erfüllt Freude mein ganzes Wesen. Jetzt aber weiß ich ganz genau, dass Gott uns voneinander trennen will. Ich werde nicht lange leben, Liebster! Mit diesem Kind neigt sich mein Leben dem Ende zu."

„Schweig!", rief ihr Mann aufgebracht aus.

Die Gattin küsste ihre Fingerspitzen, drückte sie sanft auf seine bleich gewordenen Lippen und sagte nachdrücklich: „Nach mir darf keine Frau die Stelle seiner Mutter ersetzen, bis mein Sohn auf eigenen Füßen stehen und die Welt mit eigenen Augen betrachten kann; also bis er sechzehn ist."

Der Mann sah seine Frau bestürzt an, während seine Hände zitterten. „Was um Himmels Willen gibt dir die Gewissheit, dass das Kind Unglück über unser Haus bringen würde!?", fragte er zischend. „Ich habe keinen Zweifel, dass unser Leben, nun befruchtet durch ein Kind mehrfach schöner sein wird als zuvor. Wir sollen uns nur hingeben, dankbar sein und nichts fürchten, nicht mehr!"

Sie lächelte ihn an, fuhr mit der Hand zärtlich über seine Wange, stand auf und stieg schweigend die Treppe zum Obergeschoss hinauf. Er sah ihr nach, während seine Hände noch zitterten. Nachdem er einen tiefen Seufzer des Kummers ausgestoßen hatte, stand er auf und ging auf die Hofterrasse hinaus.

„Danke dir Gott für das Kind, das du uns bescheren willst!", versuchte er betend sein unruhiges Herz zu beruhigen. Vergebens! Denn er hatte seine Frau niemals so bitter ernst und unnachgiebig sprechen hören. Dies bohrte ihm in die Seele, wühlte ihn auf und bereitete ihm Angst. Er sah mit trüben Augen zum Himmel hinauf, welcher vom Türkisblau ins milde Gelb und bald an den Kämmen der westlichen Berge ins glühende Rot überging. Er holte tief Luft, ging wieder hinein und stieg die Treppe zum Schlafzimmer hinauf, wo seine Frau sich bereits auf die große gemeinsame Wattematratze hingelegt hatte. Sie lag auf dem Rücken und starrte die Decke an. Er erwiderte ihren Blick nicht, als sie das Gesicht zu ihm wandte, der plötzlich im Türrahmen erschienen war. Er legte sich schweigend neben sie hin und sah zum Fenster hinüber, dessen kleine Scheiben der Himmel mit dem Türkis völlig gefüllt hatte. Die Gattin fuhr ihm sanft über die Brust, er erwiderte auch dies nicht und starrte weiterhin die Fensterscheiben an. Sie hörte aber mit dem Streicheln nicht auf, bis sie allmählich einschlief und ihre Hand auf seinem Brustkorb ruhte. Da legte er seine Hand auf ihre und drückte sie auf sein Herz. Dann wandte er den Blick der Schlafenden zu, deren Profil im schwachen Licht des Raumes ein wenig blass wirkte.

„Alles was du mir gesagt hast, ist pure Einbildung", murmelte er leise vor sich hin. „Ein Kind ist eine Bescherung ohne gleichen, ein Grund für unendliche Freude. Ich freue mich darüber und bin äußerst dankbar dafür, dass nun unser Kind unter deinem Herzen zu wachsen beginnt. Ich lasse mir diese Freude gewiss nicht wegnehmen; von niemandem, nicht einmal von dir, Liebling!"

Er hielt kurz inne, freute sich plötzlich über seine Gedanken und ergänzte sogleich: „Unser Kind wird sicherlich an der Brust seiner eigenen Mutter saugen, aus ihrer Liebe Kraft schöpfen und im Schutze seines Vaters groß und stark werden. Das ist meine Vision der neuen Wirklichkeit. An dieser Vision darf niemand rütteln."

Nun stieß er erleichtert einen Seufzer aus und dachte gleich an das Gelübde, das einer seiner Urväter vor etwa fünfhundert Jahren, also in der ersten Hälfte des dreizehnten Jahrhunderts abgelegt hatte. Aus diesem Gelübde war inzwischen eine Familientradition geworden, die man über Jahrhunderte hinaus von Generation zu Generation gepflegt und weitergegeben hatte. Dabei ging es allein darum, die Sprache und die Kultur derer, von denen man abstammte, im arabischen Umfeld nicht untergehen zu lassen. Dafür mussten die Väter sich verpflichten, mit eigenen Kindern auf Persisch zu sprechen und ihre Söhne in die Kunst der persischen Dichtung einzuweihen. Das genannte Gelübde war auf eine Massenflucht der Perser nach Syrien im dreizehnten Jahrhundert zurückzuführen, welche sich kurz vor der Invasion des berüchtigten Mongolenführers Tschengiskhan in den Iran vollzog.

Der gute Mann, der immer noch im Schlafzimmer neben seiner Gattin lag, machte sich also nun Gedanken darüber, sein noch nicht geborenes Kind in der persischen Sprache und Dichtung bestens zu unterrichten, auch wenn es ein Mädchen wäre; entgegen all dem, was seine Frau über das Kind vorausgesagt hatte.

Als das Ehepaar am nächsten Morgen im Bett das Tageslicht erblickte, sagte der Mann zu seiner Frau, er möchte nunmehr weder von ihren Träumen etwas wissen noch von ihren Voraussagungen. Daraufhin küsste er ihr die Hand und ergänzte beschwichtigend: „Unsere Freude in der Gegenwart ist die einzige Garantie für eine glückliche Zukunft. Wir lieben uns doch so sehr! Die Aussicht eines baldigen gemeinsamen Kindes hat unser Liebesglück umso wunderbarer ergänzt. Warum sollten wir den Blick auf eine finstere Zukunft richten und damit jegliche Freude aus der Gegenwart verbannen!?"

Während der Mann sprach, hörte seine Gattin schweigend zu. Am Ende sagte sie leise: „Es wird so sein, wie du begehrt, Liebster! Es tut mir leid, dass meine gestrigen Worte dir viel Kummer bereiteten. Du hast Recht! Mir sollte es nicht um eine befürchtete Zukunft gehen, auch nicht einmal um das Kind, sondern ganz und gar um dein Glück."

Nunmehr sprach die Frau kein Wort mehr über das Kind und die Aussichten, die mit seiner Geburt verbunden wären. Hingegen setzte ihr Mann seinen Vater feierlich in Kenntnis, er bräuchte nur noch ein paar Monate zu warten, um Großvater zu werden. Daraufhin sammelten sich in Khans ungläubigen Augen Tränen der Freude und er sagte zu dem Sohn, wie sehr seine Mutter

sich auf diese wunderbare Nachricht hätte freuen können, wenn sie noch am Leben wäre.

Somit vergingen Tage, Wochen und Monate, in denen
der Schwiegervater und sein Sohn sich besorgter als zuvor um Samanda kümmerten. Unter ihrer Brust wuchs
Tag für Tag ein kleines Herz heran, dessen feines Pochen
sie später mit Freude im Innern verspüren konnte. Dennoch, je mehr das Kind in ihrem Bauch wuchs, umso
blasser wurde ihr Gesicht und umso dunkler die Ringe
um ihre Augen. Auf die beständige Verschlechterung
ihrer gesundheitlichen Verfassung reagierte der Schwiegervater gelassener als sein Sohn. Er versuchte ihm sogar die großen Sorgen um die Gattin wegzunehmen,
indem er versicherte, dass Samandas Beschwerden bloß
auf die Schwangerschaft zurückzuführen wären. Er
meinte, er kenne diese Beschwerden sehr gut, und auch
jeder andere Mann im Dorf würde sie auf die leichte
Schulter nehmen. Trotzdem konnte Dariusch über die
besorgniserregende Verfassung seiner Frau nicht hinweg
schauen. Vor allem dann nicht, wenn eine neue Be-
schwerde Samandas ihn immer wieder an ihre finsteren
Worte an jenem Abend zum Beginn der Schwangerschaft erinnerte. Dabei suchte er die Wirkung jener Worte zu verdrängen; dennoch, als ob sie ein Dämon wären,
stiegen sie wieder aus dem Abgrund seiner Seele herauf
und rissen ihn mit in die Tiefe.

Eines Tages überraschte ein großer Schmerz Samanda
in der Bauchgegend. Da krümmte sie sich zusammen
und rief mit einem vor Schmerz verzerrten Gesicht nach
ihrem Mann. Dariusch sprang sofort die Treppe zum
Obergeschoss hinauf.

„Hol die Hebamme..., so schnell du kannst..., es ist so weit!", verlangte sie keuchend.

Er lief die Treppe so schnell er konnte hinunter. Wenig später waren die Hebamme und zwei weitere Frauen im Schloss. Sie halfen der im Flur Liegenden hoch und brachten sie ins Schlafzimmer. Es war Asr, im Arabischen der Zeitraum zwischen Spätnachmittag und Sonnenuntergang. Khan, der Schwiegervater, war noch draußen, wie viele andere Männer im Dorf zu diesem Zeitpunkt. Dariusch musste also die Qual des Mithörens von lauten Schreien seiner Frau ganz alleine ausstehen, welche bei jeder neuen Wehe noch lauter und schrecklicher wurden. Er zitterte bei jedem Wehschrei und fürchtete erneut, seine Frau zu verlieren. Er litt sehr darunter, anstatt seiner Liebsten zu helfen, einfach da stehen und warten zu müssen.

Nun wurde es im Schlafzimmer plötzlich still, ein Kreischen des Neugeborenen folgte aber nicht. Daraufhin vernahm er unruhige Frauenstimmen, die wirr und unkenntlich ineinander wirbelten. Da sprang er auf, um hineinzustürmen. Kurz davor hörte er auf einmal das Kreischen des Babys.

„Gott sei tausendmal Dank!", sagte er erleichtert und ließ den Türgriff los.

Ein gutes Zeichen, dass das Kind heulte, aber warum hörte das unruhige Stimmengewirr der Frauen nicht auf, dachte er. Er drückte sein Ohr an die Tür und versuchte zu verstehen, was diese sich gegenseitig so hastig sagten. Vergebens! Er hämmerte mit der Faust gegen die Tür. Wenig später machte eine der Frauen die Tür auf und sagte durch den Türspalt, er möge warten.

„Ist was passiert? Warum seid ihr so unruhig?", wollte er unbedingt wissen.

„Dem Kind geht es gut", erwiderte die Frau knapp und schloss die Tür zu.

„Warum zeigte die Frau keinen Schimmer von Freude und war so besorgt, obwohl es dem Kind gut geht!?", dachte Dariusch laut. Da schlugen seine Fäuste wieder gegen die Tür. Nach einer Weile hörte er der Schlüssel sich im Schloss drehen. Er nahm sich zusammen und wartete, bis die Tür sich langsam öffnete; dann erschien das verschwitzte Gesicht der Hebamme, die mit den hoch gekrempelten, mit Blut befleckten Ärmeln in der Türöffnung stand.

„Ich habe getan, was ich konnte", sagte sie niedergeschlagen. „Deinen Sohn konnte ich gerade retten, seine Mutter aber nicht. Sie war zu schwach und ist bei der letzten Wehe ohnmächtig geworden. Ich habe deinem Kind beinah den Hals brechen müssen, um es endlich herausziehen zu können."

Kaum hatte die Hebamme zu Ende gesprochen, da rief Dariusch den Namen Samanda aus und stürmte hinein. Er stürzte sich auf die Liegende und umarmte den kalten, reglosen Leib seiner Frau. Er drückte sie kräftig an sich, liebkoste ihr kreideweißes, lebloses Gesicht und rief schluchzend ohne Unterlass: „Wach auf Liebling! Wach auf!". Dabei erwartete er verzweifelt eine kleine Regung auf ihrer toten Miene.

Nach einer Weile sah er mit blutdurchzogenen Augen zur Hebamme auf und fragte, wie es geschehen sei.

„Innere Blutung!", antwortete die andere knapp. „Manchen Frauen fehlt die Kraft, die Geburt eines Kin des zu überleben. Menschenschicksale liegen allein in Gottes Hand. Es tut mir sehr leid, mein Sohn!"

Sie fuhr mit der Hand liebevoll über sein Haar und verließ mit den anderen Frauen das Zimmer. Das Kind nahmen sie mit; eingewickelt in einer Decke.

Am selben Tag sandte Khan, der Schwiegervater, einen Boten zum Vater der Verstorbenen in Damaskus, dem Verleger von Dariuschs Dichtungen im Arabischen. Dieser liebte seine Poesie und Übersetzungen sehr und war stolz darauf, eine Tochter zu haben, die nicht nur lesen und schreiben konnte – damals als Frau eine große Ausnahme –, sondern sich sogar große Mühe gab, Dariuschs Dichtungen zu verstehen. Samanda war also in den Dichter bereits verliebt gewesen, bevor sie ihn gesehen hatte. Und Dariusch verliebte sich gleich in sie, während er sie eines Tages zu seiner großen Überraschung über die eigene Poesie sprechen hörte. Nun, zwei Tage nachdem der Bote losgeschickt worden war, trug er Samanda in einem offenen Sarg mit den anderen dorthin, wo sie auf ewig ruhen sollte.

Am Ende, nachdem man den letzten Spaten Erde über die im weißen Leinen eingewickelte Leiche geschüttet hatte, glitten folgende Worte unverhofft über Dariuschs zitternde Lippen:

„Geliebte Samanda, mein auf ewig verlöschtes Sonnenlicht,

du warst und bleibst bis zum Ende meines Lebens meine einzige Begleiterin, gleich ob du bei mir bist oder bei ihm, unserem Schöpfer. Nur er kann es genau wissen, wie sehr ich dich geliebt habe und immer noch liebe. Er weiß es genau, dass ich dir ergeben war und nun für immer vergeben bin; solange ich lebe. Auch du solltest wissen, dass mein Herz für dich einem See in den hohen Bergen glich, in dem nur du schwimmen durftest, an seinen Ufern nur du dich hinlegen durftest und in seiner milden nächtlichen Brise nur du ruhen durftest. Du bleibst liegend im silbernen Mondschein und wartest, bis ich dich tragend auf meinen Armen zu den Sternen hinaufbringe; liebkosend, Schritt für Schritt zum Ewigen, zu Gott, weit weg im Universum, wo die Engel um uns tanzen werden, bis sich am Horizont der erste Streifen der Morgenröte gegen den Himmel abhebt."

Somit waren Dariuschs letzte Worte gesprochen. Er stand auf, verließ das Grab und kehrte nie wieder dorthin.

Die Tage, Wochen und Monate danach hielt er sich öfters am Ufer des Baches auf, der durch Eynaltamor floss. Er lief manchmal mit der Strömung weit aus dem Dorf hinaus, kehrte an seinem Ufer bei Sonnenuntergang zurück und warf beim Weggehen ab und zu einen Blick in sein rauschendes Wasser. Was er darin sah, war die Spiegelung eines Gesichtes, das Tag für Tag lebloser wurde und mit den neuen weißen Strähnen im langen Bart älter und älter wirkte. Unterdessen hatte Khan, sein Vater, dafür gesorgt, dass eine Frau als Amme ins Haus zog. Sie wohnte nicht in Eynaltamor, daher kam ihr Mann bald nach und blieb als Diener im Schloss. Den beiden ließ Khan im Hof eine kleine gemütliche Hütte bauen. Samandas Kind, das der Großvater Mustafa genannt hatte, wurde von der Amme betreut und hielt sich mit dem Ehepaar überwiegend in der Hütte auf.

Seit Samandas Tod waren indessen zwei Jahre vergangen. Der Bach hatte die schnell älter werdenden Spiegelungen von Dariuschs Gesicht Tag für Tag hinweg getragen. Sein Sohn war zu einem schönen Bub herangewachsen, Dariusch konnte sich aber kaum um ihn kümmern. Auch um seine Arbeit konnte er sich nicht mehr kümmern und hatte seine Dichtungen und Übersetzungen halbwegs liegen lassen. Manchmal saß er nach seinen täglichen langen Spaziergängen auf der Hofterrasse im Schloss, hielt den kleinen Mustafa im Schoß und sah mit entrückten Augen zum Himmel hinauf. Währenddessen lächelte er, ab und zu lachte er laut. Khan wusste inzwischen, dass der Sohn eher mit der Verstorbenen lebte als mit seinem Kind oder sonst jemandem. Eines Tages sah der Vater ihn zufällig, als er den Bach entlang im rötlichen Lichte des Sonnenuntergangs nach Hause kam. Er umarmte den Sohn und brach in Schluchzen aus: „Einst warst du meine einzige Hoffnung für die Zeiten des Altwerdens", sagte Khan klagend zu Dariusch. „Für die Zeiten, wo ich alt und schwach geworden auf deine Aufmerksamkeit und Hilfe angewiesen bin und unser Land und Besitz auf deine Willenskraft. Was sehe ich jetzt aber vor mir!? Einen, der begraben unter der Last des Todes seiner Frau nicht einmal Vater sein kann für das eigene Kind, geschweige denn ein Herr für sein Gut und Besitz. Du bist krank und schwach. Die Menschen im Dorf scherzen und lachen über den Halbverrückten, der am Bach alleine mit sich selbst spricht und Gott anfleht, ihn zu sich zu nehmen, zur verstorbenen Gattin, besser gesagt zur Göttin!"

Da hob der Sohn den trüben Blick, sah seinem Vater eindringlich in die Augen und sprach: „Am frühen Morgen im Morgengebet bin ich der Liebe meiner Frau ergeben, tagsüber bis zum Schlaf will ich mich nur ihr hingeben. Fern vom Angesicht der Leute möchte ich langsam sterben und glückselig emporsteigen zu ihr, zur Herrin meines Herzens. Aber wenn du deinen Sohn, den Halbverrückten, aus deinem Haus hinauswerfen willst, ein Wort von dir genügt und ich werde schon heute nach dem Abendgebet das Haus und Dorf verlassen und nie wieder zurückkehren; damit ich keine Schande mehr für jene bin, die sich dessen schämen, meine Verwandte zu sein.“

Des Sohnes Worte erschütterten das Herz des Vaters. Er hatte ihn noch nie so sprechen hören. Nun wurde es ihm bewusst, dass der Sohn nicht geisteskrank war, sondern bloß in einer anderen Welt, in der Welt des Inneren lebte. Er sagte nichts mehr und ließ ihn vorsichtig in jener Welt zurück.

Zwei Monate nach dieser Begegnung fand Khan eines Tages den Sohn in seinem Zimmer tot auf. Er schien während des Gebets gestorben zu sein; in sitzender Haltung, den Blick vor sich hinstarrend, während er den heiligen Koran immer noch in den Händen hielt.

Bald trug man Dariuschs leblosen Leib in die Moschee und zwei Tage danach fand sein Begräbnis statt. Nach dem Wunsch des Vaters beerdigte man ihn nicht auf dem Friedhof, sondern unter einer einsamen Dattelpalme auf einem Hügel am Ende der Olivenplantage. Von hier aus pflegte Khan öfters den Anblick der untergehenden Sonne zu genießen.

Die Beerdigung verlief in großer Stille. Sobald der Geistliche seine Verse zu Ende gesprochen hatte, kehrten die Anwesenden ins Dorf zurück. Khan blieb aber und kniete vor dem frischen Grab des Sohnes nieder. Nachdem er Abschied nehmend seine letzten Tränen vergossen hatte, stand er auf und stieg auf zitternden Beinen den Hang hinunter. Währenddessen sah er am Trampelpfad eine zarte Blume, welche in der Brise nickte und im Weiß und Gelb zu ihm heraufschaute. Kaum ging er an der Blume vorbei, da hauchte sie ihm einen Gedanken in die Seele: „Warum so eilig!? Warte doch!"

Khan blieb plötzlich stehen, kehrte um und sah zu der Kamille hinab, die auf ihrem Stiel leicht wiegte. Er pflückte sie und stieg den Hügel wieder hinauf. Als er unter der einsamen Dattelpalme ankam, schämte er sich für das, was er getan hatte: einfach wegzugehen ohne zurückzusehen!! Er legte die Blume auf das Grab nieder, nahm daraus eine Faust Erde, roch sie und küsste sie; alsdann lief er eilig den Hang wieder hinunter.

Auf dem Rückweg dachte er lange an den kleinen Enkelsohn Mustafa. Er schien sich auf einmal dessen bewusst geworden zu sein, dem Sohn seines Sohnes seit seiner Geburt wenig Aufmerksamkeit entgegengebracht zu haben und ihn im Wirbel der großen Sorgen um seinen Vater vernachlässigt zu haben. So legte er mit Tränen in den Augen das folgende Gelübde ab:
„Mein kleiner Mustafa, mein süßes Enkelkind,
deine Mutter hast du nie gesehen, auch den Vater kaum, auch ich war wenig da für dich, du armes Kind! Von nun an werde ich dich großziehen wie ich deinen Vater großgezogen habe. Ab heute werde ich für eine Zukunft leben, die allein dir gehören wird. Mein Land und Gut, alles was ich besitze, wird allein dir gehören, dem Sohn meines Sohnes."

Ab diesem Tag nutzte Khan jede Gelegenheit, um zuhause beim Enkelsohn zu sein. Er sprach im Persischen mit ihm, in der Sprache seiner Urväter. Er spielte mit ihm, er nahm ihn mit zu den Freunden und Verwandten und verbrachte seine Abende immer mit ihm.

So vergingen mehrere Jahre, in denen Mustafa Jahr für Jahr seinem Vater ähnlicher wurde. Er war im Gesicht das Ebenbild des Vaters, sein Leib wurde aber der Mutter ähnlich: Er bekam lange Beine, wirkte solide und hatte mit sechzehn die Größe eines Mannes erreicht. Bald erzählten sich die Frauen im Dorf, was für ein schöner Junge inzwischen aus dem Sohn Samandas geworden sei. So streiften Dorfmädchen hin und wieder am Schloss vorbei, in der Hoffnung seinen Anblick im Hof zu erhaschen und ihm, dem schönen, reichen Mustafa, ein kleines Hallo sagen zu können.

Es vergingen weitere zwei Jahre und der Großvater war glücklich darüber, dass nun die Zeit gekommen war, den Enkelsohn in die Großstadt Romeyseh zu schicken. Er sollte dort einen anständigen Beruf und dazu noch eine Kunst seiner eigenen Wahl erlernen. Somit ritt er eines Tages mit Mustafa nach Romeyseh zu einigen namhaften Handwerkern und Künstlern dieser Stadt. Er ließ ihn dort bei der Familie eines guten Freundes unterkommen und hinterließ für seine Miete, Verpflegung und Unterrichtsgebühr Geld für ein ganzes Jahr. Bevor er sich von Mustafa verabschiedete, steckte er ihm einige Geldscheine in die Hosentasche und sagte zu ihm, er bekäme sein monatliches Taschengeld von dem Freund, bei dem er jetzt wohne. „Ich vertraue dir nun wie ich einem Mann vertrauen würde", fügte Khan hinzu. „Trotzdem möchte ich, dass du mir einmal im Monat schreibst und mich darüber informierst, wie deine Ausbildung und die Musikstunden gelaufen sind."

Mustafa nickte schweigend und umarmte den Großvater zum Abschied.

Seit diesem Tag vergingen drei Monate, Khan erhielt aber keinen einzigen Brief von der Stadt. Dafür gab er nicht Mustafa die Schuld; denn keine Karawane war indessen in Eynaltamor eingetroffen. Eines Tages, während er auf der Plantage mit den Arbeitern sprach, erblickt er am Horizont eine Staubwolke. Da sprang er unverzüglich auf seinen Hengst und galoppierte los. Wenig später erkannte er in jener Staubwolke die ersten Kamele an der Spitze einer langen Karawane. Sein Herz lachte sogleich und er beschleunigte den Gang seines Pferdes, indem er dem Reittier mit der Hand kräftig auf die Hüfte schlug. Sobald er an der Karawane ankam, erkannte er gleich deren Führer.

„Salamo Alaykom!", grüßte er heiter.

„Alaykomo Salam, Bruder Khan!" grüßte der andere zurück. „Wie geht es Ihnen?"

„Bin seit Wochen sehr besorgt", klagte Khan unvermittelt. „Vor etwa drei Monaten habe ich den Enkelsohn zur Ausbildung in die Stadt geschickt. Seitdem habe ich keine einzige Zeile von ihm gelesen und weiß nichts über ihn. Vielleicht fällt mir heute mit einem kleinen Briefchen von ihm ein Stein vom Herzen."

Der Mann sagte nichts und griff sofort nach einer ledernen Tasche, die am Sattel seines Kamels herunterhing. Er hielt Khan deren Öffnung entgegen und sagte: „Nichts! Weder für Sie noch für sonst jemanden in Eynaltamor!"

Da betrübte sich Khans heitere Miene augenblicklich und er starrte den Mann verwirrt an. Nach einer Weile zog er gereizt den Zügel seines Hengstes so kräftig zur

Seite, dass das Tier sich sofort umdrehte. „Wann brichst du auf?", fragte Khan mit kalter, eiserner Stimme.

„Heute schon bei Sonnenuntergang", gab der Karawanenführer zurück.

„Ich gebe dir ein wichtiges Schreiben mit", sagte Khan. „Es muss morgen früh ankommen."

„Es geht in Ordnung!", versicherte der Mann.

Khan schlug dem Pferd unversehens auf die Hüfte, es machte einen Sprung nach vorn und galoppierte in Richtung Eynaltamor los. Dabei tanzten Khans weiße Haare im Wind und er verschwand bald in der Staubwolke, die die Hufen seines Hengstes hinter sich aufwirbelten. In der Plantage sauste er an den Arbeitern vorbei, ohne ihnen einen Blick zuzuwerfen. Diese sahen ihm verwirrt nach, weil sie ihn noch nie so erlebt hatten.

Sobald er im Schloss ankam, schrieb er an den Freund, der Mustafa bei sich aufgenommen hatte, den folgenden Brief:

„Lieber Freund Muhammed Rahman,

ich schreibe dir diese Zeile mit zitternden Händen; denn mein Herz brennt gerade in Sorge um Mustafa. Nach unserer Vereinbarung sollte er mir monatlich über sein Wohlbefinden, seine Ausbildung und den Musikunterricht berichten. Heute aber, erst nach drei Monaten erfuhr ich, dass Mustafa der Karawane, die heute in Eynaltamor eingetroffen ist, nichts mitgegeben hatte. Bitte schreibe mir umgehend, wie es meinem Enkelsohn geht, was aus seiner Ausbildung und dem Musikunterricht geworden ist und mit wem er verkehrt."

Nachdem Khan den Brief zusammengerollt und besiegelt hatte, fuhr er mit zitternden Fingern durch seine wirren Haare, stand auf und sah sich im Spiegel an. Da wurde er auf die vielen tiefen Falten aufmerksam, die sein hartes Schicksal auf seinem trüben Gesicht hinterlassen hatte. Er stieß einen tiefen Seufzer aus und machte sich mit dem Schreiben in der Hand auf den Weg zur Moschee. Hier war der Karawanenführer vor kurzem angekommen und verrichtete am Hofbecken seine rituellen Waschungen zum Mittagsgebet. Khan störte ihn nicht und verweilte im Hof solange, bis der Mann den Gebetsraum nach dem Gebet verließ und sich in den Hof begab.

„Hier ist der Brief“, händigte ihm Khan das Schreiben aus und befahl: „Du bleibst bei Mohammad Rahman, bis er die Antwort geschrieben hat. Seinen Brief lässt du mir durch einen zuverlässigen Einzelreiter unverzüglich zukommen. Ich muss die Antwort möglichst bald haben.“

„Enscha Allah! – So Gott es will!“, erwiderte der Mann mit der rechten Hand auf der Brust.

Khan drückte ihm einige Geldscheine in die Hand, der andere verneigte sich dankbar und verließ sofort die Moschee.

Nach dieser Begegnung waren vier für Khan qualvolle Tage vergangen, als der Geistliche des Dorfes – der Imam – eines Abends zu ihm eilte. Er hatte über dem kleinen Steg kaum den Bach überquert, da sah er Khan gerade aus dem Hof seines Schlosses heraustreten.

„Na, macht sich unser Imam Sorgen, dass ich in der Moschee beim Abendgebet nicht hinter ihm stehe?“, scherzte Khan.

„Du kannst dein Gebet verrichten, wo immer du willst“, entgegnete der andere. „Hauptsache du betest; darum geht es mir. Hier hast du es!“ Er drückte Khan einen eingerollten Brief in die Hand. „Ein Reiter aus Romeyseh hat ihn eben gerade bei mir abgegeben. Ich wusste, dass du zum Abendgebet in die Moschee kommst. Trotzdem wollte ich dir deine Sorgen um Mustafa ein wenig früher wegnehmen.“

Khan zog die Augenbrauen zusammen und entfernte die Schnur, womit der versiegelte Brief zugebunden war.

„Mein teurer Freund Khan“, hatte Rahman zurückgeschrieben. „Entgegen deinem Wunsch, dem Boten die Antwort auf dein Schreiben gleich mitzugeben, musste ich ihn zunächst einmal wegschicken, um mich bei den beiden Meistern zu erkundigen, wie Mustafa sich seit dem Beginn der Ausbildung und des Musikunterrichts aufgeführt hat. Darüber kann ich dir leider nichts Gutes berichten. Seine Meister sagten beide, Mustafa hätte die ersten zwei Wochen interessiert an den Stunden teilgenommen, die Hälfte der dritten Woche auch, danach hätten sie ihn nicht mehr zu Gesicht bekommen. Der Musikmeister sagte noch, Mustafa wäre an einem Nachmittag außerhalb der üblichen Stunde bei ihm aufgekreuzt, er wäre betrunken gewesen und wüsste nicht richtig, warum er bei ihm überhaupt erschienen war. Du sollst noch wissen, dass ich auch ihn betrunken erlebt habe. Mustafa ist mittlerweile nicht mehr mit der Höhe des Taschengeldes zufrieden. Ab dem zweiten Monat seines Aufenthalts bei uns verlangte er mehr Geld. Ich sagte nein und er wurde laut. Er schien betrunken zu sein. Ich gab also nach, weil ich eine Familie habe und Frieden in meinem Haus will. Wenn er nicht der Enkelsohn eines Freundes wäre, den ich sehr schätze, würde ich ihn bei uns gewiss nicht länger haben wollen. Aber dir zuliebe dulde ich ihn noch, bis du auftauchst und die Dinge neu regelst."

Da faltete Khan den Brief mit dem kreidebleichen Gesicht und den zitternden Händen zusammen und steckte es in seine Hemdtasche.

„Offensichtlich habe ich dir damit keine Freude gemacht, nicht wahr?" fragte der Imam, der ihm seit der Kindheit ein guter Freund gewesen war.

Khan zog das Schreiben geistesabwesend aus der Tasche heraus und hielt es ihm entgegen, ohne ein Wort zu sagen. Nachdem der Geistliche es gelesen hatte, legte er dem Freund tröstend die Hand auf die Schulter und die beiden liefen grübelnd auf die Moschee zu.

Während jenes Abendgebets vermochte Khan sich kaum zu konzentrieren und in der Nacht darauf konnte er bis morgen kein Auge zutun. Am frühen Morgen in der Moschee, nachdem die Gläubigen den Gebetsraum verlassen hatten, sagte er zum Imam, er würde sich gleich auf den Weg nach Romeyseh machen. Da sagte der Freund, er bräuchte noch ein wenig Zeit, um sich reisefertig zu machen. Khan sah ihn verdutzt an und meinte, er würde ihm die Begleitung nie zumuten.

„Der Weg nach Romeyseh ist nicht ungefährlich", entgegnete der Imam. „Außerdem ist dein Aussehen noch ein Grund, warum ich mit reiten will. Schau dich doch im Spiegel an! Du bist alles andere als gesund. Wie soll ich dich denn in dieser Verfassung alleine reiten lassen!?"

Khan senkte den Blick; nach einer Weile sah er auf und nickte nachgiebig.

„Gut so!", erwiderte der andere heiter. „Du bleibst in der Moschee, bis ich wieder da bin."

Er ging eilenden Schrittes nach Hause. Nach etwa dreißig Minuten erschien er auf seinem Pferd am Ende der Gasse wieder und winkte zu Khan herüber, der mit dem Zügel seines Hengstes in der Hand am Eingang der Moschee auf ihn wartete.

Die Freunde ritten im Galopp los, nachdem sie die letzte Gasse des Dorfes hinter sich gelassen hatten. Weit hinter ihnen am Horizont hatte die Morgenröte bereits ihre ersten purpurroten Streifen am Himmel gezogen.

Sie ritten zunächst beinah ohne Rast und ruhten sich bloß während der Verrichtung ihrer Tagesgebete aus. Um die Pferde nicht allzu großen Strapazen auszusetzen, führten sie sie hin und wieder am Zügel. Mit dem Anbruch der Dunkelheit dösten sie auf ihren Rücken durch die dunkle Nacht hindurch und ließen die Hengste im Lichte der Sterne einfach dem Reitweg folgen. Es war kurz nach Mitternacht, als sie vom Trommeln der Pferdehufe auf dem steinernen Boden wach wurden. Da wussten die Männer gleich, dass sie am Gebirge angekommen waren. Sie stiegen sofort ab und führten die Pferde am Zügel; denn der schmale Reitweg, der abwärts durch die felsigen Berge hindurch nach Romeyseh führte, lief hin und wieder dicht an den gefährlichen Abhängen vorbei, welche schroff in die tiefen Schluchten abfielen.

Die aufgehende Sonne hatte Romeyseh samt seinen vielen Dattelpalmen, die aus den Lehmhäusern herausragten, gerade in ihr feurig rötliches Licht eingetaucht, als die Freunde die letzte Felswand des Gebirges hinter sich ließen und links in der Tiefe auf einmal die Großstadt erblickten. Diese hatte sich unten im Flachland weit und breit in alle Richtungen ausgebreitet.

Sie war noch nicht ganz aufgewacht, als die Reiter in sie hinein trabten und der Trommel ihrer Pferdehufe durch ihre menschenleeren Straßen und Gassen zu hallen begann. Erst nachdem sie an Rahmans Haus angekommen waren, vernahmen sie plötzlich die Rufe des Allaho-Akbars – Gott ist allmächtig -, welche die Luft über der Stadt rasch erfüllten. Diese, ausgerufen von den Türmen der Moscheen in verschiedenen Stadtteilen, weckten die Gläubigen und luden sie zum gemeinsamen Morgengebet ein.

Nun griff Khan nach dem Türklopfer und klopfte kräftig an der schweren, hölzernen Haustür. In Bälde machte Muhammad Rahman selbst die Tür auf.

„Salamo Alaykom, Bruder Khan!", grüßte er warm und umarmte seinen Freund. „Ich wusste, dass du es bist!"

„Hier ist unser Imam und mein bester Freund in Eynaltamor seit über fünfzig Jahren", stellte Khan seinen Begleiter vor.

„Die Tür meines Hauses ist auch für deine Freunde offen", sagte Rahman, schüttelte dem Imam freundlich die Hand und führte die beiden mit ihren Pferden in den Hof hinein. Dort musterte er die Ankömmlinge und fragte: „Ihr seid den ganzen Weg ohne Rast geritten, nicht wahr!?"

„Ausgeruht haben wir uns nur während des Gebets", erwiderte Khan und fragte unvermittelt: „Ist Mustafa zuhause?"

„Darüber reden wir, nachdem ihr euch ausgeruht habt", entgegnete Rahman. „Zuerst zeige ich euch die Gästestube."

Da hielt Khan gereizt den Arm seines Freundes und sprach mit zitternder Stimme: „Ich habe Mustafa wie meinen eigenen Sohn großgezogen; achtzehn Jahre lang! Ich muss alles über ihn wissen!"

„Na schön", sagte der Freund beschwichtigend. „ Ehrlich gesagt, Mustafa ist nachts nie zuhause. Er taucht nur spätnachmittags auf, bleibt ein paar Stunden, dann geht er wieder. Wohin? Weiß nur der Gott."

Khan senkte niedergeschlagen den Blick zu Boden. Nach einer Weile sah er wütend auf und sagte: „Na gut, wir schlafen jetzt. Dennoch wecke uns bitte, bevor Mustafa auftaucht! Ich will ihn in seiner Stube überraschen."

Rahman nickte bestätigend, bat seine Gäste ins Haus hinein und zeigte ihnen ihre Stube. Daraufhin machte er sich auf den Weg zur Moschee.

An jenem Tag arbeitete er nicht wie üblich bis zum Anbruch der Dunkelheit. Schon am Asr, der Zeitraum zwischen Spätnachmittag und Sonnenuntergang, überließ er das Geschäft dem Lehrling, seinem jungen Vetter, und ging eilenden Schrittes nach Hause. Als er zuhause ankam, sagte seine Frau zu ihm, Mustafa tauche normalerweise um diese Zeit auf. Er eilte sofort zur Gästestube im Obergeschoss und weckte Khan. Während er die Stube auf leisen Schritten mit ihm verlassen wollte, murmelte der Imam: „Nicht ohne mich!"

Sie warteten draußen vor der Tür, bis der Freund sich anzog und herauskam. Alsdann gingen sie unverzüglich zu dem Zimmer hinüber, wo Mustafa normalerweise wohnen sollte. Rahman schloss mit einem zweiten Schlüssel die Tür auf und sie traten hinein. Das kleine Zimmer wirkte nicht unsauber. Rahmans Frau hatte es regelmäßig gekehrt und die Bettwäsche alle paar Tage gewechselt. Bald ging Rahman aus dem Zimmer hinaus, um seinem kleinen Sohn zu sagen, er möge ihm sofort Bescheid geben, sobald Mustafa auftauche. Als er im Flur links einbog, um die Treppe zum Erdgeschoss hinunterzusteigen, da sah er Mustafa mit gesenktem Blicke gerade die Treppe heraufsteigen. Geschwind kehrte er ins Zimmer zurück und teilte dies den anderen mit. Kurz darauf hörten die Männer das Rascheln eines Schlüssels im Schloss. Mustafa, verwundert darüber, dass die Tür nicht abgeschlossen war, trat hinein. Als er Khan mit den anderen im Zimmer stehen sah, wurde er sogleich kreideweiß im Gesicht. Er starrte verwirrt mit ungläubigen Augen den Großvater an, dann ging er auf unsicheren Beinen auf ihn zu, um ihm wie üblich die Hand zu küssen. Da gab Khan ihm plötzlich eine kräftige Ohrfeige und er taumelte beiseite, hielt aber das Gleichgewicht, kurz bevor er gegen die Wand knallte. Der andere ging auf ihn zu, hob die Hand, um wieder auf ihn einzuschlagen. In diesem Moment hielt der Imam seine Hand fest und flüsterte: „Es reicht, beherrsche dich!"

Khan holte tief Luft und seine gehobene Hand sank sachte herab. Der Freund ließ ihn los, blieb aber dicht neben ihm.

„Willst du mich umbringen, du Schwein!?", brüllte er Mustafa an, während seine Hände zitterten und seine Lippen völlig bleich geworden waren. „Ist das dein Dank dafür, dass ich dir achtzehn Jahre lang sowohl Vater als auch Großvater gewesen bin!? Beinah vier Monate lang hast du mich auf ein paar Zeilen von dir warten lassen!! Vier verdammte Monate, die mich um mehr als vier Jahre älter gemacht haben! Mich, den Khan, der nach siebzig Jahren harten Lebens sich endlich zur Ruhe setzen sollte, um die restlichen paar Jahre seines Lebens im Frieden zu verbringen."

Während Khan brüllte, stand Mustafa mit gesenktem Blick vor ihm. Er schwieg und blieb solange in dieser Haltung, bis er merkte, dass sein Großvater alles gesagt hatte. Alsdann sprach er leise: „Es tut mir leid, Opa! Am Anfang lief alles gut, dann konnte ich aber nicht mehr lernen; weder in der Werkstatt noch beim Musikmeister."

„Und warum zum Teufel nicht!?"

Mustafa dachte ein wenig nach, dann antwortete zaghaft: „Weil ich mich nicht konzentrieren konnte."

„Und warum das nicht!?"

„Weil ich mich verliebt hatte."

„Heiliger Abdullah!!", rief Khan aus. „Kann das denn der Grund dafür sein, dass ein Mann seine Ausbildung in der fremden Stadt einfach umschmeißt!? Von was willst du denn später die Frau deiner Träume ernähren, he!? Von der Luft oder von einem erlernten, anständigen Beruf!?"

„So einfach ist es nicht, Großvater!", entgegnete Mustafa.

„Oh doch! So einfach ist es! Es sei denn, die Sache hat einen Haken."

„So ist es!", gestand Mustafa.

„Welchen Haken?"

Mustafa dachte ein wenig nach und antwortete: „Sie ist älter als ich."

„Wie viel?"

„Acht Jahre."

„Das lässt sich regeln. Du brauchst mich bloß zu ihrer Familie zu bringen; den Rest erledige ich."

„So einfach ist es wirklich nicht, Opa! Gib mir bitte Zeit und lass mich selber die Sache regeln!"

„Und woher kommt die verdammte Trinkerei?"

„Vom Kummer. Das wird aber nicht mehr vorkommen."

Nun sahen sich die Männer still an, während Mustafa immer noch mit gesenktem Blicke zu Boden schaute.

„Und wie lange darf es so weiter gehen?", fragte Khan noch.

„Ich kläre es bald. So kann ich auch nicht mehr weiterleben", erwiderte Mustafa.

„Und wie lange brauchst du Zeit, bis du dein Leben wieder in die Reihe bekommst?"

„Ich weiß es wirklich nicht, Opa! Aber ich kläre es bald."

„Ich weiß es aber!", versetzte Khan. „In zwei Wochen klärst du das Problem, dann reitest du mit der nächsten Karawane nach Hause und lässt mich wissen, ob die Sache vergessen ist oder ob ich mit ihrer Familie Kontakt aufnehmen soll. Wenn du aber nach zwei Wochen noch nicht zuhause bist, dann komme lieber nie wieder! Bei mir hast du kein Zuhause mehr!"

Nun wandte Khan den Blick zu Mohammad Rahman und sagte: „Der Frühling hat die Erde geweckt, die Arbeit in den Plantagen lässt nicht lange auf sich warten. Wir reiten heute schon bei Sonnenuntergang zurück."

Rahman nickte und die Männer ließen Mustafa in seinem Zimmer allein. Sobald sie die Treppe ins Parterre hinunterstiegen und sich in die Gästestube begaben, brachte ihnen Rahmans Sohn Tee mit Datteln und

Schischa. Bevor der Knabe die große Stube verließ, sagte der Vater zu ihm, er möge seiner Mutter sagen, den Gästen Lebensmittel einzupacken, denn sie würden schon bei Sonnenuntergang aufbrechen.

„Darf ich dich um einen Gefallen bitten?", fragte Khan seinen Gastgeber.

Rahman nickte und sagte entgegenkommend: „Enscha Allah – so Gott es will! -"

„Finde heraus, wer diese Frau ist und schreibe mir möglichst bald, ob Mustafa weiterhin trinkt. Habe Geduld mit ihm und behalte ihn noch bei euch, auch wenn er nach zwei Wochen nicht nach Hause gekommen ist. Geld hast du ja noch genug bei dir. Gib ihm so viel er will, bis er keins mehr hat. Dann möchte ich sehen, wie er danach für seine erste große Liebe aufkommen will. Dann wird er zurückkommen müssen. Nachdem er der Wirklichkeit in die Augen geschaut hat, werde ich wohl wissen, was mit ihm zu machen ist."

„Du sprichst mir aus der Seele, Khan", bestätigte der Freund. „So kann es nicht weiter gehen. Wir müssen der Sache auf den Grund gehen und schnell handeln, bevor es zu spät ist. Ansonsten wird der Junge in den gefahrvollen Gassen der Großstadt untergehen."

Khan fuhr mit den Fingern besorgt durch seine weißen Haare und sagte zu dem Freund, er wüsste seine Freundschaft sehr zu schätzen.

In diesem Augenblick kam Rahmans Sohn mit einem Tuch unter dem rechten Arm herein. Nachdem er das Tuch ausgebreitet hatte, deckte er es mit dem Reis und Gulasch in einem runden Tablett aus Messing. Diese ergänzte er noch mit dem dünnen, weißen Brot, mit Kräutern verschiedener Art, mit dem Joghurt und dem frischen Wasser. Nach der Mahlzeit rauchten die Freunde wieder Schischa zusammen, tranken Tee und verrichteten bei Sonnenuntergang gemeinsam das Abendgebet. Danach verließen Khan und sein Begleiter mit ihren Reittieren das Haus, ohne sich von Mustafa zu verabschieden.

Nachdem Mustafa unten in der Gasse das Trommeln der Pferdehufe auf dem Boden gehört hatte, ragte er den Kopf aus dem Fenster heraus und sah den Reitern nach, bis sie in die Nebengasse einbogen und aus seinem Blickfeld verschwanden. Danach verließ er sofort sein Zimmer, schloss die Tür ab und eilte die Treppe hinunter. Rahman, seine Frau, die beiden kleinen Töchter und der Sohn befanden sich noch im Hof. Mustafa grüßte sie flüchtig ohne aufzuschauen und verließ geschwind das Haus. Da sank der Vater vor dem Sohn auf die Knie und sagte leise zu ihm: „Verfolge Mustafa und lass ihn nicht aus den Augen, bis du herausgefunden hast, in welches Haus er reingeht. Du sollst dir das Haus ganz genau merken, mein Sohn! Das ist für Papa sehr wichtig."

Der Knabe nickte bestätigend und schoss aus dem Haus hinaus.

Nach etwa einer Stunde betrat der Junge den Hof wieder und rief keuchend nach seinem Vater. Rahman kam aus dem Haus heraus und eilte auf den Sohn zu.

„Ich habe es Papa!", rief der Junge.

„Pscht!", ermahnte ihn sein Vater. „Sprich leise! Niemand darf wissen, dass du Mustafa verfolgst."

Der Junge nickte und wisperte gleich: „Ich habe mir ganz genau gemerkt, wo er reingegangen ist."

„Kannst du das Haus wieder erkennen?"

„Klar kann ich das, Papa!"

„Hast du auch gewartet, bis er wieder rauskommt?"

„Ja, Papa! Aber er ist nicht rausgekommen."

„Gut gemacht, mein Sohn! Morgen und übermorgen machst du das Gleiche. Jedes Mal bleibst du solange, bis du sicher bist, dass er auch in dem Haus bleibt."

Inzwischen hatten Khan und sein Freund den bewaldeten Teil des Gebirges erreicht. Es wirkte nun anders als im gestrigen Lichte des Sonnenaufgangs. Diesen Unterschied konnten die Freunde kaum wahrnehmen, weil sie in Gedanken gänzlich mit Mustafa beschäftigt waren; mit seiner Zukunft und all dem, was ihn in der Großstadt erwarten würde. Den Weg bis hierhin hatten sie schweigend geritten. Jetzt brach Khan die Stille, indem er seinen Freund fragte, wie er die Sache aus seiner Sicht sehe.

„Das Ganze hat einen Haken", antwortete der Imam.

Khan spitzte die Ohren.

„Der Haken liegt nicht im Altersunterschied", fuhr er fort, „sondern darin, dass Mustafa öfters bei der geliebten Frau übernachtet. Rahman sagte, Mustafa wäre nachts fast nie zuhause gewesen. Ich frage mich, ob eine anständige Familie einen unverheirateten, jungen Mann, der in ihre Tochter verliebt ist, bei sich überhaupt übernachten ließe. Die Frau kann also nur eine Witwe sein, die es sich leisten kann, alleine zu leben."

„Vielleicht schläft er bei einem Freund", wandte Khan ein.

„Aber doch nicht so oft!"

Khan stieß einen tiefen Seufzer aus und schwieg.

In etwa einer Stunde ritten die einsamen Reiter allmählich in die Abenddämmerung hinein, wo aus den Felsen und Bäumen um sie herum bald riesige Schatten wurden, die sich in der Dunkelheit nach und nach auflösten. Was sie jetzt vor sich sahen, war nur noch der Reitweg, welcher im Lichte der Sterne schwach schimmerte.

Den beiden wurden die Augenlider vom langsamen, eintönigen Dahintraben ihrer Pferde allmählich schwer und Imams leises Schnarchen wurde bald hörbar. Dagegen ließ Khan sich vom Schlaf nicht überwältigen; denn die Pferdehufe trommelten immer noch auf den festen, steinernen Boden des Weges, der an den tiefen Schluchten vorbeischlängelte. Hinzu kamen noch die Gefahren, die das Gebirge in sich barg. Später, als das Trommeln allmählich verstummte und die Pferde die zahlreichen Biegungen und Unebenheiten des Weges hinter sich ließen, freute sich Khan aufs Flachland und gab erleichtert den Kampf gegen seine sinkenden Augenlider auf. Dennoch war er kaum eingeschlafen, da weckte ihn plötzlich ein beißender Schmerz in der Herzgegend. Er nahm ihn zuerst auf die leichte Schulter; der Schmerz wurde aber zunehmend größer und er konnte durch die ganze Nacht kein Auge zutun. Bis zum Sonnenaufgang rieb er sich sein Herz mit einem vor Schmerz verzogenen Gesicht, ohne darüber zu klagen. Später, nachdem die ersten, rötlichen Sonnenstrahlen der aufgehenden Sonne Imams geschlossene Augenlider berührten, wurde er davon wach. Da fragte er sofort den Freund, was mit ihm los sei: „Warum hast du das Gesicht verzogen!? Wozu reibst du dir die Brust!?"

„Das tue ich schon seit dem Anbruch der Dunkelheit", murmelte Khan leise. „Ein großer Schmerz im Herzen plagt mich, seitdem wir die Berge verlassen haben."

„Kein Wunder für einen Mann in deinem Alter!", entgegnete der andere. „Jede Menge Kummer, Sorge und

Aufregung wegen Mustafa, dazu noch zwei Tage Ritt ohne Rast. All das ist viel zu viel für dein müdes, siebzigjähriges Herz!"

Somit ritt Khan mit dem besorgten Freund fünf weitere qualvolle Stunden, bis die Hügelspitzen Eynaltamors an der Horizontlinie langsam zu erscheinen begannen. Dies teilte der Imam seinem Freund unverzüglich mit und ergänzte tröstend, sie wären bald zuhause und alles würde gut gehen. Als sie nach etwa einer Stunde in die erste Gasse des Dorfes einbogen, konnte Khan sich nur noch unter größter Anstrengung auf dem Pferd halten. Dies war dem Imam bewusst, daher ritt er dicht neben ihm, um gleich einzugreifen, falls der Freund seitlich kippen würde. Sobald er Khans Schloss endlich am Bach erblickte, stieß er einen Seufzer der Erleichterung aus und half dem Kranken von seinem Hengst herunterzusteigen. Dann schob er sich unter seinen Arm und ließ ihn sich auf seine Schulter stützen. Khan konnte nicht aufrecht gehen und lief gekrümmt. So führte der Imam ihn beinah tragend ins Haus hinein und machte ihm im Parterre geschwind sein Bett. Daraufhin versicherte er ihm, er käme bald mit dem Dorfarzt wieder.

Nun entspannte sich Khan allmählich und seine Augenlider wurden schwerer, bis er im Reich des Schlafes endlich seinen plagenden Herzschmerzen entkommen konnte.

Zur selben Zeit in Romeyseh, jenseits dieser Aufregung wachte Mustafa in den Armen seiner geliebten Laila auf; teils wegen der Mittagshitze, teils wegen der leichten Kopfschmerzen vom gestrigen, nächtlichen Wein.

„Wach auf Laila! Ich muss dir etwas Wichtiges mitteilen", sprach er im ernsten Ton.

„Muss das denn jetzt sein, Mustafa!?", klagte Laila schlaftrunken. „Kannst du mir das nicht nach dem Frühstück sagen!? Mein Bauch knurrt so vor Hunger!"

Mustafa streichelte ihr sanft das schwarze, lockige Haar und küsste es. „Darf ich dir heute das Frühstück machen?", fragte er unverhofft.

Da hob Laila plötzlich ihr rundes, hübsches Gesicht, stützte sich auf den rechten Ellbogen und sah Mustafa ungläubig an. Dann küsste sie ihm auf die Nase und sagte lächelnd: „Das ist sogar die Belohnung dafür."

Nachdem Mustafa das Frühstückstuch ausgebreitet und bunt gedeckt hatte, verneigte er sich feierlich vor Laila und fragte: „Darf ich jetzt die Königin meines Herzens ans Tuch bitten?"

Laila, verdutzt und auch angenehm berührt, trat hervor und sagte: „Du kannst aber süß sein! Nie im Leben hätte ich gedacht, dass ein Mann mir das Frühstück machen würde!"

Mustafa legte die rechte Hand auf die Brust und verneigte sich wieder tief vor ihr. Während die beiden frühstückten, sah er hin und wieder zu Laila auf und genoss ihren Anblick beim Essen. Nach dem Frühstück brach er die Stille: „Die Königin rührt sich nicht vom Fleck, ich räume auf." Das tat er auch. Danach setzte er sich vor ihr nieder und sprach mit leiser Stimme: „Ich liebe dich Laila! Ich liebe dich so sehr, dass ich mir ein Leben ohne dich kaum vorstellen kann. Das war der Grund, warum ich in der Werkstatt, wo ich meine Schreinerausbildung machen sollte, mich kaum konzentrieren konnte; ich wollte einfach bei dir sein. Jede Minute, die ich hier mit dir verbringe, erfüllt mein Leben mit unendlicher Freude. Seitdem ich dich kennengelernt habe, bin ich glücklich wie noch nie. Willst du meine Frau werden, Laila? Immer mit mir sein, für den Rest meines Lebens?"

Da wurde Lailas Gesicht auf einmal bleich, sie senkte sachte den Blick und starrte besorgt den bunten Teppich an, worauf sie saßen. Nach einer Weile sah sie auf und sagte: „Ich werde dich nicht heiraten, Mustafa! Das kann ich dir nicht antun!"

Kaum hatte Laila ihren ersten Satz zu Ende gesprochen, da stieg Mustafa das Blut ins Gesicht. Er rief verwirrt aus: „Warum denn nicht!? Was willst du mir nicht antun!?"

Er hielt kurz inne und dachte nach; dann beantwortete selber seine Frage: „Ach so! Du willst mich nicht heiraten, weil du eine Prostituierte bist. Du denkst, du würdest damit meinem Namen Schande machen, nicht wahr? Aber ich habe dich doch nie als eine Prostituierte angesehen! Ich schwöre bei Allah, dass ich dich liebe, Laila! Wir werden doch weit weg von hier zusammenleben; in einem schönen Schloss in Eynaltamor. Wer will dich denn dort wieder erkennen!?"

Laila wartete still ab, bis Mustafa sein Herz ausgeschüttet hatte. Daraufhin ging sie auf leisen Sohlen auf die Zimmertür zu, öffnete sie und sah nach, ob sich jemand im Hof hinter der Tür befand. Dann riegelte sie die Tür wieder zu, kam zurück und sagte beinah flüsternd: „Ich war keine Prostituierte, ich bin es nicht und werde es auch nie sein. Und der Zuhälter, der mich hier schon seit einem halben Jahr festhält, gab sich damals als Geschäftsmann aus, als er eines Tages in unser Zelt kam und meinen Vater um meine Hand bat. Ich stamme aus einer Nomadenfamilie. Wir Nomaden sind gutmütige, leichtgläubige Menschen. Er meinte, er hätte einen Laden in der Stadt. Mein Vater glaubte ihm alles und wir feierten drei Tage danach unsere Hochzeit. Er blieb noch ein paar Tage bei uns und versuchte, zu uns allen sehr nett zu sein. Dann brachte er mich hierher nach Romeyseh. Dabei hatte er meinem Vater eine andere Stadt genannt, wo wir leben sollten; eine Stadt, nicht weit von der Stelle, wo meine Familie unsere Ziegenherde hütete. Dafür landete ich aber hier in diesem Gott verdammten Haus."

Laila seufzte tief, wischte sich eine Träne vom Auge und fuhr fort: „Kurz nachdem wir hier angekommen waren, sagte er mir, warum er mich hierher gebracht hatte und was ich für ihn tun musste. Da habe ich ihn gleich im Gesicht gekratzt und bin auf ihn gesprungen. Danach hat er mich so geprügelt und so gepeitscht, dass ich zwei Wochen lang im Fieber brannte und mich im Bett kaum drehen konnte, weil mir die blauen Flecken am Körper überall wehtaten. Bevor er mich dann halbtot geprügelt im Zimmer allein ließ, sagte er zu mir, es hätte keinen Sinn von hier wegzulaufen, hier sei ein Vergnügungsviertel und kein Mensch würde einer Frau aus dieser Gegend ein einziges Wort glauben, er würde mich dann finden und mir die Kehle durchschneiden. Nachdem er gegangen war, wollte ich einfach nicht mehr leben; denn meine Familie war weit weg von mir, inzwischen waren sie bestimmt auch weitergezogen. Wir Nomaden ziehen immer dorthin, wo unsere Ziegen weiden können. Ich habe mich also entschieden, solange nichts zu essen, bis ich sterbe. Nachdem ich drei Wochen lang nichts gegessen hatte, drohte er mir mit weiteren Schlägen. Als er aber merkte, dass ich sehr geschwächt war und Gewalt keinen Sinn mehr hätte, wurde er weich und schlug mir ein gemeinsames Geschäft vor. Er meinte, er würde für mein Essen und ein Dach über meinem Kopf sorgen, dafür nähme er 70 Prozent der Einnahmen für sich, den Rest könnte ich für mich behalten. Danach habe ich so getan, als ob sein Angebot mich tatsächlich interessiere. Seitdem spare ich Geld und warte auf eine günstige Gelegenheit, aus dieser Hölle zu entkommen."

Mustafa hörte sich Lailas Geschichte zutiefst berührt an. Anschließend seufzte er und sagte: „Dieses Schwein könnte ich ohne Reue umbringen. Ich wusste schon von Anfang an, dass ich mich in eine anständige Frau verliebt hatte. Das, was du mir eben erzählt hast, hat das bestätigt, es hat aber meine Frage nicht beantwortet, warum du mich nicht heiraten willst."

„Ich will dich nicht heiraten, nicht weil ich dir und deiner Familie damit Schande bringen würde ", ergänzte Laila unnachgiebig „sondern weil ich dich einfach nicht so liebe wie du mich. Ich habe manchmal das Gefühl, dass du in meinen Armen eine Art Mutter suchst. Ich mag dich Mustafa! Sehr sogar! Aber das reicht nicht aus, um einen Mann glücklich zu machen. Ich würde deinem Namen nur dann Schande machen, wenn ich dich heiraten würde, ohne dich von ganzem Herzen zu lieben. Begreifst du jetzt, warum ich dir das nicht antun will?"

Da stieß Mustafa einen tiefen Seufzer aus und nickte. Dann fragte er beinah verzweifelt: „Was soll ich tun, damit du mich liebst?"

„Dafür kann man nichts tun, Mustafa!", versetzte sie. „Einmal fragte ich meine Mutter neugierig, was die Liebe sei. Sie sagte, Liebe sei Schicksal. Sie sei wie eine Flut, die einen mitreißt, sobald sie da ist. Dagegen kann man nichts tun. Dies habe ich später am eigenen Leibe erlebt, wusste aber nicht, dass die Flut, die mich mitgerissen hat, in einen Alptraum münden würde."

Mustafa starrte den Teppich an und fuhr mit Fingerspitzen traurig über seine Fasern. Nach einer Weile blickte er auf und fragte: „Willst du, dass ich jetzt gehe und nie wieder komme?"

„Ja, das will ich! Auch wenn ich das ungern sage", antwortete Laila. „Eine einseitige Liebe bringt nur Unglück. Schau doch bloß, wie sie deine Ausbildung kaputt gemacht hat! Und sie wird dir auch die Möglichkeit wegnehmen, eines Tages die Frau deines Lebens kennenzulernen. Gehe lieber und vergiss mich für immer!"

„Wie soll ich das tun, wo ich jetzt weiß, dass ein Monster dich hier gefangen hält!? Kann ich dir denn nicht irgendwie zur Flucht verhelfen?"

„Nein, mein Lieber! Dieses Monster ist zu allem fähig. Wenn er nur herausfindet, dass du hinter meiner Flucht stehst, würde er nicht ruhen, bis er dich mit eigenen Händen erwürgt hat. Er denkt, dass ich mich hier mittlerweile aufs Geldverdienen freue. Er vergisst manchmal die Haustür zu verschließen. Und ich werde ihn in diesem Glauben lassen, bis die Zeit zur Flucht reif ist; so reif und süß wie eine saftige Frucht."

Mustafa stieß wieder einen Seufzer aus und sprach: „Ich verspreche nicht, dass ich dich nie mehr besuchen werde. Ich glaube nicht, dass ich es kann."

Da stand er unversehens auf und verließ das Zimmer. Im Hof begegnete er dem Zuhälter. Er wollte schnell an ihm vorbeigehen, ohne ihm ins Gesicht zu sehen. In diesem Augenblick fragte der andere unverhofft: „Kommst du heute Abend wieder? Soll ich sie für dich frei halten?"

Mustafa blieb wie erstarrt vor ihm stehen. Sein Herz raste wie verrückt. Am liebsten würde er auf ihn springen und ihn in Stücke reißen. Er beherrschte sich, verzerrte seine Lippen zu einem gezwungenen Lächeln und sagte mit unterdrückter Stimme: „Heute Abend bekomme ich Besuch, morgen Abend komme ich wieder."

„Ich verlasse mich drauf!", entgegnete der andere. „Das Geschäft muss ja fließend laufen!"

Mustafa biss sich auf die Lippen und verließ geschwind das Haus. Er ging schweren Herzens nach Hause und versuchte zu schlafen. Vergebens! Kummer und tausendfache Gedanken und Sorgen um Laila überfluteten ihn gleich. Unruhig wälzte er sich lange im Bett von einer Seite auf die andere, bis die glühenden Lichtstrahlen der untergehenden Sonne die Wände des Zimmers rötlich färbten. Es war nicht mehr so warm und die Luft roch nach Asr, im Arabischen der Zeitraum zwischen dem Spätnachmittag und Sonnenuntergang.

Er dachte, er würde gewiss vor Kummer platzen, wenn er mit all seinen Sorgen und Ängsten im kleinen Zimmer bliebe. Da überwältigte ihn ein heftiges Verlangen nach frischer Luft und einer Flasche Wein. Er sprang auf und verließ eilig das Haus. Dabei beobachtete ihn Rahmans Frau vom Wohnzimmer aus. Sie blinzelte ihrem Sohn zu und der Junge schoss sofort aus dem Hof hinaus. Nachdem er Mustafa für eine Weile verfolgte hatte, stellte dieser zwei Passanten eine Frage. Jene erklärten ihm etwas, er lief geradewegs bis zum Ende der Gasse und bog nach links in Richtung des Christenviertels ab. Als Mustafa in dem Viertel ankam, fragte er einen weiteren

Passanten etwas. Dieser zeigte links auf eine Haustür hin und verschwand. Mustafa eilte auf die Tür zu, griff nach ihrem eisernen Türklopfer und klopfte laut. Wenig später ging der rechte Flügel der Tür nach innen auf, er sprach mit jemandem, ging dann hinein und kam nach einer Weile mit einer Stofftüte in der Hand heraus. Der Junge dachte, Mustafa würde nun wieder zum selben Haus gehen, wo er gestern hingegangen war. Er blieb aber auf der breiten Gasse und ging solange aufwärts, bis die Häuser immer weniger wurden und bald in die kahle, trockene Landschaft übergingen. Mustafa hatte den Stadtrand erreicht und steuerte sogleich auf einen Hügel zu, dessen Spitze einen herrlichen Panoramablick auf die gesamte Großstadt bot. Sein kleiner Verfolger wagte nun keinen Schritt weiter und rannte geschwind nach Hause. Am Abend, als sein Vater vom gemeinsamen Abendgebet nach Hause kam, erzählte er ihm alles, was er gesehen hatte.

„Aha, jetzt wissen wir schon, wo Mustafa sich seinen Wein besorgt", sagte Rahman heiter zu seiner Frau. „Wein kann man ja auch nirgendswo kaufen als im Christenviertel."

„Ist es denn wirklich wichtig zu wissen, in welchem Stadtviertel er sich seinen verdammten Wein besorgt!?", wandte seine Frau aufgebracht ein. „Haben wir denn nicht alle seit unserer Geburt im Schutze des heiligen Korans und seiner Lehren gelebt!? Wie lange müssen wir denn diese Schande dulden!? Du weißt es nicht, wie ekelhaft sein Zimmer riecht, wenn er es verlässt!"

„Ich verstehe dich gut", gestand ihr Mann beschwichtigend. „Und es tut mir sehr leid, dass ich der Grund für deine Aufregung bin. Aber Mustafas Großvater kenne ich schon seit mehr als zwanzig Jahren. Bevor Khan uns gestern verließ, bat er mich ausdrücklich darum, Mustafa solange noch bei uns zu behalten, bis er das Geld für seine Ausbildung gänzlich aufgebraucht hat. Und wie unbedacht der Junge Geld ausgibt, das wissen wir alle ganz genau. Seine Zeit bei uns ist also wirklich abgelaufen."

Seine Frau schüttelte den Kopf und verließ missmutig das Wohnzimmer. Rahman wandte den Blick von ihr ab, sah zu dem Sohn hinab und sprach: „Mein Lieber, du hast bis jetzt alles gemacht, was Papa von dir verlangt hatte. Eine Sache bleibt aber, die wir noch nicht geklärt haben. Wir müssen herausfinden, ob Mustafa immer wieder zum selben Haus geht, wo er gestern hingegangen ist. Damit hast du deinem Papa einen großen Dienst erwiesen, den letzten Dienst."

Sein Sohn nickte und er drückte ihn.

In Mustafas Heimatdorf Eynaltamor funkelten und glitzerten die Sterne millionenfach am Himmel. Khan war noch nicht aus dem tiefen Schlaf erwacht, der ihn heute Mittag vom plagenden Schmerz im Herzen befreit hatte. Nachdem er vom Imam ins Bett geführt und gleich danach eingeschlafen war, war der Freund mit dem Dorfarzt bald wieder bei ihm. Der Arzt, kein gelernter Mediziner, hoffte, dass Khans Beschwerden bloß auf die Reisestrapazen zurückzuführen wären. Daher empfahl er, den Kranken lange schlafen zu lassen und hinterließ nur ein paar stärkende Kräuter, die man in heißem Wasser ziehen lassen und dem Kranken zum Trinken geben sollte.

In jener Nacht schlief Khan tief. Er, der ein Frühaufsteher war, wurde am Tag darauf nicht wie üblich vom morgendlichen Dämmerlicht geweckt, sondern von einem ziehenden Schmerz im Herzen um die Mittagszeit. Zum Glück sah er gleich den Imam an seinem Lager sitzen. Der Freund war ja die ganze Nacht bei ihm geblieben und hatte im Laufe des Vormittags hin und wieder nachgesehen, wie es ihm ging. Nun, nachdem er in Khans leblose Augen geschaut hatte, machte er sich ernsthafte Sorgen um ihn. Er wischte ihm mit einem Tuch die dicken Schweißtropfen von der Stirn und sagte: „Ich bin fast die ganze Zeit bei dir gewesen und werde dich nicht allein lassen, bis du wieder gesund bist. Ich mache dir gleich einen guten Kräutertee."

Khan ließ die schweren Augenlider wieder sinken. Nachdem der Imam den Tee gemacht hatte, half er dem Liegenden hoch, damit er an seiner Tasse nippen könnte.

Merkwürdig, wie schnell es gehen kann und wie gnadenlos das Leben einen Mann mit eisernem Willen bezwingen kann! , dachte der Geistliche, während sein bester Freund sich auf ihn stützte und zusammengekrümmt und schutzbedürftig seinen Tee trank. Er hätte nie gedacht, Khan in dieser Verfassung zu sehen; den guten, starken Freund, von dem sowohl das Grundstück als auch die Idee der Plantagen stammten. Von Khan hing also das Leben von mehr als vierzig Familien im Dorf ab, dessen Antlitz nun zu einem Greisengesicht zusammengeschrumpft, vor Schmerz verzogen und vom Schatten des Todes überzogen war. Der Imam seufzte tief und ließ den schwer kranken Freund sich wieder hinlegen, nachdem er seinen Tee ausgetrunken hatte.

„Ich denke, ich hole wieder den Arzt", sagte er mit besorgter Stimme. Khan konnte kein Wort über die Lippen bringen und der andere eilte aus dem Schloss hinaus. Der Dorfarzt war nicht sofort zu holen. Seine Frau sagte, er sei unterwegs zu einem Patienten im Nachbardorf, aber sie würde ihn sofort zu Khan schicken, sobald er wieder zuhause wäre. So kehrte er mit einem langen Gesicht zum Freund zurück, dessen Zustand nichts Gutes verhieß.

„Du musst die Zähne zusammenbeißen, bis der Arzt wieder da ist", sagte er zu Khan. „Seine Frau meinte, er sei zu einem Patienten im Nachbardorf geritten."

Khan öffnete sachte die Augen und sah den Freund an. Nach einer Weile murmelte er Folgendes, als ob er aus der Tiefe eines Brunnens sprechen würde: „Ich mache mir Sorgen um die Plantagen und die vierzig Familien, die davon leben."

„Du brauchst dir jetzt um nichts und niemanden Sorgen zu machen", versetzte der Freund. „Ruhe ist genau das, was du jetzt brauchst; verstanden?"

Khan seufzte tief und fuhr fort: „Jeder Mensch wird irgendwann mal hören, dass der Tod an seine Haustür klopft. Und ich vernehme jetzt ganz deutlich sein Läuten an meiner Tür. Deswegen mache ich mir Sorgen um die Zukunft der Arbeiter."

Um Khan zu keiner weiteren Anstrengung zu veranlassen, widersprach ihm sein Freund nicht mehr und schwieg.

„Das Problem ist", ergänzte Khan schnaufend „dass ich nicht viel Zeit habe, um herauszufinden, ob Mustafa es verdient, meinen ganzen Besitz zu erben und damit über das Leben und die Zukunft der Arbeiter und ihrer Familien zu bestimmen."

Er hielt inne und schnaufte wieder. „Du hast doch vor kurzem miterlebt, was er in der Stadt getrieben hat. So einem Schwächling sollte ich nach meinem Tode mein gesamtes Hab und Gut und die große Verantwortung der Plantagen in die Hand legen!?“

Der Imam stieß einen tiefen Seufzer aus und sprach: „Mein lieber Bruder, deine Worte über den Tod sind mir wie Messerstiche ins Herz. Du wirst dich bestimmt erholen. Dafür brauchst du doch nur Zeit und Ruhe.“

In diesem Moment hörte er Khans leises Schnarchen. Er war mit leicht geöffneten, bleichen Lippen wieder eingeschlafen. Der Geistliche blieb bei ihm und machte ihm Essen. Danach ging er kurz nach Hause, um seiner Frau Bescheid zu geben, dass er auch die nächsten Tage beim Kranken verbringen würde. Daraufhin, während er schnellen Schrittes zu Khan zurückkehrte, sah er zu seiner Erleichterung den Arzt, welcher den Bach entlang auf das Schloss zusteuerte. Er holte ihn ein und sagte zu ihm, Khans Verfassung hätte sich verschlechtert. Als sie am Lager des Kranken ankamen, zog der Arzt die Augenbrauen zusammen und meinte: „Wir warten vorerst ab und gönnen ihm viel Schlaf und Ruhe. Wenn sein Zustand sich trotzdem nicht bessert, müssen wir ihn in Romeyseh befördern. In der Großstadt gibt es gute Ärzte, die sein Herz untersuchen werden.“

„Aber die Reise dorthin wird ihn doch mit Sicherheit umbringen!“, wandte der andere ein.

„Haben wir denn eine andere Wahl!?“, fragte der Arzt besorgt. „Was kann ich denn hier mit meinen Kräutern für ihn tun, wenn sein Zustand noch schlimmer wird!? Schau dir doch sein Gesicht an! Es ist zu einem Greisengesicht zusammengeschrumpft!!“

Nun hinterließ er bestimmte Kräuter und sagte, sie seien gut gegen Schmerzen. Dazu gab er dem Imam eine kleine Dose mit der grünen Salbe darin und fügte hinzu: „Reibe ihm damit die linke Seite des Brustkorbes ein! Aber wecke ihn deswegen nicht; mehr als alles andere braucht er jetzt Schlaf und Ruhe."

In Romeyseh, auf jenem Hügel am Stadtrand, trank Mustafa gestern bei Sonnenuntergang seine Flasche Wein eilig aus, um seinen Kummer loszuwerden. Der Panoramablick auf die Stadt mit all ihren Lehmhäusern und Bauten, die von Dattelpalmen majestätisch überragt waren, bot seinen Augen das herrliche Bild einer Stadt an, die nach einem lebhaften, betriebsamen Tag langsam in Ruhe und Muße überging. Sie pflegte mit dem Funkeln der ersten Sterne am Himmel allmählich in den tiefen Schlaf zu versinken.

Diesmal vermochte die Aussicht der Stadt bei Sonnenuntergang mit den glühend durchstrahlten, golden umrahmten Wolkenstreifen über den Bergkämmen nur für eine kurze Zeit das Herz und die Seele Mustafas zu berühren. Denn seine Sinne wurden alsbald vom Rausch des Alkohols benebelt und der herrliche Panoramablick Romeysehs ging in der verschwommenen Wahrnehmung seiner blutdurchzogenen Augen unter. Später, als die ersten Sterne neben der Mondsichel am tiefen Violett des Himmels zu leuchten begannen, stieg der Betrunkene auf unsicheren Beinen den Hügel hinunter und ging leicht taumelnd durch die halbdunklen Gassen der Stadt nach Hause.

Die Luft war gänzlich von den Rufen des Allaho-Akbars – Gott ist allmächtig – erfüllt, als Mustafa vor Rahmans Haustür ankam. In dem Moment, als er auf den rechten Türflügel drücken wollte, um hineinzutreten, zog Rahman vom Hof aus gleichzeitig denselben

Flügel, um hinauszutreten. Da stolperte der Betrunkene in den Hof hinein und ihre Blicke prallten unverhofft aufeinander. Anstatt den älteren zuerst zu grüßen, wie es sich gehörte, murmelte Mustafa etwas Dumpfes vor sich hin und steuerte taumelnd auf das Hausgebäude zu. Der andere schüttelte wütend den Kopf, verließ den Hof und verschwand im abendlichen Dämmerlicht der Gasse.

Am Tag darauf konnte Mustafa es nicht abwarten, in Lailas Armen wieder zu ruhen. Die Sehnsucht nach ihr trieb ihn schon um die Mittagszeit zu jenem Haus im Vergnügungsviertel. Dabei hatte er kaum die Treppe zum Erdgeschoss hinuntergestiegen, da schickte ihm Rahmans Frau ihren Sohn nach. Der Junge sah bald, dass Mustafa nicht den Weg zum Christenviertel einschlug, sondern zum selben Haus, wo er vorgestern hingegangen war. Derselbe Mann machte ihm die Haustür auf und er trat hinein.

Laila sah ihn in ihrem Zimmer traurig an, wenn schon nicht überrascht. Er umarmte sie und sagte: „Entschuldige mich Laila! Ich hätte nicht kommen sollen, aber die Sehnsucht nach dir peitschte mich hierher."

„Du riechst nach Wein! Schon zur Mittagzeit!!", sagte sie besorgt.

„Der Geruch ist von gestern. Wein hilft mir, meinen Kummer zu vertreiben", erwiderte Mustafa.

Laila seufzte tief, fuhr mit der Hand sanft über sein Haar und sagte: „Möge Gott mir vergeben, was ich dir angetan habe!"

„Ohne dich hätte ich nie in meinem Alter die Liebe zu einer Frau kennengelernt", versetzte Mustafa. „Dafür bin ich dir sehr dankbar." Er drückte sie an sich und schmolz augenblicklich in ihren Armen dahin.

Diesen Nachmittag verbrachte er bei Laila, den Abend und die Nacht auch. Den Tag darauf blieb er mit seiner Liebsten bis zum Mittag im Bett. Er verlangte schon beim Frühstücken Wein, ging dann nach Hause und kehrte am Asr wieder zu Laila zurück. Dies tat er im gleichen Rhythmus mehrere Tage nacheinander. Dabei empfing Laila ihn jedes Mal trauriger als zuvor. Sie wurde Tag für Tag stiller und tat beinah nur das, was Mustafa von ihr wollte; öfters ohne eigene Anteilnahme.

Nachdem Rahman sich indessen vergewissert hatte, dass Mustafa immer wieder ein und dasselbe Haus besuchte, ging er ihm eines Tages mit dem Sohn nach. Damit wollte er genau in Erfahrung bringen, um welches Haus es sich handelte. Dabei, je mehr der Verfolgte sich dem berüchtigten Stadtteil näherte, umso mehr bestätigte sich Rahmans Verdacht, dass Mustafa mit Prostituierten verkehrte. Somit kamen bald alle drei mit etwa fünfzig Metern Abstand am Vergnügungsviertel an. Wenig später blieb Mustafa plötzlich vor dem Haus stehen, wo Laila hinter der stets abgeschlossenen Haustür mit dem Zuhälter in separatem Zimmer wohnte. Er griff nach dem verrosteten, eisernen Türklopfer und klopfte. Kurz danach schloss ein großer, breitschultriger Mann die Tür auf, er ließ Mustafa herein und reckte den Kopf aus der Türöffnung heraus, um einen Blick in die Gasse zu werfen. Nachdem Mustafa eingetreten war, setzten sich Rahman und sein Sohn wieder in Bewegung. Vater und Sohn gingen an jener Haustür vorbei und liefen die Gasse etwa fünfzig Meter aufwärts. Dann blieben sie stehen und nahmen das Haus ins Visier. Nach einigen

Minuten, da niemand aus dem Haus herauskam, sank Rahman vor dem Sohn nieder und sagte zu ihm: „Wegen einer sehr wichtigen Sache muss der Papa jetzt herausfinden, was für ein Haus es ist, wo Mustafa ebengerade hineingegangen ist. Das tu ich, weil ich mir über eine Sache ziemlich sicher sein muss; ansonsten würde ich ein großes Unheil anrichten. Verstehst du, mein Sohn?"

Der Sohn schüttelte verwirrt den Kopf.

„Nicht wichtig!", fuhr Rahman fort. „Wir gehen jetzt zurück, du gehst am Haus vorbei und ich klopfe an der Haustür."

„Ist es gefährlich, Papa?", fragte der Junge besorgt. „Würde der große Mann dir etwas antun?"

„Nicht wirklich, mein Lieber!", versicherte er. „Ich frage nur etwas, dann komme sofort zu dir. Ich gehe nicht rein, das schwöre ich!"

Der Sohn nickte beruhigt und die beiden liefen los. Bald ging Rahman auf die Haustür zu und sein Sohn entfernte sich. Kurz nachdem er angeklopft hatte, machte der Zuhälter die Tür auf. Er wirkte angespannt und unsicher. „Was willst du?", fragte er unfreundlich.

„Bin einsam und suche etwas Schönes und Zartes", antwortete Rahman grinsend. „Ich habe gehört, so was lässt sich hier bei dir finden."

„Ja, du hast richtig gehört", grinste der andere erleichtert zurück. „Schöne und zarte Dinge sind heutzutage eine seltene Ware. Davon habe ich nur eine einzige. Sie ist aber seit über zwei Monaten besetzt. Frage ab und zu nach! Sie wird doch nicht ewig besetzt bleiben."

Nach dieser Begegnung hatte Rahman keinen Zweifel mehr, dass er Mustafa keineswegs länger in seinem

Haus haben wollte. Auf dem Weg nach Hause merkte sein Sohn, dass das kurze Gespräch mit dem fremden Mann seinen Vater innerlich sehr aufgewühlt hatte. Er sah hin und wieder zu ihm auf und fragte endlich: „Hat der große Mann dir etwas Böses gesagt, Papa?"

Rahman sah geistesabwesend zu ihm herab und sagte: „Hast du etwas gefragt, mein Sohn?"

Als der Junge seine Frage wiederholte, antwortete er unruhig: „Nein, nichts Böses! Ich muss heute Abend einen wichtigen Brief schreiben. Und ich muss für die nächsten Tage sehr viel Geduld aufbringen. Möge Gott mir dabei helfen!"

Sobald sie zuhause ankamen, holte Rahman Feder und Tinte und begann Folgendes zu schreiben:

Lieber Freund Khan,

ich hoffe, ihr seid heil in Eynaltamor angekommen. Ich habe dir über Mustafa wieder nichts Gutes zu berichten; daher ganz dringend folgende Zeilen: In unserem letzten Gespräch bei mir zuhause sagte ich zu dir, Mustafa könnte in den gefahrvollen Gassen der Großstadt untergehen. Jetzt schreibe ich dir ohne Zweifel, dass er bereits untergegangen ist. In den letzten Tagen erlebte ich ihn entweder ganz oder halb betrunken. Und eben jetzt, vor etwa zwei Stunden, brachte ich persönlich in Erfahrung, dass die Frau, wofür Mustafa geschwärmt hatte, eine Nutte aus dem Vergnügungsviertel sei. Allah ist mein Zeuge, ich sah ihn heute mit meinen eigenen Augen ins Haus dieser Nutte hineingehen.

Mit Mustafa hat sich Sünde in meinem Haus eingenistet. Dir zuliebe schmeiße ich ihn nicht hinaus, bis Du antwortest. Sobald ich Dein Schreiben erhalten habe,

bringe ich ihn zur Karawanenstation und schicke ihn
unverzüglich nach Eynaltamor zurück.
Ich warte dringend auf die Antwort.

Stets in Freundschaft verbunden
Rahman

Am Tag darauf machte sich Rahman auf den Weg zur
Karawanenstation, bevor er zur Arbeit ging. Dort suchte
er den entsprechenden Eilboten auf, gab ihm den Brief
und befahl: „Reite sofort los und raste nicht, bis du dem
Empfänger dieses Schreiben in die Hand gedrückt hast!"
Er zog einige Geldscheine aus der Tasche, hielt sie ihm
vor das Gesicht und fuhr fort: „Die gleiche Summe bekommst du wieder, wenn du mir umso schneller die
Antwort bringst. Der Brief ist für Khan. Der Imam des
Dorfes wird dich am schnellsten zu ihm führen. Komme
nicht ohne die Antwort des Empfängers zurück! Allah
sei mit dir!"
Der Bote nahm das Geld, legte die Hand auf die Brust
und neigte respektvoll das Haupt. Alsdann sprang er auf
seinen Hengst und brachte das Reittier in die richtige
Stellung. Kurz danach machte das Pferd einen Sprung
nach vorn und der Bote verließ im Galopp die Karawanenstation.
Der Reiter übte seine Tätigkeit als Eilbote seit mehreren Jahren aus und genoss das Vertrauen vieler Ge-
schäftsleute, die seine Arbeit aus beruflichen Gründen
öfters in Anspruch nahmen. Er musste also schnell sein
und zuverlässig; denn sein tägliches Brot hing von den
Aufträgen dieser Leute ab. Daher gönnte er sich selbst

und dem Reittier bei kürzeren Strecken nur dann Rast, während er sein tägliches Gebet verrichtete.

Am Tag darauf hatte die aufgehende Sonne Eynaltamor gänzlich in ihr rötlich feuriges Licht eingetaucht, als der Bote erschöpft den Zügel seines Pferdes an einer hölzernen Einrichtung festband, die zu diesem Zweck an der östlichen Mauer der Moschee angebracht worden war. Das gemeinsame Morgengebet hatte er aber verpasst; daher verrichtete er seine rituellen Gebetswaschungen am Hofbecken alleine.

Nachdem der einsame Beter den Gebetsraum verlassen und die steinernen Stufen in den Hof hinunter gestiegen hatte, grüßte er den Imam. Als Bote war er schon dem Geistlichen bekannt.

„Alaykomo Salam, mein Sohn!", grüßte Imam Abdullah zurück. „Wie ist die Reise gewesen?"

„Stressig und pausenlos", antwortete der Bote knapp. „Wie sollte sie denn in unserem Beruf anders sein!?"

„Wer ist denn diesmal dran?"

„Wiederum Khan", antwortete der Bote. „Auch der Absender ist der gleiche." Er zog den Brief aus seiner ledernen Tasche heraus.

„Ich bin ja in der letzten Zeit fast nur bei Khan gewesen", sagte der Imam. „Ich bringe ihn zu ihm."

„Das geht aber nicht!", wandte der Bote ein. „Diesmal nicht! Das ist ein Eilbrief. Deswegen brauche ich eine schnelle Antwort. Spätestens bis zur Mittagszeit."

„Khan liegt aber seit einer Woche im Bett", versetzte der andere. „Er ist sehr krank. Der Inhalt dieses Briefes könnte ihn umbringen. Er meint, er lebe nicht mehr lange. Mittlerweile teile ich sogar seine Meinung, wie sehr es mir auch leid tut. Ich muss also wissen, worum es in dem Schreiben geht. Ich und Khan sind vor etwa neun Tagen bei Rahman gewesen. Ich kann mir gut vorstellen, um was es sich handelt."

Der Bote zog die buschigen Augenbrauen zusammen und sagte nachgiebig: „Na gut! Aber wir bringen den Brief gemeinsam zu ihm."

Sie machten sich gleich auf den Weg zum Schloss. Nachdem der Imam unterwegs den kurzen Inhalt des Briefes zu Ende gelesen hatte, blieb er plötzlich stehen und sah besorgt vor sich hin. „Diese Zeilen sind tödlich für Khan", dachte er laut und las den Brief noch einmal.

Was würde denn aus den Plantagen, den Arbeitern und ihren Familien werden, wenn Mustafa nach Khans Tod als der einzige rechtmäßige Erbe seinen ganzen Besitz erben würde, grübelte er noch. Er setzte sich wieder in Bewegung, während Sorge seine Miene gänzlich überschattete. Das sah der Bote ihm an, wahrte aber Diskretion und schwieg. Als sie ankamen, fanden sie den Dorfarzt am Lager des Kranken sitzen und ihm mit einer Salbe die Brust einreiben. Sobald dieser die Ankömmlinge hereinkommen sah, hielt er den Zeigefinger vor dem Mund und zischte: „Er ist eben gerade eingeschlafen."

Der Imam zwinkerte ihm zu und deutete mit einer leichten Kopfbewegung nach draußen hin. Der Arzt stand auf und folgte ihm auf die Hofterrasse. Der Bote blieb beim Liegenden.

„Wie geht es ihm?", fragte der Imam.

„Schlimmer geworden", gab der Arzt zurück. „Er wäre vielleicht gerettet, wenn wir ihn nach Romeyseh befördern könnten. Er würde aber die Strapazen des Weges mit Sicherheit nicht überleben. Davon bin ich überzeugt."

Mit dieser Behauptung des Arztes erlosch beim Imam Abdullah jegliche Zuversicht und Hoffnung, was den Zustand seines Freundes anbetrifft. Er hielt dem Arzt Rahmans Brief entgegen und dieser überflog ihn rasch.

„Jetzt gelten meine Sorgen nicht allein Khan", sprach der Imam „sondern auch der Zukunft von mehr als vierzig Familien im Dorf, die von den Plantagen leben."

Der Arzt schnaufte und sagte: „Das kann ich gut nachvollziehen."

„Bringen wir denn meinen Freund nicht um, wenn wir ihm diesen Brief vorlesen?", fragte der Imam, während er den unruhigen Blick auf den großen Hof gerichtet hatte. „Auch Khan macht sich ernsthafte Sorgen um die Plantagen und um das Leben der Leute. Was sollte denn aus unserem Dorf werden, wenn er uns verlässt, ohne sein Testament geschrieben zu haben!?"

„Ich habe bis jetzt viele Menschen sterben sehen", erwiderte der Arzt. „Manche starben sogar in meinen Armen, während sie mir voller Angst in die Augen schauten. Nach all diesen Erfahrungen sage ich dir mit Gewissheit, dass Khans Tage gezählt sind. Er hat ein Recht darauf, darüber zu bestimmen, was aus seinem Besitz und vor allem aus den Plantagen werden sollte, die er mit der eigenen Idee und fast mit den eigenen Händen errichtet hat. Würde er denn uns verzeihen, wenn sein Lebenswerk den Nutten und Zuhältern vor die Füße geworfen wird, nachdem er von uns gegangen ist!?"

Da wandte der andere den besorgten Blick vom Hof ab, sah dem Arzt eindringlich in die Augen und sagte:

„Wir warten, bis er aufwacht. Dann lese ich ihm Rahmans Brief vor."

Der Dorfarzt ging nicht mit ihm ins Gebäude zurück. Bevor er wegging, versicherte er, bei Sonnenuntergang nachzusehen, wie es Khan geht. Der Imam nickte, ging hinein und teilte dem Boten seine Entscheidung mit.

„Mir bleibt nichts anders übrig als zu warten", kam der Bote ihm entgegen. „Auch Herr Rahman wird Verständnis haben, wenn ich ihm Khans Antwort ein wenig verspätet überbringe. Allerdings wenn du in ein paar Zeilen bezeugen würdest, wie es Khan geht."

Imam Abdullah nickte und stand auf, um das Mittagsmahl zuzubereiten. Bis der Bote von seinem gemeinsamen Mittagsgebet in der Moschee zurückkam, war das Essen fertig, der Imam hatte das Esstuch gedeckt und wartete auf ihn.

Während die beiden aßen, lenkte Khans plötzliches Stöhnen ihre Aufmerksamkeit auf sich. Wenig später ertönte seine leise, kranke Stimme: „Abdullah, bist du da?"

„Ja, ich bin immer bei dir, Bruder!", erwiderte der andere.

„Bringe Abu Saleh hierher!", verlangte Khan keuchend, als ob er aus einer verschnürten Kehle spräche. „Ich habe ihm Wichtiges über die Plantagen zu sagen."

„Iss zuerst etwas, dann bringe ich ihn hierher", verlangte der Imam. Daraufhin legte er dem Kranken einige Kopfkissen hinter den Rücken, damit er sich aufrichten könnte. Während er seinem Freund die Suppe löffelte, sagte er: „Seitdem du krank bist, ist Abu Saleh jeden Tag nach der Arbeit hier bei dir gewesen. Auch die anderen Arbeiter sind hin und wieder hier gewesen. Einmal saßen sie rund um dein Lager herum und beteten gemeinsam für deine Genesung."

„Wie geht es Abu Saleh?", unterbrach ihn Khan. „Dem guten Jungen, den ich wie meinen eigenen Sohn großgezogen habe?"

„Ihm fehlt nichts außer deiner väterlichen Nähe", antwortete der Geistliche. „Er ist nicht der einzige im Dorf, der dich vermisst. Wir alle vermissen dich."

Als ob Khan der Präsenz des Boten plötzlich gewahr geworden wäre, wandte er ihm das Gesicht zu und nickte grüßend.

„Hier ist Rahmans Bote wieder", deutete der Imam auf den Mann. „Er hat dir einen wichtigen Eilbrief zu übergeben."

„Hat Mustafa wieder etwas angestellt?", fragte Khan murmelnd.

Der Imam schwieg und wartete, bis der Bote zu Ende gegessen hatte. Dann gab er ihm zwinkernd das Zeichen, sich auf die Hofterrasse zu begeben. Nachdem Khan seine Suppe zu Ende gegessen hatte, sagte der Geistliche: „Wie sehr es mir auch leid tut, dir in deinem jetzigen Zustand Schlimmes vorzulesen, kann ich dir dennoch Rahmans Brief nicht vorenthalten. Das tue ich dem Lebenswerk zuliebe, wofür du Zeit deines Lebens gelebt hast."

Er zog das Schreiben aus der Hosentasche heraus und las es langsam vor. Danach stieß Khan einen tiefen Seufzer aus und starrte mit blutdurchzogenen Augen die Decke an. Er schnaufte so heftig, dass der Imam dachte, er bekäme bald keine Luft mehr.

„Beruhige dich, Khan!", sagte er beschwichtigend.

„Holst du endlich Feder und Tinte oder soll ich sterben und mit mir unser ganzes Dorf!?“, zischte Khan wütend.

„Du brauchst nur zu diktieren, ich schreibe alles, was du willst“, versicherte der Imam. Wenig später war er bereit zu schreiben. Khan sah aus Augenwinkel zu ihm hinauf und diktierte Folgendes:

„Mein teurer Freund Rahman,

mit diesem Brief nehme ich von Dir und Deiner Familie für immer Abschied. Seitdem ich von Romeyseh zurück bin, ringe ich zwecklos mit dem Tod. Er wird mich bald holen.

Der gnadenlose Schmerz in meinem geschwächten Herzen lässt keinen längeren Abschiedsbrief zu, wie es Deiner würdig ist. Möge Allah Dich und Deine Familie behüten!

Drücke Mustafa den Rest seines Ausbildungsgeldes in die Hand und schmeiße ihn hinaus, damit er im Sumpf seines Charakters umso mehr versinkt. Ich werde ihm die größte und letzte Lektion seines Schicksals erteilen. Lebe wohl!

In ewiger Freundschaft
Khan“

Der Imam rollte den Brief zusammen, schnürte ihn zu und rief den Boten herein. Er gab ihm das Schreiben und begleitete ihn hinaus. Als er zum Liegenden zurückkehrte, fand er ihn mit dem leicht geöffneten Mund und der verbitterten, bleichen Miene wieder eingeschlafen.

Als der Kranke aus dem tiefen Schlaf erwachte, hatte der Tag sich geneigt und die Sonne sank sachte hinter die Kämme der westlichen Berge. Imam Abdullah war indessen neben dem Lager des Freundes eingeschlafen und schnarchte leise. Khan sah ihn für eine Weile an und rief: „Wach auf, Abdullah!"

Da öffnete der Geistliche die Augen, sah besorgt zu Khan hinüber und fragte leicht benommen: „Was ist? Geht es dir nicht gut?"

„Hol zwei Zeugen und komme schnell wieder!", verlangte Khan.

Der andere sprang auf und verließ geschwind den Raum. Kaum hatte er über die Türschwelle hinaus die Hofterrasse betreten, da sah er den Dorfarzt die Hoftreppe heraufsteigen.

„Wie geht es ihm?", fragte der Ankömmling.

„Er will sein Testament schreiben", antwortete der Imam. „Gut, dass du da bist! Ich hole jetzt den dritten Zeugen."

Bald kam er mit dem Vorsitzenden des Gemeinderates zurück. Dieser setzte sich neben dem Arzt am Lager des Kranken nieder, der Imam holte Papier, Feder und Tinte und Khan diktierte sein Testament:

„Ich, Ahmed Khan, der Sohn von verstorbenem Rahman Ali Khan, enterbe hiermit meinen Enkelsohn, Mustafa Khan. Nach meinem Tode hat er weder Besitzanspruch auf meine Plantagen und die sonstigen Ländereien noch auf mein Schloss und mein Gut. Er darf auch von ihnen keinen Gebrauch machen. Um seinen Lebensunterhalt zu verdienen, darf er auf den Plantagen arbeiten; allerdings ohne jegliche Vorrechte und Privilegien, völlig gleichgestellt mit den anderen Arbeitern.

Mein gesamter Besitz, also mein Land, Gut und Schloss, sollten nach meinem Tode dem Gemeinderat übertragen werden. In den Plantagen sollte Abu Saleh meine leitende Funktion übernehmen und sein Anteil an der Ernte sollte das Doppelte von dem sein, was ihm nach den geleisteten Arbeitsstunden zusteht. Der Anteil der restlichen Arbeiter an der Ernte sollte weiterhin nach den jeweils geleisteten Arbeitsstunden geregelt werden."

Sobald das Testament auf dem Papier trocknete, unterschrieb es Khan, die drei Zeugen auch. Danach stieß der Liegende einen langen Seufzer der Erleichterung aus und sagte mit einer völlig erschöpften Stimme: „Ich möchte jetzt mit Abdullah unter vier Augen sprechen."

Die Anwesenden sahen sich gegenseitig an, der Arzt und der Ratsvorsitzende standen auf und verließen das Gebäude. Daraufhin sagte Khan zum Imam: „Ich schreibe nun einen persönlichen Brief an Mustafa. Komme morgen mit dem Siegellack hierher! Der Brief muss versiegelt sein und niemand darf ihn lesen außer Mustafa; nicht einmal du, mein bester Freund und Bruder. Falls Mustafa sich entschließt, nach Romeyseh zurückzukehren, nachdem er erfahren hat, dass ich ihn enterbt habe, lass ihn gehen, damit er in seinem Dreck tiefer versinkt. Dennoch verliere ihn nicht aus den Augen! Suche ihn irgendwann auf und händige ihm dieses letzte Schreiben aus, kurz bevor er völlig untergeht. Sei aber nicht neugierig, was in dem Schreiben steht und was er damit machen wird!"

Imam Abdullah hatte nicht die leiseste Ahnung, was Khan mit seinem persönlichen Brief bezwecken wollte. Während sein Freund sprach, schwieg er und nickte verwirrt. Anschließend fügte Khan hinzu: „Ich danke dir tausendmal, dass du Tag und Nacht bei mir gewesen bist, möchte aber, dass du den heutigen Abend zuhause mit deiner Familie verbringst. Sie vermissen dich bestimmt. Bevor du gehst, siehe im Stall nach, wie es meinem Pferd geht. Dann sattle es und binde es an die Terrassensäule. Morgen möchte ich jemanden im Dorf besuchen. Es wird mir nicht viel schaden, wenn ich die paar Schritte zu ihm reiten würde."

„Was hast du denn wieder für Pläne, du Sturkopf!?", wandte der andere aufgeregt ein. „Willst du dich denn umbringen!? Du wirst vom Pferd tot hinunterfallen, wenn du reitest!!"

„Mein lieber Freund, ein krankes Herz heißt doch lange nicht ein kranker Wille!", erwiderte Khan schnaufend. „Gönne mir bitte diesen letzten Ritt!"

Der Imam stand auf und verließ kopfschüttelnd das Gebäude. Er tat, was Khan von ihm verlangt hatte und ging unzufrieden nach Hause. Als er am Morgen nach dem Morgengebet mit dem Siegellack in der Hand den Hof des Schlosses betrat, stand der Hengst noch da, wo er ihn gestern Abend angebunden hatte. Er brachte ihm Heu aus dem Stall und frisches Wasser aus dem Hofbrunnen, bevor er ins Gebäude hineinging.

Khan schlief noch. Neben seinem Lager lag ein eingerollter, gebundener Brief auf dem Teppich. Der Geistliche machte seinem Freund heiße Milch mit Honig, weckte ihn und reichte ihm das Getränk. Während der Kranke daran nippte, fragte der Imam, ob er mit dem Brief fertig sei. Khan nickte bestätigend und er versiegelte das Schreiben sorgfältig. Er wollte gerade fragen, ob Khan mit der Versiegelung zufrieden sei, da vernahm er wieder sein leises Schnarchen. An jenem Vormittag blieb er bei ihm und kochte ihm das Mittagsmahl, ließ ihn aber weiterschlafen. Khan wachte erst am Spätnachmittag auf. Nachdem er gegessen hatte, verlangte er von dem

Freund, ihm beim Hinausgehen zu helfen. Der Imam kam seinem Wunsch zögernd nach, Khan stützte sich auf ihn und er führte ihn hinaus. Das Pferd stand im Hof dicht an der Hofterrasse, sodass Khan mit Hilfe des Freundes leicht auf das Tier steigen konnte. Bevor er los ritt, bat er den Imam hineinzugehen und ihm seine kleine Reisetasche zu bringen, die im Parterre neben seinem Schlafplatz lag.

„Heiliger Abdullah!!", rief der Imam aufgebracht aus und ging kopfschüttelnd ins Gebäude hinein. Nachdem er mit der schweren, ledernen Tasche zurückgekommen war, hing er sie an den Sattel des Pferdes und sagte warnend: „Wehe, wenn du im Sinn hast, irgendwohin zu reisen!"

Khan gab seinem Pferd mit den Absätzen einen kleinen Stoß unter den Bauch und das Tier setzte sich langsam in Bewegung. Sobald er den Hof verlassen hatte, bog er nach rechts ab, hielt aber an, nachdem der Hengst nicht weit vom Bach in eine Seitengasse eingebogen war. Hier kehrte Khan um und ritt denselben Weg wieder zurück, um nachzusehen, ob der Imam ins Gebäude hineingegangen war. Da er auf der Hofterrasse niemanden erblickte, ritt er am Schlosstor vorbei und steuerte den Bach entlang auf einen schmalen Weg zu, der bald den Bach überquerte. Dieser Weg führte aufwärts zu einer hölzernen Hütte auf der Spitze des Hügels, in der Khan Werkzeuge und Arbeitsmaterial aufbewahrte. Von dieser Hütte aus hatte er vor zwanzig Jahren mit Hilfe von Abu Salehs Vater und einigen Dorfbewohnern die Vorrichtungen zusammengeschraubt und befestigt, die immer noch zur künstlichen Bewässerung der Rebstöcke dienten.

In der Hütte blieb Khan etwa eine Stunde, dann stieg er unter großer Anstrengung auf sein Pferd und ritt völlig erschöpft mit kreideweißem Gesicht den Hügel hinunter.

Als der Imam vom Parterre aus das Hämmern der Pferdehufe auf dem Steinpflaster des Hofes vernahm, eilte er hinaus und rief erleichtert: „Allah sei tausendmal Dank! Ich dachte, ich würde dich nie wieder lebendig sehen."

„Halblebendig!", korrigierte Khan, während er an die Hofterrasse heran ritt. Dort stürzte er dem Freund in die Arme und ließ sich von ihm tragend in sein Lager bringen. Nachdem er sich hingelegt hatte, stieß er einen tiefen Seufzer der Erleichterung aus und sagte mit kaum hörbarer Stimme: „Jetzt kann der Tod mich holen. Ich habe keine Angst mehr vor ihm."

Imam Abdullah musterte genau die leblose Miene des Mannes, den er seit der Kindheit liebte. Dann begann er mit Tränen in den Augen gewisse Verse aus dem heiligen Koran zu murmeln, die das Leben nach dem Tode segneten. Er saß lange neben dem Freund und sah sich sein Gesicht an. Er wusste nun ganz genau, dass er dieses Gesicht bald nie wieder sehen würde.

Er starrte noch den Kranken an, als das plötzliche Hereintreten vom Dorfarzt und Abu Saleh ihn aufschreckte.

„Wie geht es ihm?", fragte der Arzt leise.

Der Imam schüttelte traurig den Kopf. Der Arzt eilte hervor, nahm die Hand des Liegenden und maß seinen Puls.

„Er lebt noch!", sagte er. Als er Khans Hand losließ, nahm Abu Saleh sie in seine und blieb solange neben dem Kranken sitzen, bis der silberne Lichtstrahl des Halbmondes durch die offene Eingangstür und die Fensterscheiben in den Raum hereinfiel.

In jener Nacht schlief der Imam neben dem Freund an seinem Schlafplatz. Als er am frühen Morgen aufwachte, um wie gewöhnlich sein Morgengebet zu verrichten, fand er die Hand des Kranken überraschend in der eigenen. Er ließ jene auf dem Teppich ruhen, richtete sich auf und zündete die Petroleumlampe an. Da wurde er plötzlich der leblosen Miene des Freundes gewahr. Er holte geschwind einen Spiegel und hielt ihn dicht über dem Mund des Liegenden. Kurz danach stellte er fest, dass Khan nicht mehr atmete. Er hielt den Spiegel noch länger über seinem Mund und sah darin wieder nicht die kleinste Spur eines Hauches. Da stürzte er aus dem Raum hinaus, rannte zum Haus des Arztes und teilte ihm mit, was er gesehen hatte. Sobald die beiden im Schloss beim Kranken ankamen, stellte auch der Arzt fest, dass Khan nicht mehr lebte. Seine Leiche trug man am selben Tag auf einer Totenbahre in die Moschee und ließ sie zwecks ritueller Waschungen noch einen Tag im Hause Gottes liegen. Am Tag danach trug man sie in einem offenen Sarg zum Friedhof. Dabei begleiteten fast alle Männer im Dorf den Leichnam. Diese wechselten sich immer wieder ab, weil ein jeder ihn aus Liebe und Respekt zum Verstorbenen auf eigener Schulter tragen wollte. An der Grabstätte nahmen die stärkeren Männer den in weißes Leinen gewickelten alten Mann aus dem Sarg heraus und beerdigten ihn in derselben Erde, welche er einst als Neugeborener erblickt, als Kind und edler Jüngling geliebt und als Erwachsener zum Guten verändert hatte.

Am Tag zuvor, kurz vor Sonnenuntergang war es, als der Bote in Romeyseh eintraf und Khans Antwort direkt zu Rahman ins Geschäft brachte. Dieser überließ seine Arbeit sofort dem Lehrling trotz der vielen Kunden im Laden und zog sich ins Hinterzimmer zurück. Da er Khan sehr gut kannte und seine Glaubwürdigkeit nie angezweifelt hatte, wurde seine Miene gleich von grauen Wolken der Trauer überschattet, nachdem er den Brief zu Ende gelesen hatte. Er konnte seine Tränen mit Mühe zurückhalten, als er dem Lehrling mitteilte, er müsse nach Hause.

Als er zuhause ankam, sagte seine Frau zu ihm, Mustafa hätte kurz vor ihm das Haus verlassen, und er hätte sehr trübe ausgesehen. Mustafa hatte auch tatsächlich einen wichtigen Grund, trübe zu wirken; denn er hatte heute, nachdem er zur Mittagszeit Laila verlassen hatte, unterwegs die Entscheidung getroffen, sich zu überwinden und nie wieder zu ihr zurückzukehren. Er hatte es nämlich in den letzten Tagen zunehmend verspürt, dass seine Präsenz Laila in Verlegenheit brachte, und dass sie sich ihm nur ungern hingab. Er hatte also ihre Grenzen überschritten und wollte nun keine Last mehr für sie sein. Vor kurzem hatte der Druck der Einsamkeit und der Sehnsucht nach Laila ihn aus dem kleinen Zimmer hinaus gepeitscht und ins Christenviertel getrieben. Dort kaufte er seinen edlen Wein vom selben Mann wieder sehr günstig. Dieser Mann hieß David und empfing Mustafa stets freundlich und warm.

Jetzt saß Mustafa wiederum an seiner Lieblingsstelle auf der Spitze jenes Hügels am westlichen Stadtrand, hatte den Blick auf die untergehende Sonne gerichtet und vertrieb mit Hilfe des Weins Kummer aus dem Herzen. Diesmal blieb er länger dort, bis der Halbmond sein schwaches Licht wie einen dünnen, silbernen Schleier über die gesamte Stadt zog. Er war völlig betrunken, als er sich aufrichtete, um den Trampelpfad hinunterzusteigen. Er schlug sich mal tastend, mal rutschend durch die Steine und das dornige Gebüsch hinunter, bis er endlich unten ankam und sich taumelnd auf den Weg nach Hause machte. Rahman und seine Frau wurden seiner gewahr, als er ins Haus trat und stampfend die Treppe zu seinem Zimmer hinaufstieg. Für sie war es zu dieser Stunde nicht leicht zu handeln, was Mustafas Bleibe in ihrem Haus anging. Erst am Morgen, nachdem Rahman aus der Moschee zurückgekehrt war und gefrühstückt hatte, ging er zum Obergeschoss hinauf und klopfte an Mustafas Zimmertür. Er hörte nichts. Er klopfte noch kräftiger an und vernahm wiederum keinen einzigen Ton. Nun drückte er auf die Klinke und öffnete die Tür. In diesem Augenblick schlug eine Welle des Weingeruchs und der stinkenden, verbrauchten Luft ihm ins Gesicht. Er ließ die Tür gänzlich offen und rief wütend: „Wach auf Mustafa! Ich habe dir etwas Wichtiges mitzuteilen!"

Mustafa rieb sich die blutdurchlaufenen Augen und sagte mit schläfriger Stimme: „Wer ist da!?"

„Ich bin es, Rahman!", antwortete der andere. „Pack alles, was du hast zusammen und komm sofort hinunter!"

Er ging aus dem Zimmer hinaus, holte im Flur Luft und stieg wütend die Treppe zum Erdgeschoss hinunter. Bald erschien Mustafa im Wohnzimmer vor dem Hausbesitzer und fragte: „Was ist passiert, Onkel!"

„Nenne mich nicht Onkel, du unnützer Sünder!“, brüllte Rahman.

„Was habe ich denn getan, Onkel!?“, fragte Mustafa verwirrt. „Warum nennen Sie mich Sünder!?“

„Warum nennen Sie mich Sünder!? Eine tolle Frage!!“, brüllte Rahman noch lauter. „Weil mein ganzes Haus seit Wochen nach Sünde riecht, nach dem Wein aus deinem Atem. Außerdem weiß ich jetzt ganz genau, mit wem du verkehrst und wer die Frau ist, wofür du letztens so geschwärmt hast.“

Nun senkte Mustafa beschämt den Blick. Nach einer Weile sah er auf und sagte: „Es ist kompliziert Onkel, Laila ist eine anständige Frau.“

„Schweig!“, brüllte Rahman ihn wieder an. „Allein der Name einer Nutte genügt, um die Luft eines anständigen Hauses gänzlich zu verderben.“

Diese letzten Worte Rahmans waren Mustafa wie Messerstiche ins Herz. Er entfernte sich sofort, packte in seinem Zimmer alles, was er hatte ein und eilte wütend die Treppe hinunter. Kurz nachdem er in den Hof gesprungen war, rief Rahman ihm nach: „Warte! Hier ist der Rest des Geldes, das dein Großvater für deine Ausbildung bei mir hinterlassen hat. Davon ist kaum was übrig geblieben. Und hier ist der Brief, den er mir vor kurzem zukommen ließ.“

Rahman drückte ihm das Geld und Khans Schreiben in die Hand und ging ins Haus zurück.

Draußen in der Gasse blieb Mustafa stehen, rollte des Großvaters Abschiedsbrief auf und las ihn. Danach schaute er ungläubig auf und sah sich für eine Weile um. Er überflog den Brief noch einmal, steckte ihn in seine Reisetasche und steuerte eilenden Schrittes auf das Vergnügungsviertel zu. Verabschieden wollte er sich von Laila; denn schon heute musste er nach Eynaltamor zurück.

Nach etwa einer Viertelstunde stand er vor Lailas Haustür und klopfte an. Alsbald öffnete der Zuhälter die Haustür einen Spalt breit, sah Mustafa misstrauisch an und fragte unfreundlich: „Was willst du hier?"

Mustafa schaute den finsteren Mann verwirrt an und fragte: „Was soll diese Frage!? Kennst du mich denn nicht mehr!?"

„Doch! Aber du bist umsonst hier!", versetzte der Zuhälter. „Ich habe sie nicht mehr. Die Schlampe ist mir gestern entwischt."

Mustafa senkte überrascht den Blick.

„Kurz nachdem du gestern gegangen warst, hat sie sich aus dem Staub gemacht. Kannst du lesen?", fragte der Zuhälter abrupt.

Mustafa nickte bestätigend. Da ging der Mann eilig in Lailas Zimmer und kam mit einem Fetzen Papier in der Hand zurück. „Dieses Papier habe ich in ihrem Zimmer gefunden. Lies es mir vor!", verlangte er, ohne Mustafa hereinzulassen.

Mustafa nahm es und überflog schnell die Worte, die Laila an den Zuhälter gerichtet hatte, dann las er vor: „Bete dafür, dass du mich findest, bevor ich meinen Vater wiedersehe. Denn er und meine Verwandten werden dich danach bis an die Hölle verfolgen. Und sie ruhen nicht eher, bis sie dein kaltes Herz mit eigenen Händen aus dem Leibe herausgerissen haben.
Laila"

Kaum hatte Mustafa den letzten Satz zu Ende gelesen, da wurde des Zuhälters Angesicht kreideweiß und

Angst erfüllte seine rund gewordenen Augen. Er riss Mustafa den Papierfetzen aus der Hand und machte abwesenden Blickes die Haustür zu.

Mustafa machte sich unverzüglich auf den Weg zur Karawanenstation. Tief im Herzen war er traurig darüber, dass er Laila nie wieder sehen würde. Dennoch freute er sich gleichzeitig, dass sie ihrem Peiniger endlich entkommen war und nicht mehr in seinem Käfig leben musste. Er stellte sich Laila wie einen kleinen hübschen Vogel vor, der flatternd zu seinem Nest zurückflog; dorthin, wo sie geboren und aufgewachsen war, wo sie gelernt hatte, der Welt blind zu vertrauen.

In der Karawanenstation fragte Mustafa nach, wann die nächste Karawane nach Eynaltamor aufbrechen würde. Die Antwort war schon heute am Asr. Als er einen Blick vom Fenster des kleinen Büros aus in den großen Hof der Station warf, sah er überall Kamele und Pferde im Schatten der hohen Hofmauern ruhen. Da wurde er plötzlich auf Rahman aufmerksam, welcher an der südlichen Mauer mit einem großen, stämmigen Mann sprach, der einem der Pferde gerade Sattel aufsetzte. Vermutlich hatte Rahman das Reittier gemietet, um früher als die Karawane in Eynaltamor einzutreffen, dachte Mustafa. Um von ihm nicht gesehen zu werden, verließ Mustafa das Büro nicht und mietete gleich ein Zimmer, wo er sich bis zum Zeitpunkt der Abreise aufhalten könnte. Das Zimmer war im ersten Obergeschoss und hatte ein einziges Fenster, woraus man auf den gesamten Hof hinunterschauen konnte. Mustafa ging ans Fenster und sah zu der Stelle hinüber, wo Rahman vorhin gestanden hatte. Dieser war indessen auf das Pferd gestiegen und besprach noch etwas mit demselben

Mann, der das Reittier gesattelt hatte. Jener stand nun vor dem Pferd und hielt dessen Zügel in der Hand. Nach einer Weile reichte er Rahman den Zügel, neigte leicht das Haupt und machte den Weg frei. Unmittelbar danach gab der Reiter dem Tier mit den Absätzen einen Stoß unter die Bauchseiten, das Pferd sprang hervor und schoss wie Wind aus dem Hof hinaus.

Mustafa schaute nun auf die Wattematratze hinunter, welche rechts von ihm an der Wand auf einem gemusterten, roten Teppich lag. Er zog die Matratze unter das Fenster zu sich und legte das Kopfkissen so, dass er liegend den Blick auf den azurblauen Himmel richten könnte. Sobald er sich hingelegt hatte, riss der Himmel seine Aufmerksamkeit an sich, er dachte an Laila und wünschte ihr das Beste auf ihrer Heimreise. Dabei hatte er nicht die leiseste Ahnung, dass sie sich noch in der Stadt befand. Sie hatte nämlich in der nächstgelegenen Moschee Zuflucht gesucht, sobald sie ihrem Käfig entflohen war. Dort hatte sie ihre Lebensgeschichte dem Imam erzählt und man hatte sie gleich zu einer frommen Familie gebracht, damit sie gut aufgehoben wäre. Am Tag danach, heute also, hatte man die Regierungsbeamten benachrichtigt.

Mustafa wurde nach einem tiefen Schlaf vom lauten Klopfen an der Zimmertür wach und vernahm sogleich eine raue, männliche Stimme: „Zeit zur Abreise, mein Herr!"

„Ist gut, ich komme gleich runter!", erwiderte er.

Als er unten im Büro erschien, erkannte er die Stimme des Mannes, der ihn geweckt hatte. Jener führte ihn sogleich zur Karawane hinüber. Diese bestand aus mehreren Kamelen, welche im Schatten der westlichen Mauer mit ihrer Ladung – handwerklich hergestellte Küchengeräte – auf dem Bauch lagen und mit friedlichen Augen die Menschen und Tiere des betriebsamen Hofes anschauten. Sie waren mit einem Seil miteinander verbunden, das sich vom Maul eines Kamels zum Sattel des vorderen hinüberzog. Als Mustafa an der Karawane ankam, richtete sich einer der Männer, die hinter den Kamelen an der Mauer hockten, auf und grüßte ihn: „Salamo Alaykom, Bruder! Ich bin Abdul Hamid, der Karawanenführer.“

„Alaykomo Salam, Abdul Hamid!“, grüßte Mustafa zurück und fragte gleich, wo die anderen wären.

„Wen meinst du denn?“, antwortete der Anführer mit einer Gegenfrage.

„Die anderen Reisenden und der bewaffnete Mann.“

Da lachten die Männer schallend auf. Der eine, der ihn zur Karawane geführt hatte, fragte scherzend: „Wozu denn ein bewaffneter Mann!? Etwa um unsere Töpfe, Pfannen und Tabletts vor Überfällen zu schützen!? Welcher Räuber würde es fertigbringen, so viel billiges Zeug mit nach Hause zu schleppen!?“

Die Männer lachten wieder.

Mustafa warf einen Blick in die großen Stoffsäcke, die beidseitig an den Reittieren herunterhingen. Er fand in den angeschwollenen Säcken tatsächlich nichts anderes als Küchensachen aus Eisen oder Messing.

„Du steigst auf das letzte Kamel, mein Herr!“, sagte der Anführer unvermittelt. „Deine Reisetasche kannst du in eine der Säcke werfen.“

„Weißt du ungefähr, wann wir in Eynaltamor ankommen werden?“, fragte Mustafa.

„Enscha Allah! – so Gott es will! – am Morgen kurz vor
der Mittagszeit", antwortete der andere. „Aber nur
wenn wir keine lange Rast machen und zügig voran-
kommen."

Nun stieg der Karawanenführer auf sein Kamel an der
Spitze und Mustafa auf seins am Ende der Karawane.
Daraufhin gab der Anführer mit einem dünnen Stock
einige kleine Schläge auf den Hals des Tiers und es richtete sich unverzüglich auf. Ihm folgten gleich andere
Kamele und kurz danach setzte sich ein Zug von zehn
Reittieren halbkreisförmig in Bewegung. Der Halbkreis
wurde allmählich geradlinig, je mehr die Karawane sich
dem Ausgang näherte. Während sie langsam die offene
Riesentür passierte, machten die ersten drei Kamele
draußen einen großen Bogen nach rechts und brachten
den Zug auf den breiten Reitweg, der am Rande der
Stadt leicht hinaufsteigend zu den Bergen führte. Unterwegs eskortierten die jubelnden, schaulustigen Kinder
die Karawane, wurden aber bald von Abdul Hamid ver-
scheucht, damit sie die Kamele nicht allzu sehr reizten.

Als die Tiere nach etwa einer halben Stunde rechts auf
den Reitweg einbogen, der aufwärts im Gebirge verschwand, da drehte Mustafa den Kopf, erblickte die
Stadt ein letztes Mal und verabschiedete sich für immer
von Laila, mit der er in den letzten Monaten die schönste
Zeit seines Lebens verbracht hatte.

Als die Karawane ganz oben in den Höhen durch die
felsigen Berge und zum Teil durch den undichten Wald
schlängelte, wärmte das milde Licht der untergehenden
Sonne ab und zu Mustafas Rücken. Dabei beobachtete er
manche Felsen, die im rötlichen Sonnenlicht wegen ihrer
helleren Farbe wie brennende Holzkohle glühten.

Nachdem ein Schimmer vom silbernen Mondlicht den Reitweg schwach angeleuchtet hatte, verließ die Karawane das Gebirge und glitt sachte ins Flachland hinein. Mustafa döste gerade vor sich hin, als des Anführers laute „RRRRRRR!" die Karawane plötzlich zum Stillstand brachte. Daraufhin ging das erste Kamel in die Knie und dann die restlichen Tiere.

„Zeit zum Abendgebet!", rief Abdul Hamid. „Auch Zeit für die Kamele, sich auszuruhen!"

Mustafa nickte und stieg herab. Da fragte der Anführer, ob er etwas zum Essen dabei hätte.

„Habe vergessen, etwas mitzunehmen", antwortete Mustafa.

Der andere griff in den Sack seines Kamels, holte ein Stück zusammengerolltes Brot heraus und reichte es Mustafa. „Darin habe ich Butter und Datteln gewickelt", sagte er heiter. „Für solche Fälle hat Abdul Hamid immer etwas dabei."

Mustafa nahm das Brot und bedankte sich. Der andere suchte sich gleich eine flache Stelle für sein Abendgebet. Als Reisender war es ihm nach islamischem Ritual nicht verwehrt, für die Gebetswaschung anstatt Wasser reine Naturerde zu nehmen. Sobald er im Dämmerlicht seine passende Gebetstelle entdeckt hatte, drückte er seine beiden Handflächen sachte auf den Erdboden und führte den Staub über das Gesicht, die Hände und die Arme bis zum Ellbogen. Dann stand er auf, spähte am Horizont nach der Richtung, wo Kaaba - die heilige Stätte für weltweite Versammlung aller Muslime - sein sollte. Schließlich nahm er seine Gebetshaltung in jener Richtung ein und begann zu beten. Die Dauer des Gebets galt für die Reittiere bei kürzeren Strecken als einzige Möglichkeit zu rasten. Danach setzte sich die Karawane wieder in Bewegung.

Alsbald wurde aus dem Dämmerlicht Dunkelheit und aus den einzelnen Sternen ein herrlicher Sternenhimmel, der sich soweit das Auge reichte in alle Richtungen ausgedehnt hatte. Mitten in der glitzernden Sternenpracht strahlte der Mond und goss sein silbernes Licht über die kahle Landschaft herab.

Als Mustafa von Abdul Hamids lauter „RRRRRRRR!" wieder geweckt wurde, waren mehrere Stunden vergangen. Diesem Ton folgten alle Kamele wieder und blieben sofort stehen.

„Zeit zum Morgengebet!", rief der Karawanenführer aus. Die Tiere gingen wieder in die Knie, Mustafa stieg von seinem Kamel herab, reckte seine steif gewordenen Glieder und sah zum Horizont hinüber, an dem die ersten Streifen der Morgenröte im Purpur schimmerten. Nachdem Abdul Hamid sein Gebet verrichtet hatte, gab er den Kamelen Heu und brachte Mustafa etwas zum Essen. Sobald die Reiter aufgesessen hatten, richteten sich die Kamele auf und der Zug setzte sich langsam in Bewegung.

Die Karawane glitt nach und nach in die morgendliche Dämmerung hinein und dann allmählich ins rötlichgoldene Licht der aufgehenden Sonne. Einige Stunden danach zog sie unter dem azurblauen Himmel durch eine im grellen Tageslicht verbrannte Landschaft, welche die einzelnen, wild gewachsenen Dattelpalmen träumerisch verzierten.

Nun, je mehr Mustafa auf dem Rücken seines Kamels ins vertraute Umfeld des Heimatdorfes hineinritt, umso mehr dachte er an den Brief des Großvaters. Er glaubte zwar, dass Khan krank war, todkrank schien ihm aber übertrieben. Er hatte ja Zeit seines Lebens den Opa gesund und tätig erlebt und kannte ihn stets als einen, der mit seinem starken Willen Berge versetzte.

Es war kurz vor Mittag, als am Horizont die Hügelspitzen Eynaltamors allmählich in Erscheinung traten. Daraufhin tauchten nach und nach die grünen Wipfel der Plantagenbäume und bald die Hausdächer des Dorfes auf. Nach etwa einer Stunde eilten die Dorfkinder jubelnd der Karawane entgegen, welche sich gemächlich durch die Blütenpracht der Plantagen hindurch der Eingangsgasse des Dorfes näherte. Kurz nachdem sie im Dorf angekommen war, sanken die Kamele entlang der lehmigen Mauer der Moschee zu Boden. Es war Zeit zum gemeinsamen Mittagsgebet; daher liefen bereits mehrere Männer an der Karawane vorbei, bevor sie in die Moschee hineingingen. Dabei grüßten sie deren Anführer, gingen aber an Mustafa vorbei, als ob es ihn überhaupt nicht gäbe. Dies galt auch für seinen besten Freund Wahed, der ihn nicht einmal eines Blickes würdigte. Mustafa, höchst verwirrt über diesen Umgang, verabschiedete sich betrübt von Abdul Hamid und ging eilenden Schrittes nach Hause. Unterwegs widerfuhr ihm in den Gassen des Dorfes nichts Besseres bei seiner Begegnung mit den weiteren Gläubigen, die zur Moschee eilten. Hie und da machten Frauen sogar die Haustüre zu, sobald sie ihn vorbeigehen sahen. Da lief Mustafa ein Schauder über den Rücken und seine Schritte beschleunigten sich von selbst. Bald kam er am Gittertor des Schlosses an. Es war geschlossen. Mustafa spähte nervös nach jemandem im Hof.

„Hallo! Ist jemand da?", rief er laut. Als sich niemand meldete, sah er zum hölzernen Portal des Gebäudes hinüber und wunderte sich, dass es zur Mittagszeit bei dieser Hitze nicht offen stand. Er rief noch einmal. Vergebens! Da kletterte er über das Gitter und sprang in den Hof hinein. Er steuerte sogleich aufs Gebäude zu und sah plötzlich am Portal ein großes Schloss hängen. Er lief zurück und eilte auf die Hütte im Hof zu. Auch an der Eingangstür der Hütte hing ein großes Schloss. Er sah hastig durch deren Fensterscheiben in die Innenräume hinein. Darin war niemand zu sehen und es war dunkel. Nun lief er schnell zurück und sprang über das Gittertor hinaus; den Weg zur Moschee rannte er. Als er dort ankam, fand er niemanden im Hof außer einem Gläubigen, der am Hofbecken seinen verspäteten, rituellen Gebetswaschungen nachging. Auch dieser hob nicht den Blick und tat so, als ob Mustafa nicht existiere. So ging der Verwirrter rasenden Herzens auf die eine Dattelpalme an der östlichen Mauer des Hofes zu, lehnte seinen Rücken gegen ihren Stamm und sank langsam auf die zitternden Knie. Nach etwa dreißig Minuten kamen die Gläubigen aus dem Gebäude der Moschee heraus und verließen den Hof, ohne den Einsamen unter der Dattelpalme eines Blickes zu würdigen. Mustafa schaute ihnen nach, bis der letzte Mann den Hof verließ. Dann ging er ins Gebäude hinein und öffnete die Tür zum Gebetsraum, wo Imam Abdullah gerade heraus wollte.

„Salamo Alaykom, Imam!", grüßte Mustafa und küsste ihm die Hand.

„Alaykomo Salam, mein Sohn!", grüßte der andere überrascht zurück. „Gut, dass du da bist! Lass uns in die

Gästestube gehen! Dort können wir in Ruhe miteinander reden."

Mustafa nickte und folgte ihm. In dem großen Raum schlief der Karawanenführer in einer Ecke und schnarchte leise. Nachdem sie sich hingesetzt hatten, fragte Mustafa mit unruhiger Stimme: „Ich verstehe überhaupt nicht, was in die Leute gefahren ist!! Sie grüßen mich nicht und tun so, als ob es mich nicht gäbe!! Nicht einmal mein bester Freund Wahed wollte meinen Gruß erwidern! Sogar Abu Saleh, der mir immer wie ein Bruder gewesen ist, ging ebengerade nach Hause, ohne mir ins Gesicht zu schauen! Was hat das um Himmels Willen zu bedeuten, Imam!? Was habe ich denn getan!?"

Der Imam sah ihn kurz an und senkte den Blick. Er dachte gleich an den Ratsvorsitzenden, der als Zeuge dabei war, während Khan sein Testament diktierte. „Wann will dieser alte Esel endlich erwachsen werden!?", dachte er laut.

„Wen meinst du denn?", fragte Mustafa verwirrt.

„Jemand ist als Zeuge dabei gewesen, als dein Großvater mir sein Testament diktierte. Ich kannte ihn gut und hätte daran denken müssen, dass er seine lange Zunge nicht zügeln würde. Gott weiß, was er den Leuten noch erzählt hat."

„Welcher Jemand!? Welches Testament, Imam!?", fiel ihm Mustafa aufgebracht ins Wort. „Was sollte er denn erzählt haben!? Wo ist mein Großvater? Warum sind die Türen überall im Schloss zugeschlossen!?"

„Beruhige dich mein Sohn und sprich leise!", verlangte der Imam, nachdem er einen Blick auf den schlafenden Karawanenführer geworfen hatte. „Nachdem ich und dein Großvater Rahmans Haus in Richtung Eynaltamor verlassen hatten, wurde ihm unterwegs sehr schlecht. Sein Herz machte auf einmal nicht mehr mit. Als wir im Dorf ankamen, sah er fast wie eine Leiche aus. Ich musste dicht neben ihm reiten, damit er vom Pferd nicht hinunterstürzte. Ich dachte, er würde sich erholen, wenn er genug schlafen und sich gut ausruhen würde. Dennoch ging es ihm Tag für Tag schlimmer, bis sein krankes Herz vor drei Tagen mit dem Schlagen aufhörte. Gestern haben wir ihn beigesetzt."

Kaum hatte der Imam seinen letzten Satz zu Ende gesprochen, da stieg Mustafa das Blut ins Gesicht. Er fuhr mit allen Fingern durch seine Haare, senkte den Blick und starrte den Teppich an. Nach einer Weile sah er mit Tränen in den Augen auf und stellte geistesabwesend fest: „Mein Opa hatte doch recht gehabt mit dem, was er über seinen baldigen Tod geschrieben hatte."

„Du meinst in dem Brief an Rahman, nicht wahr?"

Mustafa nickte bestätigend und der Imam fuhr fort: „Rahman schläft gerade bei mir zuhause. Er war die ganze Strecke ohne Rast durchgeritten. Als er heute am frühen Morgen von mir erfuhr, dass Khan gestorben sei, ging er gleich zum Friedhof, um seinem Freund die letzte Ehre zu erweisen."

In diesem Moment brach Mustafa in Schluchzen aus. Nachdem er sich beruhigt hatte, sagte er stockend: „Ich wollte meinem Opa wirklich nicht wehtun. Ich fühlte mich elend und allein in Romeyseh. Sehnsucht trieb mich in das Vergnügungsviertel. Aber ich schwöre beim heiligen Koran, dass die Frau, in die ich mich verliebt hatte, eine anständige Frau war."

Da biss sich der Imam auf die Lippen, summte einen Vers aus dem heiligen Buch, machte ihm aber wegen des

Schwurs keine Vorwürfe. Nachdem Mustafa sich ausgeweint hatte, sagte der Imam: „Es gibt noch etwas, dass du wissen muss, mein Sohn! Etwas, das meine Liebe zu Khan zwar nicht beseitigte, aber sehr betrübte, nämlich die übertriebene, verbitterte Art und Weise, wie er dich in seinem Testament behandelt hat."

Mustafa hob den trauernden Blick und sah ihn geistesabwesend an. Der Imam stieß einen tiefen Seufzer aus und sprach: „Ich bringe dir gleich sein Testament. Davor sollst du wissen, was auch immer geschieht, mein Haus ist von nun an dein Zuhause und es wird auch immer dein Zuhause bleiben. Du hast es vielleicht vergessen, wie oft du auf meinen Schultern geritten bist, als du ein kleiner Junge warst, und dass ich dich schon immer wie meinen eigenen Sohn geliebt habe."

Er stand auf und verließ die Stube, während Mustafa ihm verwirrt nachsah. Bald kam er wieder, setzte sich neben den Wartenden und händigte ihm Khans zusammengerolltes, gebundenes Testament aus. Mustafa rollte es langsam auf und begann zu lesen. Er hatte kaum den ersten Absatz zu Ende gelesen, da wurde er kreideweiß im Gesicht. Als ob er den eigenen Augen nicht trauen könnte, las er denselben Absatz immer wieder. Nachdem er die restlichen Zeilen gelesen hatte, fiel ihm das Blatt aus der Hand. Er blickte fassungslos auf und sah dem Imam ungläubig in die Augen. Sein Gesicht war völlig blass. Er sah sich nervös um und wollte gleich aufstehen, als der Imam seine Hand in die eigene nahm und sagte: „Vergiss nie mein Sohn, dass mein Haus von jetzt an dein Zuhause ist; für immer!"

Mustafa schüttelte unwillkürlich sein erstarrtes Gesicht, konnte aber kein Wort über die Lippen bringen.

Als ob sein Wille ihn völlig verlassen hätte, stand er unversehens auf und verließ wie ein Gespenst den Raum. Der Imam folgte ihm bis in den Hof hinein, rief ihm aber nicht nach. Während Mustafa die Moschee verließ, hielt der andere seine Hände dem Himmel entgegen und begann für ihn zu beten. Daraufhin kehrte er in die Stube mit Gewissheit zurück, dass Mustafa sowieso zu ihm zurückkehren würde; denn er hatte nun in der Welt niemanden mehr außer ihm.

Mustafa steuerte mit gesenktem Blicke auf die Plantagen zu. Unterwegs beachtete er niemanden; nicht einmal die wenigen Kinder, die um diese Zeit noch in den Gassen spielten und ihn heiter ansprachen. Bald verließ er das Dorf und betrat den breiten Reitweg, der geradewegs durch die Plantagen führte. Ihn berührte es nicht im Geringsten, dass er gerade im betäubenden, süßen Duft der unendlich vielen Frühlingsblüten lief, welcher die Luft im Umkreis von einigen Quadratkilometern völlig erfüllt hatte.

Nach etwa einer Viertelstunde kam er am Grab seines Vaters auf dem einsamen Hügel am Ende der Olivenplantage an. Dort sank er auf die Knie, brach sogleich in Weinen aus und klagte schluchzend: „Warum hast du mich verlassen, Vater!? Warum habt ihr, du und meine Mutter, mich so früh verlassen!? Warum habt ihr mich meinem Opa überlassen!?"

Er weinte solange, bis er keine Träne mehr zu vergießen hatte. Alsdann stand er auf und stieg auf schwachen, zitternden Beinen den Hügel hinunter. Er schritt jetzt durch die Plantagen hindurch der Heimat entgegen, welche nun nicht mehr seine Heimat war, ähnlich wie die Leute in Eynaltamor, die plötzlich nicht mehr seine Landsleute waren.

Als er den Hof der Moschee wieder betrat, saß der Imam bereits auf den steinernen Hofstufen und wartete auf ihn.

„Schläft der Karawanenführer noch?", fragte Mustafa unvermittelt.

„Er ist eben gerade aufgestanden", gab der andere zurück. „Warum fragst du, mein Sohn?"

„Ich will mit ihm nach Romeyseh zurück", antwortete Mustafa. „Eynaltamor ist nicht mehr der Ort, in dem ich geboren bin. Ich fühle mich hier auf einmal so fremd."

„Willst du mich verlassen!? Sowie die Heimat, in deren Schoß du aufgewachsen bist!?", fragte der Imam.

„Was würdest du denn an meiner Stelle tun, Imam!?", antwortete Mustafa leicht aufgebracht.

Der Imam fuhr mit den Fingern durch den langen Bart und sagte: „Es wäre bestimmt gelogen, wenn ich gesagt hätte, ich wäre geblieben."

„Dann habe keine Einwände, wenn ich mit Abdul Hamid zurück reite."

„Die Karawane hat aber noch eine lange Reise vor sich. Es wird eine Woche dauern, bis sie zurück ist."

„Dann gehe ich zu Fuß nach Romeyseh."

„Nicht solange ich lebe, Mustafa!", stand der Imam unversehens auf. „Du bekommst mein Pferd. Aber damit ich dich segnen und gehen lassen kann, musst du mir eines versprechen!"

Mustafa sah ihn fragend an und der Imam fuhr fort: „Du musst mir versprechen, bei meinem Freund Imam Muhammed in Romeyseh vorzusprechen und unter seinem Segen in der Moschee am Marktplatz ein Jahr Gott zu dienen. Danach kannst du machen, was du willst."

Mustafa senkte nachdenklich den Blick. Nach einer Weile sah er auf und sagte: „Du hast dich mir zugewandt, als die anderen sich von mir abwandten. Du bist ein Stück Boden unter meinen Füßen gewesen, während die anderen mir den Boden entzogen. Ich will dein gütiges Herz nicht brechen; daher sage ich ja zum Leben in der Moschee. Aber ob ich dort ein Jahr aushalten werde, kann ich nicht versprechen; versuchen werde ich es aber."

„Auch gut, mein Lieber!", erwiderte der Imam heiter. „Dafür gebe ich dir jetzt ein Schreiben mit. Händige es dem Imam Muhammed aus, er wird sich um den Rest kümmern."

Imam Abdullah ging hinein, kam nach einer Weile mit einem eingerollten, zugebundenen Schreiben in der Hand heraus und fügte hinzu: „Jetzt gehen wir zu mir, ich packe dein Brot ein und sattele dein Pferd. Du wirst doch nicht wegreiten, ohne dich von meinen Kindern und ihrer Mutter zu verabschieden!?"

„Ich hätte mich gern verabschiedet", entgegnete Mustafa. „Aber Onkel Rahman hat mich aus seinem Haus hinausgeschmissen."

Der Imam seufzte, schüttelte traurig den Kopf und sagte: „Dann warte hier in der Moschee auf mich! Ich bin bald wieder bei dir."

Als er zurückkam, wurde Mustafa vom Trommeln der Pferdehufe in der Gasse jenseits der Hofmauer wach. Er saß nämlich auf den Hofstufen und döste vor sich hin. Kurz darauf erschien der Imam am Eingang der Mo-

schee. Er hielt den Zügel seines Pferdes in einer Hand
und eine große Stofftasche in der anderen.

„In der Tasche hast du eine Decke, Wasser und Butterbrot", rief er, ohne hineinzugehen. „Datteln und weitere
Trockenfrüchte sind auch dabei."

Mustafa stand auf und eilte auf ihn zu. Der Imam legte
die Tasche nieder und die beiden umarmten und drückten sich. Kurz danach sah der Geistliche mit Tränen in
den Augen, wie Mustafa auf seinem weißen Pferd rechts
in die nächste Gasse hinein bog und aus seinem Blickfeld verschwand, ohne zurückzublicken.

Des Reiters kalter Blick war wie erstarrt nach vorn gerichtet. Er sah weder zu den Haustüren hinunter noch
zu den spielenden Kindern, die ihn heiter ansprachen
und jubelnd aus dem Dorf hinaus begleiteten. Er sah
auch nicht mehr zurück, als er auf dem Reitweg plötzlich sein Pferd in Galopp setzte und bald im hinter ihm
her wirbelnden Staub verschwand.

Kapitel 2

Es war Mitternacht, als der einsame, vor sich hin dö-
sende Reiter vom Frösteln erwachte. Er fror bis ins Herz
hinein. So nahm er gleich die Decke aus der Tasche heraus, zog sie über den Rücken und den Kopf und schlief
wieder ein. Indessen war der Mond im Sternenhimmel
um eine Nacht größer geworden und goss helleres Licht
über die Erde herab. Der Weg, worauf Mustafa ritt, war
nun ein einziger silberner Streifen, der sich geradewegs
durch die dunkle Landschaft zog. Es vergingen einige
Stunden, als Mustafa plötzlich vom Wiehern des Hengstes aufwachte. Das Tier war stehengeblieben und wollte
nicht weiter. Es wieherte noch einmal und Mustafa stieg
hinunter, um zu sehen, was dem Pferd fehlte. Da wurde
er aufs Plätschern eines Bächleins aufmerksam, das nicht
weit vom Reitweg dahin floss. Er führte den Hengst an
dessen Ufer, streckte seine steif gewordenen Glieder und
trank auch er aus der kleinen, rauschenden Strömung.
Dann aß er sein Butterbrot, gab dem Pferd Heu und ritt
weiter.

Nun schimmerten im Mondschein sowohl das weiße
Fell des Hengstes silbern als auch die helleren Felsbrocken, welche sich aus dem dunklen Umfeld abhoben.
Nach einer Weile passten sich Mustafas Augen den kar-
gen Lichtverhältnissen der Umgebung an und er konnte
nach und nach ihre Tiefen und Höhen voneinander unterscheiden. Deswegen stieg er sofort vom Pferd hinab
und führte es am Zügel. Die beiden liefen nämlich dicht
an den gefährlichen Schluchten vorbei, welche überall
auf die unvorsichtigen Reiter lauerten, die ihre Gefahr

während des nächtlichen Ritts unterschätzten. Erst im morgendlichen Dämmerlicht saß er wieder auf.

Sein Weg schlängelte sich abwärts durch die felsige Landschaft hindurch und führte nach mehreren Biegungen zum Flachland, wo Romeyseh sich weit und breit in alle Richtungen ausgebreitet hatte. Als Mustafa die Stadt von den höheren Stellen aus endlich erblickte, war sie schon erwacht und in ihren Straßen regten sich hie und da einzelne Menschen und Tiere. In etwa einer Viertelstunde ritt er um die letzte Felswand des Gebirges herum und sah unten im Flachland plötzlich die ganze Stadt.

Kurz nachdem die Hufe seines Pferdes Romeysehs erste Straße betreten hatten, hallte der erste Ruf des Allaho-Akbars – Gott ist allmächtig – durch die Luft. Diesem folgten bald weitere Rufe aus den anderen Moscheen der Stadt, welche zusammen wie in einem Chor die Zeit zum Morgengebet und auch den Beginn des Tages verkündeten. Um die Stadtmoschee zu finden, ritt Mustafa zuerst zum Marktplatz hin, wo einzelne Gläubige gleich einer Strömung auf einen anderen Platz zusteuerten, an dem die große, offene Eingangstür der Moschee sofort ins Auge fiel. Sobald er vor der Riesentür ankam, sah er Imam Abdullahs Behauptung bestätigt, dass die Stadtmoschee die größte in der Stadt sei.

Nicht weit von jenem Eingang stieg Mustafa von seinem Pferd herab und blieb vorerst mit dem Zügel in der Hand dicht an der hohen Mauer der Moschee stehen, damit er der Schar der Gläubigen nicht im Wege stünde, die aus allen Richtungen in die Moschee hereinströmte. Später, als nur noch einzelne Männer in die Gebetsstätte hineineilten, sank Mustafa, der sich mit dem Rücken gegen die Mauer gelehnt hatte, langsam auf die müden Knie. Er hielt noch den Zügel des Hengstes in der Hand, als er hockend mit dem Gesicht auf gekreuzten Armen einschlief.

Es waren einige Stunden vergangen, als ihn ein heftiger Schmerz in seinem gekrümmten Rücken weckte. Auch seine indessen eingeschlafenen Beine und Unterarme taten ihm weh. Er hob das Gesicht und sah sich um, musste aber die schlaftrunkenen Augen sofort wieder zutun, weil das grelle Tageslicht ihn massiv blendete. Er kniff die Augen zu einer kleinen Spalte zusammen und fand einen regen, lebhaften Verkehr vor sich. Menschen gingen eilend aneinander vorbei, während manche von ihnen Tiere an der Leine oder am Zügel führten. Sie kamen entweder vom Marktplatz oder gingen auf ihn zu. Mustafa richtete sich mit ziehendem Schmerz in den Gliedern langsam auf und ging auf eine hölzerne Einrichtung zu, die auf der anderen Seite des Eingangs dicht an der Hofmauer der Moschee angebracht war. Hier band er an jener Einrichtung den Zügel des Pferdes fest und passierte die offene Eingangstür.

Im großen, mit Natursteinen bepflasterten Hof der Moschee stand am Hofbecken ein junger Mann in der weißen länglichen Tracht – im Arabischen „Deschdasche". Er trug eine weiße Mütze auf dem Kopf und sprach gerade mit einem alten, kleinen Mann, welcher der Imam der großen Moschee zu sein schien. Sobald jene auf den herantretenden Fremden aufmerksam wurden, eilte der junge Mann zu ihm und grüßte: „Salamo Alaykom, Bruder! Wie kann ich dir behilflich sein?"

Mustafa nickte, zeigte mit der Hand auf den Eingang und sagte: „Mein Pferd habe ich draußen festgebunden."

Der andere rannte sofort hinaus, Mustafa trat hervor, grüßte den Imam und küsste ihm die Hand.

„Imam Muhammed steht vor dir, mein Sohn! Was kann ich für dich tun?", erwiderte der alte Mann freundlich.

Mustafa sagte nichts und händigte ihm Imam Abdullahs Schreiben aus. Der andere rollte es auf und begann mit zusammengezogenen Augenbrauen zu lesen.

„Oh, endlich wieder ein paar Zeilen von meinem Freund, Abdullah!", rief er. „Seitdem wir unser gemeinsames Gebet hier in dieser Moschee verrichtet haben, sind mehr als zehn Jahre vergangen. Wie geht es ihm denn?"

„Ihm geht es gut", antwortete Mustafa und fragte unvermittelt: „Kann ich in dieser Moschee bleiben, Imam?"

„Im Hause Gottes kann jeder bleiben, der seinem Schöpfer dienen will", erwiderte der Geistliche heiter und rief unversehens dem jungen Mann zu, der ebengerade aus dem Stall außerhalb der Moschee kam: „Komm zu uns, Abu Sadegh! Ab heute haben wir einen neuen Talib bei uns. (Talib heißt im Arabischen Lehrling für die Lehre Korans.)

Der andere rannte unverzüglich herbei und reichte Mustafa freundlich die Hand.

„Mustafa ist bestimmt hungrig", fuhr Imam Muhammed fort. „Ein Glas heiße Milch mit Honig wird ihm gut tun. Danach kannst du ihm zeigen, wo er schlafen kann." Er wandte sich Mustafa zu und fügte hinzu: „Du bist bei uns herzlich willkommen, mein Sohn! Möge Gott stets mit dir sein!"

An jenem Tag ließ man Mustafa schlafen, bis er von selbst aufwachte; ein Alptraum hatte ihn geweckt. Er richtete sich rasch auf und sah sich schlaftrunken um. Kalter Schweiß bedeckte seine Stirn und sein Herz raste. Er wusste zunächst nicht, wo er sich befand. Eine Kerze brannte neben seiner Schlafstätte. In ihrem schwachen Lichte nahm er allmählich den Raum wahr, in dem er geschlafen hatte; wie lange, wusste er nicht. Er stand auf, ging ans Fenster und warf einen Blick hinaus. Im halbdunklen Hof der Moschee befand sich niemand. Hie und da waren an den Eingängen Petroleumlampen hingestellt, in deren Lichtern die steinernen Pflaster des Hofes metallisch schimmerten. Dagegen flimmerte es hell hinter den Fenstern des großen Gebetsraumes. Er verließ das Zimmer und betrat den Hof. Bald darauf stieg er durch die kleinen, brennenden Lichter an den beiden Seiten der Eingangstreppe ins Hauptgebäude hinein. In dem großen Flur, der zum Gebetsraum führte, brannten weitere Petroleumlampen. An den Wänden hatte man lange Holzregale aufgestellt, in denen sehr viele Schuhpaare ordentlich nebeneinander lagen.

Mustafa öffnete leise das hölzerne Portal und sah durch die Türöffnung in den Gebetsraum hinein. Imam Muhammed saß auf einem Podium und hielt gerade seine Predigt. Vor ihm saßen viele Männer in langen Reihen nebeneinander und sahen aufmerksam zum Redner hinauf. Mustafa trat unauffällig hinein. Neben dem Portal stand der junge Talib Abu Sadegh. Er lächelte Mustafa an und nickte grüßend, sobald er ihn hereinkommen sah. Mustafa stellte sich neben ihn und versuchte zu verstehen, was der Imam gerade predigte. Vergebens! Die Worte des Predigers flogen an ihm vorbei, ohne ihn zu berühren. Als ob er innerlich betäubt wäre, konnte Mustafa seine Umgebung im Augenblick nur schwach wahrnehmen. Er schrak auf, als Abu Sadegh ihm mit dem Ellbogen das Zeichen gab, mit ihm hinauszugehen. Mustafa folgte ihm hinaus und hielt mit ihm die Petroleumlampen hoch, damit die aus dem Gebetsraum herausströmenden Gläubigen ihre Schuhe in den Regalen besser erkennen konnten.

Somit begann an diesem Abend Mustafas Ausbildung als Talib in der großen Zentralmoschee der Stadt Romeyseh. Am Tag danach nahm er mit den anderen Talibs schon am frühen Morgen am Morgengebet teil. Nach dem gemeinsamen Frühstück folgten gleich seine ersten Unterrichtsstunden im Lesen und Verstehen des heiligen Korans. Danach putzte und kehrte er gemeinsam mit den anderen Lehrlingen die gesamte Moschee und diente beim Mittagsgebet den Gläubigen, die immer rechtzeitig ins Gotteshaus hereinströmten. Nach dem Mittagsmahl hielt er ein kurzes Mittagsschläfchen; dann nahm er wieder am Koranunterricht teil, bis die Rufe des Allaho-Akbars die Zeit zum Spätnachmittagsgebet verkündeten und später zum Abendgebet. Das letztere zog endlich einen Strich durch den Tag, an dem Mustafa sich zwangsweise von einer Tätigkeit in die andere gestürzt hatte; mit einem Herzen, das immer noch blutete.

In dieser streng monotonen Reihenfolge verliefen Mustafas Tage, an denen er Tag für Tag schwächer wurde. Es waren zwei Wochen vergangen, als Imam Muhammed eines Vormittags nach dem rituellen morgendlichen Koranunterricht seinem neuen Lehrling sorgenvoll in die Augen schaute und sagte: „Du siehst ja völlig blass und kränklich aus, mein Sohn! Seit wann hast du deine Augenringe!? Was fehlt dir denn!?"

Mustafa hob den gesunkenen, trüben Blick und antwortete knapp: „Mir fehlt das wirkliche Leben, Imam!"

„Ich verstehe dich nicht, Mustafa!!", versetzte der Alte verwirrt.

„Mir fehlt das Leben, wie man es in meinem Alter lebt", ergänzte Mustafa.

Da sah der Imam ihn mit ungläubigen Augen an und fragte leise: „Warum bist du denn zu uns gekommen!?"

„Weil Ihr Freund, Imam Abdullah, es wollte", antwortete Mustafa. „Er ist mir immer ein liebevoller Onkel gewesen. Ich konnte ihm seine Bitte nicht abschlagen."

Da senkte der Geistliche den Blick und fuhr mit den Fingern grübelnd durch seinen langen, weißen Bart. Nach einer Weile sah er auf und sagte angespannt: „Na gut! Dann bleibe bei uns, bis ich dir eine Arbeit gefunden habe! Bis dahin bist du mein Gast. Du sollst nur tun, was du gerne tun möchtest."

Kaum hatte der Imam seinen letzten Satz gesprochen, da entfernte er sich eilig. Mustafa sah ihm nach, bis er im Hauptgebäude verschwand. Alsdann sank er am großen Hofbecken auf die Knie nieder und sah sich das Spiegelbild seines erbleichten Gesichts an, welches am Wasserspiegel leicht hin und her wiegte.

Am gleichen Tag, nachdem das gemeinsame Mittagsgebet verrichtet war, ließ der Imam Mustafa sagen, er möge sich in den Gebetsraum begeben. Als Mustafa den großen Raum betrat, sah er den Alten mit einem Mann sprechen. Er trat hervor, küsste dem Geistlichen die Hand und grüßte den anderen höflich.

„Hier ist Abu Karim", stellte der Imam den Mann vor. „Ein wahrer Gläubiger, der seit über dreißig Jahren hinter mir in dieser Moschee betet."

Der Mann, eine dünne Gestalt mit magerem Gesicht, sah Mustafa aus den tiefen Augenhöhlen an und fragte freundlich: „Hast du schon mal Gäste bedient?"

„Nur die Gäste meines Großvaters", antwortete Mustafa.

„Und was hast du dabei gemacht?", hakte der andere nach.

„Zuerst habe ich Holzkohle zum Glühen gebracht. Damit habe ich Wasserpfeifen vorbereitet und Tee gemacht. Dann brachte ich sie mit Süßigkeiten zu den Gästen."

„Genau das wirst du auch in meinem Diwan tun", erwiderte der Mann. „Hinzu kommt noch das Essen, das zum Mittags- und Abendmahl serviert werden muss."

„Muss ich auch kochen?"

„Nein! Das nicht!", versetzte Abu Karim. „Kochen tut meine Frau. Und meine Tochter Samira bringt das Essen zur Mittagszeit in den Laden. Du servierst es nach dem Mittagsgebet und machst es zum Abendessen wieder warm, bevor du es servierst. Zu deiner Aufgabe gehört noch die Vorbereitung des Frühstücks. Die Einkäufe macht Samira. Sie bringt die Lebensmittel nach Sonnenuntergang ins Geschäft. Hoffentlich bist du Frühaufsteher?", fragte Abu Karim abrupt.

Mustafa lächelte und sagte: „Ich habe mich in der Moschee ans Frühaufstehen gewöhnt."

„Na schön! Dann komme Morgen kurz vor dem Morgengebet in den Diwan. Ich zeige dir, wie du das Frühstück vorbereitest. Am Marktplatz weiß jeder, wo Abu Karims Diwan ist."

Am Tag darauf verabschiedete sich Mustafa am frühen Morgen von den Talibs und suchte mit seiner Reisetasche in der Hand den Imam im Gebetsraum auf. Jener saß im Lichte einer brennenden Kerze und las murmelnd bestimmte Verse des heiligen Korans. Mustafa trat hinein und räusperte sich vernehmlich. Der Sitzende wandte sich um und sagte: „Komm zu mir, mein Sohn! Ich bete gerade für dich. Möge dich mein Abschiedsgebet stets begleiten!"

Mustafa trat hervor und setzte sich zu ihm. Er sah dem Imam in die Augen und fand darin Trübsinn. „Deine Augen sind nicht mehr so, wie ich sie sonst kenne", sagte Mustafa. „Um deine Lippen glänzte immer ein kleines Lächeln, wenn du zu mir und den Talibs sprachst. Jetzt sehe ich nur noch Schatten auf deinem Gesicht. Bin ich der Grund dafür?"

„Du nicht, aber das Ungewisse!", antwortete der Geistliche knapp.

Mustafa sah ihn verwirrt an, sagte aber nichts.

„Du wirst von mir in Abu Karims Diwan geschickt", fuhr der Imam fort. „Von mir, der das Vertrauen vieler Gläubigen genießt. Die Frage ist nur, ob du dich so verhalten wirst, wie es sich geziemt, so sprechen und handeln wirst, wie es sich schickt; als einer, der von der Moschee geschickt worden ist."

Mustafa senkte nachdenklich den Blick. Nach einer Weile sah er auf und sprach: „Lieber Imam, du hast mir im Hause Gottes Zuflucht gewährt und mich gelehrt, gottesfürchtig zu sein. Leid und Kummer sollten Mustafa heimsuchen, wenn er dir nicht auf immer treu bliebe!"

Da glänzte ein Lächeln der Zufriedenheit an Imams Lippen und er nickte heiter. Dann umarmte er Mustafa, drückte ihn und sprach: „Sei friedlich und richte deine Gedanken stets auf Gott, mein Sohn! Dann wird er immer bei dir sein. Dagegen verlierst du deinen Frieden, dann hat deine Seele sich von ihm und seinen Lebensgesetzen abgewendet und sich den Mächten der Finsternis zugewendet."

Mustafa küsste ihm die Hand, wischte sich eine Träne von der Wange und verließ eilig den Gebetsraum.

Draußen, außerhalb der Moschee, war niemand im Zwielicht der Morgendämmerung zu sehen. Mustafa lief die Gasse geradewegs zum Marktplatz hinunter. Dort sah er im Halbdunkel die ersten Kamele, welche auf die Knie gesunken waren. Man entlud gerade deren Ladung.

„Salamo Alaykom, Väterchen!", grüßte Mustafa einen alten Mann, der seinen Stand mit Gemüse und Früchten deckte.

„Alaykomo Salam, mein Sohn!", grüßte der Alte zurück. „Was führt dich so früh am Morgen zu mir!?"

„Ich soll heute vor dem Morgengebet in Abu Karims Diwan sein. Weißt du wo er ist?"

„Klar weiß ich das! Hier weiß jeder, wo Abu Karims Diwan ist. Drüben um die Ecke ist er; wo die Gasse in den Platz mündet.", der Mann zeigte mit der Hand auf die Gasse hin.

Mustafa bedankte sich und ging weiter. Der Diwan stand mit seinen zwei Eingängen teils am Marktplatz teils an der Gasse. Obwohl der Innenraum des Ladens völlig dunkel zu sein schien, waren zu Mustafas Überraschung die beiden Eingangstüren ganz offen. Er trat unsicheren Schrittes hinein und sah ins Dunkle. Da zog am Ende des Raumes das schwache Licht einer brennenden Petroleumlampe hinter einem Vorhang seine Aufmerksamkeit an sich. Er räusperte sich laut und grüßte: „Salamo Alaykom!" Daraufhin bewegte sich die Lampe und jemand schob den Vorhang beiseite.

„Alaykomo Salam, Mustafa!", grüßte Abu Karim zurück, während er die Lampe hochhielt. „Komm doch zu mir in die Hinterstube! Ich bereite gerade das Frühstück vor."

Mustafa steuerte auf ihn zu und schaute in schwachem Licht der Petroleumlampe um sich, konnte aber außer dunklen Unebenheiten nichts wahrnehmen. Dabei merkte er, dass er gerade auf einem weichen Teppich lief.

„Es freut mich, dass du gekommen bist", sagte der Ladenbesitzer heiter, während er den Vorhang immer noch für Mustafa hochhielt.

„Ganz meinerseits guter Abu Karim!", erwiderte Mustafa und ging in die Hinterstube hinein. Er wollte Abu Karim gerade die Hand küssen, da hielt der andere ihn sanft zurück und sagte: „Das brauchst du nicht, Mustafa! Hier in der Stadt küsst man nur dem Geistlichen, den Eltern und den Verwandten die Hand. Heute zeige ich dir, wie du das Frühstück vorbereitest. Ab morgen aber werde ich mein Morgengebet endlich wieder in der Moschee verrichten. Das habe ich seit einigen Jahren nicht mehr tun können."

Während Abu Karim sprach, nickte Mustafa schweigend. Nachdem er mit der Vorbereitung des Frühstücks fertig geworden war, fuhr er in klagendem Ton fort: „Seitdem mein Sohn uns verlassen hat, mache ich alle Arbeiten im Laden alleine, obwohl mich der Schmerz im

Knie, im Rücken und in der Hüfte seit Jahren plagt. Eingestellt habe ich bis jetzt niemanden, weil die Einnahmen nicht sehr groß sind. In deinem Fall habe ich aber anderes überlegt. Wenn unser guter Imam jemanden empfiehlt, weist Abu Karim ihn nie zurück."

Er hielt kurz inne, seufzte und setzte fort: „Die Arbeit im Diwan läuft also folgendermaßen: Ich mache den Tee, bereite die Wasserpfeifen vor und kassiere. Meine Frau backt das Brot und kocht das Essen. Meine Tochter Samira macht die Einkäufe, du servierst das Mahl und bedienst die Gäste. Abends, nachdem du den Laden gekehrt und geputzt hast, bekommst du 20% des täglichen Gewinns. So hast du auch mehr Tageslohn, wenn die Arbeit gut läuft und unser Gewinn steigt."

Mustafa schwieg weiterhin. Dies bedeutete, dass er das Angebot bedingungslos angenommen hatte.

„Du schläfst zuerst hier in der Hinterstube", zeigte Abu Karim auf eine Ecke in der Stube hin. „Ich lasse dir in der Ecke von meiner Tochter ein bequemes Lager herrichten, bis ich in der Nähe ein Zimmer für dich gemietet habe."

„Du bist sehr gütig, Abu Karim!", erwiderte Mustafa. „Ich werde dich bestimmt nicht enttäuschen."

„Das glaube ich dir gern", erwiderte der Ladenbesitzer. „Eines darfst du aber nie vergessen: Unser Lebensunterhalt hängt davon ab, ob unsere Gäste den Laden zufrieden verlassen oder nicht. Das ist das Einzige, was zählt; ob sie nun ab und zu rau oder laut werden, ist nicht wichtig. Geduld gegenüber den Kunden gehört zu unserer Arbeit."

In diesem Augenblick schallten die Rufe des Allaho-Akbars – Allah ist allmächtig – plötzlich durch die Luft;

ausgehend vom Turm der Moschee am Marktplatz und wenig später von allen anderen Minaretten der Stadt. Diese bildeten einen harmonischen Chor, der die Luft über der Stadt und ihrer unmittelbaren Umgebung gänzlich mit heiligen Versen erfüllte.

„Zeit zum Morgengebet!", sagte Abu Karim mit gehobenem Zeigefinger. „Nachdem die Gläubigen ihr Gebet verrichtet haben, wird eine Menschenlawine sich von der Moschee aus in alle Richtungen ausbreiten. Kurz danach wird der Marktplatz von Menschen wimmeln." Er griff unversehens nach dem Handfeger in der Ecke und drückte ihn Mustafa in die Hand. „Während du den Laden kehrst, bringe ich die Kissen in die Hinterstube, damit sie keinen Staub abbekommen. Die Schaufel ist drüben in der Ecke."

Er eilte gleich aus der kleinen Stube hinaus und sammelte die Kissen auf, die verstreut überall im Diwan lagen. Mustafa ging ihm sofort nach.

„Die Ziegenfelle brauchst du nicht zu kehren", ergänzte Abu Karim, während er mit den Kissen unter den Armen an Mustafa vorbeiging. „Schüttele sie einfach ab! Aber nicht hier, draußen vor der Eingangstür!"

Die Morgendämmerung hatte inzwischen ihr feines Licht in den Diwan geworfen und einen silbernen Schleier über die Gegenstände gezogen. Draußen war es heller. Männer grüßten Mustafa auf ihrem Weg zur Moschee, während er die Ziegenfelle an der Eingangstür zum Marktplatz abschüttelte. Sobald er den Laden gekehrt hatte, legte Abu Karim die länglichen Zylinderkissen wieder an die Wände und um die runden, kurzbeinigen Tische herum. Dann wandte er den Blick zu Mustafa und sprach: „Das ist mein Diwan! Er sieht nicht schlecht aus, könnte sogar angenehm sein, wenn Menschen darin nicht Wasserpfeife rauchen würden. Hier in diesem Laden wirst du bald den Wert der guten, frischen Luft schätzen lernen."

Die Morgendämmerung schien indessen heller geworden zu sein und hatte den Diwan ausgeleuchtet. Abu Karim kauerte draußen auf dem Bürgersteig vor einem dreibeinigen Behälter aus Messing und wühlte mit einer dünnen, eisernen Stange in der darin befindlichen glühenden Holzkohle. Er brauchte die Kohle für die Wasserpfeifen, die nach jeder Mahlzeit oder beim Teetrinken unaufgefordert serviert wurden, als ob sie einfach dazu gehörten. Mustafa sah sich um. Der Raum wirkte nun in hellerem Morgenlicht größer. Der Anblick der vielen Kissen an den Wänden samt den runden, kurzbeinigen Tischen und zwischen ihnen den Ziegenfellen verliehen dem Laden ein gemütliches Flair.

„Salamo Alaykom!", da trat ein alter Mann unversehens in den Diwan herein. Mustafa grüßte zurück und wollte gleich zu ihm. Da huschte Abu Karim mit dem Holzkohlenbehälter in den Händen an ihm vorbei und sagte: „Komm mit!"

Mustafa ging ihm unmittelbar nach. In der Hinterstube sagte der Ladenbesitzer in warnendem Ton zu ihm: „Gegenüber den älteren Männern wie diesem Väterchen sei freundlich und fürchte seine Geselligkeit nicht! Dagegen nimm dich vor den jüngeren Männern in Acht, die dich necken und sich mit dir schnell anfreunden wollen! Viele von diesen Männern sind keine Stammgäste. Sie sind meistens Händler auf Reisen. Und sie sind in Romeyseh, weil sie hier nicht nur ihre Ware, sondern auch ihre Einsamkeit loswerden wollen. Verstehst du, was ich damit sagen will?"

Mustafa schüttelte verwirrt den Kopf.

„Diese Männer haben meistens keine Frau und keine Kinder", ergänzte Abu Karim in leisem Ton. „Und ein Mann ohne Verantwortung und Glaube nimmt sich zu seiner Befriedigung alles, was ihm gerade in den Weg läuft; auch wenn dies ein junger Mann wäre. Verstehst du mich jetzt? Nun gehe zu unserem Gast und frage ihn, was er zum Frühstück haben möchte!"

Somit begann Mustafas erster Arbeitstag im Diwan. Zum ersten Gast kamen bald zwei weitere hinzu. Während er sie bediente, schob Abu Karim in der Hinterstube den Vorhang ab und zu beiseite und beobachtete ihn. Ihm fiel es auf, dass Mustafas Umgang mit dem eines Dorfbewohners nicht ganz identisch war, auch wenn er schlicht und ungezwungen wirkte. Mustafa war selbstständiger und trug in seinem ganzen Erscheinen die Wesenszüge eines Menschen, der die adlige Erziehung genossen hätte.

Draußen auf dem Marktplatz wirkte alles noch unbekümmert und entspannt. Die Männer hatten die Stände, die Tiere und die Waren den jüngeren Söhnen oder Verwandten überlassen und befanden sich noch wegen des gemeinsamen Morgengebets in der Moschee. Die aufgehende Sonne hatte indessen ihre ersten, glühend roten Lichtstrahlen auf den Markt geworfen und wärmte sanft die Gesichter der Jugendlichen, die ungeachtet ihrer Verpflichtung, auf die Stände aufzupassen, mitten auf dem Marktplatz Münzenwurf spielten und dabei hin und wieder in lautes Gelächter ausbrachen. Dennoch, als ob nie da gewesen, löste ihre Gruppe sich auf, sobald sie die ersten Männer erblickten, die die Moschee verlassen und sich auf den Weg zum Marktplatz gemacht hatten.

Die Gesichter dieser Männer waren meistens mit einem langen Bart bedeckt und ihre Körper mit einem weißen dünnen Gewand, das man Deschdasche nannte. Ein weißes Tuch bedeckte noch ihre Schultern, ihren Kopf und ihre Stirn bis auf die Augenbrauen. Ein schwarzes Seil – im Arabischen Eqhal – umband das Haupt, um dem Tuch Halt zu verleihen. Das weiße Gewand zusammen mit dem weißen Tuch bot großen Schutz gegen die Sonne und die Tageshitze. Die Schar der Männer, welche eine rege Betriebsamkeit auf den Marktplatz brachte, bestand morgens hauptsächlich aus den Familienvätern, die für das Frühstück frisches Brot, frische Kräuter und Nahrungsmittel mit nach Hause nahmen. Auf diesem Markt wurde auch Großhandel betrieben; ein wichtiger Grund dafür, dass der Marktplatz ausgenommen in der Mittagszeit stets betriebsam und lebendig blieb.

Nachdem die Frühstückseinkäufe erledigt worden waren, atmete der Platz wieder auf, die Händler überließen die Stände wieder den Söhnen oder Verwandten und gingen zu dem nahe gelegenen Diwan, wo man sie als Stammgast stets willkommen hieß. Erst nachdem sie gefrühstückt und ihre Wasserpfeife geraucht hatten, durften auch die Jüngeren frühstücken. Diese wurden von den Älteren abgelöst und gingen dorthin, wo ihre Väter oder älteren Brüder immer zu essen pflegten.

Schon nach diesem Wechsel war es, als Mustafa merkte, dass seine Kräfte nachgelassen hatten. Ihn überraschte es sehr, dass sein Herz mitten im Lärm der wirren, lauten Gelächter und Rufe der Kundschaft plötzlich zu rasen begann. Seine Lunge rang heftig nach frischer Luft, während er im Laden unablässig durch die Rauchwolke hin und her lief, welche den Raum gänzlich benebelt hatte. Ihm war es ein großer Trost, im Hinterzimmer hin und wieder eine kleine Pause einzulegen. Dort schnaufte er heftig und freute sich über die frische Luft, welche der dicke Vorhang noch von dem verrauchten Raum getrennt hielt.

Indessen war Abu Karim auf Mustafas Augenringe aufmerksam geworden, die dunkler wirkten als zuvor. Ihm war es auch aufgefallen, dass das Gesicht seines jungen Mitarbeiters ziemlich blass war und er sich während des Bedienens häufig den Schweiß von der Stirn wischen musste. Einmal als Mustafa an der Kasse vorbeiging, fragte der Ladenbesitzer, ob es ihm gut ginge. Mustafa antwortete nicht, er fragte bloß, ob er ab und zu kurz in die frische Luft gehen dürfte. Abu Karim nickte bejahend und der andere freute sich über die kleine Zuflucht, die ihm gut tat, dennoch kaum eine Salbe auf der tiefen Wunde in seiner Seele sein konnte, die in den letzten Wochen immer wieder geblutet hatte. Selbst in der Moschee war es nicht selten vorgekommen, dass Mustafa plötzlich alles liegen lassen musste, um durch das leise Schluchzen in einer einsamen Ecke Kummer vom Herzen zu vertreiben.

Mustafa harrte an diesem ersten Arbeitstag zwei weitere Stunden aus, bis die Rufe des Allah-o-Akbars endlich über dem Marktplatz hallten und kurz darauf die ganze Stadt erfüllten. Diese kündigten die Mittagszeit an und riefen die Gläubigen auf, zum gemeinsamen Mittagsgebet sich in die Moschee zu begeben. Demzufolge setzten sich nicht allein die Gäste im Diwan in Bewegung, sondern auch die gesamte Menge auf dem Marktplatz. Diese bildeten bald eine Strömung von Männern, die im grellen Sonnenlicht des Mittags in Richtung der Stadtmoschee zu fließen begann.

Nachdem Abu Karim den letzten Gast kassiert hatte, sagte er zu Mustafa, er möge in der Hinterstube einen kurzen Mittagsschlaf halten, er selber ginge zum gemeinsamen Mittagsgebet, würde aber vor der Kundschaft wieder im Laden sein, um mit ihm zusammen das Mittagsmahl zu servieren.

Abu Karim hatte Mustafa aus der Seele gesprochen; daher legte er sich im Hinterzimmer gleich hin, sobald er die Tische aufgeräumt hatte. Dabei tat er kaum die Augen zu, da rissen ihn die Wogen eines tiefen Schlafes mit.

Während Abu Karim noch an der Kasse saß und die Einnahmen des heutigen Vormittags zählte, trat seine Tochter Samira herein. Sie trug zwei Stofftüten in den Händen, worin sich zwei große Töpfe befanden.

„Das Mittagsmahl ist da!", sagte Samira, nachdem sie den Vater begrüßt hatte. Dieser wandte sich um und grüßte leise zurück: „Alaykomo Salam, Samira! Gut, dass du da bist! Lüfte noch kurz den Laden, bevor du die Türen abschließt! Sei aber leise, der Kellner schläft gerade. Den jungen Talib aus der Moschee meine ich."

Die Tochter nickte, Abu Karim steckte das Geld in seine Hemdtasche und verließ den Diwan. Als Samira die Töpfe in die Hinterstube brachte, achtete sie zunächst nicht auf Mustafa. Sie stellte ab, was sie in den Händen trug und kauerte sich vor ihnen. Mustafa schnarchte leise. Da sah sie neugierig auf und warf einen flüchtigen Blick zum Schlafenden hinüber. Mit Gewissheit, dass der Liegende schlief, schaute sie genauer hin und musterte Mustafas Gesichtszüge. Als Erstes erblickte sie seine Haarsträhnen, welche wirr über seiner breiten Stirn lagen. Danach wurde sie auf die helle Linie aufmerksam, die seine leicht geöffneten Lippen fein umrahmte. Diese hob sich am Ende der hellrosigen Lippen ab wie die zarte Umrandung bei den Blütenblättern einer Rose. Die buschigen, langen Augenbrauen samt den vorspringenden Backenknochen verliehen Mustafas Miene einen männlichen Ausdruck. Samira hatte bis jetzt nie einen Mann von dieser Entfernung aus mit solcher Intensität beobachtet. Sie stand auf, wagte einen Schritt nach vorn und sah sich den Schlafenden noch genauer an. Mustafas Körper wirkte liegend noch größer und recht männlich. Da lachte Samiras Herz heimlich und sie verließ sofort die Stube. In ihrer Eile vergaß sie die Türen abzuschließen.

Als Abu Karim zurückkam, wunderte er sich, dass die Ladentüren nicht abgeschlossen waren. Rasch trat er hinein und beruhigte sich gleich, als er des Diwans Gegenstände unversehrt an ihren Plätzen sah. Da vernahm er Mustafas Schnarchen und steuerte sogleich auf die Hinterstube zu.

„Wach auf, Mustafa!", rief er. „Wir müssen das Mittagsmahl vorbereiten!"

Mustafa richtete sich augenreibend auf und sah schlaftrunken um sich. Ihm tat der Kopf weh und er fühlte einen leicht stechenden Schmerz im Herzen. Er rieb sich am Brustkorb die Stelle, die ihm schmerzte und stand auf. Während die beiden die Tabletts mit Kuskus und Gulasch füllten, hörten sie die ersten Gäste hereintreten.

Auf dem Marktplatz war außer den Jugendlichen, die im Schatten der Stände verweilten, kaum noch jemand zu sehen. Die Mittagshitze ließ auch keine Betriebsamkeit mehr zu. Die Kunden waren nach Hause gegangen und die Händler befanden sich in den Teehäusern oder Diwans. Sie tranken nach dem Mittagessen Tee und rauchten unbekümmert ihre Schischas. Irgendwann würden sie die Wartenden an den Ständen ablösen. Hierzu war Eile fehl am Platz; denn es war zu jener Zeit eine Selbstverständlichkeit, dass die Jüngeren ohne Wenn und Aber auf die Älteren warten mussten, egal wie lange.

Entgegen dem heutigen Morgen, wo Mustafa seine Arbeit eifrig und mit großer Sorgfalt angefangen hatte, begann er nun seine Nachmittagstätigkeit beinah ohne jeglichen Reiz. Seine Beine waren noch müde vom stundenlangen, pausenlosen Hin-und-her-Laufen, sein gebrochenes Herz tat ihm weh und er fühlte, dass sogar sein Atem nach dem Rauch der Wasserpfeifen roch. Er hatte auch im Grinsen mancher Männer, die seine Bewegungen mit gierigen Augen verfolgten, etwas Widerliches gewittert und hielt seine Wut mit Mühe unter Kontrolle. Somit nagten weitere Stunden rastloser Bedienung im Lärm und in der Rauchwolke so sehr an seinen Kräften, dass es ihm schon vor Sonnenuntergang leicht schwindlig geworden war. Abu Karim war Mustafas kreideblasses Gesicht aufgefallen, konnte aber ihn nicht ablösen, weil er die Kasse nicht verlassen konnte. Am schlimmsten war es für Mustafa bei Sonnenuntergang; denn die Tageshitze hatte nachgelassen, Menschen hatten ihre Häuser verlassen und sich auf den Weg zum Marktplatz gemacht. Das hieß mehr Gäste für den Diwan und daher mehr Arbeit und Hektik für Mustafa.

Nachdem die Einkäufe fürs Abendessen erledigt worden waren, kehrte Ruhe wieder auf den Platz ein. Die Händler waren ausgelaugt, verschwitzt und zum Teil noch wütend wegen des hartnäckigen Handelns mancher Kunden. Sie saßen nun wieder rauchend in den Teehäusern oder Diwans, unterhielten sich mit einem Kollegen und somit vertrieben Stress aus der Seele. Allerdings, da sie alle laut sprachen, musste man im Diwan immer lauter werden, um einander verstehen zu können. Dies bereitete nicht nur Mustafa Stress, der mitten im Lärm stand, sondern auch den Gästen, die fast schreien mussten, um verstanden zu werden. So kam es vor, dass ein gereizter Stammgast sich seinem Status gemäß nicht schnell genug bedient fühlte. Er wurde grimmig, brüllte Mustafa an und würdigte seine Arbeit mit abweisenden Gesten herab. Dieser Umgang war dem unerfahrenen Neuling wie ein Messerstich in die Seele.

Unter diesen beinah unerträglichen Umständen warf Mustafa hin und wieder einen Blick zum Himmel hinauf, in der Hoffnung, dass die letzten Lichtstrahlen des Tages erlöschen würden und an deren Stelle endlich Dunkelheit einbräche. So wurde er Zeuge dessen, wie das tiefe Violett am Himmel allmählich das Azurblau, Türkis und letztlich das brennende Rot über den westlichen Bergkämmen auflöste und sich zu allen Horizonten hin ausbreitete. Und er sah auch bald die ersten großen Sterne, welche neben der Mondsichel zu funkeln begannen.

Der Tag hatte sich also geneigt und die glühend roten Lichtstrahlen an den Wänden des Diwans hatten der Abenddämmerung Platz gemacht, als einer der Gäste

Mustafa zwinkernd zu sich rief. Er war ein beleibter Mann im schwarzen Gewand, etwa fünfzig Jahre alt. Mustafa ging zu ihm und fragte, was er möchte. Da umarmte er ihn unversehens, drückte ihn fest an sich und sagte zu ihm, er möge ihn morgen am Marktplatz an seinem Stand besuchen. Danach steckte er ihm einen Geldschein in die Hemdtasche und ging zu Abu Karim hinüber, um zu zahlen. Der Umgang dieses Gastes verwirrte Mustafa sehr, dennoch konnte er über die Beweggründe des Mannes nicht nachdenken, weil es ihm die Kraft dazu fehlte. Zumal hatten die Rufe des Allaho-Akbars die Luft plötzlich erfüllt und einen Strich durch den heutigen Tag gezogen, der unendlich lang gewesen zu sein schien. So setzte er sich erleichtert in einer Ecke hin, bis die gesamte Kundschaft den Laden in Richtung der Moschee verließ. Daraufhin fragte Abu Karim in wütendem Ton, was der Mann von ihm gewollt hätte. Mustafa zuckte die Schultern und hatte keine Kraft, die Frage zu beantworten.

„Gib dem Mann morgen sein Geld zurück und halte dich fern von ihm!", befahl Abu Karim, nachdem er Mustafa den Anteil des heutigen Gewinns und den Schlüssel des Ladens ausgehändigt hatte. Anschließend verließ er den Diwan, ohne sich zu verabschieden. Kurz danach kehrte er zurück und sagte noch: „Vergiss nicht den Laden zu lüften, bevor du was anders tust!"

Mustafa konnte die Anweisungen des Ladenbesitzers nur zum Teil wahrnehmen. Er sah ihm mit verschwommenem Blick nach, bis er hinter der Ladentür verschwand. Alsdann ließ er die beiden Eingänge solange offen, bis er das Gefühl hatte, der Diwan sei genügend gelüftet. Daraufhin schloss er die Türen ab und ging auf betäubten Beinen in die Hinterstube. Hier sank er auf seiner Matratze in sich zusammen, ohne sich ausziehen zu können.

Am frühen Morgen träumte er von seinem Großvater Khan, der auf dem Friedhof in Eynaltamor an einem Grab stand. Mustafa wunderte sich darüber, wessen Grab es war und warum er einen Spaten in der Hand hielt. Erst nachdem er den Spaten fallen gelassen hatte und weggegangen war, wurde Mustafa plötzlich klar, dass sein Großvater ihn selbst begraben hatte. In Panik versuchte er aufzustehen, konnte aber nicht. Eingehüllt im weißen Leinen fühlte er auf einmal den erstickenden Druck der Erde auf seiner Brust. Entsetzt rief er nach Hilfe; so laut er konnte. Verzweifelt rief er immer lauter, als er auf einmal eine Stimme hörte: „Wach auf, Mustafa! Alles ist gut! Du träumst nur!" Kurz danach verspürte Mustafa eine schüttelnde Hand auf seinem rechten Arm. Er öffnete zaghaft die Augen und sah Abu Karim an seinem Lager sitzen. Dieser hielt die Petroleumlampe in einer Hand und mit der anderen wischte er Mustafa den kalten Schweiß von der Stirn.

„Bist du es, Abu Karim?", fragte Mustafa beängstigt.

„Ja, ich bin es! Abu Karim!", versicherte der andere. „Stehe jetzt auf und lass uns gemeinsam das Frühstück machen!"

Mustafa richtete sich langsam auf. Der Druck, den er gestern während der Arbeit auf seinem Herzen verspürt hatte, war nun in Schmerz übergegangen. Der lange, tiefe Schlaf hatte aber seinen Beinen und Hüften gut getan. Er stand auf und freute sich darüber, keinen Schmerz mehr in den Gelenken zu haben. Während er sich die Stelle rieb, wo sein Herz wehtat, fing er an, mit dem Ladenbesitzer das Frühstück vorzubereiten. Dabei warf Abu Karim hin und wieder einen flüchtigen, forschenden Blick auf Mustafas Gesicht, welches noch blasser wirkte als gestern.

„Geht es dir gut, Mustafa?", fragte Abu Karim unverhofft.

„Es geht!", antwortete der andere knapp.

Sie sprachen nicht mehr miteinander, bis die Rufe des Allaho-Akbars den Beginn des Tages und die Zeit zum Morgengebet verkündeten. Danach sagte Mustafa: „Gehe doch zur Moschee! Ich kümmere mich schon um die Holzkohle."

„Das hat Zeit, heute helfe ich dir lieber!", erwiderte Abu Karim und verließ das Hinterzimmer.

Somit begann Mustafas zweiter Arbeitstag. Er räumte mit seinem Arbeitgeber den Laden auf und fegte gründlich. Abu Karim sorgte für die glühende Holzkohle und bald begrüßten beide ihre Gäste, die nach dem Morgengebet in den Diwan strömten.

Während des heutigen Vormittags machten Mustafas Beine gut mit, sogar besser als gestern. Dennoch nahm der Schmerz in seinem Herzen spürbar zu und es begann schon vor der Mittagspause plötzlich zu rasen. Die unmittelbaren Folgen waren Atemnot und kalte Schweißausbrüche, die ihn nötigten, sofort hinauszugehen. Sobald es ihm an der frischen Luft einigermaßen besser ging, kam er herein und ließ sich von seiner inneren Verfassung nichts anmerken.

Es war kurz nach der Mittagspause, als Mustafa allein in einer Ecke saß und die Ruhe genoss, welche nicht nur den Diwan, sondern auch den gesamten Marktplatz erfasst hatte. Sobald er merkte, dass der Laden genügend gelüftet war, schloss er die Eingangstüren zu und steuerte auf die Hinterstube. Kaum hatte er diese erreicht, da hörte er im Schloss der Eingangstür das Drehen eines Schlüssels. Er wandte sich um und sah die Tür sich nach innen öffnen und ein Fräulein mit zwei angeschwollenen Stofftüten in den Händen hereintreten.

„Ich bin Samira, Abu Karims Tochter!", stellte sie sich mit gesenktem Blick vor. „Das Mittagsmahl ist da."

Da sprang Mustafa hervor und nahm ihr die Stofftüten aus der Hand. Er ging mit den Tüten in den Händen auf die Hinterstube zu und blieb an dem Vorhang, der die Stube vom Laden trennte, stehen, um diesen mit dem Kopf beiseite zu schieben. In diesem Moment begann sein Herz plötzlich wieder zu rasen, ein dunkler Schleier überzog seine Augen und ihm wurde schwindlig. Er blieb wie erstarrt stehen. Er versuchte sich zu bücken, um die Tüten abzustellen. Vergebens! Ein stechender Schmerz zog durch sein Herz hindurch und zwang ihn reglos stehen zu bleiben. Hinter ihm sah Samira ihn verwundert an und konnte nicht nachvollziehen, warum er am Vorhang auf einmal stehengeblieben war. Sie traute sich nicht, den Erstarrten anzusprechen, trat aber zaghaft hervor und sah sich Mustafa an, der mit kreidebleichem Gesicht und geschlossenen Augen keuchte.

„Geht es Ihnen nicht gut, Herr Mustafa?", fragte sie. Als sie ihn weiterhin sprachlos stehen sah, zerrte sie ihm sofort die Tüten aus den verkrampften Fingern. Sie setzte diese im Hinterzimmer ab und kehrte hastig zu Mustafa zurück. Er hatte die Augen halb geöffnet und rieb sich die Stelle an der Brust, wo sein Herz immer noch unruhig pochte. Samira griff ihm unter den Arm und half ihm zu seinem Lager im Hinterzimmer zu gehen.

Der Kranke legte sich vorsichtig hin und sagte mit einer vor Schmerz verzerrten Miene: „Erzähle bitte deinem Vater nichts davon! Mir wird es bald wieder besser gehen."

Samira schwieg, stand auf und wollte rasch den Laden verlassen. Dennoch änderte sie gleich die Meinung und hing den dicken Vorhang seitlich an einen großen Nagel, der zu diesem Zweck an der Wand angebracht war. Somit strömte das Tageslicht in die kleine Stube hinein und sie konnte Mustafas blasses Gesicht nun besser sehen. Sie sank vor dem Liegenden auf die Knie und tupfte ihm mit einem Tuch den Schweiß von der Stirn. Dabei warf sie hin und wieder einen besorgten Blick in den Laden, um sich zu vergewissern, dass niemand sie in dieser Haltung beobachtete. Mustafa öffnete die Augenlider um eine kleine Spalte und lächelte Samira dankbar an. Dies brachte sie umso mehr in Verlegenheit. Sie stand sofort auf und nahm aus den Tüten die dickbäuchigen Töpfe heraus, in denen sich eine dickflüssige Suppe befand. Sie stellte die Töpfe auf die Behälter mit der Holzkohlenglut, damit die Suppe warm blieb. Dann stellte sie mehrere kleine Schalen um diese herum und erledigte alles, was Mustafa für das Servieren des Mittagessens tun musste. Als sie den Liegenden leicht schnarchen hörte, wandte sie den Blick wieder zu ihm und betrachtete wie gestern seine Züge genau. Ihr Blick glitt sachte über die leicht geöffneten Lippen hinab zu dem breiten, vorspringenden Kinn, welches abfallend zum langen Hals und bald zu den Brusthaaren führte, welche aus der Öffnung seines Hemdes herausragten. Mustafas Miene wirkte erschöpft und blass, aber immer noch schön. Aus seinem Gesichtsausdruck strömte noch die junge Kraft seiner Männlichkeit hervor, die jedes weibliche Herz ohne Widerstand mit sich fortriss. Samira tupfte ihm noch einmal den Schweiß von der Stirn und der Wange; diesmal vorsichtiger als zuvor, um ihn nicht zu wecken. Daraufhin verließ sie den Diwan in größter Eile.

Als Abu Karim aus der Moschee zurückkam, freute er sich darüber, dass das Mittagsmahl vorgewärmt und vorbereitet auf das Servieren wartete.

„Gut gemacht, mein Junge!", lobte er den Schlafenden, nachdem er in die Hinterstube hineingesehen hatte. „Wach auf, Mustafa!", rief er plötzlich. „Die ersten Gäste werden bald auftauchen!"

Mustafa öffnete die Augen und richtete sich schlaftrunken auf.

„Du hast deine Arbeit gut gemacht!", lobte der Ladenbesitzer noch einmal.

Mustafa begriff nicht, warum er gelobt wurde, hatte aber keine Kraft nachzuhaken und sah bloß nach, ob die Gäste eingetroffen waren.

Somit begann die Nachmittagstätigkeit seines zweiten Arbeitstages. Die Gäste traten bald herein. Sie waren hungrig, wirkten aber entspannt, weil sie vor kurzem ihr Nachmittagsgebet verrichtet hatten. Der einstündige Schlaf hatte Mustafa gut getan. Er servierte das Mittagessen ohne Komplikationen. Bloß nach dem Essen, als das Wasser in den gläsernen Behältern der Wasserpfeifen wieder zu brodeln und der Tabaksrauch im ganzen Diwan zu schweben begann, wurde ihm allmählich wieder schwer ums Herz. Diesmal ging er äußerst vorsichtig vor; er arbeitete langsamer als zuvor und ließ sich von den Gästen nicht mehr hetzen. Er legte häufiger Pause ein und hielt sich im Freien auf, ohne seine Arbeit zu vernachlässigen. Die ersten Stunden bis zum Asr – der Zeitraum zwischen dem Spätnachmittag und dem Sonnenuntergang – verliefen beinah reibungslos. Er fühlte zwar die ganze Zeit einen dumpfen Schmerz, eine Art Druck auf dem Herzen, dennoch die Tatsache, dass er nun seine Arbeit meisterte, befähigte ihn, seinem belasteten Herzen rechtzeitig Ruhe zu gönnen, bevor es rasend wieder gegen ihn rebellierte. Ihm tat es besonders gut, als er in einer seiner Pausen vor der Eingangstür plötzlich Samiras zarte Stimme hinter sich hörte: „Geht es Ihnen jetzt besser, Herr Mustafa?"

Er wandte sich um und sah in ihr hübsches Gesicht hinab. Ein weißes Kopftuch, dessen Fasern über ihrer Stirn herunterhingen, bedeckte ihren Kopf, ihre Ohren und den Hals. Es ließ ihr Gesicht rund und jugendlich wirken.

„Geht es Ihnen jetzt besser, Herr Mustafa?", wiederholte sie ihre Frage unvermittelt.

„Salamo Alaykom, Samira!", grüßte Mustafa verlegen, anstatt ihre Frage zu beantworten.

„Alaykomo Salam, Mustafa!", grüßte sie zurück. „Wie geht es Ihnen?"

„Gott sei Dank! Bis jetzt keinen Anfall mehr gehabt. Noch nicht!"

„Enscha Allah – so Gott es will – bekommen Sie auch keinen mehr", sagte sie, während sie besorgt um sich schaute. Nachdem sie sich vergewissert hatte, dass niemand sie und Mustafa beobachtete, sagte sie noch: „Für das Einkaufen brauche ich Geld. Würden Sie das bitte meinem Vater sagen?"

Mustafa ging hinein und kam bald mit einigen Geldscheinen in der Hand zurück. Er reichte ihr das Geld,

Samira nahm es und sah ihm plötzlich mit lachenden, von der Liebe erfüllten Augen so direkt ins Gesicht, dass Mustafas Herz einen Sprung machte. Er sah ihr teils berührt teils verwundert solange nach, bis sie allmählich in der Menge auf dem Marktplatz verschwand.

Als Mustafa in den Diwan zurückkehrte, hatte der Gedanke an Samira in seinem Herzen bereits eine mächtige Woge von schönsten Empfindungen erzeugt. Während des Bedienens fühlte er nun in seinen Beinen eine neue belebende Kraft und der Druck auf seinem Herzen schien auch einigermaßen zurückgewichen zu sein. So bediente er die Gäste freundlicher und geduldiger als zuvor, welches bei ihnen Sympathie und Freundlichkeit hervorrief.

Indessen schmiegte sich die Sonne sanft an die glühend goldene Umrisslinie der Bergkämme im Norden. Sie überflutete mit ihren brennend roten Lichtstrahlen alle Winkel und Ecken der Stadt, als der gestrige Gast in seinem schwarzen Gewand in den Diwan hereintrat und sich nicht weit vom Eingang unter dem Fenster niedersetzte. Er freute sich zuerst sehr, als Mustafa ihm sogleich freundlich entgegeneilte und ihn um die Bestellung bat. Er bestellte nur Tee mit einem bestimmten hausgemachten Gebäck und fragte Mustafa leise, warum er ihn heute an seinem Stand am Marktplatz nicht besucht hätte. Da drückte der Kellner ihm seinen gestrigen Geldschein in die Hand und sagte, er wüsste nicht warum er ihn überhaupt besuchen sollte. In diesem Augenblick sprang dem Mann Blut in die Augen und er sah Mustafa erbleicht und wütend nach, bis er hinter dem Vorhang in der Hinterstube verschwand. Kurz darauf verließ Mustafa die Stube und steuerte mit der Bestellung in der Hand auf den Gast zu. Sobald er an seinem Tisch angekommen war, beugte er sich vor, um den Tee abzusetzen. Da richtete sich der Mann unversehens auf und wisperte Mustafa ins Ohr: „Dich werde ich Stücke reißen, du Hurensohn!"

Mustafa wurde augenblicklich kreideweiß im Gesicht. Sein ganzes Wesen, alles was ihn seelisch und körperlich ausmachte, mobilisierte sich in diesem Moment für einen sofortigen Sprung auf den Mann. Dennoch, wie es in der Mittagspause der Fall war, durchzog sein Herz plötzlich wieder ein stechender Schmerz. Er schrie auf und drückte sogleich die rechte Hand auf seine Brust. Nach seinem Aufschrei wurde es im Diwan sofort still und die Anwesenden wandten alle den Bick zu dem Kellner, der am Tisch jenes Gastes wie erstarrt in gebückter Haltung mit geschlossenen Augen auf seine linke Brustseite drückte. Der Mann im schwarzen Gewand griff sogleich nach dem Dolch, der an seinem ledernen Gürtel hing. Aber bevor er ihn aus der Scheide zog, hielten ihm die Männer, die um ihn saßen, die Hände fest, um ein Blutvergießen zu verhindern. Als dieser während seines Ringens um den Dolch den Erstarrten für Augenblicke ansah, welcher mit schmerzverzerrtem Gesicht die rechte Hand auf der Brust hielt, wurde er weich und gab nach. Auch jene, die ihn festhielten, ließen locker und sahen alle verdutzt zu Mustafa hinauf. Einer von ihnen sprang auf, rutschte ihm unter den Arm und half ihm zu einer Ecke hinüber, wo er langsam auf die Knie sank und sich hinlegte. Da eilte Abu Karim unverzüglich zum Liegenden und sah sich ihn genau an. Mustafas kreidebleiches Angesicht und sein keuchendes Ringen um die Luft bereitete dem Ladenbesitzer Angst.

Er fragte die Anwesenden, was vorgefallen sei. Die Männer wandten den Blick von ihm ab und sahen schweigend zu dem Gast im schwarzen Gewand hinüber.

„Der Junge hat ein großes Mundwerk!", sagte der Mann, während er sich aufrichtete. „Er hat wirklich Glück gehabt, dass ich heute nicht meine schlechte Laune habe." Daraufhin warf er abwertend einen Geldschein vor Abu Karim und verließ missmutig den Diwan. Der Ladenbesitzer hob das Geld auf und eilte sogleich ins Hinterzimmer. Kurz danach kam er mit einem Glas Wasser in der Hand zurück, legte hinter Mustafas Rücken noch ein Kissen und half ihm sich aufzurichten. Mustafa öffnete die Augenlider zu einer Sichel, nippte an dem Glas und legte sich wieder hin. Abu Karim gab den Gästen zwinkernd das Zeichen, den Kranken in Ruhe zu lassen und kehrte selbst zur Kasse zurück.

Er bediente des Kellners Stelle solange, bis das rötliche Sonnenlicht auf dem Marktplatz sich auflöste und der Abenddämmerung gänzlich Platz machte. Sobald die Rufe des Allaho-Akbars wieder über der Stadt erschallten und die Männer den Diwan in Richtung der Stadtmoschee verließen, schloss Abu Karim die Türen ab und ging schleunigst nach Hause. Seine Frau und Tochter wohnten nicht weit vom Marktplatz. Er hatte kaum den Hof seines Hauses betreten, da sagte er zu seiner Tochter Samira, sie möge sofort mit ihm in den Diwan gehen. Diese ließ alles liegen und ging ohne Widerrede ins Haus hinein, um sich Passendes anzuziehen. Als sie den Hof wieder betrat, sagte der Vater zu ihr: „Vergiss nicht den Laden gründlich zu lüften!"

„Ist was Schlimmes passiert, Papa?", fragte Samira sorgenvoll. „Warum lüftet der Kellner den Diwan nicht!? Geht es ihm nicht gut?"

„Ich weiß es nicht genau", antwortete Abu Karim mit enttäuschter Miene. „Während er einen Gast bediente, schrie er plötzlich auf und blieb wie eine Statue stehen. Er schien schreckliche Schmerzen im Herzen zu haben."

Diese Nachricht bewegte Samira sehr und sie verließ unverzüglich mit dem Vater den Hof. Unterwegs sagte Abu Karim nachdenklich: „Der Gast, den Mustafa bediente, war kein guter Mensch. Etwas müsste zwischen den beiden vorgefallen sein; denn der Mann wäre mit seinem Dolch beinah auf ihn losgegangen, wenn die anderen Gäste nicht dazwischen gegangen wären."

Samira sah verblüfft zum Vater hinüber, sagte aber nichts.

„Sei bei allem was du tust leise! Mustafa ist sehr krank und braucht Schlaf", mahnte Abu Karim die Tochter, bevor er die Ladentür aufschloss. Nachdem sie in den Diwan eingetreten waren, spähten Samiras besorgte Augen gleich nach dem Kranken im halbdunklen Raum. Sie eilte sofort zu ihm, sobald sie Mustafa unter dem Fenster liegen sah. Während sie sorgenvoll den Liegenden musterte, sagte der Vater leise zu ihr: „Ich muss jetzt unbedingt zur Moschee, um mit Imam Muhammed über Mustafa zu reden. Das kann ich aber erst nach dem Abendgebet. Falls der Imam heute Abend seine Predigt hält, werde ich spät nach Hause kommen. Den Laden brauchst du nicht zu kehren, Lüften genügt. Gib Acht, dass du zuhause bist, bevor es dunkel wird!"

Samira nickte und sagte: „So wird es sein, Papa!"

Abu Karim ging in die Hinterstube und zündete die Petroleumlampe an. Nachdem er mit der Lampe in der Hand den Stubenvorhang beiseitegeschoben hatte, durchströmte das Licht der Flamme den gesamten Diwan und leuchtete Mustafas kränkliches Gesicht schwach an. Samira wurde gleich schwer ums Herz, als sie Mustafas Antlitz erblickte. Es war nämlich kaum zu vergleichen mit dem, was sie am heutigen Nachmittag gesehen hatte. Es wirkte gänzlich niedergeschlagen und schien von den allen Kräften verlassen zu sein, die dem Leben eines jungen Menschen in Mustafas Alter Vitalität und Lebenslust verleihen. Als Abu Karim sich verabschiedete, wandte Samira den traurigen Blick von Mustafa ab und sah dem Vater geistesabwesend nach, bis er hinter der Eingangstür verschwand. Sie hob die Lampe hoch und näherte sich dem Liegenden, um sein Angesicht noch besser sehen zu können. Während sie es genauer betrachtete, erschien ihr Mustafas Gesicht so, als ob es sich in einem langsamen, ständigen Wechsel befände. In der Tiefe seines Unbewussten schienen finstere Empfindungen heftig aufeinander zu prallen; so heftig, dass die Turbulenzen in seinem Inneren die Gesichtshaut an der Oberfläche gar nicht verschonten. So hatte Wut kaum seine Züge finster überschattet, da kamen Angst und Unsicherheit auf und hinterließen einen Ausdruck der Ohnmacht und Ausweglosigkeit. Alsdann verdrängte Verdrießlichkeit diese gänzlich und was blieb, war ein im höchsten Maße verbittertes Gesicht. Samira tupfte ihm mit einem Tuch den Schweiß von der Stirn; doch kurz darauf erblickte sie erneut Schweißausbrüche.

„Mustafa ist sehr krank", dachte sie laut. Sie ging ins Hinterzimmer und legte eilig sämtliches schmutziges Geschirr in einen Korb. Dann kehrte sie zum Liegenden zurück und deckte ihn zu. Sie sah sich Mustafa kurz an, drückte ihre Lippen sanft auf seine Wange und verließ mit dem Korb in der Hand den Diwan.

Draußen war noch nicht ganz dunkel, dennoch leuchteten die Kerosinen – ehemalige Leuchten mit flüssigem Gas als Brennstoff – schon in den Straßenlaternen und warfen ein schwaches Licht auf Samiras Nachhauseweg.

In der Moschee fand Abu Karim während des Abendgebets keinen Frieden im Herzen; denn das Geschehen im Diwan wühlte ihn noch auf und nahm ihm die Ruhe weg. Heute Abend hielt der Imam zum Glück seine Predigt nicht. So eilte Abu Karim nach dem gemeinsamen Gebet zu ihm, sobald die Gläubigen den Gebetsraum verlassen hatten. „Salamo Alaykom, Imam! Möge dein Gebet erhört werden!", grüßte Abu Karim.

„Alaykomo Salam, Abu Karim! Wie geht es dir?", fragte Imam Muhammed freundlich.

„Mir ist sehr schwer ums Herz, ich brauche deinen Rat", erwiderte der andere.

Imam Muhammed runzelte die Stirn und fragte besorgt: „Hoffentlich bist du nicht hier, weil Mustafas Betragen dir Sorgen bereitet?"

„Nicht sein Betragen, sondern seine gesundheitliche Verfassung. Mit dem Jungen stimmt etwas nicht. Er ist nicht ganz gesund. Das wusste ich schon von Anfang an. Die Art und Weise wie er arbeitet, macht mich bei den Gästen zur Zielscheibe ihres Hohns und Zorns."

Abu Karim erzählte noch, was im Diwan vorgefallen war und ergänzte in klagendem Ton: „Ich weiß es wirklich nicht, was aus dem Laden werden sollte, wenn ich neben der Bürde, die ich täglich zu tragen habe, auch noch einen Kranken pflegen müsste. Ich bin doch selber nicht mehr ganz gesund!!"

Während Abu Karim sprach, hörte Imam Muhammed genau zu und fuhr mit den Fingern leicht aufgeregt durch seinen langen, weißen Bart. „Ich habe auch gemerkt, dass mit Mustafa etwas nicht stimmte", erwiderte der Imam bestätigend. „In dem Brief, den mein Freund Imam Abdullah Mustafa mitgegeben hatte, stand kein einziges Wort darüber, dass es dem Jungen nicht gut ginge. Er hatte mich bloß gebeten, genauer gesagt angefleht, Mustafa nicht gehen zu lassen. Als ob er unter Zeitdruck gestanden hätte, hatte er sich sehr kurz gefasst. Nur am Ende wies er darauf hin, dass Mustafa ein schweres Schicksal erleide, das er nicht verdient hätte. Was nun mit diesem schweren Schicksal gemeint ist, ist mir ein Rätsel."

Er hielt inne und fuhr mit den Fingern wieder durch seinen Bart. „Seitdem mein Freund Imam Abdullah in dieser Moschee bei mir zu Gast war, sind mindestens zehn Jahre vergangen", setzte er fort. „Ich denke, es ist Zeit, dass ich ihn in seiner Moschee aufsuche und einige Tage mit ihm verbringe. Da werde ich Mustafas Sache genau auf den Grund gehen. Mal sehen, was man noch für ihn tun kann. Ich mache mich schon morgen auf den Weg nach Eynaltamor. Hoffentlich beruhigt dich das ein wenig! Der Rest liegt in Gottes Hand."

Abu Karim stieß einen tiefen Seufzer aus und sagte: „Mir fällt jetzt nichts Besseres ein als zu warten, bis du wieder da bist. Möge Gott mich mit deiner Reise nach Eynaltamor aus diesem Dilemma herausführen!"

„Sei nachsichtig mit Mustafa!", verlangte der Imam freundlich. „Er ist ein guter Junge. Gott ist barmherzig. Jedes Problem verbirgt den Keim seiner Lösung in sich. Aber Keime brauchen doch Zeit, um wachsen und gedeihen zu können, nicht wahr?"

Anschließend umarmte der Geistliche Abu Karim und dieser ging grübelnd im schwachen Lichte der Gassen- und Straßenlaternen nach Hause. Als er am frühen Morgen die Türen des Diwans aufschloss und mit dem Korb, in dem das saubere Geschirr lag, hineintrat, schlief Mustafa immer noch. Er ließ die Türen offen, zündete die Petroleumlampe an und weckte den Schlafenden. Dieser öffnete langsam die schweren Augenlider und sah schlaftrunken um sich.

„Wenn du noch schlafen willst, gehe lieber in die Hinterstube!", sagte Abu Karim mit unzufriedener Miene.

„Wozu denn in die Hinterstube!?", fragte Mustafa verwirrt. „Ich stehe gleich auf!"

Als er die Decke beiseiteschob, um sich aufzurichten, verspürte er immer noch einen dumpfen Schmerz im Herzen, ignorierte ihn aber und stand auf. Der lange Schlaf hatte ihm gut getan, seine Beine waren aber schwach und zitterten beim Gehen; er hatte ja seit dem gestrigen Mittagsmahl nichts gegessen.

Somit begann er seinen dritten Arbeitstag in derselben Art und Reihenfolge, wie er ihn am ersten und zweiten Tag begonnen hatte. Abu Karim auch; bloß mit dem Unterschied, dass er heute während der Arbeit keine Zufriedenheit ausstrahlte, sondern nur bittere Enttäuschung. Mustafa erahnte bald, dass des Ladenbesitzers trübe Laune auf den gestrigen Vorfall zurückzuführen war. Daher flößte ihm Abu Karims gesamte Ausstrahlung Angst ein; Angst vor dem Versagen. Er versuchte fleißig zu wirken, so gut er konnte. Obwohl er Hunger hatte, verlangte kein Essen und stürzte sich in die Arbeit. Währenddessen warf er hin und wieder einen flüchtigen Blick zu Abu Karim hinüber, um festzustellen, ob er inzwischen ein wenig heiterer geworden war. Dieser wirkte weiterhin verbittert und schien ihn nicht wahrnehmen zu wollen.

Sobald die Gäste nach dem gemeinsamen Morgengebet in den Diwan hereinströmten, nahm Mustafa die Bestellungen entgegen. Während er sie ausführte, verschwanden vorerst seine Ängste durch die Routine, in die er allmählich hineinrutschte. Dennoch, nach einigen Stunden Bedienung in der Rauchwolke, machten sich bei ihm die ersten Anzeichen vom baldigen Ende seiner Kräfte bemerkbar: Schweißausbrüche, leichter Schwindel und der Schmerz in den Herzmuskeln, in den Beinen sowie in allen Knochen. Freilich ließ er sich zunächst von seiner kränklichen Verfassung nichts anmerken und versuchte unter großer Anstrengung seiner Pflicht nachzukommen. Dann aber verließen ihn seine Kräfte so sehr, dass seine unsichere Haltung und Zerstreutheit dem Ladenbesitzer sowie der Mehrheit der Gäste im Diwan nicht mehr verhüllt blieben. Jetzt konnte beinah jeder in Mustafa einen Kranken sehen, der mit Mühe die Bestellungen ausführte, häufig über die kleinen Hindernisse stolperte und den Gästen heißen Tee über Hände und Beine schüttete. Dabei versuchte Abu Karim mit geschickten, spaßigen Anmerkungen von dem Mist abzulenken, den Mustafa gebaut hatte. Dies glückte ihm nicht immer. Mustafa kassieren zu lassen und an seiner

Stelle zu bedienen, konnte er sich auch nicht erlauben; denn sein Vertrauen zu ihm war nicht groß genug. Die Folge war das Eskalieren höhnischer, giftiger Äußerungen und Vorwürfe der unzufriedenen Gäste. Mustafas Seele empfing alle Stiche der Kundschaft, es gelang ihm trotzdem nicht mehr, seinen belasteten Körper zur Besserung zu zwingen. Er lief auf betäubten Beinen fast dümmlich von einem Gast zum anderen hinüber. Währenddessen schrie er innerlich, wurde aber nicht gehört, weinte im Inneren, keiner sah aber seine Tränen.

Als die Rufe des Allaho-Akbars endlich zum gemeinsamen Mittagsgebet aufriefen, verließ Mustafa sofort die Menge der aufstehenden Männer und suchte im Hinterzimmer Zuflucht. Dort legte er sich hin, konnte aber nicht einschlafen. Während er voller Sorge die Zimmerdecke anstarrte, wurde er plötzlich auf die Stille aufmerksam, die den gesamten Diwan erfüllt hatte. Der Ladenbesitzer hatte sich also mit den Gästen auf den Weg zur Moschee gemacht, ohne nach ihm geschaut zu haben. Mustafas Herz schlug unruhig. In der Hoffnung, im Schlaf Ruhe zu finden, schloss er die Augen. Anstatt einzuschlafen, zuckte sein Brustkorb einige Male und er brach in heftiges Schluchzen aus. Als ob sein erschüttertes Wesen nun all den Kummer und Schmerz der letzten Wochen auf einmal loswerden wollte, bebte sein Oberkörper stoßweise und mit jedem Stoß rollten erneut Tränen über seine Wangen herunter. Dabei hatte er nicht vernommen, dass Samira, die Tochter des Ladenbesitzers, indessen die Ladentür aufgeschlossen hatte, am Eingang zum Hinterzimmer stand und ihn beim Schluchzen beobachtete. Als Mustafa in jenem Eingang plötzlich einen Schatten wahrnahm, erschrak er und richtete sich sofort auf. Sein Schock wurde augenblicklich durch Sicherheit ersetzt, sobald er Samira erblickte, die mit einer angeschwollenen Stofftüte in der Hand ihm sorgenvoll in die Augen schaute. Er wandte den Blick verschämt zur Wand und wischte sich mit dem Ärmel die Tränen vom Gesicht. Samira setzte das Mittagsmahl ab und kurz darauf verspürte Mustafa das sanfte Streicheln ihrer Hand auf seinem Haar. Oh, wie besänftigend und gnadenvoll diese unerwartete Berührung war! Sie wirkte wie eine magische Salbe auf seiner wunden Seele, die seit Stunden blutete. Mustafa ließ die Augenlider sich sachte schließen und konzentrierte sich gänzlich auf das zarte Streicheln ihrer Hände. Somit überschüttete ihn Samira mit der großen Liebe, die sie für ihn empfand. Nach einer Weile drehte Mustafa sich zu ihr, nahm ihre Hand in seine und küsste sie voller Dankbarkeit. Sie wischte mit der anderen Hand die restlichen Tränen von seinem Gesicht und setzte sich zu ihm.

„Was hast du denn, Mustafa!? Was bedrückt dich so sehr!?", fragte sie.

Er sah ihr eindringlich in die Augen, stieß einen tiefen Seufzer aus und sprach: „Ich brenne, Samira! Meine Kräfte verglühen ständig in einem Feuer, dem ich machtlos ausgeliefert bin. Ich bin mir ganz sicher, dass ich nicht lange leben werde."

„Von welchem Feuer redest du denn!? Seit wann fühlst du dich so!?" fragte sie besorgt.

„Seitdem mein Opa mich enterbt hat", gab er zurück. „Damit hat er mir alles weggenommen, was ich hatte: meine Freunde, meine Verwandten, meine Bekannten, meine Heimat, mein Zuhause, alles, einfach alles."

Mustafa senkte die Augen und fuhr fort, während ihm weitere Tränen über das Gesicht herunter rannen: „Mein Großvater stach mir aus dem Hinterhalt einen glühenden Dolch ins Herz. Jetzt weißt du woher das Feuer kommt, in dem ich seit Wochen brenne."

Samira hakte nicht mehr nach und gönnte ihm die Stille, die sich plötzlich zwischen ihnen breitgemacht hatte. Mustafa weinte nun still, ohne sein Gesicht zu verbergen und Samira erblickte in der Tiefe seiner schwarzen Augen ein stürmisches Meer, in dem Angst wie eine Brandung mit voller Wucht gegen die Küste seiner Seele schäumte und bei ihrem Rückzug Tränen hinterließ, welche in einem dünnen Faden über seine Wangen herunterliefen.

„Merkwürdig, wie schnell sich der Mensch ändert!", dachte Samira. Sie hatte gestern in Mustafas Angesicht, nachdem sie ihn angesprochen hatte, große Freude entdeckt, die seinen Zügen männliche Schönheit verlieh. Jetzt nahm sie aber im selben Gesicht eine hübsche Kulisse wahr, hinter der ein Mann hilflos im Schatten der Furcht und Verzweiflung stand. Mustafa schaute Samira stumm in die Augen und weinte solange, bis er keine Träne mehr zu vergießen hatte. Alsdann brach er unverhofft die Stille, indem er entschlossen sagte: „Ich werde nicht mehr hier arbeiten, Samira! Man muss in diesem Laden gearbeitet haben, um zu wissen, wie grob die Männer sind, die hier Gäste genannt werden, sich aber wie Teufel aufführen. Ich wünschte du hättest gewusst, wie groß meine Sehnsucht nach frischer Luft, nach Land, Natur und ihrer Stille ist. Dieser Diwan wird mich bald umbringen. Das weiß ich genau, lasse es aber nicht zu. Wenn mein krankes Herz irgendwann zu schlagen aufhören sollte, dann bestimmt nicht hier in der Rauchwolke der Wasserpfeifen, umzingelt von stinkenden, lauten Kaufleuten. Wenn ich sterben soll, dann lieber im Freien, der Blick auf den blauen Himmel gerichtet oder auf meinen Schöpfer mitten im glitzernden Sternenhimmel."

In diesem Augenblick wischte sich Samira mit dem Ärmel eine Träne vom Gesicht. Da fragte Mustafa verdutzt, warum sie weine.

„Du bist doch so jung, Mustafa", entgegnete sie „sprichst aber wie ein alter Mann, der mit einem Bein schon im Grabe steht!!"

„Jung!?", gab Mustafa verbittert zurück. „Zeige mir in dieser Großstadt einen einzigen Mann in meinem Alter, der wie ich nichts und niemanden hat; nicht einmal ein gesundes Herz!"

„Du hast mich, Mustafa!", versetzte Samira leise. „Seitdem ich dich hier im Diwan zum ersten Mal gesehen habe, hast du jemanden; solange ich lebe!"

Nun schwieg sie abrupt und schlug errötend die Augen nieder. Mustafa schaute sie mit ungläubiger Miene an, während sie beschämt und verlegen seinen Blick mied. Sie schien sich dessen auf einmal bewusst geworden zu sein, dass sie mit ihrer Gefühlsäußerung eben gerade alle Grenzen ihrer bisherigen, sittlichen Erziehungsweise überschritten hatte. Da stand sie plötzlich auf und begann für das Mittagsmahl die entsprechenden Vorbereitungen zu treffen. Sie verrichtete ihre Arbeit hastig und wirkte noch verlegen. Mustafa merkte, dass Samira sich ihrer spontanen Äußerung zutiefst schämte. Er sagte nichts, legte sich bloß hin und schaute sie still an. Sobald sie die notwendigen Arbeiten für das Servieren des Mittagessens verrichtet hatte, sah sie flüchtig zu Mustafa auf und sagte eilig: „Ich muss jetzt gehen."

„Warte Samira!", verlangte Mustafa unvermittelt. „Gehe bitte nicht! Du sollst dich doch vor mir nicht schämen! Auch ich fühlte mich gestern sehr wohl, als ich hinter mir plötzlich deine Stimme hörte. Nachdem du gegangen bist, verspürte ich den Druck auf meinem Herzen auf einmal nicht mehr."

Da verflüchtigte sich die Verlegenheit auf Samiras Zügen augenblicklich und eine glühende Freude heiterte ihr Gesicht auf.

„Ich wäre deinetwegen gerne im Diwan geblieben", fuhr Mustafa fort. „Bin aber nicht gesund genug, um die schlechte Luft des Ladens und den Umgang der Gäste länger ertragen zu können."

„Tu das, was dir gut tut!" ermutigte ihn Samira.

„Eine andere Wahl habe ich nicht!", sagte Mustafa kopfschüttelnd. „Mein Herz macht nicht mehr mit. Das hast du doch gestern gesehen."

Samira nickte bestätigend.

„Ich werde schon heute Abend, nachdem die Gäste sich auf den Weg zur Moschee gemacht haben, den Diwan verlassen. Ich werde im Freien schlafen; denn mit dem, was ich hier bei deinem Vater verdient habe, kann ich mir ein Zimmer nicht leisten."

„Das geht doch nicht, Mustafa!!", wandte Samira besorgt ein. „Du warst doch Talib. Die Stadtmoschee wird dich doch bestimmt wieder aufnehmen!"

„In die Moschee werde ich als Versager mit Sicherheit nicht zurückkehren. Wie sollte ich denn dem Imam wieder in die Augen schauen!? Außerdem, was ich jetzt wirklich brauche, sind frische Luft, Zeit zum Nachdenken und Ausruhen. Mir reicht es nun wirklich, mit einem Herzen, das noch blutet, mich von einer Pflichterfüllung in die andere zu stürzen. Ich bin so müde, Samira!"

Während Mustafa sprach, hörte Samira aufmerksam zu. Alsdann sagte sie nachgiebig: „Mir geht es nur darum, dass du wieder gesund wirst; egal wo du schläfst und was du tust!"

„Dann besuche mich morgen am Stadtrand unter dem großen Olivenbaum!", verlangte Mustafa unverhofft.

„Welchen Baum, welchen Stadtrand meinst du denn!?"

„Den Stadtrand am Christenviertel", antwortete der andere. „In diesem Viertel gibt es nur eine einzige Gasse, die aus der Stadt hinausführt. Da werden die Häuser immer weniger, bis sie ganz verschwinden. Dann siehst du vor dir in der Ferne einen Hügel. Links von dem Trampelpfad, der zum Hügel führt, steht ein großer Olivenbaum. In seinem Schatten fließt ein kleiner Bach. Der Baum und der Hügel am Stadtrand sind mir immer ein Zufluchtsort gewesen, wenn ich die einengenden Häuser und Gassen der Stadt nicht mehr ertragen konnte."

„Ich werde dich morgen vor dem Mittagsgebet besuchen. Jetzt muss ich aber gehen, bevor mein Vater auftaucht."

„Danke dir Samira! Ich danke dir von ganzem Herzen für alles; vor allem dafür, dass es dich gibt!", rief Mustafa ihr nach, während sie den Diwan verließ und die Ladentür eilig hinter sich zuschloss.

Als Abu Karim aus dem gemeinsamen Mittagsgebet zurückkam, schlief Mustafa im Hinterzimmer. Er schnarchte leise. Seine Züge wirkten noch übermüdet, aber nicht mehr kränklich. Freude hatte den Schmerz aus seinem Herzen verbannt und sein Blut pulsierte friedlich durch seine Adern. Das war nicht allein auf das Gespräch mit Samira zurückzuführen, sondern auch weil er sich endlich entschieden hatte, den Diwan zu verlassen.

Der Ladenbesitzer sah den Schlafenden kopfschüttelnd an, weckte ihn aber nicht und begann selbst die Gäste zu bedienen, die bald plaudernd in den Diwan hereinströmten. Erst nachdem die untergehende Sonne die Wände im Laden feurig rot gefärbt hatte, wurde Mustafa vom Lärm und vom Gelächter der Kundschaft wach. Er hatte kaum die Augen geöffnet, da überkam ihn wieder Angst und Unsicherheit. Diese verflüchtigten sich sofort, sobald der Gedanke an Samira sein Herz mit schönsten Empfindungen erfüllte. Er richtete sich auf und verließ die Hinterstube. Abu Karim stand mitten zwischen den Männern mit einem Tablett unter dem linken Arm und kassierte gerade einen Gast. Mustafa ging auf ihn zu und wartete, bis er kassierte; danach sagte er gelassen zu ihm: „Gib mir das Tablett und ruhe dich aus!"

„Bedienen kann ich wohl selber, warum schläfst du nicht weiter!?", gab Abu Karim mürrisch zurück, ohne Mustafa ins Gesicht zu schauen.

„Lass mich dich ablösen, Abu Karim!" entgegnete Mustafa gleichmütig. „Ich bleibe hier bei dir nur noch bis zum Abendgebet. Danach wirst du mich nie wieder in deinem Laden sehen."

Da sah Abu Karim verdutzt auf, reichte ihm mit ungläubiger Miene das Tablett und setzte sich völlig ausgelaugt an der Kasse nieder.

Die Rufe des Allaho-Akbars beendeten alsbald auch diesen dritten und letzten Arbeitstag Mustafas im Diwan und zogen zugleich einen dicken Strich durch die Betriebsamkeit auf dem Marktplatz. Nachdem Abu Karim den letzten Gast kassiert und Mustafa die Kissen überall zurechtgerückt hatte, schauten die beiden sich für eine Weile an. Alsdann händigte ihm der Ladenbesitzer seinen Tagelohn aus; dabei konnte weder Abu Karim seine Enttäuschung verbergen noch der andere seine Gleichgültigkeit. Da ging Mustafa ins Hinterzimmer und kam wenig später mit seiner ledernen Reisetasche in der Hand heraus. Er steuerte auf die Eingangstür zu, hielt vor jener plötzlich an, wandte sich um und sagte: „Ich wünsche dir alles Gute!"

Abu Karim nickte verlegen und wusste nicht, was er sagen sollte. Mustafa drückte die Klinke nieder, um hinauszutreten. Da drehte er sich nochmal um und fragte, ob er eine Decke mitnehmen dürfte.

„Wozu eine Decke!? Willst du etwa draußen schlafen!?", fragte der andere verwundert. Mustafa schwieg. Für einen Augenblick wollte Abu Karim sagen, er könne im Laden schlafen, bis er woanders eine Arbeit findet. Dennoch zögerte er und eilte sogleich in die Hinterstube. Bald kam er mit zwei Decken unter dem Arm heraus und streckte sie Mustafa entgegen. Dieser bedankte sich, steckte die Decken in seine Tasche und ging hinaus. Abu Karim sah ihm nach, bis es aus ihm in der Abenddämmerung ein Schatten wurde, der sich langsam auflöste. Als ob Mustafa genau wüsste, was er wollte und wohin, steuerte er direkt auf das Christenviertel zu, um das zu tun, wonach sein Herz zu diesem Augenblick am meisten verlangte: eine Flasche Wein, um dem bedrückenden Gefühl der Einsamkeit zu entfliehen, bevor es ihn einholte.

Sobald er an der schweren, hölzernen Haustür ankam, wo er sich immer seinen guten Wein sehr günstig gekauft hatte, griff er nach dem eisernen Türklopfer und klopfte laut. Dies wiederholte er einige Male, bis sich eine tiefe, männliche Stimme im Hof meldete: „Wer ist da?“

„Hier ist Mustafa!“, antwortete er. „Ich habe früher bei Ihnen immer meinen Wein gekauft. Ich brauche wieder dringend eine Flasche.“

Da ging der Türflügel knirschend nach innen auf und in der Türöffnung erschien der Hausbesitzer mit einer Petroleumlampe in der Hand: „Deinen Namen hast du mir nicht verraten, deine Stimme aber habe ich gleich erkannt“, sagte der Mann zu Mustafa und bat ihn herein.

Im Hof hielt der andere die Lampe hoch und sah sich im Lichte der Lampenflamme Mustafas Gesicht genau an. „Deine Augenringe verheißen nichts Gutes, Mustafa!“, sagte der Mann. „Ich und meine Frau essen gerade zu Abend. Willst du dich nicht zu uns setzen?“

„Sehr freundlich von Ihnen, Herr …!“, Mustafa hielt inne.

„David! Ich heiße David!“, stellte sich der andere vor.

„Sehr freundlich von Ihnen, David!“, ergänzte Mustafa. „Obwohl ich Hunger habe, fehlt mir im Moment nichts anderes als frische Luft und eine Flasche Wein.“

„Schade! Wir hätten uns auf deine Gesellschaft sehr gefreut. Nun hole ich dir deinen Wein aus dem Keller.“

Mustafa blieb im Dunkeln, David ging aufs Haus zu und verschwand mit seiner Petroleumlampe in einem engen Treppenhaus, das schroff in den Keller hinunterführte. Kurz darauf leuchtete das Licht der Lampe das

Treppenhaus wieder an und David stieg mit einer Flasche in der Hand in den Hof herein.

„Wartest du noch, bis ich dir eine Tüte hole?“, fragte David.

„Nicht nötig“, entgegnete Mustafa. „Ich trage die Flasche so.“

David händigte ihm den Wein aus, der andere reichte ihm das Geld und verschwand. Kaum hatte Mustafa sich ein paar Schritte vom Haus entfernt, da zog er mit den Zähnen den Kork aus der Flasche und nahm einen tiefen Zug daraus. Er ging die Gasse aufwärts zum Stadtrand, wo er bald die letzte Laterne der Stadt hinter sich ließ. Danach steuerte er im Felde auf jenen Hügel zu, wo er zu Lailas Zeit öfters auf einem Felsbrocken saß, das Panorama der Stadt erblickte und mit einer Flasche Wein in der Hand Kummer aus seinem frisch verliebten Herzen vertrieb. Sobald er von der Spitze des Hügels aus auf die Großstadt und die vielen Laternen hinuntersah, welche wie mehrere Lichtketten gradlinig von einer Gasse zu der anderen zogen, kam in ihm durch den Fernblick plötzlich ein Gefühl der Freiheit auf, das er nicht mehr verspürte, seitdem er sein Heimatdorf verlassen hatte. Er stieß einen tiefen Seufzer aus, machte die Augen zu und genoss die kühle Berührung der abendlichen Brise auf seiner Gesichtshaut. Nach einer Weile führte er die Weinflasche zu seinem Mund und nahm wieder einen langen Zug daraus. Bald folgten noch ein Zug und dann wieder noch einer, bis der Alkoholrausch seinen Panoramablick vernebelte und eine große Müdigkeit ihn überkam. Er schob seine Tasche soweit hinter sich zurück, bis der angemessene Abstand erreicht war. Dann sank er rückwärts hinab und ließ sein Haupt sachte in die lederne Tasche hinein sinken.

Nach einigen Stunden Schlaf fröstelte Mustafa und wurde wach. Er holte eilig die beiden Decken aus der Tasche heraus und zog sie über seinen Körper und sein Gesicht. Am Sternenhimmel leuchtete der Vollmond direkt über dem Schlafenden und goss silbernes Licht über die Stadt, die seit dem Erlöschen der letzten Laternen in der Dunkelheit versunken lag. Was von der Riesenstadt noch zu sehen war, waren die Umrisse der Hausdächer und dazwischen die herausragenden Dattelpalmen, deren gewölbtes Blattwerk sich metallisch silbern vom Dunkel abhob.

Als Romeyseh vom Chor des frühmorgendlichen Allaho-Akbars langsam erwachte und die Gläubigen ihre Häuser in Richtung der nächstgelegenen Moschee verließen, schlief Mustafa noch tief und wurde erst später vom grellen Lichtstrahl der Sonne auf seinen Augenlidern wach. Er suchte zunächst dem hellen Licht zu entfliehen, indem er die Decke über seinen Kopf zog. Alsbald musste er schwitzend feststellen, dass das Weiterschlafen im Freien auf jenem Felsbrocken absolut unmöglich war. Somit richtete er sich auf, rieb sich die geblendeten, schlaftrunkenen Augen und packte seine Sachen ein. Nachdem er leicht taumelnd den Hang des Hügels hinunter gelaufen war, steuerte er auf den alten Olivenbaum zu, der nicht weit vom Trampelpfad sein Geäst und Blattwerk in alle Richtungen ausgedehnt hatte. Im dicken Schatten des Baumes breitete er seine Decken aus, lehnte den Kopf auf seine Tasche und schlief gleich wieder ein.

Gestern, nach dem Morgengebet war es, als Imam Muhammed in der Stadtmoschee einen der Talibs darum gebeten hat, sein Pferd für die Reise nach Eynaltamor bereitzustellen. Dieser riet ihm gleich davon ab, sich der Mittagshitze auszusetzen und drängte bis zum Sonnenuntergang abzuwarten. Der Imam witterte in Mustafas Entwicklung Gefahr und Unheil, daher wollte er seinen Aufbruch keineswegs verschieben. Er ritt also fast den ganzen gestrigen Tag, auch durch die ganze Nacht und gönnte sich selbst und dem Hengst nur während des Gebets eine kleine Pause. Er hatte sich vorgenommen, bis zum Ziel ohne Rast zu reiten. Dennoch bei Sonnenaufgang, an heutigem Morgen also, als er sein Morgengebet verrichten wollte, wurde ihm plötzlich klar, welchem großen Druck er seine alten Glieder ausgesetzt hatte. Er musste wegen des großen Schmerzes im Rücken, in den Hüften und Beinen das Beten aufgeben und sich am Reitweg hinlegen. So schlief er sofort ein, ohne dem Pferd sein Heu gegeben zu haben. Später weckte ihn das heiße, grelle Tageslicht und zwang ihn dazu, sich aufzurichten und loszureiten.

Nach einigen Stunden als sein Pferd an den Plantagen von Eynaltamor ankam, weckten die fernen Gelächter der jubelnden Dorfkinder den vor sich Hindösenden auf. Es war kurz vor Mittagszeit, er schwitzte und fühlte seine betäubten Beine kaum mehr. Als er wenig später die Moschee erblickte und an ihrer breiten Eingangstür ankam, stieß er einen Seufzer der Erleichterung aus. Sein Freund Imam Abdullah stand am Hofbecken und sprach gerade mit einem Gläubigen, der seinem Waschungsritual zum Mittagsgebet nachging. Sobald der Imam auf den Ankömmling aufmerksam wurde, merkte er dem alten Reiter sofort seine kritische Verfassung an. Er eilte zu ihm und half ihm vom Pferd herunterzusteigen. Der Mann am Becken lief dem Imam sogleich nach.

„Gott bewahre!!", rief Imam Abdullah verblüfft aus, nachdem er seinem alten Freund in die Augen geschaut hatte. „Wen sehe ich gerade vor mir!? Meinen guten Freund, Imam Muhammed!!"

„Deinen guten, halbtoten Freund!", scherzte der andere mit schwacher Stimme. Da er nicht laufen konnte, trugen ihn die beiden Männer in die Gästestube der Moschee hinein.

„Du ruhst dich hier aus!", sagte Imam Abdullah zu ihm. „Ich gehe jetzt nach Hause, um dir dein Mittagsmahl zu bringen."

„Warte Abdullah!", verlangte Imam Muhammed abrupt. „Kein Essen, bitte! Was ich jetzt dringend brauche, ist frisches Wasser und Schlaf."

„Selbstverständlich, mein Freund!", erwiderte Imam Abdullah und verließ sogleich den Raum. Er kam bald mit einem Krug kühlen Wassers und einer Schale aus Ton zurück; dann half er dem Liegenden sich aufzurichten, goss Wasser in die Schale und reichte es ihm.

Zu diesem Zeitpunkt schlief Mustafa am Rande der Stadt Romeyseh immer noch unter dem alten Olivenbaum, welcher sein Geäst und Blattwerk wie einen riesigen, grünen Sonnenschirm über ihm aufgeschlagen hatte. Obwohl die stechenden Lichtstrahlen der Mittagsonne keine Chance gegen Mustafa hatten, konnte er der Mittagshitze nur halbwegs entfliehen. Er schwitzte, wurde davon aber nicht wach und träumte Süßes: Samira saß nämlich an seinem Lager und sah ihn liebevoll an. Das grelle Tageslicht im Hintergrund ließ Mustafa ihr

Gesicht nicht klar sehen, aber er konnte deutlich erkennen, dass ihre lächelnden Lippen rötlich glänzten und in ihren schwarzen Augen viele kleine Sterne des Liebesglücks glitzerten. Sie sprach zuerst nicht und sah ihn mit verliebten Augen fortwährend an. Dann brach sie die Stille und sagte plötzlich: „Wach auf Mustafa! Ich bin es, Samira! Ich habe dir dein Mittagessen gebracht."

Da öffnete Mustafa zaghaft die Augen; das Tageslicht blendete sehr. Er wälzte sich sofort auf die Seite mit dem Gesicht zum Baumstamm, jene Stimme gab aber nicht nach: „Wach auf, Mustafa! Ich bin es! Ich habe dir dein Mittagessen gebracht."

Im Wissen, dass Samiras Stimme wirklich war, richtete Mustafa sich auf und grüßte verlegen. Bevor er die geblendeten Augen aufschlagen konnte, rieb er sie für eine Weile und sagte: „Schön, dass du da bist, Samira!".

„Es freut mich sehr dich zu sehen", erwiderte die andere. „Ich kann aber leider nicht lange bleiben. Es ist bald Zeit zum Mittagsgebet. Ich muss das Mittagsmahl in den Diwan bringen, bevor mein Vater wieder da ist."

„Ich verstehe", sagte Mustafa und fragte sogleich, ob es ihr gut ginge.

„Mir ist es nie im Leben so gut ergangen."

„Das kann man dir wohl ansehen", sagte Mustafa lächelnd.

„Dir aber auch", lächelte Samira zurück. „Du siehst erholt aus."

„Ich fühle mich auch besser. Uns Dorfbewohnern ist die frische Luft genauso unentbehrlich wie dem Fisch das Wasser."

Samira nickte und sagte: „Hier ist dein Mittagessen!"

Sie nahm aus ihrer Stofftüte ein Tuch heraus, breitete sie vor Mustafa aus und stellte zwei kleine Töpfe darauf. Hinzu kamen noch Brot und ein Behälter voller verschiedener Kräuter. Anschließend nahm sie die Deckel der Töpfe und zeigte stolz auf deren Inhalte: „Hier ist Reis und da Lammfleisch, Kartoffeln und Kichererbsen in der Tomatensoße. Diesmal habe ich gekocht. Die Gäste im Diwan essen heute das Gleiche. Und solange sie von dem essen, was ich dir bringe, werde ich meine Mutter nicht kochen lassen. Sie wunderte sich heute sehr, warum ich plötzlich kochen wollte. Das hatte ich ja früher nie gewollt."

Da lächelte Mustafa überrascht, sagte aber nichts und sah sie still an.

„Nun iss endlich!", verlangte Samira. „Du sollst bald zu Kräften kommen."

Mustafa begann zu essen. Währenddessen sah er hin und wieder auf und lobte ihre Kochkunst. Dabei sah ihm Samira fröhlich in die Augen, warf aber immer wieder einen besorgten Blick auf die Gasse zurück, die in den Stadtrand mündete.

„Du brauchst dir keine Sorgen zu machen, Samira!", versicherte Mustafa. „Seitdem ich diese Stelle kenne, habe keine Menschenseele zu Gesicht bekommen, geschweige denn jetzt zur Mittagszeit."

„Wehe, wenn ein Bekannter meines Vaters mich hier mit dir am Stadtrand sieht!", entgegnete Samira.

„Dann mache dich lieber auf den Weg", sagte Mustafa. „Ich will dich nicht in Gefahr bringen. Ich esse ohne dich."

„Länger kann ich auch wirklich nicht bleiben. Ich muss ja das Mittagsmahl in den Diwan bringen, kurz nachdem die Männer sich auf den Weg zum gemeinsamen Mittagsgebet gemacht haben. Ich muss den Laden auch ein wenig aufräumen."

Samira stand auf, griff in die Seitentasche ihres langen Rockes und nahm einige Goldmünzen heraus. „Hier, nimm sie!", hielt sie Mustafa die Münzen entgegen. „Du brauchst sie mehr als ich. Meine Onkels schenken mir ab und zu Goldmünzen, wenn sie uns besuchen. Einer von ihnen lebt in Damaskus."

Mustafa nahm die Münzen nicht entgegen. Er sah Samira mit ungläubiger Miene an und sagte: „Die kann ich doch nicht annehmen! Sie sind viel zu wertvoll!"

„Nicht wertvoller als du, Mustafa!", versetzte sie. „Ich kann dich nicht mittellos sehen. Brich mir bitte nicht das Herz! Mir wird ein Stein vom Herzen fallen, wenn du sie annimmst." Sie drückte ihm die Goldmünzen in die Hand und lief eilenden Schrittes auf den Trampelpfad zu. Mustafa sah ihr verdutzt nach, bis ihre zierliche Gestalt aus grellem Sonnenschein hinaustrat und im Schatten der Gassenhäuser verschwand.

Samiras große Hingabe hatte Mustafa wie ein Blitz aus heiterem Himmel getroffen. Er kannte zwar die väterliche Liebe, die ihm sein Großvater vor seiner Enterbung entgegengebracht hatte; die Liebe einer Frau aber, sei es nun von der leiblichen Mutter oder von seiner Amme, kannte er seit seiner Geburt nicht. Jetzt saß er im dicken Schatten des Olivenbaumes und während er den Rücken und Hinterkopf gegen den Baumstamm gelehnt hatte, sah zum wolkenlosen, azurblauen Himmel hinauf. Sein Herz floss über vor Liebe zu Samira. Was er jetzt empfand, berührte ihn angenehm und verwirrte ihn zugleich. So blieb er lange in dieser Gemütslage und dachte nach. Und je mehr er über die eigenen Gefühle nachsann, umso besser verstand er Samiras Gefühle; denn die Saat der Liebe hatte nun auch in seinem Herzen zu keimen begonnen.

Von diesen Überlegungen völlig mitgerissen sanken seine Augenlider sachte aufeinander und er schlief wieder ein, während der Gedanke an Samira ein kleines, süßes Lächeln auf seinen Lippen hinterlassen hatte. Später wurde er vom schrägen Sonnenstrahl auf seinem Gesicht wach. Die Sonne stand nicht mehr senkrecht über dem Baum und leuchtete nun alles an, was sich unter ihm befand. Mustafa tat der Hals weh, welcher seitlich geneigt seit drei Stunden über seiner Schulter hing. Er reckte unter großem Schmerz seinen Hals und rieb und drückte ihn für eine Weile. Dann richtete er sich auf und ging auf das Bächlein zu, welches nicht weit vom Baum leise plätscherte. Er nahm daraus frisches, kühles Wasser und schüttete es über sein Gesicht und Haar. Während er zum Baumstamm zurückkehrte, streifte eine Brise seine nassen Wangen und erquickte ihn bis ins Herz hinein. Er steckte Samiras Tuch mit den leeren Töpfen in die Tasche und machte sich auf den Weg zum Stadtzentrum. Sein Ziel war Arbeitssuche, ein ungünstiges Vorhaben zu dieser Stunde; denn die Arbeit hatte um diese Zeit die Geschäftsinhaber und ihre Mitarbeiter ausgelaugt und sie waren von der Hitze völlig geplagt. Kein Wunder, dass Mustafa überall auf gleichgültiges, abweisendes Kopfschütteln stieß, sobald er mitteilte, was er suchte. Die trüben Gesichter und die unfreundliche Haltung der Ladenbesitzer konnten ihm jedoch nichts anhaben; denn der Gedanke an Samira strahlte ohne Unterlass Unmengen an Lebenskraft und

Licht in seine Seele hinein. Um seine gute Laune nicht verderben zu lassen, kam er bald zum Entschluss, seine Arbeitssuche lieber auf morgen Vormittag zu verschieben. Dafür kam ihm gleich in den Sinn, eine seiner Goldmünzen zu verkaufen; Zeit hatte er ja genug. Er zeigte in mehreren Goldgeschäften eine einzelne Münze vor und fand bald heraus, wie viel sie ungefähr Wert war. So besaß er nach dem Verkauf der Goldmünze auf einmal das Dreifache von dem, was er in drei Arbeitstagen bei Abu Karim verdient hätte. Danach bummelte er unbekümmert durch die Einkaufszentren, aß Früchte und kaufte sich ein kleines Kopfkissen. Dann nahm er ein Bad in einer öffentlichen Einrichtung und gönnte sich anschließend Süßigkeit mit Pfefferminztee, in dem sich wie üblich viele frische Pfefferminzblätter befanden.

Als die Rufe des Allaho-Akbars plötzlich die Luft über der Stadt erfüllten, die Gläubigen zum gemeinsamen Abendgebet aufriefen und auch die Zeit zum Nach-Hause-gehen ankündigten, saß Mustafa noch in einem Diwan und zog gemächlich am Schlauch seiner Wasserpfeife.

Fern von Romeyseh riefen dieselben Rufe auch in Eynaltamor zum gemeinsamen Abendgebet auf. Diese weckten den Imam Muhammed, der seit dem Mittag in der Gästestube der Moschee schlief. Er reckte sich tüchtig und freute sich darüber, dass er keinen Schmerz mehr in den Gliedern empfand. Trotzdem fehlte ihm noch die Kraft, mit den Gläubigen, die in die Moschee hereinströmten, gemeinsam zu beten. Daher begnügte er sich damit, die Kerzen in den Nischen des Raumes anzuzünden und in ihrem friedlichen Lichte alleine zu beten.

Nachdem das gemeinsame Gebet verrichtet war und Imam Abdullah den letzten Gast in den Hof hinaus begleitet hatte, sah er zum flimmernden Kerzenlicht an den Fensterscheiben der Gästestube hinüber und ging sogleich ins Gebäude hinein. Er machte im Flur die Tür zur Stube auf und trat leise hinein. Imam Muhammed saß auf seiner Wattematratze und betete noch mit geschlossenen Augen und leicht gehobenen Händen in Gebetshaltung. Der andere ging leisen Schrittes auf ihn zu und setzte sich lautlos neben ihm nieder. Der lange Schlaf schien dem Gast gut getan zu haben: seine Gesichtshaut und sein langer weißer Bart glänzten nun im Kerzenlicht und seine Miene wirkte friedlich und erholt.

„Salamo Alaykom!", grüßte Imam Muhammed, sobald er sein Gebet beendet hatte.

Imam Abdullah grüßte zurück und umarmte seinen Freund. „Schön dich zu sehen, du altes Haus!", ergänzte er.

„Auch schön dich zu sehen, du alter, untreuer Freund!", erwiderte Imam Muhammed mürrisch.

Der andere sah ihn verblüfft an und protestierte: „Wieso denn untreu!?"

„Du hast doch heute mit eigenen Augen gesehen, wie schwer das Reisen für mich in meinem Alter geworden ist", antwortete Imam Muhammed. „Du bist doch fünfzehn Jahre jünger als ich und bei weitem nicht so klapprig wie ich. Besucht hast du mich aber seit zehn Jahren nicht mehr!"

„Du hast recht, mein Freund!", gestand Imam Abdullah. „Ich hätte daran denken sollen, dass das Reisen für dich in deinem Alter nicht mehr so einfach ist. Aber ich habe Eynaltamor in den letzten zehn Jahren kaum verlassen können. Es gab einfach viel zu tun hier. Nun sag mir mal, aus welchem Grund du dich ganz allein den Strapazen so einer langen Reise ausgesetzt hast? Bestimmt nicht allein aus Liebe zu mir, oder!?"

„Nein, dazu hätte die Liebe zu dir alleine nicht ausgereicht. Ich hätte ja auch mit der Karawane kommen können. Dies wäre zwar leichter, hätte aber mehr Zeit in Anspruch genommen. Ich konnte nicht länger warten. Mustafa geht's gar nicht gut. Er ist der Grund für meine Eile."

Da erbleichte Imam Abdullahs Gesicht augenblicklich und er fragte besorgt, ob Mustafa etwas zugestoßen sei.

„Ihm ist nichts widerfahren", erwiderte der Freund beschwichtigend. „Er ist aber krank."

„Welche Krankheit, was hat er denn!?", wollte Imam Abdullah dringend wissen.

„Ich weiß es nicht genau. Schon während er sich von mir in der Stadtmoschee als Talib ausbilden ließ, ging es ihm nicht gut. Er war öfter kreideblass, hatte Augenringe und wirkte so leblos und trübe, als ob er mit einem Bein im Grabe stünde."

Imam Muhammed hielt inne, sah seinem Freund eindringlich in die Augen und fragte: „Was hat der Junge? Was quält ihn denn so sehr? Wie können wir ihm noch helfen, bevor es zu spät ist?"

Er erzählte auch alles was in Abu Karims Diwan passiert war und fragte abschließend: „Woher kommt es, dass ein achtzehnjähriger, junger Mann wie Mustafa von derartigen Herzkrämpfen beinah sterben könnte!?"

Anstatt die Frage zu beantworten, stieß Imam Abdullah einen tiefen Seufzer aus und sagte: „Armer Junge! Schon im Bauch seiner Mutter hatte Unglück sein

Schicksal besiegelt: Man hat ihn mit großer Mühe aus dem halbtoten Leib seiner Mutter herausgerissen. Er verlor nach seiner schweren Geburt gleich die Mutter. Danach holte sein Großvater Khan als Ersatz für seine Mutter eine Amme ins Haus. Sein Vater Dariusch, ein Übersetzer und Poet, konnte den Tod seiner Frau nicht verkraften und starb ihr qualvoll nach. Nicht einmal um seinen kleinen Sohn konnte er sich kümmern. Eines Tages fand man ihn in seinem Zimmer tot auf. Da war Mustafa zweieinhalb Jahre alt. Er wuchs in der Tat auch ohne Vater auf. Erst nach dem Tod des Sohnes fiel Mustafas Großvater ein, dass er im Wirbel der Sorgen um den eigenen Sohn seinen Enkelsohn völlig vernachlässigt hatte."

Imam Abdullah musste nun inne halten, um sich eine Träne von der Wange zu wischen. Daraufhin fuhr er mit leiser Stimme fort: „Als Mustafa achtzehn wurde, folgten dann die Ausbildungen in Romeyseh; zwei Ausbildungen für ihn zur selben Zeit, ohne Familie und vertraute Menschen in der fremden Stadt!! Schon damals sagte ich Khan, dass sein Enkelsohn noch zu jung sei, um alleine in der Großstadt zurechtzukommen. Da erinnerte er mich an die Zeit, wo sein Vater ihn sogar mit siebzehn zur Ausbildung nach Damaskus geschickt hatte. Dabei hatte er es einfach übersehen, dass er im Gegenteil zu Mustafa, der weder Mutter noch Vater kannte, siebzehn Jahre lang elterliche Liebe genossen hatte. Anstatt Mustafa so zu verstehen wie er war, verglich er ihn mit sich selbst. Ein schrecklicher Vergleich mit schrecklichen Folgen."

„Was ist aus dem Großvater geworden, wo ist er jetzt?", unterbrach ihn Imam Muhammed.

„Er lebt nicht mehr", antwortete der andere. „Getrieben von der Einsamkeit in der Großstadt hatte Mustafa während seiner sogenannten Ausbildungen in Romeyseh einige schwerwiegende Fehler gemacht und wurde aus ihm nicht das, was Khan sich vorgestellt hatte. Um der Sache auf den Grund zu gehen, ritten er und ich nach Romeyseh zu dem Freund, bei dem Mustafa untergebracht war. Daraufhin verkraftete Khans Herz die große Enttäuschung und die Strapazen der Reise nicht und schon bei der Rückkehr bekam er heftige Herzbeschwerden, welchen er eine Woche danach erlag. Aus Angst, Mustafa würde nach seinem Tode sein gesamtes Hab und Gut verspielen und damit vierzig Familien, die von seinen Ländereien lebten in Armut stürzen, enterbte er den Enkelsohn und nahm ihm alles, was er hatte; einfach alles, sogar den Boden unter seinen Füßen."

„Was für ein schrecklicher Mann!?" rief Imam Muhammed verdutzt aus. „Wie konnte er nur das tun!?"

„Ein schrecklicher und gleichzeitig großer Mann", entgegnete Imam Abdullah. „Ein gütiger und zugleich sehr strenger Mensch! Von seiner Güte und gleichermaßen Strenge hing und hängt immer noch der Lebensunterhalt von mehr als der Hälfte unserer Dorfgemeinschaft ab."

„Aber doch nur ein Teufel würde den Enkelsohn zuerst großziehen und dann von heute auf morgen auf die Straße setzen!!"

„Irgendwie glaube ich aber, dass Khans Testament nicht endgültig ist", ergänzte Imam Abdullah mit ernst gewordener Miene. „Es gibt nämlich ein weiteres Schreiben von Khan, das ich besiegeln aber nicht lesen durfte. Khan war kein einfacher Mensch, er steckte voller Überraschungen. Er war ein Freund aus meiner Kindheit, ich kannte ihn über fünfzig Jahre lang. Ich kann mir unmöglich vorstellen, dass Mustafas Enterbung sein letztes Wort gewesen wäre. Nachdem ich Khans Schreiben besiegelt hatte, sagte der Todkranke in sehr ernstem Ton zu mir, kein Mensch dürfe seine letzten Worte lesen außer Mustafa; nicht einmal ich, sein bester Freund."

„Ich glaube, Mustafa sollte dieses Schreiben möglichst bald lesen; egal was darin geschrieben steht. Wer weiß, ob der Inhalt dieses Briefes Mustafa nicht wirklich retten würde. Das Leben in der Großstadt ist rau und hart. Wie Mustafas gesundheitliche Verfassung aussieht, wird er sich bestimmt nicht lange in Romeyseh durchschlagen können."

„Dieses Gefühl habe ich auch", bestätigte Imam Abdullah. „Für mich ist es persönlich sehr wichtig zu wissen, was Khan mit seinem letzten Schreiben bezweckte. Denn wenn ich darin keine Nachsicht sehe, ist er auch in meinem Herzen für immer gestorben, und ich werde all die Jahre bedauern, in denen ich ihm als Freund mit Rat und Tat zur Seite stand."

Die Freunde sahen sich für eine Weile an, dann brach Imam Muhammed die Stille: „Liebend gern wäre ich länger bei dir in Eynaltamor geblieben, dennoch bereitet Mustafas Zustand mir Sorgen. Abu Karim, sein Arbeitgeber, ist zutiefst enttäuscht von ihm. Er ist auch nicht mehr jung und ganz gesund. Die Spannung zwischen den beiden wird gewiss keine guten Folgen für Mustafa haben. Ich denke, die Nützlichkeit meiner Reise nach Eynaltamor hängt nun ganz und gar von diesem Schreiben ab. Mustafa muss möglichst bald wissen, was darin steht, bevor er noch mehr leidet, oder bevor es zu spät ist. Ehrlich gesagt, Mustafa lebt nicht, er überlebt nur. Ich muss also unverzüglich zurück."

„Ich kann deine Sorge gut verstehen, Muhammed", sprach Imam Abdullah. „Aber du darfst deine Kräfte nicht überschätzen. Ich rate dir davon ab, wieder alleine zu reiten. Du warst heute Mittag halbtot, als ich dir vom Pferd herunterzusteigen half."

„Mir bleibt aber keine andere Wahl!"

„Doch!", versetzte Imam Abdullah. „Morgen wird sich auf ihrem Rückweg nach Romeyseh eine Güterkarawane kurz in Eynaltamor aufhalten. Normalerweise bleiben die Karawanen solange bei uns, bis die Tageshitze nachgelassen hat. Bei Sonnenuntergang kannst du mit reiten; allerdings nicht auf deinem Hengst, sondern auf einem der Kamele. So ist die Reise gemütlicher."

„Hmm!", überlegte Imam Muhammed. „Keine schlechte Idee! Da ist zumindest der Karawanenführer dabei, wenn einem alten Mann das Herz auf einmal nicht mehr ganz mitmachen würde."

„So ist es, mein Freund!", klopfte ihm Imam Abdullah auf die Schulter. „Du hast seit heute Mittag nichts gegessen. Lass uns jetzt zu mir nach Hause gehen. Hoffentlich hast du noch die Kochkunst meiner Frau in Erinnerung!"

„Wie könnte ich sie vergessen, die gute Aische und was sie uns damals gekocht hatte, als ich und meine Frau eine ganze Woche bei euch zu Gast waren", erwiderte Imam Muhammed heiter. „Wie geht es ihr denn?"

„Alhamdo Lillah! – Gott sei gepriesen! - Ihr geht's gut", antwortete der andere.

Nun verließen die Freunde die Moschee und steuerten unterhaltend mit einer Petroleumlampe in der Hand auf Imam Abdullahs Haus zu. Dabei hatten sie übersehen, dass eine Lampe mitzunehmen nicht erforderlich war; denn der Vollmond stand am Sternenhimmel direkt über ihnen und hatte Eynaltamor und sein gesamtes Umfeld silbern angeleuchtet.

Am selben Abend in Romeyseh, nachdem die Rufe des Allaho-Akbars über der Großstadt erschollen waren und die Kundschaft sich in den Diwans und Teehäusern in Richtung der Moschee in Bewegung gesetzt hatte, musste Mustafa die gemütlichen Stunden im Diwan aufgeben und sehen, wo er im Freien wieder seinen einsamen Abend verbringen würde. Es war nun der zweite Abend, an dem er im schwachen Licht der Kerosinlaternen auf den Stadtrand zusteuerte, wo ihn kein Zuhause erwartete, sondern mehrere Stunden Schlaf im Freien ohne ein Dach über dem Kopf. Dabei schlich sich in seine Seele langsam das Gefühl ein, verstoßen und verlassen zu sein. Ihm wurde zunehmend schwer ums Herz und er dachte wie gestern Abend automatisch wieder an den Weinverkäufer und seinen guten Wein im Christenviertel. Seine Schritte wurden unwillkürlich schneller und in Bälde stand er vor der breiten, hölzernen Haustür des Christen, der sich David nannte. Er klopfte mehrmals laut an, hörte aber keine Stimme im Hof. Vergebens versuchte er noch lauter anzuklopfen. Schließlich trat er verärgert gegen die Tür und sah sich um. Die Gasse war völlig leer; keine Seltenheit zu dieser Stunde. In der Hoffnung auf jemanden zu stoßen, der ihm sagen würde, wo im Christenviertel Wein noch zu verkaufen wäre, lief er von Gasse zur Gasse, fand aber niemanden. Ihm lief plötzlich ein Schauder über den Rücken. Die Gassen im Christenviertel waren dunkel und eng. Er fühlte sich von ihnen eingeengt, das Atmen wurde ihm schwer und er empfand auf einmal ein würgendes Gefühl um den Hals. Er wischte sich rasch die dicken Schweißtropfen von der Stirn ab und rannte in seiner Panik so schnell er konnte auf den Stadtrand zu. Sobald er die Häuser hinter sich ließ und auf dem Trampelpfad im Felde stand, streifte eine kühle Abendbrise sein Gesicht. Er blieb keuchend stehen und sah zum Sternenhimmel hinauf. In welche Richtung er auch hinsah, stießen seine mit Angst erfüllten Augen auf die glitzernden Sterne, die keine Grenzen kannten. Da verflüchtigte sich langsam die unsichtbare, würgende Schnur um seinen Hals und er atmete erleichtert auf. Er ließ seinen Blick sachte von einem Stern zum anderen hinübergleiten, bis seine Augen bald am hellen, strahlenden Vollmond stehen blieben. Dieser übergoss seine Seele unaufhörlich mit Unmengen an silbernem Lichte. Nach einer Weile wandte er den Blick dem Olivenbaum zu, dessen Blattwerk im Mondschein metallisch silbern schimmerte. Er begab sich unter den Baum, wo der Mond durch die Blätter und das Geäst hindurch viele kleine Lichtfetzen auf den Boden geworfen hatte. Nachdem er die Decken und das am heutigen Tag gekaufte, kleine Kopfkissen aus seiner Reisetasche herausgezogen hatte, brach er von dem Baum viele kleine Äste ab und zupfte eilig deren Blätter. Alsdann verteilte er den Blatthaufen so, dass dieser mit der Länge seines Körpers übereinstimmte. Nun breitete er eine seiner Decken darauf aus, legte sich auf sie und schob das Kissen unter seinen Kopf. Nachdem er die zweite Decke bis zum Kinn über sich gezogen hatte, schaute er durch die Baumblätter hindurch zum leuchtenden Mond hinauf. Dieser Anblick war ihm so vertraut, dass er leise zu lachen begann. Er dachte nämlich gleich an Abu Saleh, den er wie einen älteren Bruder liebte und sich immer auf ihn verlassen konnte. Mustafas Großvater hatte Abu Saleh und seine Familie nachdem sein Vater am Krebs gestorben war, unter die Arme gegriffen und den Waisen so behandelt, als ob er sein eigener Sohn wäre. Mustafa entsann sich jener Abende, an welchen er und Abu Saleh beim Vollmond unter einem Baum im Duft der reifen Sommerfrüchte saßen und sich stundenlang über die Leute im Dorf lustig machten. Damals hatte der Mond seine Lichtfetzen durch das Blattwerk hindurch auf Abu Salehs Gesicht geworfen, der manchmal vor lauter Lachen die Augen nicht aufmachen konnte und dann über sein Bauchweh klagen musste, weil er viel zu viel gelacht hatte.

Versunken in diesen Gedanken wurden Mustafas Augenlider allmählich schwerer und er schlief mit einem Lächeln auf den Lippen ein.

Es waren mehrere Stunden vergangen und der Mond war indessen soweit gesunken, um Mustafas Gesicht und Körper unter dem Olivenbaum hell anleuchten zu können. Der friedlich Schlafende samt dem Baumstamm und dem Boden, worauf er schlief, waren nun im Mondschein leicht zu erkennen. Das schwache, silberne Licht auf Mustafas Augenlidern vermochte ihn nicht zu wecken, dagegen das baldige Streifen eines weichen Gegenstandes entlang seines rechten Oberschenkels. Er vermutete gleich eine Schlange und erinnerte sich blitzschnell an eine Ermahnung seines Großvaters, man solle niemals nah an einem Bach oder einem Fluss schlafen;

denn Tiere würden sich ständig dem Wasser nähern, um ihren Durst zu stillen oder auf durstige Tiere zu lauern. Somit blieb er reglos und hoffte, dass die Schlange endlich vorbeistreifen würde. Diese blieb aber dicht an seinem Oberschenkel und schien sich sachte an ihn schmiegen zu wollen. Daher entschied sich Mustafa dafür, anstatt abzuwarten blitzschnell nach dem Tier zu greifen und es mit einer raschen Handbewegung hinwegzuschleudern. Um von der Schlange nicht gebissen zu werden, müsste er sehr schnell handeln, und er müsste sie am Nacken packen, dachte er. Nach einer Weile, mit dem sicheren Gefühl genau zu wissen, wo sich der Kopf der Schlange befand, griff er plötzlich zu. Was er aber in die Finger bekam, war keine Schlange, sondern die breite Hand eines Mannes in seiner rechten Hosentasche. Unmittelbar danach fühlte Mustafa den würgenden Druck einer anderen Hand auf seinem Hals. Blitzartig erfasste er jene Hand, milderte deren Druck für Augenblicke, konnte ihr aber nicht entkommen. Der Dieb warf sich sogleich auf Mustafas Bauch und schlug ihm kräftig ins Gesicht, um seinen Widerstand zu brechen. Mustafa gelang es trotzdem, seine Finger unter die Hand des Gegners zu schieben, um ein wenig Luft zu holen. Daraufhin verspürte er den wuchtigen Hieb einer anderen Faust auf seinem Gesicht. Er schlug zurück, erreichte aber bloß das Kinn des Gegners. Der Räuber verdoppelte seine würgende Kraft, indem er nun mit beiden Händen die Kehle seines Opfers zudrückte. Er saß auf Mustafas Bauch mit dem Rücken zum Mond; deswegen hatte ein finsterer Schatten seine Gesichtszüge vollständig verdunkelt. Mustafa rang nun offensichtlich um sein Leben. Er versuchte sich mit Knieschlägen zu wehren, erreichte aber den Mann nicht, weil er sich tief über ihn gebeugt hatte. Der Räuber hatte es zweifellos auf sein Leben abgesehen. Dies war Mustafa bewusst, daher wurde ihm rasch klar, dass ein Entkommen für ihn nicht mehr möglich war. Dennoch, kurz bevor der letzte Schimmer aller Hoffnung erlosch, bevor der Tod ihn einholte, sammelten sich alle Kräfte des Lebens in ihm, er ließ die würgenden Hände los, griff sekundenschnell in den Boden und warf seinem Todfeind zwei Fäuste Erde ins Gesicht. Der Mann schrie auf, ließ Mustafas Hals los und rieb sich hastig die Augen. Da gab Mustafa dem Gegner unverzüglich einen Kopfstoß ins Gesicht und der Räuber wurde einige Meter zurückgeworfen. Mustafa sprang auf und eilte auf ihn zu, der mit betäubtem Gesicht auf dem Boden lag. Während er sich aufrichten wollte, trat Mustafa ihn kräftig ins Gesicht. Der Hieb warf ihn nochmal zurück. Mustafa wusste aus Erfahrung, dass in einer Schlägerei Angriff die beste Verteidigung sei. So sprang er hervor und trat dem Räuber wieder mit voller Wucht in den Bauch. Kurz davor richtete sich der Mann halb auf, eine Klinge glänzte silbern im Mondlicht und beim Treten fühlte Mustafa plötzlich einen schrecklichen Stich in seinem linken Oberschenkel. Er stieß einen Aufschrei des Entsetzens aus und sah auf sein linkes Bein herab. Daran hing ein Messer, das bis zum Griff in seinem Oberschenkel steckte. Die Klinge war kaum mehr zu sehen. Sein linkes Bein zitterte heftig. Er zog mit einem vom Schmerz verzerrten Gesicht das Messer langsam aus seinem Oberschenkel heraus und sah es an. Die etwa sieben Zentimeter Klinge war völlig mit Blut bedeckt. Er sah zu dem Räuber auf, der noch gekrümmt auf dem Boden lag und sich mit den Händen

den Bauch rieb. Mustafa hinkte mit dem Messer in der Hand auf ihn zu. Als jener sein Opfer auf sich zukommen sah, richtete sich mit Mühe auf, schwankte aber und fiel wieder hin. Er blutete an der Nase und es schien ihm schwindlig zu sein. Mustafa hinkte weiterhin auf ihn zu. Der Räuber stand wieder auf und lief taumelnd davon. Sein Verfolger ging ihm ein wenig nach, sah aber ein, dass er den Fliehenden mit dem Schnitt im Bein unmöglich einholen könnte. Er blieb stehen und sah dem Mann solange nach, bis er sich im Mondschein bald in einen Schatten verwandelte, der gekrümmt und leicht schwankend das Feld überquerte und hinter den Häusern des Stadtrandes verschwand.

Der Schrei, den Mustafa ausgestoßen hatte, hatte einige Bewohner in den nächstgelegenen Häusern aus dem Schlaf gerissen. Dennoch wagte keiner einen Blick aus der Haustür hinaus zu werfen; denn jeder wusste aus Erfahrung, dass ab Mitternacht in der Stadt Gesetzlosigkeit herrschte, und dass ein nächtlicher Aufenthalt am unbewohnten Stadtrand einen hohen Preis hatte, den man nicht selten mit eigenem Leben bezahlte.

Nun wurde Mustafa auf das Pulsieren des warmen Blutes aus der Wunde in seinem Oberschenkel aufmerksam, das abwärts rinnend schon in seinen linken Schuh gedrungen war. Er fühlte nämlich die warme Nässe des Blutes unter seinem linken Fuß. Um nicht allzu sehr Blut zu verlieren, kehrte er um und hinkte eilig auf seine Schlafstätte zu. Sobald er unter dem Baum angekommen war, warf er das Messer zur Seite, nahm Samiras gestriges Tuch aus der Tasche heraus und band damit seinen Oberschenkel dicht über dem Schnitt um. Er ließ alles andere liegen und machte sich auf den Weg.

Wer würde ihm aber zu dieser Stunde um Mitternacht Zuflucht gewähren!? Ihm kam zuerst die Stadtmoschee am Marktplatz in den Sinn. Sobald er das Feld hinter sich gelassen und vor dem ersten Haus in der Gasse gestanden hatte, machte sich das weitere Eindringen des Blutes in seinen linken Schuh wieder bemerkbar. Das Umbinden des Tuches hatte also nicht viel genützt. Er hinkte die Gasse hinunter, blieb aber an deren Gabelung stehen und zweifelte an der Richtigkeit seines Vorhabens, den langen Weg zur Moschee einzuschlagen. Als ob man ihm mit einem scharfen, glühend heißen Gegenstand ins Bein einstechen würde, brannte es in der Schnittwunde unablässig. Länger an der Gabelung stehen zu bleiben, konnte er nicht mehr. Rechts führte ein Weg direkt zu der Gasse, wo sich das Haus des Weinverkäufers befand. Er steuerte ohne Überlegung auf jenes zu und klopfte hastig an, sobald er an der Haustür angekommen war. Als er nach mehrmaligem, lautem Anklopfen keine Stimme im Hof hörte, geriet er in Panik und brach plötzlich in Schluchzen aus. Kurz danach vernahm er zu seiner großen Erleichterung das Knirschen des hölzernen Türflügels, der sich langsam nach innen öffnete. Aus dem Türspalt drang gleichzeitig das schwache Licht einer Petroleumlampe heraus, die der Christ in der Hand hochhielt.

„Ich habe deine Stimme erkannt, Mustafa!", sagte David überrascht. „Was um Himmels Willen ist mit dir passiert!?"

„Bin gestochen worden", antwortete Mustafa keuchend. „Ein Räuber war es. Er hatte es auf mein Leben abgesehen."

„Wann ist es passiert?"

„Ebengerade!"

„Gut so! Gegen eine frische Schnittwunde kann man was unternehmen. Komm schnell rein, wir dürfen keine Zeit verlieren!"

David ging unter Mustafas linken Arm und sagte, er solle sich auf ihn stützen. Dann führte er ihn in den Hof hinein und half ihm über die Hofstufen hinauf auf die Terrasse zu steigen, welche mit einem großen, bunt bemusterten Teppich völlig bedeckt war. Sobald sie den Teppich betreten hatten, sagte David, er müsse nun als Erstes die Wunde desinfizieren. Mustafa begriff nicht, was David damit meinte, fragte aber nicht, sank mit seiner Hilfe vorsichtig hinab und setzte sich mit ausgestreckten Beinen nieder.

David eilte ins Haus hinein und kam bald mit einem großen Kopfkissen unter einem Arm und einigen gefalteten Tüchern unter dem anderen heraus. In den Händen trug er noch eine Schere und die Lampe. Während er Mustafa half, sich hinzulegen und den Kopf auf das Kissen zu lehnen, trat Davids Frau Miriam aus dem Haus heraus. Ihr Gesicht erblich augenblicklich, sobald sie Mustafas mit Blut bedecktes Bein erblickte.

„Was ist mit dem Jungen passiert!? Wer hat ihm das angetan!?", fragte sie verdutzt.

„Er ist überfallen worden", antwortete David.

„Im Schlaf hat er mich überrascht", ergänzte Mustafa.

„Wer hat dich im Schlaf überrascht, von wem sprichst du, mein Sohn!?", frage Miriam sorgenvoll.

„Die Zeit drängt, Miriam!", unterbrach sie David. „Stelle bitte keine Fragen mehr und zünde mehrere Kerzen an! Ich muss die Wunde desinfizieren, bevor es zu spät ist."

Miriam nickte, eilte ins Haus hinein und kam bald mit mehreren Kerzenständern und Kerzen in den Händen heraus. Sie stellte diese neben den Liegenden hin, zündete die Kerzen an und setzte sich zu Mustafa. David reichte ihr eines der Tücher und bat sie, dem Verletzten den Schweiß von der Stirn zu wischen. Danach stand er mit der Petroleumlampe in der Hand auf, stieg die Stufen in den Hof hinunter und verschwand bald in dem engen Treppenhaus, das schroff zum Keller hinunter führte. Das Licht der Lampe tauchte im dunklen Hof wieder auf und wurde immer größer, sobald David die Treppe wieder hinaufstieg. Wenig später erschien er auf der Terrasse mit einer Flasche in der Hand, worin sich eine gelbe Flüssigkeit befand. Nachdem er sich dicht an Mustafas verletztem Bein niedergesetzt und ein dickes Tuch unter dieses geschoben hatte, sagte er, er müsse nun die Schnittwunde mit der gelben Flüssigkeit gänzlich reinigen. „Es heißt Alkohol", ergänzte er. „Ich habe es aus dem Branntwein gewonnen. Der kleinste Tropfen Alkohol in der Wunde wirkt so, als ob man Feuer in sie hineingießen würde. Es wird also furchtbar wehtun. Eine andere Wahl haben wir leider nicht. Das Messer hat tief in den Schenkel geschnitten und es ist sicherlich schmutzig gewesen. Wenn wir die Wunde nicht reinigen, vereitert sie bestimmt. Das kann bei derartigen tiefen Schnittwunden zur Blutvergiftung führen. Und die Vergiftung des Blutes endet zweifellos mit einem qualvollen Tod."

David hielt inne und fuhr mit tiefer gewordener Stimme fort: „Ich habe über die Hälfte meines Lebens im Ausland verbracht. Jenseits des Meeres, weit weg von hier gibt es ein Land, das man Italien nennt. Dort arbeitete ich mehrere Jahre als Gehilfe eines Arztes. Du bist also in guten Händen, mein Sohn! Bist du jetzt bereit, deiner Gesundheit wegen einen großen Schmerz auf dich zu nehmen?"

Mustafa sah ihn für eine Weile stumm an, dann nickte er.

David nahm die Schere und fing an, das linke Hosenbein über der Wunde rund um den Oberschenkel zu schneiden. Alsdann entfernte er das mit Blut durchnässte Hosenbein, wischte mit einem der Tücher das Blut des verletzten Beines und sprach zu Mustafa: „Damit du nicht auf deine Zunge beißt, schiebe ich jetzt ein zusammengerolltes Tuch zwischen deine Zähne. Bevor ich in die Wunde Alkohol hineingieße, zeige mir durch ein kleines Nicken deine Bereitschaft; dann kann es losgehen."

David rollte eines der Tücher zusammen und schob es zwischen Mustafas Zähne. Er legte ein weiteres Tuch unter das Bein, zog den Kork aus der Flasche und hielt sie hoch, damit der Liegende sie sieht. Mustafa biss auf das Tuch und nickte. David hielt mit der linken Hand das verletzte Bein fest und goss mit der rechten die gelbe Flüssigkeit tropfenweise in die Schnittwunde hinein. Da begann Mustafas gesamter Körper sogleich zu zucken und er biss mit errötetem, verzogenem Gesicht kräftig auf das Tuch in seinem Mund. Während er mit den Fingern in den Teppich krallte, goss David noch mehr Alkohol in die Wunde, bis sie überlief. Dann tupfte er die gelbliche Flüssigkeit von den überflossenen Hautstellen und ließ Mustafas Bein los. Nachdem er das mit dem Alkohol durchnässte Tuch unter seinem Bein entfernt hatte, riss er der Länge nach ein anderes Tuch und band damit den verletzten Oberschenkel um. Abschließend entfernte er das zusammengerollte Tuch aus Mustafas Mund.

Während der Desinfizierung tupfte Miriam ununterbrochen Schweiß und Tränen von Mustafas erbleichtem Gesicht. Daraufhin öffnete der Kranke nicht mehr die Augen und schien in einem tiefen Schlaf versunken zu sein. David eilte mit der Lampe in der Hand ins Haus hinein und kam bald mit einer Decke unter dem rechten Arm zurück.

„Wecke ihn morgen nicht!", sagte er zu Miriam, während er die Decke über Mustafa zog. „Er soll solange schlafen, wie sein Körper es nötig hat."

„Wird die Wunde heilen?", fragte seine Frau.

„Ich habe getan, was nötig war; der Rest liegt in Gottes Hand", erwiderte der andere. Danach ließ das Ehepaar Mustafa allein.

Kaum waren die beiden im Hausflur verschwunden, da umhüllte die nächtliche Dunkelheit den Liegenden auf der Terrasse gänzlich, eine schwere Stille füllte den Hof und das gelegentliche Zirpen der Grillen in der Ferne machte sich wieder bemerkbar.

Einige Gassen entfernt, in Abu Karims Haus wälzte sich Samira schlaflos im Bett und war noch nicht eingeschlafen. Sie war von den schönen Gedanken an Mustafa wie von einem mächtigen Fluss mitgerissen und ihr verliebtes Herz floss über von der Liebe zu ihm. Lange brauchte sie in dieser Nacht, um einschlafen zu können. Alsdann träumte sie davon, mit Mustafa Hand in Hand in einem grünen Feld voller farbenprächtiger Feldblumen zu laufen. Sie liefen und liefen, bis Mustafa sich keuchend auf die Blumen warf und zum azurblauen

Himmel hinaufschaute. Er lag auf dem Rücken, hatte die Arme ausgespannt und schien überglücklich zu sein. Da legte Samira sich neben ihn, lehnte ihr Haupt auf seinen Arm und während sie ihr Gesicht an seine Schulter schmiegte, versank sachte in den schönsten Schlaf ihres Lebens.

Am frühen Morgen hatten ihre Augen kaum die rötlich-orangenen Lichtstrahlen der aufgehenden Sonne an den Wänden erblickt, da dachte sie gleich an Mustafa und an das Wiedersehen unter dem großen Olivenbaum am Stadtrand. Dennoch, um das Haus verlassen zu dürfen, musste sie irgendeinen Auftrag der Mutter abwarten oder sich einen Anlass dazu ausdenken. Sie machte vorerst ein buntes Frühstück und verzierte es mit einem Blumenstrauß, den sie im Hof gepflückt hatte. Als ihre Mutter aufwachte und Samira am bunt gedeckten Esstuch fröhlich sitzen sah, fragte sie verwundert, was heute Morgen mit ihr los sei.

„Nichts Mama!", versetzte Samira fröhlich. „Du hast einmal gesagt, dass jeder neue Tag ein Geschenk Gottes sei, eine Chance für Menschen, an ihrem Glück zu arbeiten, nicht wahr?"

„So ist es!", bestätigte die Mutter.

„Na also! So sehe ich auch den heutigen Tag. Ich lasse doch einen schönen, strahlenden Tag wie heute nicht einfach an mir vorbeisausen!!"

Ihre Mutter zog die Augenbrauen zusammen und schaute die Tochter ungläubig an. Dann schüttelte sie lächelnd den Kopf und setzte sich zu Samira am Esstuch nieder.

Um keinen Verdacht zu schöpfen, verweilte Samira nach dem Frühstück einige Stunden noch, bevor sie ihre

Mama fragte, ob sie am Marktplatz ein paar persönliche
Dinge kaufen dürfte. Diese willigte gleich ein, befahl ihr
aber rechtzeitig zuhause zu sein, damit das Mittagsmahl
im Diwan sei, bevor ihr Vater aus dem Mittagsgebet
zurückkäme. Samira nickte und verließ gelassen das
Haus.

Sie ging zuerst in Richtung Marktplatz, änderte aber
bald den Kurs und steuerte mit beschleunigten Schritten
auf das Christenviertel zu. Als sie dort ankam und die
Gasse betrat, die in die brachliegenden Felder mündete,
begann ihr Herz höher zu schlagen. Einerseits wegen
des baldigen Wiedersehens Mustafas, anderseits weil
ihre Begegnung mit jemandem aus dieser Gasse zweifellos Aufsehen erregen würde. Erleichtert hinterließ sie
bald die letzten Häuser der Stadt und kniff sogleich die
Augen zusammen, weil der grelle Sonnenschein in den
Feldern sie blendete. Kaum hatte sie im Freien den Olivenbaum erblickt, da blieb sie plötzlich stehen. Sie fragte
sich, warum Mustafa nicht in seinem Lager läge. Sie
dachte gleich, er sei wegen der Arbeitssuche im Stadtzentrum. Dann wunderte sie sich, warum Mustafa die
Decken und seine Reisetasche an seinem Lager liegenge-
lassen hatte. Sie warf einen Blick in die Gasse zurück.
Darin war immer noch niemand zu sehen. So ging sie
eilenden Schrittes auf den Baum zu. Wenig später blieb
sie auf einmal stehen und schaute entsetzt zum Boden
hinunter. Sie stand nämlich an der Stelle, wo Mustafa
gestern Nacht die Verfolgung des Räubers aufgegeben
und ihm nachgesehen hatte, bis jener aus seinem Blickfeld verschwunden war. Hier hatte Mustafas Blut den
Boden rötlich braun gefärbt. Samira spähte aufgeregt
nach weiteren Blutspuren und wurde auf der Erde auf

einzelne Bluttropfen aufmerksam, welche geradewegs zum Baum führten. Sobald sie im Schatten des Baumes stand, stieß sie einen Aufschrei des Entsetzens aus und lief bestürzt auf die Stelle zu, wo des Räubers Messer auf dem Boden lag. Sie hob es auf, sah sich seine mit trockenem Blut völlig bedeckte Klinge genau an und wischte sich mit dem Ärmel die Tränen, die ihr gerade über die Wangen herunterrollten. Bald ging sie auf leicht zitternden Beinen auf das Lager zu, wo weitere Bluttropfen den Boden rötlich gefärbt hatten. Da brach sie in Schluchzen aus und sank am Lager in sich zusammen. Nach einer Weile stillen Weinens wurde sie nicht weit vom dunklen Schatten des Baumes auf weitere Bluttropfen aufmerksam, die im Sonnenschein in wenigem Abstand zueinander das Feld überquerten und zu den Häusern führten. Sie faltete die Decken geschwind zusammen und steckte sie mit dem Messer in Mustafas Reisetasche hinein. Alsdann sank sie auf die Knie, küsste die trockenen Blutfetzen auf dem Boden und lief mit Mustafas Tasche in der Hand auf die Stelle zu, wo sie rechts von jenem rotbraunen Streifen einzelne Abdrücke des rechten Fußes entdeckte. Diese und der Streifen überquerten parallel das Feld in Richtung der Häuser. Sobald diese Spuren in die Gasse einbogen, waren sie bald von Passanten so sehr niedergetreten, dass sie nach etwa zwei hundert Metern völlig verwischt waren. Dies brachte Samira an der Gablung in große Verlegenheit. Sie suchte verzweifelt nach weiteren Zeichen auf dem Boden, die auf Mustafas qualvolles Dahin-Streifen durch jene Gassen hindeuteten. Die Vorstellung, dass Mustafa den Weg zur Stadtmoschee eingeschlagen hätte, beruhigte sie ein wenig und sie machte sich eilenden Schrittes auf den Weg nach Hause, während ihre Augen ohne Unterlass nach weiteren Bluttropfen spähten.

Als Samira zuhause ankam, konnte sie nicht verheimlichen, wie es ihr zumute war. Sobald sie ihre Mutter sah, stürzte sie sich in ihre Arme und brach in Schluchzen aus. Diese drückte völlig fassungslos die Tochter und konnte vorerst kein Wort über die Lippen bringen, bis Samira sich wieder fassen konnte: „Ich weiß nicht Mama, ob Mustafa lebt oder seiner Verletzung erlegen ist“, stammelte sie leise.

Die Mutter ließ Samira los, schaute ihr ungläubig in die Augen und fragte aufgebracht: „Wovon redest du Kind!? Was ist in dich gefahren!?“

Samira sagte nichts, holte das Messer aus Mustafas Reisetasche heraus, hielt es ihrer Mutter entgegen und fuhr fort: „Das ist Mustafas Blut, Mama! Er ist mit diesem Messer gestochen worden.“

Ihre Mutter schaute ihr verwirrt in die Augen. Samira wischte sich die Tränen vom Gesicht und sprach: „Als ich Mustafa zum ersten Mal im Diwan sah, ging mein Herz wie eine Frühlingsblüte auf. Ich kannte ihn kaum, aber jedes Mal als ich ihn wiedersah, wurde mein ganzer Tag mit Freude erfüllt. Doch, seitdem ich dieses Messer gesehen habe, bin ich in ein tiefes Loch gefallen und werde kein Tageslicht mehr erblicken, solange ich nicht weiß, was aus ihm geworden ist.“

Ihre Mutter betrachtete still die Tochter, die ihr nun plötzlich ganz anders erschien. Anders, aber nicht fremd, genauer gesagt, auf einmal so erwachsen, dass sie einfach nicht glauben konnte, was sie eben gerade gesehen und gehört hatte. Sie entdeckte im Ausdruck der Tochter die großen Sorgen eines reifen Weibes um den geliebten Mann; jene tiefgreifende, solide Verbundenheit des weiblichen Wesens, welche einem Mann Halt gibt und dem Boden unter seinen Füßen Festigkeit verleiht.

Samiras Mutter bewahrte Ruhe und sann nach, wie sie es in kritischen Situationen immer zu tun pflegte. Nach einer Weile bat sie die Tochter, genau zu berichten, was sie gesehen hatte. Samira nickte und begann zu erzählen. Sobald sie von dem Streifen auf dem Boden und den Abdrücken des rechten Fußes berichtete, die parallel zueinander zu den Häusern am Stadtrand führten, fiel ihr die Mutter ins Wort: „Bist du sicher, dass die Fußspuren von Mustafa stammen?"

„Ja, Mama! Mustafa ist groß und hat große Füße", antwortete sie unverzüglich. „Außerdem sah ich zwischen den rechten Fußspuren und dem Streifen immer wieder Bluttropfen."

„Dann ist Mustafa zum Glück nicht in den Bauch, sondern ins Bein gestochen worden."

Samira sah ihre Mutter verwirrt an.

„Hätte man ihm in den Bauch gestochen", ergänzte die Mutter, „dann wäre er auf seinen beiden Beinen gelaufen. Und er wäre bestimmt hingefallen, bevor er die Häuser am Stadtrand erreicht hätte."

Sie hielt für eine Weile inne, grübelte nach und fuhr fort: „Die einzelnen Abdrücke des rechten Fußes deuten darauf hin, dass Mustafa gehinkt hat. Das heißt, er ist auf dem rechten Bein gelaufen, während er das linke Bein nachgezogen hat. So ist der Streifen neben den rechten Fußabdrücken entstanden."

Mutters Worte waren überzeugend und warfen ein kleines Licht in Samiras beschattete Seele. Sie wurde nachdenklich und fragte sogleich: „Aber wo steckt er denn!? Warum ist er auf einmal wie vom Erdboden verschluckt!?"

„Er ist bestimmt zu einem Freund oder einem Bekannten gegangen", antwortete die Mutter beschwichtigend.

„Er hat aber niemanden in Romeyseh, sonst würde er doch nicht im Freien schlafen."

„Dann kann er nur zur Moschee gegangen sein."

„Das vermute ich auch, Mama! Hoffentlich haben wir Recht!"

In diesem Augenblick vernahmen sie das laute Quietschen der hölzernen, großen Haustür. Samira schlug errötend die Augen nieder und sagte leise zu ihrer Mutter: „Diese Geheimnistuerei hätte ich sowieso nicht lange ausgehalten. Um Mustafa zu helfen, muss Papa alles wissen, was passiert ist. Tue bitte, was du für richtig hältst, Mama!"

Somit zog sich Samira geschwind in die Küche zurück und ihre Mutter ging hinaus und erzählte dem Vater alles. Kaum hatte dieser des Räubers Messer erblickt, da wurde er kreideweiß im Gesicht. Während er mit den Fingern sorgenvoll durch seinen Bart fuhr, musterte er das Messer. Nach einer Weile, ohne den Blick von der Klinge abzuwenden, sagte er: „Ich hoffe auch, dass Mustafa in der Stadtmoschee Zuflucht gesucht hat, auch wenn ich darüber im Zweifel bin. Denn kein Mensch würde mit so einer tiefen Wunde im Bein den Weg vom Stadtrand bis zur Moschee schaffen."

Er blickte auf und während er mit ernst gewordener Miene seiner Frau in die Augen sah, fuhr fort: „Wir müssen Mustafa finden, bevor er seiner Verletzung erliegt. Ich gehe gleich zur Moschee und sehe nach, ob er dort untergekommen ist. Wenn nicht, dann schließe ich den Laden und suche ihn überall in den Ruinen des Christenviertels, auch am Stadtrand, auf den Feldern und im Gebüsch."

Nun verließ das Ehepaar die Hofterrasse und ging ins Haus hinein. Samira hatte bereits das Mittagsmahl vorbereitet, saß am gedeckten Esstuch und erwartete ihre Eltern. Sobald sie jene hereinkommen sah, stand auf und grüßte mit gesenktem Blick den Vater.

„Alaykomo Salam, Samira!", grüßte Abu Karim zurück.

Während des Mittagessens wagte Samira nicht aufzublicken. Ihre Mutter warf hin und wieder einen flüchtigen, forschenden Blick zu ihrem Mann hinüber und war sehr überrascht, dass jener entspannt essen konnte. Die heimlichen, höchst unsittlichen Besuche seiner Tochter bei Mustafa am Stadtrand hatten ihn scheinbar kaum berührt. Sie freute sich darüber, in diesem Augenblick die Größe der Liebe ihres Mannes zur Tochter erfahren zu dürfen. Denn seine Liebe hatte offensichtlich alle Moralvorstellungen, mit denen er aufgewachsen war, gänzlich übertroffen. Er verhielt sich während der gesamten Mahlzeit so, als ob es nichts passiert wäre. Samira hingegen sah die ganze Zeit beschämt und in sich zusammengesunken auf das Esstuch. Nachdem Abu Karim zu Ende gegessen hatte, legte er seine Hand auf die der Tochter und sagte: „Ich liebe dich Samira! Viel mehr als du dir das vorstellen kannst!" Dann küsste er ihr Haupt, stand auf und verließ das Haus.

Draußen schien die pralle Mittagssonne stechend. In den Gassen lief Abu Karim im Schatten des Gemäuers und grübelte schwitzend darüber, wie schnell seine Tochter indessen zu einer Frau herangewachsen war, und wie wenig er das wahrgenommen und beachtet hatte. Sobald er in der Moschee ankam, bestätigte sich seine Vermutung, dass Mustafa mit der tiefen Schnittwunde im Bein hätte seine Zuflucht nicht weit vom Christenviertel suchen müssen. So lief er eilenden Schrittes auf den Stadtrand zu und spähte intensiv nach den Spuren eines hinkenden Beines oder nach Bluttropfen auf dem Boden, sobald er am Christenviertel angekommen war. Wenig später eilte er aus dem Viertel hinaus und suchte nach Mustafa am Hügel und im Gebüsch, während er laut seinen Namen rief. Er lief auf dem brachliegenden Land weit hinaus und suchte vergebens sogar in den Senken und Vertiefungen nach einem Zeichen von ihm. Anschließend kehrte er verzweifelt zum Stadtrand zurück und schlug den Weg nach Hause ein. Währenddessen plagte ihn das Schuldgefühl, mit Mustafas Rausschmiss ihn ins Unglück gestürzt oder vielleicht sogar auf dem Gewissen zu haben. Sobald er an seiner Haustür ankam und den Hof betrat, eilte Samira auf ihn zu, erkannte aber sofort an seiner Miene, dass er nichts Gutes zu berichten hatte. Abu Karim legte den Arm auf ihre Schulter und sie gingen schweigend ins Haus hinein. Er ließ von seiner Frau Tee und Wasserpfeife bringen; dann, während er grübelnd am Schlauch seiner Schischa zog, sagte er: „Sobald die Hitze nachgelassen hat, suche ich in den anderen Moscheen nach Mustafa und werde heute Abend nachsehen, ob Imam Muhammed von Eynaltamor zurückgekommen ist. Er wird bestimmt wissen, was man noch tun kann, um Mustafa zu finden."

Einige Gassen entfernt hatte die Hitze Mustafa auf der Terrasse in Davids Haus geweckt und ihn gnadenlos dem beißenden Schmerz im linken Oberschenkel ausgeliefert. Er hatte das verletzte Bein eingezogen, drückte dessen Knie in den Bauch und fühlte den pulsierenden Schmerz tief in der Wunde. Dabei schrie er im Inneren so laut er konnte, ohne einen einzigen Ton von sich zu geben. Ein erwürgter, stummer Schrei war es, ein Schrei aus der Tiefe der Seele, den keiner hören dürfte außer ihm selbst. Er wollte nicht auffallen; denn selbst ein lautes Stöhnen hätte die Nachbarn auf Davids Haus aufmerksam gemacht. Und er wollte die Menschen, die ihn liebevoll aufgenommen hatten, nicht in Verruf bringen. Daher biss er solange die Zähne zusammen, bis seine Augenlider wieder schwer wurden und der Schlaf ihn von seinen höllischen Schmerzen erlöste. Als er erwachte, hatte der Tag sich geneigt, der Schmerz war kaum mehr da und die wunde Stelle wirkte wie betäubt. Der lange Schlaf hatte ihm gut getan und er verspürte neue Kraft in seinen Muskeln. Er versuchte das verletzte Bein vorsichtig zu bewegen, da zog ein stechender Schmerz wie ein Blitz durch seinen Oberschenkel hindurch und er regte sich nicht mehr. Weil er seit gestern Nacht auf dem Rücken gelegen hatte, tat ihm nun die gesamte Rückenmuskulatur weh. Er wälzte unter großem Schmerz ein wenig auf die Seite und sah schräg zum Himmel hinauf. Die glühend brennende Sonne am Horizont hatte am Himmel den vorabendlichen Türkis rötlich gefärbt, weit oben in den Höhen trieb ein fein durchleuchteter Wolkenstreifen mit goldener Umrisslinie. Im Hof stand ein dickstämmiger, alter Feigenbaum, welcher sein Geäst über den Hof und dessen Mauer hinaus ausgebreitet hatte. Seine unreifen, grünen Früchte samt dem gesamten Blattwerk schwitzen klebrig im rötlichen Lichte der untergehenden Sonne. Deren süßer Duft erfüllte gänzlich den Hof und die Gasse hinter der Hofmauer. Der Baum schien, ungeachtet dessen was sich gestern Nacht auf der Hofterrasse abgespielt hatte, sich tagsüber ganz und gar der Sonne, dem eigenen Wachstum und der Reifung seiner Früchte hingegeben zu haben. Hinter seinen breiten Blättern zwitscherten kleine Vögel laut und pickten in die unreifen Früchte hinein. Mustafa dachte an all das, was gestern Nacht passiert war. David hatte während des Tages seinen Patienten auf der Terrasse in regelmäßigen Abständen beobachtet und sich darüber gefreut, dass dieser sich im tiefen Schlaf befand. Er hatte keine Kinder und lebte mit seiner Frau Miriam hauptsächlich von der Alkoholproduktion, welcher er im Auftrag der Ärzte in Romeyseh nachging. Bevor er in diese Stadt zog, hatte er in seinem Heimatdorf ein Stück Land, das Miriam geerbt hatte, im Rahmen einer Pacht zur Benutzung überlassen. Die Verpachtung brachte mit dem Alkoholverkauf nur so viel Einnahme ein, die gerade für ihn und seine Frau ausreichten.

Dass Mustafa inzwischen aufgewacht war und den Feigenbaum still beobachtete, entging Davids wachsamen Augen nicht und er sprach ihn an, sobald er merkte, dass er den Liegenden bei seiner Betrachtung nicht stören würde: „Sei gegrüßt mein Sohn! Wie geht es dir?"

„Salamo Alaykom, gnädiger David!", grüßte Mustafa zurück. „Dank Gottes Gnade und deiner Hilfe fühle ich mich heute nicht schlecht."

David setzte sich zu ihm und sagte: „Du hast ziemlich lange den Himmel beobachtet. Ein prächtiges Farbenspiel zu dieser Zeit, nicht wahr?"

„Das kann man wohl sagen", erwiderte Mustafa. „Der Himmel ist bei Sonnenuntergang ein Gemälde Gottes ohnegleichen; jeden Tag ganz anders, manchmal sogar noch schöner!"

„Genauso ist es auch bei Sonnenaufgang. Ich lasse ihn mir morgens nicht entgehen. Ein Spaziergang außerhalb der Stadt lohnt sich am frühen Morgen sehr."

Mustafa lächelte David verdutzt an und sagte: „Ich kenne viele Frühaufsteher, aber ich habe noch nicht gehört, dass einer früh aufsteht, um einen Spaziergang zu machen!"

„Ich habe über die Hälfte meines Lebens im Ausland verbracht", erwiderte David. „Davon den größten Teil am Meer. Von den Gemälden Gottes, wovon du eben gesprochen hast, habe ich viele in meinem Leben gesehen. Man kommt dann irgendwann auf die Idee, von dem was uns das Leben so großzügig anbietet, einfach mehr zu haben. Deswegen entschied ich mich für den Spaziergang am frühen Morgen."

David hielt inne und sah zum Himmel hinauf. Sein abwesender Blick verriet die Sehnsucht nach den fernen Ländern, wovon er gerade gesprochen hatte. Nach einer Weile wandte er den Blick zu Mustafa und sagte, er müsse nun den Verband wechseln und sich die Wunde ansehen.

„Musst du wieder Alkohol darin gießen?", wollte Mustafa wissen.

„Es kommt drauf an!", antwortete David. „Ist die Schnittwunde vereitert, bleibt mir keine andere Wahl als sie wieder zu desinfizieren."

Er stand auf, ging ins Haus hinein und kam bald mit der Alkoholflasche in der rechten Hand und den Verbandtüchern und einer Schere in der linken wieder. Miriam folgte ihm gleich auf die Terrasse.

„Salamo Alaykom!", grüßte Mustafa Miriam. „Ich wollte mich auch bei dir bedanken. Du und dein Mann habt mir gestern Nacht das Leben gerettet."

„Nicht der Rede wert, Mustafa!", erwiderte sie. „Es war kein Zufall, dass du gestern Nacht zu uns gekommen bist. Nichts geschieht ohne Gottes Willen. Du wurdest einfach zu uns geführt."

Alsbald schnitt David den Verband auf und entfernte ihn vorsichtig. Nachdem er sich die Wunde genau angesehen hatte, blickte er heiter auf und sagte: „Keine Spur vom Eiter!"

Da richtete sich Mustafa langsam auf, lächelte ihn an und sagte dankbar: „Ich stehe zutiefst in deiner Schuld, David! Ich weiß nicht, was aus mir geworden wäre, wenn es euch nicht gegeben hätte."

David sah zum Himmel hinauf und sagte leise: „Lasst uns Gott danken, dass er dich zum rechten Zeitpunkt zu uns führte. Hättest du ein paar Stunden Später an unserer Haustür geklopft, wäre dein Bein nicht mehr zu retten gewesen."

Mustafa sah David lächelnd an und erlaubte sich einen kleinen Scherz: „Mit deiner Güte und der Art und Weise wie du sprichst, könntest du genauso gut einer unserer Imams in der Moschee sein. Aber du verkaufst Wein!"

„Im Auge eines Muslims ist Wein sündhaft und verdirbt den Menschen", erwiderte David. „Dennoch was schlimm ist und verdirbt, ist nicht Wein, sondern die Trinkgewohnheiten der Menschen und der Grund warum sie trinken. Einer trinkt nur so viel Wein, um in guter Stimmung ein nettes, aber nüchternes Gespräch zu führen, ein anderer um Hemmungen abzubauen und im Umgang mit Menschen freier zu sein. Ein dritter trinkt aber, weil er vergessen will. Er besäuft sich, weil er sich den Herausforderungen seines Lebens nicht stellen will. Er will seinen Problemen einfach nicht in die Augen schauen. Er flieht lieber vor ihnen, anstatt an deren Lösung zu arbeiten."

David hielt kurz inne und fragte: „Zu welcher dieser Gruppen gehörst du, Mustafa? Warum trinkst du denn überhaupt?"

Mustafas Miene wurde plötzlich ernst. Er dachte für eine Weile nach, dann stieß einen tiefen Seufzer aus und sagte: „Ich gehöre zu jenen, die vergessen wollen. Ich fürchte nicht, meinen Problemen in die Augen zu schauen, nur bewältigen kann ich sie nicht. Sie zerquetschen mich einfach. Habe ich denn kein Recht darauf, meinem Schicksal zu entfliehen!? Auch wenn es nur für ein paar Stunden wäre!? Warum sollte Wein mir dabei nicht helfen!?"

„Meine Frage war kein Vorwurf, lieber Mustafa!", entgegnete David. „Jeder sollte tun, was er für richtig hält. Der Mensch kann ja nur an eigenen Erfahrungen wachsen. Jeder ist seines Schicksals Schmied."

„Nicht ich!", versetzte Mustafa schroff. „Mein Opa hat mich enterbt und mir von heute auf morgen alles weggenommen: Mein Zuhause, meine Verwandten, meine Freunde und sogar meine Heimat. Wo bleibt denn nun meine Rolle in diesem Schicksal!? Was habe ich denn selbst geschmiedet!?"

„War dein Großvater immer böse zu dir?", erwiderte der andere mit einer Gegenfrage.

„Nein!", gab Mustafa zurück. „Nachdem mein Vater starb, hat er mich sogar großgezogen."

„Und wie alt warst du, als dein Vater starb?"

„Ich kann mich nicht einmal an sein Gesicht erinnern."

„Dein Opa ist also in der Tat viel mehr gewesen als nur ein Großvater."

„So ist es."

„Und wo warst du, als er starb?"

Mustafa konnte diese Frage nicht gleich beantworten und schwieg.

„Meinst du nicht, dass du vor seinem Tode etwas getan hattest, welches seine Entscheidung dich zu enterben, beeinflusst hat?"

Nun senkte Mustafa nachdenklich den Blick und kurz darauf fielen dicke Tränen auf den Teppich. Er versank in seinen Gedanken so tief, dass er nunmehr weder das Gespräch noch die Anwesenden beachten konnte. Diesen Gedanken folgte bald ein leises, langes Schluchzen. Als er schließlich seine Tränen vom Gesicht wischte und aufschaute, fand er niemanden um sich. Er legte sich wieder hin und richtete den Blick auf den dunkelvioletten Himmel, an dem ein großer Stern dicht neben der Mondsichel leuchtete. Mustafa grübelte nun darüber, welche Rolle seine Gedanken und Taten vor dem Tod des Großvaters gespielt haben sollten, die sein schweres Schicksal tatsächlich mitprägten. Er dachte lange nach, bis die Abenddämmerung ihren silbernen Schleier über ihn zog und die Dunkelheit seine Gestalt auf der Hofterrasse nach und nach auflöste. Er schlief wieder ein, ohne gegessen zu haben.

An jenem Abend eilte Abu Karim zur Moschee, sobald er die Rufe des Allaho-Akbars über der Stadt schallen hörte. Davor, während er an seinem Tee nippte, sagte er zu Samira: „Ich sehe nach, ob Imam Muhammed von Eynaltamor zurück sei. Mal sehen, was noch zu tun ist, um Mustafa zu finden."

Samira nickte traurig und ihr Vater verließ das Haus, nachdem er seinen Tee zu Ende getrunken hatte. Als er dann in der Stadtmoschee einen Talib aufsuchte und fragte, ob der Imam von seiner Reise zurückgekommen sei, antwortete dieser: „Vor etwa einer Stunde. Als der Imam ankam, wirkte er beinah krank vor Erschöpfung. Trotzdem wollte er geweckt werden, sobald Sie zum Abendgebet in die Moschee gekommen sind. Er meinte, er hätte Ihnen etwas sehr Wichtiges mitzuteilen."

Somit eilten die beiden ins Gebäude hinein und steuerten im Flur direkt auf den großen Raum zu, in den Imam Muhammed einzog, nachdem seine Frau verstorben war. Er schlief noch im schwachen Lichte einer Kerze, welche nicht weit von seiner Schlafstätte brannte.

„Geehrter Imam, Abu Karim ist da!", sagte der Talib zu seinem Meister, während er ihn am Arm schüttelte.

Der Imam öffnete seine schweren Augenlider und murmelte leise: „Es freut mich sehr dich zu sehen, Abu Karim! Verzeihe mir, dass ich mich nicht aufrichten kann."

Er steckte die Hand unter sein Kopfkissen und zog Khans versiegelten Brief heraus. „Das hier ist für Mustafa", sagte er schnaufend. „Ich weiß jetzt, warum es ihm immer so schlecht ging. Er erleidet ein schweres Schicksal. Sein Großvater und Vormund Khan hatte ihn enterbt und von heute auf morgen auf die Straße gesetzt. Gleich nach seinem Testament hatte Khan auch noch diesen Brief geschrieben, der aber nur von Mustafa selbst gelesen werden darf. Dieses Schreiben scheint Mustafas Problem zu lösen, oder zumindest eine Salbe auf seinen seelischen Wunden zu sein."

Abu Karim nahm ihm den Brief ab und sagte: „Erhol dich nun! Ich kümmere mich um den Rest." Er drückte dem Imam die Hand, stand auf und Verließ den Raum. Draußen im Flur erzählte er dem jungen Mann, was vorgefallen war und bat ihn dringend nachzusehen, ob Mustafa nach dem Überfall in den anderen Moscheen der Stadt Zuflucht gesucht hätte. Der Talib sah ihn mit rund gewordenen, ungläubigen Augen an und eilte aus dem Flur hinaus, sobald Abu Karim zu Ende gesprochen hatte.

Am Tag darauf, als die Sonne ihren warmen, grellen Lichtstrahl über die Wipfel des alten Feigenbaums hinaus in den Hof von Davids Haus warf, wurde Mustafa wach davon. Er öffnete die Augen und erblickte gleich den wolkenlosen Himmel, der sich in tiefem Azurblau über die Welt gewölbt hatte. Sein Magen knurrte vor Hunger. Er rief nach David, vernahm aber keine Antwort. Er rief noch lauter und hörte im Flur sogleich Miriams Stimme: „Ich komme schon. David ist einkaufen gegangen. Was kann ich für dich tun, Mustafa?", fragte sie, nachdem sie die Terrasse betreten hatte.

„Ich habe Hunger, Miriam!", antwortete er. „Bringst du mir bitte etwas zum Essen mit einer Flasche Wein?"

Miriam nickte und ging ins Haus hinein. Wenig später kam sie mit einem Tuch unter dem Arm zurück. Sie breitete es vor Mustafa aus, ging wieder hinein und brachte eine Flasche Wein mit einer Schale aus Ton. Mustafa griff in seine rechte Hosentasche und hielt Miriam eine der Goldmünzen entgegen, die Samira ihm gegeben hatte. „Das dürfte vorerst für das Essen, die Verpflegung und diesen guten Wein reichen", sagte er im dankbaren Ton.

„Über Geldfragen entscheidet mein Mann", entgegnete Miriam knapp und verließ wieder die Terrasse.

Mustafa füllte die Schale bis zum Rand mit Wein und trank sie in einem Zug leer. Miriam machte in der Küche eine Art Omelette: angebratene Kartoffeln in Würfeln und kleingeschnittene Zwiebeln mit geschlagenen Eiern in der Bratpfanne. Als sie mit ihrer Omelette in einer Hand und dem Brot in der anderen wieder auf der Terrasse erschien, war die Hälfte der Weinflasche bereits leer. Dies fiel ihr auf, deswegen legte sie, was sie in den Händen trug, nieder und verließ sofort den Liegenden. Miriam wusste aus Erfahrung, dass sie die Nähe eines betrunkenen Mannes meiden sollte. Mustafa aß und trank also alleine, als die Haustür quietschend aufging und David in den Hof hereintrat.

„Salamo Alaykom, guter David!", grüße Mustafa seinen Gastgeber.

„Gott sei mit dir, mein Sohn!", grüßte David zurück und stieg die Hofstufen zur Terrasse hinauf. Währenddessen warf er einen Blick in Mustafas rote Augen und wusste gleich, dass er betrunken war. „Ich bin gleich bei dir, Mustafa!", sagte er und trat in den Flur hinein. In der Küche sprach seine Frau kurz über Mustafas Goldmünze und setzte schweigend das Kochen fort. David verspürte Sorge auf Miriams Antlitz und fragte unvermittelt: „Ist etwas Schlimmes vorgefallen, während ich nicht da war? Du scheinst verstimmt zu sein!"

„Der Junge trinkt viel und schnell", erwiderte sie.

„Das weiß ich", sagte David.

Miriam sah ihren Mann verblüfft an und fragte: „Sollen wir denn einfach zusehen, wie er sich kaputt macht!?“

„Würde er mit dem Trinken aufhören, wenn wir es ihm verbieten?“, erwiderte David mit einer Gegenfrage.

Miriam schwieg. Sie senkte den Blick und rührte missmutig den Eintopf um, der in einem schwarzen Topf auf dem offenen Feuer des Küchenofens köchelte.

„Menschen schmieden ihr Schicksal sowie mit guten als auch mit schlechten Handlungen“, fuhr David fort. „Wie sollte einer den rechten Weg finden, wenn er den falschen noch nicht gegangen ist!? Wie könnte einer den Aufgang der Sonne erblicken, wenn er die dunkle Nacht noch nicht ganz hinter sich gebracht hat!?“

„Mustafa ist aber jung und unerfahren“, versetzte Miriam gereizt. „Wir dürfen nicht einen jungen Mann in diesem Alter sich selbst überlassen.“

„Wir würden ihn aber verlieren, wenn wir Druck auf ihn ausüben“, entgegnete David. „Was er nun wirklich braucht, ist weder Verbot noch gute Ratschläge, sondern unsere Liebe und unser Verständnis.“

Miriam sah ihm eindringlich in die Augen und schwieg.

„Wir müssen zunächst sein Vertrauen gewinnen; dann haben wir eine Chance, auf seine Trinkgewohnheit Einfluss zu nehmen“, ergänzte David mit Nachdruck. „Wie sollten denn die Samen der richtigen Gedanken in der Erde wachsen, wenn sie noch nicht zur Aufnahme bereit ist!?“

Miriam seufzte tief und schien nichts mehr einzuwenden.

„Wollen wir ihm jetzt Gesellschaft leisten?", fragte David.

Miriam nickte. David nahm den Eintopf und verließ die Küche. Seine Frau nahm Teller und Geschirr mit und folgte ihm auf die Terrasse. Als sie bei Mustafa ankamen, war er am Esstuch eingeschlafen. Er hatte seine Omelette zu Ende gegessen und die Weinflasche stand leer neben ihm. So ließen sie den Liegenden weiterschlafen und kehrten ins Haus zurück.

Am nächsten Morgen, bevor die aufgehende Sonne zwischen den östlichen Bergspitzen auftauchte, wurde Mustafa vom Gesang der Vögel wach. Er gähnte, streckte seine Arme und genoss die zirkulierende Kraft des Lebens in seinen Adern. Fröhlich streckte er unvorsichtig auch das linke Bein. Da gab ihm plötzlich ein brennender Schmerz in der Tiefe des Oberschenkels zu verstehen, dass er sein Bein lieber nicht bewegen sollte. Er zog die buschigen Augenbrauen zusammen und blickte um sich. Der Feigenbaum stand im Zwielicht der Morgendämmerung und schien trotz des Vogelgezwitschers in seinem Geäst noch nicht aufgewacht zu sein.

„Schönen guten Morgen, Mustafa!", ertönte Davids Stimmte am Flureingang.

Leicht erschrocken wandte der Liegende den Blick zu ihm und grüßte zurück: „Salamo Alaykom, guter David! Stehst du immer so früh auf?"

„Fast immer vor dem Rufe des Allaho-Akbars", antwortete David.

„Warum denn so früh!? Betest du etwa?"

„Ja!"

„Wie betet ein Christ?", fragte Mustafa neugierig.

„Meist betet er in der Kirche; auf Knien. Oder sucht er sich einen stillen Ort, wo er seine Worte ungestört an den Schöpfer richten kann. Zum Beispiel da, wo du liegst. Hier auf der Terrasse sitze ich jeden Morgen und spreche mein Morgengebet."

„Und wie lautet es?"

„Willst du es wirklich wissen, Mustafa?"

„Ja, sehr gern."

„In meinem Gebet kommt Dankbarkeit für mein tägliches Brot zum Ausdruck. Und auch Dankbarkeit für all das, was der neue Tag mir und meiner Frau geben wird."

„Was gibt dir denn ein neuer Tag!?"

„Das höchste, was einem Menschen beschert werden kann: ein ganzer Tag Leben." David sah zum Himmel hinauf und begann mit vernehmlicher Stimme zu beten. Während des gesamten Gebets sah Mustafa überrascht zum Betenden herauf, während jener entrückten Blickes zum Himmel hinaufschaute. Am Ende des Gebets ließ David die Augenlider sachte sinken.

„Ich wusste nicht, dass man auch für das tägliche Brot, das Wasser, Sonnenlicht und den Atem danken sollte!", brach Mustafa die Stille.

David erwiderte nicht und sah still um sich. Alsdann atmete er tief ein und sprach: „Ich bringe dir jetzt dein Frühstück." Er ging auf leisen Schritten in die Küche und kam bald mit einem hölzernen Tablett in den Händen und mit dem Esstuch unter dem rechten Arm zurück. Auf dem Tablett trug er einen Becher Kamelmilch, einige Brotscheiben und eine kleine Schale Honig. Nachdem er das Tuch vor Mustafa ausgebreitet hatte, verteilte er darauf den Inhalt des Tabletts.

„Ich danke gern meinem Schöpfer für seine Urelemente Wasser, Luft, Sonnenlicht und Erde", nahm David unversehens Stellung zu dem, was Mustafa vorhin gesagt hatte. „Sie sind heilig, weil die ganze Schöpfung aus ihnen besteht. Meine Dankbarkeit gilt ganz besonders dem Weltgeist, dessen Wille der Materie Form verleiht und dessen Liebe sie belebt. Ohne diesen liebenden Willen wird es in der Welt weder Form geben noch Leben."

„Unter dem Weltgeist meinst du Allah, nicht wahr!?", fragte Mustafa abrupt.

„So ist es", bestätigte David. „Der Mensch hat ihm verschiedene Namen gegeben: Die Muslims nennen ihn Allah, die Christen Gott und die Inder Ischwar oder Vischnu. Wie verschieden diese Benennungen auch sein mögen, bringen sie den einen und selben Inhalt zum Ausdruck, nämlich die Urkraft, woraus das Leben entsteht. Wie der Geist und der Wille eines Menschen ihn am Leben hält, so hält der Weltgeist und sein Wille die gesamte Schöpfung zusammen."

Mustafa sah David eindringlich in die Augen, sagte aber nichts.

„Nun frühstücke mein Sohn!", sagte David und entschuldigte sich, ihn aufgehalten zu haben.

„Du hast sonderbare Gedanken, David!", erwiderte Mustafa. „Sonderbar, aber nicht unangenehm."

„Meine Gedanken ergeben sich aus eigener Erfahrung. Ich bin zwar ein Christ, aber keine Kopie des christlichen Glaubens. Ich denke, ein Mensch existiert, nur weil er über eigene Meinung verfügt. Ohne sie gibt es ihn nicht."

Mustafa nahm den Becher Milch und nippte daran. Dann fragte er, ob David nicht mit frühstücken möchte.

„Ich frühstücke erst nach dem gemeinsamen Morgenspaziergang mit meiner Frau", antwortete er. „Dennoch bleibe ich bei dir, bis du zu Ende gegessen hast."

Mustafa nickte und begann zu essen. Währenddessen sprachen sie nicht mehr miteinander; nur ihre Blicke berührten ab und zu einander. Das morgendliche Zwitschern der Vögel im Feigenbaum hatte den Hof und die schattige, kühle Hofterrasse gänzlich erfüllt. Kaum hatte Mustafa zu Ende gegessen, da wurde der Wipfel des großen Baumes plötzlich vom feurig-rötlichen Morgenlicht der aufgehenden Sonne durchleuchtet. Die beiden Männer sahen gleichzeitig zum Baumwipfel hinauf und freuten sich über den Tagesanbruch und das Licht, welches sekundenschnell den Himmel überflutet hatte.

Nachdem Mustafa sich fürs Frühstück bedankt hatte, räumte David auf und begab sich in die Küche. Nach einer Weile kam er mit einem Stock und einem Krug voller Wasser in den Händen zurück und sagte: „Trink viel Wasser! Es reinigt das Blut und die Seele." Er wies auf den Stock hin und fuhr fort: „Er hilft dir, auf die Beine zu kommen und dich zu bewegen, ohne das verletzte Bein zu belasten. Sobald die Wunde geheilt ist, benutze den Stock nicht mehr, damit dein linkes Bein seine Funktionen wieder gewinnt."

Nun betrat Miriam die Terrasse, grüßte Mustafa und fragte, wie es ihm ginge.

„Alhamdo Lillah! – Gott sei gepriesen -" antwortete er. „Ich fühle mich heute viel besser."

Miriam lächelte freudig.

„Drüben in der Ecke ist die Toilette", zeigte David auf ein kleines Häuschen im Hof und stieg mit seiner Frau die Stufen in den Hof hinunter. Nach einigen Schritten, bevor sie das Haus verließen, drehte er sich an der Haustür um und sagte noch: „Ich sehe mir die Wunde heute Nachmittag nochmal an."

Mustafa nickte und sah dem Ehepaar zufrieden nach, bis es hinter dem quietschenden Türflügel verschwand.

In Romeyseh schallten die Rufe des Allaho-Akbars immer noch und die Gläubigen hatten auf ihrem Weg zur Moschee in den Gassen die ersten Fußabdrücke des Tages hinterlassen. Sie gingen eilig am christlichen Ehepaar vorbei, grüßten höflich und wurden von diesem freundlich zurückgegrüßt. Unterwegs formulierte Miriam vorsichtig die Frage, ob David nicht vorhätte, Mustafa mit der christlichen Religion vertraut zu machen. Da sah David ihr verwundert in die Augen und versetzte: „Was Mustafa braucht, ist doch keine neue Religion! Er hat bereits seine!"

Miriam verspürte den unzufriedenen Ton in Davids Stimme; daher senkte sie verlegen den Blick und schwieg.

„Mustafa ist vergleichbar mit einem kleinen Boot auf den Wogen eines dunklen, stürmischen Meeres", fuhr David fort. „Er ringt gerade gegen die finsteren Kräfte seines Schicksals, um nicht zu versinken. Nichts könnte ihm jetzt dieses Ringen erleichtern außer unserer Liebe und Aufmerksamkeit."

Nun sprachen die beiden nicht mehr und schritten im rötlich behauchten Lichte der frühen Morgenstunde auf den Hügel zu, von dessen Spitze aus Mustafa den Panoramablick der Großstadt hin und wieder zu genießen pflegte.

Als der Türflügel wieder knirschend aufging und das Ehepaar in den Hof hereintrat, schlief Mustafa auf der

Terrasse und schnarchte leise. Seine Züge verrieten wieder finstere Empfindungen: eine Mischung aus Angst und Verzweiflung, welche in ihrem Wechsel dunkle Schatten auf sein Gesicht warfen. Um ihn nicht zu wecken, stiegen David und Miriam lautlos die Hofstufen hinauf und verschwanden hinter dem Vorhang, welcher den Hausflur von der Terrasse trennte.

Um die Mittagszeit schob Miriam jenen Vorhang beiseite und warf einen Blick auf die Terrasse, um festzustellen, ob Mustafa wach sei.

„Salmo Alaykom, liebe Miriam!", grüßte Mustafa unverhofft. „Die Hitze lässt mich nicht schlafen, obwohl ich im Schatten liege."

„Ich dachte, du hättest vielleicht Hunger", sagte Miriam. „Ich wollte dein Mittagsmahl zubereiten."

„Hunger habe ich nicht, aber bin sehr durstig", entgegnete Mustafa.

Miriam ging sofort in die Küche und kam mit einem Tablett in den Händen zurück, worauf sich ein Krug Wasser und eine Schale befanden. Sie setzte sich zu Mustafa, schenkte Wasser ein und half ihm sich aufzurichten. Nachdem er getrunken hatte, fragte Miriam, wie es ihm ginge.

„Dem Bein geht es viel besser", antwortete Mustafa.

„Ich meinte nicht bloß dem Bein", hakte Miriam nach. „Heute Morgen warst du sehr froh. Davon ist nichts übrig geblieben. Bedrückt dich etwas?"

Mustafa starrte still vor sich hin. Nach einer Weile seufzte er und sprach: „So ist es, Miriam! Mich bedrückt etwas."

Die andere sah ihn schweigend an.

„Die Sorge um eine junge Frau nagt an mir, seitdem ich bei euch bin“, fuhr Mustafa fort.

„Wer ist diese Frau?“, fragte Miriam.

„Sie heißt Samira. Sie ist die einzige Frau, die mich wirklich liebt.“

„Und du? Liebst du sie auch?“

„Mittlerweile weiß ich, dass ich sie auch liebe; sehr sogar.“

„Wozu machst du dir denn Sorgen!? Gibt es denn in der Welt Schöneres als zwei Menschen, die sich lieben!?“

„Gibt es denn in der Welt Schlimmeres als Liebe zwischen zwei Menschen, die sich nicht glücklich machen können!?“, versetzte Mustafa mit einer Gegenfrage.

„Wie kannst du das sagen, Mustafa!? Glücklich ist nur der, der liebt!!“

„Aber nicht jener, der liebt und trotzdem die geliebte Person nicht glücklich machen kann. Ich bin ihr nicht ebenbürtig, Miriam!“

„Warum denn nicht!?“

„Sie ist jung und schön. Sie braucht Kinder und Schutz. Was kann ich ihr denn bieten, ich der Arbeitslose, der Heimatlose und seit einigen Tagen auch noch der verletzte Obdachlose!? Selbst bevor man auf mich einstach, konnte ich nicht einmal ein einfacher Kellner im Laden ihres Vaters sein. In seinem Diwan habe ich wirklich alles getan, was ich konnte. Dennoch fehlte mir die Kraft, zu arbeiten. Ich kann nicht einmal mich selbst versorgen, geschweige denn eine junge Frau, die ihr Leben noch gänzlich vor sich hat.“

„Was meinst du, warum Samira dich liebt, Mustafa!?“, fragte Miriam abrupt. „Etwa um ihre persönlichen Wünsche durch dich zu erfüllen, auf deinen Rücken zu steigen, um den Apfel des Glückes für sich selbst zu pflücken!?"

Mustafa sah ihr verwirrt in die Augen.

„Wenn Samira dich wirklich liebt, wie du es meinst", fuhr sie fort, „dann hegt sie keinen anderen Wunsch im Herzen, als dich glücklich zu machen, als dir Kraft zu geben, wieder auf die Beine zu kommen. Eine verliebte Frau ist nicht da, um eigene Lücken durch den geliebten Mann zu füllen, sondern um ihn zu ergänzen und ihm das zu geben, was ihm gerade fehlt."

Mustafa starrte vor sich hin und hörte genau zu. Nach einer Weile brach er die Stille: „Ich bin ein Versager. Ich will nicht, dass Samira mich auch noch als einen Kranken erlebt; als einen, der noch unfähiger und aussichtloser ist als der, den sie bereits kennt. Ich will aber auch nicht, dass sie unter Ungewissheit leidet. Sie weiß nicht einmal, ob ich am Leben bin. Um mich wiederzusehen, ist sie bestimmt wieder am Stadtrand aufgetaucht. Mein Blut auf dem Boden hat sie sicherlich auch gesehen. Sie muss unbedingt wissen, dass ich lebe und in guten Händen bin."

Nun seufzte er tief und sah abwesenden Blickes zum Feigenbaum hinauf, dessen Blattwerk in der Sonne glänzte. Nach einer Weile wandte er den Blick zu Miriam und sagte entschlossen: „Solange ich nicht sicher bin, dass ich ihr und unseren gemeinsamen Kindern Glück, Schutz und Sicherheit bieten kann, will ich mich von ihr nicht sehen lassen. Wir werden uns nicht wiedersehen, solange ich mir nicht sicher bin, dass ich ihrer Liebe würdig bin. Du bist mir bis jetzt wie eine Mutter gewesen, und ich weiß das sehr zu schätzen. Daher bitte ich dich, mich zu verstehen. Lass Samira nicht wissen, wo ich bin und wo ich sein werde, solange aus mir nicht der geworden ist, den sie verdient. Ich will mein jetziges Schicksal mit ihr nicht teilen. Solange das Unglück sich von meinem Leben nicht abgewendet hat, muss sie von diesem Leben fernbleiben. Ich kann sie im Moment auf keine andere Weise beschützen."

Die ganze Zeit hörte Miriam überrascht zu. Am Schluss nickte sie und fügte leise hinzu: „Ich verstehe dich, Mustafa! Sage mir, wo sie wohnt und ich mache mich gleich auf den Weg zu ihr. Hast du vielleicht eine Botschaft für sie?"

Mustafa beschrieb, wo Abu Karims Haus sei und ergänzte: „Sage ihr, dass ich jetzt endlich weiß, was Liebe ist. Das verdanke ich ihr."

Miriam lächelte, stand auf und ging ins Haus hinein. Bald wurde der Flurvorhang beiseitegeschoben, sie stieg die Stufen in den Hof hinunter und verschwand hinter dem Türflügel der Haustür, den sie knirschend hinter sich zuzog.

Nun war außer Mustafa niemand zuhause. Er lag auf dem Rücken und sah zum azurblauen Himmel hinauf. Sein abwesender Blick folgte einem Wolkenfetzen, der beinah reglos in Richtung Westen dahinzog. Dabei wischte er sich hin und wieder Tränen ab, die ihm über die Schläfen hinunter liefen. Die Mittagshitze lastete nicht allein auf seinem Herzen und seiner Lunge, auch seine Augenlider wurden bald schwer und er schlief wieder ein. Als er aufwachte, sah er David am Hofbrunnen stehen. Dieser zog gerade den vollen Wassereimer aus der Tiefe des Brunnens herauf. Währenddessen drehte sich über der runden Öffnung des Brunnens ein großes hölzernes Rad, dessen Achse an zwei Pfählen an den beiden Seiten der Grube befestigt war.

„Salamo Alaykum, guter David!", grüßte der Liegende.

Der andere wandte den Blick zu Mustafa und grüßte zurück: „Sei Gott mit dir, mein Sohn! Wie geht es dir?"

„Kein Schmerz mehr im Bein", antwortete Mustafa. „Dafür aber viel im Herzen."

„Darüber weiß ich Bescheid", Gab David zurück. „Miriam ist zurückgekommen. Sie hat das Haus gefunden, wo Samira wohnt. Und sie brachte ihr deine Botschaft."

Nachdem er den vollen Brunneneimer aus der Tiefe ans Tageslicht heraufgezogen hatte, zog er ihn zu sich und goss dessen Inhalt in eine Gießkanne, die neben dem Brunnen stand. Er trug diese zum Feigenbaum hinüber und begoss damit das Beet ausgiebig, welches rund um den Baumstamm angelegt war. David mied lange Sätze und pflegte nur dann weiterzusprechen, wenn der andere zu dem Gesagten keine Stellung nehmen wollte. Daher, als er merkte, dass Mustafa nichts zu sagen hatte, ergänzte er: „Seitens deines Großvaters gibt es zu seinem Testament einen Brief noch, der nur von dir gelesen werden darf. Dieser Brief scheint eine große Bedeutung für dein Leben zu haben."

„Nichts ist von Bedeutung, wenn es vom Opa kommt", erwiderte Mustafa verbittert. „Mit meiner Enterbung hat mein Großvater nicht nur meine Zukunft ruiniert, sondern auch meine Vergangenheit. Ich sehe jetzt die Dinge ganz anders: Ich hatte niemals einen Großvater, bin allein geboren und alleine aufgewachsen. Schicke ihm seinen Brief zurück. Der sollte ungelesen an

seinem Grab niedergelegt werden, damit er den Ameisen und Würmern zum Fraß dient."

David ging auf ihn zu, lächelte ihn an und sagte in
weichem Ton: „Ich muss jetzt den Verband wechseln.
Die Wunde braucht neue Salbe." Er ging ins Haus hinein
und kam bald mit einem frischen Tuch, einem neuen
Verband und mit der Salbe in den Händen zurück.
Nachdem er den alten Verband abgewickelt hatte,
drückte er sachte auf die Ränder der Schnittwunde und
fragte, ob Mustafa dabei Schmerz empfände. Der andere
schüttelte verneinend den Kopf.

„Es freut mich sehr!", brach David die Stille. „Die
Wunde ist zweifellos nicht eitrig."

Über diese Nachricht freute sich Mustafa nicht im Geringsten; denn er hatte Davids Worte kaum wahrgenommen. Auf seinen Zügen verweilte immer noch der
Schatten der Wut und Enttäuschung.

Nachdem David den Verband gewechselt hatte, sagte
er: „Ich kann deine Wut sehr gut verstehen, Mustafa!
Trotzdem würde ich an deiner Stelle einen Blick in den
Brief werfen." Er hielt inne, sah Mustafa freundlich in
die Augen und fragte: „Gibt es etwas, was ich noch für
dich tun kann?"

„Ich habe Hunger!", erwiderte Mustafa leise.

David nickte und stand auf, um in die Küche zu gehen.
Da fragte Mustafa plötzlich: „Würdest du mir bitte auch
eine Flasche Wein bringen?"

David zog die Augenbrauen zusammen, ließ sich aber
von seinem Unmut nichts anmerken. Er nickte bloß und
ging ins Haus hinein. Alsbald kam er mit dem verspäteten Mittagsmahl und einer Flasche Wein in den Händen
zurück. Unter dem Arm trug er ein Esstuch. Nachdem er

abgesetzt hatte, was er in den Händen trug, breitete er
das Tuch aus und sagte unaufdringlich: „Wein kann
einen in gute Stimmung versetzten. Er kann aber auch
den Geist benebeln und einen nach und nach abhängig
machen."

Mustafa spitzte die Ohren.

„Er kann ein Menschenleben völlig ruinieren", ergänzte David. „Dabei liegt das Böse nicht in dem Wein selbst,
sondern in der Menge."

Mustafa sagte weiterhin nichts und David wusste
gleich, dass er gesagt hatte, was zu sagen war. Er
schwieg und schenkte Mustafa Wein ein.

„Ich habe noch nicht gesehen, dass Wein einen verdirbt", entgegnete Mustafa abrupt. „Gehört habe ich das
aber. Auch wenn ich das mit eigenen Augen gesehen
hätte, würde ich auf Wein nicht verzichten können. Er
nimmt mir meinen Kummer, meine Sorgen und Ängste
weg, die mir wie ein Dämon in die Augen schauen."

David sah Mustafa schweigend an, bis er drei Viertel
der Flasche getrunken und sich wieder hingelegt hatte.
Daraufhin ließ er ihn allein und ging in die Wohnstube,
wo seine Frau auf ihn wartete.

„Hat er wieder zu schnell getrunken?", fragte Miriam
unverhofft. Da sie in den Zügen ihres Mannes Sorgen
erblickte, wartete sie nicht auf die Antwort und stellte
gleich die nächste Frage: „Weiß Mustafa schon, dass sein
Großvater ihm auch einen Brief hinterlassen hat?"

Während Miriam sprach, sah David grübelnd vor sich
hin. Sie schaute ihn für eine Weile an. Da sie immer noch
keine Antwort auf ihre Frage erhielt, fragte sie noch
einmal: „Weiß Mustafa schon, dass seine Enterbung
nicht ganz abgeschlossen ist?"

„Vielleicht nicht abgeschlossen!", korrigierte David. „Mustafa will offensichtlich mit seiner Vergangenheit nicht mehr zu tun haben. Eine Zukunft hat er auch nicht, weil ihm die Kraft fehlt, bewusst an der Gegenwart zu arbeiten. Wie er trinkt, geht er unentwegt auf sein Verderben zu; es sei denn ein Wunder würde ihn rechtzeitig retten."

„Und wir werden dabei still zusehen, wie er langsam krepiert, nicht wahr!?", fragte Miriam vorwurfsvoll.

„Beruhige dich, Miriam!", erwiderte David beschwichtigend. „Nimmt man Mustafa seine Fehler weg, ist ihm damit auch die Chance weggenommen worden, jene zu korrigieren. Ohne Fehler gibt es keine Korrektur, und ohne Korrektur ist weder Heilung möglich noch ein neues Leben."

„Du hast aber eben gerade von einem Wunder gesprochen!!", versetzte Miriam gereizt.

„Was könnte denn Wunder bewirken, wenn Mustafa aus seinem jetzigen Zustand heraus noch nicht die notwendige Kraft geschöpft hat, die er für seine Heilung braucht!?", fragte David sanfter als zuvor. „Gottes Gnade ist einem Menschen nur dann nützlich, wenn sie ihm nicht abhandenkommt, und wenn er sie schätzt. Mustafa ist auf gutem Wege, sich durch das Leiden jene gnadenvollen Gedanken zu erwerben, die ihn zu einem gesunden Leben führen würden. Das ist was ich unter Wunder verstehe, nämlich das Aufkommen neuer heilender Gedanken."

Nun sah David grübelnd vor sich hin. Dann, als ob er ein Selbstgespräch führen würde, setzte er fort: „Die Sache hat aber einen Haken."

Miriam spitzte die Ohren.

„Was würde es aber bringen, wenn Alkoholrausch Mustafas leidvollen Lebensweg völlig vernebeln würde?", fragte David, nachdem er zu Miriam aufgesehen hatte.

„Genau das ist der Grund, warum ich mir Sorgen mache", erwiderte Miriam.

„Mustafa wird nur mit einem klaren Kopf jene Gedanken entwickeln, die er für seine Rettung braucht", ergänzte David.

„Wir dürfen ihm keinen Wein mehr verkaufen", mahnte Miriam.

„Damit ist das Übel nicht aus der Welt geschaffen", versetzte David. „Er wird sich seinen Wein früher oder später woanders besorgen. Verbot und gar Wiederholung guter Ratschläge würden ihn nur verscheuchen."

Miriam schwieg unzufrieden und das Ehepaar sprach nicht mehr darüber. Nach diesem Gespräch nahmen die darauffolgenden Tage unerwartet eine andere Gestalt an: Mustafa rutschte allmählich in eine Phase des Schweigens hinein. Er führte auf der Terrasse ab und zu Selbstgespräche, mit seinen Gastgebern sprach er aber kaum. David wechselte ihm einige Male noch den Verband, Miriam wusch ihm hin und wieder die Haare und rasierte ihn. Und wenn Mustafa zu den Mahlzeiten Wein bestellte, brachte sie ihm eine Flasche, dennoch leisteten ihm während des Trinkens weder sie noch ihr Mann Gesellschaft. Mustafas Wunde heilte im Laufe der Zeit. Er lief im Hof zuerst mit Hilfe eines Stockes und bald ohne ihn. Dennoch beschatteten Wolken des Grams und Verdrusses seine Seele zunehmend und machten ihn Tag für Tag lustloser, unglücklicher und daher weinsüchtiger. Als Miriam ihm eines Tages vorsichtig zum Verstehen gab, sie würden ihm aus gesundheitlichen Gründen keinen Wein mehr verkaufen, da wurde Mustafa wütend und sagte laut, er würde gleich das Haus verlassen, sich woanders seinen Wein besorgen und wenn es sein muss, im Freien schlafen. Sein Ton war beißend und seine Worte spuckten großen Verdruss und giftige Verbitterung aus. Miriam bekam Angst, sie schwieg und verließ enttäuscht die Hofterrasse. In der Küche wischte sie sich ihre Tränen, fasste trotzdem den Entschluss, kein Wort über diesen Zwischenfall zu verlieren. Ihre Verstimmtheit entging aber Davids scharfen Augen nicht, als er nach seinem täglichen Einkauf am Marktplatz nach Hause kam und Miriam in der Küche aufsuchte. Sie kochte gerade und versuchte währenddessen den direkten Blick zu ihrem Mann zu meiden. Da ging David auf sie zu, streichelte sanft ihr Haar und fragte, warum sie ihn nicht anschaue. Sie sah nicht auf, suchte sich zu beherrschen und tat so, als ob alles in Ordnung wäre. Nach einer Weile brach sie aber in Weinen aus und blieb vor dem Herd stehen, während sie ihr Gesicht schluchzend in den Händen hielt. David blieb still neben ihr stehen und ließ sie vorerst ausweinen. Alsdann nahm er ihre Hand, legte den Arm um ihre Schultern und führte sie in die Wohnstube. Nachdem sie sich hingesetzt hatten, wartete David, bis Miriam zu sprechen begann: „Ich kann Mustafa bei gutem Willen keinen Wein mehr verkaufen. Das habe ich ihm auch vor einer Stunde gesagt. Er wurde wütend und laut und hat mir gedroht, unser Haus deswegen zu verlassen und sich seinen Wein woanders zu besorgen."

„Und was willst du jetzt tun, Miriam?", fragte David abrupt.

„Ich werde das tun, was du mir gesagt hast: ihm weiterhin Wein verkaufen, obwohl ich es ungern tue. Ich will nicht der Grund dafür sein, dass er sich in ein neues Unglück stürzt."

„Das würde ich an deiner Stelle nicht tun", entgegnete David. „Du sollst nie etwas ungern tun; etwas, von dessen Richtigkeit du nicht ganz überzeugt bist, nicht einmal meinetwegen! Außerdem spricht Mustafa seit Wochen kaum mehr mit uns. Wie sollten wir denn ihm helfen, wenn er kein Interesse an einem Gespräch mit uns hat!?"

David hielt kurz inne und ergänzte: „Mustafa darf keinen Wein mehr von uns bekommen. Er sollte lieber gehen, wenn er bloß wegen seiner täglichen Sauferei bei uns bleiben will."

„Ich bringe es nicht übers Herz, ihm das zu sagen", erwiderte Miriam.

„Ich aber", versetzte David. „Wir haben für Mustafa getan, was wir konnten. Nun muss er sich entscheiden; für uns oder für seinen Wein."

„Bist du wütend auf ihn?", fragte Miriam unverhofft.

„Wie könnte ich das!?", antwortete David gelassen. „Ich will nur seinem Schicksal nicht im Wege stehen. Das Schicksal eines Menschen wächst aus der Befriedigung seiner Bedürfnisse hervor. Um jemanden zu beschützen, sollte man ihm nur die eigene Meinung mitteilen; der Befriedigung seiner Bedürfnisse darf man aber nie im Wege stehen. Einer, der nicht lernen will und nicht an sich selbst arbeiten möchte, der kann nur von den Folgen lernen, die jene Befriedigung mit sich bringt; wie schmerzhaft diese auch sein mögen."

Nun verließ David die Küche und begab sich auf die Terrasse. Mustafa lag auf der Seite und sah sich gerade den Feigenbaum an, dessen abgefallene reife Früchte die Steinpflaster des Hofes hie und da in Lila gefärbt hatten. David setzte sich still zu ihm und sagte, er wolle mit ihm reden. Mustaf schreckte leicht auf und richtete sich auf.

„Heute hat Miriam dir mitgeteilt, dass wir aus gesundheitlichen Gründen dir keinen Wein mehr verkaufen wollen, stimmt das?", fragte David.

Der andere nickte bestätigend. Davids Stimme klang ernst, kalt und merkwürdig fremd, daher hörte Mustafa aufmerksam zu.

„Ich und Miriam sind zur Einsicht gekommen", setzte David fort, „dass die Art und Weise wie du trinkst, dich bald umbringen wird. Auf diesem Wege, den du eingeschlagen hast, können und wollen wir dich nicht mehr begleiten. Wir mögen dich sehr, Mustafa! Und wir möchten gern, dass du bei uns bleibst. Aber nur wenn du mit dem Trinken aufhörst."

Nun hielt David inne und sah sich wie gewöhnlich seinen Gesprächspartner an, um zu prüfen, wie konzentriert jener zuhört. „Bist du mit meiner Bedingung einverstanden?", fragte er.

Mustafa stieß einen tiefen Seufzer aus und sagte beinah unhörbar: „Ich kann mit dem Trinken nicht aufhören. Ich liege fast seit zwei Monaten hier, kann nicht arbeiten, während das Leben da draußen an mir vorbeisaust. Ich fühle jetzt wenig Schmerz im Bein, dafür aber viel im Herzen. Wie sollte ich denn jetzt ohne Wein auskommen!?"

„Eine andere Wahl hast du nicht!", versetzte David unversöhnlich. „Du bist zwar jung, dennoch hast du ein geschwächtes, belastetes Herz. Du kannst dich heilen, nur wenn du dich den gesunden Kräften des Lebens zuwendest. Einen anderen Weg gibt es nicht."

Mustafa stieß noch einen Seufzer aus, konnte aber kein Wort mehr über die Lippen bringen und wandte den Blick dem Feigenbaum zu.

„Ab heute gibt es also keinen Wein mehr für dich!", betonte David. „Solltest du uns deswegen verlassen, nimm den Brief deines Großvaters mit und lass ihn hier nicht liegen!"

Da nahm er das Schreiben aus seiner Hemdtasche heraus, legte es neben Mustafa nieder und verließ die Terrasse.

Mustafa sah unbeteiligt auf den versiegelten Brief seines verstorbenen Großvaters hinab und sah wiederum zum Baum hinauf. Er befand sich in einer seelischen Verfassung, in der er nicht wusste, an was er nun denken sollte. Nach einer Weile griff er plötzlich in seine rechte Hosentasche und fühlte zwischen seinen Fingern Samiras letzte Goldmünze. Die restlichen Münzen hatte er David für sein Essen und die bisherige Verpflegung ausgehändigt. Nun wandte er den Blick seinem linken Bein zu und drückte prüfend auf die dicke Narbe, die die Wunde hinterlassen hatte. Sie juckte ein bisschen, tat aber nicht weh. Er packte seine Habseligkeiten samt dem Brief ein und verließ das Haus, ohne sich zu verabschieden. Draußen merkte er, dass seine Beine und Hände, genauer gesagt sein gesamter Körper leicht zitterte. Die Sonne hatte sich inzwischen den westlichen Bergkämmen angenähert und die Tageshitze hatte nachgelassen. Mustafa lief von Gasse zu Gasse auf den Marktplatz zu. Je mehr er dem Ziel näher kam, umso intensiver verspürte er die Sehnsucht, Samiras anständiges, verliebtes Gesicht wiederzusehen. Dennoch ermahnte ihn sein jetziges, auswegloses Dasein, sich ihrem Haus zu nähern. In ihm kam wieder die Angst auf, sie in den finsteren Abgrund seines Schicksals herabzuziehen. Daher, sobald er den Marktplatz erreicht hatte, überquerte er ihn eilig wie möglich, um eine zufällige Begegnung mit Samira zu vermeiden.

Bald stand er vor der Tür des Ladens, wo er vor zweieinhalb Monaten eine seiner Goldmünzen gegen Bargeld getauscht hatte. Hier verkaufte er auch seine letzte Münze und machte sich unverzüglich auf die Arbeitssuche. Er ging von Laden zu Laden und fragte, ob man eine Aushilfe benötigte. Davor hätte er aber einen Blick in den Spiegel geworfen, würde er sicherlich verstehen, warum er überall bei den Ladenbesitzern und Vorarbeitern auf Desinteresse und Ablehnung stieß. Ihm war inzwischen ein kurzer Bart über das bleiche Gesicht gewachsen. Dieser samt den Augenringen in den tiefen Augenhöhlen verlieh ihm ein krankhaftes Aussehen, welches leicht auffiel. Die Arbeit in den Restaurants und Diwans war keineswegs leicht. In dieser Branche war es eine Selbstverständlichkeit, ausgenommen der Mittagspause vom Sonnenaufgang bis zum Einbruch der Dunkelheit auf den Beinen zu stehen. Dies wusste Mustafa aus eigener Erfahrung gut, dennoch war er des untätigen Wartens auf die Besserung seiner Verfassung in Davids Haus überdrüssig geworden. Jedenfalls gab er seine Arbeitssuche trotz der kalten Abweisungen der Ladenbesitzer nicht auf, bis ihm ein Vorarbeiter kurz vor dem Einbruch der Dunkelheit sehr grob zu verstehen gab, er sei blass und schwach, deswegen keiner würde ihm die

Arbeit in der Gastronomie zutrauen. Die harte Beurteilung dieses Mannes zog einen dicken Strich durch den kleinen Rest seiner Hoffnung, er könne vielleicht irgendwo doch unterkommen. Nach diesem Gespräch verließ ihn alle Kraft in den Beinen. Er lehnte an der Hauptstraße den Rücken gegen die lehmige Mauer eines Hauses und rutschte langsam in die Knie. Die Passanten, welche ungeachtet seiner Not und Verzweiflung eilig an ihm vorbeigingen, schienen Mustafa fremd und unerreichbar wie Menschen aus einem anderen Planeten. Er hockte an dieser Stelle solange, bis einer der Passanten ihm eine Geldmünze vor die Füße warf. Dies war Mustafa wie eine Ohrfeige ins Gesicht. Er sprang auf, versetzte der Münze einen kräftigen Tritt und verließ hastig diesen Ort, während er seinen Großvater laut verfluchte.

Bald wurde es dunkel und die Rufe des Allaho-Akbars schallten wieder aus allen Ecken der Stadt und erfüllten die Luft. Mustafa ging auf erschöpften Beinen mit einem Herzen voller Verzweiflung auf das Christenviertel zu. Geplagt von den Abweisungen der Ladenbesitzer hatte er vergessen, während der Arbeitssuche sich etwas zum Essen zu kaufen. Sein Magen knurrte laut und seine trockene Zunge sehnte sich nach Wein. Er beschleunigte seine Schritte und sobald er im Christenviertel angekommen war, fragte er einen Passanten, wo er sich Wein besorgen könnte. Jener zeigte auf eine große hölzerne Haustür unter der Laterne hin. Mustafa steuerte rasch auf sie zu und klopfte kräftig daran. Bald vernahm er hinter der Tür eine unfreundliche, männliche Stimme: „Wer klopft da so laut!? Was wollen Sie um diese Zeit!?"

„Ich brauche dringend eine Flasche Wein", antwortete Mustafa.

„Nicht um diese Zeit!", versetzte der andere schroff.

„Ich flehe Sie an! Mir geht's nicht gut! Ich zahle gut!", drang Mustafa.

Da ging die Türe knirschend nach innen auf und das schwache Licht einer Petroleumlampe drang aus dem Türspalt heraus.

„Ich will zuerst das Geld sehen!", verlangte der Mann.

Mustafa griff sofort in seine Hosentasche und zeigte ihm einige Geldscheine. Da machte der Weinverkäufer die Haustür zu und riegelte sie ab. Nach einer Weile hörte Mustafa seine Schritte im Hof wieder, die immer näher kamen. Nachdem der Mann die Haustür geöffnet hatte, nannte er den Preis und wartete, bis Mustafa ihm das Geld aushändigte. Dann reichte er ihm die Flasche und machte die Haustür wieder zu.

Mustafa zog mit Zähnen den Kork von der Flasche ab und leerte diese bis zur Hälfte in seinen Magen. Sein Verlangen nach Alkohol war in diesem Augenblick so brennend, dass er den großen Unterschied zwischen diesem und Davids Qualitätswein nicht merkte. Auf dem Weg zum Hügel am Stadtrand trank er den Rest des Weines aus und kam betrunken an der Hügelspitze an. Hier suchte er taumelnd seine Lieblingsstelle, den breiten Steinblock. Sobald er auf diesen gestiegen war, zog er die Decken und das Kopfkissen aus der Reiseta-sche heraus, legte sich hin und schlief gleich ein. Er schlief so tief, dass die Sonne ihn am Tag darauf erst kurz vor der Mittagszeit wecken konnte. So wurde er nass geschwitzt von einem schrecklichen Durst wach. Er packte schnell sein Schlafzeug ein und lief den Hügel in größter Eile hinunter. Als er am Olivenbaum das Bäch-

lein erblickte, das schmaler als zuvor dahin floss, warf er
sich auf den Bauch und blockierte mit der Handfläche
den Lauf der kleinen Strömung. Sobald sich das Wasser
hinter der blockierten Stelle gestaut hatte, trank Mustafa
daraus so viel er konnte. Er machte dann seinen Oberkörper frei und schüttete mit Händen solange das kühle
Wasser über sich, bis das brennende Feuer in seinem
Inneren allmählich erlosch. Danach zog er seine Decken
und das Kissen aus der Tasche heraus, legte sich im dicken Schatten des Baumes hin und schlief bald wieder
ein.

Nach einigen Stunden weckte ihn eine lauwarme Brise,
die Sonne stand nicht mehr senkrecht über der Stadt und
die Rufe des Allaho-Akbars erklangen von weitem immer noch. Diese wiesen einstimmig auf die Zeit zum
Asr-Gebet hin. Mustafa tat der Kopf vom gestrigen Wein
weh und er war noch nicht ganz nüchtern. In seinem
Blut kreiste der Alkohol immer noch durch seinen gesamten Körper. Als er versuchte sich aufzurichten, begann die Welt sich plötzlich um ihn zu drehen. Ihm
wurde sofort übel und er übergab sich, obwohl er nichts
im Magen hatte. Nachdem er sich mehrmals erbrochen
hatte, legte er sich mit Schmerzen im Magen wieder hin,
wagte aber die Augen nicht mehr zuzumachen. Nach
einer Weile schlief er wieder ein. Als er aufwachte,
schmiegte sich die untergehende Sonne an den Kamm
der westlichen Berge und hatte die Welt in ihr rötlich-
feuriges Licht gänzlich eingetaucht. Mustafa hatte das
Gefühl der Übelkeit nicht mehr, dennoch taten ihm der
Kopf und der Magen immer noch weh. Er blieb liegen;
wozu sollte er auch aufstehen!? Einen Grund dazu hatte
er nicht. Bald würde die Nacht ihren dunklen Schleier

über ihn und die gesamte Stadt legen, eine weitere Übernachtung im Freien erwartete ihn, wer weiß vielleicht auch noch ein weiterer Überfall und ein neuer Messerstich. Ein seltsames Gefühl überkam ihn: er hatte nicht die geringste Lust aufzustehen. Am liebsten würde er für immer schlafen, damit er die Welt nie wieder erblicken würde. Sein Schicksal hatte aber eiserne Gesetze: Es hatte ihm ein Weiterleben um jeden Preis gewährt, auch wenn es nichts anders bedeutete als Weiterleiden. So sah er aus dem Augenwinkel zu den Häusern am Stadtrand hinüber und wurde ihm mit schrecklicher Klarheit bewusst, dass er weder diesen Häusern noch der Stadt angehörte. Er war nun ein Ausgestoßener im wahren Sinn des Wortes. Völlig unbeteiligt und gleichgültig ließ er seine Blicke für eine Weile um sich wandern. Da wurde er plötzlich auf seine Reisetasche aufmerksam. Darin befand sich noch der ungelesene Brief seines Großvaters, der ihm einst wie ein Vater war, seit dem Frühlingsbeginn aber sein Feind und Peiniger. So zog er die Tasche zu sich und nahm den eingerollten, versiegelten Brief heraus. Er rollte ihn auf und las Folgendes:

„Seitdem man Dich über deine Enterbung in Kenntnis gesetzt hat, sind nun wahrscheinlich einige Monate vergangen. Falls es Dir inzwischen gelungen ist, Dein Brot selber zu verdienen und ein anständiges Leben zu führen, was ich bezweifele, dann vergiss, was ich in diesem Schreiben von Dir verlange. Wenn Du aber immer noch im Sumpf der Prostitution und Sauferei steckst, ist Dein Leben kein Leben mehr, sondern eine Last, die Du bis zum Ende Deiner Tage mitschleppen wirst. In diesem Fall hast Du meinen Namen auch nach meinem Tode in

Schmutz gezogen, wie Du es getan hast, als ich noch am Leben war. Nun tu mir aber ein Gefallen und beende die Schande, die Du mir gemacht hast. Wenn einer aus den Fehlern nicht lernt, so wird aus diesen irgendwann Sünde. Und Sünde ist ein Fleck, der sich unmöglich entfernen lässt, es sei denn durch das eigene Leben. Ich fertigte in der Werkzeughütte oben auf dem Hügel eine Galgenvorrichtung. Gehe dorthin und nimm Dir das Leben! Dieses Leben habe ich Dir gegeben. Es darf nicht gegen mich und meinen Namen gerichtet sein; auch nicht nach meinem Tode."

In diesem Moment rutschte Mustafa der Brief durch die zitternden Finger herunter und fiel auf den Boden. Sein Herz raste wie verrückt. Er biss sich kräftig auf die Fingerspitzen, hob den Brief auf und setzte mit rund gewordenen, ungläubigen Augen das Lesen fort: „Hinter der Hütte steht ein kleiner schwarzer Steinblock auf dem Boden. Unter diesem Stein habe ich den Schlüssel zur Hüttentür eingegraben."

Am Ende des Schreibens stand unterstrichen noch folgendes Gedicht:

„Zeit seines Lebens diente Khan auf Erden

Sterben wird er nie im Herzen der Lebenden."

Kaum hatte Mustafa den Brief zu Ende gelesen, da hörte er das Klappern seiner Zähne. Sein Unterkiefer zitterte heftig und ein krampfhaftes Zucken durchzog seinen gesamten Körper. Er überflog den Brief einige Male noch, als ob er sich damit vergewissern wollte, ob das, was er eben gerade gelesen hatte, Realität oder ein Alptraum war.

Nun rannen ihm Tränen über die Wangen herunter. Er begann leise zu schluchzen, kurz darauf brach er in Gelächter aus, alsdann wieder in Weinen, ein schreckliches Wechselspiel von Tränen und sinnlosem Lachen. Nach einer Weile stillen Weinens kam er allmählich zu sich und vermochte seine Umgebung wieder wahrzunehmen. Er sah das Schreiben des Verstorbenen neben sich liegen. Da schimpfte er plötzlich so laut er konnte: „Du Gott verdammte Bestie!" Aber er konnte keinen einzigen Ton ausstoßen. Ein stummes Brüllen war das; erstickt im finsteren Abgrund seines Inneren, ein Schrei des Entsetzens, das nur er selbst hören konnte. Er versuchte einen Ton von sich zu geben, ein Wort zu sprechen. Vergebens! Seine Stimme war weg. Er geriet in Panik, sprang auf und versuchte zu fliehen, fiel aber hin. Er stand auf und versuchte es noch einmal. Auch diesmal schien der Boden unter seinen Füßen wegrutschen zu wollen und er fiel wieder hin. Er blieb ruhig sitzen, bis er einigermaßen zu sich kam. Dann stand er vorsichtig auf und sah zum Baumstamm hinüber, an dem seine Reisetasche neben seinem Lager lag. Er lief auf den Baum zu, packte seine Sachen hastig ein und rannte mit der Tasche in der Hand so schnell er konnte auf die Häuser am Stadtrand zu. Um in den Gassen kein Aufsehen zu erregen, lief er im Schritttempo und steuerte geradewegs auf das Haus zu, wo er sich gestern Abend seinen Wein besorgt hatte. Als er vor dem Haus stand, klopfte er laut und vernahm sogleich eine Stimme im Hof: „Ich komme schon! Klopfe nicht so laut!"

Bald ging die Tür knirschend auf und grinste ihn derselbe Mann an, der ihm am gestrigen Abend Wein verkauft hatte: „Hallo, mein Freund!", grüßte jener. „Es freut mich sehr, dich wieder zu sehen."

„Ich bin nicht dein Freund!", murmelte Mustafa mürrisch. „Bring mir eine Flasche Wein!"

Mustafa sprach leise, sein Ton war aber so unfreundlich und bestimmend, dass der Weinverkäufer den Blick verlegen und eingeschüchtert senkte und in den Hof zurückging, ohne die Haustür wie gewöhnt hinter sich zuzumachen. Mustafa trat nicht hinein und wartete. Nach einer Weile kam der Mann mit einer Stofftüte in der Hand zurück, in der sich eine Flasche Wein befand. Unsicher gab er Mustafa die Tüte, dieser händigte ihm einen Geldschein aus und entfernte sich sofort.

„Warten Sie mein Herr, Ihr Restgeld!", rief der Mann ihm nach. Mustafa sah nicht zurück und ging weiter, als ob er nichts gehört hätte. Bald nahm er den Wein heraus, warf die Tüte weg und zog mit Zähnen den Kork von der Flasche. Dann trank er daraus ähnlich wie ein Dürstender, der nach mehreren Tagen Marsch in der Wüste kurz vor dem Verdursten plötzlich eine Wasserquelle vor sich gesehen hätte. Er trank solange, bis es ihm übel wurde und den Wein ausspucken musste. Mit der Flasche in der Hand und mit den blutdurchzogenen Augen, die wie erstarrt nach vorn gerichtet waren, lief er von Gasse zur Gasse auf jenen Reitweg zu, der aus der Stadt hinausführte und bald im Gebirge verschwand. Auf seinem Wege grüßten ihn die Passanten nicht. Sie sahen ihm misstrauisch nach und schüttelten missbilligend das Haupt. Mit der Weinflasche in der Hand mitten in einer muslimischen Stadt, und mit dem ausgetrockneten Wein um den Mund und am Bart war Mustafa in den Augen der Stadtbewohner nicht allein ein obdachloser Vagabund, der stank, sondern auch ein Irrer, der jeglichen Bezug zur Realität verloren hatte. Dabei hatte er eine eigene Realität, die aber niemand sehen konnte; eine letzte, die ihn gewaltig eingenommen hatte, nämlich die Strecke, die zwischen ihm und dem Galgen lag, welcher in Eynaltamor in der Werkzeughütte seines Großvaters auf ihn wartete.

Als Mustafa auf dem Reitweg jene Stelle erreichte, die rechts in die Straße einbog, welche aufwärts direkt ins Gebirge führte, da erblickte er eine Truppe schwer bewaffneter Männer, die gerade die Berge verließen und die Straße im Galopp herunter stürmten. Hinter den Rücken dieser Männer ragten lange Flinten empor und an ihren ledernen, breiten Gürteln hingen die langen Scheiden ihres Schwertes und die kleinen ledernen Säcke voller Schießpulver herab. Kurz bevor die Reiter Mustafa erreichten, hob einer von ihnen in der vordersten Reihe die Hand. Mit ihm hielt die ganze Truppe an. Der Schweiß und der Staub auf den Gesichtern und den Wimpern der Männer ließen vermuten, dass jene einen schweren, langen Ritt hinter sich gehabt hatten.

„Wohin führt dein Weg, junger Mann?", fragte unverhofft der Reiter, der an der Spitze die Hand gehoben hatte.

„Nach Eynaltamor", antwortete Mustafa.

„Weißt du nicht, was dich da oben im Gebirge erwartet!?"

„Ich fürchte nichts, das Schlimmste habe ich bereits hinter mir", entgegnete Mustafa.

„Du hättest auch keinen Grund dich zu fürchten; weder du noch die Händler und ihre Karawanenführer. Dort oben ist rein. Die Berge haben wir von Ungeziefer gründlich gesäubert. Die Geier und Aasfresser sind gerade dabei, unsere Säuberungsarbeit zu vollenden. Auf den Pässen und in den Schluchten liegen immer noch Blut und die stinkenden Räuberleichen, die beseitigt werden müssen."

Da brachen die Männer einstimmig in Gelächter aus und der Mann an der Spitze gab seinem Hengst unversehens einen kleinen Tritt unter den Bauch.

„Wartet!", rief Mustafa.

Der andere zog kräftig die Zügel seines Pferdes, das Tier bäumte sich ein wenig, wieherte zornig und blieb stehen.

„Der Weg ist sicher wie dein Zuhause und das Gebirge friedlich wie im Mutterleib; was willst du denn noch!?", fragte der Kommandant unfreundlich.

„Ein Stück Brot", verlangte Mustafa. „Ich habe Hunger und habe einen langen Weg vor mir."

„So jung und schon ein Bettler!? Du unnützes Faultier!"

Da sprang Mustafa vor, hielt den Zügel seines Pferdes fest und rief: „Ich bin kein Bettler, du Großmaul!" Er griff in seine Hosentasche, nahm eine Handvoll Geldscheine heraus und hielt sie ihm entgegen. Dann warf er die Scheine zu Boden und ging weiter.

„Warte!", rief ihm der Kommandant nach. „Ich wollte nur deinen Stolz auf die Probe stellen." Er zwinkerte einem seiner Männer zu und befahl: „Gib ihm alles, was er braucht."

Jener sprang sofort von seinem Pferd herunter, sammelte die Geldscheine auf und steckte sie in Mustafas Hemdtasche. Dann gab er den Befehl weiter: „Gebt ihm Brot, Wasser und Trockenfrüchte!"

Da stieg ein anderer Reiter von seinem Pferd hinunter und händigte Mustafa aus, was ihm befohlen worden war. Mustafa nahm alles, sah dem Kommandanten in die Augen und ging weiter, ohne ein Wort zu sagen. Kurz danach vernahm er hinter sich den Aufprall der Pferdehufe auf dem Boden, welche sich im Galopp entfernten.

Bald, als ob die Berge ihn verschlingen würden, verschwand er in den Biegungen der Bergstraße, die schlängelnd aufwärts ins Gebirge führte. Über ihm am Himmel kreisten keine Geier, unten in den Pässen aber sah Mustafa nicht weit von den Felsen mehrere Aasfresser, die sich um Leichen gesammelt hatten und diese in Stücke rissen.

Als Mustafa das Gebirge verließ, hatten die Sterne längst zu funkeln begonnen, der Halbmond hatte seinen Weg schwach beleuchtet und einen silbernen Schleier über die flache Landschaft gezogen, die sich vor ihm in alle Richtungen ausgebreitet hatte. Obschon er nun seinem Ende entgegenlief und mit jedem Schritt dem Galgen in der Werkzeughütte näher kam, fühlte er eine Art Leichtigkeit im Herzen. Der Alkohol kreiste immer noch in seinen Adern und benebelte seinen Blick, dennoch vermochte bei ihm weder Schlaf noch Übelkeit herbeizurufen. Ganz im Gegenteil fühlte er sich kräftig und schritt unermüdlich voran. Seine Augen, in den Bann der Sterne gezogen, waren unaufhörlich auf den Himmel gerichtet. Die Kraft, welche aus der Unendlichkeit des Universums seine Seele anstrahlte, ließ ihn der schrecklichen Gewissheit entfliehen, dass der Tod ihn nicht weit entfernt von dieser Stelle erwartete.

Jenseits der Berge in Romeyseh saßen David und seine Frau zu dieser Stunde auf der Hofterrasse und machten sich Gedanken darüber, wo Mustafa jetzt sein könnte und wie es ihm wohl erginge. „Ich glaube nicht, dass er zu uns zurückkommen wird", brach David die Stille. „Nicht weil er uns nicht mag, sondern weil er sich bei uns nicht lange aufhalten kann."

Miriam sah ihm verwirrt in die Augen.

„Mustafa konnte nicht die Kraft aufbringen, die er nötig hatte, um seinen Schicksalsschlag zu überwinden", setzte David fort. „Das ist der Grund, warum er seine Zuflucht im Rausch des Alkoholkonsums sucht. Er wird vermutlich für den Rest seines Lebens auf der Flucht sein; auf der Flucht vor dem Schmerz und der Enttäuschung, die seine Enterbung mit sich brachte."

Miriam stieß einen Seufzer aus und sprach: „Wir müssen morgen unbedingt Samira und ihre Familie besuchen. Ich weiß nur nicht, wie ich der armen jungen Frau in die Augen schaue, nachdem sie erfährt, dass wir Mustafa vertrieben haben."

Da nahm David ihre Hand in seine und sagte sanft: „Wir haben Mustafa nicht vertrieben. Er ist gegangen, weil wir ihm keinen Wein mehr verkaufen wollten. So hatte er bei uns nicht mehr die Möglichkeit, der eigenen Wirklichkeit zu entfliehen. Ich kann deine Gefühle sehr gut verstehen, Miriam! Aber mit den Gefühlen alleine können wir nie begreifen, wie wichtig es ist, Menschen ihren eigenen Weg gehen zu lassen; auch wenn sie einen falschen einschlagen."

Miriam wischte sich eine Träne von der Wange und nickte schweigend.

„Nun lass uns ins Bett gehen", sagte ihr Mann. „Morgen gehen wir zu Samira und teilen wir der Familie mit, was wir mitteilen müssen."

Am Tag darauf, gleich nach dem Frühstück, machte sich das christliche Ehepaar auf den Weg zu Abu Karims Haus. Als die beiden dort ankamen, machte Samira ihnen die Haustür auf und grüßte sie voller Zuversicht. Bald aber, während sie sie zur Hofterrasse führte, ahnte sie, dass die Gäste nichts Gutes zu berichten hatten. Daher fragte sie besorgt, ob Mustafa etwas widerfahren sei.

„Das nicht, liebe Samira!", antwortete David. „Aber er hat uns verlassen."

Samiras Gesicht erblich augenblicklich.

„Seit vorgestern", ergänzte Miriam. „Er wollte jeden Tag Wein von uns. Ich sah, dass er mit täglichem Saufen sein Leben ruiniert. Das habe ich ihm auch gesagt. Er wurde wütend und ich sagte, wir würden ihm trotzdem keinen Wein mehr verkaufen. Kurz danach verließ er uns."

Samira zog die Augenbrauen zusammen und sagte verlegen: „Meine Mama ist einkaufen gegangen, mein Papa ist noch im Diwan. Bleiben Sie hier, bis er zum Mittagsmahl nach Hause kommt! Wir freuen uns, wenn Sie mitessen würden."

„Ich bleibe bei dir!", erwiderte Miriam.

„Ich habe in der Stadt noch Einiges zu erledigen", entgegnete David. „Auf deine Kochkunst freue ich mich aber sehr. Miriam hat mir erzählt, wie wunderbar du kochst."

Samira konnte sich über das Kompliment nicht freuen. Sie senkte den Blick und sah traurig vor sich hin.

„Verliere nicht deine Zuversicht, mein Kind!", ermutigte sie David. „Deine Liebe ist berechtigt, Mustafas Liebe ist berechtigt. Eine wahre Liebe hat ihr Auf und Ab, untergehen wird sie aber nie. Gott lässt es nicht zu.

Das ist nicht bloß ein Glaube, sondern Erfahrung; unsere Erfahrung."

Er sah seine Frau lächelnd an, dann stand er auf und verließ das Haus. Samira ging geschwind in die Küche und kam bald mit einem Tablett in den Händen zurück, worauf sich ein Becher aus Ton befand. Dieser war gefüllt mit einem weißen Getränk, das man Wasserjoghurt nannte; eine Mischung von leicht gesalzenem Joghurt und Wasser. In dem Getränk schwammen frische Minzeblätter.

Nachdem Samira das Getränk abgesetzt und sich zu Miriam gesetzt hatte, fragte sie mit der zitternden, besorgten Stimme: „Wisst ihr, wohin Mustafa gegangen ist?"

Miriam schüttelte verneinend den Kopf.

„Wisst ihr wenigstens, ob er euch wieder besuchen wird?"

Da nahm Miriam ihre Hand in die eigene, streichelte sie und antwortete: „Wir können nur beten und hoffen, dass er uns wieder besucht. Das ist alles, was wir jetzt tun können."

In diesem Augenblick brach Samira plötzlich in Tränen aus. Miriam ließ ihre Hand nicht los, bis sie ausgeweint hatte. Alsdann fügte sie hinzu: „Das Schicksal hat seine Spiele, mein Kind! Es hat sowohl schattige als auch sonnige Seiten. All das führt aber zur Reife und diese wiederum zum Lebensglück. Mein Mann pflegt zu sagen, es gäbe ohne Schmerz keine Reife und ohne Reife kein Glück. Warte geduldig ab! Alles wird sich zum Besten wenden; aber zum rechten Zeitpunkt!"

Nun standen beide auf und begaben sich in die Küche, um gemeinsam das Mittagessen zuzubereiten. Währenddessen wirkte Samira in sich zurückgezogen und gereizt. Um nicht unhöflich zu sein, versuchte sie immer wieder etwas zu sagen. Miriam reagierte aber knapp, um der unruhigen Strömung ihrer Gedanken und Gefühle nicht im Wege zu stehen. Nach etwa einer Stunde erschien Samiras Mutter unversehens an der Schwelle der Küchentür. In den beiden Händen trug sie zwei Drahtkörbe voller Lebensmittel. Da sprang ihre Tochter hervor und nahm ihr die Körbe ab. Aische grüßte Miriam und drückte sie. Nachdem Samira ihrer Mutter ein Glas Wasser gebracht hatte, begannen die älteren Frauen während des Kochens eine lebhafte Unterhaltung. Hingegen war Samira immer noch in ihre Sorgen um Mustafa verstrickt, welche ihre Züge umso dunkler beschatteten. Nachdem das Essen zubereitet war, verließen die Frauen die Küche in Richtung der Hofterrasse. Kurz darauf folgte ihnen Samira mit einem Tablett in den Händen, worauf sich Tee und Datteln befanden. Kaum hatte sie das Tablett abgesetzt, da hörten sie alle das Quietschen der hölzernen Haustür, welche nach innen aufging. David und Abu Karim traten in den Hof herein und grüßten die Anwesenden. Diese standen auf und grüßten zurück. Da fragte Miriam überrascht: „Seid ihr euch vor der Haustür begegnet?"

„Nein, ich besuchte Abu Karim in seinem Diwan", antwortete David.

Sobald die Männer sich hingesetzt hatten, sah Abu Karim in die traurigen Augen seiner Tochter, seufzte tief und sagte reumütig: „Gott sei mein Zeuge: ich hatte keine andere Wahl, sonst hätte ich Mustafa nicht gehen lassen."

Samira lief eine Träne über die Wange hinunter. Sie wischte sie ab, sagte aber nichts.

„Du musst dir keine Vorwürfe machen, Abu Karim!", brach David die Stille. „Kein Mensch kann über das Schicksal eines anderen verfügen. Es wächst aus der Tiefe der Seele, aus dem Charakter eines Menschen hervor; aus seinen Neigungen, Fähigkeiten, Denkgewohnheiten, also aus der gesamten Beschaffenheit seiner Seele. Wir alle standen Mustafa monatelang beiseite. Wir taten für ihn, was wir konnten. Was ihm nun übrig bleibt, sind die eigenen Erfahrungen und Gottes Gnade. Diese sind jetzt die treibende Kraft seines Schicksals. Wäre Mustafa ein verantwortungsloser Mensch gewesen, ginge er gewiss unter der Last seiner Enterbung unter. Er ist aber ein guter Mensch, daher lässt ihn Gott nicht untergehen, niemals!"

„Aber Du machst dir doch auch Sorgen um ihn, nicht wahr?!", fragte Abu Karim abrupt.

„Das stimmt!", gestand David.

„Warum?"

„Weil ich nicht der liebe Gott bin", antwortete David. „Ich habe zwar Einiges über Mustafas Entwicklung erahnt, kann aber sein Schicksal unmöglich durchschauen."

Er hielt inne und sah in die Augen der Anwesenden, die erwartungsvoll auf ihn gerichtet waren.

„Dennoch habe ich jenseits seiner jetzigen, dunklen Lebenslage, am Horizont seiner Seele die ersten Anzeichen der Morgenröte erblickt", setzte David fort. „Meine bisherigen Lebenserfahrungen sagen mir, dass dieser Morgenröte eine strahlende, warme Sonne folgen wird;

die Sonne eines gemeinsamen, glücklichen Lebens mit Samira bis zu ihrem Lebensende."

„Ich kann dir nicht folgen, David!", unterbrach ihn Abu Karim verwirrt.

„Die Enterbung Mustafas brachte ihm ein tiefgreifendes Leiden", erläuterte David. „Leid rüttelt die Seele auf, mobilisiert ihre Lebenskräfte und erneuert sie von Grund auf. Es öffnet das innere Auge und lässt einen die eigene Wirklichkeit und die der anderen klarer sehen als zuvor. Es macht einen Menschen weicher, daher umgänglicher; also genau das, was eine Partnerschaft unbedingt braucht. Im Falle Mustafas gibt es aber etwas, was mir große Sorgen bereitet."

Er hielt abrupt inne, stieß einen Seufzer aus und ergänzte: „Mustafa trinkt zu viel, deshalb kann er von seinen Seelenkräften, die unter dem Leiden aufblühen, keinen Gebrauch machen. Ich fürchte, dass die seelischen Knospen seines Leidens sich im Nebel des Alkoholrauschs nie öffnen würden. Denn, um aufgehen zu können, brauchen jene unbedingt die Nüchternheit des Geistes und das Licht, das der Geist auf die Dinge wirft. Ohne dieses Licht tappt der Mensch im Dunkeln."

Die Anwesenden hörten still zu. Die Erwachsenen waren verwirrt, Samira sah aber David liebevoll an. Sie schien in seinen Worten einen Trost gefunden zu haben.

„Trotzdem bin ich davon überzeugt", fügte David hinzu, „dass Gott eine aufgehende Sonne nicht erlöschen lässt; niemals! Andernfalls würde ich meine Vorstellung von Gottes Lebensplan und seiner Gnade für immer aufgeben."

„Möge es so sein, wie du meinst, lieber David!", rief Abu Karim aus. „Mögen wir Mustafa bald gesund und munter wiedersehen. Er ist ein anständiger Junge. Daran habe ich nie gezweifelt."

In diesem Augenblick zwinkerte Samiras Mutter der Tochter zu, die beiden standen auf und begaben sich in die Küche. Ihnen folgte Miriam unverzüglich. Bald kam Samira mit einem Esstuch unter dem rechten Arm zurück, breitete es aus und deckte es ordentlich. Während des Mittagsmahls waren die Anwesenden schweigsam und nachdenklich. Samira war leicht erblasst und die innere Unruhe auf ihrem Antlitz war nicht zu übersehen.

Mehrere Kilometer entfernt von seiner Samira, auf dem Weg nach Eynaltamor kämpfte Mustafa mit der letzten Kraftreserve, die er noch zur Verfügung hatte, gegen den Rest des Weges, der noch zwischen ihm und der Heimat lag. Er war bis zur Mitternacht marschiert und hatte dabei seinem erschöpften Körper nur eine kleine Rast gegönnt, indem er sich am Rande des Weges hingelegt hatte. Wenig später hatte der Schlaf ihn überwältigt, aber der nächtliche Frost hatte ihn geweckt und bis zum Tagesanbruch zitternd durch die kalte Nacht gejagt. Die Kälte, welche ihm bis ins Mark gedrungen war, verließ ihn nach dem Sonnenaufgang erst dann, als die Sonne fast senkrecht am Himmel stand. So erwärmte der Sonnenstrahl sein Herz und vertrieb das nächtliche Frösteln gänzlich aus seinem Inneren. Nun lief und schwitze er kränklich seit einigen Stunden in prallem Sonnenlicht. Trockenfrüchte hatte er noch genug, seinen Wasserbeutel hatte er aber leergetrunken und seine Kehle und trockene Zunge brannten in großem Durst nach Wasser, Wein und Alkohol. Was er jetzt empfand, war eine neue Art vom Durst, den er noch nicht kannte: Er hatte das seltsame Gefühl, sein Blut würde in den Flammen dieses Durstes bald verdunsten.

Er lief seit Stunden durch die trockene, im Sonnenlicht verbrannte Landschaft, welche die wild gewachsenen Dattelpalmen und Büsche harmonisch verzierten. Dabei war das monotone, unaufhörliche Zirpen der Grillen sein einziger Begleiter, seitdem die Sonne senkrecht über ihm stand. Während dieses qualvollen Schleppens durch die Landschaft ging es ihm hin und wieder durch den Kopf, sich am Rande des Weges zum Sterben hinzulegen und den Rest einfach der prallen Sonne zu überlassen. Dennoch, als seine zusammengekñifften Augen in den emporsteigenden Hitzewellen des Horizonts endlich die Hügelspitzen Eynaltamors erblickten, empfand er unerwartet die Erleichterung, welche sein baldiger Tod in der Werkzeughütte des Großvaters ihm bringen würde. Da wurden seine Schritte unwillkürlich schneller und als er die Plantagen erreichte, verließ er den Reitweg und bahnte sich den Rest des Weges durch die Bäume hindurch, um möglichst ungesehen ins Dorf hineinzuschleichen. Dies gelang ihm auch leicht; denn zu dieser Zeit in Eynaltamor suchten Jung und Alt in ihren Häusern Zuflucht vor den brennenden Sonnenstrahlen des Nachmittags.

So verließ Mustafa bald die Schatten der stark duftenden Feigenbäume und betrat den Gehweg, der am Schloss, seinem ehemaligen Zuhause, vorbei zu dem Steg führte, der den kleinen Bach überquerte. Danach ging der Weg schroff bis zur Spitze des Hügels hinauf, wo die Werkzeughütte stand. Als er vor sich das Rauschen des Baches vernahm, rannte er auf ihn zu und warf seine Tasche an dessen Ufer. Er sprang unverzüglich in die schnelle Strömung hinein, welche immer noch die Kälte der hohen, fernen Berge des Nordostens in sich trug. Er tauchte sein Gesicht ins kühle Wasser hinein und trank daraus, solange er noch Luft in der Lunge hatte. Alsdann drehte er sich auf den Rücken und ließ die Strömung über seinen gesamten Körper hinweg sausen. Oh, wie erquickend und belebend diese Augenblicke waren! Er atmete tief ein und aus und trank immer wieder aus dem Wasser. Nach einer Weile, als er sich aufrichtete und die Außenwände des Schlosses, die Häuser des Dorfes und hinter ihnen die von Weinreben bedeckten Hügel erblickte, vergaß er für Augenblicke, wozu er in die Heimat zurückgekehrt war. Er wollte aus dem Bach hinausspringen, voller Übermut nach Hause rennen und sich auf der Hofterrasse des Schlosses in der Sonne hinlegen. Da warf sich aber das schwarze Bild der Wirklichkeit ihm gnadenlos ins Gesicht und er wusste sogleich, dass er kein Zuhause mehr hatte. Das Bild seines besten Freundes Wahed sowie das von Abu Saleh, der ihm wie ein älterer Bruder gewesen war, jetzt aber von ihm nichts wissen wollte, drangen ihm ebenso ins Bewusstsein und verdunkelten die kleine Heiterkeit, die in der Strömung in ihm aufgestiegen war. Er verlor wieder alle Hoffnung, zwang sich aufzustehen und ging mit hängendem Kopf aus dem Bach hinaus. Den Weg zur Hügelspitze ging er zur Hälfte hinauf. Daraufhin fühlte er keine Kraft mehr in den zitternden Beinen und sank keuchend auf die Knie nieder. Er wischte sich die kalten Schweißtropfen ab, die ihm von der Stirn in die Augen herunterliefen. Alsdann sah er schweren Herzens auf Eynaltamor hinunter, auf die Stellen, wo er als Knabe jubelnd und voller Freude mit Kindern gespielt hatte. So wanderte sein Blick von Gasse zu Gasse und verweilte an einem Olivenbaum hinter dem Schloss, wo ein Mädchen ihn zum ersten Mal heimlich geküsst hatte; ihn, den schönen Mustafa, das Enkelkind des reichen, berühmten Landbesitzers Khan, welchen Jung und Alt im Dorf schätzten und gleichzeitig fürchteten. Nun gehörte er aber nicht mehr hier hin, er gehörte nirgendwohin. Ein Ausgestoßener war er, einer, den man mied und verachtete, weil er angeblich für die Dorfgemeinschaft eine Gefahr darstellte. Er stieß einen tiefen Seufzer aus, nahm seine Tasche, stand auf und zwang seine Beine zu weiteren Schritten, die gegen sein eigenes Dasein gerichtet waren; Schritte, die zur Werkzeughütte führten, wo der Galgen ihn erwartete.

Wie könnte eigentlich der Tod einen jungen Körper steuern und leiten, der noch voller Leben war!? Hatte der Tod etwa das Leben überwunden? Wenn ja, wie konnte er das? War der Tod vielleicht ein Gedanke, der im Fall Mustafa gegen das Lebendige rebelliert hatte?

Somit, überzeugt davon, dass sein Weg keineswegs hinunter, sondern nur noch hinauf zum Galgen führte, lief er aufwärts und kam bald an der Spitze des Hügels an. Dort stand die Werkzeughütte, in der sich alle Werkzeuge befanden, die für den Aufbau und die Instandsetzung der Bewässerungsanlage der Weinrebe erforderlich waren. Zu der Hütte hatte niemand außer Khan Zutritt. Sie war seit seinem Tod von niemandem betreten worden und konnte auch nicht betreten werden, weil ihre Eingangstür zugeschlossen war. Darüber hinaus hatte Khan bei jenem Ritt kurz vor seinem Tode die Seitenfenster der Hütte mit dicken Holzplatten zugenagelt, damit weder Mensch noch Sonnenlicht in ihren Innenraum eindringen konnten.

Mustafa sah sich das Schloss für eine Weile an, das an der Hüttentür hing und wegen seiner Größe ins Auge fiel. Dann griff er in seine Reisetasche und holte den Brief des Großvaters heraus. Er las die Stelle noch einmal, wo sich der Schlüssel zur Hüttentür befand. Nachdem er den Brief in seine Hemdtasche gesteckt hatte, ging er unverzüglich hinter die Hütte und sah vor sich den kleinen schwarzen Steinblock, welcher zur Hälfte in die Erde eingegraben war. Mustafa kippte ihn um und fand in der Vertiefung, die der Stein hinterlassen hatte, einen verrosteten Schlüssel, der von kleinen, rotbraunen Ameisen umgeben war. Er nahm ihn und ging zurück zur Eingangstür. Ohne zu zögern, schloss er die Tür auf und trat hinein. Aus der Türöffnung war ein schmaler Sonnenstrahl auf eine der Innenwände gefallen, an der verschiedene eiserne Werkzeuge metallisch schimmerten. Dagegen standen die restlichen Wände der Holzhütte beinah gänzlich im Dunkeln. Als Mustafa den Blick von den Werkzeugen abwandte, sah er in der Mitte des Raumes im Halbdunkel eine Galgenvorrichtung: Ein kleiner Hocker auf dem Boden und ein Strick, welcher reglos von der Decke herunterhing.

„Aus deiner Werkzeughütte hast du mir einen dunklen Sarg gemacht, du Bestie!", fluchte Mustafa seinem verstorbenen Großvater, während sein gesamter Körper leicht zitterte. Alsdann ging er aus der Hütte hinaus und sah ein letztes Mal auf sein Heimatdorf hinunter. Er konnte nicht begreifen, warum die Welt auf einmal so ungerecht und unsinnig geworden war. Menschen, die er Zeit seines Lebens geliebt hatte und von ihnen geliebt worden war, wollten plötzlich mit ihm nicht mehr zu tun haben. Selbst Imam Abdullah, der Geistliche, der es mit ihm gut meinte, hatte ihn nicht einmal fragen wollen, was die Wahrheit gewesen wäre. In der Tat hatte niemand Mustafa eine Chance gegeben, sich zu verteidigen. Alle hatten sich ihre Meinung über ihn gebildet und ihn gleich verurteilt, besser gesagt zu Tode verurteilt. Das Problem lag, wie in allen anderen Fällen, die katastrophale Folgen haben, an dieser ersten Meinung, die man sich über andere bildete. Sich Meinungen über andere zu bilden, ist zwar legitim, das Schlimme ist nur, dass der Mensch beinah immer die eigene Meinung nicht als ein Teil der Wahrheit, sondern als die ganze Wahrheit betrachtet. Wer würde denn eigentlich voller Überzeugung behaupten, dass sein Geist als Mensch nur Teilwahrheiten reflektieren könne und niemals die ganze Wahrheit!?

Diese Art von Meinungsbildung hatte nun dazu geführt, dass Mustafas Lebensweg nicht mehr den Hügel hinunter, sondern nur noch in die Werkzeughütte hinein auf den kleinen Hocker führte. Er hatte in der Tat keine Zukunft mehr, weil man ihm seine Gegenwart geraubt hatte. Aber das Leben findet doch nur in der Gegenwart statt; denn nur in der Gegenwart und durch sie kann der Mensch wachsen. Hätte aber das Leben ohne Wachstum einen Sinn!? Mustafa wollte nicht mehr in einer Welt leben, die ihm alle Wachstumschancen genommen hatte. Somit blickte er auf, sah zum Horizont hin und glitten folgende Worte sanft über seine kreideweißen Lippen: „Lebe wohl, Samira, meine Liebste! Du hast an mich geglaubt und mich gekannt wie kein anderer Mensch auf der Welt; daher konnte mich keiner so lieben wie du!

Lebt wohl lieber David, liebe Miriam! Habt vielen Dank für all das, was ihr für mich getan habt! Ihr wart und seid meine wahren Freunde; für immer und ewig!"

Mit Gewissheit, dass er nun die Welt zum letzten Mal erblickte, sah er noch einmal auf das Heimatdorf hinab und ließ den Blick langsam über dessen Häuser und Gassen hinweg streifen. Nach einer Weile wandte er sich um und betrat die Hütte. Er stieg auf den Hocker, nahm den Strick und steckte den Kopf in seine Rundung. Alsdann zog er sie eng um seinen Hals und sah zur Tür hinüber, um das Licht der Welt ein letztes Mal zu erblicken. In diesem Moment rief er den Namen Gottes aus und trat den Hocker kräftig beiseite. Kaum verspürte er den erwürgenden Druck des Stricks um seinen Hals, da fühlte er so, als ob man ein schwarzes Tuch über sein Gesicht geworfen hätte. Er tauchte plötzlich in eine tiefe Finsternis hinein und vernahm mitten in dieser Finsternis ein massives Krachen über sich. Ihm kam es vor, als ob er auf einmal in eine tiefe Schlucht hinuntergestürzt und die ganze Schlucht über ihm zusammengebrochen wäre. Er prallte gegen den Boden und machte zaghaft die Augen auf. Der Strick hing noch an seinem Hals herunter. Auf seinem rechten Oberschenkel lag ein gebrochenes, dünnes Holzbrett und zwischen seinen Beinen und um ihn herum lagen die weiteren Bruchteile desselben. Er sah sich um und fand hinter sich den längeren Teil des gebrochenen, dünnen Holzbrettes. Völlig verwirrt saß er nun auf dem Boden der Hütte und sein gesamter Körper zitterte heftig. Sein Herz raste wie verrückt, er stand unter Schock und konnte nicht begreifen, was indessen passiert war. Während er langsam zu sich kam und seine Umgebung besser wahrnehmen konnte, sah er zwischen seinen Beinen, in seinem Schoß und überall auf dem Boden lauter Münzen liegen, welche in schwachem Licht der Türöffnung golden schimmerten. Er sah diese mit ungläubigem Staunen an und konnte vorerst seinen eigenen Augen nicht trauen. Er schaute sich die Münzen für eine Weile genauer an. Dann fasste er sie an und nahm ein Stück davon. Diese fühlte sich echt an und glänzte golden. Er blickte zur hölzernen Decke hinauf. Aus ihrer Mitte, dort wo eines der Deckenbretter fehlte, drang ein schwaches Licht in den Raum herunter. Als Mustafa das gebrochene, dünne Holzbrett, das auf seinen Oberschenkel gefallen war, aufhob und es genauer betrachtete, wurde ihm klar, dass es das Brett war, an dem der Galgenstrick befestigt worden war. Es konnte seinem Gewicht nicht standhalten und war krachend gebrochen, sobald Mustafa den Hocker beiseitegetreten hatte. Da leuchtete ihm ein, dass dieses eine Brett deswegen so dünn war, weil es tatsächlich brechen sollte, und all die Goldmünzen, die auf dem Boden lagen, nur hinter diesem einen Brett gewesen sein könnten. In diesem Augenblick enthüllte sich Mustafa blitzschnell das ganze Szenarium seines Großvaters; von dessen letztem Brief bis zum jetzigen Moment, in dem er mitten zwischen den Goldmünzen auf dem Boden der Werkzeughütte saß. Nun wurde ihm plötzlich der Ernst der Lage bewusst. Er befreite sich hastig vom Galgenstrick um seinen Hals, stand auf und eilte auf die Eingangstür zu. Da fiel er hin und merkte sogleich, dass seine zitternden, kraftlosen Beine ihn nicht tragen konnten. Er holte tief Luft und begann seine Oberschenkel zu massieren. Nach einer Weile richtete er sich auf, ging langsam auf die Hüttentür zu und trat hinaus. Nachdem er jene zugeschlossen hatte, zog er den verrosteten Schlüssel aus dem Schloss heraus, steckte ihn in seine Hosentasche und lief auf zitternden Beinen langsam den Hügel hinunter. Auch hier wurde ihm bald klar, dass seine Knie ihn nicht tragen konnten. Er fiel wieder hin, rollte hinab und stand auf. Nachdem er endlich am Bach angekommen war, überquerte er ihn geschwind und lief entlang der Strömung, bis er eine der Dorfgassen erreichte, die direkt zu Abu Salehs Haus führte.

Kapitel 3

Die pralle Sonne hatte die Gasse mit dem blendenden Licht erfüllt. Darin stand ein Kind und spielte mit einem hölzernen Spielzeug im Schatten der Hofmauer. Es rannte fluchtartig weg, sobald es Mustafa taumelnd auf sich zukommen sah. Als Mustafa an Abu Salehs Haustür ankam, klopfte er hastig an ihren eisernen Türklopfer. Wenig später machte Abu Salehs Frau Hosniehe die Tür auf. Sie schreckte entsetzt zurück, als sie Mustafas bärtiges, bleiches Gesicht erblickte, worüber lange Haarsträhnen wirr herunterhingen. Sie ging einen Schritt zurück und fragte misstrauisch, was der Fremde wolle.

„Kennst du mich denn nicht mehr, Hosniehe!? Ich bin es, Mustafa!!", entgegnete Mustafa keuchend mit einer kehligen, kaum hörbaren Stimme.

Da stieß die Frau einen Schrei des Schreckens aus und lief sofort aufs Haus zu, während sie laut den Namen ihres Mannes rief. Abu Saleh sprang besorgt aus dem Hausflur heraus und fragte, was mit ihr los sei.

„Mustafa steht vor der Haustür!", rief sie keuchend. „Beeile dich! Er sieht aus wie ein Toter, der ebengerade auferstanden wäre!"

Da sprang ihr Mann unverzüglich in den Hof und eilte auf die Haustür zu. Als er Mustafas Angesicht erblickte, erschrak er ebenso und fragte misstrauisch: „Bist du es, Mustafa!?"

Kurz darauf erkannte er Mustafas halbgeöffnete Augen in den tiefen Augenhöhlen. Er rief stöhnend den Namen Gottes aus und umarmte Mustafa. Dann half er ihm in den Hof herein und als er merkte, dass Mustafa keine Kraft in den Beinen hatte, nahm er ihn auf seine starken Arme und trug ihn auf die Hofterrasse hinüber. Dort legte er ihn in den Schatten und brüllte seine Frau an: „Siehst du denn nicht, dass Mustafa fast verdurstet ist!? Hol schnell Wasser!"

Indessen hatten Abu Salehs kleiner Sohn und die ältere Schwester die Hofterrasse betreten und schauten sich verwundert Mustafa an. Bald kam ihre Mutter mit einem Krug und einer Schale in den Händen aus dem Haus heraus. Abu Saleh half Mustafa sich aufzurichten und hielt ihm die mit Wasser gefüllte Schale vor den Mund. Mustafa öffnete sachte die erbleichten Augenlider und trank die Schale aus.

„Du sollst auch etwas essen!", drang Abu Saleh. Er wandte den Blick zu seiner Frau um und sagte: „Hol ihm etwas zu essen!"

„Nein!", rief Mustafa leise aus. „Hol du lieber zuerst die Goldmünzen! Sie sind wichtiger!"

„Welche Goldmünzen!? Was meinst du damit!?", fragte der andere verwirrt.

„In der Werkzeughütte", murmelte Mustafa leise. Er griff sogleich in seine Hemdtasche und hielt ihm den Brief seines Großvaters entgegen. Abu Saleh nahm das Schreiben und begann zu lesen. Nachdem er es zu Ende gelesen hatte, sah er verdutzt auf und schaute sich mit ungläubigen Augen Mustafa an. Er entdeckte unterhalb seines Bartes sogleich die rote Linie, welche der Galgenstrick um Mustafas Hals hinterlassen hatte. Da stieß er einen tiefen Seufzer aus und sprang auf.

„Warte!", rief Mustafa. Er nahm aus seiner Hosentasche den Schlüssel zur Hüttentür heraus, Abu Saleh nahm ihn, sprang unverzüglich in den Hof und verschwand hinter der Haustür, die er hastig hinter sich zuzog. Draußen in den Gassen ging er gemessenen Schrittes, um kein Aufsehen zu erregen. Sobald er den Bach überquert und den Gehweg zur Hügelspitze betreten hatte, stieg er den Hügel so schnell er konnte hinauf. Oben an der Hügelspitze sah er Mustafas Reisetasche neben der Eingangstür der Werkzeughütte liegen. Er nahm diese, schaute sich prüfend um, schloss die Tür auf und trat hinein. In der Hütte herrschte eine atemlähmende Hitze. Da sah er staunend auf die vielen Goldmünzen hinab, welche überall auf dem Boden schimmerten. Er begann sie unverzüglich aufzusammeln und in die Reisetasche zu werfen. Währenddessen stieß er auf den Galgenstrick, der neben dem länglichen Bruchteil des gebrochenen Deckenbretts lag. Kurz danach fand er zwischen den kleineren Bruchteilen desselben Bretts einen Papierfetzen. Darauf erkannte er sofort Khans Handschrift. Er eilte mit dem Stück Papier in der Hand zur Eingangstür und las im Tageslicht den folgenden Satz: „So wie Krankheit den Keim der Genesung in sich trägt, so trägt auch der Tod den Keim des Lebens in sich. Khan „

Er steckte den Fetzen Papier in seine Hosentasche und sammelte die restlichen Goldmünzen schnell auf. Nachdem er die Hüttentür abgeschlossen hatte, stieg er den Hügel in größter Eile hinunter und ging entlang des Baches im Schritttempo nach Hause. Währenddessen dachte er an die Münzen und daran, wie Mustafa damit eine neue Existenz gründen könnte. Da ging ihm plötzlich die Frage durch den Kopf, was wäre wenn Mustafa auch diesen Besitz verhauen würde, sowie er die Gelder zunichte gemacht hatte, die ihm für die Ausbildung in der Großstadt mitgegeben worden waren. Kurz darauf trat

er in den Hof seines Hauses hinein. Während er aufs
Haus zusteuerte, kam seine Frau Hosniehe aus dem Gebäude heraus und sagte, sie hätte Mustafa ins Gästezimmer geführt: „Hier auf der Terrasse war es zu warm
für ihn. Er ist im Gästezimmer gleich eingeschlafen. Er
ist erschöpft und völlig kraftlos. Der Schlaf wird ihm gut
tun."

„Sorge dafür, dass die Kinder ihn nicht wecken!", sagte
Abu Saleh und händigte ihr gleichzeitig die Reisetasche
aus. „Die Tasche ist voller Goldmünzen. Sie hat ihm sein
Großvater Khan hinterlassen. Dafür ist Mustafa beinah
gestorben. Ich habe dir öfters von Khan erzählt. Die Güte
dieses Mannes mir und der Dorfgemeinschaft gegenüber
kannte keine Grenzen. Dennoch steckte er immer voller
Überraschungen, voller schrecklicher Überraschungen."

Hosniehe öffnete die Tasche, betrachtete mit ungläubigem Staunen den Haufen glänzender Goldmünzen und
schüttelte den Kopf: „Ich hätte nie gedacht, so viele
Goldmünzen jemals zu Gesicht zu bekommen!"

„Verstecke die Tasche sehr gut!", ermahnte sie Abu
Saleh. „Über diese Sache darfst du kein Wort verlieren.
Diese Goldmünzen sind Mustafas Zukunft. Ohne sie
wird er sich bestimmt das Leben nehmen. Das hat er ja
vor kurzem versucht."

„Was heißt, das hat er vor kurzem versucht!?", fragte
Hosniehe verwirrt. „Heißt das, er hätte versucht, sich
das Leben zu nehmen!?"

„Setze dich hin!", verlangte Abu Saleh unverhofft. „Ich
lese dir jetzt Khans letztes Schreiben vor. Das Schreiben,
das nur von Mustafa gelesen werden durfte; der Brief,
den Khan ergänzend zu seinem Testament an Mustafa
geschrieben hatte. Erinnerst du dich daran? "

Seine Frau nickte bejahend und Abu Saleh begann den Brief vorzulesen. Am Ende sah Hosniehe ihren Mann mit rund gewordenen, ungläubigen Augen an. Sie war sprachlos und schüttelte entsetzt den Kopf: „Was für ein Unmensch, dieser verdammte Khan!!", sagte sie, während sie ihre Tränen von den Wangen wischte.

Nun gingen die beiden ins Wohnzimmer, wo die Kinder miteinander spielten. Sobald sie das Zimmer betraten, fragte das kleine Mädchen, wer der hässliche Fremde sei und warum er so furchtbar stinke.

„Er ist nicht hässlich! Und er ist auch kein Fremder!", erwiderte ihre Mutter. „Er ist Mustafa, dein Onkel Mustafa. Er hat jetzt nur einen Bart, ist krank und braucht viel Schlaf. Wenn er genug schläft, wird er gesund und er wird wieder gut riechen. Er kann aber genug schlafen, wenn ihr beide leise spielt und ihn nicht weckt."

Die Kinder hörten aufmerksam zu und sahen sich gegenseitig an, nachdem ihre Mama zu Ende gesprochen hatte.

Ähnlich wie ein Ohnmächtiger schlief Mustafa lange und tief. Erst am frühen Morgen des nächsten Tages öffnete er zaghaft die Augenlider. Kaum hatte er die Zimmerwände des Raumes im morgendlichen Dämmerlicht wahrgenommen, da begann sein Herz zu rasen und sein gesamter Körper zu zittern. Er fühlte sogleich einen erwürgenden Druck um seinen Hals und wurde ihm das Atmen schwer. Er wollte schreien, konnte aber nicht. In seinem Bemühen, sich von jenem Druck zu befreien, schlug er blind um sich. Da prallte seine linke Hand mit voller Wucht gegen die Wand und er wachte auf. Ihm stand der kalte Schweiß in dicken Tropfen auf der Stirn und seine Hand tat ihm weh. Nun wurde ihm bewusst, wo er war und was gestern Mittag in der Werkzeughütte vorgefallen war. Er spähte umher und wurde im Halbdunkel auf den silbern schimmernden Fensterrahmen aufmerksam. Je mehr seine Augen sich dem schwachen Licht der Morgendämmerung anpassten, umso normaler wurde sein Herzklopfen und umso mehr verflüchtigten sich seine beklemmenden Ängste. Als ob die bewusste Wahrnehmung der Gegenwart das Unbewusste, das Vergangene gänzlich reinigen wollte, drang nun die neue Wirklichkeit, die Kraft des Moments, ihm aufbauend ins Bewusstsein. Ein neuer Tag hatte sich wieder unbemerkt an Mustafa herangeschlichen und er fürchtete ihn heute zum Glück nicht mehr. Denn, im Gegenteil zu den letzten Tagen, an welchen die Sonne ihm störende Hitze brachte, ihn weckte und ihm die schreckliche Aussicht seines langsamen Verderbens ins Gesicht warf, machte ihm jetzt das Tageslicht keine Angst mehr. Anstatt zu fürchten, die Last eines neuen Tages auf seinen schwachen Schultern wieder tragen zu müssen, tauchte nun plötzlich Samiras lächelndes, verliebtes Gesicht in seiner Seele auf. Dies tat Mustafa gut. Er schloss die halb geöffneten Augen wieder, um Samiras Antlitz klarer sehen zu können. Er sah tief in ihre Augen und betrachtete sie genauer: Sie waren sorglos, glänzten liebevoll und schienen aus einer fernen Welt voller Zuversicht zu ihm herüberzuschauen; aus der Welt der Träume. Sie strahlten einen tiefen Frieden aus und waren erfüllt mit großer Zufriedenheit. Sie schienen von ihm nichts zu wollen als sein Wohlbefinden. Mitten in jenen Augen nahm Mustafa allmählich das Bild eines friedlichen Meeres wahr, das langsam zu schwingen begann. Es war am Wasserspiegel kristallklar, in der Tiefe azurblau und zum Strand hin Türkis und bald Smaragdgrün, wo die Palmen ihre Schatten auf seine schaumigen Wellen geworfen hatten. Vom Strand aus sah er, wie aus den schwankenden Schäumen am Wasserspiegel eine Welle wurde, die sich zur Küste hin sachte in Bewegung setzte. Über dieser wirbelte ein Wind, eilte auf Mustafa zu und flüsterte ihm folgende Botschaft ins Ohr: „Wach auf, Liebster! Mach deine Augen auf, erblicke das Tageslicht und fürchte die Sonne nicht mehr! Verbanne Angst aus deinem Blut, habe Mut!"

Durch Mustafas Herz huschte plötzlich ein feiner Schmerz. Er atmete tief ein und aus und füllte seine Lunge mit der erquickenden Atemkraft. Alsdann richtete er sich auf und dachte an die Worte, die er halb wach, halb im Traum vernommen hatte. Da schaute er sich um und versuchte sein Umfeld besser wahrzunehmen. Ihm fiel es auf, dass der Raum stank. Ein ekelerregender Geruch hatte die Stube gänzlich gefüllt. Mustafa erschrak, als er merkte, dass es sein eigener Geruch war. Er sprang auf und verließ eilig die Stube und das Haus. Über die Terrasse sprang er in den Hof und steuerte sogleich auf den Hofbrunnen zu. Sobald er an diesem ankam, ließ er den Brunneneimer in die Tiefe hinunter. Wie gewöhnlich wartete er für eine Weile, damit der Eimer nach dem Aufprall ins Wasser hinein tauchte. Alsdann drehte er des Brunnens Rad in entgegengesetzter Richtung und zog den vollen Eimer aus der Tiefe herauf. Die Ereignisse der letzten Tage hatten an Mustafas Kräften viel zu sehr genagt, daher gelang es ihm nur mit großer Mühe, den Eimer heraufzuziehen. Als er im dämmernden Tageslicht endlich das schwankende Wasser des Brunneneimers erblickte, zog er ihn zu sich und stellte ihn auf die dicke Umrandung des Hofbrunnens. Neben der runden Brunnenmauer befand sich der Rest einer zur Hälfte verbrauchten Seife. Damit wusch er sich gründlich, nachdem er die Hälfte des Wassers über sich geschüttet hatte. Kaum hatte er die andere Hälfte über sich gegossen, da hörte er unversehens Abu Salehs Stimme hinter sich: „Guten Morgen, Mustafa!"

Er drehte sich um und sah Abu Saleh auf der Hofterrasse stehen. Dieser stand wie ein Schatten im Zwielicht der Morgendämmerung.

„Entschuldige, dass ich halbnackt vor dir stehe!", sagte Mustafa.

„Wieso entschuldigst du dich!? Du bist ja kaum zu sehen", entgegnete Abu Saleh. „Ich habe im Hof das Plätschern des Wassers gehört und dachte, du könntest Seife und Handtuch gebrauchen."

„Seife nicht, aber ein Handtuch!", verlangte Mustafa. „Hast du die Goldmünzen geholt?"

Da sprang Abu Saleh unversehens in den Hof, eilte auf Mustafa zu und mahnte ihn zischend: „Über die Goldmünzen spricht man nicht laut!! Die Mauern haben Mäuse und diese haben Ohren! Klar habe ich die Münzen geholt! Ich habe genau 150 Stück gezählt."

Mustafa nahm ihm das Handtuch ab, trocknete sich damit ab und sah zu Abu Saleh auf, dessen Gesicht sich nun besser erkennen ließ.

„Du bist sehr geschwächt!", sagte Abu Saleh. „Seit wann hast du nicht gegessen?"

„Seit zwei Tagen", antwortete Mustafa. „Trotzdem habe ich mehr Durst nach Wein als Lust aufs Essen. Als ob anstatt Blut sich Feuer in meinen Adern dreht, brennt es seit Monaten tief in meinem Inneren. Ich bin nicht mehr so gesund, Abu Saleh!"

Mustafa hielt kurz inne und Abu Saleh sah ihn verwundert an. Er war nicht überrascht, das Wort „Wein" zu hören und dachte gleich an das, was alle im Dorf über Mustafa erzählten.

„Ich bin seit mehreren Monaten nichts anderes als ein trockenes Laub auf den Wellen einer Riesenströmung", setzte Mustafa fort. „Diese Strömung heißt Wein. Ich will mich von ihm nicht mehr treiben lassen. Nicht nur deswegen, weil ich jetzt Geld habe und kein Obdachloser mehr bin, sondern vor allem weil ich jetzt nachholen möchte, was ich versäumt habe." Er hielt nochmal inne und senkte nachdenklich den Blick.

„Komm Mustafa!", hallte Abu Salehs männliche Stimme plötzlich durch die morgendliche Stille. „Lass uns auf die Terrasse gehen! Dort kannst du mir alles erzählen."

Mustafa nickte und ging ihm nach. Während sie die Stufen zur Hofterrasse hinaufstiegen, sagte Abu Saleh, er ginge nun rein und hole ihm saubere Kleider zum Anziehen. Mustafa blieb draußen, zog seine nasse Hose aus und wickelte das Handtuch um sich. In diesem Augenblick erschrak ihn unversehens das laute Krähen eines Hahns aus dem Nachbarhaus. Abu Saleh erschien bald wieder auf der Terrasse und reichte Mustafa ein paar trockene Kleiderstücke, die ihm selbst gehörten. Nachdem der andere die Kleider angezogen hatte, fragte ihn Abu Saleh: „Du sagtest, du musst nachholen, was du versäumst hast. Was hast du denn versäumt?"

„Ich habe der Liebe einer Frau entsagt, die mir mehr bedeutet als mein eigenes Leben", antwortete Mustafa.

„Ich wünschte, ich hätte eine andere Wahl. Ich war krank und obdachlos, hatte weder Zukunft noch Gegenwart. Mein einziger Trost war Wein. Was hätte ich denn ihr als Obdachloser anbieten können außer Elend und Armut!? Ich war ein gebrochenes Schiff, das zur Hälfte versunken war. Wie könnte ich denn eine Frau, die mich über alles liebt, mit mir in die Tiefe reißen!?“

„Erzähle mir mehr von ihr!“, verlangte Abu Saleh abrupt. „Erzähle mir alles!“

„Samira habe ich im Diwan ihres Vaters kennengelernt“, fuhr Mustafa fort. „Nachdem ich erfuhr, dass mein Opa mich enterbt hatte, nachdem du und alle anderen im Dorf mir das Gefühl gegeben hattet, dass ich weder ein Zuhause noch eine Heimat mehr hatte, verließ ich Eynaltamor und suchte beim Imam Mohammad in Romeysehs Hauptmoschee Zuflucht. Dort kam ich als Talib für eine Weile unter, konnte aber meinen Pflichten als solcher nur halbwegs nachkommen. Zuerst dachte ich, das läge darin, dass ich als junger Mensch mein Leben in der Moschee vergeude. Dies habe ich auch dem Imam mitgeteilt. Er zeigte Verständnis für mich und besorgte mir bei Samiras Vater Abu Karim eine Arbeit. Ich sollte in seinem Diwan als Kellner arbeiten. Dort wurde mir bald während der Arbeit klar, dass ich nicht mehr ganz gesund war. Mein Herz machte bei der Arbeit plötzlich nicht mehr mit. Ich bekam hin und wieder schreckliche Krämpfe im Herzen. Meine Enterbung hatte in mir eine tiefe Wunde hinterlassen, die mich nicht arbeiten ließ. So hat mich Abu Karim rausgeschmissen, ohne wissen zu wollen, was der Grund für meine Krämpfe war. Davor hatte ich mich in seine Tochter Samira verliebt und sie in mich. Da ich wenig Geld hatte, beschloss ich im Freien zu schlafen, anstatt ein Zimmer zu mieten. Ich habe unter einem Baum außerhalb der Stadt übernachtet. Die erste Nacht verlief gut. Am Tag danach hat mich Samira am Stadtrand kurz vor Mittagszeit geweckt. Sie hatte mir das Mittagsmahl gebracht und gab mir dazu noch einige Goldmünzen, die ihr gehörten. Sie hielt also zu mir, obwohl sie wusste, dass ich obdachlos und krank war. Dazu noch hatte sie sich auch in die gefährliche Lage gebracht, als Frau alleine mit mir außerhalb der Stadt gesehen zu werden. Das machte mir klar, wie sehr sie mich liebte. An diesem Tag suchte ich bis zum Abend vergeblich Arbeit. Danach ging ich verzweifelt zu dem Baum am Stadtrand zurück, unter dem ich die vorige Nacht verbracht hatte. An diesem Abend half mir Wein wieder, meiner Verzweiflung zu entfliehen, indem ich betrunken einschlief. Das war die zweite Nacht, die ich im Freien verbrachte. An dieser Nacht wurde ich von einem Räuber überfallen, der es auf meine Goldmünzen und mein Leben abgesehen hatte. Er warf sich auf mich und kurz bevor er mich erwürgte, schlug ich ihn zurück. Dann trat ich ihm einige Male ins Gesicht. Beim letzten Mal sah ich im Dunkeln sein Messer nicht und er stach es mir bis zum Griff in den Oberschenkel.“

Nun zog Mustafa sein linkes Hosenbein hoch und zeigte die dicke Narbe, die der Messerstich hinterlassen hatte. Abu Saleh wurde sofort kreideweiß im Gesicht, sobald er die Narbe erblickte. Er stieß einen tiefen Seufzer aus und hielt sein Gesicht plötzlich in den Händen, unter welchen seine Tränen herunterliefen. Mustafa schwieg. Nach einer Weile sagte Abu Saleh mit bedrückter Stimme, er solle weitererzählen.

„Nachdem der Räuber mir entkam, machte ich mich mit meinem verletzten Bein auf den Weg zur Hauptmoschee, wo man mich kannte", fuhr Mustafa fort. „Bald wurde mir aber klar, dass ich in jenem Zustand nicht sehr weit kommen könnte. Da sah ich in der Nähe das Haus des Christen, der mir Wein verkauft hatte und mich immer freundlich empfangen hatte. Ich klopfte an seiner Tür und er und seine Frau nahmen mich zum Glück auf. Er schien von Medizin Ahnung zu haben. Er behandelte die Schnittwunde und ließ mich solange in seinem Haus bleiben, bis die Wunde heilte. Bevor ich sein Haus verließ und mich wieder auf die Arbeitssuche machte, gab er mir das letzte Schreiben meines Großvaters, den Brief, den ich dir gestern in die Hand drückte. Draußen las ich ihn vorerst nicht und machte mich sofort auf die Arbeitssuche. Wieder vergeblich! Ich suchte den ganzen Tag Arbeit, bis ein Vorarbeiter mir am Abend sagte, ich sähe krank aus und hätte keine Chance, eine Arbeit zu finden. Er hatte mich durchschaut und sagte die Wahrheit. So schlief ich wieder eine weitere Nacht völlig verzweifelt im Freien. Als ich am Tag darauf aufwachte, wollte ich die Augen nicht mehr aufmachen, weil ich die Welt einfach nicht mehr sehen wollte. Da ist mir Opas Brief plötzlich in den Sinn gekommen. Ich las ihn und wurde mir danach ganz klar, dass ich keinen einzigen Tag länger leben wollte."

„Was ist aus Samira geworden?", fragte Abu Saleh leicht benommen. „Hast du sie wieder gesehen?"

„Nein!", antwortete Mustafa knapp. „Nachdem ich bei der christlichen Familie untergekommen war, habe ich das Ehepaar gebeten, Samira die Botschaft zu überbringen, dass ich am Leben bin. Dazu sagte ich noch, sie dürfte nicht wissen, wo ich mich aufhalte, solange ich noch nicht gesund bin und keine Arbeit habe. Ich wollte sie nur dann wiedersehen, wenn ich ihrer Liebe würdig wäre, also wenn ich ihr eine Zukunft bieten könnte."

„Jeder andere hätte in deiner Lage Samiras Liebe ausgenützt, um sich über Wasser zu halten", erwiderte Abu Saleh unversehens. „Du bist aber bereit gewesen, selber unterzugehen, ohne sie davon wissen zu lassen. Oh, wie blind wir alle waren!! Wir, die daran glaubten, du würdest die Plantagen und alles, wofür Khan und seine Leute Zeit ihres Lebens hart geschuftet haben, leichtsinnig zunichtemachen, sobald du den gesamten Besitz deines Großvaters erben würdest."

„Wie konnten unsere Leute so von mir denken!?", fragte Mustafa verwirrt und wütend.

„Wir dachten so von dir, weil Khan so von dir dachte", gestand Abu Saleh. „Sonst hätte er dich, einen aus eigenem Blut und Fleisch, nicht ins Elend gestürzt."

Mustafa hielt sein Gesicht plötzlich in den Händen. Kurz darauf griff er mit den Fingern durch seine Haare und zog heftig an ihnen. Abu Saleh hielt seine Hände fest und flüsterte ihm beschwichtigend ins Ohr: „Lass deine Haare los, Bruder! Dir wurde genügend Leid zugefügt. Tu dir das nicht an! Lass die Haare los!"

Er küsste Mustafa mehrmals die Hände und das Haupt, bis er seine Haare endlich losließ und schluchzend in Abu Salehs Armen zusammensank. Dieser ließ Mustafa nicht los, bis er zu Ende geweint hatte. Währenddessen versuchte er ihn unablässig zu beschwichtigen: „Nun ist alles gut! Du bist wieder zuhause, in deiner Heimat! Es gibt keine Vergangenheit mehr. Sie ist tot. Du hast jetzt alles, was du brauchst! Ich reite schon heute nach Romeyseh und bringe dir deine Samira. Das verspreche ich dir! Ich werde auch dafür sorgen, dass du das Schloss zurückbekommst. Deine Kinder sollen dort aufwachsen, wo ihr Vater und Großvater aufgewachsen sind."

Nachdem er Mustafa losgelassen hatte, hob er die Hände in Gebetshaltung zum Himmel und betete: „Danke dir Gott dafür, dass du meinen Bruder wieder nach Hause geführt hast! Und vergebe mir das, was ich ihm angetan habe! Vergib mir und den anderen Blinden im Dorf unsere falschen Gedanken über ihn!"

Nun ging er eilenden Schrittes in die Küche und machte ein reichliches Frühstück. Er brachte es auf die Hofterrasse und die beiden begannen still zu frühstücken. Schließlich sah Mustafa auf und sagte: „Wenn die Liebe zu Samira mein wundes Herz nicht beständig gewärmt hätte, wäre es schon längst in den finsteren, kalten Tagen und Nächten eingefroren, in denen ich um mein Leben ringen musste."

„Davon bin ich überzeugt", bestätigte Abu Saleh. Alsdann schaute er hinauf und sah sich am Himmel die von den ersten Strahlen der Sonne feurig durchsetzten Wolkenfetzen an. Diese hingen wie ein farbenprächtiges Gemälde am hellblauen Himmel und gaben Kund von der Sonne, die sich noch hinter den östlichen Bergen befand. „Merkwürdig wie schnell sich die schwarzen und dreckigen Vorurteile in der Seele der Menschen anhäufen können!!", fügte Abu Saleh hinzu, ohne den Blick vom Himmel abzuwenden. „Wie viel Zerstörung und Kälte sie mit sich bringen und wie schnell sie wieder verschwinden, sobald das Licht der Wahrheit auf sie gefallen ist!! Was am Ende bleibt, ist immer ein tiefes

Gefühl der Reue. Jeder falsche Gedanke, den ich über dich gehegt habe, ist mir jetzt wie eine Ohrfeige ins Gesicht. Das kannst du mir glauben!"

„Du hast es wiedergutgemacht, indem du mich in meiner Not nicht weggeschickt hast", entgegnete Mustafa. „Das weiß ich auch sehr zu schätzen, als du meintest, du würdest Samira zu mir bringen. Ehrlich gesagt, gesund bin ich noch nicht, und ich brauche jetzt Samira mehr als alles andere in der Welt. Sie war und ist die beste Salbe auf meinen Wunden. Bring sie zu mir, sobald du kannst! Davor schließe mich aber im Schloss ein und sorge dafür, dass ich solange nicht raus kann, bis mein Blut ganz gereinigt ist; gereinigt von diesem verdammten Durst nach Wein. Ich fürchte, dass ich sonst der Versuchung nicht widerstehen kann. Ich will nicht, in mein inneres Feuer noch mehr Brennstoff, also noch mehr Alkohol hineingießen. Ich muss es schaffen, sonst es hätte keinen Sinn, Samira hierher zu holen."

„Verstehe!", bestätigte Abu Saleh. „Es wird einige Tage dauern, bis ich mit ihr und ihrer Familie in Eynaltamor bin. Bis dahin schließe ich dich im Schloss ein. Du sollst viel Wasser trinken. Und du sollst viel schlafen und gut essen, sobald du wieder Appetit hast. Während ich nicht da bin, wird Hosniehe dafür sorgen, dass du bekommst, was du brauchst; vor allem viel frisches Wasser."

In diesem Augenblick lenkte eine Frauenstimme die Aufmerksamkeit der Männer auf sich: „Guten Morgen!"

Abu Salehs Ehefrau Hosniehe stand auf der Terrasse und fragte, ob die Sitzenden Wasser wollten. Diese grüßten zurück, sie ging ins Haus hinein und kam bald mit einem Krug und zwei Schalen in den Händen zurück. Nachdem sie den Männern Wasser eingeschenkt hatte, wischte sich Mustafa mit dem Ärmel die dicken Schweißtropfen von der Stirn und sagte mit schwacher Stimme: „Danke, Hosniehe! Wasser tut gut, aber es kann meinen Durst nicht löschen. Als ob Feuer in meinen Adern kreist, brennt es unaufhörlich in mir. Das Verlangen nach Wein erwürgt mich beinah."

Das Ehepaar merkte es Mustafa an, dass seine Hände zitterten. Als ob er Atemnot hätte, atmete er schnaufend. Hosniehe geriet in Panik und schaute ihren Mann besorgt an.

„Geht es dir nicht gut, Mustafa?", fragte Abu Saleh sorgenvoll.

Mustafa schüttelte verneinend sein kreideweißes Gesicht und versuchte das Zittern seiner Hände unter Kontrolle zu bekommen, indem er seine Finger fest ineinander krallte. Alsdann murmelte er mit flehender Stimme: „Hilf mir, Abu Saleh! Alleine schaffe ich es nicht!"

Abu Saleh legte seine breiten, starken Hände auf Mustafas Schultern, sah ihm eindringlich in die Augen und sprach: „Ich schwöre bei Allah, ich werde dich aus der Hölle herausholen, in sie dich dein Großvater hineingeworfen hat. Dabei muss ich dir aber eines sagen: Was ich für dich tun kann, hängt ganz allein von deinem Willen ab; denn ohne deinen festen Vorsatz und deine Ausdauer werde ich scheitern. Die Einsperrung im Schloss ist bloß ein Mittel, die Rettung liegt aber allein in deiner Hand."

Mustafa konnte kein Wort mehr über die Lippen bringen. Er nickte nur, beugte den Oberkörper nach vorn und hielt mit den Händen seine Oberarme fest, als ob er stark fröstelte. Sein Gesicht wirkte nun blasser als zuvor und sein gesamter Körper hatte zu zittern begonnen.

„Komm, lass uns in die Gästestube gehen!", rief Abu Saleh besorgt. „Du bist noch schwach und müde, du brauchst Schlaf!"

„Sperre mich ein und lass mich nicht hinaus!", unterbrach ihn Mustafa stotternd. „Einer von uns muss sterben: ich oder die Bestie in meinem Blut."

Abu Saleh schaute verlegen seine Frau an. Nach einer Weile sprang er plötzlich auf und sagte: „Ich bringe Mustafa ins Schloss. Du gehst schnell zum Imam Abdullah und sagst ihm, ich bräuchte dringend den Schlüsselbund des Schlosses. Beeile dich, damit du da bist, bevor wir am Tor angekommen."

Hosniehe nickte und ging sofort ins Haus hinein, um ihren Schleier zu holen. Kurz danach sprang sie in den Hof und verschwand hinter dem hölzernen, alten Türflügel, den sie quietschend hinter sich zuzog. Wenig später folgten ihr die Männer in die Gasse. Mustafa hatte sich auf Abu Salehs Schulter gestützt. Das Zwielicht der Morgendämmerung erfüllte die Gassen immer noch und die Rufe des Allaho Akbars waren zum Glück noch nicht zu hören. So konnten die beiden langsam voranschreiten, ohne gesehen zu werden. Bald vernahmen sie das Rauschen des Baches, welcher an der steinernen Hofmauer des Schlosses vorbeifloss. Als Mustafa das Plätschern der Strömung hörte, machte er die schweren Augenlider auf und fragte, ob sie angekommen wären.

„Nur noch ein paar Schritte und du bist wieder zuhause", antwortete Abu Saleh keuchend. „Dort, wo du geboren bist, wirst du in den nächsten Tagen noch einmal geboren. Deine Wiedergeburt wird wie jede andere Geburt mit Schmerz verbunden sein. Worauf es ankommt, ist aber nicht der Schmerz, sondern die Fähigkeit, neu zu beginnen."

Die letzten Worte Abu Salehs konnte Mustafa nicht mehr hören; denn seine Augenlider waren wieder gesunken und seine Seele befand sich nun wieder in einer finsteren Welt, wo es nur noch ihn gab und den höllischen Schmerz der Abhängigkeit und Sucht, welcher immer größer wurde. Nachdem sie über den kleinen Steg hinüber die Strömung überquert hatten, sah Abu Saleh im Dämmerlicht eine schattenähnliche Gestalt am breiten, eisernen Tor des Schlosses stehen.

„Hier ist der Schlüsselbund!", hielt Hosniehe ihrem Mann die Schlüssel entgegen. „Imam Abdullah war wie vom Blitz getroffen, als er mich zu dieser Stunde vor seiner Haustür stehen sah."

„Hat er gefragt, wozu wir die Schlüssel brauchen?", fragte Abu Saleh, während er das Tor aufschloss. Hosniehe schüttelte verneinend den Kopf und alle traten hinein.

Der Anblick des Hofes war alles andere als das, was die Anwesenden aus der Zeit kannten, in der Khan noch am Leben war. Er war verwahrlost und schmutzig. Die Blumenbeete, welche den steinernen Hof entlang den Mauern umrandeten, lagen trocken, wüst und wirr da, als ob man sie seit Jahren weder gegossen noch gepflegt hätte. Abu Saleh half Mustafa, die drei Stufen zur Terrasse hinaufzusteigen. Alsdann sprang er in den Hof und sah sich die Fassadenfenster des Schlosses an, welche mit den eisernen Gittern gesichert waren. Bald kehrte er auf die Terrasse zurück, schloss die portalähnliche Eingangstür des Hauses auf und folgte den anderen hinein. Sie betraten unmittelbar den großen Raum, der das gesamte Erdgeschoss ausmachte. Er diente als Wohnstube, deren Boden mehrere hochwertige, orientalische Teppiche bedeckten. Die kurzbeinigen Tische, die Zylinderkissen an den Wänden und die vielen Miniaturgemälde, welche von den Dichtungen in altpersischer Schrift verziert waren, gaben der Stube ein warmes, traditionell-orientalisches Ambiente. Mitten im Raum führte eine hölzerne Treppe zum Obergeschoss hinauf. Sie war halbkreisförmig und ihre Stufen wurden der Länge nach immer kleiner, je mehr sie sich dem oberen Stockwerk näherten. Beidseitig war die Treppe mit einem Geländer versehen, das größtenteils aus dickbäuchigen, hölzernen Säulen bestand. Das Geländer ging im Obergeschoss beidseitig in einen breiten Vorsprung über, der in einer Höhe von sechs Metern über dem Erdgeschoss hing und den gesamten Raum des Innengebäudes ovalförmig umrundete. So konnte einer, der oben auf dem Vorsprung am Geländer stand, beinah das gesamte Parterre erblicken, ohne sich nach unten beugen zu müssen. Die Art, wie die Treppe, der Vorsprung und das lange Geländer gebaut waren, verlieh dem gesamten Innengebäude einen gemütlichen Anblick aus der Antike. Entlang des Vorsprungs an den Wänden waren im Abstand von vier Metern Türen zu sehen, die jeweils zu einem separaten Zimmer führten.

„Ich lasse frische Luft herein", sagte Hosnieh unversehens und eilte auf die Fenster zu, wodurch das dämmernde Frühmorgenlicht in die Stube hereinschien. Nachdem sie diese geöffnet hatte, lief sie die Treppe hinauf, um das Obergeschoss ebenso zu lüften. Währenddessen erfüllte das Knirschen der alten, hölzernen Stufen unter ihren Füßen den gesamten Raum. Bald kam sie mit

einigen Decken, einem Bettbezug und einem Kopfkissen
unter den Armen herunter. Während sie die Treppe her-
unterstieg, verriet ihr sicherer Gang ihren starken Körperbau, wie es bei der Mehrheit der Frauen im Dorf der
Fall war. Nachdem sie im Parterre unter einem der Fenster ein bequemes Lager aus den Decken gemacht hatte,
sagte sie zu Mustafa, sie würde ihm einmal am Tag Essen, frisches Obst und Wasser bringen.

„Du reichst ihm die Sachen nicht durch die Eingangstür, sondern durch das Gitter des Fensters, unter dem er
schläft", ergänzte Abu Saleh in bestimmendem Ton.

Seine Frau sah ihn verwirrt an.

„Bitte tu das, was Abu Saleh sagt!", murmelte Mustafa,
während er zusammengekauert auf einer der hölzernen
Stufen der Treppe saß. Er hatte den Oberkörper nach
vorn gebeugt und rieb mit den Händen seine Oberarme.

„Wann wir dir die Tür aufschließen werden, wird ganz
und gar davon abhängen, ob du rein bist oder nicht",
sagte Abu Saleh zu Mustafa. „Du wirst selbst am genau-
esten wissen, wann es soweit ist. Eines darfst du aber
nicht vergessen: Wenn du diesen Raum verlässt, wird
Samira der erste Mensch sein, dem du begegnest. Sie
will einen gesunden, starken Mustafa sehen; einen Mustafa, der ihr Schutz, Wohlstand, Kinder und Zukunft
bieten kann. Das hat sie auch verdient. Kann ich mich
auf dich verlassen?"

Mustafa öffnete die schweren Augenlider, sah mit
blutunterlaufenen Augen Abu Saleh an und nickte.

Somit verließ das Ehepaar das Haus und Mustafa legte
sich leicht zitternd in sein Bett unter dem offenen Fenster
hin. Dabei hörte er, wie ein Schlüssel sich im Schloss der
Eingangstür drehte. Daraufhin machte er die Augen zu

und murmelte Folgendes vor sich hin: „Für dich, liebe Samira, bin ich bereit durch die Hölle zu gehen. Darin befinde ich mich gerade. Und ich werde dieses Haus nicht verlassen, ehe ich wieder auf den Beinen stehe, die nicht mehr zittern. Aus mir muss der Mann werden, der deiner Liebe würdig ist."

Schweren Herzens verließ Abu Saleh mit seiner Frau das Schloss, nachdem er dessen eisernes Gittertor zugeschlossen hatte. Inzwischen hatte die Sonne ihr Versteck hinter den fernen östlichen Bergen verlassen und stand glühend rot dicht über den Bergkämmen. Aus dem einzelnen Krähen der Hähne war indessen ein Chor geworden und in der Ferne hörte man noch das verstreute Bellen der Wildhunde, welche ihre Jagd mit dem Einbruch des Tages begonnen hatten. Diese jagten, ausgenommen der Mittagszeit, bis zum Einbruch der Dunkelheit beinah alles, was ein Stückchen Fleisch auf den Knochen trug. Zu den Zeiten der Dürre, wo es wenig Tiere zum Jagen gab, hütete man sogar Kleinkinder vor ihnen.

Mustafa schlief allmählich ein und wurde im halbwachen Zustand des Entbehrens und Leidens in das Feuer des Entzuges hineingezogen. Die morgendlichen Sonnenstrahlen waren nun in das Schloss eingedrungen und ihr Licht ließ alles um den Schlafenden herum klar und farbenprächtig erscheinen.

Was hätte Mustafa aber von all den Farben und Schönheiten im Raum sehen können, wenn er wach gewesen wäre? Gewiss nichts; denn der Mensch sieht nicht mit den Augen, sondern durch sie hindurch. Er sieht in der Tat nur mit der Seele. Die Augen sind bloß das Fenster und die Person, die hinter den Fenstern steht, nimmt die Welt wahr. Mustafas Seele hatte sich aber in ihrem

Verlangen nach Alkohol so sehr verfangen, dass er jetzt an nichts anders denken konnte als an Wein. Wenn Alkohol ihm einst geholfen hatte, seiner ausweglosen Wirklichkeit zu entfliehen, war aus diesem nun eine Flamme geworden, die in Mustafas Gehirn brannte und nach immer mehr Brennstoff verlangte. Jene Flamme schien nicht erlöschen zu wollen; zumindest solange nicht, bis ihr Opfer zur Asche zerfiel und in alle Winde zerstreut und verweht war. Mustafas Zunge war trocken bis aufs Äußerste. Er trank immer wieder Wasser. Vergebens! Aus seinem Durst nach Wein war jetzt eine Schnur geworden um seinen Hals, die durch unsichtbare Hände immer enger gezogen wurde. Kurz bevor die Schnur ihm zu erwürgen drohte, wurde er wach und rang wieder um sein Leben. Dann schlief er erschöpft wieder ein, bis der Druck auf seiner trockenen Kehle ihn aufs Neue weckte und ihm klar machte, dass der Kampf zwischen dem Leben und dem Tod in seinem Inneren noch nicht entschieden war. Mustafa wollte aber leben, daher musste er leiden, um wieder fließen zu können. Er glich einem kleinen Bach, der allzu lange stehengeblieben war, einem Bach kurz vor seinem langsamen Verfaulen. Jetzt hatte die Quelle seines Daseins damit begonnen, sich zu säubern und mit jedem Atemzug Mustafas Blut zu reinigen und zu erneuern. Vorwärts kommen hieß für Mustafa Leben, Wachsen und Gedeihen; Rückfall dagegen bedeutete sein sicheres Ende, ein Zusehen wie alles Leben an ihm vorbeiging und ihn für immer verließ. Wenn immer sein innerer Schmerz den Höhepunkt erreicht hatte, biss er für eine Weile die Zähne zusammen, dann verlor er die Beherrschung, sprang auf und warf sich gegen die verschlossene Eingangstür oder schlug mit den geballten Fäusten gegen sie. Zuweilen griff er mit den Fingern in seine Haare und zog heftig an ihnen, ohne dabei einen einzigen Ton von sich zu geben. Alsdann kroch er wieder in seine Ecke unter das Fenster zurück, hockte und hielt die Beine zwischen seinen Armen fest und begann zu schlummern. Seine Augen waren zu und er versuchte mitten im Feuer, das ihn verzehrte, an Samira zu denken, an das Ackerland, die Viehzucht und an die gemeinsamen Kinder, die sie bekommen werden. Dennoch züngelte die lodernde Flamme bald wieder zum Himmel und verbrannte alle Bilder und Empfindungen, die die Gedanken an Samira mit sich gebracht hatten.

Obwohl Mustafas Leib von der Flamme des Entzuges immer wieder erfasst wurde und bis ins Mark verkohlt zu sein schien, gab sein Wesen nicht auf, stieg aus der Asche immer wieder empor und bildete belebende Gedanken darüber, wie glücklich sein gemeinsames Leben mit Samira sein könnte. Im Auf und Ab dieses stummen Kampfes in seinem Innern wurde ihm allmählich bewusst, dass seine Abhängigkeit vom Alkohol aus bestimmten Empfindungen bestand, die ihn in Ketten legten, indem sie ihm seinen Willen beraubten. Ihm drang es nach und nach ins Bewusstsein, dass dieser Kampf ein Ringen zwischen dem Leben und dem Tod war. Das eine wollte ihn ins Leben, in die Selbstständigkeit, in die Schönheit und die Fülle des Daseins zurückführen, der andere aber in die Selbstverneinung, in die Dürre und in die Finsternis. Nun, was aus Mustafa werden würde, hing ganz allein davon ab, ob er sich der Macht des Todes fügte, die in seinem Blut lauerte, oder sich ihr solange widersetzte, bis die Kräfte des Lebens in seiner Seele die lebensfeindlichen Wellen besiegten und sein in Sturm geratenes Lebensboot rechtzeitig an einen sicheren Strand brachten, bevor es von der Brandung erfasst und an Felsbrocken zerschellen würde.

Zerrissen und erschöpft im Auf und Ab seines inneren Kampfes brachte ein tiefer Schlaf Mustafa endlich Zuflucht und Ruhe. Wie lange er indessen geschlafen hatte, wusste er selber nicht, als er sachte die Augenlider öffnete und sich umsah. Ihn hätte gewiss nichts wecken können, wenn die Plage der stundenlangen hockenden Körperhaltung und der Schmerz in den betäubten Armen und Beinen ihn nicht geweckt hätten. Er hatte ja hockend seine Beine seit heute Morgen fest in den Armen gehalten und sie ohne Unterlass gegen seine Brust gedrückt. Nun streckte er unter großem Schmerz seine starren Glieder aus und kroch auf die Decken hinüber, die ihm unter dem Fenster als Bett dienten. Er legte sich auf diese hin, zog die oberste Decke über sich und schlief sofort wieder ein.

Wie Abu Saleh sich vorgenommen hatte, war er schon reisefertig, sobald sich der Tag geneigt und die Tageshitze den ersten vorabendlichen Brisen Platz gemacht hatte. Somit hatte er gleich nach dem Frühstück einen langen Schlaf gehalten, damit er die Strapazen des rastlosen nächtlichen Ritts gut überstünde. Nicht einmal vom Besuch des Dorfgeistlichen Imam Abdullah hatte er sich wecken lassen, der besorgt war, warum Hosniehe am frühen Morgen den Schlüsselbund des Schlosses von ihm verlangt hatte. Bevor Abu Saleh das Dorf verließ, ritt er zur Moschee und teilte dem Imam mit, dass Mustafa bei ihm aufgekreuzt sei, dem Jüngling ginge es nicht gut und er würde vorerst im Schloss wohnen. Als jener

Näheres über Mustafas Verfassung wissen wollte, sagte Abu Saleh zu ihm, er würde alles über ihn erfahren, sobald er aus Romeyseh zurückkäme: „Sage aber niemandem, dass Mustafa im Dorf ist", verlangte Abu Saleh dringend. „Wir alle waren im Unrecht, was ihn angeht. Möge Gott uns vergeben, was wir Mustafa angetan haben. Nun ist es Zeit zum Wiedergutmachen. Meine Reise nach Romeyseh ist der erste Schritt dazu."

„Gott möge dich beschützen, mein Sohn!", erwiderte der Imam heiter. „Du hast mir gerade aus der Seele gesprochen. Ich habe es geahnt, dass Mustafas Enterbung einen Haken hatte." Er drückte mit Tränen in den Augen Abu Saleh an sich und hielt ihm anschließend den Zügel seines Pferdes fest, damit er aufsaß. Nachdem Abu Saleh ihm den Zügel aus der Hand genommen hatte, sagte er mit der reumütigen Stimme: „Mit unseren voreiligen Schlüssen haben wir Mustafa fast in Stücke gerissen. Derjenige, der sich heute Morgen von mir im Schloss einsperren ließ, ist als Mustafa kaum mehr zu erkennen. Er ist bloß ein schäbiger Rest von dem, was wir einst kannten: ein Schiffbrüchiger, der sich von Romeyseh zu Fuß hierher geschleppt hatte, um in seinem Heimatdorf sich das Leben zu nehmen."

Kaum hatte Abu Saleh seinen letzten Satz zu Ende gesprochen, da wurde Imam Abdullah kreideweiß im Gesicht. Der andere griff rasch in seine Hemdtasche und neigte sich zum Imam hinunter, der mit rund gewordenen, ungläubigen Augen zu ihm heraufschaute. „Hier, das ist Khans letztes Schreiben, das von dir besiegelt nur von Mustafa gelesen werden durfte." Er hielt dem Imam den gefalteten Brief entgegen. Der andere nahm niedergeschlagen das Schreiben, las es und gab es völlig schockiert zurück. Abu Saleh nahm den Brief und gab seinem Pferd einen kleinen Stoß unter den Bauch. Das Tier machte einen Sprung nach vorn und verschwand mit dem Reiter am Ende der Gasse.

Imam Abdullah sah für eine Weile geistesabwesend in die leere Gasse. Da führte er plötzlich seine Fingerspitzen zwischen die Zähne und biss fest auf sie. Wenig später wischte er sich seine Tränen vom Gesicht ab und bat Gott um Vergebung: „Führe uns aus der Finsternis hinaus, du Allmächtiger! Habe Erbarmen mit uns, den Blinden!"

Nun, als ob es ihm eingefallen wäre, etwas Wichtiges versäumt zu haben, rannte er Abu Saleh nach, von welchem nur noch ein kleiner, schwarzer Fleck am Horizont zu sehen war. Dieser verschwand allmählich im Staub, den er hinter sich aufgewirbelt hatte. Der Imam sah solange zum Horizont hin, bis darin weder der Staub noch der Reiter mehr zu sehen waren; dann machte er sich auf den Weg zu Abu Salehs Haus. Vor der Haustür blieb er stehen und klopfte laut, obwohl diese offen war. Nach islamischer Sitte ist es nicht tugendhaft, als Mann das Haus einer Frau zu betreten, deren Ehemann nicht zuhause ist. Bald warf Hosniehe einen Blick durch den Türspalt hinaus und sah den Imam vor der Haustür stehen. Sie zeigte sich nicht und sagte bloß, ihr Mann sei nicht zuhause.

„Ich wollte nur mitteilen, dass Abu Saleh mir alles erzählt hat", erwiderte der Geistliche. „Wir dürfen kein Wort darüber verlieren, dass Mustafa sich im Schloss befindet. Ich schicke gleich meine Frau zu dir. Vielleicht brauchst du was, während dein Mann nicht da ist. Gott behüte deine Kinder!"

Sobald der Imam sich entfernt hatte, sah Hosniehe zu ihren Kindern hinüber, die auf der Hofterrasse spielten. „Es ist Zeit, Mustafa etwas zum Essen und Trinken zu bringen", dachte sie laut und ging eilenden Schrittes ins Haus hinein. Sie kam bald mit einer Karaffe voller Ziegenmilch in der rechten Hand und einem Korb in der linken heraus. Im Korb befanden sich Brot, Honig und Früchte. Nachdem sie ihren Kindern entsprechende Anweisungen gegeben hatte, verließ sie das Haus.

In den Gassen des Dorfes leistete ein kleiner Rest der Tageshitze immer noch Widerstand. In ihnen war außer ein paar spielenden Kindern niemand zu sehen. Sobald Hosniehe im Hof des Schlosses ankam, schob sie durch das Fenstergitter den Inhalt des Korbes auf die innere Fensterbank, worunter Mustafa schlief. Daraufhin stellte sie die Karaffe neben diese und fragte leise, ob Mustafa noch Wasser wollte. Da sie keine Antwort vernahm, ging sie davon aus, dass er noch schlief; daher verließ sie auf leisen Schritten den Hof.

Abu Saleh ritt lange im Galopp, dennoch bevor dem Hengst alle Kraft ausging, stieg er herab und führte das Tier solange am Zügel, bis er das Gefühl hatte, er könne wieder im Galopp reiten. Er ritt mit hohem Tempo, bis die Abenddämmerung ihren dünnen, dunklen Schleier über seinen Weg zog und der letzte schmale Wolkenstreifen am Horizont seine feurig rötliche Beleuchtung gänzlich verlor. Da suchte der einsame Reiter eine passende Stelle, um sein Abendgebet zu verrichten. Nachdem er das Gebet beendet und die Augen geöffnet hatte, fand er sich plötzlich mitten in einer Landschaft, die nur aus Dunkelheit bestand. Er murmelte noch einen letzten Vers der Dankbarkeit, stand auf und schritt auf sein

Pferd zu. Dieses, als ob in einen dunklen Schatten verwandelt, wartete am Reitweg auf ihn. Während er dem Hengst Heu ins Maul gab, zog der erste, große Stern am dunklen Violett des Himmels seine Aufmerksamkeit auf sich. Andere Sterne funkelten noch klein und schwach im Hintergrund. Nach einer Weile friedlichen Beobachtens stieg er auf sein Pferd und ritt in lockerem Trab weiter.

Abu Saleh war ein Mensch von starkem, solidem Körperbau. Er leitete sämtliche Arbeiten der Ländereien und es machte ihm nichts aus, ausgenommen der Mittagszeit vom frühen Morgen bis zur Abenddämmerung mit den ehemaligen Landarbeitern, die seit Khans Tod die Plantagen mitbesaßen, zusammenzuarbeiten. Er genoss das Vertrauen aller Dorfbewohner, auch wenn sein feuriges Temperament gelegentlich aufkochte und seinem Ansehen kleine Schäden zufügte. Er versprach nie etwas, was er nicht halten konnte. Seine Ehrlichkeit, Entschlossenheit und hohe Entscheidungskraft ließen bei den Menschen im Dorf Respekt und Sympathie aufkommen, sein solider Körperbau und seine Körpergröße flößten ihnen aber auch Angst ein. Er war im Grunde die Person, die Khan sich als Sohn gewünscht hätte. Daher hatte er ihn auch zu demjenigen herangezogen, welcher sein Lebenswerk nach seinem Tode bestens aufrechterhalten und fortführen würde.

Nach dem stundenlangen, langsamen Ritt wurden Abu Salehs Augenlider vom unaufhaltsamen Wiegen auf dem Rücken des Pferdes allmählich schwer und er schlief ein. Danach lief das Tier unbeirrt dem Reitweg nach, der im Mondschein wie ein silberner Streifen durch die dunkle Landschaft schlängelte. Nach ein paar

Stunden, etwa um die Mitternacht, wurde der Reiter vom langsamen Eindringen der Kälte in sein Herz wach. Er zog seine Reisedecke über sich und schlief wieder ein.

So vergingen noch einige Stunden. Am Horizont war noch keine Spur von Morgenröte zu sehen, als ein rauschendes Geräusch Abu Saleh weckte. Es war das Plätschern einer schnellen Strömung, das links vom Weg aus der Tiefe einer Schlucht herauftönte. Als er die Augen öffnete und in jene Richtung sah, wurde sein Blick von einer dunklen Tiefe erfasst. Darin vermochte er nichts zu erspähen außer Riesenschatten, die klumpig aus der Finsternis hervorragten. Waren sie etwa Steinblöcke oder Wipfel der Bäume? Er konnte diese weder erkennen noch voneinander unterscheiden. Das einzige, worüber er sich im Klaren war, war die Tatsache, dass er und sein Pferd am Rande einer tiefen Schlucht standen. Da lenkte er den Hengst vorsichtig nach rechts und ritt weiter. Kaum war er einige Schritte vorangekommen, sah er auf einmal riesige Schatten um sich, welche ihn gespenstig von allen Seiten umlagerten. Ihn schauderte es für einen Moment und er griff unwillkürlich nach seinem Schwert, das in einer langen ledernen Scheide an seinem breiten Gürtel herunterhing. „Es sind ja nur Felsblöcke!!", dachte er laut, nachdem er genauer hingeschaut hatte. Da fiel ihm gleich die Regierungstruppe ein, die vor einigen Tagen in Eynaltamor aufgekreuzt und nach einer kurzen Rast weitergezogen war. Er wusste, dass allein die Nachricht darüber, dass die bewaffneten Regierungsmänner sich auf den Weg nach Romeyseh gemacht hatten, würde die Bergräuber für mehrere Wochen verscheuchen. Trotzdem wahrte er die Fluchtbereitschaft, indem er von seinem Pferd nicht abstieg. So setzte er das Reittier wieder in Bewegung, während er den Griff seines Schwertes immer noch fest in der Hand hielt. Nach einer Weile langsamen Vorankommens verspürte er, dass Schlummer und Schlaf sich nach und nach an ihn heranschlichen. Oh, wie gefährlich es war, auf einem Wege, der durch die Felsen hindurch dicht an den tiefen Schluchten schlängelte, blindlings zu reiten! Da, wachgerüttelt von Angst, sprang er sofort vom Pferd herunter. Um möglichst wenig Lärm zu verursachen, wickelte er dicke Tücher aus Wolle um die Hufe seines Hengstes und band sie fest. So führte er das Reittier auf leisen Schritten am Zügel voran. Was er nun tat, war gewiss übervorsichtig; dennoch wenn es um Leben und Tod geht, sollte man lieber übervorsichtig sein als unvorsichtig.

Durch die Bewegung floss wieder Blut in seine steifen Glieder und brachte seinem Geiste klare Gedanken und eine bessere Wahrnehmung seines Umfelds. Er lief lange durch die dunkle Berglandschaft und vernahm dabei nichts anderes als das dumpfe Hämmern der Hufe seines Pferdes auf der steinernen Bergroute. Dieser eintönige Takt bekam mehr Echo und wurde umso klarer, je mehr er ins Gebirge eindrang. Bald merkte er, dass ein tiefes Violett am Sternenhimmel den dunkelschwarzen Raum zwischen den Sternen durchdrungen und ein dünner Wolkenstreifen sich über den Bergkämmen gezeichnet hatte. Er freute sich über diese zarte Ankündigung des Tagesanbruchs und stieg wieder auf seinen Hengst.

Allmählich erschienen ihm die umgebenden Bergspitzen, die Baumwipfel und die Felswände nicht mehr als dunkle Riesen, die ihm Furcht einjagten, sondern als silbern schimmernde Schattierungen in der nebligen Morgendämmerung. Sobald das feurig rote Morgenlicht den Nebel durchstrahlt hatte, verwandelten sich die Tautropfen an den Grashalmen, am Laub und am Geäst in rötlich gläserne Perlen, die überall glitzerten. In diesem Moment wurde Abu Saleh bewusst, wie fruchtbar und bunt das Bergland war, durch welches er im Dunkeln stundenlang geritten war. Alsbald vernahm er wieder das Rauschen eines Bachs in der Tiefe und freute sich darüber, dass je mehr er die hohen Berglagen verließ, umso klarer und lauter jenes Rauschen ertönte. Die Route schien ihn und sein durstiges Pferd nach und nach zum Ufer eines Baches zu führen. Bald löste sich der Nebel auf und Abu Salehs Herz lachte, als er nach der Biegung um eine Felswand plötzlich eine breite Lichtung erblickte, in der sich ein Bach seinen Weg gewaltsam und schäumend durch die Felsbrocken bahnte.

„Dieser Bach ist also der Grund für den Nebel und das mit Gras und Feldblumen durchzogene Tal", murmelte er erstaunt vor sich hin. Er suchte einen geeigneten Weg zum Bachufer hinunter und führte den Hengst durch die Felsbrocken dorthin. Aus der Strömung tranken er und sein Pferd ausgiebig. Abu Saleh erquickte seine Seele, indem er barfuß im Wasser stand, mit den Händen Wasser schöpfte und es über sein Gesicht und Haupt schüttete. Danach gönnte er sich selbst und dem Pferd endlich Rast und Ruhe. Das Tier begann zu weiden und sein Herr verrichtete sein Morgengebet am Ufer des Baches. Er betete nah an jener Strömung, welche seit eh und je die Hindernisse des Tales umfloss, die sich ihr auf seinem Weg zum Mittelmeer in den Weg stellten.

Nach dem Morgengebet legte sich Abu Saleh hin und wurde bald von einem tiefen Schlaf überwältigt. Der Bach rauschte und plätscherte dicht neben ihm. Als die aufgehende Sonne bald über die Baumwipfel hinaus Abu Salehs Augenlider berührte, wurde er wach davon und rieb sich die schlaftrunkenen Augen. Vor ihm glänzte das gesamte Tal in rötlichem Morgenlicht. Die weißen Steinblöcke, die überall verstreut in der Lichtung lagen, reflektierten wie glühende Kohle das rötlich goldene Sonnenlicht. Abu Saleh stand auf und führte seinen Hengst langsam auf die Route zurück. Nach etwa einer halben Stunde Ritt erschloss sich ihm links in der Tiefe der Panoramablick der Großstadt Romeyseh. Die alte Stadt war gänzlich ins glühend rote Morgenlicht eingetaucht. Die Zwiebeltürme ihrer Moscheen samt den Wipfeln unzähliger Dattelpalmen, die aus allen Ecken der Stadt emporragten, ließen unten im Flachland ein Bild entstehen, das den alten Gemälden aus orientalischen Märchenbüchern glich.

Kaum war Abu Saleh eine weitere halbe Stunde geritten, da grüßte er am Stadtrand den ersten Stadtbewohner, der sein Haus ebengerade in Richtung der Moschee verlassen hatte. Dieser grüßte zurück, sah aber dem seltsamen Reiter misstrauisch nach, der aus dem Gebirge kommend die Leute am frühen Morgen aus dem Schlaf riss. Das Trommeln der Hufe des Pferdes wurde in den Gassen und Straßen der Stadt immer lauter, je mehr Abu Saleh in ihr Zentrum eindrang.

Da die Händler dieser Großstadt jährlich in Eynaltamor die Früchte der Plantagen in großen Mengen abkauften und sie mit der Karawane hierher beförderten, hatte Abu Saleh öfters in Romeyseh zu tun und daher kannte er den Weg, der in die Innenstadt führte, sehr gut. Als er durch die leeren Straßen und Gassen hindurch endlich am Marktplatz ankam, war der große Platz alles andere als das, was er in Erinnerung hatte: Da gab es weder ein Zeichen von der regen Betriebsamkeit noch einen Ton von lautem Werben der Verkäufer für ihre Ware.

Abu Saleh steuerte auf einen alten Mann zu, der am Rande des Platzes gerade damit begonnen hatte, seinen Obststand aufzubauen. Um dem alten Mann Ehre zu erweisen, stieg er vom Pferd herunter und grüßte freundlich: „Salomo Alaykom, Väterchen!"

„Alaykomo Salam, mein Sohn!", grüßte der Alte zurück. „Am frühen Morgen sieht man selten einen Reiter auf dem Marktplatz. Der Staub auf deinen Kleidern verrät einen langen Ritt. Woher kommst du und wohin führt dich dein Weg?"

„Aus Eynaltamor komme ich und suche Abu Karims Diwan", antwortete Abu Saleh.

Der Alte lächelte ihn an und wies mit Zeigefinger auf die andere Seite des Platzes: „Ich bin sein Stammgast", sagte er heiter. „Ich weiß nicht, was in Abu Karim gefahren ist. Er ist seit Monaten nicht mehr der Mann, den ich mal kannte."

„Allah sei mit dir, Väterchen!", verabschiedete sich Abu Saleh, ohne auf den Vermerk des alten Mannes einzugehen und ging mit dem Zügel des Pferdes in der Hand direkt auf den Diwan zu. Bald stand er vor dem Laden und sah über dessen Eingangstür ein altes Schild in hellblauer Farbe hängen. Darauf war ein lächelnder Flaschengeist im gelben Gewand gemalt, der auf eine dampfende Tasse Tee hinwies, die er ebengerade hervorgezaubert hatte. Darunter stand fett geschrieben: Willkommen in Karims Diwan!

Abu Saleh hatte kaum das Geschriebene zu Ende gelesen, da hörte er hinter sich eine männliche Stimme: „Suchst du meinen Diwan, Fremder, oder einen anderen Laden am Marktplatz?"

Abu Saleh wandte sich um und musterte Abu Karim neugierig. „Ich suche dich, Abu Karim!", erwiderte er. „Ich bin Mustafas Bruder Abu Saleh und komme in guter Absicht."

Der Name Mustafa traf Abu Karim wie ein Blitz aus heiterem Himmel. „Gott sei Dank!", rief er aus. „Endlich ein Zeichen von Mustafa! Wie geht es ihm denn?"

„Nicht gut", antwortete er. „Sein Schicksal hat sich aber zum Guten gewendet. Er ist jetzt in guten Händen."

„Allah sei gnädig mit dir!", erwiderte Abu Karim. „Du hast mir eben eine schwere Bürde von den Schultern genommen. Komm, lass uns zu mir nach Hause gehen! Du bist mein Gast und bleibst bei uns, solange du willst!"

„Nein, ich will dich nicht aufhalten!", entgegnete Abu Saleh. „Du hast Familie und hast ebengerade deinen Laden geöffnet. Ich suche lieber ein Gasthaus, wo ich mir ein paar Stunden Schlaf gönnen kann. Später, nach dem Mittagsgebet sehe ich dich in der Stadtmoschee."

„Das kommt nicht in Frage!", versetzte Abu Karim. „Die Arbeit kann warten, die Kundschaft wird Verständnis haben. Jeder Ladenbesitzer wird irgendwann mal krank."

Somit schloss er die Eingangstür des Diwans zu, die er vor kurzem aufgeschlossen hatte und wies mit der Hand auf die Gasse hin, die direkt zu seinem Haus führte.

Kurz nachdem sie die Gasse betreten hatten, fragte Abu Saleh, wie es Samira ginge. Abu Karim wunderte sich über Abu Salehs Offenheit, nach dem Wohlbefinden seiner Tochter zu fragen, ohne sie gesehen zu haben. Dennoch freute er sich gleichzeitig darüber, nun sein Herz ohne Hemmungen ausschütten zu können: „Seitdem Mustafa verschwunden ist, läuft meine Samira wie ein Irrer sogar zur Mittagszeit in der Hitze durch die Stadt und sucht Mustafa vergebens in den Gassen. Und ich kann ihr kaum mehr in die Augen sehen."

Er wischte sich eine Träne von der Wange und setzte reumütig fort: „Ich weiß, dass Allah mich auf diese Weise für das bestrafen will, was ich dem Jungen angetan habe. Mustafa arbeitete bei mir. Er war krank und in größter Not. Trotzdem habe ich ihn entlassen."

Abu Saleh seufzte tief und sagte: „Beruhige dich, Abu Karim! Ich bin durch die ganze Nacht geritten, um dir und deiner Familie gute Nachrichten über Mustafa zu bringen. Sein Leid wird bald ein Ende nehmen. Sein Großvater Khan, ich und viele andere aus unserem Dorf haben ihn an den Abgrund getrieben, Allah führte ihn aber zu euch, zu seinen Rettern. Ihr habt Mustafas wahres Wesen in einigen Wochen besser erkannt als wir in achtzehn Jahren."

Karim sagte vorerst nichts und sah mit gesenktem Blicke vor sich hin. Nach einer Weile blickte er auf und fragte, was aus dem letzten Schreiben des Großvaters geworden sei, das Imam Muhammed aus Eynaltamor mitgebracht hatte. Da blieb Abu Saleh plötzlich stehen und sagte mit ernst gewordener Miene: „Ich bin gekommen, um für Mustafa um Samiras Hand zu bitten. Daher halte ich es für wichtig, dass du und deine Familie wisst, was Khan in seinem letzten Schreiben vom Enkelsohn verlangt hatte."

Er griff in seine Hemdtasche und händigte Abu Karim den Brief des Großvaters aus. „Eines musst du aber wissen, bevor du mit dem Lesen beginnst", mahnte Abu Saleh. „Mustafa ist nichts passiert. Er ist heil und befindet sich jetzt im Schloss, wo er geboren und aufgewachsen ist."

Kurz nachdem Abu Karim den Brief zu lesen begann, stieg ihm das Blut ins Gesicht und er hielt plötzlich inne. Er las mit aufgerissenen Augen die Sätze immer wieder, als ob er einfach seinen eigenen Augen nicht trauen könnte. Nach einer Weile sah er auf und schaute Abu Saleh fassungslos an. Der letztere nahm das Schreiben und ergänzte: „Mustafa hat tatsächlich versucht, sich in der Werkzeughütte aufzuhängen. Sein Großvater hatte aber den Galgenstrick absichtlich an einem dünnen Deckenbrett angebracht, damit es Mustafas Gewicht nicht standhalten könnte. So ist es gleich gebrochen und auf Mustafa hinuntergestürzt; mit all den Goldmünzen, die Khan darauf gelegt hatte. Zwischen den Bruchstücken jenes Brettes lagen so viele Goldmünzen, womit Mustafa eine wohlhabende Existenz gründen kann."

Da schüttelte Abu Karim betrübt das Haupt und sagte: „Oh, wie ungerecht manche Schicksale sind!! Ich begreife es nicht, warum ein Mensch in Mustafas Alter so viel Schmerz erleiden müsste!? Ich frage mich nur, ob das Ganze einen Sinn hätte oder bloß ein schrecklicher Zufall sei!?"

„Lass nicht zu, dass Zweifel dein Herz betrübt und deinen Verstand benebelt!", mahnte Abu Saleh. „Wir glauben an Allah. Er bestimmt die Menschenschicksale.

Der Mensch kann nicht alles begreifen. Worum es jetzt geht, ist einfach die Tatsache, dass Mustafas Leid ein Ende genommen hat. Jeder dunklen Nacht, wie kalt und finster sie auch sein mag, folgen doch immer die Wärme und das herrliche Licht der aufgehenden Sonne. Ist es nicht immer so gewesen? Wird es auch nicht immer so sein?"

Abu Karim seufzte, sah Abu Saleh geistesabwesend an und nickte.

„Mustafa hat jetzt genügend Geld, um neu zu beginnen", fuhr Abu Saleh fort. „Er ist dabei, seine Abhängigkeit vom Wein abzulegen und ich sorge dafür, dass der Gemeinderat unseres Dorfes der Rückgabe des Schlosses an ihn zustimmt. Er wird bald in der Lage sein, an meiner Seite die Arbeit in den Plantagen aufzunehmen."

„Alhamdo Lillah – Gott sei gepriesen! - ", unterbrach ihn Abu Karim. „So was Ähnliches hat uns auch David über Mustafa gesagt. Dieser gute Mann konnte hinter der Schattenseite von Mustafas Leben auch das Licht erahnen. Er schien sein Schicksal durchschaut zu haben. Er meinte, Mustafa sei nicht böse, daher würde seine Seele gewiss im Feuer des Schicksals nicht verbrennen, sondern reifen; ähnlich wie Früchte, die dem prallen Sonnenschein nicht entkommen können, dafür aber Tag für Tag süßer und saftiger werden. Dabei hat er trotzdem seine Bedenken, was Mustafa angeht: Er trank zu viel und dies bereitet David Sorgen. Er meinte, Mustafas Trinkerei könnte ein Strich durch all das ziehen, was er über seine Zukunft gesagt hatte. Jetzt, wie du es sagst, scheint Wein kaum mehr Einfluss auf Mustafas Leben zu haben, nicht wahr?"

„So ist es!", bestätigte Abu Saleh. „Mustafa hat die Gefahr erkannt und ist jetzt dabei, seinen verloren gegangenen Willen wiederzugewinnen. Sag mal, wer ist eigentlich dieser David? Etwa nicht der Christ, der Mustafa Wein verkauft hat?"

„Ja, der Christ, der ihm Wein verkauft hat", entgegnete Abu Karim im leicht provozierenden Ton.

„Und so einer sollte Mustafas Schicksal durchschaut haben!?", fragte Abu Saleh spöttisch.

„Ja, so einer!", versetzte Abu Karim. „Er hat Mustafas Schicksal nicht bloß durchschaut, er ist auch ein Teil davon geworden. Er hat ihm nämlich das Leben gerettet. Hätte er Mustafa nach jenem Überfall am Stadtrand nicht Zuflucht gewährt und ihn nicht medizinisch behandelt, wäre dein Bruder jetzt nicht am Leben. Außerdem hat Mustafa ihn und seine Frau verlassen, weil diese ihm keinen Wein mehr verkaufen wollten."

Abu Saleh stieß einen tiefen Seufzer aus und schien keinen Einwand mehr vorbringen zu wollen.

„David ist kein Weinverkäufer", ergänzte Abu Karim. „Wenn er Wein herstellt, dann nur für den Eigenbedarf. Was er eigentlich zum Verkauf herstellt, ist den reinen Alkohol im Auftrag der namhaften Ärzte unserer Stadt. Er hat viele Jahre im Ausland gelebt und hat Ahnung von Medizin."

In diesem Augenblick fiel Abu Karim ein, dass er seinen Gast zu lange aufgehalten hatte; daher wies er auf die hölzerne Tür seines Hauses hin, die nicht weit von den beiden im dunklen Braun schimmerte. Die Männer steuerten auf die Haustür zu, Abu Karim schloss sie auf und machte die beiden Türflügel gänzlich auf. Sobald Abu Saleh sein Pferd in den Hof hineingeführt hatte, bat der andere ihn, sich mit dem Hengst unter die Dattelpalme zu begeben, welche kerzengerade an der lehmigen Hofmauer des Hauses hochgewachsen war.

Wenig später schlug Abu Karim im Gästezimmer das Bett seines Gastes auf, wünschte ihm guten Schlaf und lief unverzüglich zu seiner Frau Aische. Er weckte sie auf und teilte ihr übermutig die gute Nachricht mit. Samiras Mutter öffnete schlaftrunken die Augen und fragte, ob es Mustafa wirklich gut ginge.

„Mustafa geht es nicht nur gut", antwortete ihr Mann heiter, „er hat sogar seinen Bruder zu uns geschickt, um an seiner Stelle um Samiras Hand zu bitten."

Wie vom Blitz getroffen, richtete sich Aische plötzlich auf und fragte ungläubig: „Bist du dir wirklich sicher über das, was du mir sagst?"

„Was ich gesagt habe, ist wahr! Allah ist mein Zeuge!", versicherte Abu Karim. „Mustafas Bruder schläft gerade in unserem Gästezimmer. Er ist die ganze Nacht durchgeritten, um uns diese gute Nachricht zu überbringen. Mustafa geht es wirklich gut und er bittet um Samiras Hand."

Da wischte seine Frau eine Träne der Freude vom Gesicht ab und sagte: „Unsere Tochter ist gerettet. Allah sei tausendmal Dank!"

Sie stand auf und fragte noch: „Du arbeitest doch heute nicht, oder?"

„Selbstverständlich nicht!", gab Abu Karim zurück.

„Und hat Mustafa jetzt eine Arbeit? Was sagte sein Bruder?"

„Du weißt doch, dass Mustafa aus einer adligen Familie stammt", antwortete ihr Mann. „Sein Großvater hat ihm genug Geld hinterlassen, mit dem er jetzt eine eigene Existenz gründen kann. Außerdem wird ihm auch das Schloss, in dem er geboren ist, zurückgegeben. Das hat mir sein Bruder zugesichert."

„Und du glaubst ihm alles, was er sagt!?"

„Natürlich!", ergänzte Abu Karim mit Nachdruck. „Überzeuge dich doch selbst! Abu Saleh ist ehrlich und spricht wenig. Die Adligen haben es in ihrem Leben nie nötig gehabt zu lügen. Deshalb haben sie eine andere Ausdrucksweise, eine viel direktere."

Während er sprach, nickte Samiras Mutter und sah ihrem Mann eindringlich in die Augen. Alsdann sagte sie nachgiebig, er möge nach dem Morgengebet gleich zum Marktplatz gehen und nur die frischesten und feinsten Lebensmittel einkaufen. „Einen ehrenhaften Gast behandelt man so, wie es sich geziemt", ergänzte sie nachdrücklich.

Abu Karim nickte und sagte heiter: „Wecke nun Samira und beglücke sie mit der guten Nachricht! Mein armes Kind hat genug gelitten."

Nun verließ er das Haus, bevor die Rufe des Allaho Akbars zum gemeinsamen Morgengebet aufriefen. In etwa zwei Stunden stand er wieder vor der Haustür. Während er die Tür aufschloss, um mit den Lebensmitteln hineinzutreten, hörte Samira im Hof das Knirschen der Türe und eilte sofort dem Vater entgegen. Sie nahm ihm die Einkäufe ab und küsste ihm die Hand. Dies überraschte Abu Karim sehr und tat ihm nach mehreren kalten Begegnungen mit der Tochter an den letzten Tagen sehr gut. Er sah ihr freudig nach, welche auf flinken Beinen und voller Lebensfreude im Eingangsflur des Hauses verschwand. Nachdem er seine Frau gegrüßt hatte, sagte er, er wolle sich ein bisschen hinlegen. Da sprang Samira hervor und schlug dem Vater im Wohnzimmer eine der Wattematratzen auf, die man tagsüber in einer Ecke aufeinander stapelte und nachts als Bett benutzte. Sie legte noch Kissen und Decke auf jene und wollte gleich das Zimmer verlassen, als ihr Vater an der Tür ihre Hand nahm. Er streichelte ihre Haare und küsste ihr das Haupt. Diese schmiegte ihr Gesicht an die Brust des Vaters und verließ den Raum.

Kaum hatte Abu Karim sich hingelegt, da sanken seine Augenlider sachte aufeinander und versperrten ihm den Blick in die Außenwelt. Zur selben Zeit wachte Mustafa in Eynaltamor aus einem tiefen Schlaf auf und hörte sogleich das Knurren seines leeren Magens. Er sah sich schlaftrunken um, hatte aber weder Lust noch Kraft aufzustehen. Er würde mit Sicherheit weiterschlafen, wenn Hunger und Durst ihn nicht wachgerüttelt hätten. Ein tiefes Verlangen nach Essen hatte seine Seele erfüllt und ihm einen Appetit verliehen, den er nicht mehr gehabt hatte, seitdem seine Enterbung ihn ins Unglück gestürzt hatte. Über ihm im Parterre hing quer in der Luft ein heller Sonnenstrahl wie ein Balken aus Licht und hatte die Wand hell angestrahlt. Darin schwebten Staubteilchen friedlich umher. Mustafa lehnte seine Hand gegen die Wand und richtete sich langsam auf. Stehend merkte er, dass seine Beine nicht mehr kraftlos waren und sein Körper insgesamt mehr Halt hatte als zuvor. Nur seine Hände zitterten immer noch ein wenig. Er schaute rasch zur Fensterbank hinüber und freute sich über die Milch in der gläsernen Karaffe, deren Weiß vom rötlichen Morgenlicht gänzlich durchstrahlt war. Er nahm sie und alles andere, was neben ihr auf der Fensterbank lag und stellte sie neben seiner Matratze ab. Zuerst führte er die

Karaffe zum Mund und begann zu trinken. Sobald die Milch seine Lippen berührte und über seine Zunge glitt, freute er sich unendlich über ihren Wohlgeschmack und ihr erquickendes Hinunterfließen in seinen Magen. Oh, wie gnadenvoll diese Augenblicke waren und wie lange hatte er sich auf Nahrungsmittel nicht mehr so gefreut wie jetzt! Er nahm diese Freude bewusst wahr und erkannte darin ein Anzeichen dafür, dass sein Gaumen sich auf dem Weg der Genesung befand. Bald trank er auch das Wasser aus und aß wie ein Wilder das Brot, den Honig und die Früchte. Alsdann seufzte er zufrieden, sah auf seine leicht zitternden Hände herab und sprach: „Auch euer Zittern werde ich bezwingen; denn starke und gesunde Hände brauche ich mehr als alles andere. Bestellen sollt ihr mein eigenes Ackerland und neu gestalten sollt ihr den Garten im Hof, der starb, nachdem der Opa gestorben war."

Er hielt inne, sein bleiches Gesicht wurde heiter und ein warmes Lächeln breitete sich auf seinen Lippen aus. Der Gedanke an Samira erfüllte seine Seele mit wunderschönsten Zukunftsbildern und die Liebe zu ihr malte jene mit den buntesten Farben aus. Oh, wie greifbar und leicht erreichbar ihm sein Liebesglück erschien! Und wie stark sein Wille indessen geworden war, der aus dem Nichts, ja sogar aus dem hautnahen Tode auferstanden, nun durstig nach Leben verlangte!

Er legte sich wieder hin und ließ sein beglücktes Herz lange noch auf der goldenen Wiege der obigen Gedanken schaukeln, bis seine Augenlider müde wurden, aufeinander sanken und er wieder einschlief.

Jenseits der westlichen Berge in Romeyseh erging es Samira ähnlich wie Mustafa: Sie lag im Wohnzimmer auf dem Rücken und starrte verträumt die Decke an. Dabei ertastete sie geistesabwesend den Anhänger ihres Halsbandes, eine goldene, münzengroße Platte, worauf der Name, Allah, eingeritzt war. In der gestrigen Nacht, wie in den vorangehenden Nächten, hatten Sorge und Angst um Mustafa sie immer wieder aus dem Schlaf gerissen und erst im Morgengrauen einschlafen lassen.

Heute am frühen Morgen war sie noch im tiefen Schlaf gewesen, als ihre Mutter sie sanft weckte: „Wach auf, mein Kind! Es gibt eine gute Nachricht für dich! Mustafas Bruder ist da. Er meint, der Junge sei in seiner Heimat gewesen. Mustafa ist jetzt in guten Händen und in eigenem Haus untergebracht.“

Da öffnete Samira die schlaftrunkenen, verwirrten Augen und sah die Mutter zunächst ungläubig an. Die letztere wiederholte übermütig ihre Sätze und vertrieb Samira allen Kummer aus der Seele. Daraufhin, nachdem die Familie beinah den ganzen Tag glückselig miteinander verbracht hatte, besiegelte Abu Saleh kurz vor Sonnenuntergang Samiras Liebesglück, indem er in der Anwesenheit ihrer Eltern auf der Hofterrasse ankündigte, Mustafa hätte keinen anderen Wunsch, als Samira für den Rest seines Lebens an seiner Seite zu haben. Danach gab er seinem Stellvertretenden Heiratsantrag einen romantischen Beigeschmack, indem er hinzufügte: „Möge aus Mustafas Herz ein Garten werden, in dem Samira und ihre Kinder wie Blumen im ewigen Glück aufgehen!“

Da rief Abu Karim „Enscha Allah!“ – So Gott es will! - und somit war der Antrag offiziell angenommen.

In diesem Augenblick wurde Samira bewusst, dass ihre Liebe zu Mustafa von Anfang an von ihm erwidert worden war, wenn schon nie ausgesprochen. Da verspürte sie plötzlich ein Glücksgefühl, dessen Tiefe und Ausmaß sie noch nicht kannte. Ihr Gesicht war errötet und sie starrte anmutig mit leicht abwesenden Augen den bunten Teppich an, worauf sie saßen. Jeder merkte, dass sie sich genierte, obgleich ihr Herz vor Freude glühte.

Nachdem sie gemeinsam zu Abend gegessen hatten, schlug Samiras Vater vor, sie mögen jetzt David und seine Frau besuchen; denn auch diese seien sehr besorgt um Mustafa, seitdem er ihr Haus spurlos verlassen habe. Daher machte sich die Familie mit ihrem Gast auf den Weg zum Christenviertel, sobald die Männer ihre Schischas zu Ende geraucht hatten.

Als sie an Davids Haustür ankamen, hatte ein Hauch von abendlicher Dämmerung die Gasse erfüllt. Abu Karim klopfte laut an der Haustür. Kurz danach hörte man Schritte im Hof, die sich eilig näherten.

„Seid herzlich gegrüßt, meine lieben Freunde!", grüßte David warm, sobald er Abu Karim und seine Familie aus dem Türspalt erblickte. Er sah dann dem Fremden überrascht in die Augen und fragte: „Wer gibt uns die Ehre, mit meinen Freunden heute Abend bei uns zu Gast zu sein?"

„Mustafas Bruder freut sich sehr dich kennenzulernen, gütiger David!", erwiderte Abu Saleh freundlich.

Das traf David wie ein Blitz aus heiterem Himmel und er fragte sogleich, ob es Mustafa gut ginge?"

„Alhamdo Lillah! – Gott sei gepriesen!", antwortete der andere. „Dank Gottes Gnade und deiner Hilfe hat Mustafa seine schlimme Zeit jetzt hinter sich."

Da reichte ihm David heiter die Hand und während er Abu Salehs Hände in seinen hielt, sagte er mit Tränen in den Augen: „Sei tausendmal willkommen, mein Sohn! Deine Worte haben eben gerade einen goldenen Lichtstrahl in meine besorgte Seele geworfen. Die Ungewissheit ist wahrlich der schlimmste Feind des Glaubens; wie stark er auch sein mag."

Daraufhin bat er die Anwesenden unverzüglich herein.

Im Hof, auf der Hofterrasse, stand Miriam mit einer Petroleumlampe in der Hand und hatte den Blick neugierig auf die Haustür gerichtet, als Davids Stimme fröhlich durch den Hof schallte: „Wir haben einen Ehrengast, Miriam! Einen ganz besonderen Gast!"

Miriam schaute genau in die Gruppe. Ihr fiel neben Abu Karim die große Gestalt Abu Salehs auf. Sie grüßte die Gäste herzlich und bat sie sich auf die Terrasse zu begeben. Nachdem diese sich auf der Hofterrasse hingesetzt hatten, stellte sie die Lampe ab und ging ins Haus hinein. Samira eilte ihr gleich nach, um ihr zu helfen. Nach einer Weile kamen die beiden mit jeweils einem Korb in der Hand aus dem Haus heraus und stellten diese inmitten der Anwesenden ab. In dem einen befanden sich Früchte verschiedener Art, in dem anderen zwei hölzerne Tabletts und mehrere Teller aus Ton. Nachdem sie die Früchte auf die Tabletts gelegt und die Teller ausgeteilt hatten, bat Miriam die Gäste sich zu bedienen.

In dem Hof, nicht weit von der Haustür, stand ein alter Feigenbaum, dessen Geäst und Blattwerk wie ein grüner Riesensonnenschirm den gesamten Hof und über die Hofmauer hinaus einen großen Teil der Gasse beschirmt hielt. Eine behagliche Abendstille hatte sich im Hof ausgebreitet, welche vom Duft der süßen Feigen gänzlich erfüllt war. In diesem Augenblick durchdrang Abu Salehs männliche Stimme den betäubenden Duft und riss die Aufmerksamkeit der Sitzenden an sich: „Wenn Allah es will und der gütige Abu Karim es erlaubt, werde ich nicht ohne unsere Braut nach Eynaltamor zurückreiten."

Da spitzten die Anwesenden die Ohren.

„Dies habe ich meinem Bruder versprochen", fuhr er fort. „Mein Haus ist zwar klein, mein Herz aber groß genug, um euch alle darin willkommen zu heißen. Ihr könnt bei uns in Eynaltamor bleiben, solange ihr wollt. Mustafa hat eine sehr schwierige Zeit durchmachen müssen. Ihm würde jetzt nichts anders in der Welt mehr Kraft geben können, als Samiras Wiedersehen. Ihre Nähe ist im Augenblick die einzig wirksame Salbe auf Mustafas tiefen Wunden. Hoffentlich lässt mir der Vater der Braut die Ehre zuteilwerden, euch alle möglichst bald nach Eynaltamor zu führen; freilich auf meine Kosten."

Da sah Abu Karim seine Frau und die Tochter ungläubig an. Samira sah mit zitterndem Herzen still zu Boden hinab. Dabei verriet ein kleines, beinah unsichtbares Lächeln auf ihren Lippen die Flamme der Liebe, welche in ihrer Seele loderte. Ihre Mutter sagte nichts, vermochte aber ebenso wenig wie die Tochter ihre aufgeheiterten Züge als Zeichen ihrer Zustimmung zu verbergen.

„Darüber hinaus darf man nicht vergessen", ergänzte David unverhofft, „dass Mustafa nun auch unseren Beistand nötig hat. Habe ich recht, Miriam?", wandte er den Blick plötzlich zu seiner Frau hin.

„Mustafa braucht uns jetzt mehr als zuvor", bestätigte Miriam knapp.

Abu Karims verdutztes Gesicht wirkte indessen auch erbleicht. Offen über Mustafas Liebe zu seiner Tochter zu sprechen, war ohnehin gegen alle Sitten und Denkgewohnheiten, die ihn Zeit seines Lebens geprägt hatten. Dazu noch verlangte man von ihm, seine Samira sogar vor der Eheschließung mit der Mutter zu ihrem künftigen Mann führen zu lassen!! Alle Blicke waren erwartungsvoll auf ihn gerichtet, und er schaute nachdenklich und betrübt zum dicken Stamm des Feigenbaumes hinüber, welcher sich an die lehmige Mauer des Hofes gelehnt zu haben schien.

„Was würden denn Samiras Onkels, Tanten und unsere Nachbarn dazu sagen!?", widersprach Abu Karim im aufgeregten Ton.

Da legte David die Hand auf seine Schulter und sagte besänftigend: „Eure Verwandte und Nachbarn würden dem Glück deiner Tochter sicherlich nicht im Wege stehen wollen. Außerdem ist der Fall von Samira und Mustafa eine Ausnahme; so etwas passiert doch nicht oft im Leben!"

„Das stimmt!", versetzte Abu Karim ironisch. „Man wird auch im Leben nur einmal vom Blitz getroffen. Das passiert auch nicht so oft, oder?"

„Das stimmt!", bestätigte David. „Aber sei doch froh lieber Karim, dass es zuerst gedonnert hat, bevor der Blitz einschlug."

Da lachten die Anwesenden auf; ernst blieben nur Samira und ihr Vater, dessen trübe Miene sich von Davids Witz nicht aufheitern ließ. Er wandte den Blick zu seiner Tochter und fragte: „Was meinst du denn, Samira?"

„Was mein Vater beschließt, ist meine Meinung", erwiderte sie bescheiden, ohne aufzusehen. Ihre Stimme sowie ihr ganzes Erscheinen im Augenblick troff von den Wogen der Glückseligkeit und gleichzeitig des Schamgefühls, welche sie umso anmutiger erscheinen ließ.

Auf einmal, als ob Abu Karim plötzlich erkannt hätte, was der wahre Wunsch der Tochter sei und wie berechtigt dieser sei, sagte er unvermittelt: „Auch Samiras Schicksal liegt in der Hand ihres Schöpfers. Wer bin ich, mich gegen den Willen Gottes aufzulehnen!?"

Er schwieg abrupt und sah nachdenklich zum Abendhimmel hinauf. Mit ihm schwiegen auch die anderen und versanken tief in Gedanken. Alsbald lenkte das zarte Rauschen der Blätter im Feigenbaum alle Aufmerksamkeit auf sich.

„Herzlichen Glückwunsch!", brach David plötzlich die Stille. „Hoch lebe der heilige Herzensbund zwischen Samira und Mustafa!"

„Amen!" erwiderten die Anwesenden gemeinsam.

„Dann werden wir morgen aufbrechen, sobald die Sonne den Zenit überschritten hat", kündigte Abu Saleh an.

„Was!? Schon Morgen!?", warf Abu Karim ein, wie von einem zweiten Blitz getroffen.

„Ja, das müssen wir!", entgegnete Abu Saleh gelassen. „Die Olivenernte lässt auf sich warten, die Feigenernte aber nicht. Die Feigen dürfen bei der Ernte nicht ganz reif sein, sonst verfaulen sie, bevor sie den Verbraucher erreichen. Darüber hinaus kann man aus überreifen Früchten auch keine Trockenfrüchte gewinnen; denn sie verfaulen, sobald man sie in die Sonne legt. Ein Drittel der Einnahmen unserer Plantagen kommen aus dem Verkauf der Feigen."

„Was wird aber aus meinem Laden!?", klagte Abu Karim wieder. „Wie soll ich denn so schnell jemanden finden, der die Arbeit übernimmt, während ich nicht da bin!?"

„Sorge dich deswegen nicht!", sagte David beschwichtigend. „Du weißt, dass ich Mustafa wie meinen eigenen Sohn und Samira wie meine Tochter liebe. Ihr wird es bei ihrer Mutter und meiner Frau gut ergehen. Und sie wird unter meinem Schutz sein, bis du dich uns anschließt. Finde in Ruhe jemanden, welchem du deinen Diwan anvertrauen kannst. Unter den jetzigen Umständen darf Mustafa um keinen Tag länger allein gelassen werden. Er darf, nachdem er seine Alkoholsucht besiegt hat, nicht ins Leere fallen, sondern von Menschen umgeben sein, die ihn lieben."

„Ist ja gut! Macht nur, was ihr wollt!", gab Abu Karim unzufrieden nach. „Wie eine Sintflut reißt ihr alles mit, was euch im Wege steht!"

„Oh, wie sehr ich Väter wie dich schätze, mein lieber Abu Karim!", lobte ihn David. „Du bist ein gutes Beispiel dafür, dass der wahren Liebe eines Vaters zu seinem Kind nichts im Wege stehen kann."

David hielt wie gewöhnlich inne, sah seinen Zuhörern in die Augen und sagte noch: „Seht ihr, meine lieben Freunde, wie die Sehnsüchte der Menschen zu ihrem Schicksal werden!? Und wie schnell Glück und Glückseligkeit die Oberhand gewinnen, wenn Wünsche nicht von Angst, sondern von der Liebe gelenkt und von gutem Willen gesteuert werden!?"

Somit war der Entschluss, morgen nach Eynaltamor zu reisen, besiegelt. Samiras Vater konnte seine Sorge und seinen Missmut nicht verbergen, schien jedoch dem

Glück der Tochter und der gemeinsamen Entscheidung seiner Freunde nicht im Weg stehen zu wollen. Daher schwieg er, als Abu Saleh ergänzend hinzufügte, er würde morgen einen Karawanenführer aufsuchen und schon vor der Mittagszeit allen Bescheid geben, von welcher Karawanenstation aus die Abreise beginne.

Nach einer Weile stillen Sitzens stand Abu Karim unversehens auf und sagte: „Es ist Zeit zum Abendgebet!"

Da sprang auch Abu Saleh auf, David nahm zwei Kerzenständer und führte die beiden im Lichte der Kerzen zum Hofbrunnen. Er stellte jene auf der Brunnenmauer ab und goss seinen Freunden Wasser in die Hände, damit sie ihrem Waschungsritual vor dem Gebet nachgingen. Währenddessen tauchte Samira plötzlich mit zwei Handtüchern auf dem rechten Arm hinter David auf. Er nahm ihr dankend die Handtücher ab und sie kehrte sofort zu den Frauen zurück. Nachdem die Männer ihre Gesichter, Füße und Arme getrocknet hatten, folgten sie David ins Haus. Nach dem Gebet, als sie wieder auf der Terrasse erschienen, setzten sie sich nicht mehr hin, was bedeutete, es sei Zeit aufzubrechen. Somit standen die Sitzenden auf und nahmen voneinander Abschied. David sah Abu Karim durchdringend in die Augen und drückte ihm kräftig die Hände. Alsdann wandte er das Gesicht zu Abu Saleh und sagte: „Es wird mir eine Ehre sein, wenn du die heutige Nacht bei uns verbringen würdest. Beim Reisen bleibt einem zum Reden und sich Kennenlernen kaum mehr Kraft übrig."

Abu Saleh wandte den Blick zu Abu Karim und sagte: „Ich bin bereits sein Gast. Wenn er es erlaubt, verbringe ich gern die Nacht bei euch. Es gibt für mich Fragen, die noch unbeantwortet sind. Mir ist es sehr wichtig zu erfahren, was Mustafa hier in Romeyseh gemacht hat und wie es ihm genau ergangen ist."

Abu Karim reichte ihm die Hand und sagte: „Möge geschehen, was Gottes Wille sei. Tu, was dein Herz begehrt!"

In diesem Augenblick trat Samira hervor und sagte zu David: „Gott segne Sie, Onkel David!" Alsdann wandte sie sich Miriam zu und umarmte sie. Das Gleiche tat ihre Mutter und danach stiegen alle die Stufen in den Hof hinunter. Dabei hielten David und seine Frau die Kerzenständer hoch und führten in deren Lichte die Gäste zur Haustür.

„Was für eine angenehme, milde Abendluft!", sagte Abu Saleh, nachdem die Gäste das Haus verlassen und er und seine Gastgeber sich wieder auf die Hofterrasse begeben hatten. Als er und David sich hinsetzten, verschwand Miriam im Flur. In diesem Augenblick sah Abu Saleh bewundernd zu dem üppigen Blattwerk des alten Feigenbaumes hinauf, dessen lilafarbene Feigen im Mondlicht silbern schimmerten. Nach ein paar Minuten erschien Miriam mit einem breiten Tablett in den Händen wieder auf der Terrasse. Auf dem Tablett befanden sich zwei kleine Teeschalen aus Ton, eine Schale Honig und eine Kanne heißes Wasser voller frischer Pfefferminzblätter. Sie setzte das Tablett ab, wünschte den Männern angenehme Unterhaltung und zog sich ins Haus zurück.

Eine gemütliche Abendstille herrschte im Hof. Da griff David nach der Kanne und schenkte seinem Gast Tee ein. Nachdem der andere für eine Weile an seinem Tee genippt hatte, fragte er neugierig: „Vorhin hast du gemeint, die Wünsche der Menschen machen Schicksale, nicht wahr?“

„So ist es“, nickte David bestätigend.

„Ist das etwa deine persönliche Meinung oder ein christlicher Glaube?“

„Sowohl als auch“, gab David vielsagend zurück.

„Wir Moslems glauben aber fest daran, dass Menschenschicksale von Allah gemacht sind.“

„Daran glaube ich auch fest. Diesem kommt aber noch etwas hinzu, nämlich der Wille der Menschen“, ergänzte David.

Abu Saleh zog seine buschigen Augenbrauen zusammen und spitzte die Ohren.

„Das Schicksal der Menschen hat im Laufe der Jahrtausende die Geschichte der Menschheit geprägt“, fuhr David fort. „Diese Geschichte ist aber voll von Krieg, Hass, Massenvernichtung und von den Krankheiten, die von den Menschen selbst verursacht sind. All dies ist nicht allein gegen den Menschen als solchen gerichtet, sondern auch gegen die gesamte Schöpfung Gottes auf der Erde, also auch gegen den Schöpfer selbst.“

David hielt inne und prüfte die Konzentriertheit seines Zuhörers. „Nun, die Frage ist, warum Gott Menschenschicksale in die Wege leiten soll, wenn diese gegen ihn selbst gerichtet sind!?“

Abu Saleh schaute David verwirrt an und schien auf seine Frage keine Antwort zu haben.

„Genau aus diesem Grund müssen die Wünsche und daher die Zielsetzungen des Menschen, sein Wille und sein Entscheidungsvermögen in die Schicksalsplanung Gottes einbezogen werden“, beantwortete David selbst seine Frage.

„Warum müssen sie das?", fragte Abu Saleh im leicht aufgebrachten Ton.

„Um korrigiert zu werden", gab David unverzüglich zurück. „Jeder falsche Wunsch führt zu falschen Zielsetzungen und Entscheidungen, und diese wiederum zu falschen Worten und Taten. Auf die letzteren reagieren die Mitmenschen sofort mit negativen Reaktionen. Die Folgen sind Leid und seelisch-körperlicher Schmerz für alle Beteiligten. Dennoch Leid, wie schlimm es auch sein mag, trägt immer den Keim des neuen Denkens in sich. Ist die neue Denkweise geboren, so sind die Ursachen des Leidens behoben und somit die ursprünglichen, falschen Neigungen und Wünsche korrigiert."

„Korrigiert in welchem Sinne?"

„Im Sinne der Heilung."

„Was meinst du mit falschen Neigungen und Wünschen? Was verstehst du überhaupt unter dem Falschen?", hakte Abu Saleh neugierig nach.

„Damit meine ich alles, was den Gesetzen der Weltordnung zuwider läuft."

Abu Saleh zog wieder verwirrt die Augenbrauen zusammen.

„Schau mal!", lächelte David. „Es gibt einen wesentlichen Unterschied zwischen dem Schicksal eines Menschen und dem eines Tieres oder einer Pflanze. Bei den letzteren ist die Überwindung der äußeren Hindernisse, nämlich der klimatischen Veränderungen die treibende Kraft für die Entwicklung und das Schicksal einer Art, bei Menschen hingegen die Überwindung der inneren Hindernisse. Diese Hindernisse sind Denkgewohnheiten, Neigungen, Bedürfnisse und Wünsche, die sich gegen die Gesetze der Weltordnung richten. Der Wille des

Weltgeistes, anders gesagt der Wille Allahs offenbart sich aber im Rahmen jener Gesetze. Diese ewigen, göttlichen Gesetze sind es, die dem Universum Ordnung verleihen, unserer Erde Schönheit und Vollkommenheit schenken und allen Lebewesen Wachstum und Gedeihen ermöglichen. Schau dir doch die Natur an!" verlangte David abrupt. „Gibt es denn in der Natur ein einziges Tier oder eine Pflanze, die in ihrer Art nicht vollkommen wäre und in ihrer Beziehung zur gesamten Erde nicht in vollkommener Harmonie stünde?"

Abu Saleh hörte genau zu, schien aber auf Davids Frage nicht reagieren zu wollen.

„Alles, was die Tiere und Pflanzen tun und die kleinste Regung und Veränderung der Himmelskörper im All sind den Gesetzen der Schöpfung, also dem Willen Gottes, untergeordnet. Sie können auch nicht anders sein; denn sie verfügen nicht über den eigenen Willen und können daher nur ein Ausdruck Seines Willens sein, des Willens ihres Schöpfers. Dagegen verfügt einzig und allein der Mensch über den eigenen, freien Willen. Nur er vermag, sich mit seinen Absichten gegen die Gesetze der Schöpfung zu stellen, obwohl er ein Teil von ihr ist, aus ihr stammt und mit Leib und Seele ihr angehört."

„Wer ist denn der Mensch, der sich gegen den Willen Gottes stellt!?", fragte Abu Saleh aufgebracht. „Du beschreibst die Dinge so, als ob der Mensch dazu gezwungen wäre, sich gegen die Gesetze der Schöpfung zu stellen!?"

„So ist es", erwiderte David gelassen.

„Warum denn!?"

„Um zu wachsen."

„Wachsen!? Indem er sich dem Willen seines Schöpfers nicht unterwirft!? Indem er sündigt!?"

„Nein! An der Sünde kann der Mensch nicht wachsen", versetzte David, „ sondern an den Folgen, die sie mit sich bringt: am Leiden und an den Schmerzen, die nach der Abkehr unvermeidbar folgen. Das ist auch der Grund, warum der Mensch überhaupt einen Körper hat, obwohl er im Grunde ein geistiges Wesen ist und kein körperliches."

„Ich kann dir nicht folgen", warf Abu Saleh schroff ein.

„Der Mensch hat nur deswegen einen Leib, um durch ihn zu erfahren, welche Gedanken und Taten ihm Freude, Erfüllung und Glückseligkeit bringen, und welche Gedanken und Taten ihn ins Leid und Elend stürzen. Der Mensch verfügt über einen Körper, weil er ihn braucht, um bewusst oder unbewusst die Qualität eigener Gedanken und Absichten zu prüfen."

„Ich verstehe immer noch nicht!"

„Es ist ganz einfach: Jeder kleinste Gedanke, der einem Menschen durch den Kopf geht, bringt ihm gute oder schlechte Empfindungen. Sobald diese Empfindungen in Worte gefasst und somit in die Welt getragen sind, reagieren die Mitmenschen auf sie. Auf diese Weise erlebt jeder Mensch die Folgen seiner Worte und Taten am eigenen Leibe. Sein Körper bietet ihm also die Möglichkeit, nachzuvollziehen, welche Reaktionen seine Gedanken und Worte bei den Mitmenschen verursachen."

David hielt wieder inne, um die Wirkung seiner Worte auf Abu Saleh zu prüfen.

„Man darf es nicht vergessen", fuhr er fort „dass die Denkgewohnheiten eines Menschen zu seinen Gewohnheiten werden und diese wiederum zu seinem Charakter. Hätte er aber keinen Körper, könnte er seinen Charakter weder in Worte fassen noch es durch Handlungen offenbaren. Ohne einen Körper würde der Mensch also nie in Erfahrung bringen, welche Folgen seine Gedanken und Taten für ihn selbst und für die anderen haben werden. So kann er in der Tat erleben, dass er selbst sein Schicksal durch seine Worte und Handlungen schmiedet."

„Und was hat das Ganze mit Allah zu tun!?", fragte Abu Saleh im ungeduldigen Ton.

„Allahs Wesen besteht auch aus Gedanken und Absichten", antwortete David. „Dennoch aus jener Art von Gedanken und Absichten, die sich aus der unendlichen, reinen Liebe ergibt und im ewigen Schaffen des Guten, Wahren und Schönen ihre Erfüllung findet. Ich rede von einer Art der Liebe, die sich ohne Unterlass in unendlicher Gnade über die Welt ergießt. Nun, wäre der Mensch in seiner Entwicklung soweit fortgeschritten, um Allahs Liebe und Gnade für alle Lebewesen in eigenen Gedanken, Absichten, Worten und Taten zum Ausdruck zu bringen, dann hätte sein Schicksal seinen Zweck erfüllt. So einer hätte seine Trennung von der Schöpfung und dem Schöpfer endlich behoben und sein Leiden würde sich für immer auflösen; wie die dunkle Nacht im Lichte des aufgehenden Morgenlichts."

Abu Saleh gefiel die Art und Weise, wie David es versuchte, einen engen Zusammenhang zwischen den Gedanken und Absichten des Menschen und seinem Schicksal herzustellen. Dennoch ließ er sich von seiner Zufriedenheit nichts anmerken und kam wieder auf den Punkt: „Ich sehe ein, dass der Mensch einen freien Willen hat und er seine Wahl zwischen dem Guten und Bösen treffen muss, um seinem Schöpfer näher zu kommen oder sich von ihm zu entfernen. Dennoch erläutern deine Worte immer noch nicht, welche Rolle Allah bei den Menschenschicksalen spielt."

„Nun ist die Antwort auf deine Frage ausgereift", ergänzte David einleitend. „Die Rolle Gottes bei der Bestimmung des Schicksals zu begreifen, ist nicht leicht und bedarf großer Geduld und Wahrheitsliebe; denn diese Rolle vollzieht sich absolut im Geheimen. Lass mich diese Frage durch das folgende Gleichnis erklären: Stelle dir eine Bergquelle vor, die im Herzen des Berges im Dunkeln nach oben steigt. Sie wird vom inneren Drang getrieben, eine schwache Stelle am Hang des Berges zu finden, um hinauszuschießen und somit das Licht der Welt zu erblicken. Ist die Quelle geboren, so macht sie sich unverzüglich auf den Weg zu ihrem Ursprung, zum Meer. Ihr Fließen dorthin läuft durch Risse, Mulden und Vertiefungen, die ihr auf dem Weg zum Meer begegnen. Die Quelle verfügt zwar über die eigene Kraft zu fließen, sie kann aber nur durch die Mulden und Vertiefungen strömen, die schon da gewesen sind, bevor sie aus der Tiefe des Berges hinausgeschossen ist, also bevor sie geboren ist.

Ihr Weg über den schroffen Hang ins Tal hinunter ist zunächst steil und steinig, ihr Fließen daher ungestüm, stürmisch und wild wie ein kleines Kind. Je mehr sie sich ihren Weg bahnt, umso größer und schwungvoller wird sie. Dennoch, wie kraftvoll und stark sie auch strömen mag, hat sie doch keine andere Wahl, als durch die bereits vorhandenen Mulden und Vertiefungen zu fließen, die zwischen ihr und dem Meer liegen. Hingegen hätte sie die Wahl, die Mulden zu verlassen und sich dorthin zu ergießen, wozu sie Lust hätte, so würde sie nie das Ziel erreichen. Denn ihre Strömung würde sich auf dem Flachland so sehr ausdehnen, dass sie allen Schwung verliert und unter der prallen Sonne austrocknet."

David hielt inne, lächelte seinen Zuhörer an und fuhr mit Nachdruck fort: „Beim Menschen ist es genauso. Er verfügt zwar über den eigenen Willen und kann im Gegenteil zur Strömung die Mulden – sprich die Gesetze der Weltordnung - verlassen, die ihm als Wegweisung zum Ziel dienen. Die Folgen sind Krankheit, Leid und Schmerz. Diese sind aber nicht überflüssig; denn sie ziehen die innere Reife nach sich, welche den Menschen befähigt, zu den Mulden und daher zu einem sicheren Dahinfließen zurückzufinden. Darin sehe ich die Rolle, bzw. die Gnade Gottes bei der Bestimmung des Menschenschicksals. Der Sinn dieser Gnade liegt darin, dafür zu sorgen, dass der Verwirrte durch dunkle, kalte Nächte, durch Angst, Krankheit, Leid und Schmerz hindurch endlich einen Weg findet, der ihn in die Mulde, also ins Licht zurückführt. So wird der Erleuchtete voller Schwung dem Ziel seines Daseins, dem unendlichen Meer entgegenfließen; dennoch nicht mehr unbewusst, wie es bei der Quelle der Fall ist, sondern bewusst, daher frei."

„Bewusst und frei!?", warf Abu Saleh ironisch ein. „Obwohl er immer noch in den Mulden und Vertiefung fließen muss, die schon da gewesen sind, bevor er das Licht der Welt erblickt hat!?"

„Ja, bewusst und frei", versetzte David. „Denn Freiheit ist nur im Rahmen des Gesetzes - in unserem Gleichnis also nur in den Mulden - möglich. Freiheit hat nur im Rahmen der kosmischen, ewigen Gesetze des Guten, Wahren und Schönen Bestand; sonst ist sie zum Scheitern verurteilt."

Abu Saleh schwieg nachdenklich. Nach einer Weile wollte er eine weitere Frage stellen, da sagte David, er hätte eine lange Reise hinter sich, er möge jetzt die Nachtruhe genießen, die beiden hätten im Laufe der morgigen Reise und danach genügend Zeit, um das Gespräch zu vertiefen. Daraufhin schwieg David und ließ die Flut seiner Worte in der nächtlichen Stille verebben. Währenddessen sah er zum Himmel hinauf, dessen Sternenpracht sich in unendlicher Fülle über die Erde gewölbt hatte.

Nun brach er die Stille und beendete seine Erläuterungen, indem er abschließend hinzufügte: „Gott liebt den Menschen allzu sehr, um ihm seine freie Wahl und freie Entscheidung wegzunehmen; daher lässt Er alles geschehen. Und eben dadurch, dass alles geschieht, vollzieht sich Sein Plan für jeden Einzelnen. Sein Plan für uns Menschen ist der Plan für unsere seelischen Wandlungen, also für unseren Werdegang. Und wenn aus uns etwas werden soll, kann das nur aus unseren freien Entscheidungen resultieren. So macht Er aus einem Kind den größten Künstler aller Zeiten, oder ließ Er aus den Propheten Krishna, Buddah, Moses, Jesus und Mohammed die größten Sterne werden, die am dunklen, finsteren Himmel der Menschheit ewig strahlen werden. Dagegen reißt Er dem Tyrann und Weltherrscher immer wieder das Herz aus dem Leibe, damit die Menschheit es nie vergisst, dass das Leben nicht auf Gewalt und Unterdrückung, sondern auf Liebe, auf dem Guten, Wahren und Schönen gebaut ist. Somit durchläuft jede Seele durch all das, was sie will, kann und tut einen ganz persönlichen Plan; gemacht durch den Schöpfer, so nah und beschützend wie die Wimpern für unsere Augen, und so ungreifbar und geheimnisvoll wie die Sterne in unseren dunkelsten Nächten.

Die Unantastbarkeit des göttlichen Plans kann jeder anhand eigener Erfahrung prüfen: Man braucht nur die nächsten sechs Monate Tag für Tag zu planen, um sich zu überzeugen, dass es beinah unmöglich ist, diesen Plan aufrechtzuerhalten. So muss man entweder Kompromisse schließen oder den Rest des Plans völlig verwerfen; denn man würde bald mit Staunen feststellen, dass dazwischen unerwartet Dinge auftauchen, die eine völlige Durchführung des Geplanten unmöglich machen. Und eben diese unerwarteten Zwischenfälle, wie zufällig sie einem auch erscheinen mögen, sind die Verwirklichung eines anderen Plans, des göttlichen Willens, welchem keiner entrinnen kann, nicht einmal der Tyrann und Weltherrscher; egal wie viel Macht er während seiner Herrschaft an sich gerissen hat."

Somit sank Davids entrückter Blick sachte herab und der Wiederhall seiner sanften Stimme entschwand in der nächtlichen Stille. Er sah leicht abwesend seinem stillen Gast in die Augen. Abu Saleh war zutiefst berührt und schaute David ungläubig an, während das Licht der unruhigen Kerzenflamme in seinen Augen und auf seinem bärtigen Antlitz glänzte. Die Kerze stand in einer Schale, in der die Kerzenflamme im zerflossenen Kerzenwachs zu versinken drohte.

„Die Flamme scheint bald zu erlöschen", brach David wieder die Stille, „sowie der Rest unserer heutigen

Kraftreserve. Wir sollten uns in den nächtlichen Schlaf fügen. Wenn du möchtest, richte ich dein Bett hier auf der Hofterrasse. Die frische Sommerluft würde dir gut tun."

Abu Saleh nickte abwesenden Blickes und schien immer noch unter dem Bann des Gesprochenen zu stehen.

Nachdem David eine Wattematratze auf der Terrasse aufgeschlagen, darauf ein Kissen gelegt und sie mit einer Decke bedeckt hatte, wünschte er seinem Gast gute Nacht und verließ ihn. Dieser legte sich hin und sah sogleich zum Sternenhimmel hinauf, welcher sich wie eine Kuppel aus glitzernden Sternen über die Welt gewölbt hatte. Davids Worte schienen in ihm eine starke Gedankenströmung in Bewegung gesetzt zu haben. Er dachte immer wieder an die Worte, welche besagten, dass Gottes Plan für die Menschen darin bestünde, sie ihre Fehler machen zu lassen und dann ihren Werdegang auf geheimnisvollste Weise so zu beeinflussen, dass sie jene notwendigen Gedanken entwickelten, die sie aus den Gefahren hinausführten und ihnen ein sicheres, glückseliges Leben ermöglichten.

Im silbernen Zauber des Mondlichts trieb Abu Salehs aufgewühltes Gemüt solange auf der unruhigen Strömung der obigen Gedanken, bis seine müden Augenlider sachte aufeinander sanken und er einschlief.

Jenseits der Berge, wo das Flachland in der Ferne an die hohen Hügel Eynaltamors grenzte, öffnete Mustafa im Schloss um die Mitternacht die Augen. Abgesehen von den Lichtstrahlen des Mondes, die durch die Fensterscheiben in den großen Raum im Parterre hineinfielen, lag alles andere im Haus im Dunkeln. Mustafa griff tastend nach der dicken Kerze, die Abu Salehs Frau

rechts von seiner Matratze in einer kleinen Schale hingestellt hatte. Bald stießen seine Finger auf die Schachtel
der Streichhölzer, die neben der Schale lag. Er nahm
daraus ein Streichholz und zündete damit die Kerze an.
Dann starrte er die hohe Decke an, welche nicht nur der
großen Wohnstube im Erdgeschoss, sondern auch den
übrigen Zimmern im Obergeschoss als Decke diente. Sie
dehnte sich im Schloss über alle Wohnräume aus und
bedeckte sie einheitlich.

Mustafa atmete tief ein und verspürte sogleich die frische Lebenskraft, eine Art feine Lebensfreude im Herzen, welche in seinem Blut durch die Adern kreiste und
ihm seine baldige Rückkehr ins normale Leben verhieß.
Er atmete noch einige Male tief ein und aus und bemerkte, dass nun nicht nur seine Lunge, sondern auch sein
gesamter Brustkorb von dem Druck befreit war, der seit
Monaten auf ihm lastete. In diesem Augenblick kam das
Bild Samiras in seinem Inneren wieder auf. Er gab sich
frohen Herzens diesem Bilde hin und ließ sich von den
goldenen Gedanken mitreißen, die darauf folgten.

„Das gesamte Haus sollte vor Sauberkeit glänzen",
dachte er laut und sprang plötzlich auf.

Die unruhige Flamme der brennenden Kerze vermoch-
te die große Wohnstube nur teilweise auszuleuchten.
Gänzlich im Dunkeln blieben die Wände und die oberen
Stufen der Holztreppe, die zum Obergeschoss führten.
Mustafa dachte sogleich an die vielen Kerzenständer, die
überall an den Wänden angebracht waren. Aus eigener
Erfahrung wusste er, dass die Kerzen sich in der kleinen
Kammer unter der Treppe befanden; denn seine Amme
kam stets mit neuen, weißen Kerzen in den Händen aus
jener Kammer heraus, wenn sie die geschmolzenen Ker-

zen in den Ständern durch die neuen ersetzen wollte. Da
hob er die brennende Kerze auf und eilte auf die Kammer zu. Sobald er die Kammertür öffnete, fiel das Kerzenlicht in den kleinen Raum hinein und beleuchtete ihn
vollständig. An der gegenüberliegenden Wand der
Kammer war ein hölzernes Regal angebracht, auf dessen
oberstem Brett viele Kerzen aufeinander lagen. Diese
waren vom dicken Staub so sehr bedeckt, dass sie kaum
mehr weiß, sondern eher vergilbt, ja sogar leicht bräunlich aussahen. Der muffige Geruch in der Kammer samt
dem Spinnennetz, das die großen Teile der schrägen
Decke und des Holzregals bedeckt hatte, deuteten darauf hin, dass der kleine Raum seit Monaten weder betreten noch gelüftet worden war. Mustafa nahm mehrere
Kerzen, pustete sie kräftig an und sah der Staubwolke
nach, die die Kammer füllte.

„Gütiger Gott! Was ist aus unserem Haus geworden!!"
dachte er laut, trat hinaus und steuerte auf die Holztreppe zu. Kaum hatte er die untersten Treppenstufen
bestiegen, da blieb er erschrocken stehen. Soweit die
Kerzenflamme ihr Licht werfen konnte, erblickte er eine
dicke Staubschicht, welche die Treppe und das Treppengeländer gänzlich bedeckt hatte. Auf den Stufen hatten Hosniehes Schuhe im Staub Abdrücke hinterlassen.
Da lief Mustafa ein eisiger Schauer über den Rücken. Er
sah nun in aller Klarheit, was inzwischen tatsächlich aus
seinem Zuhause geworden war. Was er in diesem Moment erblickte, war nicht mehr das Haus, in dem er aufgewachsen war, sondern ein Geisterhaus, eingehüllt im
Staub und im Muff der vergangenen Monate. Er hob
schweren Herzens die Kerze hoch, damit das Kerzenlicht auch die hohe Decke anleuchtete. Da sah er überall,

wo die Decke mit den Wänden Kanten gebildet hatte, dicke Spinnennetze, welche sich abwärts ausdehnend auch die Kerzenständer an den Wänden zeltförmig bedeckt hatten. Er stieg die Treppe langsam hinauf, während er mit ungläubigen Augen den großen Wohnraum beobachtete, der ihm sehr kalt und fremd erschien. Als er die oberste Stufe der Holztreppe erreichte, legte er, was er in den Händen hielt, ab und zog sein Hemd aus. Alsdann lief er auf die Kerzenständer zu und befreite sie mit seinem Hemd von den Spinnennetzen. Nachdem er jene in hektischer Eile mit Kerzen versehen und diese angezündet hatte, stieß er einen Seufzer der Erleichterung aus, sank zu Boden und lehnte sich keuchend gegen einen der dickbäuchigen, hölzernen Pfeiler des Treppengeländers. Während er sich die brennenden Kerzen an den Wänden ansah, erfüllte ihn ein Gefühl der Zufriedenheit. Als ob ein Wunder geschehen wäre, sah er mit Freude im Herzen zu den vielen friedlich brennenden Kerzen in den zweiarmigen, eisernen Ständern hin, welche das Obergeschoss, die Treppe und einen Teil der Wohnstube völlig ausgeleuchtet hatten.

„Meiner Samira wird dieses Haus gut gefallen", dachte er und sprang wieder auf. Er nahm die restlichen Kerzen und stieg geschwind die Treppe hinunter. Im Parterre steuerte er unverzüglich auf die restlichen Kerzenständer zu, die wie im Obergeschoss überall an den Wänden vom Spinnennetz bedeckt waren. Er legte die Kerzen ab und wollte sich aufrichten, da empfand er unverhofft einen brennenden Schmerz im Herzen. Er stieß einen unterdrückten Schrei aus und griff sofort nach seiner Brust. Sein Herz raste schnell und er fühlte, wie ihm das Blut pochend ins Gehirn stieg. Ein erwürgender Druck legte sich auf seinen Hals. Er richtete sich langsam auf, atmete tief ein und aus und versuchte das Gleichgewicht zu halten. Um einen Sturz zu vermeiden, sank er vorsichtig in die Knie und krabbelte langsam zu seinem Bett hinüber. Sobald er an seiner Matratze angekommen war, legte er sich hin, während sein Herz immer noch raste.

„Die Kraft, die ich in mir verspürte, war also nur ein Trug", dachte er enttäuscht und wischte sich den Schweiß von der Stirn. Er hatte in der Tat seine Genesung überschätzt. Sein Schicksal hatte ihn vor einigen Monaten allmählich an den Rand einer tiefen, finsteren Schlucht gebracht, und er hatte alles getan, um nicht hinunterzustürzen. Dann kam der Augenblick, in dem er sich doch fallen lassen wollte. Während des Sturzes hatte er dem Tode für Momente in die Augen gesehen, dennoch war er plötzlich wieder ins Leben zurückgeschleudert worden, als ob die vergangenen schrecklichen Monate bloß ein böser Alptraum gewesen wären.

Er machte sachte die Augen auf und sah durch die schmale Öffnung der Augenlider zu den brennenden Kerzen im Obergeschoss hinauf. Sein Herz raste nicht mehr, schmerzte aber immer noch. Trotzdem schimmerte ein kleines Lächeln der Zufriedenheit auf seinem blassen Antlitz und verschwand wieder so schnell wie es erschienen war. Da überkam ihn eine große Müdigkeit und er schlief ein.

Als er am Morgen erwachte, erblickte er über sich das Sonnenlicht, welches durch die Fensterscheiben hindurch in Form mehrerer Lichtbalken in die Wohnstube gefallen war. Er sah sich für eine Weile die Staubteilchen an, die in den Lichtbalken sanft durcheinander schwebten. Bald gab ihm das Knurren seines Magens zu verstehen, dass er seit zwei Tagen nichts gegessen hatte. Er sah spähenden Blickes zum Fenster hinauf.

„Ich muss etwas essen", dachte er und versuchte aufzustehen. Dabei fühlte er einen kleinen Stich im Herzen und regte sich nicht mehr.

„Ich muss trotzdem etwas essen", redete er sich ein und richtete sich langsam auf. Auf der Fensterbank sah er ein hölzernes Tablett liegen. Darauf befanden sich Datteln, Honig, Brot und ein Glas Milch. Neben dem Tablett auf der Fensterbank lag ein Spiegel mit einem Rasiermesser darauf und einem Stück Seife daneben.

„Danke dir, Hosniehe!", murmelte er leise, nahm das Tablett herunter und begann hastig zu essen. Nachdem er alles Essbare auf dem Tablett verschlungen hatte, stand er wieder auf und nahm den Spiegel und das Rasierzeug von der Fensterbank. Im Spiegel sah er sich seine Gesichtszüge an und merkte sofort, dass sie sichtlich älter wirkten als sonst. Das lag gewiss nicht allein an dem kränklichen Ausdruck seines bärtigen, bleichen Gesichtes, sondern vielmehr an der Härte und Intensität seiner Erlebnisse in den letzten Monaten, welche tiefe Spuren in seiner Seele hinterlassen hatten. In seinen dunkelbraunen Augenringen entdeckte Mustafa noch viele kleine Falten, die er jetzt zum ersten Mal erblickte. Er beobachtete für eine Weile diese Falten; dann entschied er sich plötzlich für eine gründliche Rasur. Was er hierzu benötigte, war nur eine Schüssel Wasser. So eilte er in die Küche und spähte in den Regalen nach jener.

Der Küchenraum und die Regale an den Wänden waren entweder mit Staub überzogen oder mit Spinnennetzen bedeckt. Mustafa griff in eines der Regale und riss eine Schüssel aus dem Spinnennetz heraus. Danach ging er in die Wohnstube zurück und wischte mit seinem Hemd den Staub von der Schüssel. Neben seinem Schlafplatz stand der große Krug aus Ton und war noch zur Hälfte mit Wasser gefüllt. Er goss dessen Inhalt vorsichtig in die Schüssel hinein, stellte sich ins Sonnenlicht am Fenster hin und begann sich zu rasieren. Nachdem er abschließend einen kleinen, hartnäckigen Rest des langen Bartes von seinem Kinn entfernte, nahm er im Spiegel sein glattes Gesicht in Augenschein. Die Rasur hatte ihm sein Gesicht wiedergegeben; auch wenn es immer noch bleich und mitgenommen wirkte. Er seufzte, wandte den Blick vom Spiegel ab und spähte nach einem Tuch, womit er die Schaumreste vom Gesicht abwischen könnte. In diesem Moment glitt ein Schatten über sein Profil und er hörte sogleich eine Frauenstimme: „Salamo Alakom, Mustafa! Geht es dir jetzt besser?"

Mustafa erschrak zuerst, dann freute er sich über Hosniehs Gruß und erwiderte: „Alaykomo Salam, Hosniehe! Mir geht es Allhamdo lillah – Gott sei gepriesen! – besser. Schön, dass du da bist! Schließe mir jetzt das Portal auf! Ich kann hier nicht mehr aushalten. Mein Zuhause ist kein Haus mehr, sondern ein verstaubter Sarg, in dem ich mich wie begraben fühle. Ich frage mich die ganze Zeit, wie meine Braut in dieser Bude leben sollte!? Mach mir die Tür auf, ich habe jede Menge zu tun!"

Hosniehe sah ihn unschlüssig an und fragte: „Bist du dir darüber ganz im Klaren, was du sagst? Du weißt, was uns beide erwartet, wenn wir einen Fehler machen! Du kennst doch Abu Saleh!"

„Ich wollte selber eingesperrt werden", entgegnete Mustafa. „Ich hatte Angst vor mir selbst, vor meinem

Verlangen nach Wein. Jetzt ist aber die Liebe zu Samira und der Wunsch, sie glücklich zu sehen, mein einziges Verlangen. Sei also unbesorgt! Ich weiß ganz genau, was ich will."

„Ganz wie du willst!", erwiderte Hosniehe nachgiebig und steuerte auf die große Eingangstür des Hauses zu. Nachdem sie das Portal aufgeschlossen hatte, zog Mustafa von innen aus an seinen schweren Türflügeln, öffnete sie gänzlich und sprang auf die Hofterrasse.

„Oh, wie gut einem die frische Luft tut!", rief er aus. „Ich brauche Wasser, Hosniehe! Ich stinke. Ich muss mich waschen, auch das gesamte Haus muss geputzt und gereinigt werden."

Hosniehe zog eine Augenbraue hoch und sagte lächelnd: „Dazu hast du auch gute Gründe; es gibt nämlich gute Neuigkeiten!"

Mustafa sah ihr neugierig in die Augen, sagte aber nichts.

„Kurz bevor Abu Saleh weggeritten ist, sagte er zu mir, er würde nicht ohne Samira zurückkehren. Du weißt es genau, dass er nie etwas verspricht, wenn er es nicht halten kann."

Mustafa stand auf der Terrasse wie erstarrt und schaute mit ungläubigem Staunen Hosniehe an. Dann wandte er den Blick von ihr ab und sah zu den steinernen Pflastern des Hofes hinunter. „Wie merkwürdig die Schicksalsspiele sind!!", brach er die Stille. „Vor einigen Tagen machte ich mich auf den Weg hierher, um das Heimatdorf ein letztes Mal zu sehen, bevor ich mir das Leben nehme. Jetzt stehe ich dort, wo ich geboren bin und erwarte das Eintreffen einer Frau, die ich über alles liebe!"

„Mich freut es so sehr, dass du wieder da bist, Bruder
Mustafa! Ich kann das gut verstehen, was du über das
Schloss gesagt hast. Das Haus ist so gut wie nicht bewohnbar. Es muss unbedingt gereinigt und gesäubert
werden."

„Ich aber auch!", scherzte Mustafa.

„Dann beeile dich! Wie ich Abu Saleh kenne, wird deine Braut bald vor deiner Tür stehen."

Da eilte Hosniehe ins Haus hinein und kam kurz darauf mit einem großen Eimer und mehreren Putzlappen
in den Händen heraus. „Du wirst bestimmt die Hände
voll zu tun haben", sagte sie keuchend. „Verzeihe mir,
dass ich dir bei den Putzarbeiten nicht helfen kann. Ich
muss auf die Kinder aufpassen, sonst würden sie was
Dummes anstellen."

„Ich bin derjenige, der um Verzeihung bitten muss",
entgegnete Mustafa. „Seitdem ich da bin, machst du dir
meinetwegen große Umstände."

Hosniehe sagte vorerst nichts und sah bloß Mustafa an;
dann senkte sie den Blick und sprach leise: „Ich und Abu
Salah lieben dich wie den eigenen Bruder. Und die Kinder haben nie damit aufgehört, ihren Onkel zu lieben.
Sie haben hin und wieder nach dir gefragt, während du
nicht da warst."

„Ich kann nicht in Worte fassen, wie sehr ich die Kleinen vermisst habe, während ich in Romeyseh war", erwiderte Mustafa. „Jetzt fühle ich wieder Kraft in meinen
Gliedern. Ich werde nachholen, was ich versäumt habe.
Bringe die Kinder heute Abend zu mir!"

„Zuerst bringe ich dir ein gutes Mittagsessen. Später
besuchen die Kinder ihren Onkel, sobald die Hitze
nachgelassen hat."

Nachdem Hosniehe das eiserne Tor des Hofes hinter sich zugezogen hatte, sah Mustafa ihr nach, bis sie den Bach über den alten, steinernen Steg überquerte. Der sonst starke Bach war auch in diesem Sommer zu einer kleinen Strömung zusammengeschrumpft, welche träge durch die Gassen des Dorfes schlängelte und es in Richtung der Küste verließ. Mustafa blieb für eine Weile auf der Hofterrasse stehen und sah sich den Hof an. Worauf sein Blick auch immer stieß, eilten ihm Öde und Trostlosigkeit entgegen: Aus den verwahrlosten Blumenbeeten an den Hofmauern, welche den mit Natursteinen gepflasterten Hof säumten, ragten jetzt überall trockenes Gras und tote Blumenstängel hervor. Während seines langsamen Beobachtens stieß Mustafas Blick auf den Brunneneimer, der am Brunnenseil hängend umgekippt auf dem Boden lag. Da ging er eilig in die Wohnstube zurück, holte die Seife, die noch auf der Fensterbank lag und ging geschwind hinaus. Am Hofbrunnen ließ er den Brunneneimer in die Tiefe hinunter, indem er begann, des Brunnens Rad langsam zu drehen. Aus eigener Erfahrung wusste er, dass es dem Brunnen zu keiner Jahreszeit am Wasser fehlen würde. Daher, sobald er merkte, dass der Eimer in der Tiefe auf der Wasseroberfläche gelandet war, ließ er ihn darin versinken und kurz danach zog er ihn hoch, indem er das Rad in die entgegengesetzte Richtung drehte. Dies tat er solange, bis der volle Brunneneimer aus dem Dunkeln auftauchte. Anschließend zog er ihn zu sich und stellte ihn auf die steinerne Brunnenmauer. Nachdem er sich mit der Seife gründlich gewaschen und den letzten Rest des Wassers über sich geschüttet hatte, legte er sich auf der Terrasse in die Sonne und ließ sich vom heißen Sonnenschein trocknen. Bald verjagte die brennende Mittagssonne die letzten Wassertropfen von seinem nassen Körper. Er suchte im dunklen Schatten der Wohnstube Schutz, ließ aber das Portal ganz offen, damit die frische Luft durch den gesamten Innenraum zog. Währenddessen verspürte er den Anflug einer feinen, bei normaler Körpertemperatur kaum wahrnehmbaren Brise, welche seine Haut streifte und seinen gesamten Körper abkühlte. Während er auf seiner Matratze auf dem Rücken lag und tief ein- und ausatmete, horchte er in sein Inneres hinein. Sein Herz schlug ruhig und sein Leib zitterte kaum. In seinem Blut kreiste nun das glühende Verlangen nach Wein nicht mehr und sein brennender Durst nach Alkohol schien spürbar nachgelassen zu haben. Die an ihm nagende Flut der Entbehrung war sichtlich abgeebbt und er schien seine innere Ruhe und damit seinen Willen zum größten Teil wieder gewonnen zu haben. Er genoss es, nicht mehr getrieben zu sein, einfach liegen und in Ruhe nachdenken zu können. Dies war Ruhe nach dem Sturm und sie fühlte sich wie eine Neugeburt an. Während er an seine Samira dachte und mit großer Freude im Herzen Zukunftspläne schmiedete, fiel es ihm ein, wie viele unerledigte Arbeiten im Schloss noch auf ihn warteten. Da sprang er auf und steuerte sogleich auf den Putzlappen zu; der Gedanke an den gestrigen Anfall bremste ihn aber und er wurde langsamer.

In Romeyseh hatte sich der Himmel wie immer im tiefen Azurblau über die Großstadt gewölbt und die fernen, umliegenden Berge im Nordwesten zeigten heute ihre Risse und Spalten klarer als an den vergangenen Tagen. Nachdem die frühmorgendlichen Rufe des Allaho-Akbars Abu Saleh auf der Hofterrasse in Davids

Haus geweckt hatten, entdeckte er neben seinem Schlafplatz sein Frühstück. Er betete zuerst, danach frühstückte er und verließ das Haus, bevor seine Gastgeber von ihrem Morgenspaziergang zurückkehrten. Nun war es Mittagszeit. Er hockte im Schatten der hohen, lehmigen Hofmauer der großen Karawanenstation und sah zu den Kamelen hinüber, die heute am frühen Morgen angekommen waren. Diese waren im Schatten der gegenüberliegenden Hofmauer auf ihre Bäuche niedergesunken und sahen seelenruhig den Menschen und den Reittieren nach, die an ihnen vorbeigingen. Abu Saleh war bereits am frühen Morgen in der Station aufgetaucht, um sich zu erkundigen, ob die Karawane in der Lage wäre, schon heute in Richtung Eynaltamor aufzubrechen. Der Geschäftsführer der Station hatte ihm gesagt, er möge zur Mittagszeit wiederkommen, der Karawanenführer mache seit frühem Morgen Rast und nur er könne ihm sagen, ob die Kamele sich soweit erholt hätten, um heute wieder aufzubrechen. Dies hatte Abu Saleh veranlasst, am Vormittag alle notwendigen Arbeiten zu erledigen, die die Feigenernte betrafen. Er hatte den jeweiligen Großhändler aufgesucht und mit ihm die entsprechenden Vereinbarungen getroffen. Nun freute er sich darüber, dass er und die Plantagenarbeiter, wenn nichts Unangenehmes dazwischen käme, in zwei Tagen mit der Feigenernte beginnen könnten. Der Großhändler vertraute Abu Saleh als einem seiner Hauptlieferanten sehr. Er hatte mit ihm den Tag der Lieferung festgelegt und Abu Saleh hatte sich kaufvertraglich verpflichtet, keinen anderen Käufer einzubeziehen. Nun lag er hockend im Schlummer, als er auf zwei Schatten aufmerksam wurde, die im grellen Sonnenlicht auf ihn zusteuerten. Er öffnete blinzelnd die Augen und sah einen kleinen alten Mann in der Begleitung eines Jugendlichen vor ihm stehen.

„Sei Gott mit dir, junger Mann!", grüßte der Alte.

„Salamo Alaykom, Väterchen!", grüßte Abu Salah zurück, nachdem er aus Respekt zu dem Alten sofort aufgesprungen war.

„Abu Scharif meinte, dass du mit einem Mann und drei Frauen nach Eynaltamor willst."

„So ist es", bestätigte Abu Saleh.

„Wann sollte die Abreise sein?"

„Enscha Allah – so Gott es will – schon heute, vor dem Sonnenuntergang."

Der alte Mann zog die Augenbrauen zusammen, fuhr mit der rechten Hand über seinen weißen Bart und sprach: „Die Kamele haben einen langen Weg hinter sich, sind am frühen Morgen angekommen und brauchen einen ganzen Tag Rast."

„Wir müssen aber heute aufbrechen", wandte Abu Saleh ein. „Die Feigenernte lässt nicht länger auf sich warten. Ich musste die Ernte aus einem sehr wichtigen Grund verschieben; freilich nicht ohne Verlust."

Der Alte blinzelte und nahm Abu Saleh in Augenschein. „Du meinst die Ernte in den Plantagen von Eynaltamor, nicht wahr?"

Abu Saleh nickte bejahend und sah ihm eindringlich in die Augen.

„Da ist ein großer Ertrag im Spiel, nicht wahr?", hakte der Karawanenführer nach.

„Und davon hängt das Leben vieler ehrenvoller Männer und ihrer Familien ab."

„Verstehe!", erwiderte der andere nachgiebig. Er drehte sich unversehens um und steuerte sogleich auf das gegenüberliegende Gebäude zu, wo sich das Büro des Geschäftsführers befand. Der Alte hatte in einem der Gästezimmer desselben Gebäudes im ersten Obergeschoss den ganzen Vormittag geschlafen und hatte mit seinem schrecklich lauten Schnarchen die Hälfte der Gäste aus ihren Zimmern vertrieben. Nun, kurz nachdem er im Gebäude verschwunden war, tauchte er auf dem flachen Dach desselben auf und sah zu den Bergen hinüber, welche die Stadt vom Norden her mit ihren hohen Felswänden umlagerten. Er schien das Gebirge aus irgendeinem Grund in Augenschein genommen zu haben und stand wie angewurzelt und starrte zu den Bergen hinüber. Nach einer Weile kehrte er plötzlich um und ging eilenden Schrittes aufs Treppenhaus zu. Nachdem er im Gebäude verschwunden war, kam er bald durch die Eingangstür des Büros heraus und steuerte auf Abu Saleh und den Jungen zu, welche im Schatten der südlichen Hofmauer hockend zu ihm herüberschauten.

„Selbst im Schatten geht einem vor der Hitze fast der Atem aus", klagte Abu Saleh, nachdem er einen tiefen Seufzer ausgestoßen hatte. Der Jugendliche sagte nichts und sah unverwandt zu seinem Großvater hinüber, der im grellen Sonnenlicht die Augen zu einer kleinen Spalte zugekniffen hatte und eilig auf sie zukam.

„Spätestens in drei Stunden müssen wir aufbrechen", rief der Karawanenführer, sobald er vor Abu Saleh stand. „Ich will nicht, dass der Sturm uns mitten im Gebirge erwischt."

„Das ist aber unmöglich!!", versetzte Abu Saleh verwirrt. „Wie soll ich es denn schaffen, drei Frauen und einen Mann in drei Stunden zusammenzutreiben!?"

„Deine Feigenernte duldet keinen Aufschub, der Sturm aber auch nicht!", entgegnete der Alte.

Abu Saleh sah aufgebracht zum Himmel hinauf und rief: „Welchen Sturm meinst du denn!? Ich sehe weit und breit keinen einzigen Wolkenfetzen am Himmel!!"

„Du nicht, ich aber!", gab der andere gelassen zurück. „Die Wolken, wovon ich spreche, sieht man nicht mit bloßem Auge, sie sieht man mit Erfahrung." Er wandte den Blick zum Jugendlichen und fuhr fort: „Ich war so alt wie er, als ich zum ersten Mal auf dem Rücken eines Kamels die Wüste überquerte. Damals führte mein Vater die Karawane. Seitdem sind fünfundsechzig Jahre vergangen und ich habe nie damit aufgehört, die Wüste zu lieben und gleichzeitig zu fürchten. Ich gebe dir drei Stunden, nicht länger; sonst suchst du dir einen anderen, der bereit wäre, für Geldscheine Menschenleben zu riskieren."

Abu Saleh sah ihn verblüfft an, schwieg aber und verließ eilig die Karawanenstation, während er schimpfend murmelte: „Alter Spinner!"

Der Jugendliche sah ihm nach, bis er die große, hölzerne Eingangstür der Station passierte und hinter ihrer hohen, lehmigen Mauer verschwand. Alsdann wandte er den Blick zu seinem Großvater um und grinste. Der andere grinste zurück und zeigte mit den Augen auf das Büro hin. Der Junge verstand, was der Alte damit gemeint hatte und sie steuerten sogleich aufs Büro zu.

Auf dem Rückweg entschied sich Abu Saleh, die Verfrühung der Abreise zuerst dem Vater der Braut mitzuteilen. Wie er es gewittert hatte, reagierte der ohnehin besorgte Familienvater missgünstig darauf und drang auf den Aufschub der Reise. Abu Saleh versuchte ihn davon zu überzeugen, dass die ohnehin verspätete Feigenernte einen längeren Aufschub keineswegs dulden würde. Abu Karims Miene blieb aber weiterhin verstimmt und unzufrieden. Da sah Abu Saleh ihm eindringlich in die Augen und sagte schroff, er würde die Braut und ihre Mutter in zwei Stunden abholen. „Die Hochzeit wird gewiss nicht ohne dich stattfinden", ergänzte er beschwichtigend. „Lass dir also Zeit! Mein Haus ist zwar klein, Gottes Gnade aber groß! Bis du in Eynaltamor eingetroffen bist, wird deine Familie, so Gott mir beistehe, in meinem Hause gut aufgehoben sein."

Damit setzte er dem Gespräch ein schroffes Ende und verließ den Diwan. Abu Karim sah ihm kopfschüttelnd nach, teils wütend, teils verblüfft. Es war Mittagszeit. Die Gäste hatten den Diwan in Richtung der Moschee verlassen, kurz bevor Abu Saleh eingetroffen war. Da schloss Abu Karim geschwind die Tür des Ladens ab und holte Abu Saleh ein, der sich auf den Weg zu seinem Pferd gemacht hatte. Abu Karim ging ein paar Schritte schweigend neben ihm, bis sie an seiner Haustür ankamen. Da brach Abu Saleh die Stille: „Ich hätte die Abreise verschoben, wenn ich eine andere Wahl hätte. Ich kann es wirklich nicht verantworten, die Feigenernte noch länger aufzuschieben."

Abu Karim sagte nichts, öffnete bloß die Haustür und bat seinen Gast hinein. Im Hof reichte ihm Abu Saleh die Hand und sprach: „Ich hole jetzt David und seine Frau ab. Wir werden in etwa eineinhalb Stunden hier sein."

Unmittelbar danach führte er seinen Hengst durch die Haustür hinaus, bestieg ihn in der Gasse und trabte los. Sobald er an Davids Haustür angekommen war, sprang er vom Pferd hinunter und läutete laut.

„Ich bin gleich da!", rief David dumpf vom Eingang des Treppenhauses aus, das zu seinem Keller hinunterführte. Darin arbeitete er gewöhnlich zu dieser Tagesstunde.

„Sei gegrüßt, Bruder Abu Saleh!", grüßte David, nachdem er die Tür geöffnet hatte. Er trug gerade ein großes Reagenzglas in der Hand, in dem eine golden braune Flüssigkeit hin und her schwankte.

„Was ist das?", fragte Abu Saleh schroff.

„Das ist Alkohol pur", antwortete der andere. „Mein neuestes Erzeugnis. Einen reineren Alkohol kann ich mir kaum vorstellen."

„Und wozu ist das gut?"

„Zur Reinigung der Wunden und Vermeidung von Vereiterung. Alkohol kann Wunder bewirken. Ich stelle ihn im Auftrag der Ärzte her."

„Und ich dachte du wärest Weinverkäufer."

„Das hat auch Mustafa irrtümlich gedacht; sonst hätte er nicht an meiner Tür geklopft. Ein Irrtum, der ihm aber das Leben rettete. So verrückt sind manchmal die Schicksalsspiele!"

Da merkte David, dass er seinen Gast zu lange an der Haustür aufgehalten hatte; deswegen entschuldigte er sich und bat Abu Saleh sofort herein. Nachdem dieser den Hengst in den Hof hineingeführt hatte, stieß er einen Seufzer aus und sagte: „Wir müssen leider früher aufbrechen als erwartet. Der Karawanenführer fürchtet das Aufkommen eines Sturms. Er will die Berge schon passiert haben, bevor uns der Sturm überrascht. Ich vermute, er fürchtet einen Blitzschlag auf höheren Lagen. Er ist entweder ein alter Spinner, der bald seinen Verstand völlig verlieren wird oder ein ganz großer Hellseher. Schau dir doch den Himmel an! Weit und breit kein Zeichen vom kleinsten Wolkenfetzen!! "

„Wann brechen wir genau auf?", fiel ihm David ins Wort.

„Genau in zwei Stunden. Wir sollen ein wenig früher da sein."

„Nicht ein wenig, sondern so früh wie möglich!", korrigierte ihn David. „Wir müssen ernst nehmen, was der Alte gesagt hat. Der Karawanenführer ist weder verrückt noch Hellseher. Er ist nur erfahren. Der Mensch sieht nicht mit den Augen, sondern mit seinem Geist, also mit dem, was er im Geiste als Erfahrung eingesammelt hat."

Wenig später trugen David und seine Frau ihr gesamtes Gepäck und einige Bündel auf die Hofterrasse. Abu Saleh lud sie sorgfältig auf das Pferd und band sie fest. Alsdann verließen sie unverzüglich das Haus und machten sich im Schatten der lehmigen Hofmauern der Gassen auf den Weg zu Samira und ihrer Mutter. Als sie an Abu Karims Haustür ankamen, merkte Abu Saleh, dass die Tür um eine kleine Spalte offen war. Er trat nicht hinein und läutete. Kurz darauf erschien Abu Karim im Türrahmen, grüßte die Anwesenden mit düsterer Miene und bat sie herein. Nachdem sie in den Hof hineingetreten waren, band Abu Saleh den Zügel seines Pferdes um den Stamm der einsamen Dattelpalme, welche neben der Haustür kerzengerade über die Hofmauer hinausgeschossen war und ihr Blattwerk wie einen großen Sonnenschirm aus gefiederten Blättern über der Gasse aufgespannt hatte. Nun steuerte er auf den Hofbrunnen zu und die anderen halfen Samira und ihrer Mutter beim Heraustragen ihrer Reisebündel. Während Abu Saleh den mit kühlem, frischem Wasser gefüllten Brunneneimer aus der Tiefe heraufzog, stellte David eine große Schüssel aus Messing vor das Reittier hin. Sobald der volle Brunneneimer aus der Tiefe heraufgezogen war, trugen die beiden Männer ihn zum Pferd hinüber und gossen dessen Inhalt in die Schüssel hinein.

„Ich gehe jetzt ins Gebäude und bitte die Frauen um Eile", sagte David unversehens. „Wir dürfen das arme Tier mit dem Gepäck auf dem Rücken nicht lange in der Hitze stehen lassen."

Er und Abu Karim trugen eilig die gesamten Reisebündel von der Hofterrasse zum Pferd hinüber, Abu Saleh lud sie zügig auf, dann verließen sie alle unverzüglich das Haus. In der Gasse führte Abu Saleh das Reittier am Zügel und die anderen folgten ihm im Schatten der Hofmauern, welcher ihnen vor der feurigen Mittagssonne ein wenig Schutz bot. Abu Saleh, der an der Spitze der Gruppe marschierte, wischte sich mit dem Ärmel hin und wieder den Schweiß von der Stirn und fluchte auf den Karawanenführer, auf den alten „Spinner", der ihn und seine Leute zu diesem Marsch in der Mittagshitze gezwungen hatte.

Nach mehreren Biegungen durch die menschenleeren Gassen der Stadt kam die Gruppe ausgelaugt und von der Hitze geplagt endlich an den hohen, lehmigen Hofmauern der Karawanenstation an und passierte ihre große Eingangstür. Im Hof spähte Abu Saleh mitten in den steigenden Hitzewellen nach dem Karawanenführer, fand aber dort keine Menschenseele. Es waren nur

Kamele im Schatten der südlichen Hofmauern zu sehen, welche mit umgeknickten Vorder- und Hinterbeinen auf dem Bauch lagen und mit schlummernden Augen friedlich zu den Ankömmlingen herüberschauten. Da steuerte er unverzüglich auf das Gebäude zu, in dem sich das kleine Büro der Station befand. Alle außer ihm traten sofort ins Büro hinein, sobald die Gruppe am Gebäude angekommen war. Er selbst folgte ihnen, nachdem er seinen Hengst am Hölzernen Mast der Hoflaterne festgebunden hatte. Obwohl die Fenster des Büros ganz offen waren und ein dicker Schatten dessen Innenraum fast verdunkelt hatte, war drinnen beinah genauso warm wie draußen.

Der Karawanenführer grüßte die Reisenden, als er sie hereinkommen sah. Er hatte sich auf dem bemusterten, orientalischen Teppich mit ausgestreckten Beinen an ein großes Zylinderkissen gelehnt und zog gemächlich am Schlauch seiner Wasserpfeife. Sein Enkelsohn saß still neben ihm.

„Alaykomo Salam!", erwiderte David den Gruß des Karawanenführers, zog wie die andern die Schuhe aus und setzte sich zu dem Alten. Dieser lächelte ihn an, ohne seine liegende Haltung aufzugeben.

„Abu Saleh meinte, du hättest Regen und Sturm vorausgesagt", brach David die Stille.

Der kleine alte Mann nickte bestätigend und zog entspannt an seiner Wasserpfeife. Bald kam er mit zusammengezogenem Gesicht in eine sitzende Haltung, beugte den Oberkörper nach vorn und klopfte mit der Faust gegen seinen Rücken. „Bandscheibenprobleme", klagte er mit unterdrückter Stimme. Er kam langsam hoch, saß gerade und fuhr fort: „Ich bin jetzt fünfundsiebzig! Fast dreiviertel meines Lebens habe ich auf dem Rücken meiner Kamele verbracht. Mein wahres Zuhause war und bleibt für immer draußen im Freien. Es gibt kein schöneres Dach über dem Kopf als der Sternenhimmel in der Wüste. Ein schönes, edles Leben habe ich geführt. Edle Dinge haben aber ihren Preis, nicht wahr? Meine Rückenschmerzen sind der Preis dafür."

Er stöhnte, stellte die Wasserpfeife beiseite und versuchte mit einer vor Schmerz verzogenen Miene aufzustehen. Da griffen ihm sein Enkelsohn und David sofort unter die Arme und halfen ihm sich aufzurichten. Nachdem er auf seine Beine gekommen war, atmete er erleichtert auf und sagte lächelnd: „Jetzt rollt alles wieder von selbst; wie geschmiert und schmerzlos!" Daraufhin wandte er den Blick zu Abu Saleh um und ergänzte: „Jedem Salam folgt ein Alaykomo Salam, jedem Gruß folgt ein Gruß nach. Du hast aber meinen Gruß nicht erwidert, mein Sohn!"

„Ich habe fünf Menschen, die mir sehr viel bedeuten, aus ihren Häusern in die Mittagshitze gehetzt, nur weil du bei so einem sonnigen Wetter eine Sintflut erwartest!!", erwiderte Abu Saleh verärgert.

„Dann wirf doch selber einen Blick auf die fernen Berge im Nordwesten und erkläre es mir, warum die Bergkämme, ihre Spalten und Risse sich heute so klar und scharf zeigen, während sie sonst im Dunst und in der flimmernden Hitze kaum zu sehen sind!!", entgegnete der Alte.

„Wir dürfen keine Zeit mehr verlieren", warf David ein. „Lasst uns doch das Urteil darüber, wer im Recht ist, einfach dem uns bevorstehenden Wetter überlassen."

„Du hast mir aus der Seele gesprochen, guter Mann!",
sagte der Karawanenführer zu David und steuerte mit
dem Enkelsohn auf die Tür zu, die vom Büro aus ins
Gebäude führte. Währenddessen sagte er noch, er würde
den Stationsbesitzer aufsuchen, um die Abreise zu mel-
den. Nach etwa zehn Minuten kam er mit dem Jugendlichen zurück und sprach: „Der hier ist mein Enkelsohn
Ali. Er hilft euch beim Tragen eurer Reisebündel." Danach wandte er den Blick zu Abu Saleh und fragte:
„Zahlen die Männer getrennt oder kommt einer für alle
auf?"

„Ich zahle!", antwortete Abu Saleh knapp, während
Ali die kleinen Bündel, die vor den Reisenden lagen,
hinaustrug.

Nachdem der Karawanenführer kassiert hatte, verließ
Abu Saleh das Büro, band den Hengst los und führte ihn
zu den Kamelen hinüber. Kaum war er bei den Reittieren angekommen, da eilten Ali, David und Abu Karim
zu ihm, um ihm beim Umladen zu helfen. Der Alte blieb
mit den Frauen im Büro, merkte aber bald, dass seine
Anwesenheit bei Samira und ihrer Mutter Unbehagen
auslöste; daher ging er hinaus und schloss sich den
Männern an.

Nachdem die Kamele aufgeladen waren, gab der Karawanenführer seinem Enkelsohn mit einer Kopfbewegung in Richtung des Büros das Zeichen, es sei Zeit aufzubrechen. Ali rannte gleich los und meldete den Frauen
die Botschaft des Großvaters.

Nachdem die Männer sich von Abu Karim verabschiedet hatten, warf sich Samira ihm in die Arme und küsste
ihn. Dabei merkte sie, dass ihr Gesicht von den Tränen
des Vaters nass geworden war. Als sie aufsah und dem

Vater verblüfft in die verweinten Augen schaute, drückte sie ihn noch fester und brach in Schluchzen aus. Abu
Karim ließ sie ausweinen; alsdann fuhr er mit der Hand
streichelnd über ihre Wangen und wischte ihr sanft die
Tränen vom Gesicht. Nachdem Samira ihren Vater losgelassen und mit seiner Hilfe ihr Kamel bestiegen hatte,
wandte sich Abu Karim seiner Frau zu und half ihr
ebenso beim Aufsteigen. Diese sah mit Tränen in den
Augen ihrem Mann ins Gesicht und nahm schweigend
von ihm Abschied. Miriam stieg mithilfe ihres Mannes
ebenso auf ihr Kamel und hinter ihr bestieg David das
Seinige. Nachdem alle vier in ihren Sätteln saßen, stieg
Abu Saleh auf seinen Hengst und brachte das Reittier
neben den liegenden Kamelen in die richtige Position.
Nun zeigte der Karawanenführer mit einer nickenden
Kopfbewegung seine Zufriedenheit und Ali sprang sofort auf das letzte Kamel. Danach bestieg sein Großvater
das Seinige an der Spitze der Karawane und versetzte
ihm mit seiner Reitgerte einige sanfte Schläge auf den
langen Hals. Das Kamel ging dem Zeichen seines Herrn
nach und erhob sich sofort. Diesem folgten die anderen
Kamele unverzüglich und richteten sich alle auf. Dabei
mussten sich deren Reiter im Sattel gut festhalten, damit
sie bei heftigen Schwankungen der Reittiere nicht hinunter geschleudert würden.

Nun standen die Kamele unregelmäßig hintereinander,
verbunden mit einem Seil vom Maul zum Sattel des
vorderen Kamels und warteten darauf, dass das vorderste Kamel sich in Bewegung setzte. Der Alte wandte das
Gesicht um und nahm hinter sich die Reisenden und
ihre Reittiere in Augenschein. Alsdann stieß er unversehens den Ton RRRRRR! aus, sein Oberkörper schwankte

heftig und sein Kamel setzte sich sanft in Bewegung. Diesem folgten die restlichen fünf Kamele und bildeten somit einen einheitlichen, länglichen Körper, der harmonisch zu schwingen begann. Die Karawane machte im Hof einen großen Bogen und steuerte auf die große Eingangstür zu. Nachdem sie den Hof der Station verlassen hatten, bogen die Tiere nach rechts auf einen breiten Reitweg ab, der extra für die Karawanen und Pferdereiter angelegt worden war. Dieser verlief entlang des Stadtrandes und verband die Station mit dem Reitweg, welcher aufwärts direkt in die Berge führte. Das Gebirge wachte fernab wie eine Felsmauer über die Stadt und beschützte sie gegen die Sandstürme der Wüste. Die Karawane, die aus sechs Kamelen bestand, bewegte sich langsam voran und entfernte sich allmählich von den Wohnvierteln. Abu Saleh ritt ihr im selben Tempo hinterher. Der Weg war zu dieser Stunde wie die Gassen Romeysehs menschenleer, die gesamte Stadt lag träge und schlummernd in der Mittagshitze und alles Leben darin schien sich in die dicken Schatten der lehmigen Häuser zurückgezogen zu haben. Eine schwere Stille hatte sich über die Stadtviertel gelegt; nicht einmal die Rufe des Allaho-Akbars waren zu hören. All das war für Romeyseh zu dieser Tagesstunde nicht ungewöhnlich; dennoch wirkte das Stadtpanorama heute anders. Es wies einen deutlichen Unterschied auf, der aber nur vom Karawanenführer wahrgenommen werden konnte. Die gesamte Stadt, wie die felsigen Berge in den höheren Lagen, zeigte sich heute ohne Dunst in ungewöhnlicher Schärfe; ein Grund dafür, dass der Alte an der Spitze der Karawane den besorgten Blick hin und wieder von den gegenüberliegenden Bergspitzen abwandte und auf die

Stadt zurückblickte. David hat ihn ins Visier gefasst, seitdem die Karawane die Station verlassen hatte. Er merkte, dass etwas den alten Mann beunruhigte, wusste aber nicht was. Er wusste zwar, dass sein beständiges Hinaufschauen zum Himmel mit seinen Wettervorhersagen zusammenhing; dennoch was er zu diesem Augenblick genau wahrnahm, war David ein Rätsel.

Jetzt verließ die Karawane den Umgehungsweg und bog nach rechts ab, wo der Reitweg steil in die Berglandschaft führte. Die Sonne stand nun hinter den Reisenden; eine Erleichterung für ihre Augen, denn man konnte jetzt vorwärts blicken, ohne vom grellen Sonnenlicht geblendet zu werden.

Je mehr sich die Reittiere den höheren Berglagen näher kamen, umso gewaltiger erschienen den Reitern die umgebenden Felsenvorsprünge, deren riesigen Kuppen in den azurblauen Himmel ragten. Jetzt konnte jeder spüren, dass die warme Luft im Gebirge einer milderen gewichen war. Sie war nicht kühl, aber auch nicht mehr brennend heiß, wie es an den Sommertagen sein sollte. Dies hatte den Alten umso mehr in Unruhe versetzt. Jeder hörte und sah jetzt deutlich, dass er sein Kamel an der Spitze durch vielerlei Töne und Bewegungen zur mehr Geschwindigkeit antrieb, obwohl der Hang, den die Karawane hinaufstieg, immer steiler zu werden schien. Nach einer Weile führte der Weg zum Glück nicht mehr geradewegs hinauf, sondern schlängelnd durch die Felsblöcke. Diese waren größtenteils infolge der Salzsprengungen der hohen Felskuppen in die tieferen Lagen hinunter gerollt. David beobachtete den Karawanenführer und folgte seinen Bewegungen, vor allem der Richtung seiner Blicke ganz genau. Er schaute mit ihm immer wieder zum Himmel hinauf, sah aber außer der flecklosen, blauen Wölbung, die friedlich über den Felskuppen hing, nichts, was Anlass zum Bedenken gab. Nicht einmal die Tatsache, dass am Himmel keine Aasgeier kreisten, erschien David merkwürdig.

Das Ungewisse schlug aber bald blitzartig in Gewissheit um, sobald der Alte auf einen dunklen Nebel aufmerksam wurde, der sich rasch über einer der Felskuppen bildete. Kaum war jener in Erscheinung getreten, da verdunkelten sich die Felswände und ein dunkler Schatten warf sich über die Berglandschaft. Das beunruhigte die Kamele sichtlich. Der Anführer hob seine Reitgerte, gab ein lautes RRRRRRR von sich und trieb sein Kamel vom Weg hinunter. Er steuerte sogleich auf einen Felsenvorsprung zu, welcher sich etwa hundert Meter entfernt über die zersplitterten Steinblöcke gewölbt hatte. Der Weg dorthin war uneben und zum Teil mit spitzen Steinen bedeckt. Dies löste bei den Kamelen ein großes Unbehagen aus; denn sie verfügten im Gegensatz zu den Pferden über keine Hufe, die sie gegen harte Gegenstände schützten. Daher kamen sie nur mit heftigen Schwankungen voran, welche die Reisenden, namentlich die Frauen, in Angst und Schrecken versetzte. Abu Saleh, der auf seinem Hengst hinter der Karawane ritt, eilte aufgebracht auf den Alten zu, um den Grund für die unglückliche Wende zu erfragen. Kaum waren die unruhig hüpfenden Hufe seines Pferdes um einige Meter in den Steinbrocken vorgedrungen, da zuckte plötzlich ein Blitz mitten aus den dunklen Wolken und ließ die ganze Berglandschaft aufleuchten. Unmittelbar danach donnerte es aufs Schrecklichste. Die Frauen schrien auf, die Kamele brummten heulend und versuchten gleichzeitig mit den heftigen Schwankungen des Halses und Kopfes die Schnauze von dem Seil zu befreien, das sie aneinander gebunden hatte. Entgegenwirkend versuchte der Karawanenführer sein Kamel mit den kräftigen Schlägen voranzutreiben. Dies reizte das Tier umso mehr und stärkte es in seiner ungestümen Absicht, ihn von seinem Rücken hinunter zu schleudern. Indessen gelang es Abu Saleh soweit vorzudringen, um den Zügel des vordersten Kamels dicht an seinem Maul zu ergreifen. Mit der rechten Hand hielt er den Riemen seines Hengstes und mit der linken zog er am Zügel des Kamels so kräftig, dass das Reittier das Haupt kaum mehr bewegen konnte. Der Alte, der nun in seinem Sattel wieder fest sitzen konnte, zeigte auf den Felsenvorsprung hin und rief laut: „Wir sind gerettet, wenn wir ihn rechtzeitig erreichen!"

Abu Saleh sah genau hin und fand zwischen dem Steinbrocken einen engen, unebenen Weg, der nach einigen Biegungen zu jener Felswand führte. Er rückte vor, zog das Kamel hinter sich und führte die unruhige Karawane unter größter Anstrengung langsam voran. Als sie endlich unter dem Felsenvorsprung ankamen, sprangen die Männer und Ali aus ihren Sätteln hinunter und halfen den Frauen abzusteigen.

„Haltet das Seil zwischen den Tieren so fest wie ihr könnt!", rief der Alte aus, der mit dem Rücken dicht an der Felswand stand. Die Reisenden, auch Frauen, verteilten sich rasch zwischen die Kamele, lehnten sich mit dem Rücken ebenso gegen die Felswand und zogen fest an dem Seil, das die Kamele aneinander gebunden hatte. In diesem Augenblick ließ ein zweiter Blitz die felsige Berglandschaft wieder aufleuchten und unmittelbar danach knallte es furchtbar in den dunklen, sich immer mehr zusammenballenden Wolken. Kurz darauf fegte ein stürmischer Wind pfeifend über die Felswände hinweg und ergriff sekundenschnell die Bäume, deren Äste und Blätter im sausenden Winde gegeneinander zu peitschen begannen. Die Kamele waren wieder außer sich. Sie brummten laut und zogen heftig am Seil, um sich davon zu befreien. Der Alte rief wiederholt den Reisenden zu, sie mögen das Seil so kräftig sie könnten, zu sich ziehen. Nun begann es zu regnen; zuerst einzeln und in großen Tropfen, dann in Ströme. Wenig später wallte es abwärts auf die Stadt in der Tiefe zu. Mitten in den zahlreichen, kurz nacheinander folgenden Blitzen schütteten die schwarzen Wolken Unmengen vom Wasser in die stürmischen Winde herab, welches den Kamelen und den Reisenden ununterbrochen ins Gesicht schlug. Diese waren unter dem Felsenvorsprung vor den Blitzschlägen geschützt, dennoch keineswegs vor den peitschenden Regengüssen. Die Reisenden verharrten hinter den triefenden Kamelen, bis der peitschende Regen endlich einen Aufblick zulassen würde. Nach etwa einer Viertelstunde ließ der Sturm langsam nach, die Regengüsse zogen sich vom Felsenvorsprung zurück und aus ihnen wurde eine wallende Dusche, die sich abwärts vom Gebirge zurückzog. Somit verwandelte sich das gesamte felsige Umfeld wenig später in eine triefende Berglandschaft, welche sich nach dem kräftigen Regenschauer friedlich zu entspannen schien. Nun durfte man erleichtert aufatmen und sich sogar über die unverhoffte Erfrischung und den herrlichen Duft der nassen Erde freuen, der die Luft gänzlich erfüllt hatte.

„Alhamdo lillah! - Gott sei gepriesen! -", rief der Karawanenführer mit gehobenen, bettenden Händen. Er wandte den Blick zu Abu Saleh und sagte: „Danke dir mein Sohn, dass du uns rechtzeitig in Sicherheit gebracht hast!"

Abu Saleh schlug beschämt die Augen nieder und sagte: „Ich war furchtbar stur und habe dein Wissen unterschätzt. Verzeihe mir!"

„Du sollst nicht mit gesenktem Blick zu mir sprechen!" entgegnete der Alte beschwichtigend. „Nur seltene Menschen führen das Leben eines Karawanenführers; daher können nur wenige verstehen, was ein Mann in meinem Alter sieht und mitteilt."

Er sah zu den Wolken hinauf, wodurch die Himmelsfetzen im Azurblau schimmerten. „Wir müssen das Gebirge verlassen, bevor die Sonne die Wolken vertrieben hat", fuhr er fort. „Im Schatten der Wolken erreichen die Kamele die höheren Lagen leichter und schneller als im Sonnenschein."

„Wir sind aber durch und durch nass", warf Miriam ein. „Wir müssen trockene Kleider anziehen."

„Das ist nicht nötig!", versetzte der Karawanenführer. „Die nassen Kleider trocknen von selbst. Bald scheint die Sonne wieder. Ihr werdet euch darauf freuen, dass die nassen Kleider euch abkühlen, wenn die Sonne wie eine Fackel dicht an eurem Nacken brennt."

„Aber … !"

„Kein aber!", unterbrach sie der Alte aufgebracht. „Eine Frau redet nicht zu viel. Außerdem hatten wir großes Glück, dass der Sturm uns nicht oben an den Klippen erwischt hat, sonst hätten Blitz und Donner die Kamele in die Schlucht getrieben."

David sah Miriam in die Augen und ermahnte sie blinzelnd zur Vorsicht. Dann wandte er den Blick zu dem Alten und sagte: „Ganz wie du wünschst, Väterchen! Wir steigen alle auf."

Der Karawanenführer lief von Kamel zu Kamel und brachte sie dazu, auf ihre Bäuche niederzusinken. Nachdem die Reisenden aufgesessen waren, erhoben sich die Kamele wieder, Abu Saleh sprang auf sein Pferd, nahm den Zügel des vordersten Kamels und führte die Karawane durch den Steinbrocken hindurch auf den Reitweg.

Eine feine Schicht vom Regenwasser hatte indessen die ganze Berglandschaft überzogen, die nasse Erde war glitschig und knirschte unter den Pfoten der Kamele. Bald begann ein feiner Nebel sich von der Erde zu lösen und stieg sachte in die Höhe. Unter dieser Luftfeuchtigkeit kamen die Kamele mit Mühe voran. Nach einer Stunde machte die schwüle, beklemmende Luft einer erfrischenden, kühlen Brise Platz. Nachdem die Karawane den steilen Weg endlich hinter sich gebracht hatte, wurde die Landschaft immer flacher. Sie war auch nicht mehr so kahl wie in den tieferen Lagen. Überall war um die kleinen und großen Steinblöcke herum Moos und grünes Gewächs gewachsen, das mit kleinen, bunten Bergblüten verziert war. Durch diese hindurch rauschte eine schmale Strömung entlang dem Reitweg.

„RRRRRRR!", gab der Alte unversehens den Ton zum Anhalten. Demzufolge blieb die Karawane sofort stehen. Alsdann schlug er sachte mit der Reitgerte solange auf den Hals seines Kamels, bis es langsam auf die vorderen Knie sank, um seinen Herrn absteigen zu lassen. Danach ging er zu den hinteren Kamelen und tat das Gleiche, bis auch diese hinunter sanken. Schließlich kündigte er an, die Tiere seien müde und bräuchten Rast und Wasser.

Einige Meter entfernt von den Kamelen tranken auch die Reisenden aus dem erquickenden Bergwasser und erfrischten sich damit ihre Gesichter. Dabei erledigten Abu Saleh und der Karawanenführer die rituellen Waschungen zum Nachmittagsgebet. David breitete eine Decke unter einem wild gewachsenen Olivenbaum aus und bat die Frauen und Ali, sich dorthin zu begeben. Daraufhin holte er Datteln und Trockenfrüchte aus einem Sack, der vom Sattel seines Kamels herunterhing und brachte sie den Sitzenden.

Seitdem Samira und ihre Mutter sich vom Vater verabschiedeten, hatte David ein Auge auf die beiden und behandelte sie ganz sorgsam. Er verließ bald die Gruppe und begann die nahe Umgebung zu erforschen. Dies nutzte Samira und sagte zu Miriam, ob sie ihr eine persönliche Frage stellen könne.

„Selbstverständlich, mein Kind!", antwortete die andere freundlich.

„Onkel David ist ein sonderbarer Mann", meinte Samira. „Fast in allem, was er sagt und tut, ist er anders. Er ist achtsam, sehr stark und gleichzeitig nachgiebig und liebevoll. Sind alle christliche Männer so oder ähnlich wie er?"

„Nein, Liebes!", lachte Miriam auf und legte die Hand auf ihre Schulter. „Von Davids Sorte gibt es ganz wenige auf der Welt. Wie er es öfters zu sagen pflegt, die guten und schlechten Eigenschaften eines Menschen hängen von seiner Wahl zwischen dem Guten und Bösen ab und viel weniger von seiner Religion oder seinem Land. Er sagt noch, der Mensch hätte die Freiheit, selber über seine Eigenschaften zu bestimmen; egal welcher Religion oder welchem Volk er angehört."

„Bestimmt liebst du ihn sehr, nicht wahr Tante Miriam?"

„Gehe nicht zu weit, Kind!", warf ihre Mutter schroff ein. „Wühle nicht in Tantes Gefühle!"

„Lass sie nur!", entgegnete Miriam gelassen. „Warum soll ich nicht offen von meiner Liebe zu David sprechen!?"

Samiras Mutter schlug verschämt die Augen nieder, die Tochter rückte aber näher an Miriam, nahm unbefangen ihre Hand und sprach: „Dann erzähle uns, wann und wie du ihn kennengelernt hast!"

„Ach, kennengelernt habe ich ihn schon als seine Spielgefährtin", begann Miriam zu erzählen. „Damals lebte er mit seinem verwitweten Vater am Rande unseres kleinen Dorfes in Armenien. Sein Vater, ein sehr frommer Mann, war der Priester unserer Gemeinde. David war zehn, als seine Mutter starb. Das hat ihn von heute auf morgen verändert. Der Tod der Mutter machte bald aus ihm einen zurückhaltenden, schweigsamen Jungen. So verließ ihn die kindliche Unbekümmertheit und Lebensfreude ein für alle Mal. Er spielte nicht mehr mit uns und suchte lieber die Nähe seines Vaters. Er war bei jeder Predigt des Vaters dabei und sah ihn bis zum Ende unverwandt an; nicht selten mit Tränen in den Augen. Ab und zu ging ich ihm heimlich nach, als er zum Grab seiner Mutter auf dem Friedhof ging. Auf seinem Rückweg tat ich so, als ob unsere Wege sich zufällig gekreuzt hätten. Ich suchte ein Gespräch mit ihm und schenkte ihm hausgemachte Plätzchen. Damals war ich acht. Auf meine Frage, warum er nicht mehr mit den

Dorfkindern spielte, gab er immer die Antwort, er hätte Wichtigeres zu tun, er müsste herausfinden, wo seine Mama sei und warum sie ihn so früh verlassen hätte."

In diesem Augenblick tauchte David unter einem Baum in der Nähe auf und kam geradewegs auf die Gruppe zu. Da hielt Miriam inne und ergänzte schnell: „Den Rest erzähle ich dir auf der nächsten Raststelle."

„Na! Sind die Männer mit dem Gebet fertig?", fragte David.

Die Blicke wandten sich sofort zu den Betenden, welche in sitzender Haltung anscheinend ihre letzten Verse sprachen.

Die Kamele und das Pferd weideten friedlich an den Ufern der Strömung, die Wolken wirkten nun heller und ließen mehr Licht durch. Unten im Tal schwebte ein dichter Nebel immer noch, um die Reisenden aber schien der Dunst völlig nachgelassen zu haben. Ihre Kleider und Haare waren jetzt trockener als zuvor und die Luft war nicht mehr bedrückend schwül.

Die Betenden standen endlich auf und steuerten auf die Reittiere zu. Dagegen blieben die anderen solange unter dem Olivenbaum stehen, bis der Karawanenführer die Kamele in die sitzende Haltung führte und den Wartenden nickend signalisierte, sie mögen aufsteigen. Nachdem alle aufgesessen hatten, sprang Abu Saleh auf seinen Hengst, der Alte hob seine Reitgerte und gab den Ton zum Sich-Erheben. Wenig später setzte sich die Karawane wieder in Bewegung und bahnte sich ihren Weg schlängelnd durch die felsigen Berge hindurch. In weniger als eine halbe Stunde taten sich die lichten Wolken auf und ließen die Himmelsfetzen immer größer erscheinen. Der Alte an der Spitze band nun wieder seinen weißen Turban um den Kopf, den er nach dem Regen abgelegt hatte. Kurz darauf erschloss sich ihm eine weite, kahle Landschaft, wodurch der Weg sich gradlinig und schmal bis zum Horizont erstreckte. In der Ferne hatte ein breiter Sonnenstrahl die Wolken aufgerissen und einen weiten Teil der Landschaft hell angestrahlt. Über diese hatte ein Regenbogen sich farbenprächtig gewölbt. Das Gebirge, welches die Karawane hinter sich gelassen hatte, hatte sich nun von den Reisenden so sehr entfernt, dass es kaum mehr zu sehen war. Die Sonne stand jetzt hinter den Reitern, die Schatten waren indessen länger geworden und der Sonnenschein wärmte den Rücken mild und angenehm. Das beständige, stundenlange Schwanken auf den Rücken der Reittiere hatte die Reisenden ins Schlummern versetzt; nur der Karawanenführer und David sahen wachsam und spähend in verschiedene Richtungen. Der Alte blickte hin und wieder zur untergehenden Sonne am westlichen Horizont zurück und Davids Augen, gänzlich in den Bann der Landschaft vertieft, sahen zu den verstreut gewachsenen Dattelpalmen und dem trockenen Gestrüpp hin, welche im rötlich orangenen Sonnenlicht träumerisch und beinah unwirklich wirkten. Der Himmel, wie das Meer an einem wolkenlosen Sommertag, hatte sich im Azurblau bis zum östlichen Horizont erstreckt. Zum Westen hin aber ging er allmählich ins Türkis über, alsdann ins Gelb, ins kräftige Orange und bald am anderen Ende des Himmels ins feurige Rot, wo die Sonne die Horizontlinie fein berührte. Das letztere verkündete glühend den Untergang eines einzigartigen Tages, der sich dem Gedächtnis der Reisenden für immer einprägen würde. Später, als die langen Schatten der Kamele und ihrer

Reiter sich in der Abenddämmerung nach und nach auflösten, war aus dem dunklen Blau am Himmel schon ein
tiefes Violett geworden, welches sich in alle Richtungen
ausgebreitet hatte. Über dem westlichen Horizont, wo
die Sonne untergegangen war, hatte sie aus ihrem Versteck heraus einen Wolkenstreifen im Purpurrot durchleuchtet und schien der anbrechenden, nächtlichen Dunkelheit noch nicht weichen zu wollen. In diesem Augenblick lenkte der Alte die Karawane unversehens auf einen Trampelpfad, der geradewegs zu einigen, dicht nebeneinander stehenden Dattelpalmen führte. Diese hoben sich in der Ferne wie ein schwarzer Riese von der
dunklen Landschaft ab und wirkten furchterregend.

„RRRRRR...!", gab der Karawanenführer den Ton zum
Anhalten, als die Tiere in der Oase unter den Dattelpalmen angekommen waren. Sein Kamel an der Spitze ging
als Erstes in die Knie; ihm folgten die anderen unverzüglich. Sie befanden sich nun im Zentrum der Oase, das
aus einer runden Bodenfläche bestand, die nicht mit
Bäumen oder Gebüsch bewachsen war.

Zunächst machte Ali geschwind mit dem trockenen
Geäst, das sich im Sack seines Kamels befand, ein Lagerfeuer. Bald ließ die auflodernde Flamme des Feuers den
Innenraum der Oase zunehmend in Erscheinung treten,
der bis jetzt völlig im Dunkeln lag. Am Rande des Raumes, nicht weit vom Stamm einer Dattelpalme, war der
Oasenbrunnen: eine runde, etwa fünfzig Zentimeter hohe Steinmauer mit einem Meter Durchmesser, welche
eine dicke Steinplatte bedeckt hatte. Auf der Platte stand
der Brunneneimer, von dessen Griff der Haken des
Brunnenseils herunterhing. Der Alte schob die Platte
vorsichtig beiseite, warf einen Stein in den Brunnen und

horchte. Kurz darauf heiterte ein kleines Lächeln seine Miene auf, als er in der Tiefe das dumpfe Platschen des Steines aufs Brunnenwasser hörte.

„Ein tiefer Brunnen!", rief er feierlich aus. Unmittelbar danach warf er einen Blick in das Innere des Brunneneimers, schüttelte unzufrieden den Kopf und holte aus dem Sack seines Kamels einen größeren. Er ließ diesen eifrig in die Tiefe hinab und horchte wieder.

Inzwischen breiteten David und Abu Saleh Decken auf dem Boden aus und holten Nahrungsmittel und Wasser. Die Frauen setzten sich hin und bereiteten das Abendmahl vor. Ali, der Enkelsohn des Karawanenführers, wich nicht von Großvaters Seite und half ihm, den vollen Brunneneimer aus der Tiefe heraufzuziehen; alleine hätte der Alte es nie geschafft. Nachdem sie den vollen, schweren Eimer endlich aus dem Brunnen herausgezogen hatten, ließ Ali die Kamele und den Hengst aus dem Eimer trinken; alsdann verfütterte er trockenes Heu an sie.

Während die Frauen um das Lagerfeuer saßen, goss David dem Karawanenführer und Abu Saleh Wasser in die Hände, damit sie ihren rituellen Waschungen zum Abendgebet nachgingen; anschließend half er Ali beim Füttern der Kamele. Während die Reittiere fraßen, fuhr er mit einem nassen Tuch über ihre langen Hälse, um sie zu erfrischen. Schließlich nahm er aus dem Feuer ein Stück brennendes Holz als Fackel und entfernte sich mit dem Jugendlichen in die Landschaft hinaus, um für das Lagerfeuer trockenes Holz einzusammeln. Als die beiden mit dem Brennholz unter den Armen zurückkamen, waren Abu Saleh und der Alte mit dem Abendgebet fertig und saßen getrennt von den Frauen auf ihren Decken. Sobald Abu Saleh die Ankömmlinge im flimmernden Licht des Lagerfeuers auftauchen sah, eilte er zu ihnen und nahm David sein Holzbündel ab. Nachdem man die Holzstücke aufgeschnürt und am Feuer niedergelegt hatte, sagte der Karawanenführer, das Lagerfeuer dürfe bis Morgen nicht erlöschen; denn es würde Tiere vom Lager fernhalten.

„Und sein Rauch die Moskitos", ergänzte David.

Um noch mehr Brennholz einzusammeln, verließen die Holzsammler mit Abu Saleh noch einmal die Anwesenden. Der Alte legte sich zu einem kleinen Nickerchen hin. Als die Männer zurückkamen, schnarchte er ohrenbetäubend. Sie weckten ihn nicht und gaben dem Feuer Nachschub. Somit loderten die Flammen immer höher und die Oase wirkte plötzlich im tanzenden Licht des großen Lagerfeuers recht warm und gemütlich. Hoch über die Reisenden hatte sich eine Decke aus dichten Blättern der Dattelpalmen gewölbt und ließ keinen Blick in den Sternenhimmel zu. Nachdem David seinen Pfefferminztee gemacht hatte, brachte er eine Kanne davon zu den Frauen, wünschte ihnen gute Nacht und kehrte zu Abu Saleh zurück, der schmunzelnd zum Schnarchenden hinuntersah. Ali rüttelte an der Schulter seines Großvaters und rief ihm zu, er möge seitlich liegen. Der Schlafende erwachte für einen Augenblick, sah schlaftrunken zum Enkelsohn herauf, drehte sich auf die Seite und schlief wieder ein. Damit kehrte wieder Ruhe in die kleine Oase und die Augen wurden sogleich auf das knisternde Feuer aufmerksam, dessen kleine Funken in den lodernden Flammen eilig in die Höhe stiegen. Das Prasseln der brennenden Hölzer störte die angenehme Abendstille nicht im Geringsten.

Die im Blau und Orange brennende Glut des Feuers hatte alle Aufmerksamkeit gänzlich in ihren Bann gezogen, als Miriam plötzlich die sanfte Berührung von Samiras Hand auf ihrer Schulter verspürte. Dies riss sie aus ihrer Betrachtung heraus und sie wandte den Blick zu ihr.

„Du hast gesagt, du würdest uns den Rest von Onkel Davids Geschichte erzählen, sobald wir am nächsten Rastplatz angekommen sind", flüsterte Samira ihr ins Ohr.

„Oh, ja!", erinnerte sich Miriam und fragte sogleich: „Wo bin ich stehengeblieben?"

„Beim Tod von Onkel Davids Mutter, der aus ihm einen zurückhaltenden Jungen gemacht hatte."

„Ja, das stimmt! Der Tod seiner Mutter hatte bei ihm tiefe Spuren hinterlassen", setzte Miriam ihre Erzählung fort. „Seine Zurückhaltung nahm David einerseits seine Kindheit weg, andererseits machte ihn umso interessanter; zumindest in meinen Augen."

Miriam hielt inne und warf einen Blick zu ihrem Mann hinüber, der die Glut des Lagerfeuers anstarrte. „Davids Lebenswandel führte auch bei mir zu großen Veränderungen", fuhr sie mit einem Lächeln auf den Lippen fort. „So wurde er mir Tag für Tag wichtiger; daher zog ich mich auch von den Kindern im Dorf zurück und suchte lieber seine Nähe. Ich denke, ihm ging es genauso; denn ich verspürte, dass er sich immer über die scheinbar zufälligen Begegnungen mit mir freute und sich gerne auf ein Gespräch mit mir einließ, solange wir nicht über seine Mutter redeten.

So verliefen einige Jahre und wir trafen uns beinah jeden Tag. Später, als wir älter wurden, verabredeten uns heimlich. Eines Tages ritt er mit seinem Vater zu einer Versammlung der Geistlichen in der Stadt und blieb über zehn Tage weg. Während dieser Tage bin ich vor Sehnsucht nach ihm beinah gestorben. Deswegen schimpfte ich mit ihm sehr, als er zurückkam. Dabei weinte ich so heftig, dass mein ganzer Körper vor Wut bebte. Am Ende sah er verwundert mir in die Augen und sagte, dass er mich auch furchtbar vermisst hätte. Da erkannte ich an seiner verblüfften Miene, dass er nicht verstanden hatte, warum ich derartig weinte. An diesem Tag habe ich begriffen, warum sein Fernbleiben mich von Grund auf erschüttert hatte. Ich hatte mich furchtbar in ihn verliebt."

In diesem Moment schlug Samiras Mutter errötend die Augen nieder.

„Hätte ich nur damals gewusst, wie viele qualvolle Stunden mir diese Verliebtheit im Nachhinein bringen würde!", seufzte Miriam. „Derartige Reisen zu ähnlichen Versammlungen in der Stadt nahmen mit der Zeit immer zu. Eines Tages folgte das Schrecklichste: David sagte mir, er hätte sich entschieden, Priester zu werden und müsste wegen seiner Ausbildung für zwei Jahre in der Stadt leben. Nachdem er seine Sachen gepackt und unser Dorf verlassen hatte, kam er zuerst alle zwei Wochen nach Hause, später alle drei oder vier Wochen. Jedes Mal freute ich mich zu sehen, dass auch er sich über das Wiedersehen sehr freute. Ehrlich gesagt, seine Besuche und die Eindrücke, die er bei mir hinterließ, bekräftigten mich immer mehr in dem Glauben, dass es aus uns doch etwas werden könnte. Eines Tages aber, kurz bevor er seine Ausbildung zum Priester abgeschlossen hatte, teilte er mir mit, er hätte sich endlich dafür entschieden, in ein Kloster zu gehen, um den Rest seines Lebens als Mönch zu verbringen. Er meinte, seine Gottessuche und sein Durst nach Wahrheit sei in der Ausbildung nicht gestillt worden, er würde Gott vielleicht in der Enthaltsamkeit und in der Stille eines Klosters finden. Ich hatte allerdings schon einige Monate vor dem Ende seiner Ausbildung gemerkt, dass er bei jedem Besuch nachdenklicher und stiller geworden war als zuvor. Dabei quälte mich manchmal der Gedanke, es sei vielleicht ein anderes Mädchen im Spiel. Aber, da ich ihn gut kannte, verriet mir seine Miene etwas Tiefgreifendes; etwas, das in ihm wühlte und ihn umso nachdenklicher machte als er schon immer gewesen war."

In diesem Augenblick hielt Miriam abrupt inne, weil Ali plötzlich an das Lagerfeuer herangetreten war, um Holz nachzulegen. Somit zündete die Glut schnell die neuen Holzzweige an und schenkte der Oase so viel neues Licht, dass die Gesichter sich aufhellten und die Freude in den Augen sichtbar wurde.

„Nachdem ich hörte, was David über Enthaltsamkeit und Kloster gesagt hatte, sah ich ihm forschend in die Augen und erspähte darin zu meinem Entsetzen eine eiskalte Entschlossenheit und den Ernst seiner Worte", fuhr Miriam fort, sobald Ali sich entfernt hatte. „Da begann mein Herz auf einmal zu zittern und kurz danach mein ganzer Körper. Ich versuchte zu sprechen; jedes Wort auf meiner Zunge schien aber gleich einzufrieren."

Sie hielt wieder inne, während ihr ernst gewordener Blick auf die Glut des Lagerfeuers gerichtet war. Diese brannte friedlich in Orange und Blau und zog den Nachschub langsam und stetig in ihre wirbelnde Hitze herein. Das Feuer knisterte laut und schleuderte Funken, wovon einer vor Miriam auf der Decke landete. Sie entfernte ihn sofort und sah zu den kleineren Funken auf, die aus den züngelnden Flammen hinausschossen und unruhig in die Höhe flogen. Bald senkte sie den Blick und sah Samira und ihre Mutter freundlich an. Die letztere schaute ihr nun so unbefangen und aufmerksam in die Augen, als ob sie völlig vergessen hätte, dass Miriam, allen Sitten zuwider immer noch ganz offen über ihr Empfinden für ihren Mann sprach.

„Ja, ich merkte, dass meine zitternden Beine mein Gewicht nicht mehr tragen konnten", fuhr sie fort, „daher sank ich kraftlos zusammen. David sank mit mir auf die Knie nieder, sah mir besorgt in die Augen und fragte, ob es mir gut ginge. Ich versuchte zu sprechen, dennoch konnte ich, wie von Stummheit geschlagen, kein einziges Wort herausbringen. Ich sah ihn bloß mit ungläubigen Augen an. Da stiegen in mir plötzlich Tränen hoch und ich brach in Schluchzen aus. David wurde unruhig und wirkte verlegen. Er schwieg und wartete, bis ich einigermaßen zur Ruhe kam. Dann sagte er, er würde mich doch immer wieder besuchen. Da überkam mich eine große Wut; ich verpasste ihm eine kräftige Ohrfeige und sprang auf. Er kam wie vom Blitz getroffen hoch; mit der Hand auf seiner Wange. Er sah mich mit Tränen in den Augen für eine Weile an, sagte aber nichts. Ich schob seine Hand beiseite und küsste die Wange, die die Ohrfeige abbekommen hatte. Danach drückte ich meine Lippen auf seine, küsste ihn und sagte ihm: Lebe wohl! Damals war er zwanzig und ich achtzehn. Ich habe ihn dann mit zweiundfünfzig wiedergesehen. Er kam also nach zweiunddreißig Jahren wieder, bat mich zuerst um Vergebung und dann um meine Hand."

„Hast du tatsächlich zweiunddreißig Jahre lang auf ihn gewartet, ohne zu heiraten?", unterbrach sie Samiras Mutter.

„Nein!", antwortete Miriam. „Ich wartete vergebens einige Jahre in der Hoffnung, dass er sich vielleicht für ein anderes Leben entscheiden würde. Währenddessen kam er ein einziges Mal nach Hause und ging fort, ohne mich besucht zu haben. Ich war fünfundzwanzig, als meine Tante mich für ihren Sohn um meine Hand bat. Ich war schwer enttäuscht und sagte gleich ja, ohne meinen Vetter jemals geliebt zu haben. Jedenfalls musste diese Ehe bald scheitern. Nicht allein deswegen, weil mein Vetter herausfand, dass ich ihn nicht liebte, sondern weil ich kein Kind kriegen konnte. Er ließ sich also scheiden, und ich fand im Nachhinein die Trennung gut, weil sie mir eine Bürde von den Schultern nahm."

„Und du hast danach nicht mehr geheiratet, nicht wahr?", fiel Samira ihr ins Wort.

„So ist es", bestätigte Miriam. „Ich heiratete nicht mehr, nicht weil ich für den Rest meines Lebens allein sein wollte, sondern weil mich keiner mehr wegen meiner Unfruchtbarkeit wollte."

Miriam schwieg wieder, dann wurde ihre Miene plötzlich heiter und sagte: „Das, was mir am Anfang zum Verhängnis geworden war, nämlich meine Unfruchtbarkeit, wurde mir später zu dem größten Segen meines Lebens; denn ich blieb dadurch für David für immer erhalten."

Sie hielt inne und lächelte, während sie immer noch nachdenklich wirkte.

„Erzähle uns noch Einiges über David, liebe Tante!", hakte Samira nach. „Was hatte er denn in den zweiunddreißig Jahren eurer Trennung gemacht und warum kehrte er plötzlich wie ein Blitz aus heiterem Himmel zu dir zurück!?"

„Haben denn deine Fragen kein Ende, Kind!?", warf ihre Mutter ein. „Merkst du denn nicht, dass du Miriams Gefühle verletzt!?"

„Lass sie nur!", erwiderte Miriam sanft. „Samiras Neugierde ist für ihr Alter ganz natürlich."

Sie wandte den Blick von der Mutter ab und sagte zu Samira: „Mir fällt es sehr schwer, alles zusammenzufassen, was David mir über seine Erlebnisse in all den Jahren der Trennung erzählt hat. Aber es lohnt sich sehr, ein kleines Licht auf seine Vergangenheit zu werfen; denn sie ist interessant und kann manchen Menschen als Vorbild dienen. Das Leben, das David im Kloster gesucht hatte, bestand aus Lesen, Beten und Arbeiten. Dennoch musste er nach zehn Jahren Leben im ersten Kloster feststellen, dass ihn die Bücher sowie die Gespräche dort nicht mehr befriedigten. So machte er sich eines Tages auf die Wanderschaft und lief von einem Kloster zum nächsten und bald von einem Land zum anderen. Auch in Europa bewanderte er einige Länder. Er studierte neue Sprachen, las in neuen Büchern, meditierte und arbeitete mit Mönchen fremder Länder zusammen und versuchte nicht nur die Religion, sondern auch die Geschichte und Kultur des jeweiligen Landes zu studieren. Am Ende kehrte er zu mir zurück und meinte, er wäre in all den Jahren vergebens im Kloster oder in fremden Ländern auf der Suche nach Gott gewesen; er hätte nicht gewusst, dass Gott die ganze Zeit tief in seinem Inneren gewesen wäre, nämlich in der Fähigkeit zu lieben, das

Gute und Schöne zu kreieren, Frieden zu schaffen und dem Leben zu dienen."

„Und hatte er die ganze Zeit nicht gewusst, dass du inzwischen geheiratet hattest", hakte Samira wieder nach.

„Nein, überhaupt nicht. Woher sollte er es auch wissen!? Nicht einmal der Tod seines Vaters vermochte ihn nach Hause zu führen. Wie konnte er auch zurückkommen, wenn er weit weg von der Heimat wohnte!? Bloß einmal, während er in Europa wohnte, hat er einem Glaubensgenossen, der die christliche Gemeinschaft in Armenien besuchen wollte, einen Brief für den Vater mitgegeben. Diesen Brief brachte jener David ungelesen zurück, mit ihm auch die Nachricht über den Tod seines Vaters."

Miriam seufzte, rieb sich die Augen und versuchte ihre Gedanken zu ordnen. „David kam also nach zweiunddreißig Jahren endlich in die Heimat zurück und suchte mich auf. Dabei, wie er es nachdrücklich sagte, zitterte er im Herzen; denn er hatte nicht die geringste Ahnung, ob ich inzwischen geheiratet hatte oder ob ich ihn immer noch liebte. Dennoch, als ich ihm nach so langer Zeit die Tür meines Hauses öffnete, fand ich einen Mann vor mir mit beglückten, strahlenden Augen eines Verliebten, der ebengerade auf seinen Heiratsantrag das Jawort gehört hätte. Er hatte ja sich kurz davor im Dorf über mich erkundigt und wusste, dass ich nach meiner Scheidung nicht mehr geheiratet hatte und mit meiner alten Mutter zusammenlebte. Das ist ein Wunder!! sagte er, nachdem wir uns nach so vielen Jahren wieder in die Augen geschaut hatten. Dann sank er vor mir auf die Knie nieder und brach mit gesenktem Blicke in Schluchzen aus.

Ich ließ ihn lange weinen und sah verwundert auf einen Mann hinab, der mir nun wie ein Fremder erschien; einen Mann, über dessen Stirn weiße Haarsträhnen herunterhingen. Dann, nachdem er zu mir aufgesehen hatte, erkannte ich meinen David in seinen Augen sofort wieder. Dabei fiel es mir gleich auf, dass seine Augen nicht mehr die alten waren; denn sie trauerten nicht mehr um die Mutter. In seinen Zügen hatten sich Unbekümmertheit und Heiterkeit breitgemacht. Dies kannte ich an ihm nicht.

Ich kann mich gut daran erinnern, dass hinter David, der vor mir immer noch an der Haustür kniete, eine Frau plötzlich in der Gasse erschien. Sie warf entsetzt einen Blick auf uns beide und huschte vorbei. Das brachte mich zu mir und ich bat David hereinzutreten. Ich machte die Haustür hinter ihm zu und zeigte mit der Hand auf eine schattige Ecke auf der Hofterrasse, konnte aber kein einziges Wort über die Lippen bringen. Nachdem wir die Stufen zur Terrasse hinaufgestiegen waren, sagte ich, meine Mutter sei schwer krank und ging ins Haus hinein. Im Flur holte ich Luft und nachdem ich einigermaßen zu mir gefunden hatte, kam ich auf zitternden Beinen heraus. Er saß entspannt im Schatten und sah heiter zu mir herauf. Ich setzte mich verlegen zu ihm und schenkte ihm Wasser ein. Er trank es und wir starrten uns schweigend an. Er lächelte immer noch. Sein Lächeln war freundlich und warm. Es beruhigte mein rasendes Herz, das immer noch laut hämmerte. Während ich ihn stumm anschaute, merkte ich, dass mir ein bedrückendes Gefühl vom Herzen in die Augen stieg und sich in Tränen verwandelte. Ich hielt sie nicht zurück und brach in Weinen aus. Dabei sah mich David still an und ließ geschehen, was geschehen musste. Nach einer Weile sagte ich stammelnd: Willkommen zu Hause, David!"

Nun schwieg Miriam und wischte sich eine Träne von der Wange.

„Es tut mir leid, liebe Tante!", sagte Samira reumütig. „Ich habe dich mit meiner Neugierde richtig gequält. Sage bitte nichts mehr! Ich weiß jetzt alles über Onkel David."

„Oh nein, Liebste! Du weißt nicht alles über ihn!", versetzte Miriam gelassen. „Den wichtigsten Teil seiner Lebensgeschichte kennst du noch nicht, nämlich was aus seiner Gottessuche während seiner Wanderschaft geworden war und welche innere Wandlung ihn zu mir zurückführte."

Samira nickte und schwieg, Miriam richtete ihren Blick wieder auf das friedlich brennende Lagerfeuer. Nach einer Weile, als ob sie zur Glut sprechen würde, fuhr sie fort: „Ja, nachdem ich ausgeweint hatte, begann David leise zu sprechen; in der Art und Weise, wie Kinder es tun, völlig ungezwungen, ehrlich und frei von Hemmungen. Er sah mir liebevoll in die Augen und fragte, ob ich wüsste, warum er das erste Kloster nach zehn Jahren verlassen und sich auf Wanderschaft gemacht hatte. Ich schüttelte den Kopf und er beantwortete selbst seine Frage: ´Weil ich vor dir weglaufen wollte´.

Nachdem er in meinen rund gewordenen Augen las, dass ich völlig verwirrt war, fuhr er fort: ´Du hattest keine Ahnung, was deine Tränen und dein Abschiedskuss damals bei mir nach unserem Abschied ausgelöst hatten.

Dieser Kuss brannte über Jahrzehnte hinweg auf meinen Lippen und in meinem Herzen und erlosch nie. Sein Feuer war es, das mich nach zweiunddreißig Jahren zu dir zurückführte, sobald meine Gedanken ihm nicht mehr im Wege standen´.

Ja, ich war völlig verblüfft, als ich das hörte. Denn ich konnte mir kaum vorstellen, wie mein Abschiedskuss einen Mann wie David mit so einem eisernen Willen von seinem Lebenswege abbringen könnte. Er meinte, wie oft er auch immer in den ersten zehn Jahren seines Klosterlebens versucht hätte, mich durch Lesen, Gebet, Meditation und Arbeit aus seinem Herzen zu verbannen, brauchte er sich nachts bloß ins Bett zu legen, da hätten die Flammen seiner Liebe zu mir wieder zu lodern begonnen und ihn abermals an den Rand des Versagens gebracht. Jene Flammen hätten ihn nicht selten aus dem Schlaf gerissen, und er sei immer wieder kurz davor gewesen, seine Sachen zu packen und zu fliehen, um in meinen Armen seinen Frieden zu finden. So entschied er sich eines Tages ins Ausland zu gehen. Er hatte gehofft, durch den Abstand zu mir, durch den Reiz neuer Sprachen, neues Wissens und neuer Kulturen Farbe und Fülle in sein schwarzweißes Leben hineinzubringen. Den Weg zu den Klöstern in Europa ging er in seinem Mönchgewand zu Fuß. Sein Ziel war, das weltliche Leben der Menschen näher kennenzulernen. Dabei hielt er sich auf Bauernhöfen auf und arbeitete mit. Als Entgelt verlangte er nichts als Nahrung und ein Dach über dem Kopf.“

Nun wandte Miriam den Blick vom Lagerfeuer zu ihren Zuhörerinnen und fragte, ob die Erzählung sich nicht in die Länge gezogen hätte und ob sie nicht lieber

schlafen wollten. Die beiden Frauen schüttelten verneinend den Kopf und Miriam erkannte an ihrer angespannten Miene, dass sie Davids Lebensgeschichte doch
gerne verfolgen wollten. In dem Moment als sie ihre
Erzählung fortsetzen wollte, schwieg sie plötzlich und
sah zu David hinüber, der langsam an das Lagerfeuer
herantrat. Er warf neue Holzzweige ins Feuer und bevor
er zurücktrat, sagte er, sie mögen nicht am Rande der
Decken, sondern in deren Mitte schlafen, damit die Fläche um sie herum im Lichte des Feuers gut zu sehen
wäre. Die Frauen nickten, machten sich aber zum Glück
keine Gedanken darüber, was David mit seiner Anmer-
kung bezwecken wollte. Denn sie hätten gewiss bis
Morgen kein Auge zugetan, wenn sie gewusst hätten,
dass viele Tiere, namentlich Skorpione und Schlangen
nachts aktiv wären und die Oasen wegen ihres Nah-
rungsreichtums auf sie wie ein Magnet wirkten.

„Nun gut!", fuhr Miriam fort. „ Je mehr David auf den
Bauernhöfen mit den Bauern und ihren Familien zusammenlebte und arbeitete, umso klarer wurde ihm,
dass er nicht mehr die Nähe der Menschen und ihre
bunte Lebensvielfalt durch das Klosterleben ersetzen
wollte. Daher zog er dann als Vagabund im Mönchgewand über Jahre hinweg von einem Bauernhof zu dem
anderen, bis er sich schließlich in einem Fischerdorf in
Italien niederließ."

Samira schaute zu David hinüber, lächelte und fragte:
„Legte Onkel David sein Mönchgewand in diesem Fischerdorf ab oder erst hier in seiner Heimat?"

„Kurz bevor er Italien verließ", antwortete Miriam.
„David ist ein Mann des Glaubens. Nichts hätte ihn dazu
bewegen können, seine Kutte abzulegen, wenn nicht

eine grundlegende Veränderung seiner Überzeugungen. Der Eisberg in ihm hatte aber lange gebraucht, um zu schmelzen. Er meinte, er hätte auf der Wanderschaft in der Natur und auf dem Lande beobachten können, dass das gesamte Leben auf der Erde, sowohl die Welt der Tiere und Pflanzen als auch die der Menschen, sich in zwei große Lager geteilt hätte: in das weibliche und in das männliche. Er sagte, ohne diese Seelenteilung, die im männlichen und weiblichen Geschlecht ihren weltlichen Ausdruck findet, würde es weder Leben noch Wachstum geben. David erkannte, warum Blumen und Bäume ihren Duft aussandten. Er wusste auch, dass Tiere, Pflanzen und Menschen, sobald sie reif sind, gleich mit der Suche nach dem Gegengeschlecht, nach ihrer anderen Hälfte beginnen, um in der Vereinigung mit ihr ein Ganztier, eine Ganzpflanze oder ein Ganzmensch zu werden. All das hatte er über Jahre hinweg gewusst, aber bloß als ein Beobachter und nicht als ein Bestandteil der Welt, also nicht in der Einheit mit ihr. Dann aber geschah an einem warmen, segensreichen Frühlingstag etwas, welches sein Dasein als Asket völlig auf den Kopf stellte. Ohne diese innere Wandlung hätte ich meinen David wahrscheinlich nie wieder zu Gesicht bekommen. Es geschah vor zwei Jahren an einem frühen Morgen im Mai, wie David mir mit großen, lachenden Augen berichtete. Er sagte, eine völlig unbegründete Freude im Herzen hätte ihn in der Morgendämmerung geweckt. Warum? Wusste er nicht, jedenfalls konnte er nicht mehr einschlafen. Er ist aufgestanden und auf die Terrasse seines Hauses gegangen, die wie die hiesigen Häuser des Fischerdorfes ebenso am steilen Hang eines felsigen Berges am Meer gebaut war. Dort richtete er die Augen auf die ferne Horizontlinie am Meer, die von einer Wolkenmasse bedeckt war. Ich vergesse nie, wie David sein Erlebnis an jenem frühen Morgen schilderte. Hier sind genau seine Worte: ´Die Wolke am Meer schimmerte zuerst im Purpurrot. Sie ging mit dem Sonnenaufgang nach und nach ins glühende, kräftige Rot über. Dann wurde sie plötzlich von der Sonne durchstrahlt, welche bald aus ihr eine feurige, golden glitzernde Lichtstraße herausschießen ließ, die sich auf dem Meeresspiegel bis auf die felsige Küste hin spiegelte. ´

David hatte sich über die sich bildende Wolke an der Horizontlinie gefreut; denn sie verhieß in jener Gegend einen wolkigen Tag oder gar einen regenreichen. Die Vorstellung des Regens ließ in ihm bestimmte Gedanken aufkommen, die trotz ihrer Einfachheit Davids Leben auf eine ganz andere Schiene lenkten: Er nahm im Regentropfen das verborgene Sonnenlicht wahr, welches dem Meereswasser eine neue Form und eine ganz neue Eigenschaft verliehen hatte: Die Sonne hatte durch Verdunstung aus dem ungenießbaren, salzigen Meereswasser erquickendes, frisches Süßwasser gemacht. Das letztere trug also die Kraft der Sonne in sich. Nun fragte sich David plötzlich, warum die Sonne dies seit Jahrmillionen getan hätte. Würde sie denn an unserem Planeten unendlich viel Wärme und Licht verlieren wollen, wenn es nicht ihre Liebe zu den Samenkörnern gäbe, die in der Erde steckten und sehnlich das Süßwasser erwarteten!? Die ganze Wolkenbildung am Meeresspiegel also, all die warmen und kalten Gegenden auf unserem Planeten und daher die Entstehung der Winde dienten dazu, die sich für die Paarung weit geöffnete Erde im rechten Augenblick vom Süßwasser der Sonne befruchten zu lassen. Das sei der Grund dafür, sagte David, warum unser Planet sich um sich selbst und um die Sonne drehe: Damit er alle seine Schönheiten der Sonne zeige und alle seine Stellen von ihr befruchten ließe. Diese Erkenntnis durchdrang Davids starre Denkweise gänzlich und brachte den langjährigen Eisberg schnell zum Schmelzen. Seine Erleuchtung wurde vollständig, nachdem die Sonne ihr Licht über die Kämme jener Nebelwolke am Meeresspiegel hinaus auf ihn und auf die gesamte Küste geworfen hatte. Er sagte, er sei auf seiner Terrasse vor der strahlenden Morgensonne auf die Knie gesunken und habe das Bekenntnis abgelegt, die Sonne sei sein Urvater und die Erde seine Urmutter. Die Beiden hätten alle Lebewesen auf unserem Planeten, ihn und seine Vorfahren über Jahrmillionen hinaus mit der Lebensspende Licht, Wasser, Luft und Nahrung versorgt, damit aus ihm das werde, was er nun war: ein Dienender, dennoch niemals ein ganz Zufriedener, ein Mensch außerhalb der wunderbaren Einheit von Sonne und Erde, losgelöst von seinen Wurzeln, von der Einheit der Geschlechter, daher ein halber Mensch."

Nun schwieg Miriam unvermittelt, während ihr entrückter Blick unverwandt auf das Lagerfeuer gerichtet war. Nach einer Weile sah sie auf und schaute Samira und ihrer Mutter in die Augen, welche zutiefst berührt ihren Blick erwiderten.

„Und machte es deinem Mann nichts aus, dass du keine Kinder kriegen kannst?", stammelte Samiras Mutter leise.

„Nein, gar nichts!", antwortete Miriam gelassen. „Diese Frage habe ich ihm gestellt, kurz nachdem er mir nach so langer Zeit den Heiratsantrag gemacht hatte. Er lächelte und sagte: ´Nachdem ich an jenem frühen Morgen mein Bekenntnis vor der Sonne abgelegt hatte, ist in mir die Liebe zu dir langsam aufgegangen wie die Knospe einer roten Rose, die seit zweiunddreißig Jahren in meinem Herzen lebte, aber nicht aufgehen durfte.´

David meinte noch, die Knospe hätte sich erstaunlich schnell bis zum Sonnenuntergang desselben Tages in eine große, duftende Rose verwandelt. Diese Verwandlung hätte ihm keine Ruhe gelassen, sodass er sich binnen zwei Tagen in Richtung des Schwarzmeeres verschiffen ließ. Von dort aus ist er beinah rastlos bis zur Heimat geritten. Schon am ersten Tag unseres Wiedersehens sagte er in seiner fremdartigen Ausdrucksweise zu mir, dass für das Leben eines jeden Mannes in der Schöpfung ein Planet bestimmt sei, der sein weibliches Gegenstück darstelle, eine Frau, die ihn ergänzen könne und er sie. Er meinte, all die Irrtümer der Menschen und das unvermeidbare Leid, das sie mit sich bringen, diene allein dazu, dem Menschen die notwendige innere Reife zu ermöglichen, die er braucht, um die höchste Erfüllung zu erleben, nämlich das Liebesglück. Am Ende kam er auf meine Frage zurück und sicherte mir zu, dass ich das Ziel seines Lebens sei und nicht ein Mittel zum Zweck; auch nicht, wenn der Zweck Kinder wäre.“

Damit schien Miriam die Frage gänzlich beantwortet zu haben, die Samiras Mutter gestellt hatte. Sie legte sich zufrieden hin und zog die Decke über sich, ohne den Blick vom Lagerfeuer abzuwenden. Von Samiras ruhigen, auf die Glut gerichteten Augen konnte man ablesen, dass Miriam mit ihrer ausführlichen Erzählung ihre Fragen zufriedenstellend beantwortet hatte. Somit legten sich auch Samira und ihre Mutter bald hin und ließen sich vom Anblick der im Orange und Blau brennenden Glut und der knisternden Holzzweige ins Reich des Schlafes begleiten. Hingegen sah Miriam für eine Weile noch zu David hinüber, der Wache hielt. Er warf neue Zweige auf die beiden Lagerfeuer, stand hin und wieder auf und nahm die Schlafplätze in Augenschein, um Tiere rechtzeitig zu entfernen, wenn sie einen falschen Kurs genommen hätten.

Einige Stunden waren vergangen, als Abu Saleh kurz nach Mittenacht aufwachte. Er legte die Hand auf Davids Schulter als Zeichen dafür, dass er ihn ablösen wollte. Dann rüttelte er den Karawanenführer, dessen lautes Schnarchen die ganze Oase gefüllt hatte.

„Zu früh für eine Ablösung", reagierte David auf Abu Salehs Berührung. „Schlaf noch ein wenig! Ich werde dich rechtzeitig wecken."

„Du brauchst auch Schlaf", entgegnete der andere. „Die Karawanen brechen in aller Morgenfrühe auf. Ich werde später Ali wecken. Er ist alt genug, um Wache zu halten. Das muss er lernen, wenn er die Arbeit seines Großvaters übernehmen will."

David wandte nichts ein, klopfte ihm dankend auf die Schulter und legte sich hin. Abu Saleh stand auf, versorgte die Lagerfeuer mit Nachschub, lief um die beiden Schlafplätze herum und schaute mit spähenden Augen auf die Decken, worauf die Schlafenden lagen. Dann verließ er die Oase.

Kaum war er an der letzten Palme der Oase vorbeigegangen, da raffte der Sternenhimmel seine Aufmerksamkeit gänzlich an sich. Während er staunend zu den Sternen hinaufsah, die am tiefschwarzen Himmel millionenfach glitzerten, verspürte er, dass das All seine Seele unaufhörlich mit einer sonderbaren Kraft überschüttete: eine belebende Kraft, welche sein noch schläfriges Gemüt erquickte und sein Herz mit vitalisierender Lebensfreude erfüllte. Er würde gerne eine Weile noch im Dunkeln bleiben und sich weiterhin von der Magie der Sternenbetrachtung hinreißen lassen. Dennoch ließ ihm seine Sorge um die Schlafenden keine Wahl und er kehrte eilig zu den Feuerstellen zurück. Sobald er an den Schlafplätzen ankam, nahm er aus dem Lagerfeuer einen brennenden Zweig heraus und sah in seinem Lichte genau hin, ob die Schlafstellen rein waren. Dies tat er während seiner Wache hin und wieder. Um dem Druck des Schlafes auf seinen müden Augenlidern entgegenzuwirken, stand er immer wieder auf, warf neue Zweige auf die beiden Feuer, patrouillierte herum und kümmerte sich um seinen Hengst und die auf den Bauch niedergesunkenen Kamele, deren Augen teils schlummernd teils wachsam zu ihm heraufsahen.

Es waren einige Stunden vergangen, als Abu Saleh aus der Oase hinaustrat, um an der Farbe des Himmels das ungefähre Zeitverhältnis zu erraten. Sobald er im Freien war und die Palmenblätter ihm den Blick in die Höhe nicht mehr versperrten, merkte er, dass der schwarze Himmel nun von einem tiefen, dunklen Blau durchdrungen war. Am Himmel funkelten jetzt nur noch die großen Sterne; die kleineren waren zurückgetreten und blinzelten schwach im schwarzblauen Hintergrund.

„Noch nicht Zeit zum Morgengebet!", dachte er laut und kehrte in die Oase zurück, nachdem er an der Konstellation der Sterne die Gebetsrichtung festgestellt hatte. Er weckte Ali und gab ihm leise die notwendigen Anweisungen, wie er seine Wache halten sollte. Der Junge, stolz darauf, dass Abu Saleh ihm eine Männeraufgabe auferlegt hatte, sicherte ihm mit wichtiger Miene zu, er wüsste ganz genau, was zu tun sei. Abu Saleh nickte, klopfte ihm auf die Schulter und legte sich seitlich hin. Dann kniff er die Augen bis auf einen kleinen Spalt zu und nahm Ali in Augenschein, der gerade neue Holzzweige in die Feuer warf. Seine blutunterlaufenden Augen konnten sich der Müdigkeit nicht lange widersetzen und er schlief bald ein. Seitdem war kaum eine halbe Stunde vergangen, da drang ihm das sachte Streifen eines länglichen Körpers entlang seines rechten Beines langsam ins Bewusstsein. Augenblicklich zuckte das Gefühl der Lebensgefahr durch sein ganzes Wesen und er witterte das Gleiten einer Schlange dicht an seinem Körper. Er hielt reglos verharrend die Luft an. Nachdem das Tier an seinem Rücken und seiner Schulter hinweg gezogen war, fühlte er es nicht mehr. Er blieb solange reglos, bis er hinter sich das leise Rasseln einer Klapperschlange hörte. Da drehte er sachte den Kopf und sah am Boden entlang zu der Schlange hinüber, die an Ali vorbei zu dem Feuerlager der Frauen glitt. Der Jüngling saß auf einem Stein an der Feuerstelle, hatte die linke Schläfe auf die gekreuzten Unterarme gelegt, welche er auf die Knie gestützt hatte. Er schien eingeschlafen zu sein und das Vorbeischleichen der Schlange nicht bemerkt zu haben. In diesem Augenblick richtete sich Abu Saleh blitzschnell auf und rannte auf die Schlange zu. Dabei riss er die Decke mit, die er während des Schlafes über sich gezogen hatte. Sekundenschnell warf er jene auf das Tier und sah zu, wie die in Panik geratene Schlange versuchte sich unter der Decke einen Weg ins Freie zu bahnen. Er wartete solange, bis der Kopf der

Schlange sichtbar wurde. Da ergriff er ihren Hals mit der linken Hand, zog sie unter der Decke heraus und hielt ihren peitschenden Schwanz mit der rechten fest. Das Tier zappelte kräftig und versuchte vergeblich sich aus Abu Salehs starken Händen zu befreien. Es hatte das Maul verbissen aufgerissen und streckte die Zunge heraus. Es war eine ausgewachsene Klapperschlange, dunkelbraun und über einen Meter lang. Abu Saleh bewahrte Ruhe und schritt mit der Schlange in den Händen auf Ali zu. Sobald er vor dem Schlafenden stand, hielt er den Kopf der Schlange dicht über ihn und gab ihm einen Tritt. Davon wurde Ali wach, hob das Gesicht und erblickte dicht vor seinen Augen das aufgerissene Maul der Schlange. Er schrie auf, warf sich erschrocken zurück und prallte mit dem Rücken auf den Boden. Bestürzt richtete er sich auf und stürmte in panischer Angst auf seinen Großvater zu. Die Anwesenden, vom Aufschrei aufgewacht, schauten alle entgeistert zu Abu Saleh und der Schlange hinüber, dann zu Ali, welcher in den Armen seines Großvaters schluchzend weinte.

„Möge Gott dir nicht vergeben, was du dem Jungen angetan hast, du herzloser Teufel!", schimpfte der Karawanenführer, während er dem Enkelsohn besänftigend über die Haare und das Gesicht streichelte.

Ungeachtet der Worte des Alten hob Abu Saleh die Hände hoch und hielt den Anwesenden die Schlange entgegen: „Diese Bestie war auf dem Weg zum Frauenlager, als ich sie mir schnappte", rief er. „Davor hatte sie mich geweckt, indem sie an meinem Bein und Rücken vorüber streifte. Danach schlich sie an Ali vorbei. Und was machte der Junge, der angeblich Wache hielt!? Er war am Lagerfeuer tief eingeschlafen!! Dabei war nicht einmal eine halbe Stunde rum, nachdem er mich abgelöst hatte."

„Was zum Teufel ist das denn für ein Grund, um dem Kind die Schlange vor die Nase zu halten!?", fiel ihm der Karawanenführer brüllend ins Wort.

„Ali ist kein Kind mehr", gab Abu Saleh unbeeindruckt zurück. „Er wollte Wache halten und freute sich darüber, eine männliche Aufgabe auferlegt bekommen zu haben. Nun wird er nie vergessen, wie man eine männliche Aufgabe auch erledigt."

Er hielt inne und sah für eine Weile seinen verblüfften Zuhörern in die Augen, dann lief er auf eine Dattelpalme zu und blieb vor deren Stamm stehen. Dort ließ er den Hals der Schlange plötzlich los und mit der anderen Hand, in der sich der Schwanz der Schlange befand, drehte er das Tier sofort wie einen Propeller über seinem Kopf. Nach einigen Drehungen schlug er den Kopf der machtlosen Schlange mit voller Wucht gegen den Baumstamm. Dabei zerplatzte ihr Maul sofort und hinterließ eine rote Stelle am Baum. Die Schlange hing nun wie ein lebloser Gürtel an Abu Salehs Hand herab. Er warf das tote Tier ins Gebüsch, ging auf den Oasenbrunnen zu und sah in den Eimer, der auf dem Brunnenrand stand. Nachdem er sich vergewissert hatte, dass sich im Wasser kein Insekt oder Tier befand, kippte er den Eimer ein wenig nach vorn, um sich die Hände zu waschen. In diesem Moment erschien David vor ihm, nahm ihm den Eimer ab und goss ihm Wasser in die Hände, damit er die Waschungen zum Morgengebet zu Ende führte. Danach bedankte sich Abu Saleh, David erwiderte aber seinen Dank nicht und verließ ihn schweigend. Abu Saleh runzelte die Stirn und sah ihm nach, der betrübt an den Anwesenden vorbeiging und hinter dem Gebüsch verschwand. Sobald er im Freien war, atmete er tief ein und rieb sich die linke Brustseite. Ihm tat das Herz weh. Als ob jemand ihm den Hals zugeschnürt hätte, bekam er nicht genügend Luft. Er sank auf die schwachen Knie nieder und wischte sich mit dem Ärmel die Schweißtropfen von der Stirn. Kurz darauf verspürte er die sanfte Berührung einer Frauenhand auf seiner Schulter: „Ist was, Liebster!? Geht es dir nicht gut!?", fragte seine Frau besorgt.

„Schon gut Liebling, mir wird´s bald wieder besser gehen", antwortete David im gedämpften Ton und stand auf. Er zwang sein blasses Gesicht zu einem kleinen Lächeln und ging mit Miriam in die Oase zurück. Als sie bei den anderen ankamen, betete Abu Saleh immer noch; der Alte, Ali sowie Samira und ihre Mutter packten gerade die Schlafdecken ein.

Nachdem alles eingepackt und die Reittiere aufgeladen waren, saßen die Reisenden auf, Abu Saleh stieg auf sein Pferd und der Karawanenführer gab seinem Kamel mit der Reitgerte das Zeichen zum Aufstehen. Diesem folgend richteten sich die restlichen Kamele mit ihren üblichen, heftigen Aufsteh-Schwankungen auf, liefen in einem perfekten Kreis an den Baumstämmen des Oasenzentrums vorbei und schlängelten durch die Dattelpalmen hindurch aus der Oase hinaus.

Der Weg nach Eynaltamor lief geradewegs nach Osten, wo die aufgehende Sonne den Horizont und die gesamte Landschaft bald in ein Meer vom rötlich feurigen Frühmorgenlicht eintauchen würde. Seit dem Aufbruch der Karawane wehte eine kühle Morgenbrise aus dem Osten her und streifte unentwegt die Gesichter der Reisenden.

Sie erquickte ihr Gemüt und wischte sanft die tiefe Betrübnis ab, die der Vorfall in der Oase in ihren Seelen hinterlassen hatte.

Noch weit von dieser Stelle, als Mustafa am frühen Morgen im Schloss aufwachte, funkelten einige Sterne immer noch am Himmel, als ob sie nicht wahrhaben wollten, dass die Morgenröte an den Kämmen der Hügel den Anbruch des Tages schon längst angekündigt hatte.

Sobald er die großen, hölzernen Flügel des Portals nach innen aufmachte, um hinauszugehen, begann der erste Hahn im Dorf zu krähen. Mustafa blieb an der Türschwelle stehen und sah schlaftrunken auf den Hof, dessen Umrisse sich in der Morgendämmerung deutlich abgezeichnet hatten. Nach einer Weile wandte er den Blick um und sah zu Aref, dem kleinen Sohn Abu Salehs, der den gestrigen Tag bei ihm im Schloss verbracht hatte, um dem Onkel bei seinen Arbeiten unter die Arme zu greifen. Den letzten Satz hatte er in einem Ton gesagt, wie sein Vater immer zu sagen pflegte.

Mustafa zündete eine Kerze an und sah in ihrem schwachen Lichte Arefs kleines Gesicht an, das friedlich schlafend aus der Decke herausragte. Auf sein Drängen hatte seine Mutter ihn bei Mustafa übernachten lassen, er war seinem Onkel nicht zur Last geworden und ihm tatsächlich ohne Wenn und Aber behilflich gewesen. Er hatte einen ganzen Tag aufs Spielen mit den Dorfkindern verzichtet und sich mit einem Lappen in der Hand überall nützlich gemacht, wo etwas gereinigt oder gesäubert werden müsste. Nun stand Mustafa mit der Kerze in der Hand und sah den Herausforderungen des neuen Tages entgegen, an dem er wieder alle Hände voll zu tun haben würde. Auch heute wird er sein Bestes geben, damit aus dem Haus das würde, welches der neuen Behausung seiner Braut würdig wäre. Denn er hatte keinen Zweifel, dass Samira und ihre Eltern bald in Eynaltamor eintreffen würden. Einerseits kannte er Abu Salehs Durchsetzungsvermögen sehr gut und war sich der leidenschaftlichen Liebe Samiras sicher, andererseits wusste er, dass die Feigenernte nicht lange auf sich warten ließe. Abu Saleh musste also schnell handeln und keine Zeit verschwenden; denn jede Stunde bedeutete das Verfaulen vieler weiterer Feigen.

Nun sprang er über die Terrasse in den Hof hinunter und ging festen Schrittes auf den Hofbrunnen zu, auf dessen steinerner Umrandung ein Stück Seife, ein Handtuch, ein Rasiermesser und ein kleiner Spiegel lagen. Um sich zu rasieren, war es zu dunkel; aber es wäre erfrischend, sich in der kühlen Morgenluft zu waschen. So ließ er den Brunneneimer eilig in die Tiefe hinab und freute sich wenig später darüber, den bis zum Rand gefüllten Eimer erstaunlich schnell aus der Tiefe heraufziehen zu können. Die Morgendämmerung verdeckte die Konturen im Hof sehr gut; daher zog er sich gänzlich aus und entfernte mit dem Brunnenwasser und der Seife den Schweiß und den Staub des gestrigen Tages vom Leibe. Während er sich trocknete, fröstelte er leicht. Hinzu kam noch der Hunger, der sich während der Körperreinigung bei ihm gemeldet hatte. Zum Essen gab es aber nichts im Hause. Er musste warten, bis Arefs Mutter mit dem Frühstück im Korb auftauchen würde.

Noch mehrere Kilometer entfernt von Eynaltamor zog die Karawane dem immer glühender werdenden Himmelsende im Osten entgegen. Nach etwa einer Stunde machte die Dämmerung dem klaren Morgenlicht gänzlich Platz und die Sonne zeigte am Horizont endlich ihr warmes, strahlendes Gesicht. Hingegen war Samiras Herz schon vor dem Sonnenaufgang aufgegangen; denn in ihrer Seele strahlte eine andere Sonne, seitdem die Liebe zu Mustafa in ihrem Herzen zu brennen begonnen hatte. Die Flamme dieser Liebe züngelte jetzt umso höher, je näher die Karawane Eynaltamor kam. Dabei wurde sie manchmal von ihren Zukunftsträumen so sehr mitgerissen, dass sie kaum sehen und hören konnte, was um sie geschah. Sie schwebte auf dem Rücken ihres Kamels durch diese von Menschenhand kaum berührte Landschaft und genoss die Gnade des Schicksals, welche sie in diesen Augenblicken mit allem Glück der Welt überschüttete. Bald durchdrang eine leise Männerstimme ihre Träume und sie horchte auf. Es war Abu Saleh, der Miriam klagend fragte, was der Grund für Davids komisches Schweigen sei: „Egal was ich ihm sage, kommt von ihm nichts zurück als ein kalter, wortloser Blick, der mir wie ein glühender Pfeil ins Herz sticht. Ist er verärgert? Habe ich ihn etwa gekränkt!?"

„Vielleicht!", gab Miriam schroff zurück. „Aber mach dir deswegen keine Sorgen! Damit meint David nichts Böses. Ich schätze, er will bei dir bestimmte Gedanken hervorrufen. Das wirst du bald sehen."

„Welche Gedanken kann er denn auf diese komische Weise bei mir wecken!?", fragte Abu Saleh aufgebracht.

Miriam dachte für eine Weile nach und sagte: „Er will wahrscheinlich deine Einstellung zu einer bestimmten Sache ändern."

Abu Saleh schwieg verwirrt und sah sie mit zusammengezogenen Augenbrauen an.

„Außerdem pflegt David immer zu schweigen, wenn
jemand ihn zutiefst verletzt und verärgert", fuhr sie fort.
„Einmal sagte er zu mir, wenn die Seele brennt, darf
man weder sprechen noch handeln. Man sollte am besten das Haus verlassen, in die Natur gehen und beten,
bis das Feuer des Innern erlischt und die Seele ihren
Frieden findet. Nur dann darf man sagen, was einen
bedrückt."

Da senkte Abu Saleh nachdenklich den Blick. Nach
einer Weile trat er seinem Pferd plötzlich in die Flanken,
das Tier machte einen Sprung nach vorn und entfernte
sich in vollem Galopp. Bald war es in dem Staub, den es
hinter sich aufgewirbelt hatte, kaum mehr zu sehen. Als
Abu Saleh zur Karawane zurückkam, schien die Sonne
hinter ihm und hatte ihn und seinen Hengst in ihrem
rötlichen Lichte gänzlich umhüllt. Sein betrübtes Gesicht
lag in eigenem Schatten und war bloß in seinen Umris-
sen zu sehen. Als er endlich ankam, grüßte er den Alten
im versöhnlichen Ton. Der Karawanenführer erwiderte
seinen Gruß nicht, rief ihm aber nach: „Du bist auf deinem Hengst beweglicher. Bring den Gästen Butterbrot
und Datteln! Wir werden die Reise ohne Rast bis
Eynaltamor durchziehen. So müssen wir nicht lange
unter der Mittagssonne reiten."

Abu Saleh nahm ihm schweigend die im Butterbrot
gewickelten Datteln ab, teilte sie aus und reihte sich
wieder hinter der Karawane ein. Vor ihm, auf dem letzten Kamel ritt David. Dieser erschien Abu Saleh nun
sonderbarer als zuvor und er versuchte eifrig die Gründe für seine plötzliche Verhaltenswende zu verstehen. Er
hatte nun begriffen, dass David nicht so leicht zu verstehen war. Denn er hatte trotz seiner unerschütterlichen

Hilfsbereitschaft ihn keines freundlichen Blickes gewürdigt, seitdem sie die Oase verlassen hatten.

Seit Stunden verging die Zeit gänzlich ohne Worte. Die Sonne sandte ihre gnadenlosen, grellen Lichtstrahlen beinah senkrecht herab, die weite, flache Landschaft schien unter der Mittagssonne zu brennen und aus ihr stiegen Hitzewellen empor. Die Reisenden tranken viel, um der Hitze entgegenzuwirken, konnten aber den Durst nur für kurze Zeit löschen. Das grelle Sonnenlicht blendete unentwegt und schmerzte sogar den Augen. Um diese vor der Hitze zu beschützen, hatte man sie zusammengekniffen; jeder sah schlummernd und beinah abwesend vor sich hin. Nur der Alte an der Spitze der Karawane hatte den Blick unverwandt und wachsam auf den Horizont gerichtet, wo der azurblaue Himmel und die braune, verbrannte Erde sich berührten und zusammen einen farbenprächtigen Winkel bildeten. Somit bemerkte der Karawanenführer als erster das Reiseziel, sobald die grünen Hügelspitzen Eynaltamors sich an der Horizontlinie zeigten. Da rief er jubelnd aus: „Vergleicht eure Augen mit denen eines alten Mannes und sagt mir, wer als erster Eynaltamor gesehen hat!"
Seine Worte trafen die Reisenden wie ein Blitz aus heiterem Himmel, der Schlummer verließ augenblicklich ihre Augen und alle sahen spähend in die Ferne. Ausgenommen Abu Saleh begannen alle zu jubeln, Samiras Herz lachte laut und begann zu hämmern. Je näher sie Eynaltamor kamen, umso klarer zeigte sich die grüne Fülle der Plantagen, aus welchen das Minarett der Moschee wie eine Riesenblume hervorzuwachsen schien. Dieser malerische Anblick zeigte seine verborgenen

Ecken und Winkel umso schärfer, je mehr sich die Karawane dem Dorf annäherte.

All das zog die Reisenden, vor allem David, immer mehr in ihren Bann, und er dachte mit Staunen an die Intelligenz und die Willenskraft, die solch ein grünes Wunder mitten in der kahlen, trockenen Landschaft hatte entstehen lassen. Nachdem die Augen sich allmählich an die grüne Pracht gewöhnt hatten, wurden die Reisenden auf eine einsame Dattelpalme aufmerksam, die links vom Reitweg auf der Spitze eines kleinen Hügels in den Himmel ragte. Die langen Zweige dieser Palme mit ihrem spitzen, gefächerten Blattwerk hatten sich majestätische in alle Richtungen gewölbt und warfen ihren Schatten auf ein einsames Grab, dessen Grabstein im Weiß schimmerte.

„Seltsam!", dachte David laut, als die Karawane gemächlich an jenem Hügel vorbeizog und in die geradlinige Straße einbog, die links von den Olivenbäumen und rechts von den Feigenbäumen weitflächig gesäumt wurde.

Seitdem die Kamele durch die Plantagen ritten, war das Zirpen des Heuschrecken-Chors hörbar lauter geworden. Die Reisenden, als ob plötzlich in eine andere Welt eingetaucht, sahen sich verwundert um und wirkten wie verzaubert. Rechts von der langen Straße sah man soweit das Auge reichte, reife Feigen, welche unter den verschwitzten, duftenden Blättern herausguckten. Man sah, dass der goldbraune Nektar aus beinah jeder zweiten Feige herausgeflossen war; ein Zeichen dafür, dass die Ernte in der Tat um keinen Tag länger verschoben werden dürfte. Der Gemeinderat hatte es nicht gewagt, in Abu Salehs Abwesenheit die Ernte anzuordnen;

denn der Rat selbst stand vollkommen unter der Verwaltung und Führung Abu Salehs. Diese Machtbefugnis war darauf zurückzuführen, dass Mustafas Großvater, der Abu Saleh wie den eigenen Sohn groß gezogen hatte, in seinem Testament die Führung und Verwaltung der Plantagen durch Abu Saleh zur Bedingung für ihre Übergabe an den Gemeinderat gemacht hatte.

Inzwischen hatten manche Hunde im Dorf die immer näher kommende Karawane gewittert und eilten ihr bellend entgegen. Daher wurden bei manchen neugierigen Dorfbewohnern die Ohren steif, als sie zur Mittagszeit das ungewöhnliche Bellen mehrerer Hunde hörten. Mustafa gehörte nicht zu jenen im Dorf und bekam daher nichts mit, als die Karawane in Eynaltamor eintraf. Sie ließ sich entlang der westlichen Mauer der Moschee neben dem großen Eingangstor nieder und sorgte dafür, dass das Lachen und Geschrei der jubelnden Kinder die Luft des Dorfes völlig füllten und die Menschen in ihren Häusern neugierig machten. Dabei hielt der erschöpfte, ahnungslose Mustafa, der seit Morgengrauen unermüdlich repariert, gekehrt und geputzt hatte, gerade sein Mittagsschläfchen. Aus seinem angeblichen „Nickerchen" war indessen ein tiefer Schlaf geworden ohne Aussicht aufs Erwachen. Selbst die lauten Onkel-Mustafa-Rufe von Aref vermochten ihn nicht zu wecken, als der kleine mit voller Geschwindigkeit in den Hof des Schlosses hereinstürmte, um ihm die gute Nachricht von der Ankunft der Gäste mitzuteilen. Das Kind sprang übermütig über die Schwelle der offenen Eingangstür ins Parterre hinein, bremste aber plötzlich und verstummte verwundert, als es Mustafa liegend auf seiner Matratze erblickte. Der kleine Junge sah keuchend für eine Weile zu dem Schlafenden hinüber, der unbedeckt mit offenen Armen vor ihm lag und mit halb geöffnetem Mund schnarchte. So zog er sich leise zurück und sprang über die Stufen in den Hof hinein und rannte so schnell hinaus wie er hereingestürmt war. Als er in die Gasse bog, wo sich sein Familienhaus befand, sah er vor der Haustür seinen Vater, der einem fremden Herrn gerade durch die Tür hinein folgte.

„Vater! Vater!", rief der Knabe.

Abu Saleh kehrte in die Gasse zurück. Da sprang ihm sein Sohn in die Arme. Die beiden drückten sich fest und der Vater fühlte bei der Umarmung, wie das kleine Herz des Sohnes pochte. Er ließ das Kind hinunter und sagte sanft zu ihm, er solle die Gäste begrüßen. Aref ging hinter seinem Vater in den Hof hinein, grüßte die Gäste und küsste David die Hand. Alsdann rannte er zu seiner Mutter, klammerte sich an ihren Beinen fest und sagte laut: „Mama, Onkel Mustafa schläft wie ein Toter!"

Da wurde Samiras Antlitz im Nu blass und Abu Saleh stieg Blut ins Gesicht. Er eilte zu dem kleinen, sank vor ihm auf die Knie nieder und fragte: „Ist Mustafa was passiert, mein Sohn? Sage mir ganz genau, was du gesehen hast!"

„Er schläft mit offenen Armen, sein Mund war offen", antwortete Aref verängstigt.

Da ließ Abu Saleh sein Kind los und rannte unverzüglich aus dem Haus hinaus, David lief ihm nach. Samira krallte sich mit zitternden Fingern in die Haare und zog kräftig an ihnen. Da sprang Miriam hervor und hielt ihre Hände fest: „Tu so was nicht, mein Kind!", verlangte sie.

Samira ließ die Haare los, umarmte Miriam und brach in Tränen aus. Arefs Mutter sank ebenso vor ihrem Sohn auf die Knie und schaute ihm eindringlich in die Augen: „Erzähle uns ganz genau, was du gesehen hast! Sage uns alles noch einmal!"

„Onkel Mustafa sah wie ein Toter aus, Mama! Aber er ist nicht tot!"

„Sehr gut, mein Kind! Erzähle jetzt, was du noch gesehen hast!"

„Er schläft mit offenem Mund und schnarcht laut."

Da stieß Hosniehe einen tiefen Seufzer aus und sagte erleichtert: „Du hast uns aber einen Schreck eingejagt!!"

Da wandte sich Aref um, brach plötzlich in Weinen aus und rannte ins Haus hinein.

„Der Schreck sitzt auch ihm im Nacken", sagte Miriam zu Samira, nachdem sie sie losgelassen hatte. „Siehst du!? Das war doch nur ein Missverständnis!"

Samira nickte beruhigt und zwang ihren Mund zu einem kleinen Lächeln, während sie ihre Tränen von den Wangen wischte.

Während die Frauen ihrer Gastgeberin ins Haus folgten, kam Abu Saleh keuchend am geöffneten, eisernen Gittertor des Schlosses an und rannte in den Hof hinein. Dabei rief er laut Mustafas Namen. Nachdem er ins Haus hineingestürmt war, fand er Mustafa im Parterre auf seiner Matratze sitzen und verdutzt zu ihm heraufschauen.

„Gott sei Dank!", rief Abu Saleh keuchend aus. „Aref sagte, du schläfst wie ein Toter."

„Das stimmt auch", bestätigte Mustafa. „Ich hatte mich nach dem Mittagessen bloß zu einem Nickerchen hingelegt. Gott weiß, wie lange ich noch schlafen würde, wenn deine Rufe mich nicht geweckt hätten. Ich habe noch furchtbar viel zu tun!"

„Es freut mich sehr, das zu hören, mein Sohn!", ertönte Davids Stimme unversehens.

Mustafa wandte den Blick verblüfft zur Eingangstür um und sah David im Türrahmen stehen. Da sprang er auf, umarmte ihn und rief übermütig: „Welch eine Freude dich wiederzusehen, David!"

„Was für ein Glück dich hier gesund in deinem eigenen Zuhause zu sehen!", erwiderte David, während er Mustafa an sich drückte.

„Möge Gott dich für deine Tat belohnen, Bruder!" sagte Mustafa zu Abu Saleh. „Ich kann es unmöglich in Worte fassen, wie viel dieser Mann mir bedeutet. Hätte es ihn nicht gegeben, würde ich nach dem Überfall bestimmt in einer Ruine einsam verenden."

„Das stimmt nicht, mein Lieber!", entgegnete David. „Auch wenn es mich nicht gegeben hätte, wäre dein Wesen nicht dazu bestimmt gewesen, einsam zu verenden."

Mustafa sah ihn stirnrunzelnd an.

„Nur ganz selten kann ein Mann in größter Not die Liebe und Hilfe einer schönen, jungen Frau abweisen, um sie nicht in eigenes Elend hineinzustürzen", ergänzte David. „Du wärst lieber gestorben, als Samira unglücklich zu machen."

Mustafa senkte den Blick und schwieg.

„Sieh auf, mein Sohn! Schaue mir in die Augen!", verlangte David lächelnd. „Du hast viele Gründe, auf dich selbst stolz zu sein. Nachdem du unser Haus verlassen hattest, bewunderte ich deine Fähigkeit, unter großem Druck große Entscheidungen treffen zu können, obwohl du so jung bist! Dadurch hast du die Gunst einiger guter Menschen, vor allem Samiras Liebe gewonnen. Ohne diese erhabenen Charakterzüge von dir wäre jetzt bestimmt keiner von uns hier."

David legte die Hand auf Mustafas Schulter und sagte: „Komm! Gehen wir hinaus! Zeige mir den Hof und ich werde dich bald davon überzeugen, dass ich ein guter Gärtner bin."

Mustafa lächelte und ging mit ihm auf die Hofterrasse hinaus; Abu Saleh folgte den beiden.

„Drüben, in dem kleinen Häuschen, wohnten meine Amme und ihr Mann", wies Mustafa mit dem Zeigefinger auf eine Hütte am Ende des Hofes hin. „Er, ein ehemaliger Bauer aus dem Nachbardorf, kümmerte sich um den Hof und half meiner Amme beim Haushalt."

„Das ausgedörrte Beet entlang der Hofmauer und die kahle Erdfläche, die sich an die Pflastersteine des Hofes grenzt, scheinen einst der Garten gewesen zu sein, nicht wahr?", fragte David.

„So ist es!", bestätigte Mustafa flüchtig und wandte den Blick plötzlich zu Abu Saleh: „Sage mir, wie es Samira geht! Sie ist doch mitgereist, oder?"

„Hat Abu Saleh jemals versprochen, was er nicht halten konnte!?", entgegnete Abu Saleh stolz. „Sie ist da, mit ihrer Mutter. Ihr Vater wird folgen, sobald er seinen Diwan einem Vertrauten überlassen hat. Wir müssen mit der Hochzeit noch warten, bis Abu Karim sich uns anschließt. Bis dahin sind wir Enscha Allah! – so Gott es will! – auch mit der Feigenernte fertig. Der Händler wird bald mit seiner Karawane zum Aufladen der Früchte hier sein. Die nächsten Tage werden wir zu tun haben wie noch nie."

„Und ich werde an Samiras neuem Zuhause Tag und Nacht arbeiten, bis es aus ihm das wird, was es einmal war", sagte Mustafa entschlossen.

„Nein!", wandte Abu Saleh schroff ein. „Um das Schloss werden sich die Frauen kümmern. Du gehörst draußen aufs Land. Du darfst nicht zögern, wenn das Geldverdienen an deine Tür klopft."

„Aber wie sollten sich denn Frauen um die ganzen Reparaturarbeiten kümmern!?"

„Mustafa, mir fällt es schwer, dir diese Worte zu sagen", versetzte Abu Saleh mit ernst gewordener Miene. „Aber du scheinst vergessen zu haben, dass laut dem Testament deines Großvaters sowohl die Plantagen als auch das Schloss jetzt dem Gemeinderat gehören."

Da verblasste Mustafas Gesicht auf einmal.

„Aber", fuhr Abu Saleh fort, „zum Glück hatte Khan meine Verwaltung und Führung zur Voraussetzung für die Übergabe seiner Besitztümer gemacht. Ich habe also Macht und Einfluss. Diese kann ich aber nur dann geltend machen, wenn du unter den Leuten bist, mit ihnen Schulter an Schulter schuftest und ihr Vertrauen wieder gewinnst. Hier im Dorf halten dich alle für einen faulen, verdorbenen Versager; insbesondere deine Verwandten. Diese Menschen müssen mit eigenen Augen sehen, dass du dich vor Arbeit nicht drückst. Vor allem dann nicht, wenn es um eine gute Sache geht, nämlich um eine Familie zu gründen. Erst dann kann ich die Mitglieder des Gemeinderats dazu bewegen, dich und deine Familie im Schloss wohnen zu lassen. Deine Mitarbeit bei der Feigenernte bietet jetzt die beste Gelegenheit dazu."

Da legte David die Hand auf Mustafas Schulter und sprach: „Tu das, was Abu Saleh von dir verlangt! Er kennt die Arbeits- und Lebensbedingungen eures Dorfes besser als du."

Mustafa senkte betrübt den Blick und schwieg.

David nahm den Hof in Augenschein und sah sich jede Ecke genau an. Nach einer Weile verweilte sein Blick plötzlich bei der Hütte; diese schien ihn besonders zu interessieren. Er zeigte mit der Hand auf sie und fragte: „Wie sind die Innenräume der Hütte ausgestattet?"

„So, dass zwei Menschen darin leben können", gab Mustafa zurück.

„Oh, das freut mich sehr!", sagte David heiter.

Mustafa sah aus den Augenwinkeln zu ihm, dessen Blick unverwandt auf das Häuschen gerichtet war: „Das ist doch bloß eine gewöhnliche Hütte", wandte er ein. „Was ist denn daran so interessant!?"

„Das sage ich dir, nachdem ich sie saniert und bewohnbar gemacht habe", antwortete David lächelnd. „Lass uns jetzt gehen, die Frauen machen sich bestimmt große Sorgen um dich."

Während die Männer durch das Gittertor des Hofes hinausgingen, sagte David überrascht: „Ein Gittertor!! Ganz ungewöhnlich für diese Gegend! Auf so was bin ich in Südeuropa gestoßen!"

„So ist es!", bestätigte Mustafa. „Unser Tor ist ziemlich augenfällig. So was Ähnliches hatte mein Opa einmal in Damaskus gesehen. Da fragte er gleich den Hausbesitzer, wer das Tor angefertigt hätte. Am selben Tag suchte er den Schmied auf, bestellte unser Gittertor und schleppte es nach der Anfertigung auf einer großen Karre nach Hause."

„Die Idee der Plantagen und der Bewässerungsanlagen stammte auch von Khan, nicht wahr?", fragte David neugierig.

„Nicht nur die Idee, zum größten Teil auch die Anfertigung und sogar der Anbau", antwortete Abu Saleh, ohne David in die Augen zu schauen. „Khan hat mit uns fast bis zu seinem Lebensende in den Plantagen gearbeitet."

David nickte, sagte aber nichts mehr. Wenig später bogen sie in die Gasse ein, in der sich Abu Salehs Familienhaus befand. Die Gasse war menschenleer; typisch für diese Tagesstunde, wo die Sonne ihr heißes, pralles Licht seit Stunden gnadenlos über das Dorf goss.

Den Männern fiel in der Gasse bald Arefs kleine Gestalt auf, der vor der Haustür nach seinem Vater Ausschau hielt. Er rannte sofort ins Haus hinein, sobald er die Ankömmlinge gesehen hatte: „Ich sagte doch, Onkel Mustafa ist nicht tot!", kündigte er laut an, während er ins Haus hineinstürmte. „Der Onkel kommt gerade mit dem Papa und dem alten, großen Mann nach Hause."

Als Samira das hörte, lachte ihr Herz im Leibe und die anderen Frauen sahen sich erleichtert an. Bald erschienen die Männer im Hof, die Frauen, ausgenommen Samira, begaben sich in den Flur, um sie zu begrüßen. Als diese ins Haus hereintraten, rief Miriam freudig Mustafa zu: „Was für ein Glück, dich in diesem guten Zustand wiedersehen zu können, mein Sohn!"

„Die Freude ist ganz meinerseits, Miriam!", erwiderte Mustafa und grüßte mit gesenktem Blicke Samiras Mutter. Dabei sah Samira ihn aus dem schmalen Türspalt heimlich an: „Mein Gott, rasiert sieht er aber gut aus!", dachte sie laut.

Es war ein religiöser Brauch, dass die Braut und der Bräutigam, wenn sie Verwandte wären, vor der Eheschließung sich nur in den engen Familienkreisen sehen durften, ansonsten erst nach der Hochzeit. Daher gingen die Männer nach der Begrüßung in eine separate Stube und die Frauen in das Frauenzimmer zurück. Kurz davor setzte sich Samira wieder hin und tat so, als ob sie sich indessen von der Stelle nicht gerührt hätte. Dennoch konnte jeder von ihren erröteten Wangen und dem Lachen in ihren Augen ablesen, dass das Gegenteil der Fall gewesen war.

Samira war von Natur aus keine Lügnerin oder Schauspielerin; denn sie war angstfrei erzogen worden. Da der Bruder, der zehn Jahre älter war als sie, schon mit siebzehn das Familienhaus verlassen hatte, hatten die Eltern Samira so behandelt, als ob sie Einzelkind wäre. Als Liebling des Vaters, hatte sie also sehr viel elterliche Liebe und Aufmerksamkeit genossen und durfte seit ihrer Kindheit mit den beiden Elternteilen einen kommunikativen Umgang haben; ganz im Gegenteil zu den Mädchen ihrer Zeit.

Bald klopfte jemand an der Tür der Frauenstube. Hosniehe, Abu Salehs Ehefrau, ging hinaus.

„Der Karawanenführer und sein Enkelsohn sind müde", sagte Abu Saleh zu ihr. „Ein warmes Essen würde ihnen gut tun."

Sie nickte und eilte sogleich in die Küche. Wenig später machte sich Abu Saleh mit einem Bündel in der Hand auf den Weg zur Moschee. Er trug einen Topf, in dem sich Reis und Gulaschsauce befanden. Als er am Ziel ankam, summte der Alte im Gebetsraum bereits die letzten Verse seines Mittagsgebets, Ali saß in einer Ecke und döste vor sich hin.

„Ali! Wach auf!", weckte Abu Saleh ihn sanft.

Der Jugendliche öffnete sachte die Augen und erschrak, sobald er Abu Saleh erblickte. Wie festgenagelt drückte er sich mit aufgerissenen Augen gegen die Wand und konnte keinen Ton von sich geben.

„Euer Mittagessen ist in diesem Bündel. Das könnt ihr im Nebenraum essen", fuhr Abu Saleh fort und verließ leisen Schrittes den Gebetsraum. In der Gästestube öffnete er das Bündel. Darin befanden sich neben dem Essen ein sauberes Esstuch, ein Tablett und hausgemachtes Brot. Er breitete das Tuch aus und deckte es ordentlich. Alsdann begab er sich in den Flur, der den großen Gebetsraum von der Gästestube trennte. Der Karawanenführer hatte sich nach dem Gebet zu seinem Enkelsohn gesetzt und schien nicht vorzuhaben, den Raum zu verlassen. Dies merkte Abu Saleh, als er in den Gebetsraum zurückging. Er schritt auf die beiden zu und als er vor ihnen stand, sagte er leise: „In der Gästestube habe ich das Esstuch gedeckt. Ich wollte euch lebe wohl sagen und gute Heimreise wünschen."

Der Alte sah mit zusammengezogenen Augenbrauen zu ihm herauf und sagte kein Wort. Abu Saleh drehte sich um und verließ den Raum.

Als er zuhause ankam, schien das Haus in eine tiefe Nachmittagsstille eingetaucht zu sein; nicht einmal das Zirpen der Grillen war zu hören. Der Duft der süßen Feigen aus der Plantage hatte den Hof gänzlich erfüllt. Schon beim Eintreffen im Dorf hatte Abu Saleh diesen Duft überall in den Gassen wahrgenommen. Ein alarmierendes Zeichen für ihn als Verwalter der Plantagen;

denn die Feigen wären zu diesem Zeitpunkt normalerweise auf dem Weg nach Romeyseh gewesen.

Kurz nachdem er sein Haus betreten hatte, öffnete er die Tür zur Männerstube und steckte den Kopf durch den Türspalt hinein. Mustafa und David lagen in der Ecke und schienen ihren Mittagsschlaf zu halten. Er zog sich zurück und machte die Tür leise hinter sich zu. Dann verließ er unverzüglich das Haus und ging eilig zum Gemeinderatsvorsitzenden, um mit ihm die notwendigen Maßnahmen zum sofortigen Beginn der Feigenernte zu treffen. Eine Zumutung zu dieser Tagesstunde; denn alle Erwachsenen im Dorf hielten jetzt Mittagsschlaf und keiner würde in der Hitze arbeiten wollen. Die Zeit drängte aber und Abu Saleh würde die nächsten Stunden gewiss nicht untätig zusehen wollen, dass weitere Feigen wegen der Überreife von den Bäumen fielen. Daher, sobald er den Ratsvorsitzenden wieder verlassen hatte, schoss er auf seinem Pferd von Gasse zu Gasse, um möglichst schnell die Arbeiter für die Ernte zusammenzurufen. Somit rissen die Frauen ihre Söhne und Ehemänner sofort aus dem Schlaf und teilten ihnen Abu Salehs Absicht mit. Diese machten sich wenig später mürrisch und fluchend auf den Weg zum Ratsvorsitzenden, während die restlichen Dorfbewohner noch in der Stille der Nachmittagshitze schliefen. Sie luden die leeren Holzkisten auf den Rücken der Esel und Pferde und marschierten unverzüglich auf die Feigenplantage zu.

Als David aufwachte, schien die Sonne schräg und man hatte auf der Plantage viele Kisten mit süßen, saftigen Feigen gefüllt und im Schatten der Strohdächer ordentlich aufeinandergelegt. Strohdächer, auf vier Masten befestigt, waren Riesensonnenschirme, welche auf den Plantagen hie und da zu sehen waren. Sie dienten neben der Beschattung der Früchte und der Reittiere auch als Raststätte, in deren dunklen Schatten man Wasser trank und sich eine kleine Pause gönnte.

In Abu Salehs Haus war Hosniehe früher als andere aufgestanden und hatte sich in die Küche begeben. Sie war gerade dabei, ihren Gästen Joghurtsaft – ein erfrischendes Getränk aus Wasser, Joghurt und frischer Minze – zu machen, als Samira sich ihr anschloss, um ihr dabei zu helfen. Als die Mischung fertig war, wurde sie leicht gesalzen und in den Schalen aus Ton zuerst den Männern gebracht. Nachdem David seiner Gastgeberin das Tablett abgenommen hatte, worauf sich das Getränk befand, fragte er, wo Abu Saleh sei, ohne Hosniehe in die Augen zu schauen.

„Bestimmt auf den Plantagen!", antwortete sie knapp.

„Auf welcher?", hakte David nach.

„Auf der Feigenplantage."

David bedankte sich und wandte sich mit dem Tablett in der Hand Mustafa zu. Der letztere nahm eine der Schalen und trank sie in einem Zug aus. Alsdann stieß er einen Seufzer der Zufriedenheit aus und wischte mit der Hand die weiße Rundung ab, die das Getränk um seine Lippen hinterlassen hatte. Dagegen nippte David langsam an seiner Schale und versuchte möglichst viel von dem Geschmack und dem Duft des Getränks abzubekommen. Nachdem er es zu Ende getrunken hatte, fragte er, was Mustafa davon hielte, Abu Saleh und seinen Leuten bei der Ernte zu helfen. Da senkte Mustafa verzagt den Blick und sagte: „Die Leute im Dorf hassen mich alle. Das habe ich mitbekommen, nachdem ich aus der Stadt zurückgekommen war. Als ich dann das Dorf fluchtartig verlassen wollte, gingen mir Frauen, Männer und sogar Kinder aus dem Weg, als ob ich die Pest hätte und mich niemand mehr im Dorf haben wollte."

„Ich kann dich gut verstehen, Mustafa!", erwiderte David beschwichtigend. „Ich gehe also alleine zu Abu Saleh. Er sollte Vorbereitungen treffen, was deine Mitarbeit in den Plantagen anbelangt. So kann man unangenehme Reaktionen ausschließen. Bevor ich mich aber auf den Weg mache, möchte ich mit Miriam überlegen, wo und wie du und Samira euch treffen könnt. Das arme Mädchen würde vor Sehnsucht vergehen, wenn sie dich weiterhin nicht sehen dürfte, obwohl du dich in ihrer Nähe befindest."

Davids Worte trafen Mustafa wie ein Blitz aus heiterem Himmel und erfüllten sein Herz mit großer Freude. Da glänzte ein kleines Lächeln auf seinen Lippen und er sagte: „Du sprichst mir aus der Seele, David! Auch ich würde vor Sehnsucht vergehen, wenn ich sie bald nicht sehen dürfte."

David nickte und fuhr mit den Fingern grübelnd durch seinen weißen Bart. Alsdann machte er die Zimmertür auf, rief nach seiner Frau und wandte sich wieder Mustafa zu: „Ich und du werden gleich zu dir nach Hause gehen", sagte er. „Miriam und Samira werden das Haus nach einer Stunde zwecks eines Spaziergangs verlassen. Hosniehe wird dafür sorgen, dass Samiras Mutter zuhause bleibt, um ihr bei der Zubereitung des Abendessens zu helfen."

In diesem Augenblick wurde er von einem Klopfen an der Zimmertür unterbrochen. Er öffnete die Tür und bat Miriam herein. Nachdem er seinen Plan ihr anvertraut hatte, rieb sich Miriam die Hände und sagte mit großer Freude: „Die Idee finde ich toll. So was Ähnliches hatte ich auch im Sinn. Sobald ihr das Haus verlassen habt, sorge ich für den Rest."

Kurz darauf begaben sich David und Mustafa in den Hof. Während sie auf die Haustür zusteuerten, rief Hosniehe ihnen nach: „Kurz nach Sonnenuntergang gibt es Abendessen. Wir essen nicht ohne euch!"

Mustafa drehte sich um, legte seine rechte Hand auf die Brust, neigte dankend sein Haupt und verschwand mit David hinter der Haustür. Hosniehe lächelte und sagte zu den Frauen: „Mustafa ist wie verwandelt. Die Stadt hat aus ihm einen Mann gemacht."

„Warte mal ab!", erwiderte Miriam. „Er wird dir umso edler erscheinen, je mehr du ihn kennenlernst."

Nach etwa einer Stunde vernahmen David und Mustafa hinter der Hofmauer des Schlosses zwei Frauenstimmen, die immer näher kamen. Die Männer waren dabei, aus der Hütte im Hof bestimmte Möbelstücke hinauszutragen. „Da sind sie!", rief David aus. „Ich kann Miriams Stimme erkennen, du nicht?"

Mustafa horchte und nickte bestätigend.

„Ich und Miriam verlassen euch gleich, damit du und Samira euch ungestört begegnet", ergänzte David eilig und ging schnellen Schrittes auf das offene Gittertor zu.

Mustafa sah ihm verdutzt nach; denn Davids Verhalten passte keineswegs in den Kulturrahmen, in dem er aufgewachsen war. Er war verlegen und sein Herz schlug schneller. Um mehr Gewissheit zu erlangen, näherte Mustafa sich der Hofmauer und horchte. Er hörte, dass David und seine Frau gedämpft miteinander redeten. Kurz darauf verstummten die Stimmen plötzlich und eine schwere Stille erfüllte die Luft. Um herauszufinden, was sich hinter der Hofmauer abgespielt hatte, ging er auf unsicheren Beinen langsam auf das Tor zu. In diesem Moment betrat unerwartet eine Gestalt im langen, schwarzen Frauengewand den Hof. Mustafas Knie wurden augenblicklich weich, als er Samiras schönes Gesicht erkannte, das rund an ihr hellblaues Kopftuch grenzte. Dieses Tuch fiel über ihre Schultern herab und hatte ihre Haare, ihren Hals und ihre Stirn gänzlich bedeckt. Sie kam leichten Schrittes auf Mustafa zu. Ihre Wangen waren errötet, ihre Lippen lächelten anmutig und in ihren Augen glitzerten unzählige Sterne des Liebesglücks.

„Salamo Alaykum, Mustafa!", grüßte sie leise und senkte sogleich die zarten Augenlider.

„Alaykomo Salam, Samira!", erwiderte Mustafa ihren Gruß und verlangte: „Siehe auf und schaue mir in die Augen, Liebste! Du sollst dich vor deinem künftigen Mann nicht schämen."

„Samira blickte unsicher auf und sagte: „Du bist wie verwandelt. Es freut mich sehr, dich gesund wiederzusehen." Sie hielt unschlüssig inne und ergänzte: „Übrigens, rasiert siehst du viel besser aus!"

Mustafa lächelte und erwiderte: „Mich freut es auch sehr, dich wiederzusehen! Wie schön ist es, dich wiederzusehen und dir in die Augen zu schauen, ohne zu fürchten, dich zu binden und ins Unglück zu stürzen!"

„Du hast mich nicht ins Unglück gestürzt!", entgegnete Samira.

„Ich hätte es aber, wenn ich mich deiner Liebe nicht entzogen hätte."

„Ich weiß alles, Mustafa! Abu Saleh hat Tante Miriam und Onkel David alles erzählt."

„Trotzdem möchte ich es dir selber sagen", drängte Mustafa, „ansonsten werde ich einen großen Stein auf dem Herzen nie los."

Samira nickte verständnisvoll und schwieg.

„Meine Entscheidung deine Liebe abzuweisen, fiel mir genauso schwer, wie die Entscheidung mir das Leben zu nehmen", fuhr er mit ernst gewordener Miene fort. „Ich dachte zuerst, der Selbstmord wäre meine Erlösung, im Nachhinein wurde mir aber klar, dass ich mich damit bestrafen wollte für meine Unfähigkeit, dich glücklich zu machen."

„Sprich bitte nicht mehr davon!", fiel ihm Samira ins Wort. „Mein Herz zittert vor Angst, wenn du von diesen Dingen redest." Sie wischte sich eine Träne ab, die ihr über die Wange herunter lief. Da trat Mustafa hervor und sagte reumütig: „Es ist das erste und letzte Mal, dass ich dich zum Weinen bringe; das schwöre ich bei Allah!" Daraufhin nahm er ihre zarten Hände in seine, liebkoste sie und sah ihr zärtlich in die Augen. Samira wirkte verlegen und Mustafa merkte gleich, dass ihre Hände zitterten. Daher ließ er sie sofort los und fragte, ob er ihr damit Angst gemacht hätte.

„Angst nicht", antwortete sie knapp. „Aber es ist zum ersten Mal, dass mich ein fremder Mann anfasst." Sie lächelte und korrigierte gleich: „Du bist für mich kein Fremder, Mustafa! Damit meinte ich einen Mann außerhalb meiner Familie und Verwandtschaft."

„Das kann ich gut verstehen", sagte er. „Aber irgendwie scheint mir alles so unwirklich. Ich kann schwer glauben, dass du in diesem Augenblick vor mir stehst; in dem Haus, in dem ich geboren und aufgewachsen bin. Um dem Elend zu entkommen, ging ich vor einigen Tagen durch den Tod, für einen kurzen Moment fühlte ich sogar seine erwürgenden Krallen um meinen Hals. Dann, als ob aus einem schrecklichen Alptraum erwacht, fand ich mich plötzlich auf dem Boden; zusammengebrochen und von Goldmünzen umgeben. Und jetzt sehe ich dich in meinem eigenen Haus vor mir stehen; greifbar nah und zugleich so unwirklich."

In diesem Augenblick nahm Samira seine Hand in ihre und sprach: „Ich bin es Mustafa! Deine Samira! Du bist wirklich gerettet, und mit dir auch ich. Denn ich bin mir ganz sicher, dass ich die Gewissheit, dass es dich nicht mehr gibt, niemals hätte ertragen können. Ich konnte nachts vor Kummer und Sehnsucht kaum atmen. Ich konnte und kann mir ein Leben ohne dich kaum vorstellen."

Mustafa drückte ihre Hand und sagte: „Hier am Tor kann uns jemand sehen, komm lieber herein! Dort an der Hütte sieht uns keiner." Er machte das Tor zu, schloss es ab und fuhr fort: „Der kleine Aref könnte jederzeit in den Hof hereinstürmen."

Neben der Eingangstür der Hütte lag dicht an der Außenwand ein abgesägter, dicker Baumstamm, worauf Mustafas Amme und ihr Mann bei Sonnenuntergängen zu sitzen pflegten. Mustafa und Samira setzten sich auf denselben, sie legte ihre Hand auf seine und Mustafa begann über seine Arbeitspläne, das Schloss und ihr künftiges, gemeinsames Leben zu sprechen.

Indessen war eine halbe Stunde vergangen, eine unendlich beglückende halbe Stunde, als Miriams Rufe am

Tor die beiden aus ihren Gedanken aufschreckte: „Samira! Wo seid ihr? Wir müssen zurück!", zischte sie.

„Hier sind wir! An der Hütte sitzen wir!", zischte Samira zurück. Sie standen sofort auf und gingen Hand in Hand auf das Tor zu. Währenddessen gab Mustafa in Samiras Handfläche einen Kuss hinein und sagte eilig: „Lege nachts diese Hand auf deine Wange, damit du meinen Gute-Nacht-Kuss verspürst, bevor du einschläfst."

„Nichts Besseres hättest du mir mitgeben können!", wisperte ihm Samira freudig ins Ohr.

„Hab tausend Dank, Miriam!", bedankte sich Mustafa, sobald er sie hinter dem Gittertor erblickte. „Wenn ich sie heute nicht gesehen hätte, würde mich die Sehnsucht nach ihr nicht arbeiten lassen."

Miriam erwiderte seinen Dank mit einem kleinen Lächeln und sie entfernten sich unverzüglich. Mustafas Herz lachte vor Freude, während er sah, wie die beiden über den kleinen Steg hinüber den Bach überquerten und entlang der Strömung bis zu der Stelle liefen, wo der Gehweg sich gabelte und in eine Gasse einbog. Kurz davor blieb Samira unerwartet stehen, drehte sich um und sah zu Mustafa herüber. Da verschmolzen ihre Blicke miteinander, er winkte ihr zu und sie verschwand mit Miriam hinter den lehmigen Hofmauern der Häuser, aus welchen hohe Dattelpalmen majestätisch herausragten.

Mustafa kehrte zur Hütte zurück und setzte fort, was er mit David begonnen hatte. Aus Liebe zu ihm hatte er nicht gefragt, was David mit der Sanierung des Häuschens im Hof bezweckte. Er war einfach seinen Anwei-

sungen nachgekommen, damit er sich im Schloss wie
zuhause fühlte.

David hatte sich inzwischen Abu Saleh und seinen
Leuten auf der Plantage angeschlossen und machte bei
der Ernte fleißig mit. Als er bei den Arbeitern ankam,
wunderte er sich darüber, wie schnell jene arbeiteten
und zugleich wie behutsam, damit sie während des
Pflückens weder der Frucht noch dem Geäst und den
Blättern schadeten. Die Plantagen gehörten ja ihnen und
jeder bekam vom Ertrag so viel, wie er sich erarbeitet
hatte.

Indessen war der Himmel zum Westen hin vom Azurblau ins Türkis übergegangen, die Sonne schien schräg
und man musste nicht mehr vor ihrem heißen Lichtstrahl unter den Strohdächern Zuflucht suchen. Während der Arbeit hielt sich Abu Saleh von David fern,
warf aber hin und wieder einen verstohlenen Blick zu
ihm hinüber und hoffte, dass er von selbst ihn anspre-
chen würde. Als der Tag sich dem Ende neigte und die
Sonne hinter den fernen Bergen im Westen verschwand,
legten die Männer ihre Arbeit nieder und machten sich
auf den Weg nach Hause. Abu Saleh blieb aber und begann damit, den persönlichen Ertrag eines jeden Arbeiters, nämlich seine gefüllten Kisten zu zählen und nie-
derzuschreiben. David saß unter einem der Strohdächer
und sah zu den Bergkämmen am Horizont hinüber, deren Umrisslinie sich golden vom glühend roten Hintergrund abhob. Als er merkte, dass Abu Saleh sich die
Waschungen zum Abendgebet vorgenommen hatte,
stand er auf und nahm ihm die Gießkanne aus der
Hand. Der andere sah überrascht auf und hielt ihm die
Hände entgegen. David goss Wasser in sie und Abu Sa-

leh wusch sich damit das Gesicht, die Arme und Füße. Alsdann fragte er, ob sie nun wieder Freunde seien.

„Freunde waren wir, Freunde sind wir und werden wir auch immer sein", antwortete David. „Aber seit dem gestrigen Zwischenfall in der Oase ist zwischen uns ein dunkler Nebel getreten, der unsere Freundschaft betrübt."

„Welchen Nebel meinst du denn!?", fragte Abu Saleh stirnrunzelnd.

„Die Antwort darauf gebe ich dir morgen nach dem Sonnenuntergang. Kurz nachdem unsere Karawane heute Mittag in die Straße einbogen war, die durch die Plantagen nach Eynaltamor führt, sah ich links einen Hügel, worauf eine einsame Dattelpalme ihren Schatten auf ein einsames Grab geworfen hatte. Gehe morgen bei Sonnenuntergang zu dieser Palme! Sie hat bestimmte Botschaften für uns beide."

Abu Saleh runzelte wieder die Stirn und entgegnete verdutzt: „Ich verstehe dich nicht, David! Ich bin hier unter einfachen, unkomplizierten Menschen aufgewachsen. Wozu denn diese Geheimnistuerei!?"

„Sei nicht gekränkt, Bruder!", erwiderte David in sanftem Ton. „Was ein Baum den Menschen zu sagen hat, ist weder kompliziert noch unangenehm. Ich versuche nur die stumme Sprache dieser Dattelpalme zu sein. Das, was sie dir morgen durch mich mitteilen wird, ist kein lebensfremdes Wissen, sondern ihr alltägliches Tun. Wenn der Mensch Gott auf Erden tatsächlich sehen und erleben will, dann sollte er den Blick auf Bäume richten; denn es gibt wahrlich kein anderes Lebewesen auf der Erde, das Gott näher stünde als Bäume. Nun bete im Frieden und sei nicht betrübt!"

David klopfte ihm auf die Schulter und verließ ihn. Abu Saleh schaute ihm nach und versuchte zu begreifen, was für ein Mensch er sei; dieser Christ, der ihm so nah stand und gleichzeitig unerreichbar fern.

Als Abu Saleh zuhause ankam, war das Esstuch bereits in der Männerstube gedeckt. Die Frauen warteten, bis der Hausherr sich in die Männerstube begab; alsdann servierten sie das Abendessen und danach begannen sie selbst zu essen.

Schon während des Essens konnte man von den Gesichtern der Männer ablesen, dass der heutige Abend nicht lang sein würde. Abu Saleh war die Hälfte des Tages geritten und hatte die andere Hälfte auf der Plantage beinah rastlos gearbeitet. Seine Augenlider hielt er nur mit Mühe offen, aus Respekt vor seinen Gästen verlor er aber kein Wort darüber. Dies war Davids scharfen Augen nicht entgangen; daher entschuldigte er sich gleich nach dem Abendessen dafür, dass der Tag für ihn sehr anstrengend gewesen war und er heute Abend gerne früh ins Bett gehen möchte. Abu Saleh lächelte und sagte: „Du sprichst mir aus der Seele!"

„Nicht nur aus der Seele", entgegnete David spaßig „sondern auch aus den Augen."

„Hast du den Leuten gesagt, dass ich morgen bei der Ernte dabei sein werde?", fragte Mustafa abrupt.

„Nur beiläufig", gab Abu Saleh zurück.

„Wie haben sie reagiert?"

„Überrascht. Aber sie hatten nicht viel Zeit, um darüber nachzudenken. Die Arbeit in der Hitze ließ es nicht zu."

Mustafa senkte den Blick und biss nachdenklich auf seine Unterlippe.

„Bis das Licht der Wahrheit den Nebel der Vorurteile durchstrahlt und beseitigt, muss man geduldig und voller Hoffnung im Dunkeln verweilen.", nahm David Stellung. „Dabei ist es nicht wesentlich, wie dick und zäh der Nebel ist. Wichtig ist, dass die Wahrheit langsam ans Licht tritt und ihr auf die Dauer nichts und niemand im Wege stehen kann."

Abu Saleh nickte bestätigend, stand auf und rief den Namen seiner Frau in den Flur hinein. Nachdem Hosniehe das Esstuch aufgeräumt und entfernt hatte, begannen die Männer damit, die Decken und Betten – die Wattematratzen - aufzufalten, welche in einer Ecke aufeinander gestapelt und mit einem großen Betttuch bedeckt waren. Wenig später lag jeder auf seiner Matratze unter einem Betttuch und die nächtliche Stille füllte den Raum gänzlich. Abu Saleh schlief sofort ein, während Mustafa und David den Blick auf die Fensterscheiben gerichtet hatten. Draußen leistete ein kleiner Rest des vergangenen Tages, ein schwacher Schimmer des versunkenen Tageslichts, immer noch Widerstand gegen die stockdunkle Nacht auf dem Lande. Am Himmel strahlte ein großer Stern neben der Mondsichel, weit hinter dieser hatten einige Sterne schwach zu glitzern begonnen. Bald hörte man Abu Salehs leises Schnarchen. David und Mustafa waren noch wach, verweilten aber in der Stille und ließen sich von der Magie der immer heller leuchtenden, glitzernden Sterne ins Reich des Schlafes begleiten.

Als David am frühen Morgen aufwachte, fand er Abu Saleh nicht in der Stube. Seine Wattematratze und Decke lagen zusammengefaltet in einer Ecke. David stand auf, faltete ebenso seine Schlafsachen zusammen und verließ

das Zimmer. Kaum hatte er das Haus verlassen, da
wurde er eines Schattens auf der Hofterrasse gewahr. Es
war Abu Saleh, der sein Morgengebet in der Morgendämmerung verrichtete. Er sah entrückten Blickes zur
Morgenröte am Himmel hinauf und schien gerade seinen letzten Vers zu sprechen. David rührte sich nicht
von der Stelle, bis der Sitzende sein Umfeld segnete und
somit sein Gebet beendete.

„Möge dein Gebet erhört werden!", brach Davids
Stimme plötzlich die Stille.

„Guten Morgen, Bruder David!", grüßte der andere.
„Hoffentlich hat dich mein Schnarchen in der Nacht
nicht gestört; ich schnarche nämlich, wenn ich müde
bin."

„Das tue ich auch", erwiderte David. „Nach der Müdigkeit ist der Schlaf tief, daher sehr gnadenvoll. Ich
schlief bis Morgen wie ein kleines Kind."

„Bist du auch Frühaufsteher?"

„Morgendämmerung ist mein Wecker."

„Du betest aber nicht, nicht wahr?"

„Oh, doch! Ich bete während meines Morgenspazier-
gangs."

„Und wie sind deine Verse?"

„In meinem Gebet kommen keine Verse der heiligen
Bücher vor. Es ist eher persönlich, eine Art Danksagung.
Es ist die persönliche Dankbarkeit eines Menschen sei-
nem Schöpfer gegenüber."

„Und was sprichst du in deinem Gebet?", hakte Abu
Saleh nach.

„In meiner Vorstellung verneige ich mich vor dem
Schöpfer und danke dafür, dass ich noch einen Tag le-

ben darf. Ich danke auch für die heiligen Urelemente, die meinem neuen Tag zugrunde liegen."

„Was meinst du unter den heiligen Urelementen!?"

„Ich danke für das Wasser, das an neuem Tag meinen Durst löscht und mich reinigt, ich danke für die Luft, für meine Atemzüge, die mich an diesem Tag am Leben halten, für die Sonne, die mir während des Tages zum Licht der Seele, zur Seelenkraft wird, und schließlich für die Erde, deren lebensspendende Kraft während des ganzen Tages durch Früchte und Nahrungsmittel in meine Blutbahn gelangt."

Abu Saleh sah ihn fragend an und vermittelte ihm das Gefühl, dass er seine Beweggründe nicht verstanden hatte.

„Ich beziehe die heiligen Urelemente: Wasser, Luft, Licht und Erde in mein Morgengebet ein", fuhr David fort, „damit ich mir immer wieder bewusst vor Augen führe, dass der neue Tag kein Zufall sei, sondern ein Geschenk der Schöpfung an alle Lebewesen, ein Produkt der Zusammenarbeit zwischen Erde und Himmel. So mache ich mir an jedem Morgen immer wieder bewusst, dass mein Tag keine Selbstverständlichkeit sei, sondern die Verwirklichung eines liebenden, göttlichen Willens."

Nun trat eine schwere Stille zwischen die beiden. Die Männer saßen in der Dämmerung und ihre Augen waren unverwandt aufeinander gerichtet. Da fragte Abu Saleh unversehens: „Beten alle Christen so wie du!?"

„Nein!", versetzte David. „Meine Beziehung zu Gott ist immer eine persönliche Beziehung gewesen, seitdem ich meine Mutter verloren habe. So ist es auch mit meinem Gebet. Es war und ist immer noch ein Verhältnis zwischen Ihm und mir, zwischen dem Ozean und dem Wassertropfen."

In diesem Augenblick begann der erste Hahn des Dorfes zu krähen. „Wie könnte denn das Verhältnis zwischen dem Menschen und seinem Schöpfer auch anders sein!?", fragte David unverhofft. „Bei meinem Gebet handelt es sich keineswegs um eine bestimmte Religion, sondern allein um die Tatsache, dass alle Lebewesen derselben Quelle entstammen und daher zutiefst miteinander verwandt sind. Gebete sollten uns Menschen stets an diese Verwandtschaft erinnern."

Nun stand er auf und sagte: „Ich mache jetzt meinen Spaziergang. Ich werde eine geeignete Stelle suchen, das Aufgehen der Sonne abwarten und dann mein Morgengebet sprechen."

Wenig später verschwand er hinter dem Flügel der Haustür, den er hinter sich zugezogen hatte. Als er zurückkam, saßen Abu Saleh und Mustafa am Frühstückstuch auf der Hofterrasse und warteten auf ihn.

„Habe ich euch lange auf mich warten lassen?", fragte David, sobald er den Hof betrat.

„Ohne dich hätten wir sowieso nicht gefrühstückt", erwiderte Abu Saleh.

Während des Frühstücks herrschte morgendliche Stille im Hof und die Sonne schien schräg, daher angenehm.

„Ich und Mustafa gehen jetzt zum Ratsvorsitzenden", brach Abu Saleh die Stille. „Im Hof seines Hauses treffen wir uns immer, bevor wir uns auf den Weg zur Plantage machen."

„Und ich werde heute im Schloss bleiben und an der Hütte arbeiten", sagte David.

Während Hosniehe das Frühstückstuch aufräumte, brachen Abu Saleh und Mustafa auf. Nachdem sie die Stufen in den Hof hinuntergestiegen waren, rief David Mustafa nach: „Allah ist mit dir, mein Sohn! Habe Vertrauen und verlass dich auf Ihn! Du wirst heute sehen, wie schnell der Eisberg der Vorurteile zu schmelzen beginnt.“

Mustafa wandte ihm das Gesicht zu und neigte dankbar das Haupt.

An diesem Tag kamen die Plantagenarbeiter zum Mittagessen nicht nach Hause. Ihre Frauen brachten ihnen ihr Mahl, bevor die Sonne am Himmel im Zenit stand. Sie aßen, tranken und rasteten im Schatten der Strohdächer, dann nahmen sie die Arbeit in der Hitze wieder auf. Sie schufteten im Schutz der breiten Blätter der Feigenbäume, welche dicke Schatten warfen und süßlich dufteten wie die Früchte selbst. Schon während des Mittagessens dachte Mustafa an die Worte, die David ihm nach dem Frühstück gesagt hatte; denn die Männer hatten ihn während der Arbeit entgegen den ersten Arbeitsstunden nicht mehr ignoriert, ihm sogar leere Kisten zu Füßen gelegt und ab und zu auch erklärt, wie man Feigen pflücke ohne sie zu zerquetschen.

„Ein sehr kluger, erfahrener Mann dieser David, nicht wahr?“, fragte Abu Saleh Mustafa.

„Nicht nur klug und wissend, sondern auch ein guter Mann, ein Mann Gottes“, erwiderte der andere.

Die Männer arbeiteten wie gestern hart und gönnten sich kaum Rast außer beim Mittagsmahl. Ihr unermüdlicher Eifer war nicht erzwungen und man brauchte hier auf den Plantagen auch keine Kontrolle auszuüben, damit die Leute gut arbeiteten. Sie arbeiteten alle gut und eigenverantwortlich; denn ihnen gehörten ja die Plantagen und jeder Einzelne bekam seinen Anteil an der Ernte gemäß der Arbeit, die er vor der Reifung der Früchte bis zur Vollendung der Ernte insgesamt geleistet hatte. Aus demselben Grund war die Besorgnis um die verspätete Feigenernte die Sorge eines jeden Arbeiters gewesen, der nun in der großen Hitze arbeitete.

Im Schloss war David den ganzen Tag damit beschäftigt, die Gegenstände in der Hütte wieder brauchbar zu machen: Er reparierte, sägte ab, nagelte fest, strich und war inzwischen sogar zur Werkzeughütte auf dem Hügel hinaufgestiegen, um sich die entsprechenden Werkzeuge zu besorgen. Nur zur Mittagszeit ließ er die Arbeit ruhen, weil seine Frau und Samira ihm sein Mittagessen in das Schloss brachten. Er schien es eilig zu haben, die Innenräume der Hütte in einen guten Zustand zu versetzen; daher setzte er nach dem Mittagsmahl gleich die Arbeit fort. Warum er so eifrig hinter dieser Sache stand, verriet er nicht einmal seiner Frau Miriam, die ihn heute Mittag danach gefragt hatte. Auf ihr Drängen hatte er bloß hingedeutet, dass es eine Frage sei, die zuerst mit Mustafa geklärt werden müsse, und zwar zum rechten Zeitpunkt.

So verging heute die Zeit im Wirbel der Arbeit schneller und der Tag neigte sich bald dem Ende zu. Dann, bevor sich die Sonne den Bergen im Westen näherte, machte sich David auf den Weg zur einsamen Dattelpalme auf dem Hügel, der sich außerhalb des Dorfes am Ende der Olivenplantage befand. Sein Weg verlief auf der kerzengeraden Straße, die die Feigenbäume von der Olivenplantage trennte. Als er an den Arbeitern vorbeiging, wurden jene auf ihn aufmerksam, wandten aber den Blick von ihm ab, damit die Feigen in ihren Händen heil in den Kisten landeten. Nur Abu Salehs Augen waren immer noch auf ihn gerichtet, als er die Straße verließ und unter den Olivenbäumen verschwand. Wenig später tauchte er wieder auf, während er den einsamen Hügel hinaufstieg.

Nachdem David die Hügelspitze keuchend erreicht hatte, blickte er auf Eynaltamor zurück und sah auf seinen eigenen Schatten hinab. Er merkte, dass jener länger war als erwartet; daher drehte er sich sofort um und fand die Sonne nicht weit von den Bergkämmen. Bis zum Sonnenuntergang blieb ihm also nicht mehr viel Zeit; daher fing er gleich an, kleine Steine aufzusammeln. Sobald er davon genügend beisammen hatte, formte er sie auf dem Boden zu Buchstaben und schrieb Folgendes: „Einem Kind Angst einzujagen, ist das Schlimmste, was ein Mensch tun kann. Angst lähmt die Kinder seelisch, schwächt ihr Entscheidungsvermögen und damit die Entwicklung ihrer Persönlichkeit. Durch Beängstigung kann man Kinder und Jugendliche keineswegs verbessern. Man macht sie bloß zum Lügner, weil sie unter dem Schatten der Angst sich nicht mehr behaupten können, sich also der Wirklichkeit nicht stellen können."

Nachdem David seine Sätze geschrieben hatte, sah er sich um. Die Sonne stand dicht über dem Bergkamm und hatte die Dattelpalme und das Grab, den Hügel, die Plantagen und das gesamte Dorf in ihr glühend rotes Licht eingetaucht. Oh, wie gern würde er hier verweilen und wie sehr hätte er von hier aus den Panoramablick der untergehenden Sonne genossen! Jedoch, um eine Begegnung mit Abu Saleh zu vermeiden, eilte er den

Hügel hinunter und anstatt den Weg über die Straße einzuschlagen, lief er durch die Olivenbäume ins Dorf zurück. Als er zuhause ankam und den Hof betrat, sah er Mustafa auf der Hofterrasse sitzen und Wassermelone essen.

„Schickte dich Abu Saleh alleine nach Hause?", fragte David abrupt.

„Nein, mit den anderen", gab Mustafa zurück. „Er meinte, er hätte auf der Olivenplantage noch zu tun."

David nickte zufrieden und setzte sich zu ihm. Da die Gastgeberin seine Stimme im Hof gehört hatte, brachte sie ihm Melone, grüßte ihn und entfernte sich sofort. Kurz danach erschien Miriam auf der Hofterrasse. Sobald Mustafa sie aus dem Haus herauskommen sah, stand er aus Respekt vor ihr auf und setzte sich wieder hin, nachdem sie sich hingesetzt hatte.

Die anderen Frauen nahmen es Miriam nicht übel, in der Anwesenheit ihres Ehemannes sich zu den Männern zu gesellen; denn sie wussten, dass in christlichen Gemeinschaften andere Bräuche und Traditionen herrschten.

„Wie geht es Samira, Tante Miriam?", fragte Mustafa leise.

„Ihr fehlt nichts außer deiner Nähe", antwortete sie noch leiser. „Sobald sie merkt, dass du wieder da bist, wird sie unruhig und kann kaum in ihrer Haut bleiben."

Mustafa biss besorgt auf seine Unterlippe.

„Das nimmt aber bald ein Ende", sagte David beschwichtigend. „Sobald ihr Vater da ist, brauchen wir für eure Vermählung keine großen Vorbereitungen zu treffen. Euer Liebesglück ist wichtiger als Bräuche und Traditionen."

Mustafa sah auf, sagte aber nichts.

„Wann will Abu Karim endlich kommen?", fragte Miriam ungeduldig.

„Sobald er es kann", erwiderte David gelassen. „Um hier bei seiner Familie zu sein, würde er bestimmt keine einzige Minute versäumen. Ich habe das Gefühl, er liebt Samira mehr als alles andere auf der Welt."

Mustafa wurde nachdenklich, sagte aber weiterhin nichts. In diesem Augenblick ging der rechte Flügel der hölzernen Haustür nach innen auf und Abu Saleh trat herein. David nahm seine Miene genau ins Visier. Er wirkte betrübt, aber keineswegs enttäuscht oder wütend. Er betrat den Hof, grüßte höflich die Anwesenden auf der Hofterrasse und steuerte sofort auf die Gießkanne neben dem Hofbrunnen zu. David folgte ihm gleich, nahm ihm die Kanne aus der Hand und goss ihm Wasser in die Hände. Er blickte nicht auf und schien David nicht in die Augen sehen zu können. Seine Züge verrieten eher Verlegenheit als verletzten Stolz. Nachdem seine Waschung zum Abendgebet zu Ende war, brachte er mit Mühe folgende Worte auf die Lippen: „Ich habe selber einen Sohn, David! Ich hätte Ali das nicht antun sollen."

„Der Nebel, der unsere Freundschaft betrübt hatte, hat sich ebengerade verflüchtigt", sprach David leise zu ihm. „Dein gutes Herz und deine Ehrlichkeit hat ihn beseitigt."

„Nein!", versetzte Abu Saleh unverhofft. „Ich brauche noch deinen Rat. Schreibe und sage mir, was meine Fehler sind. Ich weiß, dass ich immer noch Vieles falsch mache. Ich bin ohne Vater aufgewachsen. Keiner hat mir bis jetzt gesagt, was rechtes und was falsches Tun ist. Selbst

Khan, der mir wie ein Vater war, sprach wenig mit mir. Er war trotzdem mein großes Vorbild. Sogar nach seinem Tode ist er immer noch der Spiegel, in dem ich mich selbst sehe; auch wenn dieser Spiegel zerbrochen ist, seitdem ich weiß, wie er Mustafa behandelt hat."

Da sank David zu ihm auf die Knie nieder, legte seine Hand auf seine Schulter und sprach: „Ich werde jeden Tag beim Sonnenuntergang eine neue Botschaft der einsamen Dattelpalme an dich richten. Das werde ich mit großer Ehrfurcht tun; denn die Samen des wahren Wissens gedeihen nur bei jenen, die sich danach sehnen."

Nun gingen sie schweigend auf Mustafa und Miriam zu, David setzte sich zu ihnen und Abu Saleh begann sein Abendgebet in einer Ecke auf der Terrasse zu verrichten. Danach saßen sie zusammen, aßen Melone und anschließend ein leichtes Abendmahl. Kurz nach dem Abendessen verließ Miriam die Männer und kam mit Hosniehe wieder, um abzuräumen. Alsdann wünschte sie den Anwesenden gute Nacht und zog sich zurück.

„Du hast recht gehabt, David!", brach Mustafa die abendliche Stille. „Die Leute auf der Plantage wurden schnell weich. Am Anfang grüßte mich keiner und niemand wollte mit mir reden. Dann wurden die Blicke, die sie aus dem Augenwinkel zu mir warfen, immer häufiger. Kurz vor dem Mittagessen kamen die ersten Hinweise, wie ich besser pflücken sollte und bald die leeren Kisten, die man zu mir herüber schob. Später, in den kleinen Pausen unter den Strohdächern, überraschten mich die ersten Schulterklopfe. Ein ehemaliger Spielkamerad wollte sogar wissen, wie es in der Stadt gewesen war und ob ich vorhätte, wieder im Heimatdorf zu leben."

Davids Augen glänzten vor Freude, während er das hörte. „Anders habe ich es auch nicht erwartet", erwiderte er. „Unter den Bauern habe ich im Mönchsgewand zwei Jahrzehnte lang gelebt und gearbeitet. Das Herz eines Bauers ist rein, daher ist er unkompliziert und natürlich wie die Früchte, die er erntet. Er regt sich gleich auf, kurz danach kann er wieder lachen. Jemanden auf die Dauer hassen, kann er nie."

„Und woher kommt das?", fragte Mustafa neugierig.

„Aus seiner Nähe zur Natur", gab David zurück. „Leben und Arbeit in der Natur und der tägliche Umgang mit ihr säubert die Seele ständig von unreinen Gedanken."

Abu Saleh nickte bestätigend und sah zu dem vorabendlichen, dunkelvioletten Himmel hinauf, aus welchem einige große Sterne ihm zublinzelten. Nach einer Weile stillen Beobachtens gähnte er, streckte die Arme und sagte: „Trotz aller Anstrengung wird es uns nicht gelingen, die ganze Ernte zu retten. Was die Feigen angeht, werden wir dieses Jahr bestimmt mit einem blauen Auge davonkommen."

„Mit wie viel Verlust haben wir denn zu rechnen?", fragte Mustafa.

„Das weiß ich noch nicht, vielleicht mit einem Fünftel", antwortete Abu Saleh gähnend.

„Ich möchte morgen meine Amme besuchen", änderte Mustafa abrupt das Thema.

„Hab noch ein bisschen Geduld, Bruderherz!", entgegnete Abu Saleh sanft. „Es ist wichtig, dass du eine Weile noch unter den Leuten bist." Er wandte den Blick zu David und sagte: „Ich kann die Augen kaum länger offenhalten. Entschuldige uns, ich und Mustafa haben morgen wieder einen langen, harten Tag vor uns."

„Das Gleiche gilt auch für mich", erwiderte David. „Geht nun und schlaft gut!"

Abu Saleh nickte und verließ die Terrasse, Mustafa sagte gute Nacht und folgte ihm in den Hausflur. David blieb für eine Weile noch auf der Terrasse und dachte darüber nach, welche Arbeiten morgen an der Hütte noch zu verrichten wären.

Auch am folgenden Morgen stand Abu Saleh früher auf. Er betete wieder im Halbdunkeln, als David die Hofterrasse betrat. Dieser stieg leise die steinernen Stufen in den Hof hinunter, machte die hölzerne Haustür knirschend hinter sich zu und verschwand in der Gasse wie ein Schatten in der Morgendämmerung. Alsbald verließ er das Dorf und steuerte auf den östlichen Horizont zu, wo die Sonne aus ihrem Versteck heraus einige purpurrote Lichtstreifen an den Himmel gezeichnet hatte. Er lief auf einer Straße, wo rechts und links weder Berge noch Bäume zu sehen waren: eine trockene Landschaft, welche sich bis zum Horizont erstreckte. Hinter ihm ertönten die Rufe des Allaho–Akbars immer noch und vor ihm färbte die aufgehende Sonne den Himmel zunehmend mit der Morgenröte. Den Blick unverwandt aufs Himmelsende gerichtet schritt David solange nach Osten, bis aus dem fernen Ende des Flachlandes, welches gänzlich ins Rotorange eingetaucht war, die glühende Linie des Sonnenkreises sachte zu steigen begann. Da blieb er ehrfürchtig stehen und fing an, sein Morgengebet zu sprechen. Daraufhin kehrte er um und ging langsam auf Eynaltamor zu, dessen Häuser, Minarett,

Hügel, die Plantagen und Dattelpalmen alle im rötlich-feurigen Frühmorgenlicht glänzten.

Er stand nach etwa einer halben Stunde vor der Haustür seines Gastgebers. Als er hineintrat, fand er wie gestern Abu Saleh und Mustafa auf der Hofterrasse auf ihn warten.

„Schönen guten Morgen!", grüßte David freudig. „Was für ein Sonnenaufgang hier in dieser Gegend!! Unbeschreiblich schön!"

„Bist du so weit gegangen, David!?", fragte Mustafa überrascht. „In achtzehn Jahren Leben in Eynaltamor habe ich nicht ein einziges Mal das Dorf so weit verlassen, um bloß den Sonnenaufgang zu sehen."

„Oh, du hast aber viel verpasst!", erwiderte David. „Du hast es verpasst, um es vielleicht zu gewinnen", betonte er spaßig.

„Ich verstehe dich nicht", runzelte Mustafa die Stirn.

„Man gewinnt nur dann etwas, wenn man weiß, es verpasst zu haben", ergänzte David. „Begleite mich einmal bei meinem Morgenspaziergang! Nachdem die Sonne dich als den ersten Menschen im Dorf angestrahlt hat, wirst du genau verspüren, was du bis jetzt verpasst hast."

Mustafa reagierte vorerst nicht und wartete, bis David sich hingesetzt hatte. Dann sagte er unvermittelt, er käme morgen früh mit.

„Morgen nicht, aber bald!", versprach David.

Das Frühstück wurde ohne Worte eingenommen. Dabei zog das verspätete Krähen eines jungen Hahns die Aufmerksamkeit hin und wieder auf sich. Nach dem Frühstück standen Abu Saleh und Mustafa auf und zogen sich die Schuhe an. In dem Moment als Abu Saleh aufbrechen wollte, sagte Mustafa zu ihm, er käme nach. Kaum hatte der andere das Haus verlassen, da wisperte Mustafa David ins Ohr: „Wenn du heute Samira siehst, sage ihr, sie soll sich im Schloss umsehen und mir sagen lassen, wie sie die Stuben haben möchte. Ihre Wünsche zu erfüllen, ist jetzt das Einzige, was mich beschäftigt."

„Es freut mich, das zu hören, Mustafa!", erwiderte David lächelnd. „Soll ich auch fragen, wie der Garten ihrer Meinung nach angelegt werden soll? Die Arbeit an der Hütte ist so gut wie fertig. Ich werde schon heute, womöglich am Spätnachmittag mit der Gartenarbeit beginnen."

Mustafa gab keine Antwort, sah ihn mit glühenden Augen an und sprach: „Tu, was du für richtig hältst! Samiras Glück ist jetzt beinah der einzige Grund, warum ich atme." Er schüttelte David die Hand, sprang in den Hof hinunter und rannte auf die Haustür zu. Wenig später betrat Miriam die Terrasse und setzte sich zu ihrem Mann.

„Oh, wie gern würde ich dir ihn zeigen!", brach David die Stille. „Den herrlichen Sonnenaufgang meine ich. Was würden aber die Menschen hier in Eynaltamor von uns halten, wenn sie dich mit mir am frühen Morgen sehen, während wir zusammen das Dorf verlassen!? So was haben sie vermutlich nie im Leben erlebt."

Miriam nickte und sah zum Himmel hinauf, der vom Osten her aus leuchtendem Türkis ins Hellblau überging. David störte sie bei ihrer Betrachtung nicht und blieb still, bis sie den Blick vom Himmel abwandte. Danach stand er auf und machte sich auf den Weg zum Schloss.

Er arbeitete noch in der Hütte, als seine Frau und Samira zur Mittagszeit mit einem Bündel in der Hand im Hof erschienen. Nachdem Samira ihm das Bündel gereicht hatte, sagte sie: „Hier ist Ihr Mittagessen, ich habe für Sie gekocht. Hoffentlich schmeckt es Ihnen."

David nahm das Bündel, bedankte sich und sagte ihr, was Mustafa ihm heute Morgen aufgetragen hatte. Alsdann fügte er hinzu: „Nachdem du dich im Schloss umgesehen hast, wirf auch einen Blick auf den erdigen Boden des Hofes, wo das trockene Gras und die trockenen Sträucher zu sehen sind. Das dürfte einst der Garten gewesen sein. Bevor ich ihn neu anlege, will ich wissen, wie du deinen künftigen Garten haben möchtest."

Samira wurde für einen Augenblick nachdenklich, dann sagte sie wie immer im leisen Ton: „Ich habe nie einen eigenen Garten gehabt, daher kann ich mir auch nicht vorstellen, wie er sein sollte. Ich weiß aber, dass er ein Andenken von Ihnen sein wird. Und ich werde an Sie und Tante Miriam denken, wenn ich ihn mir ansehe. Ein Andenken, das ich im Herzen bewahren werde; für immer."

„Schön, dass du das sagst!", erwiderte David heiter. „Ich habe also freie Hand und werde mein Bestes geben. Ich bin heute noch mit der Hütte beschäftigt, morgen ist der Garten dran."

Da kam Samira einen Schritt näher zu ihm, nahm seine Hand, küsste sie und sprach: „Ein Glück, dass ich und meine Familie Ihnen begegnet sind!"

„Mir ist eine große Ehre, dir und deiner Familie zu dienen, liebe Samira!", erwiderte David lächelnd und öffnete das Bündel. Während er zu Mittag aß, gingen Samira und Miriam ins Haus, um sich gemeinsam die

Stuben anzusehen. Dabei erfragte Samira immer wieder Miriams Meinung, wie die Gestaltung der Räume sein sollte oder was den Zimmern fehlte.

Indessen hatte sich David in die Hütte begeben und strich gerade die Balken an der Decke, als die beiden Frauen hereintraten: „Gute Arbeit!", lobte Miriam.

„Nachdem die Innenräume gestrichen sind, bleiben nur noch die Fensterscheiben, die geputzt werden müssen", sagte David leicht keuchend. „Die Außenwände und die Fassade sind jetzt nicht so wichtig. Sie werde ich streichen, nachdem ich mit dem Garten fertig bin."

„Die Hütte ist jetzt so gut eingerichtet, dass man darin Gäste unterbringen kann, die länger bei uns bleiben möchten", sagte Samira heiter.

David nickte bestätigend, mied aber eine Meinungsäußerung. Nachdem die Frauen ihn verlassen hatten, arbeitete er pausenlos weiter, bis er die Innenräume der Hütte gestrichen und die Fensterscheiben beidseitig geputzt hatte. Danach stieß er einen Seufzer der Zufriedenheit aus und setzte sich auf den abgesägten Baumstamm an der Hütte nieder. Nach einer Weile kam er auf die Idee, eine erfrischende Dusche zu nehmen. So eilte er auf den Hofbrunnen zu, holte aus der Tiefe frisches, kühles Wasser herauf und schüttete es über sich. Daraufhin steuerte er mit den pitschnassen Kleidern aufs Haus zu und legte sich auf die Hofterrasse. Die Sonne des Spätnachmittags schien nicht auf ihn, die Luft im Hof war aber warm genug, um seine nassen Kleider während eines kurzen Schlafes gänzlich zu trocknen. Danach machte er sich wieder auf den Weg zur einsamen Dattelpalme jenseits der Olivenplantage. Dabei nahm er auch diesmal absichtlich die Straße, die durch die Plantagen lief, um von

Abu Saleh gesehen zu werden. Somit weckte er auf seinem Wege nicht allein Abu Salehs Aufmerksamkeit, sondern auch Mustafas Neugier, der ihm verwundert nachsah. Am Ende der Arbeit, nachdem die anderen sich auf den Weg nach Hause gemacht hatten, fragte er Abu Saleh, wozu David zum zweiten Mal schon den Hügel zur Grabstätte seines Vaters hinaufsteige.

„Da oben schreibt er mit kleinen Steinen Botschaften an mich", antwortete Abu Saleh, während er die gefüllten Kisten zählte. „Er hat auch gestern was geschrieben. Ich wollte, dass er weiterschreibt."

Mustafa sah ihn verdutzt an, ließ ihn aber ausreden: „David ist ein sehr komplizierter Mann, aber er meint es gut; deswegen lasse ich ihn schreiben, was er will. Er sieht in mir Dinge, die ich selber nicht sehen kann."

Da schlich sich eine bleierne Stille zwischen die beiden und ließ das Summen der fliegenden Bienen um die gefallenen Feigen hörbar werden. Mustafa schlug die Augen zu Boden und Abu Saleh sah zu dem Hügel hinüber, auf dessen Hang David durch das Gebüsch hinaufstieg.

„Willst du, dass ich dich begleite?", fragte Mustafa unverhofft.

„Deine Begleitung würde mir gut tun", erwiderte Abu Saleh sanft. „Aber ich möchte allein sein, um über das, was er schreibt, nachzudenken."

Mustafa klopfte ihm auf die Schulter und ließ ihn allein.

Als Abu Saleh auf dem einsamen Hügel ankam, stand die Sonne dicht über den Bergkämmen und hatte die Welt mit ihrem rötlich glühenden Licht angeleuchtet. Er suchte auf dem Boden irgendeine Inschrift und fand unter der Dattelpalme Folgendes: „Wir Dattelpalmen kennen Schlangen sehr gut; vor allem diejenigen von uns, die zusammen eine Oase gebildet haben. Im dunklen Schatten der Oasen finden Schlangen Wasser und Schutz vor dem grellen Sonnenlicht. Nachts sind sie aktiv und jagen Tiere, die ebenso auf der Futtersuche sind. In der Oase werden Schlangen geboren, dort wachsen sie auf, lernen zu jagen, zu überleben und zu sterben. Oasen sind also ihr Zuhause. Jeder, der von draußen kommt und sich darin aufhält, ist für die Bewohner der Oase ein Fremder, der ihren Lebensraum in Anspruch nimmt. Wenn er hier nicht ein Eindringling sein möchte, dann muss er ein Gast sein, und er sollte sich auch wie ein Gast aufführen. Die Frage ist nur, ob ihr euch in der Oase tatsächlich wie Gäste benommen habt! Darf man denn in ein Haus eindringen, darin Schutz suchen, aus dessen Brunnen trinken und dann seinen Bewohnern die Schädel zerschlagen!? Hätte die Schlange, während sie dicht an dir vorbeischlich, nicht mit einem einzigen Biss an deinem Hals dein Gehirn und dein Herz in kürzester Zeit vergiften können, wenn sie die Absicht gehabt hätte, dich zu töten? Nein, sie wollte dir nichts antun. Sie hatte bloß Hunger, konnte aber in ihrem eigenen Lebensraum, in ihrem Zuhause nicht jagen, weil ihr und euer Lagerfeuer sie daran gehindert hatten. Euer Schlaf und die Stille wollte sie nutzen, um ihren Hunger zu stillen. Dafür musste sie aber sterben. Sie starb, bloß weil sie Hunger hatte.“

Nachdem Abu Saleh die obigen Sätze mehrmals gelesen hatte, blickte er schweren Herzens auf und sah sich um. Trübsinn beschattete seine Züge und er biss nachdenklich und nervös auf seine Unterlippe. Während er den Hügel hinunterstieg, merkte er, dass seine Beine leicht zitterten. Seine starken Knie hatten ihn mit Mühe hinunter getragen; daher setzte er sich hin, sobald er den Hang hinuntergelaufen war. Vor ihm hatten sich die beiden Plantagen voller Früchte weit ausgebreitet. An ihrem Ende wurden sie von den Hausdächern Eynaltamors, seinen Dattelpalmen und seinem Minarett überragt. Den größten Teil der Bäume, den er nun vor sich erblickte, hatte er unter Khans Führung mit den eigenen Händen eingepflanzt: die damaligen kleinen Bäumchen, deren Ertrag seit zwei Jahrzehnten vierzig Familien im Dorf ernährte. Dieser starke Mann, von dessen Entscheidungen die Finanzlage Eynaltamors maßgebend abhing, saß nun niedergeschlagen da, um seine Gedanken zu ordnen, die aus ihrer gewöhnlichen Bahn geworfen worden waren. Er war getroffen, weil er nicht stolz war, weil er für die Wahrheiten nicht blind war, die sich ihm unerwartet erschlossen und ihm sogar wehtaten. Als er zuhause ankam, konnte man ihm gleich von der Miene ablesen, dass er aufgewühlt war. Dies verwirrte Mustafa sehr. Er grüßte ihn und eilte ihm gleich nach, während der Letztere flüchtig zurückgrüßte und auf den Hofbrunnen zusteuerte. Mustafa goss ihm Wasser in die Hände, damit er seiner Waschung zum Abendgebet nachkäme. Danach gingen beide schweigend auf die Hofterrasse zu. Sobald sie dort ankamen, grüßte David den Ankömmling. Abu Saleh erwiderte seinen Gruß im leisen, schwachen Ton, ohne ihm in die Augen zu schauen. Seine Stimme enthielt keine Spur von Wut.

Kurz bevor er sein Abendgebet zu Ende führte, servierten seine Frau und Miriam das Abendmahl und zogen sich sofort zurück. Die Männer aßen in Stille. Dabei fühlte Mustafa, dass zwischen David und Abu Saleh Spannung herrschte. Er sagte nichts und schwieg; wie er es immer zu tun pflegte, wenn zwischen den Erwachsenen etwas nicht stimmte.

„Sag mal, Mustafa, wie steht es jetzt zwischen dir und den Leuten auf der Plantage?", brach Davids Stimme die schwere Abendstille.

Mustafa ging auf seine Frage nicht sofort ein. Er dachte ein wenig nach und sagte heiter: „Es geht aufwärts. Wahed, mein bester Freund im Dorf, hat mich morgen Abend zum Essen eingeladen. Er hat inzwischen geheiratet und will mir seinen kleinen Sohn zeigen."

„Es freut mich sehr, das zu hören", erwiderte David freudig. „Übrigens, ich bin heute mit der Hütte fertig geworden, morgen fange ich mit dem Garten an. Bevor ich ihn neu anlege, möchte ich auch deine Meinung wissen. Wie willst du den Garten eigentlich haben?"

Mustafa runzelte die Stirn und sah zu Abu Saleh hinüber. Dann wandte er den Blick wieder zu David und sagte: „Keine Ahnung, David! Mache dir doch deswegen keine Sorgen! Seitdem du da bist, schuftest den ganzen Tag an der Hütte. Ich sehe doch, wie erschöpft du abends nach Hause kommst."

„Nachdem ich und Miriam Eynaltamor verlassen haben, werden wir uns kurz danach auf die Reise nach einem fernen Land machen", erwiderte David. „Wenn wir euch einmal wieder besuchen, möchte ich das Schloss mitten in einem blühenden Garten sehen. Deine Kinder sollten darin unter den Bäumen spielen, die von meinen Händen eingepflanzt sind. Ein besseres Hochzeitsgeschenk für dich und Samira kann ich mir kaum vorstellen. Diese Sorte vom Geschenk kann nie in Vergessenheit geraten, denn es lebt und gedeiht ständig; mit ihm auch die Erinnerung an den Schenkenden."

Er hielt inne, wandte den Blick zu Abu Saleh um und fragte: „Wo kann ich mir hier im Dorf Blumensamen, Triebe und Bäumchen besorgen?"

„An den Obstbäumen beschneidet jeder in Eynaltamor seine Triebe selber", antwortete Abu Saleh knapp.

„Bei euch kann man sie also nicht kaufen?"

„Nein! Aber du kannst morgen beim Ratsvorsitzenden vorbeischauen. Er wird dir alles besorgen, was du brauchst. Darüber werde ich morgen mit ihm reden, bevor wir auf die Plantage gehen. Sage ihm aber nicht, dass du die Pflanzen für das Schloss brauchst. Ich werde den Gemeinderat erst nach der Feigenernte darüber abstimmen lassen, was aus dem Schloss werden soll."

Er wandte den Blick zu Mustafa und fuhr fort: „Ich finde es gut, dass Wahed dich eingeladen hat. Er ist ein Mitglied des Rates. Und er ist tüchtig, deswegen hält man auch viel von ihm."

Während Abu Saleh sprach, nickte David bestätigend, sagte aber nichts. Man hörte im Hintergrund einige Hunde aus der weiten Ferne bellen. Eine laue, angenehme Abendbrise streifte hin und wieder die Gesichter der Anwesenden. Am Himmel hatten große Sterne zu funkeln begonnen. Hinter ihnen, tief im Universum, glitzerten kleinere Sterne millionenfach und zogen jedes Auge in ihren Bann.

„Ich habe mit meiner Frau Einiges zu besprechen, dann lege ich mich ins Bett", sagte Abu Saleh unverhofft. „Morgen haben wir wieder einen harten Tag vor uns. Die Feigen müssen bis morgen Abend geerntet und eingepackt sein. Der Händler wird am Freitag mit seiner Karawane eintreffen."

„Wann ist denn der Freitag?", fragte Mustafa.

„Übermorgen", antwortete Abu Saleh. „Er wird wegen der verspäteten Ernte bestimmt keine Minute verlieren und gleich zurückreiten wollen."

Nun stand er auf, wünschte den beiden gute Nacht und trat ins Haus.

„Deine Botschaft für Samira hat Miriam weitergegeben", sagte David leise zu Mustafa. „Was das Anlegen des Gartens anbetrifft, habe ich auch Samiras Meinung erfragt. Ihre Meinung war wie deine. Den Garten werde ich also nach meinem Geschmack anlegen."

Mustafa lächelte und fragte: „Kannst du schätzungsweise sagen, wann Samiras Vater sich endlich auf den Weg hierher machen wird? In Sehnsucht nach Samira brenne ich Tag und Nacht."

„Es geht Samira bestimmt genauso", erwiderte David. „Aber Geduld ist die beste Waffe gegen Sitten und langjährige Traditionen. Alles andere kommt von selbst, zum rechten Zeitpunkt."

Er hielt inne, legte die Hand auf Mustafas Schulter und fuhr fort: „Gehe nun, mein Sohn! Du hast auch morgen einen langen, harten Tag vor dir. Schlafe heute Nacht in Gewissheit, dass Gott dich und Samira bald zueinander führen wird; sowie Er sie auf furchtbaren, finsteren Umwegen hierher zu dir geführt hat."

Mustafa legte ihm dankbar die Hand auf die Schulter und umarmte ihn. Dann wollte er ihm die Hand küssen, David ließ es aber nicht zu, streichelte ihm väterlich übers Haar und küsste ihm das Haupt.

Während Mustafa im halbdunklen Flur an der Öllampe vorbeiging, die an der Wand angebracht war, hörte er dumpf Samiras zarte Stimme in der Frauenstube. Er stieß einen Seufzer der Entbehrung aus und trat einige Meter weiter in die Gästestube hinein, wo Abu Saleh die Betten – die Wattematratzen – bereits ausgefaltet hatte. Er war inzwischen eingeschlafen und schnarchte.

Als Abu Saleh am frühen Morgen aufwachte, fand er David nicht in der Stube vor. Dieser war früher als er aufgestanden und hatte sich seinen Spaziergang schon in der dunklen Morgendämmerung vorgenommen. Abu Saleh machte nach seinem Frühmorgengebet wie gewöhnlich das Frühstück auf der Hofterrasse, weckte Mustafa auf und unterhielt sich gerade mit ihm, als David auftauchte. Nach dem Frühstück machten sich alle drei auf den Weg zum Ratsvorsitzenden. Sie kamen früher als die Plantagenarbeiter an und warteten im Hof, bis jene nach und nach aufkreuzten. Währenddessen teilte Abu Saleh dem Ratsvorsitzenden mit, was David an Gartenpflanzen benötigte. Jener sagte gleich, er würde sich gerne darum kümmern, dafür bräuchte er aber den ganzen Vormittag. David meinte, es eile nicht, Zeit hätte er genug und er würde beim Sonnenuntergag selber die Pflanzen abholen. Somit verließen alle das Haus des Ratsvorsitzenden und jeder ging seiner Tätigkeit nach.

Abu Saleh und seine Leute liefen eilenden Schrittes zur Plantage und schufteten im Schatten der Feigenbäume solange, bis die ersten Sterne am Himmel funkelnd den Untergang des Tages verkündigten. Der Ratsvorsitzende sammelte die Samen und Triebe zusammen und David verbrachte den ganzen Tag damit, die ausgetrocknete, tote Erde, die einst von den ehemaligen Gartenpflanzen bewachsen war, mit dem Spaten zu pflügen. Beim Sonnenuntergang stand er wie ausgemacht vor der Haustür des Ratsvorsitzenden und klopfte. Bald erschien der Alte im Türrahmen und deutete mit hochgezogenen Augenbrauen auf einen Wagen hin, der mitten im Hof an eine Stute gespannt war. Nachdem David hineingetreten war, verkündete der andere stolz, er hätte getan, was er konnte.

„Das kann ich sehen", erwiderte David in dankbarem Ton.

„Für wen sind denn die Pflanzen?", fragte der Ratsvorsitzende neugierig.

„Für einen guten Zweck", antwortete David knapp.

Der Alte setzte gleich eine unzufriedene Miene auf, wagte aber nicht, weitere Fragen zu stellen. Im Wagen lagen mehrere Blumen- und Baumtriebe verschiedener Art; darunter auch einige kleine Dattelpalmen und Zypressen, die man als solche gleich erkennen konnte.

„Bevor ich sie einpflanze, muss ich die Erde düngen", sah David zum Ratsvorsitzenden auf. „Wer treibt hier in Eynaltamor Viehzucht?"

„Nicht viele", gab der andere zurück. „Seitdem die Leute meistens von dem leben, was die Plantagen einbringen, kümmern sich im Dorf nur wenige um Tierzucht. Bei Muhammad Rahman kannst du Mist finden. Er züchtet Ziegen, Hühner und Pferde. Ein paar Kamele hat er auch."

„Sehr gut!", lächelte David. „Du brauchst mir nur den Wagen und die Stute zu leihen, den Rest erledige ich selbst. Du hast ja heute für uns getan, was du konntest."

„Nicht der Rede wert!", erwiderte der Alte. „Als Gegenleistung würde es mich aber sehr freuen, wenn ich wüsste, für wen der ganze Kram ist."

„Für einen guten Zweck, sagte ich", entgegnete David in strengem Ton. „Das dürfte doch als Antwort reichen, oder!?"

„Genauso ist es, mein Herr!", erwiderte der Ratsvorsitzende verlegen.

„Dann mache ich mich jetzt mit der Ladung auf den Weg", sagte David. „Wann soll ich morgen wiederkommen?"

„Wann Sie möchten, mein Herr!"

„Ich bin Frühaufsteher. Je früher ich die Arbeit beginne, umso besser. Allerdings nur, wenn du auch Frühaufsteher bist."

„Na klar bin ich es!", versicherte der andere aufmunternd. „Wozu denn die ganzen Frühmorgengebete in all den Jahren!? Um ein fauler Langschläfer zu werden!? Nein, nein!! Kommen Sie morgen früh wieder! Auch der Tierzüchter ist ein tüchtiger Kerl. Wie sollte er es auch nicht sein bei all seinen Hähnen, die morgens in aller Frühe jedem im Dorf den süßen Schlaf verderben!?"

David klopfte ihm lächelnd auf die Schulter und ging auf die Haustür zu, um sie zu öffnen. Da eilte ihm der andere voraus und sagte: „Nein, nein! Sie steigen aufs Pferd, ich mache die Tür auf."

Somit führte David das Pferd und den Wagen aus dem Hof hinaus und steuerte auf das Schloss zu. Unterwegs blickte er hin und wieder zurück, um sicherzustellen, dass der Ratsvorsitzende ihn nicht verfolgte.

Nachdem er die Pflanzen im Hof des Schlosses abgelegt hatte, schüttete er Erde auf ihre feinen Wurzeln und goss Wasser auf sie. Alsdann steckte er die Gras- und Blumensamen mit den Blumenzwiebeln in zwei große Stofftüten hinein und nahm sie mit. Als er mit den Tüten in den Händen den Hof von Abu Salehs Haus betrat, saßen die Frauen auf der Hofterrasse und aßen gerade Honigmelone. Sobald Samira, ihre Mutter und Abu Salehs Frau David erblickten, verließen sie Miriam sofort und verschwanden im Hausflur. Frauen durften ja nur in der Anwesenheit des Familienvaters einem Mann Gesellschaft leisten, der nicht zu den engen Verwandten zählte.

David grüßte seine Frau und setzte sich zu ihr. Bald trat Hosniehe, die Gastgeberin, mit einem Teller aus Ton und einem Messer in der Hand auf die Terrasse, grüßte flüchtig, legte jene vor David ab und zog sich zurück. David bedankte sich dafür, ohne zu ihr aufzublicken.

„Hast du deine Pflanzen schon zusammen?", fragte ihn Miriam.

„Die gute Hälfte steht bereits vor dir." David deutete auf die Tüten hin, die er neben sich abgestellt hatte. „Was bleibt, ist nur noch der Mist, den ich morgen reichlich bekommen werde. Der Gartenboden des Schlosses scheint seit mehreren Jahren nicht gedüngt geworden zu sein. Hoffentlich gelingt es mir morgen, ihn nach der Bearbeitung der Erde auch zu düngen."

„Dir sollte es nicht gelingen!?", fragte Miriam ironisch. „Was du inzwischen mit der Hütte gemacht hast, das würden nur zwei junge Männer in so kurzer Zeit schaffen!"

David lächelte, wandte aber den Blick von ihr ab, weil die Haustür zu knirschen begonnen hatte. Unmittelbar danach trat Mustafa in den Hof herein. Er grüßte und setzte sich zu den Anwesenden. David grüßte zurück und fragte, ob Abu Saleh mit ihm zurückgekommen sei.

„Nein!", antwortete Mustafa. „Wie an den letzten zwei Tagen ist er auch heute nach der Arbeit wieder zum Grab meines Vaters hinaufgestiegen."

David senkte den Blick und dachte nach; alsdann fragte er noch, ob die Feigenernte schon beendet sei.

„Ja, endlich!", erwiderte Mustafa, nachdem er sich mit dem Ärmel den Schweiß von der Stirn abgewischt hatte. „Ich weiß nicht, ob ich es heute Abend schaffe, zu Wahed zu gehen."

„Ich sehe, wie erschöpft du bist", sagte David sanft. „Aber Wahed hat dir mit seiner Einladung eine wichtige Tür zum gemeinsamen Leben in der Dorfgemeinschaft geöffnet. Von dieser Tür würde ich mich an deiner Stelle nicht abwenden."

Mustafa nickte und seufzte tief.

„Komm, mein Sohn!", stand David auf und streckte ihm die Hand entgegen. „Was du jetzt brauchst, ist eine kühle Erfrischung!"

Mustafa gab ihm die Hand, der andere zog ihn hoch und die beiden gingen zum Hofbrunnen hinüber. Dort sah David zu Miriam zurück, sie verstand seine Gestik und ging sofort ins Haus hinein. Wenig später kam sie mit einem Handtuch auf dem Arm heraus, legte es am Terrassenrand ab und kehrte wieder ins Haus zurück. Nachdem David einen Eimer voll vom Wasser aus der Tiefe des Brunnens heraufgezogen hatte, holte er das Handtuch. Der andere zog sich aus, kniete sich vor ihm nieder und er goss das Wasser über ihn. Nachdem Mustafa sich abgetrocknet und sich angezogen hatte, steuerten die beiden auf die Terrasse zu. Kaum hatten sie ein paar Schritte genommen, da ging die Haustür nach innen auf, Abu Saleh erschien im Türrahmen und grüßte.

„Alaykomo Salam!", grüßte David freundlich zurück und gab ihm die Hand.

Sobald die Männer die Stufen zur Hofterrasse hinaufgestiegen waren, ging Mustafa ins Haus hinein, um sich etwas Passendes für seine Einladung anzuziehen. David und Abu Saleh waren dabei, sich hinzusetzen, als sie Hosniehes Gruß hinter sich vernahmen. Sie stand mit einem neuen Teller und einem Messer in der Hand auf der Schwelle zum Flur. Nachdem sie diese vor Abu Saleh abgesetzt hatte, sagte sie, die Melone stamme aus Usmans Feldern, er sei heute da gewesen und hätte schöne Grüße ausgerichtet. Während sie sprach, nickte Abu Saleh still; dann fragte er, wie es den Kindern ginge.

„Alhamdo Lilah! – Alles Lob gebührt Allah! - ", antwortete Hosniehe und fügte hinzu: „Aref vermisst seinen Papa sehr."

Abu Saleh nickte wieder, sagte aber weiterhin nichts. Hoshiehe zog sich sofort zurück und verschwand hinter dem dicken Vorhang, der den Hausflur von der Hofterrasse trennte.

„Wie geht es dir denn?", fragte David plötzlich. „Du wirkst heute nachdenklich und betrübt!"

„Bin nur erschöpft", entgegnete der andere. „Ich bin bei Sonnenuntergang wieder unter der einsamen Dattelpalme gewesen, fand aber keine neue Botschaft von dir."

„Ich wollte dich mit meinen Ansichten nicht länger belasten. Außerdem vermissen dich deine Kinder, weil du abends zu spät nach Hause kommst."

„Mit dem, was du schreibst, belastest du mich nicht", versetzte Abu Saleh. „Deine Worte und wie du die Dinge siehst, kann ich schwer begreifen."

Er hielt inne, senkte den Blick und fuhr fort: „Bei allem, was du sagst und tust, scheinst du mir so, als ob du aus einem anderen Planeten kommst, aus einer anderen Zeit, aus einer viel besseren. Deswegen kränken mich deine Worte nicht. Deine Ansichten treffen mich zwar mitten ins Herz, trotzdem bleibt meine Liebe zu dir größer als die Wirkung, die deine Worte bei mir hinterlassen."

In diesem Moment sprang Mustafa plötzlich aus dem Haus heraus und rief übermütig: „Jetzt wird Wahed und seine Familie besucht; den guten Wahed aus der Zeit meiner Kindheit."

Er legte die Hand auf die Brust, verbeugte sich tief vor den Sitzenden und sagte theatralisch: „Einen gesegneten Abend noch, meine Herren!" Alsdann sprang er über die Stufen in den Hof hinunter, rannte leichten Schrittes auf die Haustür zu und verbeugte sich noch einmal, bevor er hinter dem Türflügel verschwand.

„Ich kann meinen eigenen Augen nicht trauen!", sagte Abu Saleh kopfschüttelnd. „Wir hatten heute auf der Plantage viel zu tun. Mustafa musste wie die anderen hart arbeiten, damit die Feigen am Morgen lieferbar sind. Als er sich kurz vor dem Sonnenuntergang von mir verabschiedete, haben seine Beine ihn mit Mühe nach Hause getragen. Jetzt läuft er flink wie eine Eidechse!! Woher kommt das!?"

„Von der Magie der Liebe!", antwortete David unverzüglich. „Wahrscheinlich hat er im Flur beim Vorbeigehen an der Frauenstube Samiras Stimme gehört. Für ein junges Liebespaar ist es nicht einfach, unter einem Dach zu sein, ohne sich sehen zu dürfen."

Abu Saleh sah ihm verwundert in die Augen.

„Ich hoffe, dass Abu Karim bald auftaucht", fuhr David fort „und dass wir mit der Vermählung und Hochzeitfeier nicht lange zögern müssen."

„Wozu denn zögern!?", versetzte Abu Saleh. „Mustafa hat doch Geld genug, um Samira zu versorgen. Um die Rückgabe des Schlosses werde ich mich auch morgen kümmern. Ich werde schon morgen nach der Verteilung des Geldes, das die Feigenernte einbringt, die gute Laune der Leute ausnutzen, um den Gemeinderat zur Rückgabe des Schlosses zu bewegen. Mustafa hat bei der Ernte fleißig mitgemacht und war hilfsbereit zu jedem. Die Leute haben ihn ins Herz geschlossen und er gehört jetzt wieder zur Dorfgemeinschaft. Sobald Samiras Vater da ist und das Schloss rechtmäßig Mustafa gehört, können wir mit der Vorbereitung der Hochzeit beginnen."

„Es freut mich sehr, das zu hören", sagte David erleichtert.

Die beiden blieben auf der Hofterrasse und unterhielten sich solange, bis das helle Violett am Himmel der hereinbrechenden Dunkelheit Platz machte und die Himmelswölbung, dicht besät mit kleinen und großen Sternen, über dem Dorf zu glitzern begann. Nachdem Abu Saleh sein verspätetes Abendgebet verrichtet hatte, wünschte er David gute Nacht und war im Begriff, die Terrasse zu verlassen, als der andere überraschend sagte: „Morgen beim Sonnenuntergang wieder unter der einsamen Dattelpalme!"

Abu Saleh lächelte und betrat den Flur, welche eine Öllampe schwach beleuchtet hatte. David saß eine Weile noch im flimmernden Licht der brennenden Kerze und horchte dem Chor der zirpenden Grillen, der hin und wieder vom Bellen einzelner Wildhunde in der Ferne begleitet wurde.

In der Morgendämmerung, als Abu Saleh von den Rufen des Allaho-Akbars aufwachte, fand er zu seiner Überraschung auch Mustafas Matratze leer. Er fragte sich verwundert, ob Mustafa am frühen Morgen David bei seinem Spaziergang begleitet hätte. Erst nachdem die Haustür knirschend aufgegangen und David alleine hereingetreten war, wurde ihm klar, dass Mustafa die letzte Nacht bei seinem Freund Wahed verbracht hatte.

„Umso besser!", reagierte David auf Abu Salehs sorgenvollen Einwand.

„Mustafa ist aber jung und unreif!", versetzte Abu Saleh. „Auch in Eynaltamor ist Wein zu finden. Es gibt auch hier Menschen, die sich heimlich besaufen."

„Dazu hat Mustafa aber keinen Grund mehr", entgegnete David vorsichtig. „Dennoch ist jetzt sogar der Geruch vom Wein Gift für ihn. Selbst nach mehreren Monaten ist er eine große Gefahr für Mustafa."

„Und das bereitet mir Sorgen."

„Sorge verdunkelt die Wirklichkeit", versetzte David. „Wachsamkeit hingegen leuchtet sie an. Verbiete ihm den Alkoholgenuss!", verlangte David abrupt. „Auch die kleinste Menge davon!"

„Was ist Alkohol?", fragte Abu Saleh unvermittelt.

„Ohne Alkohol wäre Wein süß und ohne Rauschmittel wie Traubensaft. Verbiete ihm den Alkoholgenuss!", forderte David mit mehr Nachdruck. „Mache dies zur Voraussetzung für eure Beziehung! Damit wirst du ihn beschützen. Ihr seid seine Familie, er liebt euch sehr und wird euch nie verlieren wollen. Ein gebrochener Wille braucht lange Zeit, sehr lange, um der Verführung des Alkoholgeruchs widerstehen zu können."

Während die beiden in der kühlen Frühmorgenluft schweigend frühstückten, knirschte die Haustür wieder, Mustafa betrat den Hof und grüßte die Anwesenden auf der Hofterrasse. Er wirkte fröhlich und munter. Nachdem er die Stufen zur Terrasse bestiegen hatte, stand David auf und umarmte ihn unverhofft.

„Das war aber gut!", sagte Mustafa überrascht. „Komme ich etwa von einer langen Reise zurück!?"

„Darf man denn einen, den man wie den eigenen Sohn liebt, nicht umarmen, nachdem er die Nacht woanders verbracht hat!?"

„Na klar darfst du das!", gab Mustafa nach.

„Dann setze dich zu uns und erzähle mal, wie es bei Wahed gewesen ist!"

„Er ist in Ordnung", sagte Mustafa, während er sich zum Frühstücken niedersetzte. „Als wir gestern Abend nach dem Abendessen über die verrückten Streiche sprachen, die wir damals als Kind ausführten, las ich ihm von den Augen ab, dass es in ihm das Kindliche Dasein noch nicht gestorben ist. Das gefällt mir an Wahed sehr. Wir erzählten uns und lachten solange, bis der Schlaf uns überwältigte."

Abu Saleh nickte zufrieden und frühstückte schweigend weiter. Mustafa aß wenig. Nach dem Frühstück sagte er zu Abu Saleh: „Jetzt gehe ich rein und lege deine feinen Klamotten ab. Ich brauche sie noch für die Hochzeit."

Er stand auf, räusperte sich wie immer vernehmlich, bevor er in den Flur ging, um zu signalisieren, dass ein

Mann im Begriff war, hineinzutreten. Kaum war er hinter dem Flurvorhang verschwunden, da warf Abu Saleh David einen fragenden Blick zu.

„Er ist sauber", erwiderte David seinen Blick. „Er roch nur nach Ziegenmilch."

Als Mustafa bald wieder in seinen Arbeitskleidern auf der Terrasse erschien, fragte ihn Abu Saleh, ob er nicht ein bisschen noch essen möchte, bevor man das Frühstückstuch wegräume. Er sagte, er sei satt, er hätte Ziegenmilch getrunken, kurz bevor er Waheds Haus verlassen hätte. Da lächelte Abu Saleh zufrieden und sagte noch: „Hoffentlich tauchen heute der Großhändler und seine Karawane nicht zu spät auf. So können wir die Kisten rechtzeitig aufladen und kassieren. Anschließend werden wir in der Moschee in der Anwesenheit des Gemeinderats die Einnahmen verteilen. Gleich danach werde ich den Rat bitten, über die Rückgabe des Schlosses an dich abzustimmen. Es ist wichtig, dass du dabei bist."

Mustafa nickte bestätigend und Abu Saleh wandte den Blick zu David: „Hast du deine Pflanzen schon beisammen?"

„Ja, alle!", antwortete David. „Ich brauche nur noch Mist in großer Menge. Den bekomme ich heute noch. Der Gartenboden des Schlosses scheint seit Jahren nicht gedüngt geworden zu sein."

Nachdem die Männer die Frühstückssachen weggeräumt und sich in die Gasse begeben hatten, trennten sich ihre Wege bald. David ging in entgegengesetzter Richtung auf das Schloss zu und die andern auf das Haus des Ratsvorsitzenden. Als sie dort ankamen, waren einige Plantagenarbeiter bereits da, die restlichen tauchten nach und nach auf. Sie hockten alle im Hof, als man hinter der Hofmauer in der Gasse plötzlich das Trommeln der Pferdehufe hörte, das vom lauten Quietschen der Karrenräder begleitet war. Da eilte der Rastvorsitzende zur Haustür, öffnete sie und schaute hinaus.

„Guten Morgen, Väterchen!", grüßte ihn David und zog sogleich am Zügel des Pferdes. „Willst du nicht rein springen?", deutete er mit den Augen auf die Karre.

„Klar mache ich das, mein Herr!", erwiderte der Ratsvorsitzende und stieg sofort hinein. Nachdem David sich vergewissert hatte, dass der Alte sich an den Karrenwänden gut festgehalten hatte, ritt er los.

„Weißt du, wann die Karawane des Händlers heute ankommen wird?", fragte einer der Arbeiter Abu Saleh.

„Nicht wirklich!", antwortete er. „Aber da der Großhändler heute schon vor Sonnenuntergang zurück muss, schätze ich, er wird vor der Mittagshitze auftauchen."

„Er muss also die ganze Nacht reiten", meldete sich Wahed zu Wort.

„Eine andere Wahl hat er nicht", erwiderte Abu Saleh.

„Und was machen wir, bis seine Karawane auftaucht? Einfach hier hocken und in der Nase bohren?", scherzte ein Arbeiter.

„Nein, wir werden beten", versetzte Abu Saleh. „Wir beten, dass der Karawane nichts zustößt und dass sie rechtzeitig ankommt; sonst würden die Feigen auf den Feldern kaum noch zwei Tage Hitze aushalten."

„Hört ihr das?", rief Wahed plötzlich aus. „Hört ihr das Bellen der Hunde?"

„Ja, es sind sogar viele", bestätigte Mustafa.

Da spitzten alle die Ohren.

„Sie scheinen weit weg außerhalb der Plantagen zu sein", ergänzte Abu Saleh. „Eine Seltenheit für diese Jahreszeit!"

Er sprang plötzlich auf und während er zur Haustür eilte, sagte er: „Ich reite voraus und sehe nach."

Die anderen folgten ihm hinaus. Er steuerte eiligen Schrittes auf sein Haus zu und die Arbeiter auf die Plantage.

Bald ritt Abu Saleh aus dem Dorf hinaus, schoss an seinen Leuten vorbei und verschwand wenig später in der Staubwolke, die sein Pferd hinter sich aufwirbelte. Nach einigen Minuten tauchte sein Hengst in der Ferne wieder auf und sobald dieser so nah heran galoppiert war, dass man Abu Salehs Gesichtsausdruck deutlich sehen konnte, wusste man gleich, dass er Gutes zu berichten hatte. Er war kaum bei den Arbeitern angekommen, da rief er jubelnd aus: „Reibt euch die Hände, ihr Faulpelze! Wir haben jede Menge zu tun. Die Karawane ist da!"

Da stießen alle jubelnde Schreie aus und umarmten sich gegenseitig.

„Und nun zu dir, du Glückspilz!", wandte sich Abu Saleh Mustafa zu. „Du hast einen weiteren Grund, dich zu freuen. Rate mal, wer mit geritten ist!"

„Sein Schwiegervater, nicht wahr?", fiel Wahed ein.

„So ist es!", bestätigte Abu Saleh.

In diesem Augenblick sprang Wahed hervor, umarmte Mustafa und sagte laut zu ihm: „Bald sehe ich dich im Bräutigamanzug, mein Junge! Falls du überhaupt einen hast!" Da lachten alle schallend auf.

Bald tauchte die Karawane in der flimmernden Hitze des Horizonts auf und die Arbeiter liefen ihr langsam entgegen. Sobald die Kamele in ihrem gemächlichen Tempo angekommen waren, gab der Karawanenführer den Laut RRRRRR! von sich.

Der Zug der Kamele bestand aus zwanzig Tieren. Auf drei von ihnen saßen der Anführer, ein bärtiger, junger Mann mit weißem Turban um das Haupt, Samiras Vater Abu Karim, der ziemlich abgemagert und trübe wirkte und der Großhändler, ein beleibter Herr, der mit seinem aufgesetzten Lächeln versuchte, Freundlichkeit vorzutäuschen.

„Salamo Alaykom!", grüßte der Karawanenführer.

„Alaykomo Salam!", schallten die Arbeiter im Chor.

„Ich bin zum ersten Mal in Eynaltamor. Führt dieser Weg zur Moschee?", fragte er.

„Er führt direkt ins Dorf", gab Wahed zurück. „Die Dorfkinder werden dich zur Moschee führen, sobald sie die Karawane gesehen haben."

„Aber lass doch die Kamele hier, die aufgeladen werden müssen!", verlangte einer der Arbeiter. „Auf die Aufladung warten wir schon seit Sonnenaufgang."

„Das geht nicht!", versetzte der Karawanenführer. „Die Kamele sind müde und durstig. Sie rasten bis zum Mittagsgebet. Danach dürft ihr aufladen."

Da wurden zwischen den Arbeitern murmelnde, unzufriedene Stimmen hörbar. Bevor sie aber lauter wurden, griff Abu Saleh ein: „Die Kamele werden heute noch und die ganze Nacht mit dem Ladegut auf dem Rücken reiten müssen. Ohne einen Zwischenrast werden sie es bis Romeyseh nie schaffen."

In diesem Augenblick trat Mustafa vor Abu Karims Kamel und grüßte höflich. Der andere grüßte zurück und streckte ihm die Hand entgegen, damit er ihm beim

Absteigen Hilfe leistete. Nachdem Abu Karim heruntergestiegen war, umarmte er Mustafa und sagte: „Was für eine Freude, dich gesund und munter zu sehen, mein Sohn!" Er wischte sich eine Träne von der Wange und fuhr fort: „Hoffentlich hast du mir vergeben, was ich dir angetan habe. Gott ist mein Zeuge: ich … „

„Sprich nicht mehr davon!", fiel ihm Mustafa ins Wort. Er küsste ihm die Hand und sagte: „Die Vergangenheit ist tot, heute ist ein neuer Tag, ich bin auch neu, lass uns alle neu beginnen!"

„Du hast Recht, Mustafa!" gab Abu Karim nach. „Wir sind jetzt eine Familie, nichts ist wichtiger als das."

Sie gingen Hand in Hand zu den anderen und Mustafa stellte seinen künftigen Schwiegervater vor. Da trat Wahed hervor und stellte sich als Mustafas bester Freund vor; auch Abu Saleh und die anderen grüßten den Ankömmling und hießen ihn willkommen. Anschließend schritten alle mit der Karawane auf das Dorf zu. Währenddessen versuchte jeder ein paar Worte mit Abu Karim zu tauschen. Bis sie in Eynaltamor ankamen, bekam er mindestens zehn Einladungen, welche er jeweils mit „Enscha Allah!" - Gottes Wille geschehe! - erwiderte. Sobald sie an der Moschee angekommen waren, wünschte Abu Karim den Anwesenden Gottes Segen und nahm sich mit dem Karawanenführer die Waschungen zum verspäteten Morgengebet vor. Abu Saleh führte den Händler zum Haus des Ratsvorsitzenden; davor rief er laut: „Nach dem Mittagessen treffen wir uns wieder beim Ratsvorsitzenden. Für heute müsst ihr aufs Mittagsschläfchen verzichten. Die Karawane kann nicht warten, die Feigen auch nicht."

Die Arbeiter machten sich murmelnd und unzufrieden
auf den Weg nach Hause. Mustafa wartete bis Abu Karim sein Gebet verrichtete, danach steuerten beide gemeinsam auf Abu Salehs Haus zu. Sobald sie vor der
leicht geöffneten Haustür ankamen, läutete Mustafa an
der Tür und räusperte sich laut. Die Damen saßen auf
der Hofterrasse und zupften gerade Pfefferminzblätter.
Als Samira und ihre Mutter Mustafas Räuspern vernahmen, sprangen auf und liefen in den Hausflur. Dennoch,
als sie wenig später Abu Karims Gruß vernahmen, kamen sie in ihrem Schleier heraus, Samira lief unverzüglich in die offenen Arme ihres Vaters und drückte ihn. In
diesem Moment lachte Mustafas Herz vor Freude; denn
er durfte nun seine Samira in Anwesenheit ihres Vaters
endlich wiedersehen. Sie nahm Mustafa des Vaters Bündel aus der Hand und brachte es hinein. Nachdem die
Männer die Stufen zur Terrasse hinaufgestiegen waren,
traten Areff und seine jüngere Schwester zaghaft hervor,
ließen sich vom Ankömmling küssen, gingen gleich zu
ihrer Mutter zurück und blieben neugierig neben ihr
stehen. Nachdem alle sich hingesetzt hatten, kam Samira
aus dem Haus heraus und gesellte sich zu den Sitzenden.

„Wo ist Ihr Mann, Miriam? Wie geht es ihm?" wandte
Abu Karim sich Miriam zu.

„Danke, ihm geht es gut", erwiderte sie. „Er ist seit
gestern damit beschäftigt, Samiras künftigen Garten neu
anzulegen."

Da runzelte Abu Karim die Stirn und wandte sich verdutzt seiner Frau zu.

„Der Garten unseres Schlosses ist völlig verwahrlost
gewesen", ergänzte Mustafa. „David will ihn deswegen

neu anlegen. Das sollte sein Hochzeitsgeschenk an uns sein."

Abu Karim nickte wissend und sagte: „Schon beim ersten Mal als ich David sah, wusste ich, dass ein großer Mann vor mir stand; ein Mann, welchem man mit geschlossenen Augen vertrauen kann."

Miriam lächelte und fragte: „Soll ich ihn holen gehen?"

„Nein, ich werde zu ihm gehen", versetzte Abu Karim. „Zuerst ruhe ich mich ein bisschen aus. Vom langen Reiten tut mir der Rücken immer noch weh."

„Ich bringe Ihnen gleich Essen. Sie müssen hungrig sein", fiel Hosniehe ein.

„Ganz im Gegenteil", entgegnete Abu Karim, ohne der Gastgeberin in die Augen zu schauen. „Ich habe in meinem Bündel alles Nötige dabei gehabt."

„Dann richte ich gleich Ihr Bett", ergänzte sie.

Abu Karim schwieg. Das bedeutete, er willigte ein; daher stand Hosniehe auf und verschwand im Hausflur. Ihre Tochter rannte ihr nach, Aref blieb neben Mustafa sitzen.

Während Abu Karim über den Ablauf seiner Reise sprach, waren alle Augen auf ihn gerichtet. Dies nutzten Samira und Mustafa, um sich gegenseitig einen flüchtigen Blick oder ein heimliches Lächeln zuzuwerfen, welches ihre Herzen mit unendlichem Glücksgefühl erfüllte.

Als Hosniehe mit der Tochter auf dem Arm wieder auf der Terrasse erschien, unterbrach Abu Karim seine Erzählung und freute sich über die Mitteilung, dass sein Bett schon gerichtet sei. Daraufhin standen er und Samira auf und folgten Hosniehe ins Haus hinein. Nun richtete sich auch Mustafa auf und fragte Areff, ob er auf einem Pferd schnell wie der Wind zu Onkel David reiten wolle. Der kleine antwortete gleich mit einem jubelnden „Ja!" und fragte, wo das Pferd sei.

„Hier! Es steht vor dir!", antwortete Mustafa. Er hob Areff hoch und setzte ihn auf seine Schultern. Dann wieherte er laut, sprang über die Stufen in den Hof hinunter und verließ im Galopp das Haus. Als die beiden im Schloss ankamen, hatte David bereits die Hälfte des Gartenbodens umgegraben.

„Hallo, Onkel!", grüßte Areff, als er durch das offene Gittertor in den Hof hereinritt. „Gefällt dir mein Pferd?"

„Das kann ich dir so nicht sagen", entgegnete David mit gespieltem Ernst, nachdem Mustafa bei ihm angekommen war. „Erst muss ich mir die Zähne deines Pferdes ansehen. Es scheint alt und faul zu sein. Schau doch wie verschwitzt und ausgelaugt es ist!"

„Das stimmt nicht!", versetzte Areff mit zusammengezogenen Augenbrauen. „Zeige ihm, wie schnell du bist!", befahl er seinem Pferd unvermittelt, zog an Mustafas Ohren und gab ihm einen kräftigen Starttritt in die Rippen. Mustafa schoss im Galopp los und nachdem er eine Runde um den Hof geritten war, blieb er außer Atem vor David stehen.

„Nicht übel!", lobte David. Er trat hervor, hielt Mustafas Backen zwischen seinen Fingerspitzen und drückte auf sie. Da ging Mustafas Unterkiefer auf, David sah ihm in den Mund und untersuchte genau seine Zähne. „Du hast recht, mein Freund!", blickte er zu Areff auf. „Dein Pferd ist jung. Du kannst viele Jahre noch auf ihm reiten."

„Jetzt reicht es aber!", brach das Pferd plötzlich seine Stummheit und setzte seinen kleinen Reiter hinunter. „Was machst du da?", fragte Mustafa.

„Ich grabe die Erde um", antwortete David. „Danach
steche ich sie ab und hebe sie aus. Ich lasse sie bis morgen atmen; dann dünge ich sie."

„Kann ich dir dabei helfen?"

„Ja!", antwortete David. „Sorge dafür, dass unser kleiner Reiter seine gute Meinung über sein Pferd nicht ändert."

„Ja wohl!", neigte Mustafa das Haupt, setzte Areff
wieder auf seine Schultern und ritt aus dem Hof so
schnell hinaus, wie er herein geritten war. Somit ließ er
das Eintreffen des Schwiegervaters absichtlich ungesagt,
damit es für David eine Überraschung wäre. Als die beiden vor Abu Salehs Haustür ankamen, setzte er Areff ab,
schob ihn sanft durch die Tür hinein und machte sich
auf den Weg zum Ratsvorsitzenden.

Wie in allen anderen Häusern Eynaltamors ließ man
tagsüber auch im Haus des Ratsvorsitzenden die Haustür offen. Mustafa öffnete sie, indem er leicht auf sie
drückte. Auch dieses Haus besaß eine große Hofterrasse,
die sich von dem Hof um einen Meter abhob. Darauf
saßen Abu Saleh und der Alte zusammen und tranken
gerade Pfefferminztee. Währenddessen zog der Ratsvorsitzende am Schlauch seiner brodelnden Wasserpfeife
und blies Rauchringe in die Höhe. Mustafa räusperte
sich, trat hinein und grüßte.

„Alaykomo Salam, mein Sohn!", grüßte der Alte zurück. „Komm doch und setze dich zu uns!"

„Wo ist der Händler?", fragte Mustafa, nachdem er
sich zu ihnen hingesetzt hatte.

„Er schläft", antwortete der andere und blies sogleich
eine dicke Rauchwolke in die Höhe.

„Ich werde ihn wecken, bevor die Arbeiter auftauchen“, fügte Abu Saleh hinzu. „Er muss die Kisten zählen, bevor sie aufgeladen werden.“

Mustafa nickte und ließ die beiden sich weiterhin unterhalten. So konnte er ungestört in der eigenen Gedankenwelt verweilen, in welcher Samiras heimliche Blicke und ihr Lächeln ihm fortwährend Glück und Kraft bescherten.

Es waren eineinhalb Stunden vergangen, als Abu Saleh zur Sonne hinaufsah und sagte, es sei Zeit, den Händler zu wecken. Er stand auf und trat ins Haus hinein. Kurz danach verstummte das laute Schnarchen des Schlafenden, welches man sogar in der Gasse hören konnte. Sobald Abu Saleh aus dem Haus heraustrat, folgte ihm der Händler mit schlaftrunkenen, blutdurchlaufenden Augen auf die Terrasse. Der kleine, dicke Mann grüßte die Anwesenden und zog eilig seine Sandalen an, deren ledernde Riemen mit gelbem Garn durchflochten waren. Danach rollte er über die Stufen in den Hof hinunter und watschelte schwerfällig mit seiner braunen Ledertasche unter dem Arm auf die Haustür zu. Bald presste er seine massige Gestalt durch die Tür hinaus und verschwand hinter dem hölzernen Türflügel, den Abu Saleh ihm offen gehalten hatte.

Mustafa hatte sich auf der Terrasse hingelegt und schlummerte gerade im warmen Schatten der Mittagszeit, als der erste Plantagenarbeiter auftauchte. Sein vernehmliches Räuspern bevor er in den Hof hereintrat, weckte Mustafa auf und er sah sich sogleich um.

„Ist Abu Saleh weg?“, fragte er mit zusammengekniffenen Augen.

„Bin eben reingekommen", erwiderte der Arbeiter
mürrisch. „Er ist bestimmt drinnen. Selbst die Eidechsen
sind um diese Zeit in ihren Löchern. Nur wir Idioten
müssen in der Mittagshitze schuften."

„Wie oft habt ihr denn das gemacht!?", rief der Ratsvorsitzende, sobald er aus dem Hausflur heraustrat.
„Die Feigen warten doch nicht, bis du dein Mittagsschläfchen ausgekostet hast. Der Händler wird die Kisten nur unzufrieden mitnehmen, wenn er im Schatten
der Bäume auf dem Boden so viele vergammelte Feigen
zu sehen bekommt."

„Das ist doch nicht unsere Schuld, dass die Ernte so
sehr aufgeschoben wurde", versetzte der Arbeiter aufgebracht. „Hatte Abu Saleh denn unsere Zustimmung
geholt, bevor er sich auf den Weg nach Romeyseh machte!? Jeder andere hätte sich zuerst um die Ernte geküm-
mert!!"

„Dafür haben wir unseren Mustafa wieder bei uns",
entgegnete der Alte.

„Und ich komme für den Verlust auf, egal wie viel er
ist", fiel Mustafa ein.

Der Arbeiter schwieg und senkte überrascht den Blick.

„Ich werde für alle Schäden aufkommen", bekräftigte
Mustafa seine Zusicherung.

In diesem Augenblick betraten noch einige Arbeiter
den Hof. Dies veranlasste Mustafa und den Ratsvorsitzenden, die Auseinandersetzung sofort zu beenden. Der
Alte bat die Ankömmlinge, sich auf die Terrasse zu begeben und eilte ins Haus hinein, um ihnen frisches Wasser zu bringen. Sobald die restlichen Plantagenarbeiter
eingetroffen waren, verließen sie mit Mustafa das Haus
und schlossen sich dem Händler und Abu Saleh auf der

Plantage an. Entgegen ihrer Erwartung durften sie nicht sofort mit dem Aufladen beginnen, denn der Händler wollte die Früchte in den Kisten prüfen, nachdem er die vielen vergammelten Feigen unter den Bäumen gesehen hatte. Während er in den Kisten stöberte, griff Mustafa nach Abu Salehs Arm und zog ihn beiseite. Er erzählte ihm leise die heutige Auseinandersetzung zwischen dem Ratsvorsitzenden und dem unzufriedenen Arbeiter und beteuerte seine Vermutung, dass auch bei den anderen eine ähnliche Unzufriedenheit in der Luft schwebte. Abu Saleh runzelte die Stirn und sagte: „Schon heute werde ich den Unzufriedenen und den Undankbaren zeigen, wem diese Plantage gehört und wem sie ihren Wohlstand zu verdanken haben."

„Sei nicht wütend, Bruder!", warnte Mustafa beschwichtigend. „Bis vor vier Tagen habe ich keine Landsleute mehr gehabt. Jetzt habe ich sie alle wieder an meiner Seite. Ich will nicht der Grund für ihren Verlust sein. Sie und ihre Familien leben ja nur von den Plantagen. Ich werde zahlen."

„Du gründest aber bald eine eigene Familie!!", versetzte Abu Saleh.

„Geld habe ich genug, dazu auch noch einen gesunden Körper und Gott sei Dank einen starken Willen wieder. Was würde mir Geld und Reichtum nutzen, wenn ich mich bei meinen Landsleuten wieder wie ein Fremder fühle, bloß weil sie meinetwegen Schaden hinnehmen müssen!?"

Da senkte Abu Saleh nachgiebig den Blick und schwieg. Dies nutzte Mustafa und verlangte mit Nachdruck: „Lass mich schon heute den Leuten sagen, dass ich die Verspätung der Ernte entschädigen werde."

„Nein!", versetzte Abu Saleh schroff. „Das kaufen sie dir nicht ab. Sie wissen zwar nicht, was du in der Stadt gemacht hast, aber sie wissen ganz genau, dass ein junger Mann in drei Jahren Leben in der Stadt niemals so viel Geld zusammentreiben würde, um für den gesamten Verlust aufzukommen."

Er hielt inne, dachte kurz nach und ergänzte: „Ich werde für den Schaden aufkommen. Das soll mein Hochzeitsgeschenk an dich und Samira sein."

Mustafa dachte kurz nach und sagte: „Okay, du wirst zahlen. Aber unter einer Bedingung: Ich zahle zurück."

Abu Saleh erkannte an Mustafas Zügen sofort, dass er es damit sehr ernst gemeint hatte; daher gab er nach und fügte hinzu: „Eines darfst du aber nie vergessen: Alles, was ich habe, und alles was ich haben werde, wird dir gehören; solange ich lebe!"

Mustafa umarmte ihn und erwiderte: „Das werde ich nie bezweifeln. Das Gleiche gilt auch für das, was ich besitze."

Nun legte Abu Saleh seinen Arm auf Mustafas Schulter und die beiden gingen zu den anderen zurück. Abu Saleh durchdrang die Menge, bis er sie durchschritten hatte. Dann drehte er sich um und rief: „Ihr habt Recht, wenn ihr mich für die Verspätung der Feigenernte verantwortlich macht. Daher bin ich bereit, für euren Verlust aufzukommen."

Da freuten sich einige über diese überraschende Mitteilung. Die Mehrheit aber sah Abu Saleh teils überrascht, teils besorgt in die Augen. Kurz darauf brach Wahed plötzlich die Stille: „Das kommt nicht in Frage! Wir sitzen alle in einer Pfanne, warum sollte einer wegen den anderen anbrennen!?"

„Das muss aber sein!!", versetzte Abu Saleh. „Ihr lebt seit mehreren Jahren allein von dem Ertrag, den die Plantagen einbringen. Ich musste zu einem ungünstigen Zeitpunkt nach Romeyseh reiten. Ich sage zu einem ungünstigen Zeitpunkt, aber für einen guten Zweck. Deswegen hatte Allah euren Verlust entschädigt, noch bevor ich weggeritten bin. Fragt mich nicht wie! Wisst es aber, dass er wirklich entschädigt ist."

Er hielt inne und schaute sich seine Leute für eine Weile an, die ihn mit ungläubigen Blicken anstarrten. Alsdann sah er über ihre Köpfe hinweg zu dem Händler hinüber, der breitbeinig dastand, die Fäuste in die Bauchseiten gestemmt hatte und missmutig zu den Kisten hinabsah, die er bereits sortiert hatte. Abu Saleh verließ die Arbeiter sofort und steuerte auf ihn zu.

„Diese Feigen verkauft man nicht", sah der Händler zu Abu Saleh auf und grinste höhnisch. „Diese Feigen isst man. Und zwar gleich jetzt; denn schon vor dem Sonnenuntergang sind sie vergammelt!"

Da stieg Abu Saleh Blut ins Gesicht. Er biss die Zähne zusammen und schwieg.

„Die nehme ich nicht mit", zeigte der Dicke abwertend auf die von ihm beiseite gestellten Kisten.

„Ich nehme sie zurück", erwiderte Abu Saleh leise.

„Den Rest dürft ihr jetzt aufladen", wandte der Händler den Blick siegessicher den Arbeitern zu. „In diesem Sommer sind weniger Kisten zum Mitnehmen. Ich habe einige Kamele umsonst an die Karawane binden lassen."

„Das tut mir sehr leid!", bedauerte Abu Saleh. „Ich musste dringend nach Romeyseh. Ich hatte wirklich keine andere Wahl."

„Ach ja!?", erwiderte der andere ironisch. „Ein paar Kamele umsonst mitzunehmen, kostet aber Geld! Diesmal drücke ich ein Auge zu; denn du hast immer gute Ware geliefert. Gut bezahlt habe ich aber auch! Gegen gute Bezahlung darf man doch auch gute Ware erwarten, nicht wahr!?"

„So ist es!", antwortete Abu Salah niedergeschlagen. „Ich gehe jetzt in die Moschee und sage dem Karawanenführer, er soll die Kamele fürs Aufladen bereitstellen."

„Nein!", wandte der Dicke ein. „Wir gehen zusammen zu ihm", betonte er. „Ich brauche Schatten und Wasser; sonst verdunste ich hier in der verdammten Hitze."

„Wie Sie wünschen", erwiderte Abu Saleh und machte sich mit ihm auf den Weg zur Moschee. Sobald sie im Dorf ankamen, sagte der Händler keuchend: „Gehe lieber du zum Anführer! Ich bleibe beim Ratsvorsitzenden. Ich bin müde und brauche Schlaf. Komm aber wieder und wecke mich, sobald ihr mit dem Aufladen fertig seid! Danach zahle ich und breche auf."

Als Abu Saleh in der Moschee ankam, verrichtete der Karawanenführer gerade sein Mittagsgebet. Seine Kamele lagen außerhalb der Moschee im dunklen Schatten der Hofmauer auf dem Bauch und blickten friedlich drein. Sobald der Anführer den Gebetsraum verlassen und Abu Saleh am Hofbrunnen der Moschee gesehen hatte, ging er unaufgefordert zur Karawane, stieg auf das vorderste Kamel und gab ihm das Zeichen zum Aufstehen. Abu Saleh lief den Reittieren voraus, um den Weg von den spielenden Kindern frei zu machen. Er führte die Kamele durch die engen Gassen des Dorfes zur Straße hin, wo sie wenig später links in die Feigenplantage einbogen und bis zu der Stelle eindrangen, an der die Arbeiter im Schatten der Strohdächer auf sie warteten. Als die Karawane ankam, führte der Anführer die Tiere in die Knie und rief der wartenden Menge zu, sie könnten mit dem Aufladen beginnen.

Somit wurden die Kisten aufeinander gestapelt, festgebunden und in die Riesentaschen hineingestellt, welche rechts und links über die Bäuche der Kamele herunterhingen. Nachdem alle Kisten aufgeladen waren, marschierten die Anwesenden außer dem Karawanenführer zum Haus des Ratsvorsitzenden zurück. Da ging Abu Saleh ins Haus hinein und weckte den Händler, kehrte zurück auf die Hofterrasse und rief den Arbeitern zu: „Geht zur Moschee! Ich komme nach, sobald ich kassiert habe. Ruft die anderen Mitglieder des Gemeinderats zusammen! Heute findet die Sitzung des Gemeinderats statt."

Nun sprang er in den Hof und eilte auf die schattige Ecke zu, wo ein Wagen und der vor ihm eingespannte Hengst warteten. Er sprang auf das Pferd, führte den Wagen herum und sagte dem Händler, er möge aufspringen.

„Was!? Ich soll in diese Karre springen!?", fragte der Dicke aufgebracht, während er die Fäuste in die Bauchseiten gestemmt hatte. „Hast du denn Tomaten auf den Augen!? Wie soll ich denn auf das Ding klettern!? Bin ich etwa lebensmüde!?"

„Ich muss die Kisten, die Sie nicht wollten, in dieser Karre zurückbefördern", erwiderte Abu Saleh. „Wenn Sie nicht einsteigen, müssen Sie zu Fuß laufen."

„Um Himmels willen!", rief der Mann aus. „Lieber sterbe ich, als die Strecke noch einmal zu laufen! Ihr zwei!", er wies mit dem Zeigefinger auf Wahed und den Kollegen neben ihm. „Kommt her und helft mir beim Einsteigen!"

Die beiden sahen wütend zu Abu Saleh hinüber, dieser zwinkerte ihnen beschwichtigend zu und sie traten hervor. Sobald der Dicke sich vor den Wagen hingestellt hatte, packten die Männer ihn an den Armen, hoben ihn hoch und warfen ihn hinein, als ob sie einen Sack voller Kartoffeln hineinwerfen würden. Der Mann rollte in den Wagen, richtete sich mit Mühe auf und wollte gerade losschimpfen, da ritt Abu Saleh los. Der Wagen unter dem Händler sprang hervor und er wurde schwungvoll nach hinten geworfen. Abu Saleh schoss aus dem Hof hinaus und führte den Hengst peitschend durch die engen, kurvenreichen Gassen des Dorfes hinaus. Um sich an den Wänden der Karre festzuhalten, versuchte der runde Händler sich immer wieder aufzurichten, wurde aber um jede Kurve erneut von einer Seite des Wagens zur anderen geschleudert. Erst auf der Straße zwischen den Plantagen hielt Abu Saleh an und erkundigte sich unschuldig, ob sein Mitfahrer ihn vielleicht gerufen hätte.

„Ich habe nicht gerufen, sondern laut geschrien", brüllte der Händler kochend.

„Oh, das tut mir schrecklich leid!", bedauerte Abu Saleh scheinheilig. „Die unebenen Gassen im Dorf machen das Reiten schwierig und laut. Ich konnte Sie gar nicht hören. Was fehlt Ihnen denn!?"

„Ich wollte mich bloß an den Wagenwänden festhalten!! Du hast bestimmt ein paar von deinen faulen Feigen in den Ohren; deswegen hast du mich nicht gehört."

Abu Saleh schmunzelte und beteuerte: „Von nun an rühre ich mich ohne Ihren Befehl nicht vom Fleck."

Der Händler gab keine Antwort, räusperte sich und Abu Saleh ritt langsam los. Als sie bei der Karawane ankamen, sah der Mann in die großen Satteltaschen der Kamele hinein und rief: „Es stimmt!" Er zahlte in Goldmünzen und fügte aufgeblasen hinzu: „Zum Glück ist die Strecke von Gaunern und Halunken gesäubert worden, sonst hätte ich meine bewaffneten Männer mitgebracht."

Unbeeindruckt nahm Abu Saleh die Münzen entgegen und nannte das Datum der Olivenernte. Alsdann half er dem Händler, sein Kamel zu besteigen, schüttelte dem Karawanenführer die Hand und wünschte ihnen Gottes Segen für die Reise. Er begleitete die Karawane durch die Plantagenbäume hindurch bis zum Reitweg. Daraufhin sah er ihr solange nach, bis die Kamele in dem Staub, den sie hinter sich aufwirbelten, allmählich entschwanden. Es war Asr, im Arabischen Spätnachmittag, die Sonne schien milder und ihre Hitze hatte spürbar nachgelassen. Das war der Grund, warum die Karawanen ihre Reise in der Regel um diese Zeit antraten.

Abu Saleh machte sich nun mit seiner ledernen Tasche unter dem Arm und mit viel Freude im Herzen auf den Weg nach Eynaltamor. Seine Tasche war über die Hälfte mit kleinen Goldmünzen gefüllt. Diese brachten jedes Jahr seiner Familie und seinen Landsleuten finanzielle Sicherheit und verliehen seiner Verwaltungsarbeit mehr Glaubwürdigkeit. Er war fast am Ende des Reitwegs angelangt, als David seinen Weg unversehens kreuzte: „Die Freude in deinen Augen verrät den guten Ablauf des Geschäftes, nicht wahr?", fragte er.

„Alhamdo Lillah! – Alles Lob gebührt Allah!", erwiderte Abu Saleh und fragte sogleich, wohin David wollte.

„Die einsame Palme auf dem Hügel ruft wieder. Sie hat weitere Botschaften", antwortete David verheißungsvoll. „Und du? Gehst du nach Hause?"

„Nein, ich treffe mich mit meinen Leuten in der Moschee. Ich habe die Versammlung des Gemeinderates einberufen. Nachdem ich jedem Mann seinen Anteil an der Ernte gegeben habe, werde ich den Rat bitten, über die Rückgabe des Schlosses an Mustafa abzustimmen. Danach kündige ich Mustafas baldige Hochzeit an."

„Was heißt baldige!?"

„Ich meine übermorgen."

„Das ist doch unmöglich!!", wandte David verdutzt ein. „Wie stellst du dir denn die Eheschließung ohne Samiras Vater vor!?"

„Hat dich heute im Schloss niemand besucht?"

„Doch, Mustafa und der kleine Areff."

„Oh, ich verstehe!"

Abu Saleh schmunzelte und setzte sich wieder in Bewegung. Nach ein paar Schritten blieb er plötzlich stehen, drehte sich um und rief: „Grüße die einsame Palme von mir und sage ihr, ich freue mich schon auf ihre neue Botschaft."

David lächelte und winkte ihm zu. Alsdann ging er direkt der Sonne entgegen, welche obwohl gesunken war, dennoch leicht blendete. Als er auf dem Hügel unter der Palme ankam, streifte eine lauwarme Brise sein Gesicht. Er drehte sich um und sah zu Eynaltamor zurück, wo die Hausdächer und das Minarett der Moschee jenseits der Olivenplantage aus deren Baumkronen herausragten. Er sammelte seine kleinen Steine wieder ein und schrieb damit die letzte Botschaft der Dattelpalme: „Die Seele und der Geist bilden die Erde, woraus die Worte, diese Keimlinge des Schicksals, hervor wachsen. Gute Gedanken und Gefühle bringen gute und aufbauende Worte und Taten hervor und diese bescheren den Menschen ein glückliches, ertragreiches Schicksal. Wisse also, dass kontrollierte Gedanken und kontrollierte Worte deine besten Freunde sind, dagegen die unkontrollierten Gedanken deine schlimmsten Feinde! Daher handele und sprich nie im Zorn und nie mit der Absicht, Schaden anzurichten! Hast du Wut im Bauch, so verweile solange in der Stille, bis du Kraft schöpfst und wieder in Frieden bist. Nur so kannst du die giftigen Gedanken entgiften, bevor sie dich selbst und die anderen vergiften.

Versuche stets zu begreifen, aber nie einzugreifen! Meinungen sind da, um mitgeteilt zu werden, aber niemals um andere zu bezwingen oder sie damit ins Unrecht zu setzen. Daher mache niemandem Vorwürfe und kämpfe nie darum, Recht zu behalten; denn der Mensch kann nur Teilwahrheiten vertreten und niemals die ganze Wahrheit.

Menschen öffnen sich dir, nur wenn sie dich mögen, sie lernen von dir, nur wenn sie dich lieben. Dennoch bleibt Selbsterfahrung stets ihr Lehrmeister und Selbstüberzeugung der Grund, warum sie lernen.“

Nun richtete sich David auf und sah zu den vielen goldbraunen Datteln hinauf, welche ganz oben am Ende des Baumstammes üppig und traubig herunterhingen. Über diesen hatte sich das lange Palmengeäst mit deren gefiederten Blättern majestätisch in alle Himmelsrichtungen gewölbt. Die Palme wiegte sanft in der feinen

Asr-Brise und ließ durch ihr Blattwerk hindurch helle, türkisblaue Himmelsfetzen zum Betrachter herunterschauen.

David stieß einen Seufzer der Zufriedenheit aus und stieg den Hügel hinunter. Bis Eynaltamor hatte er mindestens einen Kilometer durch die Bäume der Olivenplantage zu laufen. Dabei entzückte ihn immer wieder der Anblick der grünen Oliven, welche üppig aus dem Geäst und dem Blattwerk herabhingen.

Die wachsende grüne Fülle dieser Gegend trotz der trockenen Erde bestätigte Davids tiefer Glaube an das Leben als ewig fließende Gnade in unendlicher Größe. Nachdem er die Plantage verlassen hatte, blieb er am Anfang einer Dorfgasse stehen und drehte sich um. Die Sonne hing glühend und leicht vibrierend über den Kämmen der westlichen Berge und hatte die Plantagen gänzlich in ihr rötlich orangenes Licht eingetaucht. Die lehmigen Hofmauern der Dorfhäuser glänzten rötlich und die Männer verließen nach und nach ihre Häuser, weil sie das gemeinsame Abendgebet mit dem Imam, dem Geistlichen, nicht verpassen wollten.

„Die Versammlung des Gemeinderates müsste jetzt zu Ende sein", dachte David, als er am Haupteigang der Moschee vorbeiging. „Dir, lieber Mustafa, ist das Schloss gewiss zurückgegeben worden. Das weiß ich ganz genau", murmelte er vor sich hin.

Er läutete an der Haustür und räusperte sich vernehmlich, bevor er in Abu Salehs Haus hineintrat. Auf der Hofterrasse saß Abu Karim mit den anderen zusammen und aß gerade Wassermelone.

„Salamo Alaykom!", grüßte er laut, sobald er David gesehen hatte. Er stand sofort auf und eilte auf den Ankömmling zu. David grüßte ihn überrascht zurück und umarmte ihn.

„Was für eine Freude dich wiederzusehen, Bruder David!", sagte Abu Karim freudig.

„Ganz meinerseits!", erwiderte David und musterte ihn. „Deine Anwesenheit hier in Eynaltamor ist eine große Erleichterung für uns alle. Die frisch verliebten jungen Leute darf man nicht lange voneinander getrennt halten." David sah zu Samira hinüber, während er seinen letzten Satz aussprach.

„So ist es!", bestätigte Abu Karim und erwies ihm Ehre, indem er seine rechte Hand auf die Brust legte und das Haupt leicht beugte. „Komm Bruder! Setze dich zu uns!" Er deutete auf die Terrasse hin und fügte hinzu: „Eine frischere Wassermelone habe ich noch nie im Leben gegessen."

„Von den guten, frischen Früchten Eynaltamors esse ich jeden Tag, seitdem ich hier bin", erwiderte David, während er mit Abu Karim die Stufen zur Hofterrasse hinaufstieg. „Hier sind nicht nur die Früchte von bester Qualität, sondern auch die Luft, das Wasser, die Erde und der Mensch."

Da lächelte Hosniehe erfreut und senkte den Blick. Nachdem David neben Abu Karim Platz genommen hatte, fragte ihn Miriam, wie die Arbeit im Garten voranginge.

„Sie kommt gut voran; nur nicht schnell genug", antwortete David. „Der tote Boden des Gartens ist nun abgestochen und ausgehoben. Ich habe ihn heute mit Mist ausreichend gedüngt, morgen pflanze ich ein. Aus der Fläche um das Gebäude herum wird Grasboden. Ehrlich gesagt, wenn es nach mir ginge, hätte ich die Steinpflaster des Hofes entfernt und an ihrer Stelle schmale Gehwege angelegt mit Grasfläche um sie herum; wie es die Gärtner in Italien machen. Dafür fehlt mir aber die Zeit; außerdem möchte ich die Liebenden bei ihrer gemeinsamen Lebensführung nicht lange aufhalten. Ihr Nest muss bald fertig sein."

In diesem Augenblick hörte man das Knirschen der Hoftür und unmittelbar danach das vernehmliche Räuspern von zwei Männern. Samiras Herz begann schneller zu schlagen, sobald sie Mustafa nach Abu Saleh hereinkommen sah. An der Hofterrasse grüßten die Ankömmlinge.

„Alaykomo Salam!", grüßten David und Abu Karim zurück und standen auf. Nach ihnen standen auch die Frauen auf.

„Schön, dass du da bist, Onkel Mustafa!", rief der kleine Areff und lief auf die Stufen zu. „Wollen wir nicht eine Runde reiten?"

„Gerne! Dazu bin ich jetzt aber zu müde!", entgegnete Mustafa. „Auch Pferde brauchen Ruhe. Morgen reiten wir wieder."

Areff nickte und die anderen setzten sich wieder hin. Außer Abu Karim wussten es alle, dass Abu Saleh heute die Versammlung des Gemeinderates einberufen hatte, um die Rückgabe des Schlosses an Mustafa zu fordern. Daher fasste Samira Abu Salehs Züge unentwegt ins Visier und wartete mit Herzklopfen darauf, etwas über den Ablauf der Versammlung zu hören.

„Ihr wisst doch, dass ich heute die Versammlung des Gemeinderates einberufen habe", brach Abu Saleh die Stille, als er merkte, dass alle Augen erwartungsvoll auf ihn gerichtet waren. „Wir haben Grund zum Feiern.

Ausnahmslos alle Mitglieder des Gemeinderates stimmten für die Rückgabe des Schlosses an Mustafa."

Da schallten das Klatschen und das Johlen der Frauen plötzlich über dem Hof, Miriam stand auf, schritt auf Mustafa zu und küsste ihm das Haupt. Dann umarmte sie Samira und beglückwünschte sie: „Möget ihr in eurem Schloss glücklich zusammenleben, viele gesunde Kinder bekommen und zusammen alt werden!"

„Der Vermählung von Mustafa und Samira steht jetzt nichts mehr im Wege", ergänzte Abu Saleh fröhlich.

Mustafa sah mit glühenden Augen zu Samira hinüber, sie schlug errötend die Augen nieder und horchte auf.

„Wir haben mit dem Imam gesprochen. Übermorgen ist die Hochzeit", kündigte Abu Saleh an.

Da füllten die jubelnden Rufe der Frauen wieder die Luft, Samiras Mutter küsste und umarmte ihre Tochter und Abu Karim tat das Gleiche mit Mustafa. Areff und seine kleine Schwester, angesteckt von der wallenden Freude der Erwachsenen, sprangen hoch und jubelten mit. Nachdem das Johlen der Frauen abgeebbt war, warf sich Areff in Mustafas Schoß und fragte ihn mit ernst gewordener Miene, ob er auch nach seiner Hochzeit weiterhin sein Pferd bliebe.

„Na klar bleibe ich dein Pferd!", versicherte ihm Mustafa und legte sogleich folgendes Gelübde ab: „Ich, Mustafa Khan, der Sohn von Dariusch Khan, schwöre bei allem, was mir heilig ist, dir als dein treues Pferd zu dienen, solange ich unter deinem Gewicht nicht zusammenbreche."

Da brachen alle in Gelächter aus und Areff schmiegte sein kleines Gesicht an Mustafas Brust.

Die Anwesenden unterhielten sich für eine Weile noch; dann zogen sich die Frauen in die Frauenstube zurück, um das Notwendige zu besprechen, was die Vorbereitung der Hochzeit anbetraf. Nach etwa eineinhalb Stunden servierten sie das Abendmahl und zogen sich wieder zurück. Nach dem Abendessen räumte Mustafa ab, David wollte ihm dabei helfen, aber der andere bat ihn, solche Arbeiten ihm zu überlassen. Nachdem er abschließend mit dem Esstuch unter dem Arm im Hausflur verschwunden war, fragte David Abu Saleh, ob alle Mitglieder des Gemeinderats der Rückgabe des Schlosses ohne wenn und aber zugestimmt hätten.

„Alle außer dem Imam", antwortete Abu Saleh. „Der Geistliche hat die Rückgabe unter einer Bedingung befürwortet. Er meinte, Mustafas Lippen dürften nie wieder Wein berühren. Die anderen regten sich über diese Forderung auf, Mustafa beruhigte sie aber, indem er die Hand auf den heiligen Koran legte und schwor nie wieder zu trinken."

Die Männer unterhielten sich im Lichte mehrerer brennender Kerzen bis in die späte Nacht hinein. Das Licht der unruhigen Kerzenflammen flackerte auf ihren Gesichtern und verlieh der lauen, gemütlichen Sommernacht noch mehr Gemütlichkeit.

„Wie läuft das Geschäft?", wandte sich David Abu Karim zu.

„Alhamdu Lilah! - Alles Lob gebührt Allah! - ", antwortete der andere. „Die Einnahmen des Diwans sind gut, seine Luft aber macht mir zu schaffen. Mir ist inzwischen klar geworden, dass der Rauch im Diwan mich langsam umbringen wird. Seitdem ich hier bin, fühle ich den Druck auf meiner Brust nicht mehr so stark."

„Was hältst du davon, nach Eynaltamor zu ziehen", fragte David überraschend. „Du könntest für immer in dieser wunderbaren Luft atmen und leben. Hier gibt es Arbeit genug. Dein Diwan ist doch gut besucht und lässt sich günstig verpachten oder gar verkaufen."

Wie von einem Blitz aus heiterem Himmel getroffen senkte Abu Karim betroffen den Blick und starrte nachdenklich in die Kerzenflamme. Er wirkte geistesabwesend und schwieg lange. Alsdann seufzte er tief und ergänzte: „Schlechte Luft im Laden ist nicht das ganze Problem. Du weißt, dass mein Sohn uns vor einigen Jahren verlassen hat, ohne von sich hören zu lassen. Seitdem Samira weg ist, ist auch das letzte Licht unseres Hauses erloschen. Schon die Vorstellung, ohne sie nach Romeyseh zurückzukehren, bricht mir das Herz."

„Wir sind jetzt eine Familie, Abu Karim!", meldete sich Abu Saleh zu Wort. „In Eynaltamor wird es dir weder an Arbeit fehlen noch wirst du deine Tochter vermissen."

„Und dein neuer Sohn, Mustafa, wird dich nie verlassen", versicherte Mustafa ergänzend.

Da wischte Abu Karim seine Träne vom Gesicht und sprach mit gedämpfter Stimme ohne aufzublicken: „Ich hätte nie im Leben gedacht, dass Allah, der Allmächtige, mein Leben so schnell ändern würde."

Er sah mit dankbaren Augen zu Mustafa und Abu Saleh hinüber und wandte den Blick wieder der Kerzenflamme zu, während ihm wieder Tränen über die Wangen herunterliefen.

Man merkte es bald, dass Abu Karim allzu tief in Gedanken versunken war. Daher zwinkerte Abu Saleh Mustafa zu, sie standen auf und verließen lautlos die Hofterrasse. David blieb bei ihm und ließ sich mit ihm vom Bann der ländlichen, nächtlichen Stille mitreißen, welche zuweilen vom Zirpen einer Grille oder vom Bellen eines Wildhundes unterbrochen wurde. Lange horchte David in die dunkle, laue Nacht hinein, die ihm unendlich angenehm und zugleich magisch erschien, bis die Müdigkeit ihn überwältigte. Da klopfte er dem in sich versunkenen auf die Schulter, wünschte ihm gute Nacht und entfernte sich.

In der Männerstube war der Boden zur Hälfte mit Wattematratzen ausgelegt. Als David in die Stube trat und im schwachen Lichte einer Kerze zu seiner Matratze hinüber tapste, schlief Abu Saleh bereits und schnarchte leise. Kaum hatte er sich hingelegt, da hörte er unversehens Mustafas leises Flüstern: „Wecke mich morgen früh auf! In Eynaltamor habe ich viele Sonnenuntergänge gesehen, bis jetzt aber keinen einzigen Sonnenaufgang."

„Eine tolle Idee!", flüsterte David zurück. „Ich freue mich schon auf unseren Morgenspaziergang. Schlaf gut und träume schön!"

Das Gleiche wünschte ihm Mustafa und die beiden schliefen tief ein. Es war kurz nach Mitternacht, als Abu Karim sich in die Männerstube begab. Nachdem er sich hingelegt hatte, sah er für eine Weile zufrieden zur Decke hinauf. Die Entscheidung, nach Eynaltamor zu ziehen, war in ihm schnell ausgereift; viel zu schnell sogar. Er war ja in der Großstadt geboren und aufgewachsen, dennoch was hätte er bei seiner Entscheidung, Romeyseh zu verlassen, zu verlieren als seine Abhängigkeit vom Getümmel des Marktplatzes, welcher wie er selbst immer am Spätabend zur Ruhe kam!?

Das silberne Licht der frühen Morgendämmerung schimmerte an den Wänden der Gästestube, als Davids

Augenlider sich sachte öffneten. Er weckte Mustafa und wenig später liefen die beiden durch die Gassen Aynaltamors wie zwei dunkle Schatten in der Dämmerung. Dabei beherrschte eine tiefe Stille so sehr das Dorf, dass man beim Gehen außer eigenen Schritten nichts anders hören konnte. Erst nachdem sie die letzten Dorfhäuser verlassen hatten, krähte der erste Hahn hinter ihnen, dann der zweite und dritte. Die Männer gingen auf dem Reitweg etwa eine Viertelstunde dem östlichen Horizont entgegen, wo die Morgenröte am Himmelsende ihre ersten Streifen im Purpur gezeichnet hatte. Wenig später setzten sich David und Mustafa auf einer kleinen Anhöhe nieder, richteten den Blick auf den Horizont und warteten ab. Vor ihnen streckte sich das Flachland bis dorthin, wo Erde und Himmel sich aneinander schmiegten und die feine Horizontlinie bildeten. Hier ging der Himmel nach und nach ins glühende Rot über. Die Wolkenfetzen, welche anfänglich vom Purpurrot durchschimmert waren, bekamen nun im Lichte der verborgenen, aufgehenden Sonne allmählich goldene Umrisslinien und wurden zunehmend vom feurigen Rot durchleuchtet. Wenig später tauchte plötzlich die glühende Kreislinie der Sonne auf und begann sachte zu steigen. Bald hing sie vibrierend wie ein feuriger Ball über dem Horizont. Sie flutete sofort ihr warmes, rötliches Licht über die Welt und ließ in den Herzen ihrer begeisterten, stillen Betrachter Hoffnung und Freude aufkommen.

Nun sah David aus den Augenwinkeln seinen Begleiter an. Mustafas erstaunte Augen waren wie erstarrt auf die Sonne gerichtet. Nach einer Weile seufzte er tief, ohne den Blick vom Horizont abzuwenden und sagt reumütig: „Was habe ich in all den Jahren verpasst!!"

„Es freut mich, das zu hören", erwiderte David knapp.

Die beiden betrachteten die Sonne für eine Weile noch, dann kehrten sie ihr den Rücken und folgten schweigsam den eigenen Schatten, die viel länger waren als sonst. Nach einer Weile fragte Mustafa unverhofft: „Warum macht Liebe einen so glücklich, David? Als ob nie da gewesen fühle ich jetzt die Bürde der letzten Monate, die so sehr auf meinem Herzen lastete, so gut wie gar nicht mehr!!"

„Liebe verbindet zutiefst, Mustafa", erwiderte David. „Sie beseitigt Spaltung und sie stellt die Einheit der Geschlechter wieder her. Du fühlst dich glücklich, weil du kein halber Mensch mehr bist."

„Ich verstehe dich nicht", Mustafa sah ihn verwirrt an.

„Man ist nur dann ein Ganzmensch, wenn man verliebt ist und in der Liebe zum anderen Geschlecht seinen ersehnten Frieden gefunden hat", fuhr David fort. „Das ist der Grund für die ewige Suche der Geschlechter nacheinander, und auch der Grund dafür, warum sie auf ihrer Suche so viel Schmerz erleiden müssen."

Mustafa sah ihn weiterhin verdutzt an, sagte aber nichts und lauschte: „Schmerz lindert die Sturheit, öffnet das innere Auge und befähigt den Menschen, dem Gegengeschlecht das zu bieten, was es für die eigene Ergänzung und Entfaltung unbedingt braucht. Genau das ist der Grund dafür, warum du so sehr leiden musstest, und warum du jetzt trotz deines jungen Alters in der Lage bist, deine andere Hälfte, Samira, zu beglücken und zu ergänzen. Die Fähigkeit, die du dir mit 20 erworben hast, habe ich mir erst mit 50 aneignen können; nach vielen Jahren Einsamkeit und Entbehrung auf der Wanderschaft."

„Du meinst, dass ich ein halber Mensch war, bevor ich mich in Samira verliebt hatte!?"

„So ist es! "

Nun wurden Mustafas Schritte langsamer und er blieb plötzlich stehen: „Ist das überhaupt notwendig!?", fragte er in ungeduldigem Ton. „Muss man denn unvollständig auf die Welt kommen!?"

„Ja, das muss man", versetzte David. „Sonst hätte das Lebendige keine Lebensmotivation, also keinen Grund zum Leben. Die Entbehrung des weiblichen oder des männlichen Gegenpols verleiht dem Menschen die treibende Seelenkraft, die er auf seiner Suche nach Liebesglück unbedingt braucht. Hat er dieses Glück erlangt, so ist die Einheit zwischen ihm und dem Göttlichen wiederhegestellt und er hat seine Trennung von der Schöpfung überwunden. Die Verliebtheit stellt nur den Anfang jener Vereinigung dar, die Liebe aber deren Vollendung."

Nun hielt David inne und sah seinen jungen Begleiter verstohlen an, der stirnrunzelnd und verwirrt vor sich hinstarrte.

„Einfacher gesagt", fuhr er fort, „ob ein Mensch in der Lage ist, die göttliche Einheit herzustellen, also ob er die Liebe voll zu kosten vermag oder nicht, das hängt allein davon ab, ob er es zu seinem höchsten Lebensziel gemacht hat, den Lebenspartner oder die Lebenspartnerin zu ergänzen. Denn nur in der gegenseitigen Ergänzung kann die Trennung überwunden werden, nur in der Harmonie zwischen den Geschlechtern kann die göttliche Einheit entstehen und gedeihen."

„Und gerade davor habe ich Angst", unterbrach ihn Mustafa mit ernst gewordener Miene.

„Wovor hast du Angst?", fragte David gelassen.

„Davor, dass ich Samira nicht ergänzen kann, ihr nicht alles geben kann, was sie braucht."

„Warum denn nicht!?"

„Das weiß ich nicht genau. Ich hatte früher eine große Angst, sie mit mir ins Unglück zu stürzen. Ich glaube, diese Angst habe ich immer noch in den Knochen."

„Liebst du Samira?", fragte David abrupt.

„Klar liebe ich sie!", antwortete Mustafa überrascht.

„Bist du bereit, auch dein Leben zu geben, um Samira zu retten, wenn ihr Leben in Gefahr wäre?"

„Ja, sofort!"

„Dann habe keine Angst! Du brauchst dir jetzt keine Sorgen zu machen. In deinem Falle kann dich die Vergangenheit nicht mehr einholen. Dennoch glaube ich, dass die eigentliche Gefahr nicht in der Gegenwart, sondern in der Zukunft liegt."

„Welche Gefahr meinst du denn!?", sah ihn Mustafa verwirrt an.

„Die Gefahr, dass du und Samira euch gegenseitig nicht ergänzen könnt", antwortete David. „Verliebtheit kommt ja von selbst, Liebe aber braucht Weisheit und Arbeit. Sie kann nicht wachsen, wenn die Liebenden nicht bereit wären, mit größter Hingabe daran zu arbeiten."

Mustafa schwieg, wandte den Blick von David ab und sah nachdenklich vor sich hin.

„Bist du wahrhaftig bereit", fuhr David fort, „in guten sowie schlechten Zeiten stets darauf bedacht sein, Samira zu ergänzen, auch wenn du deswegen manchmal auf deine persönlichen Vorlieben verzichten musst?"

„Auf jeden Fall!", sagte Mustafa entschlossen.

„Bist du wahrhaftig bereit, Zeit deines Lebens Samira so zu behandeln, dass sie dich nie fürchtet? Das heißt, bist du gewillt, in deinem Umgang mit ihr Wut und Zorn aus deiner Zunge zu verjagen? Ein für allemal?"

„Wie könnte ich nur jemals wütend auf sie sein!?"

„Dann handele immer aus Frieden heraus, sprich immer in sanftem Ton mit ihr, versuche sie nie zu verändern und akzeptiere sie, so wie sie ist! Dennoch teile ihr stets deine Meinungen und Interessen mit und verheimliche ihr niemals das, was du für richtig hältst!"

Mustafa nickte und sagte leise: „Ich werde mein Bestes geben; möge Allah mir dabei helfen!"

Da lächelte ihn David an und flüsterte ihm freudig ins Ohr: „Sei Seiner Hilfe gewiss, mein Sohn! Einer, der Seine Lebensgesetze kennt, sie immer an die erste Stelle setzt und nach ihnen lebt, hat nichts zu befürchten. Ihm ist die Tür zum ewigen Glück offen."

Somit neigte ihr Gespräch dem Ende zu und die beiden setzten sich wieder in Bewegung. In Eynaltamor begegneten sie in den schmalen Dorfgassen gelegentlich Männern, die sich auf den Weg zur Moschee gemacht hatten. Als sie zuhause ankamen, fanden sie Abu Saleh und Abu Karim auf der Hofterrasse sitzen und beten. Sie setzten sich zu ihnen und warteten schweigsam ab, bis diese ihr Gebet beendeten. Danach wandte sich David ihnen zu und sagte: „Möge euer Gebet erhört werden!"

„Wie wunderbar in dieser frischen Morgenluft zu beten!", erwiderte Abu Karim heiter.

„Und wie wunderbar in dieser frischen Morgenluft den Sonnenaufgang zu genießen!", ergänzte Mustafa.

Abu Saleh stand auf und verließ die Terrasse, Mustafa folgte ihm sogleich in den Flur. Bald kehrten sie mit jeweils einem Tablett in den Händen zurück, worauf sich die Frühstückssachen befanden. Die Männer frühstückten wortlos. Nach dem Frühstück brach Abu Karim die Stille: „Ich habe meine Entscheidung getroffen: Ich und Samiras Mutter werden nach Eynaltamor ziehen. In Romeyseh habe ich nichts zu verlieren als einen Laden, der mir seit Jahren die Luft zum Atmen wegnimmt. Ich will für den Rest meines Lebens im Freien atmen und arbeiten. Anstelle vom Rauch des Tabaks will ich die Düfte der Frühlingsblüten, Feldblumen und Früchte riechen."

Er hielt kurz inne und ergänzte: „Ich danke euch allen für eure Ermutigung! Vor allem möchte ich dir danken, mein Sohn!" Er wandte den Blick zu Mustafa, legte ihm die Hand auf die Schulter und fuhr fort: „Mir ist nichts wichtiger auf der Welt als mit ansehen zu dürfen, wie deine Kinder im Schutze ihrer Eltern groß und stark werden."

Mustafa nickte freudig und erwiderte: „Ich bin ohne Eltern aufgewachsen, bin noch jung und brauche eine Stütze für meine Familie. Unsere Kinder werden gewiss ihre Großeltern brauchen und Samira ihre Eltern."

In diesem Moment küsste ihm Abu Karim das Haupt und Mustafa ihm die Hand.

„Jetzt hast du die Antwort auf deine Frage erhalten", sprach David überraschend zu Mustafa. „Jetzt weißt du, warum ich mir vornahm, die kleine Hütte zu reparieren und neu einzurichten."

„Ich schwöre bei Allah, nur ein Hellseher hätte das tun können, was du getan hast", erwiderte Mustafa verdutzt.

„Ich bin kein Hellseher!", entgegnete David. „Mir war es nur bewusst, wie sehr Abu Karim an seiner Tochter hängt, wie sehr sein Laden ihm schadet und wie großzügig du bist."

„Welche Hütte meint ihr denn?", fragte Abu Karim neugierig.

„Die Hütte in unserem Hof", antwortete Mustafa. „Ein kleines, gemütliches Häuschen im Hof des Schlosses. David hat sie für euch renoviert und schön eingerichtet."

„Es ist dir überlassen, in dem Häuschen langfristig zu bleiben oder vorrübergehend", meldete sich Abu Saleh zu Wort.

Da lächelte Abu Karim und sagte dankbar: „Ihr überschüttet mich mit eurer Güte und Großzügigkeit. Ich würde mir gerne das Häuschen ansehen."

„Ich werde sie dir zeigen", kam ihm Mustafa entgegen.

„Wir werden sie dir zeigen", ergänzte David.

„Und ich werde die Musiker und den Koch für die Hochzeit beauftragen", fiel Abu Saleh ein. Er sah Mustafa heiter an und fuhr fort: „Ich mache mich jetzt auf den Weg. Heute haben wir wieder alle Hände voll zu tun. Wir sehen uns beim Mittagessen."

Er stand auf, zog sich seine Schuhe an und verließ eilig den Hof. Daraufhin räumte Mustafa die Frühstückssachen ab. Dabei ließ er wie gewöhnlich die Älteren nicht mit anzupacken. Bald kam er mit dem kleinen Areff auf den Schultern aus dem Flur heraus und verließ mit den anderen das Haus in Richtung des Schlosses. Unterwegs drängte ihn Areff, schneller zu reiten; daher wieherte er plötzlich und entfernte sich im Galopp.

Nachdem Abu Karim das Schloss und das Häuschen im Hof besichtigt hatte, kehrte er mit Mustafa und dem Kleinen zurück, David blieb und setzte seine Gartenarbeit fort. Wie an den vorangehenden Tagen brachten ihm Samira und Miriam später sein Mittagessen. Danach arbeitete er durchgehend bis zum Sonnenuntergang. Währenddessen musste er hin und wieder einen vollen Eimer frisches, kühles Brunnenwasser über sich schütten, um der Tageshitze trotzen zu können.

Als Abu Karim und Mustafa ihn am Asr besuchten, schmiegte sich die gesunkene Sonne gerade an die Kämme der westlichen Berge. David zeigte ihnen die Beete, die er bepflanzt hatte und die Wiesenflächen, auf denen er heute das Saatgut ausgesät hatte. Die Gartenarbeit war nun zum größten Teil fertig; es blieb nur noch die Abgrenzung der Beete mit Natursteinen. Darum würde er sich nach der Hochzeit kümmern, sagte er zu seinen Besuchern, kurz bevor er mit ihnen das Schloss verließ. Als die Männer an Abu Salehs Haustür ankamen, läutete David an der leicht geöffneten Holztür, räusperte sich vernehmlich und trat hinein. Abu Saleh saß alleine auf der Hofterrasse und trank Tee. Er stand auf, grüßte und setzte sich wieder hin, nachdem die Ankömmlinge sich auf der Terrasse hingesetzt hatten. David erkundigte sich nach dem Wohlbefinden seiner Frau und Kinder.

„Als ich nach Hause kam, war keine von den Frauen da", erwiderte Abu Saleh. „Eine normale Sache, wenn die Hochzeit ansteht: Einladungen, Hochzeitskleid, Hochzeitsfeier und so weiter."

Nach kurzer Zeit trat Mustafa mit Teegläsern auf einem Tablett aus dem Hausflur heraus, setzte dieses ab und ging wieder ins Haus hinein. In der Küche gab er Holzkohle in einen eisernen Behälter hinein, worauf man dicht über der glühenden Kohle Wasser kochte und Tee ziehen ließ. Er zündete die Holzkohle an und verließ die Küche. Auf der Hofterrasse hatten die Männer sich liegend auf ihre Zylinderkopfkissen gestützt und unterhielten sich gerade. Abu Saleh sah David heiter an und schien über seine Anwesenheit sich besonders zu freuen. Im Grunde waren seine Sympathie und sein Respekt gegenüber David Tag für Tag gewachsen, seitdem dieser sich in Eynaltamor aufhielt.

„Die Idee, die Plantagenarbeiter wegen der verspäteten Ernte zu entschädigen, war wirklich sehr klug", sagte Abu Saleh zufrieden, nachdem er den Blick zu Mustafa gewendet hatte. „Sie zeigten deswegen große Zufriedenheit und kommen alle gerne zu deiner Hochzeit."

In diesem Augenblick hörte man unversehens das Knirschen der Haustür, welche langsam nach innen aufging. Kurz danach standen Frauen mit Bündeln in den Händen auf dem Hof, Samira trug ihr buntes Hochzeitkleid auf dem Unterarm. Sie wirkte ein wenig anders: ihre Gesichtshaut schien heller zu sein als sonst. Man hatte ihr heute die Härchen aus dem Gesicht entfernt.

Als Zeichen dafür, dass die Frauen sich zu ihnen gesellen dürften, standen die Männer gleich auf. Nachdem diese sich zu ihnen gesetzt hatten, blieben sie vorerst still, als ob sie eine Fragestellung erwarteten, um überhaupt sprechen zu dürfen.

„Na, sind die Damen nun mit dem, was sie heute erledigen wollten, zufrieden?", brach David die verkrampfte Stille.

„Ja, das sind wir", antwortete Miriam. „Der Rest wurde auf morgen verschoben. Aus unserer Samira wird morgen eine wunderschöne Braut."

Samira schlug die Augen errötend nieder.

„Oh, wir werden uns aber auch anstrengen müssen", erwiderte David. „Denn eine wunderschöne Braut würde ja an Glanz verlieren, wenn nicht ein wunderhübscher Bräutigam an ihrer Seite stünde."

Mustafa lächelte ihn an. Es war kaum zu übersehen, dass das Liebesglück ihn und Samira indessen spürbar schöner gemacht hatte.

Bis zum Anbruch der Dunkelheit saßen die Anwesenden auf der Hofterrasse. Abu Karim sprach über die Verwandten, David erzählte vom Reisen, Arbeiten und Leben unter fernen, fremden Himmeln, vom Leid und von der Freude der Menschen in den Ländern Südeuropas. Dabei zog er sogar den kleinen Areff in den Bann seiner Erzählkunst. Er wusste nämlich ganz genau, wann er innehalten sollte. Alsdann blickte er still den erwartungsvollen, angespannten Gesichtern seiner Zuhörer entgegen und setzte seine wahre Geschichte fort. Ihm gelang es sehr gut, mitten in einem ernsthaften Thema zu spaßen, Leute zum Lachen zu bringen und sie bald wieder in den Tiefen der wahrheitsgetreuen Erzählung versinken zu lassen. Er nutzte gewöhnlich die wahren Begebenheiten, um daraus ein allgemeines Lebensgesetz abzuleiten; ein Grund dafür, dass seine Schlussfolgerungen immer überzeugend wirkten.

Der Vollmond hatte seinen silbernen Schein auf die Gesichter geworfen, als David die Fortsetzung seiner Lebensgeschichte auf die anderen Tage verschob und sich bei den Anwesenden für das Zuhören bedankte.

„Wir haben Ihnen zu danken, Onkel David!", beteuerte Samira zaghaft. „Sie helfen uns, Dinge zu sehen, derer wir sonst nie im Leben gewahr würden."

„Und wir lernen Dinge von dir, die wir bestimmt von niemandem sonst lernen könnten", ergänzte Mustafa.

„Eure Worte ermutigen mich sehr", erwiderte David in dankbarem Ton. „Sie geben mir das Gefühl, dass die Mühsal der vergangenen dreißig Jahre nicht umsonst gewesen ist."

Nun standen die Frauen auf und verschwanden hinter dem Vorhang, der in den Hausflur führte. Währenddessen wagte Miriam, kurz bevor sie die Terrasse verließ, ihrem Mann einen glühenden Blick zu zuwerfen; einen heimlichen Blick, der ihren Stolz auf ihn und zugleich ihre große Liebe zu ihm bezeugte. Dieser glühende Blick traf David mitten ins Herz und gab ihm das Gefühl, dass die Liebe seiner Frau zu ihm indessen gewachsen war, wie alles andere, was die beiden bislang miteinander verband.

Bald verließen auch die Männer die Hofterrasse. Areff war in Mustafas Schoß eingeschlafen, bevor der Mond sich zeigte. Während Mustafa den kleinen hineintrug, fragte er David, ob er ihn morgen früh wieder zum Spaziergang wecken würde. Dieser klopfte ihm bestätigend auf die Schulter und Abu Saleh nahm ihm das Kind ab, um es zu seiner Mutter zu bringen. So legten sich die Männer bald ins Bett, während jeder im Gedanken damit beschäftigt war, welche Aufgaben er morgen bezüglich der Vorbereitung der Hochzeit übernehmen würde.

Als David und Mustafa am frühen Morgen von ihrem Spaziergang zurückkehrten, hatten Abu Saleh und Abu Karim ihr Morgengebet beendet, saßen am Frühstückstuch und warteten auf sie. Nach dem Frühstück machten sich Mustafa und Abu Saleh unverzüglich auf den Weg zu Verwandten und Freunden, um für die Hochzeitsfeier Tabletts, Krüge und Becher zu besorgen. Denn beinah die Hälfte der Dorfbewohner war zum Mittagessen eingeladen, welches den Beginn der Hochzeit einleitete. Während die beiden den Hof verließen, rief David ihnen nach, er und Abu Karim würden im Schloss auf sie warten, um die Esstücher zu decken.

Später, kurz nachdem David und Abu Karim im Schloss angekommen waren, tauchten Abu Saleh, Mustafa und sein Freund Wahed auf. Sie trugen mehrere Esstücher unter den Armen und jeweils zwei Bündel voller Tabletts in den Händen. Besteck und Geschirre waren hier nicht nötig; denn man aß entweder mit Händen oder hielt man dünnes Brot zwischen den Fingern, drückte es auf die Speise und führte das mit Speise gefüllte Brot in den Mund.

„Sei gegrüßt, Brüder!", grüßte David die Ankömmlinge von der Terrasse aus. Diese grüßten zurück und übergaben ihm und Abu Karim, was sie mit sich trugen.

„Bald kommt der Koch mit seinen Gehilfen", sagte Abu Saleh keuchend. „Die Musiker tauchen auch bald auf. Die Gäste kommen zur Mittagszeit. Keiner darf aber mit dem Essen beginnen, bevor die Braut und der Bräutigam von ihren Begleitern ans Esstuch geführt worden sind. Nach dem Mittagsmahl wird die Trauung stattfinden, dann beginnt die Hochzeitsfeier."

Er hielt inne, wandte den Blick zu Wahed und sagte: „Und du darfst dich beim Mittagsmahl nicht vollstopfen, damit du bis Mitternacht tanzen kannst."

Da sprang Wahed hervor und sagte feierlich zu Mustafa: „Wie schön, dass du heiratest, Bruder! Ich kann heute wieder solange tanzen, bis ich umfalle." Er hielt unversehens die beiden Arme hoch und machte einige Drehungen, denen ein geschickter Sprung zur Seite folgte. Dann wiederholten sich die Drehungen und bald der nächste Sprung. Dabei vollzogen sich alle seine rhythmischen Bewegungen in völligem Einklang zueinander.

„Nicht schlecht!", lobte David bewundernd. „Dich werde ich aber nicht alleine tanzen lassen."

„Mit Vergnügen!", sagte Wahed, während er sich mit der rechten Hand auf der Brust beugte. Danach verließ er mit Mustafa und Abu Saleh den Hof.

Während David und Abu Karim die ausgebreiteten Esstücher deckten, tauchte der Koch auf seinem Maultier auf. Das alte Tier war an einen Wagen gespannt, worauf sich zwei junge Männer befanden. In dem Wagen gab es noch drei Riesentöpfe, mehrere Ziegelsteine und jede Menge Brennholz. Die Männer setzten die schwarzen Töpfe am äußersten Ende des Hofes ab und entluden die Ziegelsteine. Danach formten sie diese zu vier dicken Säulen – etwa vierzig Zentimeter hoch – und legten das Brennholz in den Raum zwischen ihnen. Von dieser Feuerstelle machten sie zwei weitere und stellten die dicken Töpfe auf sie. In den zwei Töpfen kochte man Reis in großen Mengen und im dritten die Soße dazu.

Kaum waren David und Abu Karim damit fertig, die
länglichen Esstücher zu decken, tauchten Abu Saleh,
Mustafa und Wahed mit weiteren Bündeln in den Händen wieder auf. Diese waren diesmal zum Bersten voll
mit Bechern und Schalen. Sie gaben diese ab und verschwanden wieder.

Der Tradition nach hielten sich Frauen und Männer bei
Hochzeiten in getrennten Räumen auf. Sogar die Braut
und der Bräutigam wurden getrennt voneinander getraut. Auch die Musiker mieden den Eintritt in die Frau-
enräume während der gesamten Feier. Daher war hier
im Schloss das Obergeschoss für Frauen und das Parterre für Männer vorgesehen.

Es war Mittagszeit, als die Gruppe der Musikanten
plötzlich auftauchte. Kurz danach erschienen die ersten
Hochzeitsgäste. Sie wurden von Abu Karim und David
herzlich empfangen und auf ihre Plätze an den Esstü-
chern hingewiesen. Sobald einige Gäste noch das Schloss
betreten hatten, erschallten unversehens die Musikinstrumente und zogen die Aufmerksamkeit gänzlich auf
sich. Ihre rhythmischen, fröhlichen Klänge waren laut
genug, um von jedem im Dorf gehört zu werden. Daher
setzten sich bald in den Gassen Scharen von Frauen,
Männern und Kindern in Bewegung, die auf das Schloss
zusteuerten. Davon waren über die Hälfte keine Hochzeitsgäste, sondern Schaulustige, die die Hochzeitsfeier
miterleben wollten.

Nach einigen Stunden pausenloser Beschäftigung
wischte sich der Koch die Schweißtropfen von der Stirn
und durchquerte den Hof. Nachdem er an Musikanten
und Schaulustigen vorbeigegangen war, suchte er David
auf und kündigte an, er sei nun bereit. David teilte dies

unverzüglich Miriam mit, welche sich im Obergeschoss mit Hosniehe und Samiras Mutter um die weiblichen Gäste kümmerte. Nachdem Miriam die Botschaft des Koches an Hosniehe weitergegeben hatte, lief diese eilig die Treppen ins Parterre hinunter und verschwand wenig später in der Menge der Schaulustigen, die sich im Hof am Eingang des Schlosses gesammelt hatten. Sobald sie sich ihren Weg durch die Menschenmenge frei gemacht hatte, steuerte sie auf das Haus zu, wo die Braut und der Bräutigam sich in separaten Räumen aufhielten. Sie gab Mustafas Verwandten das grüne Licht und Samira wurde im feinen, bunten Brautkleid zum Schloss geführt. Dabei war sie begleitet von ihrer Mutter und umgeben von Musikanten, Schaulustigen und johlenden Frauen. Ihr zum ersten Mal geschminktes Gesicht bedeckte ein durchsichtiges, schwarzes Netz. Wenig später, nachdem die Braut sich im Obergeschoss am Esstuch hingesetzt hatte, entfernte ihre Mutter das Netz.

Das Esstuch war indessen mit großen, runden Tabletts bedeckt, worauf sich Reis befand. Diese waren umgeben von Gulasch, Joghurt, Kräutern verschiedener Art und eingelegten Oliven in kleinen und großen Schalen. Zwischen diesen lag überall dünnes, frisch gebackenes Brot.

Kurz nach Samira wurde der Bräutigam in feinem Hochzeitsanzug, begleitet von Abu Saleh und Wahed, ebenso feierlich durch die johlende Menge ans Esstuch im Parterre geführt. Als er die Stufen zur Hofterrasse hinaufstieg, wurde er von Abu Karim und David umarmt und beglückwünscht. Nachdem er sich mit seinen Begleitern am Esstuch hingesetzt hatte, begannen auch die männlichen Gäste zu essen, die den Eintritt des Bräutigams abgewartet hatten.

Während der Mahlzeit spielten die Musiker ununterbrochen. Ihnen war es indessen gelungen, die Hemmungen mancher männlicher Schaulustiger abzubauen, welche nun trotz der Mittagshitze Hand in Hand tanzten und sich dabei immer wieder den Schweiß von der Stirn wischten. Erst nach dem Mittagessen ersetzte eine plötzliche Stille die laute Musik; ein deutliches Zeichen dafür, dass die Musiker ihre Mittagspause machten.

Während man nach der Mahlzeit Tee in Begleitung verschiedener Süßigkeiten servierte, rückte die Zeit zur Trauung immer näher. Daher schickte man bald dem Imam Abdullah in der Moschee die Botschaft, er möge sich auf den Weg machen. Dies war der Grund, warum alle Hochzeitsgäste die Ohren spitzten, ob die Musikinstrumente im Hof wieder erschallten. Sobald die Kinder den Imam kommen sahen, stürmten sie in den Hof und teilten dies übermütig den Musikern mit. Diese bliesen sofort ihre Blasinstrumente, schlugen kräftig auf die dickbäuchigen Trommeln und kündigten somit die Ankunft des Geistlichen an. Dies veranlasste die weiblichen Gäste, mit dem Johlen zu beginnen und die männlichen Gäste, Mustafa zu küssen und zu beglückwünschen. Der Imam wurde wenig später mit dem heiligen Koran in der Hand von Abu Karim und David offiziell begrüßt und ins Haus hineingeführt. Da standen die Anwesenden im Parterre aus Respekt vor ihm auf, er ging geradewegs auf Mustafa zu und segnete ihn. Nachdem alle sich hingesetzt hatten, wickelte der Geistliche das grüne Tuch ab, in welches der heilige Koran eingewickelt war. Er summte zunächst einige Verse, während er Mustafa in die Augen schaute. Danach hielt er ihm das heilige Buch entgegen und nachdem Mustafa seine rechte Hand auf das Buch gelegt hatte, summte der Imam noch einen Vers und fragte ihn, ob er bereit sei, Samira zu seiner rechtmäßigen Frau zu nehmen. Der Bräutigam antwortete mit einem klaren Ja, welches im Obergeschoss bei den Frauen ein lautes Johlen auslöste. Der Imam segnete und beglückwünschte Mustafa noch einmal, ihm folgten der Schwiegervater, David, Abu Saleh, Wahed und dann die restlichen Freunde. Alsdann stieg der Geistliche die Treppen zum Obergeschoss hinauf, wiederholte den gleichen Vorgang bei Samira und kam sofort herunter. Dabei spielten die Musiker im Hof während der Eheschließung ununterbrochen weiter.

Sobald Imam Abdullah die Frauenzone verlassen hatte, begannen die Frauen unter sich zu tanzen. Im Parterre nahm der Geistliche Mustafas Hand und führte ihn in den Hof, damit er an der Spitze einer Reihe von Männern, die ihm am nächsten standen, tanzte. Jene hatten im Hof Hand in Hand ihre Tanzhaltung eingenommen und warteten darauf, vom Bräutigam geführt zu werden. Mit dem Erscheinen Mustafas an der Spitze der Tanzenden wurde die Hochzeitsfeier offiziell begonnen. Der Tanz begann, indem alle Beteiligten zunächst einheitlich mit den Schultern wippten und sich dann mit kleinen Schritten seitlich in Bewegung setzten. Die Bewegungen vollzogen sich im völligen rhythmischen Einklang zueinander. Währenddessen wurden die kleinen Schritte mit der Steigerung des Tempos immer schneller und gingen ab und zu unversehens ins Stampfen über, ohne den rhythmischen Einklang einzubüßen. Mustafa gelang es gut, die tanzenden Männer schön und energisch zu führen. Vor allem Davids Augen, die von der Terrasse aus auf ihn gerichtet waren, konnten gut erkennen, dass Mustafas Liebesglück ihn während des Tanzens spürbar hübsch und anmutig erscheinen ließ. Er tanzte mit Herzensliebe und mit solch einer Lebensfreude, dass die schaulustigen Frauen, die ihn beim Tanzen beobachteten, ihr Begehren in ihren verstohlenen Blicken kaum verheimlichen konnten. Auch die Frauen im Obergeschoss, darunter Samira und ihre Mutter, ließen sich nicht entgehen, den Bräutigam beim Tanzen von obigen Fenstern aus zu beobachten. Dabei berührte jede Bewegung Mustafas Samiras Herz und sie fühlte sich erneut bestätigt, dass ihre Empfindungen für Mustafa nicht verfehlt waren. Beinah jeder konnte aus Mustafas Tanzhaltung erkennen, wie glücklich und verliebt er war.

Bis zum Einbruch der Dunkelheit machten die Musiker nur zweimal Rast, und nur für kurze Zeit, damit die Stimmung nicht kippte. Daher tanzte man im Hof abwechselnd bis in den Abend hinein, bis die ersten Sterne am Himmel zu funkeln begannen und man die ersten Kerzen und Fackeln überall im Schloss anzündete. Danach wurde das Abendmahl serviert. Dann trank man Tee und zog an Schläuchen der Wasserpfeifen, bevor man wieder zu tanzen begann. Die letzte Tanzrunde ging solange, bis die Müdigkeit der Musiker und die Monotonie der Feier das Gefühl aufkommen ließ, dass die Hochzeit sich langsam dem Ende neigte. Nun war für die männlichen Gäste die Zeit gekommen, dem Bräutigam Goldmünzen zu schenken. Die weiblichen Gäste küssten Samira und wünschten ihr viele gesunde Kinder und das Altwerden im Schatten ihres Mannes.

Nachdem sämtliche Hochzeitsgäste das Schloss verlassen hatten, verabschiedeten sich auch die Verwandten und Freunde vom jungen Ehepaar. Mustafa und Samira begleiteten jene bis ans Hoftor hinaus und sahen ihnen solange nach, bis sie sich in sich bewegende Schatten verwandelten, welche die Dunkelheit allmählich auflöste. Da wandte Mustafa den Blick zu seiner Braut und sagte leise: „Willkommen in deinem neuen Zuhause!"

Samira sagte nichts und sah schweigend zu ihrem Mann hinauf. Der andere streichelte ihr das Haar und fragte: „Was ist Liebste?"

Samira konnte kein Wort über die Lippen bringen. Mustafa berührte ihr Gesicht und rief verwundert aus: „Deine Wangen sind nass! Du weinst ja, Samira!!"

„Es ist nicht schlimm", entgegnete sie leise. „Ich bin bisher noch nie ohne meine Eltern in einem anderen Haus gewesen. Als ich sie im Dunkeln verschwinden sah, habe ich mich auf einmal so allein gefühlt."

„Du bist nicht alleine, Liebste!", versicherte Mustafa beruhigend. „Und du musst dich auch nie verlassen fühlen, solange ich am Leben bin."

Da schmiegte Samira ihr Haupt an Mustafas breiten Brustkorb, er drückte sie an sich, legte seinen Arm um ihre Schultern und führte sie auf die Hofterrasse hinauf. Dort stellte er die Kerzen, die noch verstreut brannten, zueinander, ließ die Fackeln im Hof weiter brennen und setzte sich mit seiner Braut vor den Kerzenflammen nieder. Samira schmiegte ihr Haupt an seine Schulter und er legte den Arm um sie. Während sie für eine Weile den Sternenhimmel beobachteten und in die Dunkelheit hineinhorchten, fragte Samira, ob es ihm etwas ausmache, die Fackeln im Hof auszulöschen und von den Kerzen auf der Terrasse nur eine einzige brennen zu lassen.

„Die vielen Flammen hindern mich daran, die abendliche Dämmerung zu fühlen", ergänzte sie leise.

Mustafa machte, was Samira verlangt hatte und die beiden verloren sich bald wieder in der Betrachtung des Sternenhimmels. Dabei riss sie ab und zu eine Sternschnuppe aus der Magie der Sternenbetrachtung heraus, sie lächelten sich glücklich an und Mustafa drückte sie liebkosend an sich. Sie ließen sich in der Strömung dieser beglückenden Momente solange treiben, bis die Kerzenflamme plötzlich erlosch. Als ob die erloschene Kerze damit den Sternen Platz machen wollte, erschienen diese plötzlich klarer als zuvor und funkelten in den Augen ihrer Betrachter noch kräftiger. Sie schienen in der heutigen Nacht mit ihren glitzernden, unendlichen Lichtern das langsame Zusammenschmelzen der beiden verliebten Seelen zelebrieren zu wollen.

Mustafa zündete zwei von den vorhin ausgepusteten Kerzen an. Davon ließ er eine auf der Terrasse brennen, mit der anderen in der Hand schritt er vorsichtig über die Schwelle der großen Eingangstür ins Haus hinein und stieg die Treppen zum Obergeschoss hinauf. Dort betrat er eine von den mehreren Stuben, die als Schlafzimmer vorgesehen und in den letzten Tagen von Samiras Mutter und Miriam schön eingerichtet worden war: Ein großer Raum, in dessen Mitte auf dem Boden eine breite Wattematratze lag, welche von einer großen Decke mit eingenähten Blumenmustern völlig bedeckt war. Darüber, an der hohen Decke, hing ein großer, runder Kerzenleuchter herab, in dessen Ständern sich zehn Kerzen befanden. Dieser war ein weiterer, für diese Gegend ungewöhnlicher Gegenstand, der vom Großvater wie viele andere Gegenstände des Schlosses vermutlich aus Damaskus hierher geschleppt worden war. Mustafa zündete sämtliche Kerzen am Leuchter an und stellte ein paar weitere brennende Kerzen um die Matratze herum. Als er wieder auf der Terrasse erschien, wandte Samira den Blick vom Sternenhimmel ab und sah lächelnd zu ihm herauf. Er erwiderte ihr Lächeln und hielt ihr die Hand entgegen. Sie legte ihre Hand in seine und er zog sie sanft zu sich hoch. Alsdann legte er den Arm um sie und während er in der linken Hand den Kerzenständer hielt, führte er seine Braut ins Haus hinein und dann über die Treppen zur Schlafstube hinauf. Die ungewöhnlich helle Lichtströmung, welche oben von der offenen Tür des Schlafzimmers in den Flur hereinströmte, zog Samiras Aufmerksamkeit schon im Parterre auf sich. Wenig später stand sie in der Stube vor der großen Wattematratze und schaute mit staunenden, glücklichen Augen auf die vielen Kerzen, deren friedlich brennende Flammen den Raum gänzlich mit Licht und Wärme erfüllt hatten. Da umarmte ihn Samira glücklich und drückte ihn fest an sich. Mustafa küsste ihr Haar, hielt ihr hübsches Gesicht in seinen Händen und sah ihr in die Augen. Sie hatte keine Hemmung, seinen Blick zu erwidern. Die beiden schauten sich glückselig an, dann drückte Mustafa seine Lippen sachte auf ihre. Er küsste sie einige Male zärtlich, während seine Hände ihre Wangen und Haare streichelten. In diesen beglückenden Momenten, während sie sich leidenschaftlich küssten, rissen sich ihre Lippen plötzlich voneinander los und sie sahen sich wieder in die glühenden Augen, als ob sie damit diese Augenblicke bewusst festhalten wollten.

Die weibliche und männliche Seele fanden nun nach einem furchtbar langen Umweg endlich zueinander. Sie

schlangen sich glücklich umeinander und brannten solange in der Glut des liebenden, leidenschaftlichen Be-
gehrens, bis das menschliche Getrenntsein dem göttlichen Kern im ihrem Inneren wich und Gott die beiden
mit Liebesglück durchflutete. So verwandelten sie sich
in zwei leicht schwebende, freie Wolkenfetzen, die sich
weit oben am Himmel miteinander verschmolzen. Sie
wurden eins und stellten somit die ersehnte, göttliche
Einheit her, was zugleich die Verwirklichung Gottes auf
Erden bedeutete; auch wenn sie sich dessen nicht bewusst waren.

Zwei nackte Seelen schritten nun aus der Glut der Ver-
schmelzung hervor, zwei Prinzipien, das weibliche und
das männliche, welche Hand in Hand den Hang eines
hohen Berges hinaufstiegen, der mit den schönsten Blumen aller Art bewachsen war. Sie steuerten auf die
höchste Stelle des Berges zu, welche wie die Spitze einer
Pyramide in den Himmel ragte. Dabei achtete das männliche Prinzip darauf, mit dem Weiblichen Schritt zu halten, das aufgrund seiner Natur den Berg langsamer hinaufstieg. Mustafa blieb stets an Samiras Seite und erlebte
sich selbst als den Teil eines Ganzen, einer Einheit von
zwei Seelen, die Hand in Hand, beglückt und harmonisch immer höher stiegen. Schließlich, als sie im betäubenden Dufte der Bergblumen stöhnend an der Spitze
des Berges ankamen, begannen graue Wolken auf einmal um die Bergspitze zu kreisen. Diese wirbelten ineinander und verdunkelten den gesamten Berg und alles,
was ihn umgab. Kaum hatten die Liebenden die rasche
Umwandlung am Himmel wahrgenommen, da zuckte
mitten in den Wolken ein mächtiger Blitz und traf die
beiden. Lautes Stöhnen und Donnern waren die Folge

und dann floss ein Regen der Gnade in Strömen auf den Berg herab und bald den Hang hinunter, wo die geöffnete Erde im Tal ihre Befruchtung erwartete.

Als Mustafa nach einem tiefen Schlaf in den Armen seiner Braut aufwachte, schimmerte das blasse, silberne Licht der Morgendämmerung an den Zimmerwänden. Er wandte den Blick zum Fenster und sah, dass das schwache Morgenlicht die Form des offenen Fensters angenommen hatte. Er rieb sich die Augen und sah erneut zum Fenster hinüber. Da dachte er an David und den gestrigen Spaziergang mit ihm. „Ich darf den heutigen Sonnenaufgang nicht verpassen", dachte er laut und stand sofort auf. Nachdem er sich angezogen hatte, blieb er vorerst an der Türschwelle stehen und sah zur Schlafenden zurück. Samira schlief friedlich, während eine Haarsträhne über ihr Profil und ihren Hals herunterhing.

„Ich liebe dich Samira! Ich liebe dich über alles!" murmelte er und stieg die Treppen zum Parterre leise hinunter.

Die Gassen des Dorfes und die Mauern der Häuser wirkten im dämmerigen Morgenlicht wie dunkle Schattierungen, die sich gegeneinander abhoben. Absolute Stille herrschte in der Luft; ein Zeichen dafür, dass alles, was lebte, sich noch im tiefen Schlaf befand. Mustafa hätte bestimmt einen kuriosen Anblick von sich abgegeben, wenn ein Dorfbewohner ihn, den frisch vermählten, zu dieser Stunde gesehen hätte. Als er an Abu Salehs Haus ankam, drückte er leicht gegen die Haustür. Unterwegs hatte er geahnt, dass Abu Saleh gestern Nacht den Türriegel vorgeschoben hätte. Da überkam ihn Sorge: „Was, wenn mich nun einer sehen würde!?", dachte er. „Was würde man von mir, dem Bräutigam, denken, der nach der Hochzeitsnacht jetzt im Halbdunkel vor der Haustür des Bruders steht!?"

In diesem Augenblick hörte er unverhofft ein Geräusch im Hof. Er drückte sein Ohr sofort an die Tür und horchte. Das Geräusch enthüllte sich bald als Schritte, die auf den Hofbrunnen zusteuerten. Da klopfte er mit den Fingern an die Haustür und rief leise: „Hier ist Mustafa! Mach mir die Tür auf!"

Da blieben die Schritte stehen und wendeten Richtung Haustür. Wenig später erblickten Davids verdutzte Augen Mustafa: „Ist etwas Schlimmes passiert!?", fragte er besorgt.

„Nein, überhaupt nicht", antwortete Mustafa beruhigend. „Ich wollte nur unseren gemeinsamen Morgenspaziergang nicht verpassen."

„Deswegen hast du Samira in dem großen Haus allein gelassen, ohne ihr zu sagen, wo du hingehst!?"

„Ja, deswegen", gestand Mustafa. „Das hätte ich aber nie getan, wenn mir der Spaziergang mit dir am frühen Morgen nicht unendlich viel bedeuten würde."

Er hielt kurz inne und ergänzte: „Du bist mir wie ein Vater, David! Bald trittst du eine lange Reise an und verlässt uns. Wer weiß, wann ich dich wiedersehen würde."

David nickte verständnisvoll und bat ihn herein. Sie gingen auf den Hofbrunnen zu und holten frisches Wasser aus der Tiefe herauf. Nachdem sie sich erfrischt hatten, verließen sie unverzüglich das Haus. Mustafa ließ David wie immer zuerst hinaustreten. Dabei blieb dieser plötzlich in der Türöffnung stehen und sagte: „Oh, dein Hochzeitsgeschenk! Ich würde mich sehr freuen, wenn ich es dir beim Sonnenaufgang aushändigen dürfte."

Er kehrte ins Haus zurück und verschwand hinter dem dicken Vorhang, der in den Flur führte. Mustafa sah ihm stirnrunzelnd nach: „Warum hat er mir sein Geschenk nicht gestern in der Hochzeit gegeben!?"

Bald erschien David mit einer weißen Stofftüte in der Hand auf der Hofterrasse. Nachdem die beiden das Haus verlassen hatten, fragte Mustafa in der Gasse: „Hättest du mir dein Geschenk eigentlich nicht gestern geben sollen!?"

„Nein, gewiss nicht", versetzte David. „Wie hätte ich dir gestern mitten im Wirbel der Hochzeitsfeier das Gehäuse einer Perlmuschel geben können, das eine unsichtbare Perle in sich trägt!?"

Mustafa sah ihn verwirrt an und fragte: „Musst du mich denn immer wieder aufs Neue verwirren, David!?"
„Um tiefere, unvergessliche Spuren zu hinterlassen, darf die Liebe zu einem guten Freund ab und zu ungewöhnliche Formen annehmen", entgegnete David gewitzt.

Während sie an der Moschee vorbeigingen, drang das laute Knirschen ihrer großen hölzernen Eingangstür zu ihnen. Vermutlich war es der Imam Abdullah, der Geistliche des Dorfes, der gerade die Tür öffnete.

Wie am gestrigen Frühmorgen bewegten sich David und Mustafa auch heute wie zwei schwebende Schatten in der Morgendämmerung und hörten dabei nichts anders als die eigenen Schritte. Nachdem sie Eynaltamor um einige Hundert Meter hinter sich gelassen hatten, vernahmen sie das Krähen des ersten Hahns. Kurz danach kamen sie an ihrer Lieblingsstelle, am gestrigen Steinblock an, setzten sich auf ihn und richteten den Blick auf die Morgenröte am Horizont. Diese trug die

Kraft der Sonne in sich, war aber von ihr noch nicht genügend durchstrahlt, um im rötlichen Orange zu glühen.

Als die ersten Sonnenstrahlen bald wieder das Herz und die Seele ihrer stillen Beobachter mit Licht und Wärme erfüllten, da zog David sein Geschenk aus der Stofftüte heraus, das ungefähr so groß war wie seine Handfläche. Er wandte den Blick zu Mustafa und sagte: „Das ist das Muschelgehäuse mit der unsichtbaren Perle darin."

Er hielt Mustafa das große Kalkgehäuse entgegen und fuhr fort: „Die Perle darin würde man nur dann als solche wahrnehmen, wenn man das Gehäuse als Sinnbild für die menschliche Seele nehmen würde. Eine seiner Kalkschalen symbolisiert das Herz und die Seele der Frau und die andere die des Mannes. Diese zwei Kalkschalen bilden zusammen eine Einheit, in der die Liebe, unsere unsichtbare Perle also, entsteht. Nun, schau dir genau den zackigen Rand, den Kamm der jeweiligen Schale, an!"

David hielt das Gehäuse ein wenig höher: „Jede Schale ist so beschaffen, dass ihre Zacken genau in die Lücken der anderen Schale greifen können, um sie zu schließen", ergänzte er. „Wenn aber die Zacken einer Schale nicht in der Lage wären, die Lücken der anderen Schale gänzlich zu schließen, so wären die beiden nicht imstande, der Muschel die notwendige Sicherheit und Geschlossenheit zu bieten, die sie für die Entstehung der schönen Perle nötig hat. Der Sinn einer jeden Schale hängt also davon ab, ob sie der anderen genau das geben kann, was ihr fehlt."

David hielt inne und sah sich Mustafa an, welcher konzentriert das Gehäuse ins Visier genommen hatte.

„Aus meiner symbolischen Darstellung lässt sich ableiten", fuhr er fort „dass keine der Kalkschalen für sich alleine ein Leben führt, dass ein jeder da ist, um die andere zu ergänzen."

„Jetzt begreife ich, warum Männer und Frauen so verschieden sind", unterbrach ihn Mustafa. „Und ich begreife auch, warum sie so sehr aufeinander angewiesen sind, obwohl sie so verschieden sind."

„Um die Einheit zu bilden, in welcher Liebe entstehen und wachsen kann", ergänzte David.

„Mit der Liebe meinst du das Kind, nicht wahr?", fragte Mustafa neugierig.

„Nicht unbedingt!", versetzte David. „Liebe ist der Baum, Kinder sind seine Früchte. Darauf komme ich später. Es gibt noch etwas, worauf ich deine Aufmerksamkeit gerne lenken möchte, nämlich auf die Frage, warum die Kämme der Kalkschalen so aufeinander ausgerichtet sind, dass durch sie von außen her nichts eindringen kann."

Mustafa runzelte die Stirn und antwortete leise: „Wegen der Perle."

„So ist es!", bestätigte David. „Die Muschel muss eine geschlossene Einheit bleiben, damit sie die Perle in ihrem Inneren täglich mit neuer Lebenskraft versorgen kann."

„Du sagtest, die Perle symbolisiert die Liebe und die beiden Kalkschalen des Muschelgehäuses symbolisieren den Mann und die Frau."

„Ja, das sagte ich", bestätigte David.

„Nun, wie können zwei verliebte Menschen die Perle, ihre Liebe also, behüten, indem sie ganz verschlossen sind!?"

„Zwei Menschen, die sich lieben, müssen sich nach außen keineswegs schließen", entgegnete David. „Sie sollten sogar weltoffene Menschen sein; dennoch müssen ihre Seelen nur aufeinander abgestimmt sein."

„Ich komme wieder nicht mit", zog Mustafa unzufrieden die Augenbrauen zusammen.

„Ab dem Moment", fuhr David fort, „an dem die Liebe damit beginnt, das Herz und die Seele ihrer Träger zu beglücken, dürfen die Augen eines Mannes keine andere Frau begehren und die einer Frau keinen anderen Mann. Nur so bewahrt die seelische Einheit ihre Standhaftigkeit und das Liebesglück seinen Halt."

„Denkst du etwa, dass ich der Mann bin, der außer Samira jemals eine andere Frau begehren würde!?"

„Vielleicht!", antworte David provozierend. „Alles beginnt ja immer mit dem Begehren. Es ist der Anfang vom Ende der alten Liebe."

In diesem Moment senkte Mustafa den Blick und sagte mit ernst gewordener Miene: „Ich denke, du willst mich irgendwie ermahnen, nicht wahr?"

„Ja, ich will dich zur Vorsicht ermahnen, mein Sohn!", gestand David. „Du hättest gestern mitansehen sollen, wie die Augen mancher Frauen dich beim Tanzen beobachteten. Nimm dich vor diesen Augen in Acht! Es gibt Frauen, die sehr gut wissen, wie man die Liebe eines Mannes stiehlt. Du bist für sie interessant, weil du für eine Weile in der Großstadt gelebt hast, daher anders wirkst als die Männer auf dem Lande. Sie haben in deiner Ausstrahlung deine große Liebe zu Samira entdeckt und diese ins Visier genommen. Diese Liebe ist genau das, wonach sie sich sehnen."

Nun sprachen sie kein Wort mehr und kehrten in der frühmorgendlichen Stille nach Hause, während die aufgehende Sonne ihren Rücken angenehm wärmte. Dabei verließen Mustafas nachdenkliche Blicke seinen langen Morgenschatten nicht, der mit ihm und vor ihm auf Eynaltamor zusteuerte.

Als die beiden vor Abu Salehs Haustür ankamen, nahm Mustafa David sein Geschenk ab und entfernte sich wortlos. Der andere trat in den Hof hinein und sah Abu Saleh und Abu Karim auf der Hofterrasse ihr Morgengebet verrichten. Während diese noch beteten, ging David in die Küche, kam mit dem Esstuch unter dem Arm zurück und deckte es nach und nach mit Frühstückssachen. Ein seltenes Verhalten für diese Gegend; denn ein Gast würde hier so etwas in der Regel nie tun. Er würde sich vom Gastgeber bedienen lassen und gelegentlich ein wenig mit anpacken, aber nur ein wenig. Daher, als Abu Saleh nach dem Gebet den Blick auf das gedeckte Tuch richtete, sah er verdutzt zu David auf und fragte: „Warum hast du das getan, David!? Du bist doch mein Gast!!"

„Damit wollte ich euch nur eine kleine Freude machen", erwiderte David vorsichtig.

Sie frühstückten schweigend. Abu Saleh war indessen gegenüber David sichtlich nachgiebiger geworden. Er respektierte ihn sehr und achtete in seiner Gegenwart auf die eigene Wortwahl. Nach dem Frühstück sprach David die Abgrenzung der Blumenbeete an: „Ich bin wieder auf das Pferd und den Wagen des Ratsvorsitzenden angewiesen."

„Das lässt sich regeln", kam Abu Saleh ihm entgegen. „Für die Abgrenzung der Beete brauchst du Natursteine, nicht wahr?"

David nickte bestätigend.

„Ich packe heute mit an", ergänzte Abu Saleh.

„Und ich werde dabei sein, sobald ihr mit den Steinen auftaucht", bot Abu Karim seine Hilfe an.

David nickte erfreut und machte sich mit Abu Saleh auf den Weg zum Ratsvorsitzenden. Kurz bevor sie den Hof verließen, rief ihnen Abu Karim nach: „Ich lasse das junge Ehepaar heute noch ausschlafen. Kurz vor Mittag tauche ich im Schloss auf und warte im Garten auf euch."

Sobald David und Abu Saleh beim Ratsvorsitzenden ankamen und ihm ihr Anliegen mitteilten, stellte er eifrig den Wagen mit dem eingespannten Pferd bereit. Unmittelbar danach fuhren die Männer aus dem Dorf hinaus, diesmal nicht in Richtung der Plantagen, sondern nach Osten zu, wo David und Mustafa ihren Morgenspaziergang zu machen pflegten. Sie verließen bald den Reitweg und sammelten auf dem flachen Land Natursteine von etwa 20 Zentimeter Durchmesser ein. Damit machten sie in drei Stunden den Wagen voll und lenkten ihn sofort zurück, um sich selbst und das Pferd nicht länger den brennenden Sonnenstrahlen auszusetzen. Als sie am Schloss ankamen, fanden sie Mustafa und seinen Schwiegervater am Hofbrunnen stehen. Sobald jene die verschwitzten Männer erblickten, eilten sie zu ihnen. Mustafa rannte ins Haus hinein, um den Durstigen kühles, frisches Wasser zu bringen. Nachdem Abu Karim das breite Gittertor geöffnet hatte, bog David in den Hof hinein und blieb mit dem Pferd und dem Wagen im Schatten der Hütte stehen. Kurz danach traten Mustafa und Samira aus dem Haus heraus; einer mit einem Krug Wasser in der Hand, die andere mit Bechern aus Ton in den Händen. Da wies Abu Karim zur Terrasse und sagte zu den Ankömmlingen: „Geht nun hinein, ihr habt genug getan, jetzt sind wir dran. Er zwinkerte Mustafa auffordernd zu und sprang als erster auf den Wagen. Während sie den Wagen ausluden, gingen die anderen mit Samira ins Haus hinein.

Nachdem die Steine ausgeladen waren und David und Abu Saleh sich erfrischt und ausgeruht hatten, machten sich alle auf den Weg zu Abu Salehs Haus, wo man das frisch vermählte Ehepaar dem Brauch nach zum gemeinsamen Mittagessen erwartete. Als die Ankömmlinge den Hof betraten, war alles vorerst still und unauffällig. Dennoch hatten Samira und Mustafa kaum den Hausflur betreten, da erschallte das Johlen der Frauen auf einmal durch das ganze Haus. Man führte das junge Paar feierlich in die Gästestube und ließ den Vortritt, sich am Esstuch niederzusetzen.

Nach dem Mittagsmahl widersetzte sich niemand, als Mustafa und Samira sich aufrichteten, um nach Hause zu gehen. Denn Samira hatte als frisch vermählte Frau die Verwandten des Ehemannes zum Abendessen einzuladen, welches mit viel Arbeit verbunden war. Dies bat ihr die Gelegenheit, ihre Kochkunst zu präsentieren und die Leute ihres Mannes von ihrem Können als Hausfrau zu überzeugen.

Sobald die Sonne sich den Bergen im Westen angenähert und die Hitze nachgelassen hatte, verließ David Abu Salehs Haus in Richtung des Schlosses, um den Garten zu gießen und seine Arbeit darin fortzusetzen.

Diesmal leistete Mustafa ihm Beistand, wo immer seine Hilfe im Garten gefragt war. Dabei verließ Samira hin und wieder ihre Küche, um die Männer im Hof mit kühlem, frischem Wasser zu versorgen.

Mustafa hatte aus dem Hofbrunnen wieder frisches Wasser geholt und goss es gerade in die Gießkanne hinein, als Männerstimmen jenseits der Hofmauer seine Aufmerksamkeit auf sich lenkten. David ging aufs Tor zu und sah zu Abu Saleh und Abu Karim hinüber, die über den kleinen Steg den Bach überquerten. Ihnen folgten bald Mustafas zwei Tanten, ihre Männer, Samiras Mutter, Miriam und Hosniehe, welche ihre kleine Tochter auf dem Arm trug. An Miriams Seite lief Areff, dessen kleine Hand sie in ihrer hielt.

Die Sonne war indessen hinter den westlichen Bergen versunken. Sie hatte von ihrem Versteck aus eine feine, golden strahlende Linie über die Bergkämme gezogen. Dicht über diesen hatte sie den Himmel mit dem glühenden Rot durchstrahlt, welches emporsteigend allmählich ins Orange, ins Gelb und dann ins Türkis überging. Das letztere hatte sich am Himmel bis zum östlichen Horizont hingezogen, wo das tiefe Azurblau immer noch seinen letzten Widerstand leistete.

Die Asr-Stimmung hatte mit ihrer besonders milden Temperatur und Lichtqualität die Luft im Hof gänzlich erfüllt, als die Sitzenden auf der Hofterrasse des Schlosses ihren Tee zu trinken begannen. Normalerweise hätten die Frauen sich nie getraut, sich zu den Männern zu setzen, wenn hier die familiäre Bindung nicht allzu stark und die Sympathie aller Anwesenden zu David, dem einzigen fremden Mann in der Familie, nicht allzu groß gewesen wäre. Trotzdem hielten sie sich in der Gegenwart ihrer Männer eher im Hintergrund. Sie sprachen kaum, sie dienten nur und hörten zu; ein Verhaltensmuster, das inzwischen sogar Miriam unbewusst in ihren Bann gezogen hatte. Denn auch sie war inzwischen in der Gegenwart der Männer stiller geworden. Hosniehe und Samira servierten gerade frische Honig- und Wassermelone, als Abu Saleh unerwartet von ihnen verlangte, sich hinzusetzen, weil er etwas Wichtiges mitzuteilen habe: „Ein Staatsmann mit seiner Leibgarde ist heute in Eynaltamor eingetroffen", sagte er mit tiefer Stimme. „Als ich und Abu Karim heute unser gemeinsames Asr-Gebet verrichten wollten, sind wir ihm und seinen bis zum Kinn bewaffneten Männern in der Moschee begegnet. Nach dem Gebet fragte ich den Staatsmann, wohin seine Reise führe und wann er aufbreche. Wie ich vermutet hatte, sagte er, er sei auf dem Weg nach Romeyseh und würde morgen beim Sonnenuntergang aufbrechen."

Nun hielt er inne, wandte den Blick zu David und fuhr fort: „Bruder David! Wie sehr es mir auch leid tut, mich von euch zu verabschieden, muss ich dir dennoch sagen, dass es sich in diesem Jahr eine günstigere Gelegenheit nicht mehr bieten würde, im Schutz der sechs kampferprobten, bewaffneten Männer mit zureiten."

„Warte mal!", rief Mustafa in einem unbeherrschten, lauten Ton aus. „Die Strecke ist doch ganz sauber!! Ich habe auf dem Weg hierher mit meinen eigenen Augen gesehen, dass eine gut ausgerüstete Truppe bewaffneter Männer gerade aus den Bergen zurückkehrte. Ihr Kommandant sagte mir, sie hätten die Bergräuber bis zum letzten Mann niedergemetzelt."

„Darüber weiß ich Bescheid", entgegnete Abu Saleh gelassen. „Wir verkaufen seit Jahrzehnten unsere Früchte an die Großhändler Romeysehs. Ähnliche Säuberungen hat es auf dieser Strecke immer wieder gegeben, an die Wurzel gepackt haben sie die Banditen noch lange nicht."

„Das kann ich nicht glauben", erwiderte Mustafa noch lauter und grober als zuvor. „Ich bin vor kurzem die Strecke zu Fuß hierher gelaufen; ganz allein und schutzlos! Mir ist aber nichts passiert!"

„Beruhige dich, mein Sohn!", sagte David besänftigend. Er legte die Hand auf Mustafas Schulter und sagte: „Eine Handelsstraße, ob hier im Lande oder sonst wo, birgt immer große Gefahren in sich. Die Banditen kann man an diesen Straßen bloß abschrecken, beseitigen kann man sie nie."

Mustafa schwieg, in seinem Innern brodelte es aber immer noch. Er sah wie erstarrt David an, sein Gesicht war kreidebleich, Angst und Unsicherheit schienen ihren dunklen Schatten über sein Antlitz geworfen zu haben.

„Abu Saleh meint es gut mit uns", ergänzte David gelassener als zuvor. „Er will nur, dass wir heil ankommen."

„Ihr müsst aber nicht mit reiten, wenn ihr länger bei uns bleiben wollt", versicherte Abu Saleh. „Bleibt einfach länger! Ich werde euch dann mit Sicherheit bis Romehseh begleiten."

„Ich auch", ergänzte Abu Karim bekräftigend.

„Siehst du, mein Sohn?", wandte David den Blick zu Mustafa. „Siehst du, wie kompliziert meine Lage ist!? Wie würdest du denn an meiner Stelle entscheiden?"

Mustafa schwieg wieder, während er in sich gekehrt vor sich hinstarrte. Alsbald wischte er mit dem Unterarm eine Träne von der Wange. Dies bewegte Samira umso mehr, sie bewahrte aber Stille und sagte nichts. Anders hätte sie auch nicht reagieren können; denn ihre Kultur hätte ihr nicht erlaubt, ihren Gefühlen in Bezug auf den Ehemann öffentlich Ausdruck zu verleihen.

So vergingen einige dunkel beschattete Minuten, die Stimmung war gekippt und Mustafas verunsicherte Augen starrten weiterhin ins Leere. Er hatte nicht bemerkt, dass die festliche Stimmung mit der plötzlichen Veränderung seiner Gemütslage völlig entgleist war. Dennoch waren die Anwesenden nicht wütend auf ihn, sondern schienen für ihn Mitgefühl zu empfinden. Dies galt sogar für den kleinen Areff: Er saß schweigsam und traurig neben Mustafa und hielt seine Hand in der eigenen. Nun erhob sich sein Vater unversehens und sprach zu David: „Lasst uns nach Hause gehen. Ihr müsst nicht morgen mitreisen. Bleibt doch bei uns solange ihr wollt!"

„Lass mich heute Nacht drüber schlafen", erwiderte David. „Morgen sage ich Bescheid, ob wir mit reiten werden. Heute Nacht übernachten wir bei Mustafa und Samira."

„Wir auch", ergänzte Abu Karim.

In diesem Moment stand Areff auf und küsste Mustafa sanft auf die Wange. Dieser wandte den Blick zu ihm, küsste ihn ebenso und sagte reumütig zu den Anwesenden, es tue ihm sehr leid.

„Schon in Ordnung!", erwiderte Abu Saleh und ging mit seiner Familie und den restlichen Gästen aufs Hoftor zu. Ihre Gastgeber begleiteten sie bis zum Tor. Dort nahm Mustafa mit beschämten Augen Abschied von den

Gästen. Da umarmte ihn Abu Saleh und sagte zu ihm: „Kopf hoch, Bruder! Du hast nichts getan, wofür du dich schämen müsstest."

Mustafa sah ihn bedrückt an und ging mit Samira auf die Hofterrasse zurück. Nachdem sie sich dort wieder hingesetzt hatten, wandte Mustafa den Blick zu David und sagte mit unsicherer Stimme: „Ich weiß nicht, was auf einmal in mich gefahren ist. Als Abu Saleh meinte, dass du und Miriam schon morgen zurückreiten solltet, überfielen mich plötzlich große Ängste."

Kaum hatte Mustafa zu Ende gesprochen, da breitete sich eine bedrückende Stille zwischen den Anwesenden aus. Nach einer Weile, als David merkte, dass niemand auf Mustafas Geständnis eingehen wollte, sagte er: „Deine Reaktion kenne ich gut, lieber Mustafa! Dafür brauchst du dich aber nicht zu schämen. Mittlerweile wissen die Seelenheiler darüber Bescheid, dass die Vergangenheit und die vergangenen Erlebnisse, sowohl gute als auch schlechte, in den Köpfen der Menschen weiterleben. Sie leben tief in der Seele weiter, wenn schon im Schlafzustand und daher unwirksam. Dennoch können sie unter bestimmten Umständen aus dem Schlaf erwachen und die Menschen einholen. Sind jene Erlebnisse mit Angst verbunden, dann bereiten sie den Menschen Furcht und Unsicherheit. Ängste sind Monster des Inneren. Niemand mag sie; daher versucht jeder sie auf seine Weise in den Kerker der eigenen Seele zu verbannen. Wehe aber, wenn bestimmte Erinnerungen sie aufrütteln und aus dem Schlaf reißen! Sie brechen alle Türen und Riegel auf und gelangen ungestüm an die Oberfläche. Dann vernichten sie alles Licht, Wärme und Sicherheit der Seele, solange sie nicht überwunden sind.

Ihr Ziel ist, ihren Träger mit in die Tiefe zu reißen. Sie brauchen aber immer einen Auslöser; etwas, das sie wachrüttelt."

Nun hielt er inne und sah sich Mustafa an. „Für dich ist die Aussicht unserer baldigen Abreise der Auslöser gewesen für die bestimmten Ängste aus deiner Vergangenheit", fuhr David fort. „Liegen die vergangenen, negativen Ereignisse in der Kindheit, erinnert man sich nicht mehr an sie, aber die mit ihnen verbundenen Ängste empfindet man wieder. So verschwindet im Unbewussten die Ursache der Angst, deren Wirkung aber kann immer wieder an die Oberfläche gelangen."

Er hielt wieder inne und sah sich die Anwesenden an. Alle, insbesondere Mustafa, wirkten verwirrt. Samiras Augen und die ihrer Eltern hafteten besorgt auf Mustafas Gesicht. Nach einer Weile brach Samira die Stille: „Ist man den Ängsten, diesen Monstern aus der Vergangenheit, machtlos ausgeliefert oder kann man was gegen sie unternehmen?"

„Angst ist der Gegenpol zum Leben, sie ist der Feind des Lebens", antwortete David. „Man kann sie nur mit dem Leben selbst bekämpfen."

Samira zog die Augenbrauen zusammen und David ergänzte gleich: „Man kann nur mit der Kraft des Lebens der Angst entgegenwirken. Leben ist Fülle, Angst aber Leere. Man fällt ins Leere, wenn man sich nicht in der Fülle befindet. Die Frage ist nur, was man unter Fülle versteht und woraus sie resultiert? Fülle ergibt sich allein aus der Liebe", beantworte David selbst seine Frage. „Einer, der liebt, lebt in der Fülle; andernfalls versiegt die Quelle seiner kleinen Freuden früher oder später."

„Ich liebe Samira sehr, aber bin heute trotzdem in die Tiefe gestürzt!", wandte Mustafa schroff ein.

„Du hattest eine schwere Kindheit, mein Sohn!", entgegnete David unverhüllt. „Dazu noch hast du in den letzten Monaten dem Tod täglich in die Augen geschaut. Du hast dich ihm sogar freiwillig ausgeliefert. All dies hinterlässt Spuren in der Seele, die nicht von heute auf morgen verschwinden. Dein Schicksal meinte es aber gut mit dir. Samiras Liebe zu dir und deine Liebe zu ihr waren der Anfang vom Ende aller deiner Ängste. Eure Liebe zueinander wird gewiss bald ihre Früchte tragen. In wenigen Jahren werden eure hübschen, kleinen Kinder euch wie Engel umgeben, und du wirst stolz sein auf deine Frau, auf deine Kinder und auf dein gesamtes Leben."

Nun machte sich die Dorfstille wieder bemerkbar. Am Himmel hatte das Türkis einer dunklen Mischung vom Blau und Violett Platz gemacht und die ersten, großen Sterne funkelten neben der Mondsichel. Davids Worte hatten die Besorgnis der Sitzenden restlos beseitigt, Samiras Herz lachte wieder, Mustafa sah heiter zu den Sternen hinauf und seine Schwiegereltern und Miriam sahen David dankbar an.

„Nun gut, ihr lieben!", brach Abu Karims männliche Stimme die angenehme Stille. „Es ist Zeit zum Abendgebet! Oh, wie sehr ich mich auf mein erstes Gebet im Hause meines Schwiegersohns freue!"

„Und wie sehr ich mich über meine Samira freue!", erwiderte Mustafa. „Und über meine Schwiegereltern, die ich wie meine eigenen Eltern liebe." Nun richtete er sich auf, streckte Abu Karim die Hand entgegen und sagte: „Ich hole dir Wasser aus dem Brunnen."

Abu Karim reichte Mustafa die Hand und richtete sich mit seiner Hilfe auf; alsdann steuerten beide auf den Hofbrunnen zu. In diesem Moment gähnte David und sagte: „Oh, ein klares Zeichen für das Ende meiner heutigen Kräfte!"

„Kein Wunder, Onkel David!", erwiderte Samira freimütig. „Sie sind Frühaufsteher und haben heute fast den ganzen Tag geschuftet."

Da versetzte ihr ihre Mutter heimlich einen kleinen warnenden Stoß. Samira nahm sich leicht erschrocken zusammen und fügte hastig hinzu: „Ich mache Ihnen und der Tante Miriam das Bett im Obergeschoss. Dort haben Sie eine große Stube für sich alleine."

David lächelte dankbar und Miriam fügte hinzu: „Ich helfe dir dabei."

Sobald die beiden sich aufrichteten, um ins Haus zu gehen, wurde Samiras Mutter unsicher. Sie stand sofort auf und folgte ihnen fluchtartig ins Haus. Ohne Abu Karim mit einem fremden Mann alleine auf der Hofterrasse zu sitzen, wäre ja das Peinlichste, was ihr passieren könnte.

Bald kamen die Frauen aus dem Haus heraus, Mustafa saß neben David und Abu Karim begann zu beten. Sobald David Samira erblickte, stand er auf, bedankte sich für das Bettmachen und trat ins Parterre hinein, dessen Treppe zum Obergeschoss von vielen Kerzen an den Wänden hell angeleuchtet war.

Umhüllt vom silbernen, dämmernden Licht des Frühmorgens stand David am Hofbrunnen und war gerade dabei, aus der Tiefe Wasser heraufzuziehen, als ihn eine leise Stimme erschreckte: „Guten Morgen, David!"

„Guten Morgen, Mustafa!", wandte er das Gesicht um, ohne das Brunnenrad loszulassen.

„Hoffentlich darf ich dich auch heute bei deinem Morgenspaziergang begleiten?", fragte Mustafa.

David lächelte und sagte: „Meine Antwort kennst du ja selbst! Auf deine Begleitung freue ich mich immer."

Kurz darauf machten sich die beiden im Halbdunkel wieder auf den Weg hinaus aus Eynaltamor und verweilten im Flachland an ihrer Lieblingsstelle, bis die Sonne aufging und die Welt sowie das Herz ihrer Betrachter wieder mit Licht und Wärme erfüllte. Diesmal verlief der gesamte Spaziergang ohne Worte. Nur während der Rückkehr blieb Mustafa plötzlich auf dem kleinen Steg in der Nähe des Schlosses stehen und fragte: „Du wirst uns heute verlassen, nicht wahr?"

„So ist es!", antwortete David knapp.

„Jetzt habe ich Verständnis dafür", gestand Mustafa. „Jetzt möchte ich sogar, dass ihr mit reitet. Nichts ist wichtiger als euer sicheres Ankommen. Bloß verstehe ich nicht, warum ich gestern Abu Salehs berechtigte Sorge nicht wahrhaben wollte."

„Warum hast du deine Amme nicht zur Hochzeit eingeladen?", fragte David überraschend.

Mustafa zog die Augenbrauen zusammen und murmelte: „Ich verstehe den Zusammenhang nicht!?"

„Es gibt aber einen Zusammenhang zwischen der Antwort auf meine Frage und deiner gestrigen Reaktion", ergänzte David.

„Na gut, sie wohnt in einem anderen Dorf", gab Mustafa unzufrieden nach. „Einen halben Tag von hier entfernt. Ich hatte keine Zeit, sie abzuholen."

Er hielt plötzlich inne und korrigierte: „Ehrlich gesagt, ich hatte keine Lust dazu."

„Das habe ich mir gedacht", erwiderte David und fragte noch: „Erlaubst du mir jetzt, dir ein paar Worte zu sagen, die deine Person und deine Vergangenheit betreffen? Sie werden dir helfen, können dich aber auch ein bisschen verletzen."

Mustafa nickte und schaute David verwirrt in die Augen.

„Deine Amme hat dich zwar großgezogen, konnte aber dir keine Liebe oder nicht genügend Liebe entgegenbringen", fuhr David fort. „Das ist der Grund, warum du dir keine Mühe gegeben hast, sie zu deiner Hochzeit hierher zu bringen."

Nun senkte Mustafa betroffen den Blick und sah zu dem kleinen Bach hinunter, welcher plätschernd unter den Steg strömte.

„Du hast recht, David! Sie ist mir nicht so wichtig.", gab Mustafa zu, ohne aufzublicken.

„Dagegen bist du meiner Liebe und der Liebe meiner Frau zu dir ganz sicher, nicht wahr?"

Mustafa nickte.

„Abu Salehs gestrige Aussage über die Ankunft des Staatsmannes und seiner bewaffneten Garde haben unsere baldige Abreise in Aussicht gestellt und bei dir das Gefühl ausgelöst, von mir und Miriam verlassen zu werden."

Mustafa nickte wieder bestätigend, seufzte tief, sagte aber weiterhin nichts.

„Man hat dir in deiner Kindheit wenig Aufmerksamkeit und Liebe entgegengebracht. Du hast dich womöglich nicht selten allein gefühlt; trotz der Anwesenheit deiner Amme."

David hielt inne und sah aus dem Augenwinkel zu Mustafa hinüber, der zutiefst berührt die Strömung anstarrte.

„Die mangelnde Aufmerksamkeit und Liebe in der Kindheit hinterlässt Löcher in der Seele", fuhr David fort. „Man fällt immer wieder in diese Löcher hinein, wenn man sich von den Menschen, die einem etwas bedeuten, aus irgendeinem Grund verlassen fühlt. In deinem Fall hat dir dein Schicksal als Rettung Samiras Liebe und die Liebe ihrer Eltern entgegengebracht. Die Aufrechterhaltung dieser Liebe, deren Pflege und Wachstum werden dir Heilung und Glück bringen. Dagegen wirst du deinen seelischen Halt verlieren, wenn du Samiras Liebe auf irgendeine Weise aufs Spiel setzt. Liebe heilt alle Wunden; das darfst du nie vergessen! Du sollst deine Liebe zu Samira und ihre Liebe zu dir behüten wie dein eigenes Leben."

„Ist denn einer wie ich ihrer Liebe würdig?", murmelte Mustafa so leise vor sich hin, als ob er zu sich selbst spräche. „Kann denn einer wie ich die Liebe, die uns verbindet, aufrechterhalten?"

„Gewiss, mein Sohn!", versicherte David. „Es besteht nicht der geringste Zweifel, dass du es kannst."

David hielt wieder kurz inne und fragte noch: „Hast du dir schon mal darüber Gedanken gemacht, warum sich Männer und Frauen ineinander verlieben? Warum liebt dich Samira eigentlich?"

„Das kann ich wirklich nicht sagen", antwortete Mustafa schroff. „Schon bei unserer ersten Begegnung im

Laden ihres Vaters sah sie mich anders an. Dann sah ich bald Liebe in ihren Augen, wenn sie mich anschaute."

„Ich denke, Samira hat sich in den Gott in deinem tiefsten Inneren verliebt."

Mustafa zwang seine Lippen zu einem kleinen Lächeln und sagte ironisch: „Gut, dass man dich am Anfang nie verstehen kann, David!"

Der andere lächelte zurück und fuhr fort: „Mit dem Gott im Inneren meine ich doch nicht einen alten Mann mit weißem Bart, der auf Wolken sitzt und von oben aus die Menschenschicksale in die Wege leitet. Samira hat sich in den Gott in deinem Herzen, in die Urkraft deiner Seele verliebt; in jene Seelenkraft, die dir männliche Schönheit und Güte verleiht und dich befähigt, in deinen Gedanken, Worten und Handlungen Liebe und Wärme auszustrahlen. Diese Kraft ist es, in die sich die Frauen verlieben. Aber es gibt im Leben der Paare leider fast immer einen Haken."

David wurde plötzlich still, sah Mustafa eindringlich in die Augen und fragte: „Was aber, wenn die genannte göttliche Kraft in den Seelen der Verliebten unter der Last der ständigen Vorwürfe, des ewigen Anmeckerns und der täglichen Streitereien untergeht? Ein tragischer Fall, der die Sonne aus den Seelen verbannt und damit auch aus dem Zuhause eines Ehepaares."

„Und genau davor habe ich Angst", fiel Mustafa ein.

„Davor brauchst du aber keine Angst zu haben!", versicherte David mit Gewissheit. „Sei bloß wachsam! Das genügt vollkommen! Man muss nur stets auf der Hut sein. Das heißt, man darf nie aus Wut heraus sprechen und handeln, sondern nur aus Stille und Frieden heraus."

David hielt kurz inne und fuhr fort: „Frieden ist das Kind der friedlichen Gedanken. Und Gedanken sind die Quelle des Schicksals. Sie können dem Menschen das höchste Glück auf Erden bescheren, sie können ihn aber auch in die Tiefe zerren, in die Unterwelt, in die dunkelste aller Finsternis. Daher sind und bleiben kontrollierte, beherrschte Gedanken der beste Freund eines Menschen, dagegen die unbeherrschten sein schlimmster Feind. Das dürfen wir nie vergessen!"

Mustafa sah auf und sprach: „Ich werde Samiras Glück nie im Wege stehen."

David nickte und legte ihm die Hand auf die Schulter, alsdann setzten sie sich wieder in Bewegung. Im Schoss bereiteten sie gemeinsam das Frühstück vor. Dies taten sie leise, weil Miriam, Samira und ihre Mutter noch schliefen. Kaum hatten sie auf der Hofterrasse das Frühstückstuch gedeckt, da vernahmen sie draußen zwei männliche Stimmen. Es waren Abu Saleh und Abu Karim, welche gerade den Bach überquerten. Sie schienen sich auf dem Weg von der Moschee hierher in ein ernsthaftes Gespräch verwickelt zu haben; denn erst am Hoftor merkten sie, dass David und Mustafa sie von der Terrasse aus beobachteten.

„Möge euer Gebet erhört sein!", grüßte David die Ankömmlinge. Diese legten dankend die rechte Hand auf die Brust und neigten leicht das Haupt.

„Das gemeinsame Morgengebet in Eynaltamor scheint dir sehr gut zu tun", sagte David zu Abu Karim.

„Und euch beiden scheinen eure Morgenspaziergänge sehr gut zu tun", erwiderte Abu Karim freudig. „Ihr strahlt ja wie der Sonnenaufgang."

Während des Frühstücks sprach niemand. Die Männer waren alle in Gedanken versunken. Erst nachdem sie zu Ende gegessen hatten, wandte David das Gesicht zu Abu Saleh um und sagte: „Deine Sorgen um unsere Heimreise sind berechtigt. Im Schutze der Regierungsgarde mit zureiten, ist die Garantie dafür, sicher und heil anzukommen. Das nimmt euch auch die Sorgen um uns weg."

Auf Davids Worte reagierte zunächst niemand, sodass die Morgenstille die Luft wieder gänzlich erfüllte. David sah sich die Männer an, welche traurig das Esstuch anstarrten. Sie hatten sich über Davids Entschluss offensichtlich nicht gefreut, obwohl sie ihn für richtig hielten. Während Mustafa das Frühstück abräumte, sagte Abu Karim zu David: „Du wirst uns fehlen!"

„Ihr mir auch!", erwiderte der andere.

„Nicht Mustafa allein hat dich ins Herz geschlossen, sondern wir alle", fügte Abu Saleh ergänzend hinzu.

David lächelte freundlich und sagte in dankbarem Ton: „Wären mein Haus und meine Arbeit nicht in Italien gewesen, würde Eynaltamor bestimmt der Ort sein, an dem ich mich zuhause fühlen würde."

Nachdem Mustafa sich wieder zu den anderen gesetzt hatte, verlief die Zeit wieder in der Stille. Nur das Krähen der Dorfhähne machte ab und zu auf sich aufmerksam. Abu Karim sah verlegen zum Himmel hinauf, Abu Saleh hatte den unruhigen Blick auf den Hof gerichtet, der indessen die Gestalt eines Gartens angenommen hatte.

„Heute kommt ihr alle zum Mittagsessen zu uns", sagte Abu Saleh unverhofft und richtete sich auf. Während er seine Schuhe anzog, fragte ihn David, wann er mit ihm zum Regierungsbeauftragten gehen könne.

„Gleich jetzt!", antwortete der andere. „Deswegen bin ich aufgestanden."

David richtete sich auf und sagte zu Mustafa: „Teile Miriam meinen Entschluss mit!"

Mustafa nickte und die Aufgestandenen verließen sogleich das Schloss. Abu Karim und Mustafa sahen ihnen nach, bis sie über den kleinen Steg hinüber den Bach überquerten und bald aus ihrem Blickfeld verschwanden. Als sie im Hof der Moschee ankamen, stand der Staatsmann an der nördlichen Mauer des Hofes und sprach gerade mit zwei seiner Männer. Abu Saleh und David verweilten solange am Hofbecken, bis jener zu ihnen herübersah. Nach einer Weile steuerte er auf das Becken zu, grüßte aber nicht, bevor Abu Saleh und David grüßten.

„Alaykomo Salam, mein Sohn!", erwiderte der Regierungsbeauftragte Abu Salehs Gruß und fragte unvermittelt, wer David sei.

„Das ist der Christ, mein Gast und guter Freund David, der mit seiner Gattin nach Romeyseh möchte. Allerdings wenn Sie so gnädig wären, sie mit reiten zu lassen."

„Ein Christ!?", sagte der andere überrascht. „Eine seltene Ware für diese Gegend!"

„Selten stimmt, mein Herr!", meldete sich David zu Wort. „Aber gewiss keine Ware. Ich würde mich als einen Menschen bezeichnen, genauer gesagt zuerst als Mensch dann als Christ."

Der Mann zog überrascht die Augenbrauen zusammen, fuhr mit dem rechten Zeigefinger unter den

Schnurbart und fragte: „Dein Akzent ist fein und du sprichst ein gepflegtes Arabisch! Woher kommt das!?"

„Darf ich wissen, wie Sie heißen?", erwiderte David mit einer Gegenfrage.

„Ja, gewiss, gewiss!", antwortete der andere verlegen. „Ich bin Ali Ben Osman, auf dem Weg nach Romeyseh, im Auftrag des Königs."

Er schwoll gleich an, als er das Wort König über die Lippen brachte.

„Ich bin David", stellte sich David vor, reichte ihm die Hand und fuhr fort: „Nun zu Ihrer Frage betreffend mein Arabisch."

„Ja, woher kommt das, dass Sie so gut Arabisch sprechen!?", fragte er diesmal im milderen Ton.

„Vom Lesen, Herr Osman!", antwortete David.

„Das dachte ich mir auch. Was lesen Sie denn?"

„Die Religionen der Völker und ihre heiligen Bücher, ihre Philosophien, Dichtungen und vor allem das, was sie auf dem Gebiet Medizin und Alchemie erreicht haben."

Da sah ihn der Beamte mit staunenden Augen an und sagte mit einer Stimme, die an dem ursprünglich bestimmenden Ton massiv abgenommen hatte: „Ja, selbstverständlich, Herr David! Klar dürfen Sie und Ihre Gattin mitreisen. Welch eine Freude einen Gelehrten als Begleiter zu haben!"

„Die Freude ist auch meinerseits", erwiderte David kopfneigend. Der andere, der nun offensichtlich nicht mehr aufgeblasen wirkte, lächelte unsicher und beugte formell das Haupt, bevor er sich entfernte.

„Nun kommen wir zu unserem zweiten wichtigen Schritt", sagte Abu Saleh zu David. „Ihr braucht zwei gute Pferde. So gut, dass ihr euch von ihnen niemals trennen wollt. Ich will nämlich, dass ihr euch viele Jahre an uns erinnert, wenn ihr eure Pferde zu Gesicht bekommt. Der Mann, bei dem du dir deinen Dünger besorgt hast, züchtet auch Pferde, sehr gute sogar. Er hat sich als Pferdezüchter in Eynaltamor und Umgebung einen Namen gemacht. Ich will dir und deiner Frau zwei seiner Pferde schenken. Diese Tiere sollen euch an uns erinnern, wo ihr auch immer sein mögt."

„Du hast eine Familie zu versorgen, Abu Saleh!", versetzte David überrascht. „Ganz allein für zwei Pferde aufzukommen, ist zu viel für dich! Das kann ich nicht annehmen."

„Das ist bestimmt nicht zu viel", entgegnete der andere. „Die Feigenernte hat mir Einiges eingebracht. Die Olivenernte steht noch bevor. Darüber hinaus habe ich auch ein Stück Land, auf dem ich Hühner und Ziegen züchte. Uns fehlt es nie an Fleisch, Milch und Eiern. Mehr will ich nicht vom Leben."

David dachte kurz nach und sagte nachgiebig: „Willkommen ist alles, was von einem Freund kommt. Ich nehme dein Geschenk gern an und werde auf die Pferde achten wie auf meinen eigenen Leib."

Nun verließen sie die Moschee und standen wenig später vor dem Haus des Pferdezüchters. Sobald dieser von seinem Hof aus die Ankömmlinge erblickte, erkannte er David und rief: „Na, reichte dir der Dünger nicht? Mist habe ich noch genug."

Abu Saleh lächelte und rief: „Grüße zuerst meinen Freund und lass uns reinkommen; danach sage ich dir, was uns zu dir führt."

Der Pferdezüchter schob die hölzerne Sperre beiseite, welche als Eingang seines großen Hofes diente. Dann schüttelte er seinen Besuchern die Hände und bat sie herein. Sobald sie hineingetreten waren, sagte Abu Saleh: „Jetzt führst du uns zu deinen besten Pferden, mein Freund! Davon kaufe ich dir heute zwei ab. Sie sollten jung und zäh sein. Denn sie sind für eine sehr lange Reise gedacht; eine Reise über das Meer hinaus."

„Was um Himmels willen erzählst du mir!?", erwiderte der Mann ungläubig. „War das jetzt ein Scherz oder sagst du die Wahrheit?"

„Er sagt die Wahrheit", antwortete David. „Ich und meine Frau reiten zuerst nach Romeyseh. Einige Tage danach reiten wir weiter zur Küste, wo wir uns mit den Pferden nach Italien verschiffen lassen werden."

„Nach Italien!? Wo ist denn das?"

„Ein Land im Süden Europas."

„Und wo ist Europa?"

„Heiliger Abdullah!!", rief Abu Saleh aus. „Du machst ja meinen Freund mit deinen vielen Fragen verrückt!! Zeige uns jetzt endlich deine Pferde!"

„Klar zeige ich euch meine Pferde!"

Der Züchter fuhr mit den schmutzigen Fingern durch seine wirren Haare und steuerte auf den Stall zu. Sobald David sich die Hengste im Stall ansah, wusste er gleich, dass Abu Saleh mit seinen Beschreibungen nicht übertrieben hatte. Die Tiere waren für die Verhältnisse des kleinen Dorfes überraschend gut.

„Wissen Sie, mein Herr!" wandte der Züchter das Gesicht zu David. „Ich muss gute Pferde züchten. Eynaltamor ist eine Zwischenstation für Karawane und alle andere Sorten von Reitern. Ein schlechtes Pferd kann den Reisenden das Leben kosten."

Kaum hatte er den letzten Satz zu Ende gesprochen, da bog er rechts in einen der Pferderäume hinein, kam bald mit den Zügeln zweier Hengste in den Händen heraus und steuerte geradewegs auf den Ausgang zu. Im Hof standen David und Abu Saleh plötzlich vor zwei Prachttieren, deren karamellfarbene Felle samt den goldbraunen Mähnen im Sonnenlicht wunderbar glänzten.

„Ich habe sie wie meine eigenen Kinder großgezogen", sagte der Züchter stolz, während er die Hengste musterte. „Die beiden stammen von derselben Stute, von einem Prachtstück, einem Pferd ohnegleichen!"

Während er sprach, glänzten Freude und Stolz in seinen Augen. Er wandte den Blick zu David und fuhr mit einem Ausdruck des Bedauerns fort: „Ich hätte sie bestimmt nicht abgegeben, wenn Abu Saleh mich nicht darum gebeten hätte. Er ist der Mann, auf den sich jeder im Dorf verlassen kann."

„Trotzdem willst nicht für mich in den Plantagen arbeiten, du Sturkopf!", scherzte Abu Saleh.

„Khans Liebe zu den Bäumen hat die Plantagen in dieser trockenen Gegend entstehen lassen", entgegnete der Pferdezüchter ernsthaft. „Und meine Liebe zu den Pferden hat aus mir das gemacht, was ich jetzt bin. Wie sollte ich denn ohne sie leben!?"

Er seufzte tief, ging ins Haus hinein und kam bald mit zwei Sätteln auf seinen starken Armen heraus. Nachdem er sie aufgesetzt und festgebunden hatte, hielt er den Zügel eines der Hengste fest und bat David aufzusteigen. David folgte seiner Bitte. Dabei freute sich der Züchter über sein sanftes Aufsteigen. Hingegen lieferte

Abu Saleh das Gegenteil, indem er grob auf das Pferd sprang.

„Eines möchte ich Ihnen noch sagen, mein Herr!", sagte der Züchter zu David, während er den Zügel seines Pferdes noch in der Hand hielt. „Die Hengste werden Ihnen viele Jahre dienen, wenn Sie sie gut behandeln; ansonsten werden sie trotzig. Vor allem der, worauf Sie sitzen. Er kann auch gefährlich werden; denn sein Wille ist nicht gebrochen. Wissen Sie, ich züchte meine Tiere ohne Angst."

„Mein Freund hat seit vielen Jahren kein Fleisch gegessen", tönte Abu Saleh schroff. „Weißt du warum? Weil er nicht will, dass Tiere seinetwegen leiden oder sterben müssen."

„Stimmt das, was Abu Saleh sagt!?", fragte der Züchter ungläubig.

David nickte belustigt und der andere fragte noch: „Essen Sie auch kein Hähnchen?"

David schüttelte den Kopf: „Seit zwanzig Jahren nicht mehr."

„Heiliger Abdullah!!", rief der Mann verdutzt und wurde nachdenklich. Nach einer Weile lächelte er erleichtert und sagte: „Nun ist mir ein Stein vom Herzen gefallen. Jetzt gebe ich meine Pferde gerne ab." Da schlug er den Reittieren sanft auf die Hüfte und rief: „Los!"

Die Pferde machten einen Sprung nach vorn und ritten im Galopp los. Der Hof des Züchters lag ein wenig außerhalb des Dorfes. Entlang seiner Hofmauer lief ein schmaler Reitweg und mündete bald in die Straße, worauf David und Mustafa morgens dem östlichen Horizont entgegenliefen. Hier bog David als erster links ab, hielt den Zügel locker und überließ dem Hengst das Tempo. In diesem Augenblick wieherte das Tier und sauste wie der Wind los. Dabei galoppierte er so harmonisch, als ob er keinen Reiter auf dem Rücken hätte. David blickte flüchtig zurück und sah Abu Saleh genauso schnell hinter sich reiten. Nach einer Weile zog er den Zügel sanft zu sich, das Pferd wurde langsamer und er klopfte ihm lobend auf den Hals. Die beiden Reiter blieben bald stehen und lächelten sich zufrieden an. Während sie zurückritten, sagte David erstaunt: „Ich bin wahrhaftig nicht geritten, sondern geschwebt. Für diese Pferde lege ich die Hand ins Feuer."

„Sie gehören dir, mein Freund!", erwiderte Abu Saleh heiter.

Bald stiegen sie vor Abu Salehs Haustür ab und führten die Reittiere in den Hof hinein. Auf der Hofterrasse saßen Mustafa und sein Schwiegervater. Sie eilten den Ankömmlingen sofort entgegen, sobald sie sie hereinkommen sahen.

„Schöne Pferde!!", sagte Abu Karim bewundernd, während er die Tiere musterte.

„Die wertvollsten Geschenke, die ich jemals bekommen habe", erwiderte David.

Mustafa nahm ihnen die Zügel der Hengste ab und führte diese zum Stall an der östlichen Mauer des Hofes, wo sich Abu Salehs Pferd befand. Er brachte den Reittieren Heu und Wasser und ging zu den Männern auf der Terrasse zurück. Während sie sich unterhielten und dabei an den Schläuchen ihrer Schischas zogen, drang der Duft des gebratenen Gemüses allmählich in den Hof.

„Pures Gemüse!", sagte Abu Saleh zu David. „Unser Abschiedsessen für dich und deine Frau."

„Sehr aufmerksam von euch!", erwiderte David dankbar. Unmittelbar danach kam Mustafa aus dem Haus heraus und sagte, das Mittagsmahl sei serviert, die Herrschaften mögen sich in die Gästestube begeben. Die Männer erhoben sich, räusperten sich vernehmlich an der Schwelle zum Flur und traten hinein. Kurz darauf nahmen sie in der separaten Stube ihre letzte, gemeinsame Mahlzeit ein. Während des Essens beherrschte eine seltsame Stimmung die Atmosphäre. Nur Areffs Stimme unterbrach ab und zu die bedrückende Stille, wenn er etwas von Mustafa verlangte. Nach der Mahlzeit tranken die Männer Tee und rauchten Schischa wieder. Alsdann halfen sie alle mit, das Reisegepäck ihrer Gäste in den Hof zu tragen. Sobald die Pferde aus dem Stall geholt wurden, lud man das gesamte Gepäck auf deren Rücken und befestigte die Ladung ordentlich. Danach ließ David Miriam sagen, es sei Zeit aufzubrechen.

Die Frauen begaben sich wenig später in den Hof, es wurde Zeit, Abschied zu nahmen. Sie wischten ihre Tränen vom Gesicht und küssten und umarmten Miriam herzlich. Samira trat zaghaft an David heran und nahm seine Hand, um sie zu küssen. Da spürte sie aber seine Handfläche unter ihrem Kinn, welche sie davon abhielt. Er hob sanft ihr Gesicht und sah ihr liebevoll in die tränennassen Augen: „Ich verspreche dir mein Kind, dass wir euch eines Tages wiedersehen werden", versicherte David. „Und ich werde dich und Mustafa auf der Wiese im Garten sitzen sehen; umgeben von den Gartenblumen und euren hübschen Kindern, die euer Liebesglück auf wunderbarste Weise ergänzen werden. Auf diesen Augenblick freue ich mich schon jetzt."

Nun küsste er Samiras Haupt, umarmte ihren Vater, erwies ihrer Mutter Respekt und bedankte sich bei Abu Salehs Frau für ihre herzliche Gastfreundschaft. Alsdann überprüfte er das Seil, welches Miriams Pferd mit seinem verband, nach seiner Festigkeit und führte die Reittiere aus dem Hof hinaus. In der Gasse half er seiner Frau aufzusteigen, stieg selber nicht auf und führte sein Pferd am Zügel. Mustafa und Abu Saleh begleiteten sie. Miriam, im Sattel sitzend, sah solange rückwärts zu ihren winkenden Freundinnen an der Haustür, bis diese hinter den Hofmauern der Gasse verschwanden. Von nun an existierten sie nur noch in ihrem Gedächtnis; die Freundinnen, die sie so herzlich aufgenommen hatten, jene, die sie tief ins Herz geschlossen hatte.

„Wer weiß, wann wir uns wiedersehen werden?", murmelte sie vor sich hin.

Als die Reisenden und ihre Begleiter am Eingang der Moschee ankamen, half David seiner Frau abzusteigen. Danach band er den Zügel des Pferdes fest und sie gingen alle hinein. Im Hof der Moschee war nur ein Mann zu sehen, ein Gläubiger, der am Hofbecken hockte und seinen rituellen Waschungen zum verspäteten Mittagsgebet nachging.

„Wartet einen Augenblick!", verlangte Abu Saleh unversehens. „Ich sehe in der Gästestube nach."

Er kam bald aus dem Gebäude der Moschee heraus und sagte: „Der Regierungsbeauftragte und seine Männer halten gerade ihren Mittagschlaf. Im Gebetsraum können wir uns auch nicht aufhalten, weil wir eine Frau dabei haben."

Da wandte David das Gesicht zu seiner Frau und fragte: „Macht es dir was aus, wenn wir in einer schattigen Ecke im Hof verweilen, bis wir aufbrechen?"

„Nein, wirklich nicht!", antwortete Miriam gelassen. „Im Hause Gottes ist es doch egal, wo man sich aufhält."

Somit steuerten sie auf eine Ecke zu, worauf das Minarett seinen langen Schatten geworfen hatte. Abu Saleh suchte eilig den Imam auf und besorgte sich einen Teppich, worauf sie alle sich niedersetzten. Wenig später tauchte Imam Abdullah, der Geistliche, mit einem Krug frischen Wassers in der Hand auf und gesellte sich zu den Ankömmlingen. Ihm eilte sein Lehrling mit einem Tablett voller Becher nach. Aus Respekt vor Miriam und ihrem Ehemann sah er nicht zu ihr hin, grüßte lediglich die Männer und hieß alle in der Moschee willkommen.

Während die Männer sich unterhielten, sah sich Miriam die drei Dattelpalmen an, deren Wipfel über die hohen Mauern des Hofes hinausragten und zusammen mit dem Minarett dem Bild des Hofes eine träumerische Verzierung verliehen. Kaum war eine Stunde vergangen, da sagte der Imam zu seinem Lehrling, er möge den Regierungsbeamten wecken. Kurz davor hatte er einen Blick zum Himmel geworfen und die Länge der Schatten im Hof genau ins Visier genommen.

Bald stieg der Beamte die drei Stufen vom Gebäude in den Hof herunter. Er gähnte und streckte die Arme. Sobald er David und seine Leute in der Ecke sitzen sah, ließ er die Arme sofort fallen, zog seinen Bauch ein und ging mit angeschwollenem Brustkorb auf die Sitzenden zu. Als diese den Mann auf sich zukommen sahen, standen alle auf.

„Salamo Alaykomm!", grüßte er mit leicht geneigtem Haupt. Er gab David und den anderen Männern die Hand und entschuldigte sich dafür, dass er sich nicht hinsetzen könne: „Wenn die Pflicht ruft, bleibt für das Vergnügen keine Zeit mehr", betonte er mit dem erhobenen Zeigefinger. Dann schwoll sein inzwischen gesunkener Brustkorb wieder an und er ging so wie er gekommen war: kerzengerade, angespannt und angeschwollen.

Kurz nachdem er im Gebäude verschwunden war, sprangen sechs bewaffnete Männer mit rotdurchzogenen, unausgeschlafenen Augen in den Hof herein und liefen eilenden Schrittes auf den Ausgang zu. Ihre gehetzte Haltung und gesamte Gestik erweckten bei den Anwesenden im Hof das Gefühl, als ob eine Sirene ihnen ebengerade die höchste Alarmstufe ins Ohr geschrien hätte. Draußen bildeten sie eine Reihe und während sie den Zügel ihres Pferdes in der Hand hielten, warteten stillgestanden auf den Befehl des Vorgesetzten. Bald erschien der Aufgeblasene wieder im Hof; diesmal mit mehr Luft in der Lunge. Er fuhr mit dem rechten Daumen unter den langen Schnurbart und zwirbelte mit den Fingerspitzen dessen rechte und linke Spitzen. Nach einer Weile marschierte er auf die Garde zu, während er den starren Blick auf den Ausgang gerichtet hatte. Dabei warf er einen flüchtigen Blick auf die Wartenden in der Ecke und kündigte an: „Wir brechen auf! Die Herrschaften reiten dicht hinter der Garde her!"

Kaum hatte er die Moschee verlassen, da führte ihm einer der Männer seinen Hengst entgegen und hielt dessen Zügel solange, bis er auf das Tier gestiegen war. Danach wandte der Befehlshaber sein Gesicht zur Garde und nickte. Demzufolge stiegen die Stillstehenden sofort auf ihre Pferde.

Nachdem David Miriam geholfen hatte, aufzusteigen, umarmte er Mustafa und stieg selber auf. Abu Saleh sprang auf sein Pferd und alle drei warteten auf ihren Hengsten, bis die Garde hinter dem Anführer, welcher den eisigen, starren Blick nach vorn gerichtet hatte, an ihnen vorbeiritt. Alsdann setzten sie sich dicht hinter ihr in Bewegung. Mustafa blieb am Eingang der Moschee stehen und winkte David und Miriam solange nach, bis sie rechts in die Seitengasse einbogen und aus seinem Blickfeld verschwanden. Er blieb eine Weile noch stehen und verfolgte in Gedanken seine Freunde, die er inzwischen wie die eigenen Eltern ins Herz geschlossen hatte. Bald brachte ihn der salzige Geschmack seiner Tränen zu sich, die ihm über die Wange auf die Lippen gelaufen waren. Er wischte sich diese vom Gesicht und kehrte zu seiner Familie zurück.

Nachdem die Reiter die letzte Gasse des Dorfes hinter sich gelassen hatten, bogen sie rechts auf den Reitweg ein, der durch die Plantagen hindurch aus Eynaltamor hinausführte.

„Hoffentlich wird euch der Aufgeblasene nicht auf die Nerven gehen", sagte Abu Saleh, der neben David ritt.

„Ich glaube nicht", entgegnete David. „Ich akzeptiere ihn so wie er ist."

Abu Saleh schwieg. Sein Blick war reglos auf den Horizont gerichtet, während eine feine Brise ihm die Wangen streifte. Das Trommeln der Pferdehufe auf dem Reitweg war nun das Einzige, was man hören konnte.

„Ich will alles über deine Religion wissen, David!",
verlangte Abu Saleh abrupt. „Wie heißt eigentlich euer
heiliges Buch?"

„Es heißt Bibel", antwortete David überrascht.

„Hast du eine davon bei dir, mit der arabischen Über-
setzung?"

„Damals als ich noch ein Mönch war, hatte ich immer
eine bei mir", antwortete David. „Seitdem ich meine
Mönchskutte abgelegt habe, trage ich sie nicht mehr mit
mir."

„Wann hast du deine Kutte abgelegt?"

„Vor etwa fünfzehn Jahren."

„Und warum hast du euer heiliges Buch nicht mehr bei
dir?"

„Weil mir vor fünfzehn Jahren klar wurde, dass Gott
die Wahrheit sei und die Wahrheit unbegrenzt. Ich habe
erfahren, dass eine Religion alleine diese Wahrheit nicht
gänzlich erfassen kann. Religionen sind verschiedene
Wegweisungen, aber nicht das Ziel selbst."

Er hielt inne und richtete den Blick auf die fernen Berge, deren Kämme am Horizont wie die zackige Mauer
einer Riesenfestung dem Sonnenlicht des Spätnachmittags trotzten.

„Und wenn nicht die Religion, was ist denn das Ziel
des Menschenlebens?", hakte Abu Saleh nach.

„Das ist die Frage, die mich Zeit meines Lebens beschäftigt hat", erwiderte David lächelnd. „Nun bin ich
bei der Antwort auf diese Frage so weit vorangekommen, um mit Gewissheit Einiges darüber sagen zu können."

Er dachte ein wenig nach und fuhr fort: „Das Wesen
Gottes in eigenem Innern zu erkennen und es zu ver-

wirklichen, es also in die Tat umzusetzen, ist das endgültige Ziel eines jeden Menschen und der Grund seines Daseins."

„Deine Worte sind schwer zu verstehen, David!", wandte Abu Saleh gelassen ein.

„Das Wesen Gottes besteht aus vitalisierender Lebensenergie", erläuterte David. „Sie ist jene Lebenskraft, die auf unserem Planeten sowie in gesamtem Universum durch Liebe, edelste Schönheit, durch Frieden, Harmonie, Glückseligkeit, Nutzbarkeit, Fülle und Vollkommenheit ihren ewigen Ausdruck findet. Diese Urenergie ist in ihren ewigen Ausdrucksformen bereits im Wesen eines jeden Menschen sowie in allen anderen Lebewesen vorhanden. Bloß mit dem Unterschied, dass bei Menschen die Eigenschaften Gottes verborgene Qualitäten sind, die tief in seiner Seele schlummern. Diese können sich nicht unmittelbar äußern, wie es in der Tier- und Pflanzenwelt der Fall ist. Sie treten erst dann ans Licht, wenn sie vom Menschen verwirklicht werden."

Jetzt schwieg David plötzlich und das laute Trommeln der Pferdehufe wurde wieder hörbar. „Nun, wie schön ein Mensch ist", fuhr er fort, „wie liebesfähig, friedlich, wie harmonisch und vollkommen er ist, und ob er überhaupt glückselig sein kann, hängt ganz allein von den Gedanken ab, die er hegt, von den Worten, die er spricht und von den Handlungen, die er vollzieht. Seine Gedanken, seine Worte und Handlungen bestimmen also, wie viel von dem verborgenen, göttlichen Schatz des Innern sich in seiner Seele freisetzt, und wie viel davon zu seiner persönlichen Wirklichkeit wird."

David wandte unverhofft den Blick zu seiner Frau um, die neben ihm ritt und fragte: „Mein Lieblingsthema, nicht wahr, Miriam?"

Miriam lächelte und sagte: „Das Thema kenne ich mittlerweile sehr gut. Wirst du Abu Saleh auch erklären, wie man das Wesen Gottes in eigenem Innern erkennen kann?"

„Wie siehst du das, Miriam?", antwortete David mit einer Gegenfrage: „Wie kann der Mensch nach deiner Meinung das Wesen Gottes in sich selbst erkennen?"

„Indem er die göttliche Lebensenergie und ihre ewigen Ausdrucksformen in seinem Inneren sucht", antwortete sie prompt.

„Nein!", wandte David lächelnd ein. „Durch Suche allein kann der Mensch Gott nicht erkennen, sondern nur durch seine Verwirklichung: Liebesfähigkeit, Schönheit, Frieden, Harmonie, Nutzbarkeit, Vollkommenheit und Glückseligkeit; diese Eigenschaften Gottes, müssen also zum Alltag des Menschen werden. Und je mehr der Mensch Gott in seinem Inneren erkennt und ihn in seinem Alltag verwirklicht, umso mehr wird er selbst zu Gott."

In diesem Moment, als ob von einem Blitz getroffen, wandte Abu Saleh die ungläubigen, aufgerissenen Augen zu David um und rief: „Was sagst du David!? Bist du überhaupt bei Sinnen!? Wie kannst du denn so was behaupten!?"

„Ich bin bei Sinnen, mein geliebter Freund!", entgegnete David gelassen.

„Was ist denn der Mensch, aus dem ein Gott werden könnte!?", fragte Abu Saleh aufgeregt.

„Der Mensch ist ein Tropfen aus dem unendlichen Ozean, den man als Gott oder Allah bezeichnet", antwortete David völlig gleichmütig, als ob er die Aufregung seines Freundes vorausgesehen, ja sogar selber provoziert hätte. „In dem Tropfen sind alle Grundsubstanzen vorhanden, die den Ozean ausmachen", fuhr er fort. „Sowohl der Mensch, als auch Tier und Pflanze stammen alle aus derselben Quelle. Alle kommen aus Gott, werden aus ihm heraus geboren, können nur nach seinen kosmischen Gesetzen leben und müssen alle zu ihm zurückkehren. Dabei ist allein der Mensch in der Lage, diese Gesetze zu erkennen."

Nun schwieg er wieder und wandte den Blick zu der einsamen Dattelpalme hinauf, deren Blattwerk das einsame Grab auf dem Hügel außerhalb der Plantagen beschattete. Die Pferdekarawane ritt gerade an diesem Hügel vorbei.

„Hätte sie, die edle Schönheit da oben auf dem Hügel", David wies abrupt mit dem Zeigefinger in Richtung der Palme hin. „Hätte sie, die Dattelpalme, bloß gewusst, dass sie und überhaupt die Bäume auf der Erde dem Wesen Gottes am nahesten stünden!! Oh, wenn sie nur wüsste, dass Bäume das getreueste Ebenbild Gottes auf unserem Planeten sind!! Dies wird unsere gute Palme nie erkennen; denn sie kann nicht anders sein als Gott, sie kann nicht sich gegen ihn stellen, wie der Mensch es tut. Sie kann also nicht sündigen, Fehler machen und leiden. Der Mensch muss sich also irren und gegen die eigene göttliche Wirklichkeit steuern, um durch Leid zu erkennen, dass sein wahres Wesen nicht aus „Ich", sondern aus „Er" besteht, dass sein wahres Selbst göttlich sei, und dass er dessen würdig sei, dies zu erkennen und sich zu einem Gott auf Erden zu erheben. Dann wird er nicht bloß ein Tropfen aus dem unendlichen Ozean des Lebens sein, sondern ein Tropfen, der sich seiner Göttlichkeit bewusst geworden ist. Er muss also neu geboren werden, um genauso gnadenvoll und vollkommen sein zu können wie die Urquelle, woraus er stammt."

Nun sah sich David seinen Freund an, der ihm still und eindringlich in die Augen sah; mit einer beinah betäubten Miene. Abu Saleh wandte plötzlich den Blick von David ab und sah nachdenklich zum Horizont hin. Der andere schwieg und ließ seinen Freund ungestört in Gedanken versinken. Nach einer Weile sah dieser auf und schien eine weitere Frage stellen zu wollen, da sagte David: „Reite nun zurück, mein geliebter Freund, mein Bruder, Abu Saleh! Schau zurück! Eynaltamor entschwindet langsam aus unserem Blickfeld. Du bist mit uns sehr weit hinausgeritten. Kehre nun zurück und wisse, dass du und deine Familie für immer einen wichtigen Platz in unseren Herzen eingenommen habt. Mögen euch unsere besten Wünsche bis zu dem Tag begleiten, an dem wir uns wiedersehen werden!"

Da zog Abu Saleh sachte am Zügel seines Hengstes, das Tier wurde langsamer und blieb stehen. Dann winkte er Miriam und David schweigsam und lächelnd nach. Diese entfernten sich immer mehr, sahen und winkten zurück, bis die Pferdekarawane allmählich im Dunst der Ferne entschwand.

- Ende -

www.ingramcontent.com/pod-product-compliance
Lightning Source LLC
Chambersburg PA
CBHW031045110726
47900CB00003B/819